逐荒

ZHU HUANG

百里茶茶 著

广东旅游出版社
中国·广州

世外桃源
2021.1.18 12:00 来自微博

#世外桃源3 被困荒岛不要慌，先给自己下点儿"毒"，这样"走"得更安详哦~ 总导演@张鹏宇 工作备忘录"意外"曝光，欢迎各位今晚八点对号排排坐~ #臻好奶茶

荒岛惊魂

今日KPI
01. 美少年"大战"圆轴蟹 ✓
02. 爆金句"下辈子注意点" ✓
03. "银水人"钻木取火 ✓
04. 打火机"偷渡重洋"
05. 与"死神"擦肩而过

那个小孩心气极高，轻易不求人。
轻易不求人。
不求人。

许文褚是个可怜的人，但这并不能成为他犯罪的理由。

我希望每个过去不幸的人，都能在未来遇到一个将他治愈的太阳，从深渊里走出来。

外面的世界很美好，你慢慢看，慢慢品，不要被过去捆绑。

——顾妄言

那时我的脸很烫，
很想躲起来，
我宁愿没有遇见他。

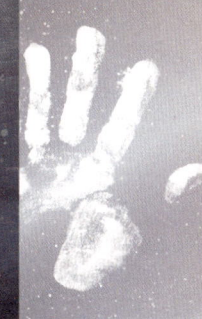

绝命追杀令
开机发布会

银河剧场·绝命追杀令
生死狙击，绝命追杀

目录
Contents

第一篇章　　　大梦一场　001

第二篇章　　　荒岛惊魂　041

第三篇章　　　人鱼搁浅　057

第四篇章　　　绝命追杀　093

第五篇章　　　启明星呀　172

第六篇章　　　大魔王呀
　　　　　　　　231

番外一篇　　　醉饮幻境　重逢
　　　　　　　　297

番外二篇　　　温情蔓延　遇你
　　　　　　　　326

番外三篇　　　平行世界　梦客
　　　　　　　　355

● REC

SUPERSTAR

顾言

第一篇章

大梦一场

◇ ◆ 001 ◆ ◇

公寓周围围满了蹲守的记者。顾安言找了家酒店开房，拖着疲惫的身体来到浴室，躺进放满温水的浴缸里。他抬眼看着浴室墙上挂着的液晶电视，娱乐新闻频道将今天的两则重磅新闻播了又播——

"陆氏集团继承人陆放与四小花之一的温婷婷今日在银水大酒店举行订婚仪式。"

"全能偶像顾安言因身陷'视频门'在公寓内闭门不出，多家媒体连夜蹲守大门。"

他给陆放打了个电话。

陆放声音略紧："妄言，昨天的事……对不起。我昨天心情不好，又喝多了，才又跟你动了手。"

"我懂。"顾安言答得很轻，"放哥，你今天订婚吗？"

"妄言，你一定要相信我，我一定会查出来这件事是谁做的。"

顾安言苍白的面容上挂着一丝笑容："那……祝你订婚快乐。"

网上流传的视频画面并不清晰，几位当事人都没露脸，但其中一人身上的胎记被指跟顾安言的一模一样，顾安言就此被"定罪"。

顾安言躺在浴缸里，各种冷嘲热讽的声音盘旋在他脑海里。

顾安言和陆放做了八年兄弟，几次被拍到同进同出，业界默认两人交情不错，顾安言被指认胎记后，陆放随后也被卷入其中。就在昨日，陆家连夜召开了新闻发布会，陆放否认自己和顾安言有私交，并表示以后不再与其往来，坐实了顾安言的"罪名"，还表示自己第二天将和温婷婷订婚。

顾安言从浴缸里爬起来，全副武装地出门，去往银水大酒店。

"陆放！"顾安言躲在阴影里，听到熟悉的声音，转头一看，是他的经纪人尤金！尤金没看见他，怒吼着朝陆放冲了过去："我杀了你！"尤金很快被保安制止，现场媒体记者趁机赶紧拍照。

"这不是顾妄言的经纪人尤金吗？"

"他怎么在这儿？"

"快！快把他丢出去！"陆家人急了。

"陆放，你这个变态！"尤金怒红着眼嘶吼，"你浑蛋！"

媒体记者赶紧聚过来：有新闻！

"他跟你做了八年兄弟，你是怎么忍心这样对他的？！你不是人！你没有心！放开我！让我杀了他！

"你们还等什么？快报警抓他！妄言失踪了，如果出了什么事，你们都是加害者！"

媒体记者炸锅了：顾妄言失踪了！

陆家人震惊了，陆放更是，谁都没想到顾妄言居然在这个节骨眼儿玩失踪。

顾妄言不能现身，眼睁睁地看着尤金被警方带走。尤金一边挣扎一边大喊："视频里的人不是妄言，是你！是你这个变态！"

顾妄言没有走，看着陆家人进了休息室，看到他们焦头烂额地聚在一起，意外地听到了真相。

"你看你，我早就让你跟他断干净！"

"当初不是你们要巴结温家才让我哄骗他的吗？"

顾妄言怔住——温家？哄骗？他看着陆放那张熟悉的脸，却觉得非常陌生。这好像不是他认识的陆放。

"我也恶心啊！"陆放说道，"我为了家里整整忍受了他八年！你们现在却来怪我了？知不知道我看见他有多恶心！"

顾妄言的指甲已经把自己的手掌心戳破了。

紧接着，陆放打了个电话："焰总，因为你弟弟，我和我们陆家的声誉遭到了严重损害！现在事情弄成这样，当初说好的条件可不够了！"

顾妄言傻傻地站在那里，明白了一切。他妈妈改嫁到温家后，焰总——温景焰成了他没有血缘关系的兄长。他一直以为他这位名义上的哥哥只是不太喜欢他，没想到厌恶他到不惜跟陆放联手害他身败名裂的地步。是他太傻了，曾以为这世界都是黑暗的，只有陆放才是他的一缕阳光。八年间，他在陆放的"循循善诱"之下，信任着陆放。

因为陆放，他放着好好的顾家不待，跟爷爷彻底闹掰，孤身去闯演艺圈，凭借着自己的实力发光发亮，成为火爆演艺圈的全能偶像。他像个傻瓜一样和陆放共享荣耀，包括共享他的钱。如果不是现在亲耳听到了陆放的这些心里话，他真的不敢相信这一切都是假的。原来，陆放在这八年间给他留下的不只有伤害，还有欺骗。

顾妄言，你真是个彻头彻尾的大傻瓜！

早已和顾家闹掰，顾妄言无处可去，只能在外游荡。翌日，"视频门"真相大白，当事人竟是曾开发布会澄清的陆放。网上的舆论开始反转，路人同情顾妄言，加之顾妄言失踪，粉丝们后悔莫及，痛骂陆放不是人！

被网友讨伐的陆放并没有得到任何惩罚，他在法律层面没有任何责任和罪。直到顾森严心脏病发去世，顾家放出消息来寻找顾妄言，大众才知道顾妄言居然是银水市顾家的。自认无颜露面，顾妄言偷偷去往葬礼现场，看到透明棺中头发花白、伤心到心脏病发的爷爷，什么都做不了。直到爷爷抢救无效死亡，他们爷孙俩都没能和解。现在他只想快点儿消失在这世上。如果这一切都是对他任性愚蠢的惩罚，也该够了，不是吗？

在葬礼的最后，沈向霆意外到来。媒体很不解，沈向霆和顾家是什么时候有了交集的？

顾妄言躲到门后。他们一向不对付，除了因为沈、顾两家的私交，两人偶尔会在家宴上遇见之外，几乎没有什么交集。沈向霆询问了尤金一些事，顾妄言站得远，模糊听到一些内容，似乎是关于自己失踪的事，然后尤金哭着说了什么。顾妄言看到沈向霆的眼眶似乎红了，拳头也紧紧地握起来。

假惺惺的陆放赶着葬礼结束的点来流了几滴鳄鱼的眼泪，装作忏悔不已。

意外就发生在陆放走出殡仪馆没多久。

顾妄言现在眼里根本没有陆放，只是好奇沈向霆为什么如此愤懑，便跟了出去。他出了殡仪馆就看到沈向霆坐进车里，车却像出现故障，直冲马路对面的陆放而去。

"砰"的一声巨响，顾妄言紧跟着冲了上去，想推开陆放，沈向霆绝不能变成杀人犯，却力不从心。

"陆氏集团继承人陆放、当红演员顾妄言一同车祸身亡。"

"今日，实力演员沈向霆故意致他人死亡的案件已有了庭审结果。因其社会影响极其恶劣，被判处死刑。据悉，沈向霆放弃了上诉。"

"顾妄言事件最终以三人死亡的结果落下帷幕，两位巨星双双陨落，实在令人唏嘘不已。"

"沈向霆在唯一一次接受媒体采访时曾透露，顾妄言是他幼时相识的邻家弟弟。"

顾妄言闻到刺鼻的消毒水味道，耳边是纷杂的新闻报道声——陆放也死了？邻家弟弟？沈向霆竟然在公开场合跟媒体提起过他？这都是什么时候的事？为什么他一点儿不知道？

不知道过了多久——

"醒了醒了！"顾妄言睁开了眼睛，这里是……医院？他不是死了吗？

顾老爷子见孙子醒了，只丢下两句话："顾家的脸都被你丢光了！马上给我滚出顾家，我顾森严再没有你这个孙子！"

爷爷还活着……原来那些只是他做的一场梦吗？怎么会有那么真实的梦？

姑姑哭着拍打他："你这傻孩子！有话不能好好说吗？那是三楼啊，你竟然真的跳下去了！"

顾妄言不语，看了一眼墙上的电子钟——八年前！

再往前倒半年，在一次家宴上，顾妄言第一次见到了陆放。陆放就像阳光，照亮了他的世界。他接受陆放进入他的交友圈，在陆放的引导下成为终日纵情享乐的浪荡子。

昨晚，爷爷给姑姑办生日宴，请了一些亲朋好友，顾妄言却因为陆放在席间受宾客冷待而心生不满，借着闯荡演艺圈、受顾家打压的由头跟爷爷大闹了一场。爷爷思想传统，一直不同意他进演艺圈抛头露面，看到陆放更是气不打一处来，一气之下说出了"你就是去死我也不会同意"的话。年轻气盛的顾妄言为了在所有人面前表明他的坚定立场，真的毅然从三楼跳了下去。本来他不顾家里反对进入演艺圈，爷爷就已经对他很不满了，经过这件事之后爷爷更是对他失望透顶，直接在家族交友圈子里公开与他断绝关系。

梦里的一切历历在目，顾妄言，你还真是蠢而不自知。为了一个骗子，毁了自己一辈子，把自己折腾得遍体鳞伤。

如当头棒喝，顾妄言彻底清醒，再回过头来看他干的那些混账事……顾妄言，你真活该。

顾姑姑一看侄子忽然笑了，吓坏了："孩子，你怎么了？医生，医生，你快来看看我侄子。"

她侄子不会把脑子摔坏了吧！

"姑姑……我错了……"顾妄言眼尾微红。

顾姑姑一愣，开心地哭了："孩子，你终于知道错了吗？好，你先好好养身体，等你好了，你再去给你爷爷道个歉，好好认错，别再跟爷爷顶嘴了知道吗？"

"嗯。"

"那……那个陆放……你……"其实她一直知道侄子跟陆放来往后的行迹，但她以为孩子只是一时犯糊涂，等再大些就会明白，谁知事情没有好转，才酿成了昨天那样的结果……

"我会跟他断交的。"

"好，好！"顾姑姑开心得不行，"你想明白了就好！陆放跟你不是一路人，断了就好，断了就好。"

顾妄言这一跳，养了半个月的伤。陆放试图联系他，他干脆把陆放拉黑了。在梦里，爷爷不再管他，所以在他养伤时，陆放来去自如，他甚至觉得轻松了，终于不会再有人来干涉他交友，更不会干涉他闯荡演艺圈，但回到现实，通过姑姑的转达，爷爷知道他已口头认错，为了考察他是否真心，派了人在病房外监视着。出于这个原因，陆放想来看他都不行，也正好让顾妄言落了个清净。

他利用这半个月的时间厘清头绪，昏迷时做的那场梦太过真实，他不能置之不理。何况这半个月来，爷爷的冷待、姑姑的哭声、陆放的步步紧逼，种种现实都与梦中发生过的别无二致。难道那场梦其实是一种警示？

◇ ◆ 003 ◆ ◇

无聊的时候，顾妄言打开电视，上面正轮番轰炸着同一则娱乐新闻。

"在刚刚落幕的第 23 届银水国际电影节上，由沈向霆主演的《江山美人》拿下银水国际电影节的最高奖项——最佳影片奖，而沈向霆个人斩获最佳男主角奖，双喜临门！"

"这已经是这位年轻的当红演员拿下的第二个国际 A 类电影节奖项，沈向霆也是国内首个梅开二度的三十岁以下男演员。"

"嗞嗞——"放在床头的手机响起来，是他的经纪人尤金。

顾妄言走了神，想起在梦里为他鸣不平的尤金，忽然觉得尤金平时的唠叨可爱了不少。

在梦里，尤金是为数不多的从头到尾都站在他这边的人。因为和陆放往来，顾妄言与家里的关系岌岌可危，平时能诉说的人也只剩下了尤金。尤金看着他成为璀璨的新星，然后坠落，再陨灭。在丑闻爆出的两年前，顾妄言就宣布了息影，因为陆放一直很反对他进演艺圈。

陆放说他有更好的选择可以做，他还为此觉得欣慰，认为陆放是不想让他太辛苦。可是现在想起来，陆放只是在跟温景焰合谋，利用他重情义，想折断他的羽翼，想把本该在舞台、荧屏上璀璨发亮的他变成被关在笼子里的废物。八年间，陆放无时无刻不在对他做精神控制，给他洗脑。陆放成功了，终于折断了他的羽翼。

在息影的那两年，他不再有通告，生活里便只剩下陆放，他所有的事都只围绕着陆放一人。

他终日萎靡，患得患失，抑郁症加重，成日都在胡思乱想。

只不过两年时间，尤金再一次看见他的时候都傻了，那个曾经意气风发的少年，竟然变成了骨瘦如柴的病态模样。尤金把他骂了个狗血淋头，说陆放是在对他精神控制，是在毁掉他的生活！

但那个时候，他不是不听，而是已经回不了头，在失去自我的时候，顾妄言就已经死了。

"喂，妄言？跟你说话呢。"

"哦。"顾妄言回神。

"我说，你伤养得怎么样了？"

"差不多了，可以下地了。"

"沈向霆又拿了一个A类奖项你看到没有？《江山美人》还拿下了最佳影片奖，我的老天爷，这是什么气运之子啊！"尤金感叹道，"也太牛了！他才二十七岁！我听业界的前辈都夸赞他，说这小子前途无量啊！可不无量吗？二十七岁就拿了两个A类奖项，有的老前辈一辈子都没拿到过一个！"

有人曾说，沈向霆的起点，是很多电影人的终点。

电视上还在重复播放着沈向霆上台领奖的片段。他穿着一身高定黑色西装，白衬衫打底，恰到好处的领结衬得他的气质成熟稳重。沈向霆不苟言笑，获奖感言中规中矩，不卑不亢的态度给他再添上几分沉稳之气。这要是换了别人，恐怕拿奖杯的手都要抖个不停，这可是极具权威性的银水国际电影节，分量之重，可不是一般的小电影节能媲美的。

顾妄言看着屏幕上那个永远得体优雅的男人，目光深了几分。

他沉声道："不是运气，是实力。"

如果一切终将按照他梦中那样发展，那么这不是沈向霆拿的最后一个A类奖项，沈向霆在往后的道路上越来越优秀，成了东方影坛不可或缺的优秀电影人。在三十岁那年，沈向霆甚至再次在银水国际电影节上拿到了荣誉奖——终身成就类奖项，这对电影人来说是莫大的殊荣。

在演艺这条路上，他不及沈向霆十分之一。他很羞愧。

"我当然知道他是凭实力！"尤金愣了一下，忽然道，"欸？你终于承认沈向霆的实力了？你不是一向看他不顺眼吗？！"

"不顺眼归不顺眼，我什么时候否认过他的实力？"顾妄言道。

他为什么看沈向霆不顺眼？因为沈向霆看他不顺眼，甚至……顾妄言想了想，误解害人。他一直以为，沈向霆很讨厌他。沈向霆这个人对自己敬重的人还是谦谦有礼的，但对同龄人或不熟悉的人总是淡漠疏离，不愿意亲近。沈、顾两家是世交，在私下场合，他没少见过沈向霆。沈向霆看向自己的眼神里总是带着一种让他不舒服的感觉，有时看着他像是陷进去一般，看得很深。那时候的自己将这种情绪理解为厌恶、唾弃。沈向霆不喜欢他，他也顺理成章地讨厌沈向霆那高高在上、不把别人放在眼里的样子，两人见了面也基本不说话。

顾妄言低着头，想起梦里的种种，想起他和沈向霆因误解而各自落下的悲惨结局，抬起双手遮住了自己的脸。眼泪从指缝里滴落，他竟然会以为那个人讨厌他……是啊,为他报仇不惜把自己的命都赔进去了的沈向霆,又怎么会讨厌他?

顾安言终于后知后觉。

◇ ◆ 004 ◆ ◇

经纪人又开始苦口婆心地劝道:"妄言啊,不是我说,咱们这个团已经快被公司放弃了,再晚不过今年年底,准解散!你要为自己作打算啊!"

以顾安言为队长的美少年偶像团,一开始所有人都对其抱了极大的期望。被声乐老师说有着天使之音的顾安言唱跳俱佳,还会作词、作曲,颜值更是不用说,公司一度以为捡到了宝。没承想,他们团什么水花都没溅起来。顾安言知道,这一切都是爷爷搞的鬼。爷爷不喜欢他进演艺圈,在过去两个月里,不但没有给予他帮助,甚至动用自己的各种人脉压下他的所有资源,从各方面打压他。老人家原本以为把他压狠了,他就会回家,但在梦里,自己就是赌着一口气不低头,最后转型做演员,因缘巧合火了起来,势如破竹。

梦里的自己从零到整都能熬出头,现在满级攻关新手村,他还有什么好怕的?他大不了就把老路再走一遍!

"我知道。"

"所以我给你想了个法子!我收到风声说,沈向霆今年会调整重心,放慢脚步,暂时不打算拍新电影了,有内部消息称他会加盟录制综艺节目!你呢,低个头,去请沈向霆吃顿饭,让他带带你,咱们去蹭个热度怎么样?"尤金知道他俩不对头,又补了几句,"骨气值几个钱,是不是?你爷爷这么打压你,再不行动我们就要饿死了!咱得先活下去啊!"

在梦里,这个时候的自己因和家里人闹了矛盾,心情很不好,有陆放陪着才好过一些。再加上看到沈向霆拿了奖,顾安言心气不顺,连他的名字都不想听,更别提请他吃饭。顾安言当时直接挂掉了尤金的电话,掐断所有联系方式,和陆放旅游散心去了,以至于几天后尤金接到了节目组的邀请也联系不到顾安言。

虽然在梦里,自己错过那档综艺也照样火了,但这一次,他对电话那头笑了一下:"好!"

诚然,把老路重新走一遍一样能红,但现在,他想玩点儿不一样的。

"妄言,你别这样,沈向霆他人其实也不错——欸?"尤金都想好一系列的劝说方案了,愣了一下,"你是说,好?"

"当然,行走的热度,为什么不蹭?尤哥,你把他号码发我。"

尤金挂了电话,一边发号码,一边狐疑地挠了挠脑袋。

怪了,这小子改性了?!

顾安言看着那串数字,久久没有动作。他有些失神,一下一下地弹着自己手腕上的橡皮筋。这半个月以来,他靠着厌恶疗法坚持着,每到焦虑时,就会把自己弹得伤痕累累。弹到第三百下,他停手,失焦的眼神聚焦,点开那串数字,发了一条信息:"霆哥,我是顾妄言,能请你吃顿饭吗?"

在等候的时间里,顾妄言竟有些不安,把手上的橡皮筋拉起,松开,拉起,又松开——他有些不确定,沈向霆会和梦里的那个一样吗?还是那只是一场梦,很多事相似,但有着细微的不同?

他养伤半个月了,还未见过沈向霆,今天在电视上第一次见到沈向霆。

"嘀——"

沈向霆:"好。"

顾妄言的嘴角微微上扬,眼尾微红。

顾妄言,你这个小机灵鬼,怎么这么幸运?

顾妄言秒回:"什么时候方便呢?"

这一次,沈向霆回得也很快:"我现在就有空。"

还不等顾妄言回,沈向霆又回过来:"过了今天就不知道了。"

顾妄言已经在找餐厅,发过去一个地址:"这里可以吗?"

沈向霆:"无所谓。"

顾妄言:"那见面聊!"

顾妄言要出门,顾老爷子那边也很快听到了风声,又气急败坏。

顾姑姑连忙打电话过来询问,顾妄言安抚了几句:"姑姑,让爷爷放心,我不是去见陆放。"

"你爷爷哪里信啊!他说你要是敢出病房半步,就永远都别回顾家了!"顾姑姑也怀疑,"言言,你可跟姑姑说实话,真的不是去见陆放?"

"姑姑,我去见沈向霆。"顾妄言轻笑。

"啊,小霆吗?真的?"

"真的,不骗你。"

《江山美人》庆功宴现场。

公司为影片和沈向霆拿下的奖项开了场晚宴,把剧组的大部分人都请过来一同享受这份殊荣。

"向霆?"导演正在跟他聊新剧本的事,想要趁热打铁,从沈向霆这儿探口风。在提了新剧本之后,他就看沈向霆开始发呆,莫非不感兴趣?

沈向霆回神,不咸不淡地回答:"这两年的步伐太快了,我想要慢下来,好好沉淀一下,今年暂时不会接新片了。"

"啊……这样……"导演有些失望,但还是对他做出这个决定很意外。

演员不得不说是吃青春饭的,虽说影视圈对男演员要更宽容一些,但年轻时候还是要多抓住一些机会。一般人在达到他这个高度后，更不会放弃随即而来的各种机缘。刚拿了奖，正是名气鼎盛的时候，换了别人赚钱都还来不及，他竟要慢下来充实自己！

沈向霆这小子当真了得啊……

"待会儿结束还有场私人饭局，都是业内人，你大多认识，赏个脸？"导演轻拍了他一下。

"不了导演，"沈向霆看了眼腕表，"我大概得走了，有约。"

"哦？是什么人能让向霆连庆功宴都不待，丢下我们这一大帮子功臣急着去见？"导演调侃道。

导演说完，就见不苟言笑的沈向霆忽地儒雅一笑，并不是很明显的弧度，说："一个小孩。"

"啊？"

"走了。"说完，他又恢复原样，从人群中穿梭而过，用他清冷的气质将所有搭讪的人隔离开。

沈向霆开着车，手机屏幕还停留在"信息"界面。信息是顾妄言发来的，他一直有顾妄言的号码，给顾妄言存的备注是"小孩"。这个备注这么多年从未在他的屏幕上出现过，所以看到顾妄言发来的信息时，沈向霆实愣住了，回过神后便冷笑。听说顾妄言大闹宴会，从三楼跳下去，连顾爷爷都不管顾妄言了，怎么会突然要见他？有求于他？不，那个小孩心气极高，轻易不求人。

他进包间的时候，少年已经坐在位子上等了，亮白色的灯光衬得他的脸像是打上了一层美颜光环，光线细腻柔和。少年就着耀眼的光晕，瓷白的脸上浮现一抹撩人心魄的笑意："霆哥，我能求你件事吗？"

那个小孩心气极高，轻易不求人。

轻易不求人。

不求人。

005

沈向霆面不改色，在他对面坐下，有些冷淡："什么事？"

沈向霆坐下的时候心里还在想：霆哥？看来是真的有求于他了。这小孩什么时候喊过他"哥"？小时候家里聚会，长辈们那么说顾妄言，顾妄言也没喊过他"哥"，今天倒是太阳打西边出来了，叫他"霆哥"。

少年温润的眼眸弯了起来，笑得有些秀气，给人一种干干净净的感觉："我爷爷一直在打压我，我们这个团没有起来，我生活有些拮据。"

沈向霆像大佬一般靠着椅背，打量着眼前这个小孩，总觉得这个小孩是无事献殷勤，非奸即盗。他以前见顾妄言时，顾妄言对他除了冷眼就是不搭理，什么时候对他笑得这么好看过？顾妄言从小就心高气傲，父亲早亡，母亲改嫁，顾家上下一直都很照顾顾妄言的情绪。沈向霆去顾家做客的时候也被家里人吩咐，要对顾妄言照顾一些，那是个可怜孩子云云。

"你在问我借钱？"沈向霆这么问了之后又觉得疑惑，这小孩生活拮据，怎么会宁愿向他开口也不向家里低头？他怎么不记得他们的关系好到这地步？

顾妄言摇摇头："我听说霆哥要接综艺，不知道能不能……也带我上一下？我就是混个通告费。"

就是混个通告费——沈向霆心里笑着，怎么听着这么可怜呢？顾家的人混成这样？"你回家跟顾爷爷低个头，不就什么都有了？"

顾妄言答："我不想认输。"

沈向霆喝了口热茶，抬眸看他："陆放呢？他不是陆氏继承人？连帮你渡过难关的能力都没有？"

沈向霆这么说的时候，言语冷漠，口气很不好——陆放究竟在干什么？！顾妄言生活拮据，他就这么干看着？他该对顾妄言多不好，才让顾妄言这样一个心气高的小孩宁愿拉下脸面去求外人！

顾妄言微微抬眼——受到那场梦的影响，他醒来后看到了很多和从前不一样的细节。他一直以为沈向霆真的是个高冷的人，可是这话很明显地表露了沈向霆隐藏的关心。

顾妄言轻声说："他太忙了，我不想找他。"

沈向霆冷哼一声，心说：听你这话意思是，我不忙？

"是不想找他，还是不想让他担心？"沈向霆一针见血，"你倒是想得周到。你为了他就差跟顾家断绝关系了，他却连你生活拮据与否都不知道？"

顾妄言在心里"咦"了一声。沈向霆是这么话多的人吗？就在刚才，他说的话已经比他俩从前说过的话加起来还要多了。从沈向霆进来开始，顾妄言就已经搬出了自己在梦里时练就的演技，这会儿，他"窘迫"起来，垂眸，睫毛扇了扇："没想到我的事都传到霆哥那儿了。"

顾妄言心想，如果是从前，他一定会觉得沈向霆在阴阳怪气，暗讽他什么，但现在听起来，倒有些像是在暗着说："你看你，交了个什么狗朋友。"顾妄言觉得沈向霆就差直截了当地说他瞎了眼。他站起来，礼貌地鞠了个躬："我就是试试，如果霆哥觉得打搅了，那就当我没有说过吧。"

"等一下。"沈向霆叫住了那个从自己身旁走过的少年。

沈向霆装着若无其事的样子："带你没问题，但我有个条件。"

顾妄言面对着门口，唇角勾了一下，笑意转瞬即逝，又变得乖巧起来："嗯，霆哥你说。"

"还没想好，先欠着，"他说着，又补了一句，"你也可以不答应。"

"我答应！"顾妄言想也不想，"谢谢霆哥！"

当着顾妄言的面，沈向霆拨通了经纪人的电话："跟'世外'说，我同意他们的邀请，但是要多带一个小孩。"

那头经纪人愣了一下："啊？我幻听了？这事已经办妥了？"

沈向霆面不改色："就这样。"

不管那边经纪人一头雾水，沈向霆挂掉了电话。

他再抬头看顾妄言，道："可以了，等电话吧。"

顾妄言笑了起来："谢谢霆哥！"

沈向霆目光清冷："现在可以坐下吃饭了？"

顾妄言刚回到座位上，就听见对面的人又嘀咕着："不帮你，这顿饭就不吃了？这就是你求人的态度？"

顾妄言也不好解释，就冲他好看地笑着。沈向霆心里莫名地有点儿浮躁，顾妄言怎么笑得这样傻？好像在讨好他似的。可顾家的人，本不需要这样委曲求全。

这顿饭吃得有点儿尴尬，顾妄言要演不知所措，沈向霆则也不知道能跟他聊什么，就这么尬着吃完了。服务员来的时候，顾妄言刚拿出钱包，沈向霆就抽出一张卡。

"霆哥！说好了是我请你的。"顾妄言着急地说。

沈向霆在心里叹了一口气，瞄了他一眼说："不是生活拮据吗？留着自己花吧。"

"可是——"

"等你拿了这期节目通告费，再请回来吧。"

"那好吧，谢谢霆哥。"

两人出去，沈向霆是自己开车来的："去哪儿？送你。"

"不用了！我自己坐公交就行了，霆哥再见！"顾妄言就像个有礼貌的小孩见到前辈一样，鞠躬道谢，匆匆跑开。"礼貌"这个词，原本也是跟他不搭边的。这小孩见了沈向霆，从来没主动打过招呼，更别提喊沈向霆"哥"。坐公交？顾妄言被迫活成了这样，该说他一声"傻"吗？

交友不慎！这个蠢货！沈向霆视线一低，想起在包厢里的情形，嘴角动了动。那小孩竟然主动找他求救，他是没有想到的——人类小孩迷惑行为。

罢了，可能小孩叛逆期到了吧。

果然第二天，尤金就接到了《世外桃源》节目组的电话。

"好嘞好嘞！谢谢导演！我们一定准时到！"尤金挂了电话，对在练舞室的顾妄言说："妄言！成了！"

顾妄言刚完成一个完结动作,气喘吁吁,笑了一下。

他没担心过。

其他两位成员有点儿嫉妒地说:"真羡慕你啊队长,居然能去《世外桃源》那种大火的综艺。"

"这你们羡慕不来!"尤金说,"首先,你们得有个一顿饭就能搞定的大明星前辈才行!"

"谁啊?"成员们八卦。

"去去,练你们的舞去。"尤金把他们挥开:"妄言,你就别练了,你赶紧回家收拾收拾。"

《世外桃源》这档综艺名字听着很有诗意,但现实很残酷,其实是一档野外求生类的节目,一期可能会拍好几天,时间并不固定。每一期录制,节目组总能找到一个地方,荒无人烟,然后把嘉宾们丢在荒岛上,让他们自行生存,不提供任何帮助。

顾家。

"你还想着去演艺圈!"顾老爷子中气十足的声音响起来,"你要是敢去,我就不认你这个孙子!"

顾姑姑赶紧冲顾妄言挥了挥手,让他先走。

不一会儿,王妈跑回来说:"老先生,不好了!言言跪在院子里,说您要是不答应他就不起来,外面可还下着雨呢!"

◇ ◆ 006 ◆ ◇

顾老爷子一听,脸拉了下来:"小兔崽子还敢威胁我了?!"

"哎呀爸!"顾姑姑着急地劝着,"言言这才刚出院,身体都还没好利索,外面雨下那么大,天气那么凉,病了可怎么办呀!"

"他不是爱跪吗?让他跪!谁都别理他!我看就是从小给他惯坏了,让他吃些苦头!"

顾姑姑急坏了,他们的母亲去世得早,老爷子对孩子从小就严格,特别是男孩子。她一共就两个兄长,全都走了老爷子的路,只有她是自由的,选择了经商。顾妄言的妈妈改嫁了,再没回过顾家,妄言从小就是个没爹没妈的孩子,她这个姑姑自然多疼着些。顾家的小辈中,唯有这个最小的嫡孙,叛逆得让顾老爷子头疼,说什么都要一头扎进演艺圈那个大染缸。他顾家的七尺男儿,怎么能去娱乐他人?像什么话!更别提……顾老爷子气郁,那臭小子还去跟陆放那种不三不四的人交友,最近都学坏了!

顾姑姑只好又用苦肉计，抹着眼泪："言言那么小就没了爸爸，妈妈还走了，二哥可就言言这么一根独苗啊……言言要是有个三长两短，二哥泉下有知都死不瞑目啊！"

"行了！"顾老爷子拄了拄拐杖，"这话你都说十几年了！你说得不累，我都听累了！我逼他跪的吗？他自己乐意跪就让他跪！谁都不许求情！"

顾老爷子回了房，气慢慢地顺下来，眼神也渐渐地有些暗淡。他拿出二儿子的照片，眼眶有些红了。

沈向霆登门拜访，下车就看见院中笔挺地跪着个熟悉的身影。他举着伞走过去，撑过顾妄言的头顶。

"顾爷爷固执，软硬不吃，你就是把腿跪断了他也不会答应。"

"我只是在赎罪。"顾妄言浑身都湿透了，雨水从他发上落下。在梦里的时候，他任性妄为，总是和爷爷对着干，爷爷的去世跟他有直接关系。他知道他就算把腿跪断了也无济于事。他跪在这里，把梦里发生的事都想了一遍，检讨、自省、警醒着自己不要再犯同样的错误。

顾妄言出事后不敢回顾家，认为自己没有资格再进顾家大门，所以一直在外游荡。后来他实在放心不下，某天偷偷潜回家里，看到爷爷一个人坐在房里，看着一个箱子发呆。他走近一看，那箱子里装满了他的东西——他们组合的专辑，他的宣传海报，他拿了奖的新闻简报……爷爷嘴上说着不承认他，跟他断绝了关系，私底下却一直在关注他的动向。爷爷把那些东西一个一个地翻过去，老泪纵横，他记忆里永远严格、严肃的爷爷哭得像个老小孩，悲痛欲绝。顾妄言无数次听到爷爷跟姑姑说，是自己错了，自己不该那么绝情，不该让孩子连家都不回，是自己把孙儿逼上了绝路。他早该告诉爷爷，爷爷没错，错的人一直都是他。

"赎罪？"沈向霆低下眉眼看他。不知道是不是站在侧面的缘故，他看到顾妄言的眼神里是忧伤，是忏悔。顾妄言又没有犯什么死罪，用得着用上"赎罪"两个字这么严重？

顾妄言抬起头，眉眼齐笑："霆哥，你怎么来了？"

沈向霆怔了怔，刚刚是他的错觉吗？

沈向霆让王妈给他撑着伞，自己淋了一小段路的雨进屋里去了："顾爷爷，我来看您了。"

"小霆啊，你怎么有空来？"

沈向霆跟顾老爷子寒暄了几句，才进入正题："我刚在外面看到妄言了。"

"哼，他跟我在这儿使苦肉计呢！"

"我看着不像，倒像在忏悔，我问他，他说什么要赎罪。"

"赎罪？"顾老爷子一听，也愣了一下，他认为那是罪吗？

"其实荒岛只是听着可怕，顾爷爷大可不必担心，节目组配了医护人员的。"

顾老爷子看向别处："谁担心他了！"

沈向霆察言观色是一把好手："这次我也去的，顾爷爷要是不放心，我替您多盯着他些。而且，去荒岛能锻炼他的生存本领，妄言身体里流着顾家的血，我相信，您的孙子随您，一定也不差。"

顾老爷子无奈地笑了笑："你这一夸，把我和顾家都夸上了，我要是不答应，反而显得我们顾家的子孙太懦弱了！也罢，那臭小子弱不禁风的，让他去锻炼锻炼也好！男孩子家家的，白得都透光了，小霆啊，这任务就交给你了，他不晒黑几个度，就别回来了！"

沈向霆点头："我帮您盯着。"

沈向霆出来的时候，顾姑姑迎上去问："同意了？"

"同意了。"

顾姑姑松了一口气："谢谢你啊小霆，你来得正好，给我爸一个台阶下。"

"不打紧的。"沈向霆看了一眼地上那个已经装好了的登山包，"他的行李吗？"

"对。"

"那我直接带他走了。"沈向霆弯腰提起了那个包。

"小霆！"顾姑姑追上去说，"言言他才刚刚出院，就请你多照顾照顾他了。"

"会的。"

沈向霆提着包出去，从王妈手中接过伞让顾妄言拿着，然后另一只手抓住他的手肘，将他搡了起来："跟我去酒店，明天出发直接坐我的车。"

顾妄言跪得腿有些麻，一起来腿软了一下，一脑袋撞到沈向霆的手臂上去，顿时头昏脑涨。

"对不起，我脑袋硬，撞疼你了吧！"顾妄言连忙道歉，脸上带着一抹抱歉。

沈向霆低眉看到他那双干净剔透的眼睛里凝着一丝担忧和关切，扶着他往车里走去："没事。"

以前，他们见了面也不打招呼。那小孩眼中总是一片清冷，幽深不见底，见了他也只是轻轻一扫，视线从不曾逗留，哪里是眼前这个软得像只小绵羊的小孩，还会关心有没有撞疼了他？顾妄言好像跟他记忆中的那个小孩有些不一样了，仿佛变了个人，是因为陆放改掉了这小孩的那股清傲？

沈向霆的反应，顾妄言都看在眼里，包括他眼中一闪而过的疑虑。顾妄言当然知道自己跟从前不一样了，从前他哪里正眼瞧过沈向霆啊。沈向霆又不傻，不可能感觉不到。但沈向霆猜得没错，顾妄言的清傲性子，确实是被陆放改掉的。这只是陆放为了折断他羽翼而走出的第一步：洗掉他的骄傲。

一个太有主见、太自我的人，是没有办法成为笼中鸟的。陆放正是知道这一点，才一步一步地，温水煮青蛙，最后把他变成了囚笼里的金丝雀。顾妄言现在要做的，就是演从前的自己。他还有很多事要做，他要亲手把陆放踹入地狱。这个仇，他要自己报！

其实他不必在沈向霆面前演，毕竟沈向霆从前一直觉得温润少年顾妄言只是镜头前的假象。沈向霆印象中的顾妄言还是那个清傲的弟弟，冷不丁让沈向霆遇着不一样的他，不怀疑人生才怪。他大可以让沈向霆觉得他还是以前那个顾妄言，但他偏不。不这样做，他怎么把这座冰山融化？沈向霆不开窍，他就多敲打敲打。

酒店。

沈向霆在业界是出了名的高冷，不爱与人亲近，更别提同住了。但顾妄言感受到了沈向霆对自己的关心，犹如落汤鸡的他被沈向霆领进了自己的酒店套房里。随后，顾妄言又被沈向霆像丢小鸡一般丢进了浴室："泡个热水澡，马上要出发了，别感冒了。"

沈向霆转身打给前台："帮我准备一杯姜茶。"

顾妄言泡了半个小时的澡，出了些汗，一出来，沈向霆就打开保温杯往马克杯里倒出来些什么，递给他："姜茶，祛祛寒。"

顾妄言皱着眉，有些抗拒地说："我不喜欢喝姜茶……"

沈向霆也一皱眉："不喝，就别跟我去了。"

"我喝我喝！"顾妄言生怕他不带了一般，抢过杯子就喝。

沈向霆这才满意——这还差不多！

顾妄言埋头喝的时候，嘴角勾了一下——姜茶可好喝了，没有不爱喝。

"嗯……"耳边响起怪异的声音，沈向霆仔细一听，还觉着那声音有些熟悉。他站在一处陌生的地方，那道声音是从房间里传来的。他心脏轻跳，手掌贴在门上推了进去，"吱呀——"门发出轻响，却没惊动里面的人。

他看到了顾妄言。少年斜躺在地毯上，双手被绑住，脸上有明显的伤痕。少年抬起头，看着门的方向，眼中凝着泪水："霆哥，救我……"

沈向霆被惊醒，坐起来还在冒冷汗。他怎么会梦见那小孩？沈向霆抚着自己的额头，是因为小孩就睡在隔壁吗？觉得有些渴，沈向霆开门出去，就看见窝在沙发上睡着的顾妄言。少年像只猫一样蜷缩着，浴衣半开。沈向霆眉目一跳，一下子就将这幅画面和刚才梦里的景象结合在一起，动作忽然一顿。他轻手轻脚地朝顾妄言走去，眸中闪过厉色。顾妄言的身上是大大小小的暗红色伤痕，好得差不多了，但仍然很显眼。陆放干的？难道他做的梦是真的，这小孩在向他呼救？顾妄言竟然被陆放打成这样！顾妄言，你是傻吗？

沈向霆正在心里讨伐着陆放，熟睡中的顾妄言动了动，一只手滑下来，戴着橡皮筋的手腕上惨不忍睹。这是……厌恶疗法？沈向霆的眸色更深了。顾妄言究竟在陆放手上经历了什么，要对自己施以厌恶疗法？

书房。

"您吩咐。"

"派人去查一下陆放和顾妄言，越细越好。"

那边愣了一下："顾妄言？让顾家那边知道会不会不太好？"

"不会，去查。"

"好的。"

顾家……肯定也不知道这事，顾妄言应该和谁都没说。顾家一味阻挡他在演艺圈的路，根本不知道跟他交往甚密的陆放是个什么样的人。陆放除了私生活浪荡，竟然还会跟身边人动手？上次在宴会上那么一闹，顾爷爷已经放话，如果顾妄言继续在演艺圈，继续跟陆放来往，就跟他断绝关系。

沈向霆冷笑一下。

他看顾妄言根本就不知道错，不会回头。

蠢死你算了，顾妄言！

第二天，《世外桃源》的飞行嘉宾在银水国际机场集合，一同前往拉斯韦尔机场。

当红女团成员廖菲菲打扮得精致美丽："导演，只有我们吗？"

负责接待飞行嘉宾的导演解释："常驻嘉宾们刚结束一期拍摄，飞到拉斯韦尔休息了几天，我们去那边一起集合。"

"那是什么地方啊？听都没听过。"

"一个西方国家的城市。"导演好心提醒，"菲菲，我们去的地方很艰苦的，你穿得这么漂亮不太合适。"

廖菲菲打扮得像去参加演唱会一样，浓妆、短裙、高跟鞋。

"怎么不合适了？我可是偶像，丢什么都不能丢了偶像包袱。"

导演笑笑也就不自讨没趣了，一看另一个飞行嘉宾——三线女演员左雅就朴素多了，近乎素颜，穿得也很休闲。这才是聪明人，一看就是做过功课的。

"导演，我们人还没齐吗？我都等累了！"

"还有两个人，快到了。"

"有没有时间观念啊？"廖菲菲抱怨道。

左雅接了一句："集合时间还没到呢，不算迟到。"

廖菲菲冷冷瞧了她一眼。

"啊——霆花!"

"哥哥!路上小心啊!照顾好自己!"

大老远就听见粉丝们的尖叫声。

"谁来了?"廖菲菲也朝那边看过去。

左雅说:"好像是沈向霆!"

"他也来了?"廖菲菲闻言,赶紧拿出小镜子照了照,整理一下仪容。那可是沈向霆!随着拿下第二个国际A类电影节奖项,他的知名度只有更高,没有最高,就连大爷大妈都有不少认识他的。他不是电影咖吗,从来都只在大银幕上出现,居然也会来参加综艺?他该不会是知道她在才来的吧!

008

沈向霆的身边跟着一个身材很高挑的人,两人都戴着口罩,大家谁也没注意,还以为那是个新来的助理。那"助理"要跟着节目组一起登机的时候,廖菲菲过去将他挤了出去:"向霆哥,你还不知道吧,这节目不允许带团队的,化妆师、助理都不行。"

顾安言被推了出去,沈向霆眉头一皱,眼疾手快地往后伸过去,抓住了他的手肘:"小心点儿。"

两人高了廖菲菲好多,沈向霆一扭头,就像是没看见挡在他们中间的廖菲菲一样,直接越过她看着顾安言。

"我没事,霆哥,谢谢你。"顾安言漂亮的桃花眼微眯,他虽然戴着口罩,但还是会让人觉得口罩之后一定是张很漂亮的脸。沈向霆退开一些,把他拎到了自己身旁,冷冷地叮嘱一句:"跟紧我。"

摄影师早就已经开始拍摄素材了,没有放过这一幕。这女团偶像在团内是人气居高的成员,世界各地都有她的粉丝,就连艺人中也有不少是她的粉丝。可她偏偏在沈向霆这里吃了瘪,刚才沈向霆连看都没看她一眼,全程只关心那个叫顾安言的十八线偶像。摄影师连剪辑时候的花字都想好了:高冷"男神"。

登机后,大家都是坐的头等舱,廖菲菲一看自己的座位,再看前面坐着的人,太好了,跟沈向霆坐一块儿!节目组值机的时候是故意这么安排的,红的艺人跟红的艺人坐一起,顾安言一个十八线小明星,被分去了跟左雅一起坐。

"我帮你吧。"顾安言接过左雅的背包,将它放了进去。

"谢谢你。"左雅笑着说,"你是哪家的艺人啊?我怎么没见过你?"左雅打量着眼前的少年,他看起来干干净净的,比她还要白,打扮很日常,青春洋溢,左耳上戴着一枚黑色耳钉,为他添了一分桀骜之感。

"我是华鼎的，"顾妄言坐下来打招呼，"我叫顾妄言，是个小男团的队长，我们团很不出名，左雅姐，你不知道也很正常。"

"你认识我呀？"左雅有点儿小惊喜。

她是个典型的三线演员，演的剧平淡无奇，观众脸熟她，能叫出她在某部剧里的角色名，却不知道她的真名是什么。

"我看过你的电视剧，左雅姐的演技特别自然，我是你的粉丝。"

左雅听了心里也乐，这弟弟嘴可真甜，看着就叫人喜欢！

这年头谁还当真啊？见面都说是粉丝。

"《筒子楼》我就特别喜欢，你的杀青戏我印象深刻，我还看了花絮，那段舞是你特地去学了三个月的，我觉得你特别敬业。"

左雅震惊了："你真的看过呀？"

顾妄言居然连花絮都看了！她在《筒子楼》里只是一个小配角而已，前后加起来不过十场戏，但她很认真地对待，虽然最后的杀青戏不超过两分钟。

她更喜欢这个弟弟了。

沈向霆把帽檐一扯，本来打算休息了，昨晚醒来后就没怎么睡，后面却传来顾妄言和左雅的谈笑声，不禁皱了皱眉头。他什么时候变得那么健谈了，跟第一次见面的人都能聊得那么开心？在沈向霆的记忆中，顾妄言是不爱搭理人的。在半年前那场家宴上，在那么大的场合，他也硬是叛逆地见谁都不喊，让顾老很没面子，席间就不见了。沈向霆因为不喜欢那种场合，出去吹风，没想到意外看见了陆放在楼下花园和顾妄言说话。沈向霆其实算是第一个知道陆放存在的人，但跟谁都没说。

呵，他不会搭理你的。那时候沈向霆这样想，没有走掉，竟就站在那里看。那小少年眼里没有光亮，对什么都不感兴趣。果不其然，顾妄言扭头就走，沈向霆看到了他转身后嘴角闪过的一抹冷笑。

后来沈向霆有意无意地总是会看见陆放的动向，知道他锲而不舍地追着顾妄言跑，嘘寒问暖，笑脸迎人，怎么被顾妄言晾着都不放弃。都说伸手不打笑脸人，大概顾妄言就是这么开始信任他的。

想远了——

耳边还充斥着顾妄言和左雅的声音，廖菲菲就坐了下来："向霆哥，没想到是我们两个坐一块儿啊，能让我进去吗？"

沈向霆推开帽檐站了起来，廖菲菲开心地进去坐下，一扭头就看见他往后面走去。

一抹高大的影子笼罩下来，顾妄言和左雅一同抬起了头。

这么大一尊"佛"站在面前，左雅紧张地喊："沈……沈老师。"

"霆哥？有什么事吗？"

沈向霆看着左雅说："你们女孩子坐，我跟你换位置。"

"啊？"左雅一想那廖菲菲太事儿了，跟她一起坐还不如跟妄言弟弟一起坐，他们聊得挺开心的，"不……不用了沈老师，我坐这儿挺好的。"

沈向霆一言不发，盯了左雅一眼。

左雅愣了一下："那……那换吧……谢谢沈老师。"

后面坐着的摄像老师想：左雅，你要是被绑架了你就眨眨眼，听着怎么那么勉强呢？

左雅一出去，顾妄言就主动坐到里面去，沈向霆直接坐在了他的位子上。

他一坐下，就把帽檐拉下来一盖，听不出语气地说："聊得挺开心。"

"嗯，还好，左雅姐人很好。"

沈向霆没再接话，顾妄言看着他的侧颜，嘴角忍不住往上扬。

那边，左雅一坐下，就礼貌地打了声招呼："菲菲好。"

廖菲菲白了她一眼，生气地转过头去。

左雅吐了吐舌，她也不想坐这儿好不好？只是沈向霆刚刚那一盯，盯得她莫名有些慌。

十几个小时的长途航程，顾妄言睡得很熟；沈向霆醒得比较早，机上有Wi-Fi，打开邮箱，里面是一份调查结果。私家侦探在陆放的社交账号查到了一些聊天记录。

沈向霆粗粗拉下来一看，陆放竟然是惯犯，跟在他身边的朋友多多少少都被他酗酒后动过手，偏偏他又喜欢喝酒，三天两头闹出动静。

顾妄言才刚刚成年，禽兽不如的东西！

◇ ◆ 009 ◆ ◇

飞行嘉宾们中间还转了一次机才到拉斯韦尔机场，常驻嘉宾和总导演他们已经在机场等候接机。沈向霆的到来，让总导演觉得蓬荜生辉，总导演连忙上去迎接握手："向霆老师能来，真是让我们整个节目组都光亮起来了！"

"导演，你这话说得，要不我们都回去呗？让沈向霆做常驻嘉宾得了！"几位常驻嘉宾玩笑道。

《世外桃源》一开始是五位常驻嘉宾，经过慢慢的摸索，最后留下了适合节目定位的三位常驻嘉宾：负责调动气氛、掌握节奏的演艺圈老前辈姜华，什么都会、上天入水活儿全包的中年艺人许家彬，再加一个多才多艺也很有综艺感的偶像"小鲜肉"裴子昂抓住年轻观众。

沈向霆对老前辈还是很敬重的："姜华前辈说笑了，您是主心骨，没了您可不行。"

姜华哈哈笑:"来来向霆,好久不见了,上车聊。"

商务车坐不下那么多人,姜华叫上许家彬一块儿,然后跟后面的人说:"子昂,你们年轻人坐一车!"

沈向霆在车门前停一下,冲人群喊了一声:"顾妄言,过来跟前辈打招呼。"

姜华和许家彬都是老滑头,二位老友互相视了一眼:不简单啊,这明摆着是要给那新人铺路。演艺圈里给新人铺路的艺人那多了去了,但他们还是头一回见油盐不进的沈向霆给人铺路。说起来,一下飞机那新人就跟在沈向霆身边,不点他,他也不刻意抢镜,看着还挺乖巧。他们对他的第一印象蛮不错。

顾妄言背着重重的登山包小跑过来,鞠躬打招呼:"姜华老师好,许家彬老师好,我叫顾妄言。"

姜华看着沈向霆:"你们公司的?"但姜华问完又觉得,沈向霆这性子,再加上如今的地位,要是不乐意,公司就算给他安排了带新人的任务,他也可以拒绝。

"不是,"沈向霆说,"是认识的一个小孩。"

"哦……"姜华跟许家彬互相看了看,认识的小孩,这范围可大了。

"我是华鼎的。"顾妄言接着说。

"啊,行行,上车再说!"

沈向霆的面子,那他们必须给,反正这小孩也机灵乖巧,看着不讨厌。

节目组领着嘉宾坐车来到码头,要换交通工具——船。

"你们小朋友里有晕船的吗?"姜华问,"没有就都跟上啊,今儿你们上了这条贼船可就下不去了。"

每个嘉宾身上还分别戴着运动相机,后期好从每个人的镜头里提取素材。

廖菲菲问:"前辈,我们这是要去哪儿啊?"

"菲菲,你穿裙子啊?"姜华问。

"对啊,好看吗?"

"好看,好看。"姜华笑着,跟许家彬和裴子昂对看了一眼:"我赌一个小时。"这一看就是个对他们这个节目没点儿心理准备的娇娇女。

许家彬:"那我两个小时吧。"

裴子昂:"三个。"

廖菲菲一头雾水:"你们在打什么赌啊?"

姜华再看左雅:"左雅对吧?"

"是的前辈,我叫左雅。"

"做过功课?"

"嗯!"左雅点头,"我是《世外桃源》的忠实粉丝,每期都看了!"

这不管她是不是真的每期都看了，人家起码像是做了功课的，不像那个廖菲菲，简直像来郊游的。

　　"我也看了，前辈！"廖菲菲也接了一句。

　　老前辈们心照不宣，只是微笑。但凡看过半期，都不会穿成这样来。姜华又看着一直很安静的顾妄言："妄言小朋友也做过功课？"

　　第一眼看过去，这顾妄言就是个走偶像路线的"小鲜肉"，跟最初裴子昂来的时候一样。裴子昂是初代偶像，很早就出道了，出道时人气就很高，实力与颜值并存，是偶像界的"天花板"。第一期时，裴子昂穿得花里胡哨的，姜华还调侃他这是要去荒岛上商演呢。那一期，裴子昂从光鲜靓丽的偶像小鲜肉变成了朴实无华的荒岛居民，也是个看点。到了第二期，裴子昂就学乖了，知道好看的反正留不住，索性就不折腾了，像是直接从家里出门就来参加综艺似的，把观众都笑坏了。这档节目让裴子昂走下神坛，变成了接地气的艺人，也成功吸引了好大一拨粉丝。

　　这顾妄言是个新人，第一次来综艺亮相，应该好好打扮打扮，惊艳出场才是，可他呢？连妆都没化。别人素颜是化了淡妆骗观众的，他倒好，素到家了！好在这孩子底子好，也不知道是不是因为现在的孩子都保养得不错，脸跟小姑娘似的，白白净净，吹弹可破，什么瑕疵都没有；发型没做，就戴着一顶鸭舌帽；衣服更不用说了，就是普通的保暖防风冲锋衣。现在太阳下山，已经有凉意了，这不，廖菲菲已经开始有意无意地搓着自己光洁的大白腿。他们一眼看过去，顾妄言就是个干净阳光的大男孩，看着就很舒服。

　　许家彬往沈向霆身上看了一眼，接了一句："向霆给开了清单吧。"

　　裴子昂打趣道："怎么？向霆，这妄言弟弟是你家的？"

　　沈向霆和裴子昂，当年是从同一档偶像竞演节目开始露脸的，只是后来在决赛的时候，沈向霆忽然退赛，裴子昂拿了冠军。大家都说，沈向霆要是不退赛，当年那冠军花落谁家还不一定呢！这偶像"天花板"也可能要易位！不久后，沈向霆以演员的身份出道了，开局就演了大导演的片子，一炮而红。他俩算是殊途同归，都火得一塌糊涂。

　　裴子昂就是这么打趣地一问，沈向霆竟然没说话，像是默认了。

　　几个人都听傻了，不知道该怎么接，顾妄言解释了一句："小时候霆哥住我们家隔壁。"

　　"啊……"众人这才明白地点点头，原来认识啊！

◇ ◆ 010 ◆ ◇

　　姜华笑说："原来是邻居家的孩子，那这是真弟弟！我说呢，向霆怎么会那么照顾一个新人？这不像你啊。"

大家发现沈向霆都不怎么接话了，脸臭臭的，不知道是怎么了，谁也不敢去招惹这尊"大佛"。姜华是个人精，见他心情不好，话题也不往他那儿丢，把大家的注意力往别处引。顾妄言就像个第一天出门的小朋友，对什么都好奇。大家对这个可爱的弟弟照顾有加，他问什么就答什么。

"言言，你看着啊，"许家彬拿着鱼叉对着海里，"这样——"

"哇——"三个新嘉宾发出惊叹声。

顾妄言眼里闪着光亮："许老师好厉害！"

看着很快跟大家熟起来的顾妄言，沈向霆时不时往那边瞄一眼，"言言"？这才多久，他们都喊上"言言"了。

又航行一段路，终于抵达节目组勘察过的无人岛，一言不发的沈向霆直接跳了下去，踩在低浅的海水中。廖菲菲站起来，手伸了过去，娇滴滴地说："向霆哥，能扶我一下吗？"

沈向霆像是完全没听到一般，直接踩着海水上了岸。廖菲菲站在那里尴尬，顾妄言正好站在旁边，也跳进了水里，伸手过去："我扶你吧。"

"不用了！"廖菲菲黑着脸，抱怨着，"这船怎么停的啊？都是水，让人怎么下？"

裴子昂接了一句："船给你，你来停？"

廖菲菲："……"

顾妄言转而去扶左雅："左雅姐小心点儿。"

"谢谢你啊，妄言弟弟。"左雅正要下来，忽然后面一个浪打过来让船摇晃了一下。

"啊——"

"哎，小心！"

旁人尖叫，左雅压向顾妄言，两个人齐齐摔在海水里。听到叫声，沈向霆回身一看，放下背包往回跑。他到的时候两人已经被姜华和许家彬扶起来了，沈向霆黑着脸从许家彬手里扶过顾妄言："怎么这么不小心？"

许家彬说："没事儿！这海水下都是泥沙，摔不疼！"

"他刚出院，"沈向霆沉声道，"身上伤没好全，昨天还淋了雨。"

"啊……"许家彬意外，"那不该来参加的啊，这里可不是享福的。"

"没事，霆哥，"顾妄言笑得灿烂，"伤都好了，淋点儿雨也没事，我自己可以走。"

沈向霆架着他的一只手，脸依然臭得不行："我是怕回去跟顾爷爷不好交代。"

顾妄言没有再推辞："那麻烦你了，霆哥。"

沈向霆没接话，低下去扶他。

姜华和许家彬在后头看着，嘀嘀咕咕："这小子什么时候这么会照顾人了？"

"没听见他说不好跟人家爷爷交代吗?邻居家的小孩,想必是答应了要帮老人家多看着点儿孙子吧。"

"也是,沈家是什么情况,住他家隔壁的,那还能是普通人吗?"姜华精明得跟什么似的,"这顾妄言看着细皮嫩肉的,想来是个饭来张口、衣来伸手的。"

"我看着也像!"许家彬说,"我赌他能比廖菲菲多坚持两小时。"

"未必!那我赌他比廖菲菲多一小时吧!输了的老规矩,下海夜捕!"

沈向霆扶着顾妄言在一旁的树下坐着,看他走路一瘸一拐的,蹲下去撩开他的裤腿。顾妄言一下子挡住了他的手,眼神里带着点儿什么,摇摇头:"我自己来吧。"

沈向霆推开他的手,像是无意间把背包放在一旁,从里面取出医药品,然后将他的裤腿撩上去一些。他摔倒的时候应该是磕到了海水里的石头,脚腕流着血。但顾妄言并不是因为这个不让沈向霆碰,而是因为沈向霆撩起裤腿之后,就能看到他的脚踝处有伤。

此时顾妄言并没有在演,是真的不想让别人看到他身上的伤,特别是沈向霆。沈向霆会怎么想这些伤?沈向霆如果问起来,他该怎么解释?沈向霆看到了吗?

沈向霆低着头,顾妄言看不到他的神情,他的脸色却慢慢变得很苍白,垂在一旁的手也悄然握了起来,指甲戳得自己的手掌很疼,耳旁充斥着奇怪的声音。

"噫,他真恶心啊。"

"怎么会有人这么变态啊?"

"如果我是他,我就死了算了,怎么还有脸活在世上?"

不是的……不是这样的……为什么要骂他……他明明是受害者。

顾妄言……顾妄言……

"顾妄言!"沈向霆的声音冲破魔障,将顾妄言的思绪唤了回来。顾妄言脚踝上的伤,沈向霆是看见了的,但装着没看见的样子,等处理完他的伤,抬头却看见顾妄言满脸都是冷汗,双眼失去焦距,喊了他好几声才把他的魂喊回来。顾妄言大口地喘着气,看着眼前的沈向霆,两只手无力地垂在一旁,声音有些哑,徘徊在要哭不哭的边际:"霆哥……救救我……"

那一瞬间,沈向霆心里只有一个决然的念头——他要杀了陆放!

"怎么了,怎么了?"

其他人看到这边的动静,都跑过来,沈向霆一顿,将顾妄言的裤脚放了下来。

"这小朋友怎么了?"姜华蹲下来看,"呀,怎么脸色这么苍白啊?没事吧?"

"是不是没出过远门,水土不服啊?"

裴子昂跟导演组要了瓶矿泉水递过去:"先喝口水吧。"

"对不起……"顾妄言靠在树干上,一脸抱歉,"给大家添麻烦了。"

"没事没事,多大点儿事,你不舒服就好好休息。向霆,你好好照顾小孩吧。"姜华一拍他肩膀,"这天色已经不早了,得赶紧搭小屋了!"

"啊!什么意思啊?"廖菲菲跺了跺脚,"好多蚊子啊……姜华前辈,搭小屋是什么意思?我们睡的地方不是节目组提供吗?"

左雅接着说:"我们上岸后,节目组就不管我们了,吃喝住都得自己解决!"

"啊?不会吧,还得自己搭小屋住?这得搭到什么时候啊!"廖菲菲皱着眉头:"姜华前辈,你看我都要被蚊子吃了!"

裴子昂说:"让你穿裙子!带没带裤子?牛仔裤都行。"

大家一看到她光腿穿着裙子来,早就已经预见她的现在了。

"没有!"廖菲菲有些生气,"什么破地方啊!不拍了!我要回家!痒死了!"

廖菲菲那双大白腿已经成了蚊子眼里的香饽饽,被咬得左一块右一块的。正在为搭屋子做准备的姜华抬头,对着许家彬那边说了一声:"我说什么来着,一小时最多了。"像她这种吃不了苦还对节目定位没点儿数的娇娇公主,上岸坚持一小时就是极限了,多半吵着要罢拍回家,以此来威胁节目组。但《世外桃源》节目组什么嘉宾没见过?除非你真的不拍要走,那就送你回去,否则是一律无视的。廖菲菲想要特殊待遇失败,姜华见她也不是真的想走,让裴子昂给她拿了瓶防蚊喷雾和叮咬后擦的药膏。左雅也从自己的行李中翻出来一件黑色衣物说:"菲菲,我有多的潜水裤,你穿我的吧。"

廖菲菲本来是不乐意的,但这岛上的蚊子真的是太毒了,接了过来,直接套在裙子下面。一旁的嘉宾们见廖菲菲连声"谢谢"都没说,在心里叹了一口气,左雅也没放在心上。

"赶紧都过来吧,"姜华说,"天黑前要是搭不完,我们就得露宿了,晚上星星应该挺多,哈哈……"

许家彬分配任务:"子昂,你是老人了,带着两个姑娘去附近捡点儿大树叶回来,我看这天有点儿黑,怕是要下雨了!"

许家彬正愁人手不够,节目组那边就通知说,韩晴曼到了。韩晴曼利落地从船上跳下来,背着个大背包朝这边走过来。许家彬立马笑脸相迎:"呀!节目组还真是体恤我啊,我这刚抱怨缺人手,就直接给我派个大帮手来了!"

韩晴曼是第三次参加《世外桃源》,第一次来的时候就给大家留下了女强人的形象,不矫情,什么都会干,增加了好多粉丝。节目组也爱请她这种艺人,这次只是试着一邀请,没想到韩晴曼一点儿架子都没有,让经纪人把行李先带过来。她刚在国外参加完一场颁奖典礼,完事就直接过来了。

都是老熟人,韩晴曼就不跟他们客套了,直接过来说:"张导跟我求救,我哪能不来?听说你们这次找了四个什么都不会的小朋友,我再不来,你们要喝西北风啊？"

"晴曼姐！"左雅乖巧地打招呼。

"晴曼姐。"廖菲菲也乖乖打招呼，这都是业界的大前辈。

那边，沈向霆搀着顾妄言往这边走，韩晴曼看着他们，挑了下眉："呦，沈向霆，你这小子也在呢？"

廖菲菲心想：大前辈不愧是大前辈，居然可以这么跟沈向霆说话！但他们两个好像没合作过什么影视剧啊，听这口气怎么好像很熟的样子？

沈向霆看了眼韩晴曼，竟也乖乖地喊："晴曼姐。"

韩晴曼三十岁，是这里年轻一辈中辈分最高的了。不论咖位、年纪，还是入行时间，韩晴曼都是沈向霆的前辈。

"你怎么纡尊降贵，来参加综艺节目了？"韩晴曼长得特别漂亮，有着一种知性美，静如处子，动如脱兔，这会儿眼一眯，笑得意味深长，让人不明白她在意有所指什么。

"你管我。"

众人心想，这才是他们认识的那个沈向霆啊，仿佛刚才那一句乖巧的"晴曼姐"只是他们的错觉。沈向霆这个人高冷得很，不爱与人亲近，有点儿不合群。粉丝们戏称他是"高岭之花"，看得见，摸不着，只可远观而不可亵玩焉，因此他的粉丝们给他起了个名字叫"霆花"。

"不管不管。"韩晴曼一点儿也没有被撑了的尴尬，看向一旁的顾妄言："这位小弟弟是？"

顾妄言鞠躬："前辈好，我叫顾妄言。"

"啊，你就是顾妄言……"

包括顾妄言本人在内的所有人都有些意外，韩晴曼认识顾妄言？

他不是个十八线小明星吗？她怎么会知道他的！

韩晴曼只是笑笑，也没打算解释："你们怎么还没生火啊？再不生火太阳就要下山了！"

"这不没人手了吗？"许家彬说，"刚好你就来了！晴曼，你过来帮我一起生火。导演组今天又抽风了，打火器都给我没收了，我们又要回归原始的钻木取火咯！"

"前辈，我能帮什么忙吗？"顾妄言问。

"言言啊，你不是不舒服吗？你就休息吧！"许家彬头也没抬地说。

"我没事！要不我去附近转转看能不能找到什么吃的吧。"

"也行。"许家彬抬头笑："向霆，你陪他去吧，你们不是挺熟吗？你自己看着点儿。"

"走吧。"沈向霆抓着他的手肘，扶着他。

顾妄言则说："我已经没事了，霆哥。"

等两人走远些，韩晴曼问："他们认识？"

许家彬冲她笑："不知道了吧，他俩小时候认识，隔壁邻居！"

"啊……"韩晴曼点点头，"怪不得！我差点儿以为沈向霆那小子有肢体接触障碍呢，哈哈……今天一看，也不是嘛，和顾妄言小朋友看着还挺亲密。"

◇ ◆ 012 ◆ ◇

沈向霆作为本期最重要的嘉宾，他俩一走，就带走了主摄像老师。

"我真的没事了，霆哥，可以自己走。"顾妄言三番两次这么说，沈向霆只能放开，否则让人觉得他好像很想扶着顾妄言似的！

这座岛真的像是荒岛，杂草丛生，路也很不平坦，到处都有尖锐的石头。顾妄言伤了一只脚腕，走得不是很稳，偶尔会崴一下；沈向霆走在后头一些，总是下意识地抬手，但又很快收回去。

顾妄言折了根粗点儿的树枝打开杂草开路，开口打破了沉默："霆哥，你好像一点儿都不好奇我刚才怎么了。"

"想说你自己会说。"

顾妄言找了个一下子就能被戳破的谎言："我晕船了。"

"哦。"

又沉默了一小段路，顾妄言走在前头，无论是沈向霆身上的运动相机，还是摄像老师，都拍不到他的表情。他此时的五官是有些皱起来的，焦虑的时候，咬唇是他的习惯动作，现在有摄像头在，他也不能用厌恶疗法，只能咬自己的嘴唇。

因为梦境而多出的八年记忆，不是说删就能删的。他虽然知道那只是梦，但没有办法抵抗梦境带来的"后遗症"。在医院醒来后，他感觉到了前所未有的轻松，精神疾病有所缓解，却没办法完全消除，触到禁区记忆的时候，焦虑的感觉还是会布满全身。就像刚才，网友们的谩骂像毒瘤一样盘踞在他脑海里，那些都是他在梦里一条一条看过来的。他明知道自己承受不住，却还是会看。

此刻的焦虑则是因为沈向霆，他确定沈向霆知道了什么，否则不会在其他人过来的时候，匆匆忙忙地放下他的裤脚，遮住他受伤的脚踝。沈向霆的沉默不问，更加说明沈向霆心里早已明白。

顾妄言心里有些烦躁。

两人转了一圈，只找到几个能解渴的热带水果。顾妄言拉起自己的外套，盛着水果就往回走了。

"前辈，这岛上什么能果腹的都没有。"顾妄言把那几个水果放到地上去。许家彬和韩晴曼已经生好了火，廖菲菲他们也回来了。一看这成果，廖菲菲皱眉说："你去了那么久，就找到这么些东西啊？偷懒了吧？这怎么吃得饱！"

韩晴曼看一眼沈向霆说:"就是啊小沈,你怎么回事啊?搞半天带着小妄言进去干吗了?一起上厕所了你们?"

沈向霆看了她一眼,廖菲菲愣了一下,抓紧补一句:"向霆哥,我没有要说你的意思啊。"

廖菲菲越解释越糟糕,没有人接话让这个话题自然跳过。沈向霆和顾妄言是两个人一起去的,要偷懒也是两个人一起偷懒,她只挑一个说,傻瓜都知道她是针对顾妄言,还不如不解释!

顾妄言窘迫,悄悄地看了沈向霆一眼说:"前辈,还在拍呢。"

"拍着呢啊?"韩晴曼笑着说,"拍着又怎么啦?艺人也要上厕所呀!"

"哈哈……"左雅一下子笑出来,但很快觉得不妙,收了笑脸,"对不起,向霆前辈……"

沈向霆冷哼了一声,众人也不知道那是对谁哼的,都没接话。

沈向霆转身去帮姜华搭临时的荒岛小屋子,基础的形状已经搭好,他将初步固定好的三面都用树枝继续交叉固定。他冷笑了一声,姜华刚好看到,打趣问:"怎么了,我们大明星?谁招惹你了?"

"没有。"

"没有?你这脸臭得,刚在船上就看你心情不好,"姜华猜了一下,"是跟言言吵架了?"

他是跟顾妄言去找吃的,回来就这样,还能是因为什么?

"没有,"沈向霆坚决否认,"我跟一小孩有什么好吵的?"

"也是。"姜华笑笑就没再问。

那边,顾妄言深深地看了一眼沈向霆,什么也没说,转过身对着韩晴曼她们又是一副乖巧的样子,带着点儿羞赧:"晴曼前辈,不要开我们的玩笑了,霆哥都不好意思了。"

"别前辈前辈的了,叫我晴曼姐就行了。"

"晴曼姐。"

"欸,乖!"韩晴曼笑了一下,"开玩笑怎么啦?不是什么大事,你们就是太惯着他!"

廖菲菲问:"晴曼姐,你跟向霆哥是怎么认识的呀?你们的关系看起来好像很好呢,可以开这种玩笑。"

"就那么认识的呗。"韩晴曼也不细说。

廖菲菲有点儿尴尬,怎么觉得韩晴曼好像不是很爱跟她说话?其实旁人也发现了,韩晴曼对顾妄言这个十八线偶像都比对廖菲菲热情,或者说,最热情。不知道是不是因为沈向霆的关系,大家觉得韩晴曼对这弟弟照顾有加,一直点他,给他带镜头。许家彬笑而不语，这小朋友运气真不错，大家都爱帮着他。不过，乖巧的孩子谁都喜欢，大家爱照顾他，也是因为他讨喜吧！

"世外"成员除了廖菲菲，其他人都穿潜水衣打底，既保暖又方便下水，再在外面套上外套和短裤，所以姜华他们才会说左雅和顾妄言是做了功课来的，那装扮一看就是来野外生存的。之前也有些嘉宾穿着牛仔裤来，最后遇上下雨，简直是自找罪受。廖菲菲是最离谱的，还敢光腿穿裙子来这种荒岛！

最后看屋子搭得差不多了，许家彬站了起来："看来今晚大家的晚餐只能靠我了，有没有哪位小朋友要跟我去夜捕的？"

顾妄言举起了手："我想去！许前辈，我能去长长见识吗？"

"可以！当然可以！"

顾妄言站了起来，跟着许家彬走，还没走两步，忽然有什么扼住了他命运的后脖颈。放下搭屋活儿的沈向霆大步过来拎住他的后衣领："你都受伤了去凑什么热闹？你的伤口不能碰水。"

大家都憋着笑。

"扑哧——"唯独胆大的韩晴曼不走流程直接笑，站了起来："行了行了，小妄言，你呢，就留这儿休息吧，姐姐去给你打吃的！"

◇ ◆ 013 ◆ ◇

许家彬和韩晴曼有说有笑地走了，姜华和裴子昂还在给他们的丛林小屋做最后的填补工作，廖菲菲和左雅两个小姑娘体力没那么好，已经坐在火堆旁烤火。

廖菲菲说："向霆哥心情是不是不好？"

"有吗？"左雅疑惑，"我觉得向霆前辈挺开心的。"

"摄像机拍着，能表现出来吗？开玩笑也该适可而止吧！"廖菲菲说道，"这个叫顾妄言的，就差分分秒秒都贴在向霆哥身上了，蹭热度太明显了吧！"

"没有吧……"左雅干笑了一下说，"向霆前辈不是说了吗？言言是邻居家的小孩，以前就认识，多照顾一些也无可厚非吧。"

左雅还有更直接的话没说，演艺圈不就是这样吗？你要么拼实力，要么拼背景。顾妄言就是运气好，刚入行就有沈向霆这种大咖带他，人家沈向霆也乐意照顾他，他们旁人有什么好说的？更何况，沈向霆的热度，那是想蹭就能蹭的吗？也得沈向霆配合才是啊！

廖菲菲"呵呵"了一声："向霆哥照顾后辈是他人好，顾妄言自己脸皮不能那么厚一直倒贴吧？"

这是廖菲菲不开心的原因之一，更多的是这个十八线偶像到处抢镜，把她的光芒都盖了过去！本来她才是丛林一枝花！她廖菲菲是谁？走到哪儿都有尖叫声的人气女团偶像，来这种地方不应该被当成公主一样捧着吗？可是她来了才发现，大家都不怎么在意她，众星拱月的那个"月"成了顾安言，谁都围绕着他转，她倒成了众多星星中的一颗！凭什么啊？巨大的心理落差让廖菲菲更讨厌顾安言。这不是她想象中的荒岛丛林生活！

"我觉得挺好啊，"左雅接道，"向霆前辈也不反感，我们外人也不好说什么吧。"

廖菲菲不说话了，跟她聊不到一块去！左雅心想：我还觉得你像倒贴呢！有眼睛的都看得出来，你一直在有意无意地接近沈向霆，可沈向霆搭理你吗？廖菲菲左一口"向霆哥"，右一声"向霆哥"的，其实仔细观察的话，就会发现沈向霆一次都没回应过她。左雅怀疑，要不是摄像老师在拍，沈向霆都要不给面子地不让她喊呢！至少在她看来，顾安言一直是被动的，和所有人都保持着社交距离。

虽然不下海了，但顾安言还是去了海边，沈向霆也慢步跟着。

顾安言在岸边走着，忽然喊了一声："鱼！"

摄像老师和沈向霆都看了过去，只见顾安言蹲下去抓捕，面前躺着一条被浪打上岸的鱼，在岸上蹦跶着。摄像老师跑过去，给了个近景，顾安言蹲在那里，两只手合拢抓住它，对着镜头笑了一下："老师你看，送上门的鱼！"

摄像老师是个中年男人，看着自己镜头里那张少年青春洋溢的笑脸，愣了一下。这个小孩的笑容真的好纯粹，干干净净的，没有任何杂质。他本来是去拍鱼的，没想到意外拍到这一幕。搞摄影这行的都喜欢美的事物，此刻顾安言在他眼里是没有性别的，那就是一个让他觉得很漂亮的小孩。

太幸运了，他刚好拍到了！

不远处，沈向霆停下了步伐，看着那一幕一愣。沈向霆忽然想起来，其实在很久以前，他也看过和这相似的笑容。那时候顾安言的父亲还在，母亲也没有改嫁，他就是个生活幸福美好的小孩。可这一切都在一次绑架事件后改变了，那个小孩变得不爱笑，是陆放让他找回了自己的笑容吗？

摄像老师也像是看自家孩子似的，很温和地说着："看来小鱼也不想你饿着，主动送上来让你吃了。"

顾安言逮着它，小心翼翼地站起来朝沈向霆走去："霆哥你看，我抓到鱼了！"

"嗯，那就回去吧。"

两人打道回府。

"哦！言言，你抓着了什么呢？"

姜华和裴子昂结束了盖小屋工作，也坐着等他们回来。

顾安言小跑过去："它自己跑上岸的！我一看就给它抓起来了。"

"哇，"左雅凑过去一看，"还挺肥呢！看来小鱼也喜欢好看的弟弟啊。"

"左雅姐，你这样讲我都不好意思了。"

廖菲菲瞄了一眼:"就一条啊?我们这么多人呢,怎么吃得饱?"

姜华不动声色地跳过了她,跟顾安言说:"不错啊,言言,刚来第一天就抓到鱼了!"

顾安言笑笑:"我运气好。"

"运气也是实力的一部分!"裴子昂说,"来,鱼给我吧,我去清理一下内脏。"

"有刀吗?"顾安言问,"给我刀就行了,我会清理。"

"真的假的?"裴子昂找出一把小刀,"像你这个年纪的小孩,还会这个?不多见了。"

"真的啊?"姜华也意外,"看不出来啊,现在还有小朋友会进厨房吗?言言,你不是第一个,不会也不用勉强的,别不好意思,大家刚来,都不会!"

只有沈向霆皱了皱眉,顾安言家里保姆那么多,用不着他下厨,上哪儿学的?顾安言不在家里住,生活拮据,还能怎么办?十指不沾阳春水的顾安言,怕是被迫学会了这些生活技能。

◇ ◆ 014 ◆ ◇

顾安言抱着鱼,腾不出手,裴子昂顺理成章地拿着小刀陪他一起去了。沈向霆的目光一直追着看了会儿,被姜华喊回来:"还担心呢?我看言言这小孩挺乖的,不需要操心。海边也没妖怪,不用这么怕他出事!"

沈向霆说:"他第一次出远门。"

廖菲菲接了一句:"他都是个成年人了,向霆哥,你不用真的像看小孩似的看着他的。"

左雅笑了一下,像是帮着解释:"那言言从没出过远门嘛,而且来之前据说是从楼上摔下去,摔断了骨头,向霆前辈当然会担心了,万一怎么了不好跟邻居家的爷爷交代。"

廖菲菲白了她一眼——就你话多!说什么都要反驳一句!

不一会儿顾安言两人就回来了,大老远就听见裴子昂夸赞:"姜老师,言言的刀功了得啊,看着就不是新手,是真的会,比我还清理得快!"

"呦,"姜华笑着说,"那看来我们这次是捡着宝了?"

"没有,"顾安言不好意思地笑笑,"清理内脏不是什么大不了的事,你们不要夸我了。"

两人跟着坐下来,裴子昂接过清理完的鱼,将它穿在树枝上,然后斜着插进泥地里,用火熏烤。

沈向霆说:"为心上人学的吧。"

顾安言微微低头,脸上闪过的笑意让"吃瓜"群众八卦了起来,注意力一转移,竟没人发现沈向霆其实有些阴阳怪气。

"呦,看这反应,不会是真的吧?"姜华打趣问,"真有心上人?"

"那不能啊!"裴子昂这个初代偶像"教育"说,"言言这才刚出道没三个月,哪能谈恋爱!是吧?公司肯定是掐断了所有恋爱的苗头啊!"

"没有,"顾妄言略带腼腆地笑着,"我没有心上人,霆哥胡说的。"

"那是不能承认,对吧?"姜华哈哈笑,"有也坚决否认,哈哈!"

一群人都笑起来,这时许家彬和韩晴曼也回来了,空手而归。两人坐下来烤烤火,许家彬说:"不行,今天浪太大了,水很浑浊,什么都看不见!你们小朋友晚上穿暖和点儿,后半夜恐怕是要下暴雨!"

"啊,那完蛋了啊,"姜华看看那可怜兮兮的小鱼,"合着今天晚上我们只能分食这条小鱼仔了?万万没想到,今晚能果腹的食物还是新来的小朋友抓的!"

没办法,浪太大,很危险,他们就回来了。

姜华带着现场氛围:"菲菲、言言,你俩是偶像,鱼还没烤好,来唱首歌、跳支舞助助兴吧!"

姜华这其实也是在帮他们,让他们表现。

《世外桃源》这么火,是很好的打歌平台,廖菲菲站起来说:"那我就来一小段我们组合的新歌吧,我自己的那部分。"

大家起哄鼓掌,廖菲菲摆了个舞蹈动作,唱了起来。

没有修音的现场表演,是很容易暴露一个人的不足的。现在大多的偶像团体是半开麦唱跳,垫音早已见怪不怪,后期再加个百万调音师,什么问题都没有,但是清唱现场,就……音准就不说了,大喘气,舞蹈动作也看着有气无力的,没跳一会儿,那气息抖得,不知道的还以为她在踩缝纫机。

大家都有点儿尴尬,但努力地没表现出来。廖菲菲的业务能力是真的不行,之前就有传言,说她仗着自己的人气高,经常不好好练习。反正她随便唱唱跳跳,喜欢她的人也很多,为什么还要努力?廖菲菲这个团,除了她们的主唱是个实力vocal[①]之外,其他都是浑水摸鱼的。

裴子昂作为初代偶像,业务能力很强是众所周知的。他作为音乐界的实力认证,廖菲菲在他的领域里唱成这样,真是觉得她简直在给他们偶像蒙羞……

廖菲菲表演完,大家纷纷热烈鼓掌,姜华非常捧场地说:"不错,不错啊!这年轻小朋友就是有活力!"

"是不错啊,"许家彬也捧场,"这漂亮小姑娘就是什么都不做,光站在那儿就

---

① vocal指的是歌唱演员,如今偶像团队盛行,团队里分为舞蹈担当、rap担当、颜值担当,还有vocal担当;一般发音标准,唱歌唱得好的人就叫作vocal担当。

发光发亮啊，看着心情就好！"

姜华对着镜头那边的导演说："听见了吧，张鹏宇？以后多找点儿像菲菲这样的漂亮小姑娘，别老给我们领些黑不溜秋的臭小子来。"

廖菲菲心满意足地坐下来。

张导问："也包括像言言这样的？"

"哦，言言这样的也行！"姜华笑着说："张鹏宇，你要不把子昂弄走吧？都拍这么久了，观众都审美疲劳了，把言言换成常驻，多乖一小孩！"

"姜老师！你这是卸磨杀驴啊！"裴子昂吐槽道。

廖菲菲开了个坏头，姜华一时有些不知道该不该继续喊顾妄言了，这时韩晴曼就说："该轮到言言啦！言言怯场不？"

顾妄言摇摇头："不会，怯场还进什么演艺圈？"

韩晴曼这一问问得好，一听顾妄言这么自信的语气，姜华也觉得自己可能多虑了："那行，言言来！"

裴子昂也说："让我看看现在的后辈有没有我当年的风采！"

"裴子昂，你要点儿脸吧！"姜华无情吐槽道，"别人夸就算了，你还自己夸！"

"但是我不唱组合的歌行吗？"

大家一听，嗐！这傻孩子，特地点你，让你宣传你们组合的新歌，你倒好，还要唱别的！

"行，你愿意唱什么就唱什么！"许家彬笑着说。

"夜景，星空，静谧的氛围，觉得太闹腾不合适，想唱首抒情的英文歌。"顾妄言道。

"可以！你唱。"

这个让大家都很喜欢的小孩，业务能力会如何呢？这里除了沈向霆之外，其他人在今天之前都不认识顾妄言，更别提听过他唱歌了。这种仿佛开奖一般的感觉，让大家都变得很期待，安静了下来。

顾妄言微微张口，没有歌词，只有不断变换的低吟，如潺潺流水一般的声线敲打着这静谧的夜，也敲打着大家躁动的心。每个人的眼睛都亮了起来，这是什么？这是天籁之音啊！

他用实力演绎了什么叫作"开口跪"。

◇ ◆ 015 ◆ ◇

不懂的人，在他开口的一瞬间，只是为他的声线所惊艳，以普通观众的听觉来说，就是唱得很好听，听着很舒服，想要一直听下去的感觉。裴子昂酷爱音乐，近几年在音乐上也有自己的一些成就,顾妄言这一嗓,让他整个人一瞬间精神了起来。明明只是一小段的吟唱,顾妄言却已经牢牢地抓住了在场的所有听众!

慢慢地,顾妄言继续唱下去——

I am tied by truth like an anchor(我像锚一般被真相捆绑住)。
Anchored to a bottomless sea(扎在那一望无垠的海洋之中)。

本以为无歌词吟唱已经够好听了,当他开始有歌词的浅唱时,所有人都被拖进了他营造的氛围里。有人听不懂歌词,就只听他唱的调;有人听得懂歌词,便能从他的低声吟唱中品出些许的忧伤来。

顾妄言的声音就像他这个人一样纯粹,嗓音里不掺一点儿杂质,干净清爽,没有故意炫技,只是在用自己的感情慢慢地把这首歌唱出来,像是在缓缓叙述一个故事一般。

顾妄言的视线落在那堆蹿高的火苗上,接着唱——

I am floating freely in the heavens(我自由自在地在天空翱翔)。
Held in by your heart's gravity(被你深深地吸引着)。

这里那么多人,只有沈向霆听过他唱歌。沈向霆第一次去顾家,就意外听到顾妄言在院子里唱歌,像百灵鸟一样。

如果这世上有天使,那这小孩便是吧。他想。

两个月以来,他们的组合到处宣传打歌,没有激起任何水花,反而还被一些娱乐公司放入黑名单,这一切都是顾爷爷在插手。沈向霆一直都相信,以顾妄言的实力,是一定可以火的,只是缺个机遇。像他们这种偶像组合,写的歌基本都以强节奏为主,在舞台上带动观众的热情,根本无法完全地将顾妄言在声音和唱功上的优势发挥出来。

今晚,沈向霆仿佛时隔多年再一次看到了那个下凡来的天使,顾妄言整个人都发着光。

以无歌词吟唱开始,也终于无歌词吟唱,绵绵的声音一点儿一点儿地收拢,消失在这静谧的夜中,结束后的五秒钟,没有任何声音,大家也没有反应。

顾妄言抬眼,笑了一下:"唱得不好,献丑了。"

众人这才回过神来,感情外露的左雅如海豹一般拼命地鼓掌,用表情说明了一切:"天哪,言言!你是天使吗!怎么唱得这么好听啊!我都听不懂你在唱什么,可我就是陷进去了!"

廖菲菲侧眸看了一眼,有这么夸张吗?这么捧场!她唱完的时候怎么不见捧场?

韩晴曼两只手托着自己的下巴，像是开花了一般看着顾安言，笑盈盈的："雅雅的形容好，言言你知道吗？你现在就像天使一样在发着光。太好听了！我宣布，以后我就是你的粉丝了！"

左雅举起手："加我一个加我一个！"

"没有，"顾安言谦虚地笑了一下，"你们说得太夸张了。"

"没夸张没夸张！"许家彬也迟来地鼓了鼓掌，"太棒了言言，你怎么唱得这么好！"

姜华也笑着说："听言言唱歌啊，感觉我的心灵从里到外被洗涤了一遍，我整个人都升华了！看见没？我被圣光包围了！"

顾安言更不好意思地笑："前辈们都太捧场了，我会骄傲的。"

"骄傲！"裴子昂一拍大腿说，"我给你一百零一分！不怕你骄傲！我说实话啊，我入行这么多年，还是第一次听到这么直击心灵的歌声！"

姜华又说："观众都知道子昂心直口快，玩不来虚的，他都不吝啬地夸了，言言，你是真的唱得好！不用谦虚了！"

顾安言一笑："我快飘得找不着北了。"

节目组这边的导演、摄像老师都纷纷夸赞："真的好听！没的说！"

许家彬说："这叫什么？别人是老天爷赏饭吃，到言言这儿就成了老天爷整天追在他屁股后面喂饭吃！"

"哈哈哈……"现场爆发出大笑。

廖菲菲跟着勉强地笑了笑，为什么大家都这么捧他的场？本来还挺满意大家对她的表演的反应，可是现在顾安言表演一结束，她就觉得，刚才他们的反应没有这么热烈！

韩晴曼看向了沈向霆："你怎么不吭声？你觉得不好听？"

大家都一副"你是个反骨仔吗"的眼神盯着他，仿佛只要他点个头说"是的，不好听"，就会遭到全员攻击。以沈向霆的性格来说，他还真可能点头呢！

"好听，"沈向霆意外地答道，"气息稳，音准好，感情充沛，挑不出刺。"

"扑哧——"韩晴曼笑出来："我说，你这是导师在给学员评分呢？"

姜华接茬说："我记得向霆以前确实参加过偶像竞演节目，实力跟子昂相当吧，确实有当导师的资格啊！"

被全员认可的顾安言心里其实很淡定，他母亲是歌唱家，他的音乐天赋是打娘胎里带出来的，再加上从小的音乐熏陶，让他在这条路上走得一帆风顺。自己有什么实力，他再清楚不过。被沈向霆认可的时候，顾安言感觉到了由衷的高兴。

"鱼熟了！"姜华把穿着鱼的树枝拔了出来递给顾安言："言言，你来分吧。"

"这样好吗？"顾安言问。

"这鱼就是你抓的，理应你来分，有什么不好的！"许家彬接过来塞到他手上,"你就看看,看谁不顺眼,别给他吃的!"

姜华接了一句:"比如某个姓许的!一整天了什么都没干,夜捕捕了个寂寞,还得靠人小朋友抓的鱼果腹!"

◇ ◆ 016 ◆ ◇

"这样说起来,这水果也是言言摘回来的,"裴子昂说,"那合着我们今晚吃的喝的,全是靠言言呗?"

"啧啧啧,"姜华摇了摇头,一脸的嫌弃,"我说张鹏宇啊,你干脆把言言留下吧!这两个废物留着也没用!"

"世外"成员的互撑早就成了一个看点,表面上大家互相嫌弃,但实际上已经是一家人了。

那条鱼再肥都只有一条,无论怎么分都是不够分的,但有吃的总比空腹好。累了一天,大家都饿着肚子,现在围着这条熏烤好的鱼,香味四溢的,更饿了!老成员们拍了那么久,遇见过各种各样的情况,早就习惯了,不习惯的是新来的四位小朋友。他们不像老一辈的人,小时候吃了这顿没下顿的,这个时代的孩子每天吃香的喝辣的,大鱼大肉吃惯了,觉得吃的东西也就那样,但今天一饿,顿时觉得一条小小的什么调味料都没加的鱼都香得让人流口水!

平时:不就是一条鱼?!有什么好盼的;现在:真香!

左雅都忍不住咂巴了下嘴,像只等待主人分食的宠物,眼巴巴地盯着那条鱼:好饿。

顾妄言掰开那条鱼,熏烤得刚刚好,外焦里嫩,里面的鱼肉白花花的。他撕下一小块,目光转了一圈过去。大家都期待地盯着——言言这第一口,会给谁呢?怪了!怎么还有点儿小紧张呢?

姜华一下子被这氛围逗笑了:"不是,大家放松一点儿!知道的是在分鱼吃,不知道的还以为在分黄金呢!"

"哈哈哈……"大家也都笑起来:是哦。

顾妄言的视线最终停留在了沈向霆的身上,沈向霆就坐在他旁边。顾妄言递过去,还解释了一下说:"霆哥一路上都很照顾我,所以这第一口,我要给霆哥。"

"嘁!"姜华拍拍自己的大腿,"还以为言言是个尊老爱幼的好孩子呢!"

许家彬也叹了口气说:"只要我不尴尬,尴尬的就是别人!"

裴子昂说:"我白夸那么厉害干呗?收回了啊!"

大家"失望"归"失望",却又很快找到了一个新的期待点:这沈向霆接还是不接?业界有传言说他有洁癖,好像从来不跟人混着吃饭,那言言手拿着喂过去的,沈向霆不会吃吧?

裴子昂直接说："言言，你霆哥有洁癖，你这手抓过的他不爱吃！我没洁癖，我勉为其难吃了吧！"

"啊……"顾妄言尴尬地笑了一下，要把手缩回去，"那——"话还没说完，沈向霆忽然一口吞下了鱼肉。

"霆哥——"

沈向霆咀嚼着，评价了两个字："好吃。"

"嚯，"裴子昂说，"沈老师，你那洁癖是假的吗？"

"哇，"韩晴曼依然是捧着花儿的姿势，微微一歪脑袋，笑得眉飞色舞的，"多年洁癖，无药自医。"

"嗯嗯！"对面的左雅双手压在下巴下，不住地点点头，眉眼间都是笑意。她可是坐了个最佳观赏位置，也想调侃，但不敢，韩晴曼是前辈，跟沈向霆是朋友才敢这么开玩笑吧。她就不跟风了！

"行了行了！"姜华顾忌镜头，打断韩晴曼，"别开玩笑了。"

"给我吧！"韩晴曼接过来，撕了一块肉递给顾妄言，"姐姐喂你吃。"

顾妄言张嘴的时候很注意，咬着鱼肉的一端接了过来，不去触碰韩晴曼的手。韩晴曼分着那条可怜兮兮的小鱼，分完几圈，每个人都喂了好几口，唯独没喂沈向霆，最后才撕了一点儿朝他递过去："喏，第一口是你的，最后一口也给你吧。"

沈向霆把脑袋一撇，冷冷地说："饱了。"

众人："……"

韩晴曼翻转过手，用干净的手背往沈向霆的脑袋上一敲："饱你个大头鬼！背着我们吃独食了？不喂你吧，怕回头你粉丝说我偏心！喂你吧，你又嫌弃我！"

沈向霆冷眼扫了她一下。从韩晴曼这个亲昵的动作来看，这两人的关系就不一般。一般人，谁敢往沈向霆的脑袋上敲榔锤？众人只是觉得奇怪，这两人也没合作过什么项目，私底下也没听说关系特别好，难道……是在搞地下恋情？

说是恋人吧，又一点儿都不像！左雅想。

姜华适时地把话题又拉回来："向霆啊，你这样观众会误会的！肯定以为节目组偷偷给我们加餐了！天地良心，我们说饿着肚子，是真的饿着啊！"

沈向霆冷冷补了一句："飞机餐吃多了。"

众人："……"

行吧，你说什么就是什么吧！谁让你是当红巨星呢！

◇ ◆ 017 ◆ ◇

吃过"晚餐"后大家伙儿又坐了一小时，相看无言。

现场的氛围："……"

导演问:"怎么了大家?都不说话。"

姜华:"省电模式。"

三位老成员加一个很熟的韩晴曼早就已经习惯了,知道即便是在这种没的吃的情况下,节目组也不会妥协,干脆什么也没说。录第一期的时候,谁也没想到节目组会那么狠,真的什么吃的都不给,包括喝的!

"好饿啊,导演……"廖菲菲捂着肚子,整个人无精打采,无神地看着对面,"我晕机,一整天都没吃了……"

有没有晕机,是不是真的一整天没吃了,谁也不知道,但无论如何,节目组都是不会提供食物的。

"放弃吧菲菲,"许家彬斜靠着,说,"录制第一期的时候,我们全员饿了二十四小时以上,唯一的女孩子直接低血糖晕倒了,节目组给挂了瓶葡萄糖。"

"啊……"廖菲菲皱着眉,"是真的晕吗?"

"当然是真的,"姜华说,"你还以为节目组是跟你闹着玩呢?真的饿!晕倒了直接给你送走,你看我们都已经'咸鱼躺',不挣扎了。"

"早点儿睡吧,"裴子昂也是不要形象地"咸鱼躺","睡着就不饿了。"

廖菲菲并不是真的一天没吃,这么说只是想引起节目组的同情,要点儿吃的而已。她哪里想到,节目组居然真的不给吃的,嘉宾来不是为了拍节目的吗?节目组弄点儿节目效果就行了,还来真的?在来之前,廖菲菲一直觉得这档节目是有剧本的,没有其他人说的那么可怕,随便拍点儿素材之后就会有工作人员帮忙。结果,丛林小屋要自己造不说,木头要自己去砍,树枝、树叶要自己去捡,吃的要自己想办法弄,甚至连矿泉水都不给!真的是嘉宾上岸之后,节目组就不给任何帮助了!

廖菲菲口渴,吃的还是顾妄言傍晚摘回来的水果。

"我还是有点儿渴……还有水果吗?"廖菲菲拿着木棍在面前杵了杵。

"菲菲。"裴子昂喊。

"嗯?"难道他那儿有?!

"你知道一个冷知识吗?"

"什么冷知识?"

"如果哪天你真的落到了荒岛上,在生存条件极差的前提下,上厕所的时候要记得存起来哦……可以救命。"

廖菲菲脑袋一歪,天真无比:"什么东西存起来?"

左雅一僵,好像知道是什么了……

裴子昂笑:"你排出来的东西。"

"我排出来的东西……"廖菲菲想了想,上厕所,排出来……

廖菲菲转头干呕了好几下,左雅一时也觉得有些恶心,但其他人都笑笑,完全不放在心上的样子。

姜华连忙圆场说:"没事儿菲菲,子昂吓唬你呢!你又不会真的落到荒岛上去。"

"前辈……"廖菲菲皱着眉头,撒娇般扭了一下,"我本来就没吃什么东西,不要说这么恶心的事啦……"

"哈哈……"裴子昂大笑。

姜华瞟了他一眼:"子昂,活该你单身啊,像你这样,有女孩子喜欢你才怪了!"

裴子昂哈哈大笑:"没事!性别不卡那么死!"

顾妄言接了一句:"但子昂前辈说得没错啊,如果真的在荒岛上,没吃的,没喝的,那个也得喝啊,活命才是最重要的。"

廖菲菲皱眉:"快别说了!我好不容易忘了!"

"抱歉啊,"顾妄言不好意思地冲她笑了一下,"我反射弧比较长。"

"你是反射弧比较长还是故意恶心我啊?"廖菲菲直接道。

"当然是故意的。"

众人:"……"

廖菲菲:"……"

"开玩笑的啦,"顾妄言笑了一下,那笑容纯粹干净,像个纯真的孩子一般,不好意思地挠挠头,"我好像说了个不好笑的笑话,好冷。"

大家一看,就只有一个心思了:就是,一定是开玩笑的!言言小天使能有什么坏心眼儿呢!

意料之外的人接了一句话:"没有,挺好笑的。"

众人:"……"

大明星,那你倒是笑啊?毫无说服力啊有没有!

其他人都哈哈大笑起来。

没有吃的,也没有力气再去捕猎,加上疲惫,大家纷纷决定先睡觉,明天再解决饥饿的问题。三个女孩子睡在中间,"世外"三位成员睡在右边,顾妄言则在左边,沈向霆睡在最外侧。

众人好不容易饿着肚子进入睡眠,半夜竟真的下起了大雨,稀里哗啦的,雨搅得人睡不安宁。没有吃药的顾妄言入睡困难,好不容易有些困意,被下雨声吵得睡意全无,睁开了眼睛。他侧躺着,眼前就是沈向霆。这个男人……在梦里为他付出了生命的代价,明知道那样做他也不会再活过来,但沈向霆还是那样做了,最后还放弃了上诉。

顾妄言收回视线,换平躺的姿势。旁边就是廖菲菲,睡相不好,手和脚一直往他这边贴。顾妄言皱眉,往外侧躺了一些。他越退,廖菲菲越得寸进尺。一被碰到,顾妄言就浑身不舒适,继续往外躺,一时忘了控制距离,平躺了会儿又换作侧躺。

一边是廖菲菲，一边是沈向霆，他自然下意识地转向沈向霆，一不小心吵醒了对方。手肘撑着床板的沈向霆拿起用来遮光挡雨的帽子挡住外部的光。

◇ ◆ 018 ◆ ◇

顾安言万分抱歉，压低声音说："对不起霆哥，我不是故意的，不小心就——"

沈向霆把帽子放下来，顾安言一副尴尬的样子，两只手放在腿上焦虑地动着，干笑一声说："霆哥也是被雨声吵醒了吗？"

"我看你一直在往我这边退，想问你要不要跟我换个位置。"

"啊，抱歉，我一时没注意，打扰到你睡觉了。"

"问题不大。"

顾安言说："我去解个手。"说完，他轻手轻脚地下去，找了个离营地很远的地方，才开始扶着树干呕，吐着吐着跪在了地上。顾安言是真的在飞机上什么都没吃，只喝了点儿水，现在除了苦水什么都吐不出来。窸窸窣窣的声音响起来，顾安言警觉，连忙用湿纸巾擦擦嘴。他回过头，就看到沈向霆站在离他几米远的地方，黑暗中，幽深的眸子静静地看着他。

"霆哥……"顾安言怔住，他看到了多少？

沈向霆手里拿着雨衣，是过来给他送雨衣的，顾安言跑得那么急，连雨衣都没穿。沈向霆有点儿担心他，他跑开的时候脸色那么不好，结果都看到了，顾安言跪在这里吐了很久，以至于连沈向霆来了都没发现。

沈向霆站在那里，眼里是说不清的情绪，抓着雨衣的手握得更紧了，几秒后慢慢松开，走到顾安言面前，摊开雨衣套在他身上："是太饿了吗？"

"饿一顿两顿也不是什么事，"过了一会儿，顾安言说，"是我自己的问题，我不能跟人距离太近。"

"肢体接触障碍？"

"算是吧。"顾安言惨笑一声。

从梦里醒过来后，他厌恶和人接触，一有肢体接触，他的胃里就开始翻江倒海。

两人再没说什么，并排无言地往回走。

后半夜雨就小了，淅淅沥沥地，渐渐地停了。清晨五点左右，天刚蒙蒙亮，小屋的屋檐上还在滴着雨水。

顾安言没再睡着过，只是闭着眼。

天亮，大家陆陆续续地起来了。

顾安言有意无意地去看沈向霆，时不时想起在雨夜里和对方分享的不那么美好的小秘密，但看沈向霆好像跟昨天没什么两样，对他的态度也正常，应该没把昨晚的事放在心上吧。

沈向霆是个很好的人，他不想惹得沈向霆反感。

韩晴曼瞧了两个人一眼，对顾妄言说："怎么了，言言？你俩是吵架了？怎么气氛看着这么僵？"

沈向霆："没有。"

顾妄言："没有啊，晴曼姐。"

"没有？"韩晴曼鹰一般的眼睛在他们身上转，"没有，你一直偷偷地往你霆哥身上瞄？看起来就像个做错事的小孩嘛。你说，你干什么坏事了，得这么看他眼色？"

"真的没有……"顾妄言窘迫，转移话题："许家彬前辈，我听说这附近不远还有座岛，我们派两个人去岛上勘察一下有没有吃的吧。我想去，有人陪我去吗？"

韩晴曼狡黠地一笑，把沈向霆推了过去："沈老师说想去！"说完，还冲沈向霆俏皮地眨了下眼。其他人一看，纷纷笑了。

"那行，那就你们吧！"许家彬道，"早去早回啊！"

两人被目送着上了船。

左雅跑到韩晴曼身旁，悄悄地说："晴曼姐，我觉得他们俩真的吵架了！昨天半夜两个人偷偷地不知道去哪儿，回来的时候气氛就很僵，我刚好醒着！"

第二篇章

荒岛惊魂

019

"两个人深更半夜的,不知道去了哪儿?"

"是啊!"左雅说,"我听见言言一直在道歉,后来就没声儿了。"左雅还以为自己会听到什么大秘密,装着睡的样子竖起小耳朵偷听着。可惜了,后来两人就不说话了。

"深更半夜结伴出行……怎么,又相约解手?"韩晴曼眯眯眼,思索着什么。

"可能是吧?可能言言怕黑,向霆前辈陪着去的?"

在左雅心里,顾妄言说话细声细气,十分温润,遇事不急不躁,也不会咋咋呼呼,很温顺,很可爱。她甚至觉得,这个弟弟比她还娇弱,让人不由自主地产生保护欲,想要呵护他。所以他会怕黑,她一点儿也不觉得意外。

"大概几点的样子?"

"开始下大雨的时候吧,三点多,我被雨声吵醒起来找耳塞,就看见他们两个不在位置上了。"

"好嘞。"韩晴曼站了起来。

"欸?晴曼姐,你去哪儿?"

摄影老师看着韩晴曼朝自己走来,还越走越近。韩晴曼看了看角度,问:"昨天夜里,是这架摄像机对着我们的窝吗?"

"是啊,怎么了?"

"没什么事,我有个东西丢了找不着,我看看丢哪儿了。"韩晴曼眨了下眼,笑得好看极了。

摄影老师一愣,脸一红:"什么时候?我帮你调时间。"

"没事!我会,我自己调吧!"

摄影老师就让开了，韩晴曼调到了两点四十分开始三倍速观看。

左雅也爬了过去，竖着大拇指，轻声说："晴曼姐，还是你厉害！"居然直接看摄像机！

两点五十分的时候，画面开始变化，韩晴曼调回正常倍速，嘴角微微勾了起来。

左雅不解地问："晴曼姐，你爱向霆前辈为什么要突然拿帽子？"

"兴许有蚊子吧！"韩晴曼眯眯眼，后面就没什么可看的了，睡觉都是把麦摘了的，他们真说了什么也录不进来。

左雅又笑笑，压低声音说："原来是打蚊子啊，我还以为他俩背地里打起来了，为……嘻嘻，我开个玩笑，晴曼姐，你可别跟向霆前辈说啊，向霆前辈要是知道我背地里说他跟妄言弟弟的坏话，生我的气我就惨了！"左雅想想就打了个寒战，"向霆前辈太可怕了！"这种玩笑，也只能自己偷偷说，要是被向霆前辈知道，她就死定啦！

韩晴曼拆下了自己运动相机里的储存卡塞到兜里，里面拍到了刚刚的画面，然后喊导演："导演，你们是不是忘给我的运动相机里放储存卡了，好像没在录呀？"

"啊？怎么会？欸？真的没欸……我记得我明明放了的啊……奇怪……"

"没事，放上就好了，反正今天才刚开始，没漏了什么。"

两座岛之间，十几分钟的航程。开船的是拉斯韦尔当地的渔民，把两人送到就开走了，说会每隔两个小时过来看看他们要不要回去。两人带了对讲机、替换的运动相机储存卡和电池，出发前导演已经教过他们怎么换。那渔民一走，这岛上瞬间就只剩下他们两个人了。

顾妄言眼神躲闪着，尴尬地笑了一下说："意外真是说来就来，谁能想到跟拍我们的摄像老师受伤了。"

"反正有运动相机，一样拍。"沈向霆直接开始探索。

顾妄言跟上，说："晴曼姐总爱开玩笑，霆哥，你别放在心上。我听说有些人喜欢看两个长得好看的男孩子一起录节目。"

沈向霆停了一下，等他跟上来，才看了他一眼说："你在夸我好看？"

"霆哥当然好看了！"顾妄言明亮的眼眸眨了一下，温润地笑起来，"霆哥要是不好看，还有谁好看啊？"

沈向霆不咸不淡地接了一句："你倒也不谦虚。"

顾妄言憨笑一下说："我从小就老被人夸好看，所以我应该是属于好看的吧。"

沈向霆："嗯。"

不是应该，是就是，眼睛没瞎的都能看出来，顾妄言从小五官就很精致，漂亮得仿佛不像个男孩子。

"洞幺洞幺，"对讲机里出现韩晴曼的声音，"韩晴曼呼叫沈向霆。"

沈向霆眉头皱了起来，声音是从顾妄言手里的对讲机里传出来的。一看沈向霆好像完全没打算拿起对讲机似的，顾妄言按下了发话键："晴曼姐，我是顾妄言。"

"我们隔这么远，真能收到啊？"韩晴曼的声音略带兴奋，"不过怎么是你呢？我呼的是沈向霆！"

顾妄言转过去一看，沈向霆挂在背包上晃动的对讲机指示灯没亮，所以压根儿就没开……怪不得声音只从他这边发出来！顾妄言笑说："霆哥就在我旁边呢，晴曼姐，你有什么事就直接说吧。"

"哦没事！我就是随便喊喊他！"韩晴曼的声音伴随着频道里的嗞嗞声："沈向霆，频道3是我们的私密频道啊，记得调过去，到时候避开言言，不然秘密被听到了我可不管啊。"

顾妄言："……"

晴曼姐，言言本人就站在这儿呢，当着面说的私密频道可真够"私密"的！

下一秒，沈向霆的手伸过去，就着顾妄言的手指摁下了发话键，冰冷地道："韩晴曼，你要是闲得无聊就去多捕几条鱼，别来烦人！"

顾妄言一愣。

沈向霆说完，余光瞄见顾妄言煞白的脸，想起了什么："我忘了。"

顾妄言浅浅地笑了一下："没事的，只是手的话，没有那么严重。"

◇ ◆ 020 ◆ ◇

沈向霆看着他，在想，是因为昨天自己的反应过度，才让他这样小心翼翼的吗？明明有肢体接触障碍，被自己碰到了还强颜欢笑说没关系，讨好自己。他这样，是怕惹怒了自己，就不带他上节目了？

看着这样的顾妄言，沈向霆的心里有些烦躁。且不说他不是公报私仇的人，他眼里那个骄纵的顾妄言就不该是这样的。顾妄言就应该锋芒毕露，带着骄傲与自信向世人展示自己，而不是这副要去讨好他人的样子。看着少年这副被磨平了棱角的模样，沈向霆的心里莫名燃起一股怒意。

沈向霆："有些原则性的问题，不必退让。"

"嗯？"顾妄言眨了眨眼，不解。

"不舒服就直接说不舒服，你没有讨好我的必要。"

"我没有啊，"顾妄言说，"没有不舒服。"

沈向霆沉着声，不说话了。气氛一时有些僵持，这时，韩晴曼的声音从对讲机里传了出来："行吧行吧！嫌我烦了是吧？"

顾妄言按住按键："没有啊，晴曼姐。"

"不是说你！"韩晴曼说道："沈向霆，你现在很嚣张啊，以后有事的时候别来求我啊！"

顾妄言轻咳一声提醒："晴曼姐，运动相机录着呢……"

沈向霆是，韩晴曼也是，是不是忘了现在还在录节目呢？

"录着怎么啦！"韩晴曼无所谓地说，"录着我就不能说他了？"

"能，能。"顾妄言笑着答道。他能说"不能"吗？他们两人的关系看起来真的很好。以沈向霆的性格来说，能跟他关系好到说话肆无忌惮的，那关系一定是好极了的程度。

"好啦好啦！"韩晴曼一副"不跟你计较了"的语气，"这是嫌我打搅了，那我不吵你们了，拜！拜！"

顾妄言尴尬地看了沈向霆一眼，按下发话键："没有……晴曼姐，我们可以边聊边做事的。"

半响，现场只剩下了诡异的寂静，无人回应，顾妄言感觉更尴尬了，看着沈向霆："晴曼姐跑得真快……"

如果一切按照他梦见的那样发展，这是他们跟大本营那边最后一次通信，很快就会和大本营失联，刚才离去的渔船在明天之前是不会再回来了。因为就在不久后，这片区域会狂风大作，下暴雨，所有的船都停驶了，在风平浪静之前不会冒险出海。在梦里，沈向霆没有参加过综艺节目，他在顾妄言出事之前，就一直是个格调很高的电影大咖。所以在梦中，被困在这座岛上的人是裴子昂和另一个本该来参加这期节目录制的男艺人，两人还因此上了微博热搜。

这座岛上的水果品类更多，还有成熟的椰子。

"你爬？"沈向霆对着顾妄言，像是发出了巨大的疑问。这小孩小胳膊小腿的，爬得上椰子树？这椰子树得有七八米高，几乎是直的。

"别小看我，霆哥，"顾妄言笑说，"爬树我太在行了！我们小时候不是经常爬树掏鸟窝吗！"

"何来'们'？我没有。"

"那霆哥你没有童年啊！"

顾妄言说着，已经爬上去，一只脚钩着树干，另一只脚用力往上蹬，眨眼间就爬上了三米的高度。沈向霆在底下看着，叮嘱："小心点儿，慢点儿爬，不急。"他的眼睛一动不动地盯着，找准角度和方向，想着顾妄言要是失手掉下来，他得接住。没想到顾妄言看着弱不禁风的，爬树倒是真的很快，一下子就到顶了。他一只手拿着椰子转了几圈，有技巧性地摘下来，丢下去，然后又摘了两个。

"可以了，下来吧。"沈向霆还是很担心，怕他失足掉下来。

"行，多了我们也带不回去。"顾妄言下来的时候更快，离地面还有一段距离的时候直接跳了下去，拍拍手。

"没受伤吧?"

"没有!再说了,就算擦伤也没事,我哪有那么金贵啊?"

看他安全落地,沈向霆的心总算是放下了:"动作还挺娴熟,以前爬过椰子树?"

"没有。我看过这节目,许家彬前辈教过嘉宾爬椰子树和摘椰子,是有技巧的!"顾妄言笑说,"没有技巧,光有肌肉力量可不行。让霆哥你来爬也不一定能爬上去呢!"

顾妄言会爬,其实是因为在梦里,他红了之后,《世外桃源》节目组请过他一次。他在三位前辈那儿学到了很多荒岛生存的技能。爬椰子树确实是许家彬教他的。

把三个椰子放入网袋,他们又继续往丛林里深入。

"窣窣窣——"

"霆哥,有没有听到什么声音?"顾妄言对声音敏感,停了下来,顺着声源找过去,看着一处岩石缝里惊喜道,"霆哥,你快看!那是不是螃蟹?"

"是。"沈向霆蹲下来一些。

"好大的螃蟹啊!"顾妄言用手比了比,"霆哥,这是什么螃蟹啊?比我们这椰子还大呢!"

圆轴蟹,生活在热带、亚热带海岸的陆地蟹,通常会在岩石和洞穴附近出没。这圆轴蟹可香可好吃了,顾妄言已经开始流口水。昨儿饿了一天,要能吃上圆轴蟹,他的胃也就满足了。

"圆轴蟹,"沈向霆说,"热带、亚热带海岸会出没的陆地蟹,肉多肥美。"

"霆哥,你真厉害!"顾妄言一脸崇拜,"这你都认识!我就只知道它是螃蟹!"

"螃蟹、能吃,知道这两点就够了。"沈向霆说着,心想这小孩真是对什么都好奇、感兴趣。他不过是知道它的名称,小孩就一副崇拜的表情。这么好骗,这个小傻瓜,太单纯了,真是被卖了都替人乐呵呵地数钱!

◇ ◆ 021 ◆ ◇

顾妄言小心翼翼地靠过去,伸出手,沈向霆一把抓住他的衣袖:"你手不要了?"沈向霆压低声音,尽管隐忍了,还是能听出一股怒意。那圆轴蟹正朝顾妄言挥舞着它巨大的钳子。

"我心急了……"

"一边儿去。"沈向霆从地上捡了一根两指粗的树枝,去挑弄它。那圆轴蟹用大钳子威胁眼前两个巨大的人类,丝毫不畏惧的样子,看起来凶狠很。"咔嚓"一声,一下子就剪断了那根树枝。沈向霆拿着断了的树枝给顾妄言看,那眼神就像在说:这就是你手的下场。

顾妄言的脸吓得惨白:"天哪,威力这么大!霆哥,要不是你,我的手就要没了！"在梦里参加《世外桃源》一期节目录制，抓了五只巨大陆地蟹的顾安言如是说。

"野外到处都是危机，长点心。"

魂还没归体的顾安言眨了眨眼："点心？什么点心？"

沈向霆看着他，表情难以言喻。顾安言发誓，他在梦里包括现实中，都没见过沈向霆露出这样的表情，仿佛想问："你是认真的吗？"但他吞了回去。

噗，差点儿笑场，顾安言险险地忍住了喷涌而来的笑意。

沈向霆调整了呼吸，重复说："我让你小心点儿。"

"哦哦！"顾安言摸摸肚子，咂摸了下嘴，"可能是我饿昏了吧，出现幻听了。"

沈向霆想起他昨天在飞机上就没吃过什么，饿到现在，应该是极限了。从小衣食无忧的顾安言，哪里受过这种罪？沈向霆又在一堆枝叶里找出一根三指粗的树枝，让圆轴蟹的大钳子夹住，然后交给顾安言："拿好了，别动。"

顾安言接过来，惊愕地说："哇，霆哥，它力气好大啊！我感觉它下一秒就要把我拽倒了！"

沈向霆看了顾安言一眼，觉得倒也没那么夸张。他什么都没说，从背包里抽出一根绳子，蹲下去将它的两只钳子捆绑住。

顾安言说："霆哥，你小心点儿，别被它钳住了！"

沈向霆动作利索，三下五除二就把大螃蟹五花大绑，拎了起来。两人继续前进，发现另一只更大的圆轴蟹，顺手又抓了起来。这一趟收获颇丰，两人在小岛上又摘了许多的水果，甚至发现了当地的辣椒。顾安言生咬了一口，辣得手舞足蹈："好辣好辣！"

普通人嘴里的变态辣，到了他这儿就是小儿科。无辣不欢、挑战过80万史高维尔辣度的顾安言，一般的辣椒根本辣不到他，手上吃的辣椒，据他"口头检测"，连10万史高维尔都不到。

看着他吐着舌头，像只哈巴狗的模样，沈向霆想笑却忍住了，一本正经地教育说："吃生木薯还没让你学乖？见着东西就往嘴里塞！"

在吃辣椒之前，他们先挖到了生长在当地的木薯，但这种木薯生吃的话会麻痹神经。顾安言贪吃，吃了一口，好一会儿不能说话。沈向霆想阻止他的时候，他已经吃掉了，只能相看无言。这小孩到底知不知道什么是危险？万一有毒怎么办！沈向霆把他拽到了身后，警告说："跟着我，别什么都吃！"

顾安言还在演着被辣到的状态，一直"嗞嗞嗞"，吐吐舌头扇扇风，口齿不清地说着："霆哥，我就是太饿了。"

沈向霆抬头看了看天，天空不知道什么时候开始暗了下来。

"那不找了，这些够填饱肚子了，往回走吧。"他看了看时间，"快四个小时了，船应该来了。"

回去的路走了一半，惊雷炸响，开始狂风大作，下大雨。顾妄言忽然说："霆哥，不好了，好像是因为天气恶劣，对讲机收不到信号了。"

沈向霆皱起了眉头，打开自己的试了试："喂？喂？张导？"

没有反应！

雨势越来越大，顾妄言眺望着不远处汹涌的海面说："不行了霆哥，这风浪打得特别凶，那船肯定不会来接我们了，雨下得这么大，我们得赶紧找个地方避避雨。"

沈向霆观望了一下，当机立断："往里走走，找找看。"

顾妄言当然没来过这座岛，但根据梦里那期播出的节目来看，裴子昂他们是意外找到一个山洞躲了一晚上。刚才他们分头行动的时候，他特地去找这个山洞了，这会儿知道它在哪儿，有意无意地领着沈向霆往那个方向走。

"霆哥你看！那里是不是个山洞？"顾妄言跑过去，"真的是个山洞！我们运气也太好了吧！"

是挺好，沈向霆想，不然下这么大的雨，即便这里是热带地区，到了傍晚天气转凉，他能扛住，顾妄言这小身板也扛不住，一定会生病。两人都被淋得浑身湿透了，像是刚从水里捞上来似的。

"还是联系不上节目组吗？"

顾妄言摇摇头："联系不上，暴风雨停下之前，可能都不会恢复通信了。"随后他看着他们找到的这些食物笑了一下说，"还好我们找到了这么多吃的，就算被困上一天也饿不死！"

他的心里就只有吃的？

"这雨还不知道要下到什么时候，尽早联系上节目组才安全。"

"没事的，"顾妄言放下背包坐下来，"船到桥头自然直，我们着急也没用，老天爷也不会看我们着急就不下雨了，等着吧，说不定明天就停了呢！"

不出意料的话，雨第二天就停了。裴子昂两人只在山洞里被困一晚上，第二天节目组就派人来接他们了，所以顾妄言一点儿都不担心。

"你倒是一点儿都不害怕。"沈向霆也坐下来。

"不怕。"顾妄言抬眼笑说，"霆哥，你什么都会，什么都知道，像行走的百科全书，有你在，我觉得特别有安全感。"

沈向霆一怔，想起他的粉丝们时常夸他的一句话，特别适合顾妄言——

你的眼里有璀璨星光，似那星辰大海。

◇ ◆ 022 ◆ ◇

沈向霆收回思绪，眼眸微敛："如果要在这里过夜的话，得想办法生火了，不然明天一定生病。"

是的，顾妄言心忖，裴子昂两人被困在这里的时候，另一名男演员体质没有裴子昂好，第二天裴子昂只是有点儿感冒，而那名男演员发烧，退出了录制。岛上昼夜温差太大，没有火，很难不生病，所以……

沈向霆的视线在附近扫了扫，皱起了眉头："钻木取火的话，外面雨下那么大，已经捡不到干柴火，这洞里常年湿润，能找到的木材肯定也不干燥……有难度。"

如果是天晴的情况下，他懂原理，也能就地取材，制作钻木取火的工具，但现在……

顾妄言狡黠地笑了一下："霆哥，我们只要找找洞里能烧着的木材就行，不用太干燥。"

沈向霆："嗯？"

顾妄言打开背包，从里面拿出一支润唇膏，笑了一下。

沈向霆："……"

这个时候，顾妄言拿润唇膏干什么？润唇膏能点火？

岂料，顾妄言接下来的操作惊呆了沈向霆，后来也惊呆了进行后期剪辑的老师。

打开的润唇膏里面是……一根打火棒！

沈向霆："……"

顾妄言还有点儿得意地说："我做过功课的，节目组隔几期就会没收嘉宾的现代化工具，让大家进行原始生存。我特地让尤哥去打听了前几期参加录制的嘉宾，节目组已经好久没'作妖'了，我就长了个心眼儿！没想到，还真的让我瞎猫碰上了死耗子。打火棒伪装成功！"

沈向霆心说："作妖"？节目组知道你这么形容他们吗？

顾妄言的这个操作，成功地让节目组有了PTSD（创伤后应激障碍）。在后来的拍摄里，节目组把女嘉宾们的口红都一一打开检查，让不知道这件事的嘉宾们一头雾水。

沈向霆看着他，有种小孩调皮捣蛋的既视感，又好笑又好气。

两人开始把洞里能当作燃料的都捡过来堆在一起。顾妄言一边捡，一边偷笑。他们现在被困在这个山洞里，是从尤金给他打电话的那刻起，他就已经在脑海里预演无数回的场景。明知道节目组会收工具，明知道会被困荒岛和外界失去联系，他怎么可能不做点儿准备？跟沈向霆的关系是要拉近的，但身体也是不能垮的。有了打火棒，虽然木材不是那么干燥，但只要燃起了火种，点火就不是问题。顾妄言挑出用来引燃的木屑，还有一些枯叶，揉成一团。

沈向霆看着他那娴熟的动作，说："看来你小时候除了爬树掏鸟窝，也没少玩火。"

其实钻木取火顾妄言也会，是在这档节目里学的，许家彬给他做副手，他是这档节目中唯一自己成功点燃火种的飞行嘉宾。其他飞行嘉宾大多在手起水泡之后就放弃了，唯有顾安言自己钻了半小时也不肯放弃，最终成功取火。这就是顾安言，不达目的不罢休。他对待取火的态度，就像他对待人生的态度。哪怕是飞蛾扑火，他也一条路走到底，所以才导致了梦里身败名裂的悲剧。

就在顾安言要点火的时候，沈向霆夺过了他手中的打火棒和小刀，严厉地道："我来，小孩不能玩火，晚上容易尿床。"

顾安言在心里已经笑了出来。

他面上作尴尬色："霆哥，我成年了。"

"我大你八岁。"沈向霆说得理直气壮，确实如此。

沈向霆说着，用小刀背部在打火棒上刮了几下，掉下来的火花温度高达三千多摄氏度，瞬间将那团引燃物点燃。他拿在手上摇了摇，让火苗蹿得更高。眼看那火都要烧到他的手了，顾安言急喊："小心烫！"

"没事。"沈向霆冷静地将它丢进了木堆中，点燃。

这时，他们身上运动相机的备用电池已经用完，运动相机关机了，他们取下放回包里。

可算用完了，顾安言心里松了一口气，有这玩意儿在，就像有第三双眼睛在看着他们似的，他们什么也不能做，什么也不能说。顾安言坐近了一些，把手放在火的边缘烤着："霆哥，你别拿我当小孩来看待了。"

其实以顾安言的演技，装一个十九岁的少年轻而易举。然后这少年还得装出一副大人的样子，可以说是挑战双重演技。

"不拿你当小孩，当什么？"沈向霆笑容有些冷，起身把上衣和外套脱下来放在刚才制作的简易晾衣架上烘干。

"我们可以当朋友啊。"

沈向霆侧过身去："把衣服脱了烘烘吧，感冒就麻烦了。"

顾安言看着他侧身不看自己，便脱掉自己的上衣挂上去，低声说："霆哥，你其实已经看到我身上的伤了吧？"

所以沈向霆才刻意避开视线。那天半夜睡在沙发上，他不是出现幻觉，是真的看到沈向霆了。沈向霆一早就知道了，所以后来看到他脚踝上的伤才没有反应。

已经挑明了，沈向霆便转回了视线。他之前看到的只是冰山一角，顾安言的身上到处都是伤。

光线昏暗的洞穴中，沈向霆眸光阴冷："他跟你动这么严重的手，你可以报警。"

顾安言坐下来，眼里暗淡无光，看着他们面前的那堆火说："霆哥，你是不是也觉得我是活该？"

对于他的用词，沈向霆眸色一深——"也"？

"还有谁这么说你了？陆放？"

顾安言是避讳让人看见他身上的伤的，如果不是巧合，沈向霆也不会看见，知道的人肯定不多。

那个人，只能是陆放，沈向霆是这么猜的。

◇ ◆ 023 ◆ ◇

顾妄言低着头，笑了一下说："他说男人喝多了都会这样的，酒精麻痹大脑，控制不住自己。霆哥，你也会吗？"

沈向霆看着眼前这个仿佛迷失在人生路口的少年，人生第一次想骂脏话。

"会什么？说脏话侮辱对方吗？"沈向霆冷冷地笑了一下，"你要是想听我骂你，我倒是可以成全你。"他随即骂了一句。

顾妄言愣了一下。

沈向霆又说："我的第一次，送你了，不谢。"

"霆哥，"顾妄言笑得好看，"有没有人告诉你，你说脏话的样子很有魅力？"

沈向霆忍下继续骂他的冲动："顾妄言！我在骂你！"

霆哥居然急了，顾妄言看着，觉得这画面真的神奇。

他的愚蠢，让永远优雅的沈向霆都失了得体。

"或许是吧，"顾妄言脸上的笑意让人心疼，"我不觉得你在骂我，你只是在阐述事实罢了，我确实是个傻瓜。我跟陆放真心做了几年朋友，但原来，不是这样。"

沈向霆烤火的双手渐渐握紧，如果陆放此刻就在他面前，他一定打得陆放满地找牙！陆放到底是怎么骗这个小孩的？！

"你到底有没有脑子？"沈向霆忍着怒意，"任何情况下涉及暴力的行为都是不正当的！就算三岁小孩，被骂了还知道生气，你被打得满身是伤，应该报警而不是隐忍！"

没有，如果他有脑子，在梦里就不会被陆放欺骗八年了。陆放真是高手，顾妄言甚至在出事的时候都没有怀疑他。如果不是后来意外地听见他打电话，顾妄言恐怕还没有清醒。

他是蠢啊，不蠢怎么能被人欺骗八年？他的人生观、世界观、价值观统统被陆放操控改变了，他恨透了自己，比这世上任何一个人都要恨他自己。他为什么那么蠢？他恨极了，却也不能改变梦境中发生的事。

沈向霆本想把顾妄言骂醒，顾妄言是顾家的人，不该被人这样拿捏在手上侮辱。顾爷爷要是知道自己的宝贝孙子被别人这样对待都要气死！可是他才说了几句，看到顾妄言那低着头的模样，一句重话都说不出来了。他的声音放轻："算了，那是你的私事，我没资格管你。"

顾妄言张张嘴，想说些什么，看到对面的人干脆转过身去，便又吞了回去。

他本想说：管吧霆哥，要是连你也不管我，我怎么走得出这深渊？

顾安言为了缓解尴尬的气氛，站了起来。

沈向霆看他穿上烘干的衣服，喝住他："外面下着雨，你要去哪里？"

"捡点儿芭蕉叶，蒸螃蟹！"顾安言扭头笑了一下，"霆哥生我气了，做点儿好吃的认个错。"

沈向霆把他拉回来，摁了下去："我怎么带你来的，就要怎么把你带回去，否则没法跟顾爷爷交代。"

沈向霆直接出去了。他心情很不好，淋淋雨也能清醒清醒。他没生气——不，或者说，他不是在生顾安言的气！顾安言有什么错，就要认错了？错的那个人根本不该是顾安言！这个蠢货！

沈向霆其实是在生自己的气。

那天夜里，沈向霆又做了一个梦。在梦里面，他知道，少年并非不喜欢交朋友，而是没有信任的人。一旦少年有了信任的人，哪怕世界崩塌，也会站在对方身边，甚至为了那个所谓的朋友跟顾家决裂。

顾安言年纪小，口无遮拦，在一次和朋友的聊天中开玩笑地提到陆放私下玩得花。这事上了新闻后，陆放当日就召开新闻发布会，否认这件事，称不知道为什么他会抹黑自己，并且跟他冷战。这个梦沈向霆做得非常生气，半夜醒来都想打人，真憋屈！沈向霆又躺下闭上眼，试图接上那个梦，然后进去把陆放杀了泄愤！

◇ ◆ 024 ◆ ◇

沈向霆没睡着，梦里干翻陆放的计划失败，又坐起来，看火小了，就起来又去捡了点儿能烧的。

离天亮还有两个小时，外面的雨还是很大，像是下不完一样，哗啦啦地沿着洞口落下，像极了水帘洞。他看着顾安言，心里又骂了顾安言一句。

他心想：希望你别像梦里那个傻孩子一样，我做的那个终究是梦而已。不知道是不是这两天跟顾安言走得近了，几乎不做梦的他这两天频繁做梦，还都是跟顾安言有关的。

"不要……"沈向霆从火光中抬起头来，声音是从顾安言那边传过来的。他起身迈步过去，顾安言蜷缩着，眉头紧皱，额头上都是冷汗。沈向霆轻轻地用手探了一下，没有发烧。因为他这一下触碰，眠浅的顾安言缓缓睁开了眼睛。黑夜中，那双漆黑的瞳孔慢慢地凝聚起光，轻声喊："霆哥。"

"做噩梦了？"沈向霆问。

他梦见什么了？什么"不要"？

"没事就好……"顾安言回到现实，自己嘀咕一声，坐了起来。

他梦见沈向霆了，又是那个场景，沈向霆开着刹车失灵的车向陆放冲过去。

他想说些什么,嘴巴却像是上了千斤坠一般,开不了口。他不想眼睁睁看着沈向霆坠入深渊。

沈向霆回到了自己位置上。

顾妄言看着他问:"霆哥,你怎么醒了?"

"做了个梦。"

顾妄言一笑:"霆哥的梦,会是什么样的啊?"

沈向霆没有细说,只是淡淡地道:"可能是睡前被某人的愚蠢气到,梦见了恶心的人。"

顾妄言还是笑,但言语中带着一丝哀伤:"霆哥还是觉得我恶心了。"

沈向霆捡起地上的一块小木块朝对面的人扔了过去,却没瞄准,砸在他脚边。"谁让你瞎对号入座了?"沈向霆略气,"'某人'是你。"

"那恶心的人是?"顾妄言清澈的眸子眨了眨。

陆放吧?他在心里笑。

沈向霆像是嘲讽地一笑:"在我梦里嚣张,被我揍了一顿。"

怎么没杀了他?顾妄言想,反正在梦里杀人不犯法。

顾妄言低头不语。"别在我面前替他求情!"沈向霆冷言道,"你既喊我一声'哥',顾爷爷那边不该说的我不会说,但你要是在我面前拎不清,还替他说话,我骂你不会留情!你好自为之!"

"谢谢你,霆哥。"顾妄言乖巧地一笑,"如果我哪里做得不好,你尽管骂吧。"

他看起来那么乖巧,沈向霆心里却还是不舒服,这不是他认识的那个顾妄言:"你以前见了我也不会喊人,为什么会突然叫我'哥'?"

"以前是我不懂事。"

"哦?受一次伤,突然变得懂事了?还是陆放厉害,顾家花十几年都没把你教会,他才用半年时间就成功了。"

顾妄言在心里笑不停:张口闭口"陆放",霆哥这是对陆放有多少怨念啊。

"嗯,"顾妄言点头,"感觉像是重生,悟到了一些新的道理。"

沈向霆是不信的。受这么点儿伤就能悟出人生?但他不再纠结这个,而是另外问:"你为什么觉得我会帮你?"

"直觉吧,"顾妄言说,"我就是觉得,霆哥你会答应帮我的。"

"我要是不答应呢?你打算怎么办?换个人求?"

"没想过,"他说,"我只认识你。霆哥要是不帮我,那我再这么下去,团解散,凄凄惨惨戚戚,回家跟爷爷认错呗。终归是亲生的,爷爷总不会真的不要我了吧。"

还"凄凄惨惨戚戚",说得这么可怜也不知道是不是在博同情!沈向霆心想着,说道:"陆放不求了?"

顾安言为难地道："放哥家里被爷爷连着一起打压，我要是去求他的话，他不好跟家里解释，会让他为难的。"

沈向霆一下子想起了梦里那个对陆放言听计从、受了委屈还替陆放着想的顾安言，心里窝着火，语气自然也就不好："他为你想过吗？"

没有。陆放从未真心把他当朋友，又怎么会替他着想？

"霆哥，他有他的难处。"顾安言面上有些难色。

沈向霆大步迈过火堆，揪住了顾安言的衣领，严厉道："他在骗你！"

◇ ◆ 025 ◆ ◇

顾安言心里也在笑他自己。这就是旁观者清吗？沈向霆一眼就能看出陆放在骗他。或许在那梦中的八年里，不是陆放在骗他，而是他自己在骗自己，他不愿意相信那是个谎言。顾安言被拎着衣领，他看着沈向霆被身后火光照亮的脸，眼神慢慢地从存有希望，变成了失望："是吗……是在骗我吗……"

看着他变得无光的眼眸，沈向霆意识到自己再一次失态了，严厉的眼神逐渐柔和下来，手也松开了。"我猜的，"他反口推翻自己的论断，"也可能是我以小人之心度君子之腹了。"

顾安言黯淡的双眸之下闪过一丝无奈，霆哥怎么这么好骗？关心则乱吗，还是他的演技已经到了炉火纯青的地步？沈向霆这才凶没几秒就投降了。

一看顾安言还是没有恢复精神，沈向霆皱起眉头，是他话说得太重，吓到这小孩了？

顾安言忽然摸了摸自己的左耳："咦，我的耳钉呢？"

沈向霆看了一眼顾安言的耳朵，怎么耳垂还流血了？是他刚刚太粗鲁了，不小心撞到顾安言的耳朵，还把耳钉弄掉了？他低头在地上扫了一圈，果然看到那枚黑色钻石耳钉掉落在旁边不远处。

"找到了。"沈向霆捡起来，又抽出湿纸巾，轻轻擦了擦已经干了的血迹。

"霆哥，好了吗？"

"嗯。"沈向霆将耳钉递还回去。

◇ ◆ 026 ◆ ◇

第二天天亮，沈向霆和顾安言失联一天，不管是节目组还是嘉宾，都没睡好，或因担心，或因昨晚的暴风雨太猛烈。韩晴曼又用对讲机联系了几遍，还是联系不上，找到节目组导演："导演，还不能出发去接他们吗？雨已经小了啊！"

"晴曼，我们也想快点儿把他们接回来啊！可这路当地渔民才熟，他们不肯出海，我们也没有办法！"张导说，"我们要是贸然派工作人员去，万一出了事怎么办！"

明星是人，但节目组的工作人员也是人，不分贵贱，这事肯定不能莽撞着胡来！要是为了救他们两个把别人的命搭上了，那叫什么事啊？！

副导演说："昨天我们就一直在拜托渔民们，甚至出重金请他们出海，但这里的情况他们是最清楚的，都不愿意去，就证明海浪之大，不能轻易冒险！而且如果危险还没解除，把他们接回来的路上也有风险啊！"

韩晴曼不是不懂这些道理，可实在是着急，担心那两个小子！俩人从小就没吃过苦，就他俩在岛上，能不能行啊？"我是怕晚了，那二位要饿死在岛上了！"

"不会不会！"张导说，"那座岛上资源比这里丰富，他们不至于一点儿吃的都没找着！"

姜华一听："哎！张鹏宇！那合着你是知道那里物资丰富还给我们丢在这座贫瘠岛上的？"

张导："我也没说你们必须待在这儿啊！录制这么多季了，不一向是随便你们换生存地吗？"

《世外桃源》节目的录制规则只有一条：除了请当地翻译人员，以及准备交通工具之外，节目组不给予任何帮助。

目前还在下着小雨，海上的风浪却不见小，当地渔民怕危险，还是决定再观察一段时间。

许家彬拿起工具："晴曼，我们还是往林里深处走走吧，多找点儿吃的，等那俩孩子回来才有的吃啊！"

韩晴曼也喊上其他人："姜华前辈昨夜修补小屋很累，就别去了，子昂、菲菲、小雅，你们也组一队出发吧。"

"正有此意！"裴子昂也站了起来，披上雨衣。

廖菲菲却不太乐意："啊……下这么大雨还要去啊？昨天夜里吵得我根本没睡着，我现在都困死了。"

"大家都困！"裴子昂完全没有怜香惜玉的意思，"不止你一个人。沈老师和言言还被困在另一座岛上，连睡觉的小屋都没呢！我们不该去给他们找点儿吃的，等他们回来让他们感受到温暖吗？"

那谁给我温暖啊！廖菲菲心里想，雨下这么大，丛林里肯定都是泥泞，脏死了！

"唉……"廖菲菲捂着肚子，虚弱地靠在小屋的木桩上，"我肚子难受……"

韩晴曼皱了皱眉，却还是关心地问："菲菲怎么了？"

"晴曼姐……"廖菲菲委屈地喊着，"我昨晚来月经了……这两天夜里都下大雨，冷飕飕的，我本来就宫寒，疼死了……"

"那你好好休息吧。"

左雅本来想说什么，想想还是算了，套上雨衣说："那我和裴老师去吧！让菲菲休息。"

"对不起啊……"廖菲菲一脸抱歉，"给大家添麻烦了。"

"没事儿，生理期，可以理解。"大家都很友好。

两小时后两支小队都回来了，依然只找到水果。好在昨天白天许家彬几人下海捕了好几条大肥鱼回来，还剩两条要留给他们两个。这时节目组得到确切消息之后跟大家说："渔民同意出海了！我们现在就去把他们两个接回来！"

"我也去我也去！"韩晴曼直接站了起来，"导演，我跟你们一起去！"

路上韩晴曼一直在用对讲机联系那边，无数次呼叫之后，那边终于响起一道懒洋洋的声音："吵死了。"

节目组和韩晴曼都长长地松了一口气，这是沈向霆的声音！而且沈向霆还能吐槽，那就说明他们两人多半没什么事，否则一定焦急地喊他们快去了。

"沈向霆！"韩晴曼对着对讲机吼了一声，"你这臭小子！我都担心死你们了！你还嫌我吵！"

紧接着就是顾安言带着笑声的话："晴曼姐，你们别担心，我们没事，好着呢。"

"还是言言乖！沈向霆！你要不乐意说话你就退开吧！我听见你声音也烦！"

节目组："……"

你们两人的关系可真奇妙啊！昨天不知道是谁那么担心他们两个。

沈向霆偏不："我听见引擎声了，有船过来接我们了？"

顾安言："真的欸，那晴曼姐，我们去海边等你们！"

船很快就到了，韩晴曼大老远就看见两个高挑的身影站在那里，看起来都没什么事，没缺胳膊没少腿的！行吧！这她就放心了！

顾安言朝气蓬勃地冲他们挥挥手，喊道："晴曼姐！"沈向霆则一脸冷漠地站着。韩晴曼跳了下去，顾安言又甜甜地喊了一声："晴曼姐！见到你们真是太好了！"

"言言乖，"韩晴曼摸了下他的脑袋，然后故意撞了沈向霆一下，"不像某个臭小子！跟哑了似的！"

沈向霆被撞得往旁边退开两步，冷冷的眼神扫过去，却什么也没说。

韩晴曼也不搭理他："哇，言言！你们这是抓了些什么啊？"

"好多！"顾安言献宝般把他们找到的吃的一一介绍了一遍，"还有一只圆轴蟹被我们昨天当晚餐分食了！这只是留给你们尝尝味道的！很鲜美，可好吃了！"

沈向霆拎起顾安言背后的背包往前走，冷冷道："回去慢慢说。"

韩晴曼一巴掌打掉他的手，瞪了他一眼："言言是狗吗？你这么拎着！"
哪知，顾妄言把两只手放在胸前挂着，冲沈向霆吐了吐舌头："汪汪！"
沈向霆的表情复杂。
"哈哈哈！"韩晴曼笑坏了，"言言，你怎么这么可爱！"

第三篇章

人鱼搁浅

027

顾妄言尴尬了一下，抓抓耳朵："不……不好笑啊……"

"好笑啊！"韩晴曼揉揉他脑袋，"他你就别管了！他永远都是这张扑克脸，好像全世界都欠他钱似的！你习惯就好！"

"晴曼姐，还好你在，不然我多尴尬啊。"两人说着，相伴上了船，留下沈向霆一个人站在矮浅的海水中。他拿起手杆子杵自己的脸颊，带动颧骨向上提。这样笑吗？他当然不是不会笑，只是不知道在面对顾妄言这个表现时，是否应该这样笑。不笑的话，小孩会尴尬，他记住了。

两人的满载而归，让大本营的人惊讶不已。

许家彬看了看他们找回来的吃的，张大嘴："可以啊你们两个！这出去一趟带回来的比我们两天找的都多！"

顾妄言也不贪功："没有，前辈，那岛上东西特别多，要不是我们没带够网袋，一定再多带点儿回来。"

"没事就好啊！"姜华说，"我们都担心坏了，生怕你们在那岛上孤立无援，出了什么事！"

顾妄言笑笑说："有霆哥这百科全书在，不会有事的！我们运气特别好，那岛上有个山洞，我们就在那儿躲了一晚上。"

节目组虽然上岛勘察过，但并不知道有山洞，很意外："还有山洞？"

"可以啊！沈老师这都可以自己拍《世外桃源》番外篇了！"裴子昂拿着几根木头往沈向霆那边走，夸道，"节目组都没发现的山洞，你给找着了！"

工作人员想：这两人不和的传闻难道是假的？至少这次节目上，没看见他俩有什么针锋相对的举动，挺正常的嘛！

"不是我,"沈向霆弯腰捡柴火,往火堆里丢,"山洞是那小孩发现的。"

"小孩?"裴子昂轻挑眉峰,"你这昵称还挺特别。"

"小我八岁的小孩,有什么问题吗?"沈向霆抬眼,冷冷地看向裴子昂。

裴子昂立马抬手一挡,一笑,做投降状。

摄像组:好的,是我们误会了,这两人确实不对付!

"那边怎么了?"左雅抬头,发现那边两位前辈间的氛围好像有些剑拔弩张。

顾安言抬头看了一眼,他在梦里也听过这样的传闻,说这两人在那档偶像竞演节目总决赛之后就决裂了,是真是假,也没有人证实过。

韩晴曼看都不看,挥挥手说:"两个叛逆期的小朋友罢了,别理他们!我们还是来看看中午做什么好吃的!"

正午,雨过天晴后,海的能见度也高了起来。吃了顾安言两人带回来的丰盛午餐,许家彬决定带几个新来的小家伙在浅水区浮潜捕鱼。一听到要浮潜,廖菲菲也赶忙拿出了潜水工具,连脚蹼都穿上了。

裴子昂刚好经过这里:"菲菲,你不是生理期吗?你也要下水?"

韩晴曼也转了过来:"菲菲也要浮潜吗?"

廖菲菲的神色不如之前那么难看了,笑着说:"我用的棉条!吃了止痛药后好多了,太阳这么大,海水也都是暖的吧!"

夜里下雨还冷得大家穿上了冲锋衣,今天雨停了,正午太阳一出来,气温又高得让人想扑进海水里凉快凉快。廖菲菲想下去玩,其他人也不好说什么。

韩晴曼穿上潜水道具,一看左雅还坐着:"小雅不去吗?"

左雅摇了摇头:"我有点儿累,晴曼姐,你们去吧,我想休息一下,补个觉。"

"行,那你好好休息。"

姜华在阴凉处绑了张吊床,躺在里面摇晃着在午休。他看见沈向霆在树荫下坐着,好奇说:"我说沈向霆,我一把老骨头玩不动就算了,你一个年轻大小伙子在这儿坐着,合适吗?"

这小子,才二十七岁吧?正值青年,应该朝气蓬勃才是啊!不知道的还以为他六十七了,这么没活力,像个小老头似的!

沈向霆屈起一条腿,背靠树干,答说:"我不喜欢热闹。"

那边,因为太热,男男女女都换上了短款潜水衣,虽然说是要捕鱼,但大多是为了下海玩。

廖菲菲作为一个女团偶像,站在没过小腿的海水里,迎着阳光,对着摄像机拍起了拉斯韦尔小岛的海边风画报,兴致来了,还唱了一小段,然后才做了个漂亮的入水动作。水下摄影师也一直跟着她,将她在水里的泳姿都拍下来。毕竟是人气女团偶像,粉丝数量还是很可观的,可以为节目带来收视率。

裴子昂撞了撞顾安言的胳膊："没带短款吗？怎么还穿着长款？今天可比前两天还要热！这会儿可能要上40摄氏度了！"

韩晴曼已经入水玩了会儿，从下面浮上来透透气，甩了甩水，笑说："言言，你包这么严实啊？不要害羞嘛，把身材秀出来！"

顾安言不但里面穿着潜水衣，外面还套着衣服，不知道的还以为他有多保守："我不怕热。"

裴子昂从他额头抹了手汗："不怕热？"

韩晴曼开他玩笑："我们小言言怎么这么容易害羞啊？"

顾安言不好意思地笑笑。

"行吧！也对，男孩子在外要好好保护自己！"见他似乎有难言之隐，韩晴曼便自然地转移了话题，"本来还想给你的粉丝们谋点儿福利呢！"

"我们团不红，还没有粉丝。"

"怎么没有！一个我，一个小雅，就两个了！"韩晴曼笑说，"信我，我们言言这么优秀，这期节目一播出，你就会收获一大批粉丝哦！"

裴子昂举了下手："那也算我一个吧！我当个哥哥粉？"

"行！"韩晴曼用完全自家人的口吻说，"这不就三个了吗？啦啦小队都可以成立了！咦，那我当队长吧！我还没给人当过队长呢！我也来体验一把追星的感觉！"

顾安言被逗笑："晴曼姐，你别开我玩笑了，我哪能让晴曼姐给我当啦啦队队长？要折寿的。"

"瞎说！折什么寿！就这么定了！从今天起我就是言言啦啦队的第一任队长！小雅当副队长吧！"

"我呢？"裴子昂不甘寂寞，"晴曼姐，我也当个副队长吧！"

"行吧！那你也当副队长吧！"

顾安言："……"

一共就三个队员，还一个队长，两个副队长，你们可真会玩！

◇ ◆ 028 ◆ ◇

韩晴曼说："别看我们啦啦队现在人少，可我们质量高啊！"

顾安言心想，一个实力演员，一个偶像界的"天花板"，左雅虽然不红却也是个观众脸熟的三线艺人，这质量不高谁高？顾安言也没当真。虽然知道是玩笑话，但顾安言还是感觉在这一次旅行中收获了很多。

裴子昂说："既然啦啦队成立了，我们该有个专属名称吧？叫什么好？"

"让我想想……"韩晴曼还真的思考起来。

"烟丝。"顾妄言毫不犹豫地说了出来,这是他在梦里的时候取的粉丝名。在梦里,他对不起的人里也包括那些爱他的粉丝,他害了自己,也伤透了他们的心。在现实中,他一定不再辜负他们的喜爱与期待,将演艺这条路走到底。

"烟丝?好啊!"韩晴曼点点头,"那以后我就是烟丝了!我是烟丝一号!"

裴子昂深知先来后到的道理,自动往后顺延:"那我是烟丝三号!"

许家彬浮了上来:"你们三个小家伙干吗呢?赶紧来捕鱼啊!"

"哦哦!来了前辈!"顾妄言应声,做一次全呼吸后,直接潜入了海底。

韩晴曼刚钻进水里又浮了上来,跟裴子昂说:"言言好像会自由潜,直接去深水区了!"

他们都只是戴着呼吸管在半米深的区域浮潜,这会儿才发现,顾妄言没戴呼吸管,直接潜下了五米深的海底。

裴子昂说:"那许老师可开心了,终于有嘉宾陪他自由潜了!"

普通人没潜过的话,下去一点儿就能感觉到压强,潜不了几米就会浮上来。顾妄言能一口气潜下去,显然是会自由潜的。

岸上,沈向霆虽然不下水,却一直在注意着海面上的动向,其他几人时不时就会浮上来呼吸几口,浮浮潜潜的,唯独没有顾妄言。得有五分钟了,他还没浮上来!那小孩不会出事了吧?!

沈向霆一下子站了起来。

听到动静,姜华睁开眼:"去哪儿呢你?"

"好像出事了,我去看看。"

姜华被吓得坐起来,问导演:"出什么事了?"

导演也一头雾水:"没有啊!"

沈向霆来到海边,韩晴曼刚好又浮了出来:"咦,沈向霆,你怎么来了?你也要浮潜?"

"顾妄言呢?"沈向霆问得急,"你们是不是玩撒欢把他忘了!"

"没有啊!言言跟许家彬老师在一块儿呢!"

沈向霆已经半个身子进海里了,听到这话愣了一下:"我怎么没见他浮上来?"

"没浮上来,就说明言言厉害呗!"韩晴曼笑得意味深长,掬了一手水泼过去,"怎么,担心言言啦?"

他们正说着,顾妄言终于浮了上来。他摘了潜水镜,看见前面不远处的人,面上带着一丝惊喜:"霆哥!你怎么来了?"

韩晴曼转过身刻意说:"言言,你霆哥以为你这么久不浮上来出事儿了呢,急急忙忙就赶过来了,还指责我没看好你!"

这时,许家彬和裴子昂也浮了上来,顾妄言怔了一下,笑说:"放心吧霆哥!我自由潜憋气纪录是六分钟!"

许家彬都惊了一下:"这么久?!"

"许老师你是没发现吗?言言刚刚在底下都得有五分钟了!"韩晴曼说道。

知道顾妄言会自由潜后,韩晴曼就开始看时间,估算了一下。

"厉害了言言!"裴子昂也夸赞。

"没有……"顾妄言笑笑,"因为唱歌也会用到横膈膜呼吸法,异曲同工,刚好可以练习扩大肺活量。"

"那你这是巨肺了啊?你刚刚那可不是静态闭气,能闭五分钟,绝了!"

"没有那么厉害,"顾妄言说,"世界纪录十几分钟呢。"

韩晴曼泼了他一下,笑说:"怎么,你还要去刷新世界纪录啊!我可爱的言言可不能这么'凡尔赛'啊。"

他们说着,沈向霆一言不发地往回走了。

韩晴曼掬水泼他背:"哎!沈向霆,你这个不合群的小朋友!"

顾妄言不经意地往那边看了一眼,笑着。拍了一支"水下公主"视频的廖菲菲也浮了上来,看到他们几人又围着顾妄言有说有笑,不禁有些嫉妒。她才是公主,为什么大家都只围着顾妄言转?

有了顾妄言这位深藏不露的自由潜高手,韩晴曼和裴子昂光荣"退休",把捕鱼的事交给了许家彬和顾妄言。不久后,顾妄言用实力证明,他不但自由潜潜得好,捕鱼技能也学得非常快。他和许家彬两个人一人一个网袋,每人抓了半袋子鱼才上来,捕到的鱼都可以拎去海鲜市场卖了!

两个湿漉漉的人上岸来,尝到甜头的许家彬人还没走到跟前就冲导演喊:"张导,你可得真的把言言留下啊!我太缺这么个帮手了!他太厉害了!一教就会,这些都是他自己抓到的,我真的,就教了一次怎么叉鱼才能快狠准!"

顾妄言长得好,唱歌如天籁之音,能吃苦,能耐劳,会蒸螃蟹,能下海捕鱼,上哪儿找这么好的宝藏男孩啊!

张导哭穷:"经费不够啊。"

许家彬:"那不简单吗?把子昂换了!子昂再过几年都变'小腊肉'了,咱们换点儿新鲜血液多好!"

还在吊床上躺着的姜华笑着接了一句:"我同意!"

"你们同意有什么用!那也得言言同意才行啊。"张导说。

顾妄言综艺感上来,笑着接了一句:"对不起啊,子昂前辈,长江后浪推前浪,这个机会对我来说太重要了,我只能把你拍在沙滩上了。"

完全没想到顾妄言这么个新人敢这么大胆地接这个哏,全场爆笑,更搞笑的是,裴子昂特别配合地直接躺在沙滩上,反手就演了个碰瓷:"你完了,言言,我被你拍死了!现在没有一首歌,我恐怕是起不来了。"

029

在裴子昂带头哄闹下，顾妄言被大家拱得不得不答应临时来一首。

"这首我好久没有唱过了，要是破音了，你们不要笑我啊。"

在梦里的时候，顾妄言走的就是美少年偶像路线，并没有发挥他本身音色上的优势，唱的都是一些和现下组合差不多的歌。因为不过瘾，他总是在私底下唱唱。陆放听了，就说他总爱唱那种炫技的歌，不好听，所以他从少唱变成了不唱。再到后来，时间一久，他某一天忽然回过神来，已经好久没唱过歌了。

每一次想唱的时候，他就会想起陆放说不好听，便把这种兴致压了下去。到最后，他发现曾经酷爱唱歌的自己，再提起唱歌时，眼里已经失去了光芒。他出事后，媒体记者开始大肆挖他的底，就连很多粉丝也是才知道原来他们的偶像会唱歌，还唱得那么好。网友们疯狂转发他出道初期的作品，惋惜为什么没有早点儿发现这颗明珠。曾经没有火的组合出道的主打歌，在那短短一个月里火得上了音乐榜第一，久居不下。

前天是时隔很多年他再一次尝试唱歌，幸运的是，在梦里打滚一遭，他的心境也随之改变。他不再需要讨好任何人，唱歌，只是因为想唱。

他找回了初心。

大家一听"破音"两个字，就都猜到了个大概。

裴子昂笑问："要破音，你这是打算唱多高的调啊？"

顾妄言轻浅一笑："稍微有点儿高。"

众人一听可感兴趣了，也不知道这稍微有点儿高是有多高。

裴子昂也坐直了："非常期待！"

前天晚上他唱的那首歌听不出音域，裴子昂很好奇他的音域在哪个区间。

韩晴曼鼓励他说："言言你放心，我们都是自己人，你放心唱，别怕！唱砸了，我们这儿这么多人呢！大不了威胁节目组把这段掐了！"

"就是就是！"姜华也很宠后辈地道，"有我在，你要是唱砸了，我负责摁住张鹏宇！"

张导："……"

反了你们！

顾妄言看向导演组："导演，能不能把手机给我一下？太久没唱了，我放个伴奏行吗？"

"当然行！"张导非常乐意，把顾妄言的手机递给了他。

韩晴曼两眼闪闪："烟丝一号已就位！"

左雅："烟丝二号就位！"

裴子昂："烟丝三号就位！"

三人像是说好了似的，握拳打气："言言加油！"

沈向霆："……"

他不过是没参与潜水，他们已经开始背着他整暗号了？

韩晴曼一下子就看穿了沈向霆的心思，贼贼地笑："让你不合群吧！我们中午刚成立'烟丝小队'！我，队长！"

左雅也举了一下手："我是副队长！"

裴子昂："我也是副队长！"

沈向霆："……"

"嚯，"许家彬说，"就三个成员，三个队长呢？现在入队还来得及当元老吗？"

"来得及来得及！"

"那我也当个元老呗？"姜华也凑热闹。

廖菲菲："……"

这么多演艺圈的前辈上赶着要进他的啦啦队，简直前所未闻！他别是会什么蛊惑人心的妖术吧！

"欸！"韩晴曼捡了颗小石子朝沈向霆的脚扔过去，"你要不要也加入烟丝小队？"

沈向霆冷淡地接："不必了。"

当队长有什么意思？要当就当……沈向霆看向别处。

"别后悔啊！晚了可没元老的位置了！"

"霆哥，你别放在心上，他们开玩笑呢。"小岛上信号不好，顾妄言这会儿才下载好伴奏，"那，那我就试试了，要是唱得不好、唱砸了，你们别笑啊……"

顾妄言一脸紧张，像个腼腆的小孩。其他人对顾妄言的上限没概念，以为他真的就只是唱首"调稍微有点儿高"的歌罢了，唯独沈向霆紧了紧眉。他记得他那年去顾家，听到顾妄言唱的是咏叹调。还没过变声期的小孩，唱女声咏叹调。

这样来算，顾妄言应该是真的很久没唱过了，沈向霆盯了张导一眼。他离张导最近，张导忽然打了个寒战，怎么好像有股杀气？应该是太阳下山了的缘故吧，忽然有点儿冷！

一群人排排坐，顾妄言点开伴奏放在地上，并调低了自己麦的位置。

前奏一出来，包括工作人员在内的好几个人都听了出来，这不是……

裴子昂惊了一下："等下，这不是《歌剧2》……"

好家伙！顾妄言小朋友，你这叫"调稍微有点儿高"？我们可能学的不是同一本《新华字典》呗？裴子昂的话音一落，被对面的沈向霆冷眼一瞪。他干笑一下，在嘴巴上做了个拉上拉链的动作。

行行行，他不说话了！

前面的部分，一般人可能没听过，也没觉得熟悉，听着好像没什么特别的啊，也不知道裴子昂这惊得跟下巴掉了似的是做什么。几十秒过去，顾妄言打开了口腔，直升好几个八度。

那是长达二十秒不间断、又高又稳的高音，越往后音越清晰，没有断掉的迹象。熟悉的部分到来，众人这才反应过来，原来是这首歌！那直击天灵盖的高音，激得所有人鸡皮疙瘩掉了一地！

◇ ◆ 030 ◆ ◇

大家虽说期待，却也没想到会是这么一首跨了好几个调的高音曲，都给惊着了。高音部分纯粹净透，听不懂的，就只觉得这声音太好听，太美了！一曲终了，顾妄言给大家带来的惊喜和震撼远远超过了前天那首抒情曲。就算不懂音乐，大家也能感受到他并不是为了炫技才挑了这么一首歌，他是在享受这个过程！

顾妄言全程沉浸在他自己的音乐世界里。

这首歌讲的是一个人鱼来到人类的世界，没有朋友，渴望着能在人类世界找到知己的那种孤寂感、悲凉感。在那几分钟里，顾妄言仿佛就是那个孤独徘徊的人鱼，痛苦地朝着天空吟唱……

不知道是谁带头鼓了掌，现场响起此起彼伏的热烈掌声，大家才像是回过神来。

"呜呜呜……唱得真是太好听了……"左雅感动得都要落泪了，捂着自己的嘴巴，生怕自己忍不住当面喊一声：言崽，姐姐爱你！

"哇！这么好听的声音是真实存在的吗！"韩晴曼也激动了起来，"《歌剧2》我知道！讲的是人鱼吧！"

韩晴曼扑过去，撩开顾妄言的细发瞧了瞧："别装了言言！你其实是人鱼吧！你的鱼鳃呢？藏哪儿了？人不可能唱出这样的声音！你一定是人鱼，偷偷上了岸！你来干吗的？是来找你的公主的吗？"

顾妄言："……"

他头一次发现，晴曼姐的语速可以这么快。

不得不说，韩晴曼说出了大家的心声。她一说完，后排的工作人员们都点了点头。姜华也"哇"了好几声，无尽地感叹："言言，我每次听你唱歌，都如同被洗礼了一下！太享受了！好听，真的好听！"

"听了言言唱歌，我真觉得我以前的歌都白听了！"许家彬也竖大拇指称赞道，"言言的高音也太空灵了，晴曼说得对，仿佛不是存在于人类世界的嗓音。"

"没话讲！"裴子昂不断地摇着头，"就四个字，完美！好听！"

夸赞声源源不断，顾妄言不好意思地说："没有，真的太久没唱了，最后一节其实有些不稳。"

唱完后的现在，顾妄言神清气爽，觉得满足极了！他真的好久都没有这样放开唱过了，有种被压抑很久、终于解放的舒适感，整个人都轻松下来。经过这一次试唱，他知道自己的本事还在，没有丢。唱歌，他捡起来了！他唱得开心，被大家这样宠爱着夸奖，也很开心。

"别谦虚了言言！"左雅也爬过去瞧瞧，"不过言言真的是人鱼吗？是吧？"

"别逗我了，晴曼姐、左雅姐。"

沈向霆眼微眯，一把扣住韩晴曼的手拿开："够了。"

虽然被触碰了有些不适，但顾妄言还是笑说："没事的，霆哥。"

韩晴曼缩回手，瞪了沈向霆一眼。

裴子昂站在专业角度上说："你说你很久没唱了，能唱成这样真的很……棒了！最后的小节几乎听不出来，可以忽略不计，是你对自己要求太高了！"

大家这么激昂地夸赞，廖菲菲觉得自己不夸两句有点儿不合群，就不走心地也夸了几句。于是沈向霆成了唯一没夸过顾妄言的人，大家都盯着他看：反骨仔，说两句呗？

沈向霆沉声片刻，道："你唱的不是原调吧，升了三个调？"

顾妄言点点头："嗯！太久没唱了，就只升了三个。"

就只升了三个——其他歌手听了要哭的程度。

沈向霆这么一说，大家也终于把他参加过偶像竞演节目的事联系上了，不愧是曾经的"霆神"，音乐素养还在！因为沈向霆转型之后再没有在公共场合唱过歌，观众都忘了他曾经可是风靡全网的音乐王子，唱歌十分好听。作为一个演员，他的唱功比当下某些糊弄人的偶像组合可要好太多了，是专业的水准！

韩晴曼正想撑他说"谁让你问这个了？让你夸两句"就听沈向霆道："看得出来你确实生疏了，不过糊弄外行没问题。你小时候唱得比现在好多了。"

自己唱得怎么样，顾妄言心里是有数的。他这次确实没唱好，毕竟满打满算，得有五六个年头没唱歌了。很多地方没处理好，但基础能力还在，他认为问题不大，只要多加练习，一定能找回自己以前的水准。但听到沈向霆这话，他是真的意外了一下，眼里写着惊讶："霆哥听过我小时候唱歌？"

两人的对话让众人想起他们的关系，之前沈向霆说顾妄言是邻居家的孩子时，大家还抱有疑虑，这样一听，看来是真的！

"嗯，"沈向霆沉声点头，"《天空》。"

顾妄言的眼神闪动。

众人惊讶。

"等下……你说的这首《天空》，不会是花腔女高音歌唱家舒媛媛老师的《天空》吧？"裴子昂问。

沈向霆："是。"

众人："……"

本来想吐槽沈向霆"太不给面子,这都不夸"的众人忽然明白了!不夸,是因为人家听过更好的!顾妄言小时候就能唱花腔女高音,还是沈向霆认定的比今天这首《歌剧2》唱得还要好多了的《天空》!众所周知,舒媛媛的《天空》有多难唱,一个小孩能唱下来,还好听到能被沈向霆记到现在的程度,那得有多好听啊!

顾妄言这小孩深藏不露,也太谦虚了吧!

"真的是舒媛媛老师!"裴子昂震惊,"天哪!我的'女神'啊,还是成名作《天空》?"

"花腔女高音!"左雅崇拜的眼神看向顾妄言,"言言未免也太厉害了吧,还是小时候!"

顾妄言摇摇头,笑说:"就是小时候才能唱啊,变声之前,我可以唱,现在应该不行了。"

韩晴曼有些羡慕地看着沈向霆:"你该有多幸运啊……居然听过言言唱的绝版《天空》!"

沈向霆沉默。

是的,那是顾妄言自己在家唱着玩的,其他人不可能听过。

"太可惜了!"韩晴曼气呼呼,"你说你当时为什么没录下来呢!"

沈向霆眼眸微动,一抹不易察觉的笑意闪过——谁说他没录下来?

◇ ◆ 031 ◆ ◇

接连下了两天雨,这天晚上天终于晴了,抬头还能看见一片绚丽星空。几人排排坐,抱着膝盖,看着那灿烂夜空,发出无尽的感叹。

"真的好漂亮啊,城市里可看不到这样的星空。"左雅仰着脑袋。

"是啊,真美,"顾妄言的视线向右扫,不远处沈向霆和廖菲菲不知道避开人群在说些什么,"不过最重要的,还是看和谁一起看吧。"

左雅笑问:"言言想和谁一起看啊?"

韩晴曼刚才就看见了,顺着顾妄言的视线看过去,神秘地笑了一下:"你在看那边,是想和菲菲一起看,还是跟沈向霆一起看?"

顾妄言窘迫地一笑:"晴曼姐,菲菲姐会不高兴的。"

这会儿没在拍摄,大家都在休息,韩晴曼就随便聊了:"其实在见到你之前,我就知道你哦!"

顾妄言之前就好奇了:"我也不红,晴曼姐是怎么知道我的?"

韩晴曼的眼神往那边一丢:"那小子告诉我的啊!"

"霆哥跟你提过我吗?"

左雅是"吃瓜"群众:"哇,向霆前辈为什么会提起言言啊?"

"嗯……"韩晴曼沉思一会儿,笑说,"大抵就是,半年前我俩约饭,他喝了点儿酒,提起了那么件事,说有个很乖的邻居家的弟弟也进演艺圈了。他很少把谁挂在嘴上,我就多嘴问了几句。"

很乖的邻居家的弟弟?顾妄言笑了笑,不可能。他敢说,他以前给沈向霆的印象绝对不是什么"很乖的邻居家的弟弟"。这肯定是韩晴曼加工过的话。

"那霆哥怎么说的啊?"顾妄言笑了一下,实力演绎了"乖"的形象。

"没怎么说啊,没啦!"韩晴曼笑答。

两位听众都觉得不至于真的没了,还想多问几句的时候,那边却传来了令人注意的动静,所有人都看了过去。沈向霆其实很少在公众场合发火,今天却在还有几台摄像机在运作的时候,不顾场合地恼了,声音有点儿大,离得近的人都听到了:"我言尽于此,如果你们再敢搞小动作,就别怪我不客气!"

几个小脑袋凑到了一起,窃窃私语:"怎么了?怎么了?"

"霆哥看起来好恼的样子,廖菲菲干什么了?"

顾妄言觉得从小到大,也就看过沈向霆在火葬场那一次发火。

那是无声的愤怒。

裴子昂加入了八卦大军,过来给他们解释说:"是国内爆了热搜。"

"什么热搜?"他们的手机都上交了,不知道国内怎么了。

"一位不知名人士爆料说沈向霆跟廖菲菲秘密恋爱呢!特别是一向不参加综艺的沈向霆突然现身《世外桃源》,引起不少人的注意,越来越多的人往那方面猜,说他是为了廖菲菲才来的。"

大众没有消息来源,听风就是雨,还有不少人觉得这爆料挺靠谱的。毕竟两人同属一家经纪公司,也算是师兄妹,进进出出有些接触也说得过去,发展成恋人关系那更是有可能的。一个是当红巨星,一个是人气女团偶像,男才女貌,多配啊!

沈向霆的粉丝大部分比较理智,沈向霆是演员,不是单靠颜值吃饭的偶像,二十七岁了,就算真的交女朋友也没有什么大不了的。从十九岁到二十七岁,他零绯闻地陪伴他们走了八年,算得上是一个兢兢业业、只想搞事业的好偶像了。女友粉们一时有些接受不了,但也不至于像那些男团偶像的女友粉那样极端,去谩骂和诅咒女方。

廖菲菲出道几年,除了舞台表演有些水之外,没有什么被爆出来的黑料,所以大众包括沈向霆的粉丝们也不是很讨厌她。雷霆[①]大粉们理智表示:非官宣,不表态;若是真,表祝福。

女方的粉丝们除了有些不太接受"女朋友"谈恋爱之外,倒是不会去集体攻击沈向霆。沈向霆在演艺圈中的身份地位摆在那里,他们要是敢碰瓷,雷霆会教

---

① 沈向霆粉丝名。

他们做人。

"啊？"顾妄言、韩晴曼和左雅三人同时发出疑问，"哪来的爆料啊？"

这件事，整个《世外桃源》节目组，从工作人员到嘉宾，都一脸蒙。沈向霆跟廖菲菲？他们在这儿拍好几天了，这两人几乎连话都没说过，更别说互动了，哪来的秘密恋爱啊？这毫无根据的爆料是从哪儿来的！

裴子昂说："有人爆了你们来的那趟航班的座位表，他俩坐一块儿。"

左雅和顾妄言："……"

左雅举了个手说："向霆前辈跟我换位置了，我跟菲菲坐一块儿呢！如果向霆前辈真的跟菲菲有什么，怎么会特地来跟我换位置呢？"

韩晴曼也笑了一下说："沈向霆那小子可不喜欢廖菲菲那种作女。"

左雅惊了一下，提醒："晴曼姐，还有机子开着呢……小心点儿。"

万一被捕捉到就不好了，好歹还在拍节目！

"我也不喜欢！"裴子昂也直接说，"这么娇贵还来拍什么野外生存节目？就她最会偷懒！为了不干活儿还装生理期。"

几人一惊："你怎么知道的？"

"我听到了啊！她自己待着的时候问节目组要了手机给国内的经纪人打电话，炫耀自己聪明，什么都说出来了。我回来得早，本来是捉了只小虫子想偷偷去吓唬她，没想到听到了这件事！好歹是女团偶像，我跟她无冤无仇，给她留个面子，没拆穿她罢了。"

左雅愣了愣："这还有装的啊……"

怪不得她干活儿没劲，下水浮潜就精神百倍。

韩晴曼笑了一下，听了也没有惊讶的样子。

"所以听霆哥的意思，是廖菲菲方找人炒作的？"顾妄言总结。

"八成是！"韩晴曼点头，"不然他不会那么生气，一点儿面子都不给。呵，想拉着那小子炒作？可别把自己作进去了！"

顾妄言笑了一下，不表态。廖菲菲该珍惜自己的星途的，如果没有变数出现，今年是她们这个团的巅峰期，明年下半年就会开始走下坡路。至少他在梦里出事之前，廖菲菲都没有翻红。本来就没多长火的时间了，她要是还自寻死路去招惹沈向霆，恐怕今年都撑不下去！沈向霆可不是谁都能招惹的。

◇ ◆ 032 ◆ ◇

另一边，沈向霆发完火也没来跟他们会合，直接去帮姜华的忙，修缮丛林小屋，留下廖菲菲一个人站在那里。她看起来有些尴尬，脸色很不好。不久后重新开始拍摄，跟拍的摄像头捕捉到了廖菲菲偷偷抽泣的画面。

"菲菲，怎么了？"

廖菲菲别过脸去，抹着眼泪，笑了一下："没事……"

"是被骂了吗？"

廖菲菲做惊讶状，摇摇头："没有，不要乱说，向霆哥不是那样的人。"

其他嘉宾看了也挺无奈，刚才不哭，现在开始拍，哭起来了！

几人正围在一起准备晚餐，这边的摄像老师问："菲菲好像哭了，你们不去安慰一下吗？"

"啊？"韩晴曼一脸不知道的样子，"她怎么啦？"

"好像情绪有点儿崩了。"摄像老师说着，看了一眼冷漠的沈向霆："向霆老师刚刚是不是对菲菲太凶了，吓到她了？小女孩很好哄的，向霆老师去道个歉就好了吧。"

毕竟是花一样年纪的小女孩，哭得梨花带雨的，叫大叔们都有些心疼。加上这里有廖菲菲的大叔粉，都在说沈向霆过分了，一个大男人欺负小女孩。廖菲菲离他们有段距离，像是害怕什么似的，不敢过来。

顾安言说："霆哥不会无缘无故凶她的。"

沈向霆也是一副不乐意搭理的样子，连话都不接。

"再怎么样都还只是个小姑娘呀。"大叔粉劝道。

由于在拍节目，谁也不想闹得太难看，再者，闹大了，大众只会指责沈向霆没有风度。姜华站在沈向霆的角度上考虑了一下，劝道："向霆，你去喊菲菲过来吧。"给她一个台阶下。

谁知，沈向霆却不管在拍摄，冷冷道："爱来不来。"

众人一时有些尴尬。

"我去吧！"左雅干笑一声，站了起来。

"我陪你去吧。"韩晴曼也站了起来。

韩晴曼会跟去，是怕左雅在廖菲菲那儿吃亏。廖菲菲的性格，这两天韩晴曼已经摸得差不多了。廖菲菲在他们这种大前辈面前是非常尊敬乖巧的样子，但在没有她红的艺人，比如左雅面前，就会趾高气扬，不把别人放在眼里。有韩晴曼在，廖菲菲会收敛一些。

不一会儿，三人就一起回来了，廖菲菲眼眶还是红红的，努力挤了个笑容，喊人："向霆哥，他们好像误会了什么，但我帮你解释了。"

沈向霆并不吃这一套，连话都懒得接，场面一度有些尴尬。许家彬正想说点儿什么调节一下气氛，就听顾安言笑了一下说："没人误会啊，菲菲前辈，你跟霆哥道个歉吧，霆哥不是那么小气的人，道完歉，这事就过去了。"

沈向霆抬眸，看了顾安言一眼，这小孩在帮他说话？其实沈向霆并不在意什么流言蜚语，但听到顾安言接二连三帮他说话，心里倒是有些舒服。

顾妄言一句话，把场面倒了过来。

如果不知道前因后果，把这段视频放出去，不知道的，还以为是沈向霆做错了什么事，廖菲菲不计前嫌地原谅了他呢。现在顾妄言这么一说，就把情况反转了过来，是廖菲菲先做了惹恼沈向霆的事，所以他才会对廖菲菲爱搭不理。

韩晴曼要不是演技好，这会儿可能已经笑出声来了——干得漂亮，小言言！她都一时没想到还能这么反转，真是个可爱的小机灵鬼儿！

廖菲菲的脸色很不好看，只能低着头："对不起，向霆哥，让你不开心了。"这个顾妄言！沈向霆冷冷道："叫我名字就好。"言下之意，别喊我"哥"。

地位摆在那儿，廖菲菲面上再过不去，还是只能改口："向霆前辈……"

"好了好了，没事了！大家都是一家人！"姜华笑着调节气氛："张鹏宇，找个游戏来玩玩！"

张导也不想自己的节目被搞得乌烟瘴气的，爽快同意："玩《狼人杀》？"

"好啊，"韩晴曼兴致满满，"张导，就玩上次我们玩的那版吧！"

"好啊好啊。"左雅也负责烘托气氛。

"哦！那次晴曼刚好也在是吧？那就玩那版吧，刚好人数也够。从晴曼开始是一号，依次排下去吧！"

韩晴曼一号，左雅二号，廖菲菲三号，裴子昂四号，许家彬五号，姜华六号，顾妄言七号，沈向霆八号。

张导："两个狼人，一个预言家，一个女巫，一个猎人，一个美神，两个平民。没有警徽流，且女巫可以自救。美神可以在游戏开始之前指定任意两个人组队，这两人同生共死，自成一个阵营。"

"啊？那万一一个是狼人阵营，一个是好人阵营的呢？就算我们投对了狼人，那个好人也会'死'咯？"

"是的，一人被'票死'①，另一人'同死'！"张导说，"你可以选择和自己的同伴共同赢得胜利，也可以随时背叛，选择自己的本来阵营，增加可玩性。"

"哇……听起来好好玩的样子！"左雅的心其实已经不在游戏上了，她好想抽到美神牌哦！

张导又解释了一些细则，后道："最后走个流程，本版本《狼人杀》玩法和规则解释权归节目组所有，你想要的高能查杀、开局报完身份、紧密逻辑链，这里——统统没有！"

姜华哈哈大笑："观众都看这么久了，早该习惯了！"

许家彬也笑："所以还有人不知道我们的游戏环节就是个搞笑环节吗？"

---

① 指游戏中某一个人被投票出局。

张导:"还是要说明一下的,上周我们又收到投诉了,说我们不够专业,玩的什么垃圾局,必须'狗头保命'!"

"哈哈哈哈!是不是我抽女巫牌,上来把预言家毒了的血崩开局惹众怒了啊?"裴子昂大笑,然后朝镜头鞠了个躬:"对不起!我错了!下次还敢。"

大笑过后,游戏开始。"面杀"①的好处,就是在开牌的时候,能用肉眼观察捕捉到其他玩家的面部表情,初级玩家通常不太会隐藏自己的情绪,继而暴露了自己的身份。

顾妄言看了一眼自己的牌,表情藏得很好:预言家。从某种意义上来说,他在这个世界确实是"预言家",知道很多将来要发生的事。

左雅打开牌,脸上闪过一丝失望。唉,不是美神……

张导:"天黑请闭眼。"

所有人低下了头。

"请美神射箭。"

"美神"韩晴曼抬起了头,从她翻开牌起,嘴角就没下去过。

她做出射箭的手势,点一下沈向霆,又点一下顾妄言。

张导:"……"

◇ ◆ 033 ◆ ◇

导演正想进行下一步,韩晴曼比了个"停"的手势,然后在手机上输入几行字,写着什么。

"美神请闭眼,"张导继续推进流程,"狼人请睁眼。"

八人之中,两人抬起头,睁开了眼。左雅惊了一下,她的狼人同伴竟然是向霆前辈欸!拿到狼人牌之后本来还挺愁的,她不是很会玩,但看到同伴是沈向霆,一下子就觉得稳了。向霆前辈长着一副让人觉得可靠的脸呢!沈向霆环顾一下四周,比了个三号——廖菲菲。左雅完全同意,点点头。

"狼人请闭眼,"张导说,"女巫请睁眼。你有一瓶解药,你要救谁?你有一瓶毒药,你要毒谁?"

"女巫请闭眼,预言家请睁眼,你要验谁?"

"天亮请睁眼。"

"首先公布组队人员——沈向霆、顾妄言。"

张导话音一落,有工作人员站起来,拿着一根绳子朝沈向霆走了过去,把绳

---

① 指的是线下的《狼人杀》游戏,在线下游戏中,玩家可以通过观察对方的面部表情来判断对方的角色阵营。

子系在了他的小拇指上。沈向霆眉头皱了起来，但因为是游戏规则，也没说什么。紧接着，绳子另一端系在了顾妄言的小拇指上。

左雅偷偷地瞄了一下周围人的表情，瞄到韩晴曼时，她笑得两眼弯成了月牙儿，难道她是美神？

工作人员上前把两张手写的字条发给两人，沈向霆的是——

　　心之所向（沈向霆的"向"）

顾妄言的是——

　　身之所往（顾妄言的"往[妄]"）

"美神赐予你们的队伍名：心向往之。"张导宣布道，"恭喜向霆老师和言言组队成功，'心向往之'组合正式成立！"

顾妄言温润地笑着，脸上还带着一丝不好意思，对沈向霆说："预祝合作顺利。"

"导演，我们这可是综艺节目里的游戏欸，在游戏里组队没有什么庆祝仪式吗？比如来点儿吃的喝的？"韩晴曼问。

左雅举手说："一起喝杯酒，可以吗？"

"可以噢！"韩晴曼冲导演使眼色："导演！酒！"

野外生存呢，哪来的酒？况且顾妄言才刚成年！但这不是问题！

张鹏宇："以水代酒！"

蹭吃蹭喝失败，左雅遗憾叹气：唉。果然是一毛不拔张鹏宇，一杯酒都不舍得出。

"喏！"姜华把他们刚刚清理出来打算用来当盛具的贝壳拿出来，"用这个吧！"

张导问："其他人还有什么意见吗？"

"没意见。"

"没意见。"

……

顾妄言答："我的意见是，没有意见。"

气氛烘托到这里，韩晴曼带头说："大家一起来喝一杯。"

其他人也跟着莫名其妙地喊，像在参加新年家族集会，闹哄哄一片。许家彬笑着跟姜华说："我怎么觉得我好像在过年？"

他们还是在玩《狼人杀》吗？别是拿错剧本了！

沈向霆："送你朵花。"

顾妄言："……"

沈向霆在他背后抬起手打了个响指，凭空变出一朵鲜艳欲滴的小红花。

"鲜花配队友，"沈向霆道，"送给你。"

裴子昂兴奋得很："我们呢，我们呢……"

沈向霆笑："你是我的队友吗？"

◇ ◆　034　◆ ◇

顾妄言笑答："谢谢霆哥。"

"快快快！喝酒了喝酒了！"韩美神催促。

几人碰"贝"，一口仰头喝下。

"好了好了，闹也闹完了，喝也喝完了，有人还记得我们是在玩《狼人杀》吗？"姜华把大家散了的心都喊回来。

"哈哈哈……忘了！"韩晴曼笑得开心，哪里还管什么《狼人杀》啊！

从她抽到美神牌开始，就已经不是在玩游戏了！

张导也拉回主题："喀，那么，昨晚'死'的是……三号！"

廖菲菲再三确认了自己的号码："我'死'了？搞什么啊！女巫怎么回事啊！会不会玩！怎么不救我！"

游戏刚开场，她一个字还没说呢，直接就"死"了？

张导无情地道："请三号留下'遗言'。"

"没有！"廖菲菲生气得一个字没留，直接下场了。

张导："从一号开始发言吧。"

韩晴曼："好了！我不演了，我摊牌了，我就是美神。好了，我发言完毕！看来大家都没有异议，那就下一个！"

左雅："我是预言家。我昨晚查验的是五号，五号是好人。今晚我会验八号。第一轮没什么好说的，就下一个吧。"

三号已死，就轮到了四号裴子昂："我拿到的是好人牌，闭眼玩家没什么好说的，目前我相信一号是美神，二号预言家尚且存疑，我想看看后面的人怎么发言再投票。"

五号许家彬："三号被'杀'了，女巫没有救……应该是'死'了个好人，女巫有自己的想法。这'死'的要是个自'刀'狼，那狼人阵营可就血亏了啊。我也是闭眼玩家，第一轮没什么信息点，过了。"

六号姜华："都是好人牌啊……你们两人里是不是有概率开出一狼来？我也是好人牌。四号、五号的身份在我这里先存疑。过了。"

七号"顾·真预言家·妄言"看着左雅道:"我是预言家,我昨晚验的是六号,好人牌。一号美神没有疑问,二号铁狼,二号敢跟我对跳预言家,那么证明此时场上两匹狼都还活着,三号是以好人身份出去的。三号如果是自'刀'狼,二号还敢这么跳,我只能'瑞思拜'了。六号是铁好人,四号、五号都认好人牌,比较难搞,我想听听八号怎么说。女巫没用药,猎人不认身份,第一轮可以理解,但我想说的是,下一轮要注意节奏了,不然猎人如果被投出去不好开枪,很大概率会带走自己人。我的总结是,四、五、八号里,开一匹狼。"

◇ ◆ 035 ◆ ◇

顾妄言一通没有停顿的流畅发言,在大家心里刷新了形象。原本以为那就是一个呆呆萌萌的温顺小绵羊、乖巧可爱的邻家弟弟,没想到,在小绵羊的外皮下,竟然还藏着令人惊喜的一面。这个弟弟不是"傻白甜",是有小智慧的!

顾妄言继续说:"夜里'死'的大概率是我,就看女巫信不信我是真预言家了。猎人注意观察一下大家的身份,看清局面,万一被'票死',精准带走一匹狼,好人阵营才有概率获胜。下一晚我会查四号。过了。"

最后轮到八号沈向霆发言:"首先,我认好人牌。相比二号,七号发言更有水准,逻辑没有漏洞,我站七号是真预言家,所以六号是好人,二号是狼。二号给五号发金水①,五号身份在我这儿偏狼。过了。"

开始投票。

韩晴曼、裴子昂、顾妄言和沈向霆投给了左雅,左雅、许家彬和姜华投给了顾妄言。

张导:"二号出局,请留'遗言'。"

左雅:"八号说七号发言比我好,我运气不好,在第二个,七号在倒数第二个,听的发言比我多,他当然能有自己的一套说服人的逻辑。好人阵营自求多福吧,你们要是跟着七号是预言家的路数走,迟早要被一锅端。五号是好人,七号给六号发了金水,那我有理由怀疑两匹狼就是六、七号,剩下的你们自己看吧,祝你们好运。唉。"

左雅叹了一口气,下场了。

左雅虽然不红,演技却没毛病,一番"遗言"说得格外动人,感人肺腑,令人一时搞不明白她是不是真的预言家被误杀了。

"天黑请闭眼。"

"狼人请睁眼。"

---

① "发金水"是在杀人游戏或狼人游戏(《狼人杀》)中被预言家公布身份为民及民以上。

狼人只剩下沈向霆一人，沈向霆指了指五号。

"狼人请闭眼，女巫请睁眼。"

四号裴子昂抬起头，当得知是被左雅发了金水的五号被狼"杀死"时，意外了一下。怪了，狼怎么不"杀"预言家？难道顾妄言不是预言家？他们不会真的把真预言家投出去了吧？五号是好人还是自"刀"狼放手一搏，想骗他的解药？不救！赌一把，如果是自"刀"狼，他们这局就赢了！如果不是，"死"一个平民也不要紧，这局他们大概率稳了。如果五号是好人，他又信七号是预言家，他知道自己是神职，所以剩下的那匹狼就是……八号！但八号和他们的预言家是队友，要毒毒一对。

裴子昂这么一算，其实已经算出结果来了，他只要毒了八号，组队的两人出局，有存疑的五号也"死"了，剩下的不就只剩下好人阵营吗？这一局太简单了！但他对导演摇了摇头，不毒。

"女巫请闭眼。预言家请睁眼。"

"天亮请睁眼，昨天晚上'死'的是五号。"

"咦？"所有"活着的"玩家发出了疑问，女巫又没救人，也没毒人？

五号不能有"遗言"，但是猎人可以带走一个人："很遗憾，我是猎人。因为我相信二号是预言家，所以——我要带走四号。"

裴子昂："……"

其他人："嗯？"

这是什么情况！狼人不"刀"预言家，猎人相信二号不带走"假"预言家，却把四号带走了！

裴子昂也没留"遗言"，直接被带走了。被带到场下的裴子昂看着许家彬气着了："我说家彬老师！我是女巫啊！"他一瓶药都还没用呢！

"那你不救我？"

"那你也没跳猎人啊！我寻思就一平民，'死'了就'死'了呗，万一是狼血赚呢……"

许家彬："……"

裴子昂："……"

裴子昂："你干吗不带走八号？"

这八号铁狼了！

行吧，裴子昂想，反正也赢了。

场上只剩下四个人了：一号美神韩晴曼，被发金水的六号好人姜华，七号预言家顾妄言和自认好人的八号沈向霆。

顾妄言看一眼场上，笑了。沈向霆没"刀"他，"刀"了五号，是因为知道"刀"不了他？女巫不傻都会救他，那么下一轮一样可以结束，好人阵营稳赢。

这一轮发言，从八号开始。

八号沈向霆看了顾妄言一眼："队友，同生共死吗？"

众："……"

对方向你发来了"同生共死"邀请可还行！

沈向霆言简意赅："我是狼。过。"

众："……"

预言家："嗯，他是狼。过。"

众："……"

六号金水姜华："过。"

一号神职韩晴曼："过。"

节目组和已下场玩家："……"

张导哭笑不得："投票吧。"

好人阵营稳赢的局，结果却出乎意料。韩晴曼、顾妄言、沈向霆三票投给姜华，姜华则投给了沈向霆。

姜华："嗯？"

好人阵营："嗯？"

姜华下场的时候，说的话也算不得"遗言"，就是哭笑不得："我仿佛拿了假的金水。"

大家笑疯了，被预言家发金水，到头来却被预言家投了一票，谁能想到！下夜里，"狼霆"空刀不沾血，白天美神三票出局。是的，她也投了自己！玩的就是个心知肚明局！

张导："……"

开什么玩笑？你们这简直是娱乐局啊！

沈向霆和顾妄言对视一眼："赢了。"

顾妄言一笑："嗯，赢了呢。"

他们三人也算是有默契了，居然同一时间投给姜华。

场下玩家纷纷回来。

许家彬问："不过向霆，你没'刀'预言家，是因为'刀'不'刀'都一样了？"

那种情形下，是否逼出女巫的解药好像也不是很重要了。

裴子昂也跟着问了句："那言你又是出于什么原因反水，'票死'了姜华老师？"

姜华适时地哀叹一句："终究是我一人扛下了所有，呜呼哀哉！"

◇ ◆ 036 ◆ ◇

复盘时哭笑不得，大家都很水地在玩，特别是美神韩晴曼，直接玩明牌，给狼人阵营增加了难度。

接下来，更是笑料百出。

有一局，组队的是沈向霆和廖菲菲，所有人第一时间就猜到了廖菲菲是美神。

另一局，沈向霆和顾安言拿到狼人牌，在第一轮女巫自救用掉药之后，白天又合伙"票死"一名猎人，猎人走时失误开枪带走一名平民。第二晚，沈向霆点了廖菲菲，一刀带走。顾安言作为一只倒钩狼①藏到了最后，狼人阵营赢！

张导："嗯？"

再有一局，顾安言和裴子昂组队。顾安言再次拿到预言牌，验出裴子昂是狼。沈向霆拿到女巫牌，一开牌就"杀"人。廖菲菲眼神闪烁，略显紧张，有九成概率是狼。

第一晚——

"狼人请睁眼。"裴子昂指了一下顾安言。

"女巫请睁眼。"导演告诉他昨晚"死"的是顾安言，问他救还是不救。沈向霆毫不犹豫："救。"

"天亮请睁眼，"张导，"昨天晚上，是平安夜。"

二狼心想：稳了，女巫的解药骗到了！

和第一局不一样，第一晚顾安言就验了自己的"另一半"，铁狼，白天就舌灿莲花带动好人阵营"票"了狼。

"我是预言家，昨晚查验了四号，是狼。无论我是真预言家还是冲锋狼，这一轮你们'票'我还是'票'四号都是一样的。我是狼，四号就是我冤的，我俩一走，你们当中的'真'预言家就可以跳出来把剩下的那匹狼揪出来。我是真预言家，就带走了一匹狼，剩下的那个，我相信你们能揪出来。我投四号。过。"

裴子昂没有痛苦地被"票死"了，顾安言也一起下了场。

经过一个白天的发言，第二个夜里，廖菲菲"刀"了左雅，女巫沈向霆果断开毒药毒"死"了廖菲菲，结束，狼人全灭，好人阵营赢。

众人几次复盘下来发现，沈向霆和顾安言居然每一局都是胜利者！他俩是狼人，狼人赢了！他俩是好人，好人赢了！他俩是队友，一神一狼，组合赢了！这游戏没法玩啦！

众人闲聊得知，沈向霆的个人工作室已经就恋爱绯闻发出了澄清微博——

@沈向霆工作室：是假的。

---

①《狼人杀》桌面游戏中狼的一种类型（非身份牌），站队真预言家，卖掉自己的狼队友。倒钩其实属于一种战略，它有时候可能是狼方胜利的关键。

简简单单三个字，说明了一切。本来已经做好准备的粉丝们转头删了一早准备好的官宣祝福词，开始狂欢。太好了！霆花不愧是优质偶像，一心搞事业！

雷霆大粉们——

"霆花还是我们认识的那个霆花，一心搞事业，无心谈恋爱。没事了，散了散了！坐等霆花的综艺首秀！"

"沈向霆，电影、综艺，抑或是电视剧，无论你今后做出什么决定，雷霆们都一如既往地支持你！"

女方工作室也紧跟其后，同样的三个字——

@廖菲菲工作室：是假的。

这就耐人寻味了，一样的辟谣文案，这让"吃瓜"群众不禁想，莫非辟谣是假，秘密恋爱是真？毕竟演艺圈辟谣后被打脸的也不在少数，不是什么稀奇事。

雷霆大粉的群里，却是另一种氛围——

"我绝对信任霆花！霆花不是有事会藏着的人！如果真的有了女朋友，我相信他要么不宣，要么直接宣，不会表面辟谣暗里谈恋爱！"

这个"瓜"，"世外"的人也都是不信的。他们亲眼所见沈向霆这个高冷"男神"，对廖菲菲毫无怜香惜玉之心，这要真是男朋友，还是趁早分了吧！这群嘉宾里，要说最有可能跟沈向霆有恋爱关系的，那怎么着也该是韩晴曼啊，关系看起来就不一般！不过，冲韩晴曼的样子，怎么都不像是对沈向霆有男女之情。

几个女工作人员凑在一块笑——

"我倒觉得，廖菲菲这事不靠谱！"

一天的拍摄结束，所有人摘了麦准备休息，节目组的人都没闲着，给运动相机换卡、换电池，为第二天做准备。

韩晴曼和沈向霆两人坐在树下聊天，其他人都没去打搅。

其他几个人闲来无聊，随便聊聊。

"哎，别说，晴曼和向霆两个人还挺配的嘛。"姜华笑说，"他俩有没有可能？"

"也不是没可能！"裴子昂说，"向霆老师什么时候跟业界的女艺人关系那么好了？而且我发现，向霆老师在晴曼姐面前意外地乖巧，被治得死死的。"

"姐弟恋？"许家彬笑笑，"也不是不行，我看好这对。"

"应该不是吧……"左雅作为一个后辈,小心翼翼地发表意见,"同作为女人,我感觉晴曼姐对向霆前辈不是男女之间的那种喜欢。"

"就是,"绯闻女主角廖菲菲也道,"我也觉得晴曼姐不喜欢向霆前辈。"

"言言,你怎么看?"许家彬问。

"应该不喜欢吧。"顾妄言微微笑。

他怎么看?他还能怎么看?

顾妄言想——我总不能跟你们说:其实我知道沈向霆的白月光是谁!

韩晴曼口若悬河,沈向霆冷淡拒绝:"不感兴趣。"

"算了算了,不为难你了。"韩晴曼也放弃了。

两人正聊着,顾妄言过来:"晴曼姐、霆哥,许前辈做的饭后甜点。"

"谢谢宝贝!"韩晴曼冲他眨了下眼,沈向霆瞥眼过去。

顾妄言一愣,不好意思地笑笑:"那我不打扰你们了。"

他正要走,韩晴曼睨了沈向霆一眼,拉住他:"不打扰!坐呀,一起聊啊。"

◇ ◆ 037 ◆ ◇

顾妄言坐下来:"晴曼姐,你们在聊什么啊?"

"瞎聊。"韩晴曼说,"言言,你未来有什么计划吗?你们这个组合一直不火,得想想办法吧?"

"计划……"他挠挠头,"想转型算吗?"

"转型?你想转什么?演员吗?"

沈向霆盯过去:"他是个偶像,当什么演员。"

"沈向霆!你自己都是从准偶像转型为演员的,真当互联网没有记忆啊?"韩晴曼白了他一眼,又冲顾妄言笑说:"没事,言言,转演员可以啊,他都行,你也一定能行的!"

"你别瞎唆使他,"沈向霆皱眉说她,"演员不是那么好当的,小孩子心浮气躁,吃不了这么多苦。"

"瞧不起谁啊?你当初是十九岁转的型,言言现在也是十九岁,你凭什么看不起言言?你吃得了的苦,言言就吃不了?"

韩晴曼的话,让沈向霆愣了愣。是啊,他潜意识里就认为顾妄言是个孩子,觉得顾妄言吃不了苦。自己十九岁的时候,觉得上天入地什么都能做;可现在二十七岁时再回过头去看顾妄言的十九岁,却觉得顾妄言还是个该被好好保护的小孩,不应该吃这些苦。大概因为在他心里,顾妄言永远是那个长不大的小孩吧。

"我可以吃苦的!"顾妄言抓着自己的衣摆,眼里透着一股坚定。

"那敢情好啊！"韩晴曼笑着说，"我即将拍的那部剧目前有好几个角色还没定下来演员呢，因为预算不够，对小角色的演员要求不高，你要不要去碰碰运气？"

"晴曼姐要拍的话……是那个叫《绝命追杀令》的刑侦剧吗？"

"你知道啊？"

"嗯！我听我经纪人提过，女主角是晴曼姐你，男主角是魏宁吧？我确实打算去试镜看看的。"

这事尤金之前还真的提过。组合不火，尤金到处打听消息，听说《绝命追杀令》在招募形象好的演员，小角色对演技要求不高，紧急培训一下也不是不能临时抱佛脚，不久前才说过让他去试试。

不过就跟"世外"一样，在梦里的这个时间，他人不在国内，并没有去。至于现实中，他的演技在这儿，就是去试镜男主都不成问题。这部网剧唯一的大咖是韩晴曼，没有爱情线，宣传的是姐弟情，因为预算不够，男主角请了三线演员。

"对，左导暂时定了魏宁，本来我抱着侥幸心理想喊你霆哥给个友情价去演男主角的，不过如你所见，他不接电视剧！"

霆哥吗？那确实，霆哥一直没演电视剧，不过……顾妄言顿时有了个主意，小角色也不是不能接，如果是给霆哥做配角的话。

将沈向霆剔除，韩晴曼坐过去一些："试试吧，言言！试试不亏，万一导演相中了你呢？"

看他们两人聊得热火朝天，沈向霆眉头一皱，他倒成多余的人了。

"我跟你说，那里面最好的角色是许文褚，要是演好了，以你的形象，肯定很容易吸引粉丝！就是有点儿难演……"韩晴曼也是知道这点的，想演好许文褚，不是很容易，言言就是个没演过戏的新人，让他演这个角色太难了。

"啊，许文褚……他承接贯穿了整部剧，还和男主角有着很深的羁绊，性格很复杂，演起来真的会很难吧？"

沈向霆抬眸，竖起了耳朵。

"你看过原著？"

"嗯！我特别喜欢这部小说。对许文褚来说，温庭就是救赎和光啊。"

"是不是！"韩晴曼像是找到了同好，"我也有这种感觉！"

完全被无视了的沈向霆适时地出声："你说剧本写得很好，是真的？"

韩晴曼瞄过去："你不是不接吗？写得好还是不好跟你有什么关系呀？"

顾妄言撇过头看向大海的方向，手抵着唇，遮掩住险些藏不住的笑意，咳嗽了几声加以掩饰。

"先看看剧本，好的话可以考虑。"这是沈向霆最后的挣扎。

韩晴曼嫌弃地看了他一眼，"啧啧"两声，不直接说出来他的目的，就是给他留的最后一点儿面子。忽然，韩晴曼眼睛一眯："要不……让你霆哥给你紧急补习，看能不能帮你拿下许文褚这个角色？"

顾安言窘迫道："不好吧，晴曼姐，霆哥他那么忙，还是我自己去找个表演老师临时抱佛脚吧！"

韩晴曼踢了踢沈向霆的脚："言言不是你邻家弟弟吗？用不着费劲报演技班吧！你给他补习就好啦！就这么定了啊！回头试镜要是过不了，那就是你这个老师教得不行！"

沈向霆给国内的经纪人周泽发了条微信："把我这两周晚上十点以后的活动都推一推。"

周泽："干吗啊？周五晚上的品牌方活动也推了？"

沈向霆："让他们控制在九点以前，十点我有事。"

周泽："什么事啊，还持续两周？我怎么不知道？"

沈向霆虽然冷着一张脸，却道："我这周每天晚上十点以后是空闲的。"

顾安言呆呆的，韩晴曼推了推他："还没反应过来呢，傻小子？你霆哥答应帮你补习了！还不快谢谢！"

"可是我很笨的，霆哥会不会生气啊……"

"作为演员，演技不到位的时候，在现场演砸了，导演骂不骂你？被骂你就不演了？"

"没有！"顾安言把脑袋摇得跟拨浪鼓似的，坐直身体，"我不怕挨骂！我只是怕万一我学不好，霆哥你气着自己……你本来就挺忙的，回家还得被我气着，那多不好。"

"还没开始学就先自暴自弃了？"沈向霆冷冷地拉下脸来，"你要是怕这怕那，趁早死了当演员的心吧！想当一名好演员，可不是有张好看的脸就行！"

不知道是顾安言本身就肤白还是真的被刺激了，他的脸色有些不好看。韩晴曼立马捶了一下沈向霆的肩膀："怎么说话的！孩子还小，你这么凶干吗？说两句得了，还说那么重！"

沈向霆动了动肩膀，扫了顾安言一眼，眉头皱起。他也没说什么，顾安言这就被打击到了？

沈向霆："你能惯着他，但导演能惯着他，观众能惯着他吗？"

偶像转型演员，多少双眼睛在盯着，恐怕还没开播就会被拉出来嘲讽，小孩得扛着多大的压力？万一演得不好……就算导演惯着他，观众也不会只看脸，到时候把他架在风口浪尖上批判，他承受得住吗？与其之后才让他被大众骂，还不如一开始就对他严厉一点儿。

韩晴曼瞪了瞪沈向霆，转而对顾安言又是温柔的大姐姐形象："言言别怕，没他说得那么可怕，你先好好跟他学，他要是欺负你，你跟姐说，姐帮你教训他！反了他了！"

◇ ◆ 038 ◆ ◇

这已经是他们上岛的第四天了,也是他们拍摄的最后一天,许家彬带着顾妄言和廖菲菲坐船出海钓鱼。钓鱼需要的是耐心,三人在海面上坐了一个小时还颗粒无收。

"你们两个小家伙还挺有耐心的嘛,"许家彬说,"之前有人坐半个小时就喊无聊了。"

"不会啊,大海好漂亮啊。"廖菲菲像是摆海报拍摄动作似的,坐在船尾。钓鱼多好,什么也不用干,就坐着休息!

顾妄言说:"不会,我觉得钓鱼很有意思。而且我特别享受静坐的感觉,我喜欢大海,蔚蓝无垠,一眼望不到边际。城市里的节奏太快了,能这样静下心来思考的机会不多,让我坐一下午都行。"

"嚯,看不出来啊,言言小小年纪,好像思虑还挺多。"许家彬看了他几眼,"我刚刚看的时候还以为是错觉呢,总觉得你这个小家伙心里藏着事。是有什么不开心的吗?"

廖菲菲别过头去,为什么只接顾妄言的话,不接她的?

"世外"的成员是不是在排挤她?每次都忽略她的话!

顾妄言无神的视线望着前方:"没有。只是在想做人的道理,不要再等失去才悔恨,别再因未告别就离开而遗憾,希望不负当下,不负时光不负己。"

许家彬呆了一下,笑了出来:"言言,你才多大啊,怎么会有这样的感慨?"而且,为什么会有个"再"字?若是"再",说明他曾因失去而悔恨,曾因未告别就离开而遗憾。

不等顾妄言回答,许家彬的鱼竿动了动:"噢!鱼来了!"

就在这时,廖菲菲也惊得大喊:"啊,我这里也上钩了!天哪!好重啊!我拉不动了!"

顾妄言一看两边,廖菲菲那边的动静更大,看起来鱼应该不小,而且她是女孩子,力气不大,就过去帮她。本来就站在船尾的廖菲菲被鱼拉得站了起来,顾妄言一起帮着抓住鱼竿收线,鱼线都绷直了。

忽然,海浪晃了一下。

"啊啊啊——"身形不稳的廖菲菲摇摇晃晃地抓住了眼前的救命稻草——顾妄言的手。被触碰到肌肤的顾妄言眉头一皱,许是她抓得太用力,许是其他原因,内心一股难以抑制的反胃感冲了上来,但他强忍着,紧紧抓住她。被恶心感冲昏了头的顾妄言连看都不看廖菲菲,完全没注意到廖菲菲计上心头,看到他的手似乎松了一下,便自己把手抽出来,尖叫着落入海中。听到落水声,顾妄言的视线才逐渐清晰起来，看到了在海中扑腾呼救的廖菲菲。顾妄言站在船尾没有动，扶着一旁扶手的手都颤抖起来，脸色苍白。

"菲菲！"许家彬一看，坏了，廖菲菲这是不会游泳！也不知道顾妄言为什么站着没动，许家彬立马跳下去把廖菲菲捞了上来。好在落水时间不久，许家彬把她捞上来做了几个按压，廖菲菲把水呛出来就醒了。许家彬长长地松了一口气："吓死我了，菲菲，怎么这么不小心？"

"呜呜……"廖菲菲坐起来，哭起来，"我还以为我要死了呢……"

"没事没事啊，水吐了就好了。"

"顾妄言！你为什么要推我？我哪里得罪你了？"

许家彬心里一个咯噔："菲菲，你看错了吧？言言是要救你，怎么会推你呢？"

"就算不是推，那也是他松了手！否则我怎么会掉下去？我明明抓住他的手了！"廖菲菲委屈坏了，"不拍了！他太过分了！"

廖菲菲落水的事很快传回了大本营，包括她说是顾妄言推她下水。不顾劝说，廖菲菲吵闹着罢拍，要提前离开。节目组没办法，看她情绪激动，只好把她送往拉斯韦尔机场。

"家彬老师，怎么回事啊？"

"不知道啊，我也没看见。我正收线呢，就听见那边尖叫，过去时菲菲就已经在水里了，言言站在那儿。"

沈向霆皱眉问顾妄言："你推没推？"

沈向霆不是不信任他，只是见过他发病时恍惚的样子，他兴许根本就不记得自己做过什么——推了有推了的解决办法，没推有没推的解决办法，得先弄清楚事情真相，才好应对后来的事。顾妄言摇摇头，但又做狐疑状，仿佛不确定："她抓到我的手了，我忽然反胃，意识有点儿涣散，也有可能真的下意识推开了。"

沈向霆："我有种不好的预感。"

廖菲菲这样闹着离开，让大家的心情都受到了影响。其他人不知道顾妄言有肌肤接触障碍，都不相信廖菲菲的说辞。

"言言推她？她别是有被迫害妄想症！"韩晴曼嘲讽道。

"言言，我也相信你没推，你别放在心上了。"左雅说。

其他人也都表示不信，就连节目组都觉得是廖菲菲在闹事。顾妄言跟廖菲菲都是第一次见面，又没有什么深仇大恨，好端端的，推她干什么？

沈向霆去找节目组："张导，廖菲菲的运动相机能给我看看吗？"

当时发生了什么事，摄像头应该拍到了，他得确认一下，以备不时之需。张导命工作人员找了找，却都说没有找到那张卡。

"坏了！"张导道，"不会被菲菲带走了吧？"

当时他们只顾着安抚她的情绪，还真没确认那储存卡回收了没！

大家的预感没错，在"世外"节目组拍完了这期全员返航的时候，已经落地的廖菲菲在第二天发布了一条微博，通篇称自己在"世外"节目组受到了不公待遇，全员偏袒一个毫无名气的十八线偶像。这条微博内容文字渲染力很强，大家得到的信息点是，这个不知道从哪里冒出来的十八线偶像背后有人撑腰，所以"世外"全员都那么照顾他，欺负她这个小姑娘。十八线偶像恃宠而骄，故意把不会游泳的她推进海里！

廖菲菲的微博一发，微博热搜一下子就爆了。《世外桃源》本来就是大火的综艺，刚好这期又是沈向霆的综艺首秀，闹出这样的事来，网友们都很关注。一个小姑娘在节目上受了这么大的委屈，实在令人气愤！不一会儿，那个十八线偶像是谁就被扒了出来——华鼎娱乐几个月前新推的一个美少年组合 iMAX 队长顾妄言！iMAX 的剩下两位成员怎么都没想到，他们这个组合竟然以这种方式上了热搜！

◇ ◆ 039 ◆ ◇

廖菲菲方还放出了一段视频，是从她的运动相机视角拍的，视频中是她已经落水的部分。她在海里扑腾呼救，从忽上忽下的镜头能勉强看到，顾妄言站在船上冷漠地看着，完全没有施以援手的意思。顾妄言的微博粉丝才一万多，还都是不活跃的"僵尸粉"，毫无热度可言。但今天这个热搜一冲上来，他的粉丝瞬间突破了二十万，都是来看热闹的。

因为节目组还在天上飞着，尤金联系不上他们，急得焦头烂额。尤金想，这廖菲菲绝对是故意挑这个时间发的，离他们飞机落地还有四个小时呢！现在舆论就已经把妄言他们架在火上烤了，再等四个小时还不知道会变成什么样！iMAX 作为一个已经被公司放弃的男团，华鼎都懒得保他们，随便地发了篇公关文称一定会严肃处理，如果情况属实，将解散这个团。

廖菲菲闭门不出，也不接受采访，被认为是心情不佳，一个人躲在公寓里伤心难过。助理看着外面闹得那么大，有点儿担心："菲菲，我觉得可以了，再闹大好像不太好。"

"怕什么？他一个十八线小明星，反正也不红了，我带他红一波，他还得谢谢我呢！"

不就是一个小明星？拿他出气最稳妥了，让"世外"的那些人知道她不是好惹的！

"我是说傅新语，她可不好惹啊。"

"那她没转发是事实啊，谁让她不转发了？"

经过这次事件，队长傅新语和廖菲菲不和的传言有了实证。这事倒是让雷霆们更加确认了一件事，廖菲菲的说辞是她在"世外"节目组遭到了冷待，这就说明霆花跟她肯定没关系了，不然不可能不护着廖菲菲。

这次的狂欢中，参与该期拍摄的其他艺人粉丝们都保持了沉默。

银水国际机场已经蹲满了媒体记者和粉丝。"世外"全员都还在倒时差，在飞机上一路睡过来，刚下飞机，大家的手机都响个不停，不消一会儿，所有人都知道了发生的事。

裴子昂骂了出来，毫无偶像形象可言："这廖菲菲是不是有病啊？！说的什么玩意儿？！"

他们针对她？孤立她？！纯属无中生有！

左雅看了看顾安言的微博评论，皱着眉说："言言，你千万不要看评论，都是些胡话，你别看。"

韩晴曼看了一眼自家弟弟，那小子的脸臭得不行。得，不用说，廖菲菲要完了。之前他们也就是不太喜欢廖菲菲而已，对她也没什么恶意，结果她今天这通操作，着实把他们恶心到了，隔夜饭都要吐出来了！

张导提醒大家说："我们最好分开走，外面全是媒体，大家倒时差也很累了，都先回去再说吧。"

顾安言冲大家鞠了个躬："对不起，给大家添麻烦了。"

"你对不起什么！"姜华这位老前辈也难得动怒，"这事跟你有什么关系！来，跟我走，我就不信他们不卖我姜华这个面子！"

许家彬也凑上去："放心，言言，大家都在呢。"

"不用了。"沈向霆冷着一张脸，抓过顾安言的手臂："跟紧我。"

两位老师一顿，点点头："也行。"

"世外"全员出来，媒体和围观群众都在找谁是顾安言。

"是他！顾安言！"

雷霆大粉们也才发现，那个叫顾安言的，竟然紧贴着她们的霆花！

粉丝们赶紧支棱起来，她们霆花是不是还不知道那件事啊！

"顾安言，请问你真的推廖菲菲了吗？"

"你为什么对廖菲菲见死不救？你知不知道她不会游泳？"

"你知道你这样会害死她吗？如果许家彬没有跳下去，她很有可能会死！"

无数递上来的话筒、刺眼的镁光灯、嘈杂混乱的质问声，顾安言的脑子里闪过一声"哔——"之后，好像世界都安静了下来。

"妄言，那视频里的人真的是你吗？请你解释一下吧！"

"我比对过，胎记的位置跟你的不差分毫！你做出这样的事，不怕带坏你的粉丝吗？"

"这次'视频门'影响太大了，你不会再复出了吧？"

"滚开！"安静的世界里，沈向霆充斥着愤怒的声音传了进来。顾妄言回过神来，急促地呼吸着，就见沈向霆摘了自己的帽子扣在他脑袋上，并压低帽檐。沈向霆推开一个撑到脸上来的镜头，怒喝一声："他不能呼吸了！都给我滚开！"

◇ ◆ 040 ◆ ◇

全网哗然。

虽然高冷却也有翩翩公子之称的沈向霆，居然当着那么多媒体大众的面爆了粗口！哪怕是私底下，韩晴曼也没有见他这么失态过，这是真的生气了。所有人都傻眼了，轻易地被安保人员分开一条道，沈向霆扣着顾妄言的肩膀，将他护送了出去。

车上，经纪人周泽捂住了额头："我说大佬，你是嫌我最近太闲了，给我找点儿事做吗？"

周泽一早就相中了沈向霆这块璞玉，这么多年都只带他一人，八年了，都没见沈向霆这么失态过！他还以为，没有什么是能让沈向霆生气的呢，原来还是有的！沈大佬也是个凡人哪！

周泽回过头去，算是第一次跟传闻中顾家的顾妄言正式见面，看到顾妄言脸色是真的不好，脸色苍白，想说的话又吞了回去。周泽摇摇头，马上打了个电话："公关组支棱起来！"

#沈向霆机场失态对记者大吼

沈向霆一句话吼得随意，却吓坏了公关组和粉丝们。雷霆们一向很相信沈向霆，不管霆花是出于什么目的保护顾妄言，她们要做的，就是保护霆花！顾妄言是好是坏她们不管，但霆花是一定要守护的！大粉们紧急开了场会，商量好文案，打开微博一看，却傻眼了。

"沈向霆这么飒的吗！这气场我爱了爱了！"

"我莫名看得好解气是怎么回事！帅爆了！看这些爱把小事化大的记者不爽很久了！沈向霆干得漂亮！"

"明知道现场都有直播还敢这么骂，沈向霆不是那么没脑的人吧？看直播现场，这些媒体冲得很快，顾妄言好像是真的不舒服导致不能呼吸了！"

"定罪之前都还只是犯罪嫌疑人呢！万一是被冤枉的呢？沈向霆说顾妄言快不能呼吸了，这是急到骂人啊！"

大粉群里——

"有一说一，霆花'飒'爆了！好帅啊！"

"话说回来，我们霆花什么时候这么护着后辈啦？也不是同一个公司的师兄弟欸！"

"老实讲，妄言弟弟长得好漂亮啊，像个洋娃娃似的，肤白貌美，还有点儿可爱！真是青春洋溢的弟弟啊！"

"反正我相信霆花！顾妄言这事说不定还有反转呢！"

保姆车内。

沈向霆看着顾妄言。"你到底——"怒意在看到他的状态后散了不少，但还是听得出来是生气的，"你到底怎么回事！"为什么被媒体一问就变成这样了？镜头恐惧症？不应该啊。今天是这样，那天在荒岛上也是这样，突然就脸色苍白，全是冷汗，手变得冰凉。

靠在车上，顾妄言闭了闭眼，再睁开眼已经好多了："对不起霆哥，给你添麻烦了。"

"现在是添不添麻烦的问题吗！"沈向霆已经在极力忍耐，压低嗓音，"你是不是有什么心理疾病？"

从他的反应上来看，就像是……PTSD！他应该是被什么媒介刺激了，想起了什么，所以才会变成这样的状态。上一次沈向霆掀开了他的裤脚，是脚踝上的伤？而这一次，出关前还好好的，出来后媒体拥了上来……是媒体？沈向霆忽然想起他做的两个梦来，居然刚好对应上了这两次应激反应！

巧合吗？

"对不起，我心态有点儿问题，"顾妄言淡淡地接道，"我会找个时间去看心理医生的。"

"别跟我说对不起！"沈向霆觉得火大，"你没对不起我！"

啧，周泽摸摸眉头，出声调节了气氛："那个……小顾啊，你别放在心上，向霆脾气不好。"

"没有。"顾妄言笑了一下。

沈向霆脾气不好？闻所未闻。他是有些高冷，却不是会随意发脾气的人。跟沈向霆合作过的导演等也都夸赞他没有大牌架子，不会仗着自己人气高就看不起谁。熟悉他的人都知道，他只是不喜与人打交道，所以时常会给人一种淡漠疏离的感觉，也有人称之为不食人间烟火。

车里的氛围一时有些僵。

周泽看一眼后视镜，顾妄言安静地待着，一副仿佛不敢招惹那位大佬的模样，有些想笑。到底还是个小孩子啊，被责备两句就不敢吱声了。大概是沈向霆自己也觉得语气太重了，过了会儿恢复了往常的样子，开始试探："跟他有关？"

周泽竖起耳朵：他？

良久，顾妄言没有隐瞒地点点头："嗯。"

果然跟陆放有关，沈向霆心里恼火得很，陆放到底把顾妄言当成什么了，好好的顾妄言被他折磨成这样！

"霆哥，前面把我放下就好，我自己可以回去的。"

"你这个样子，回哪儿去？不怕他看见担心？"沈向霆的语气里，总是带着一丝像是嘲讽的味道。

顾妄言低着头："我找家酒店住两天。"

"你有钱？"

顾妄言脸色还是很白："能借我点儿钱吗？"

沈向霆："我这几天有个跟踪拍摄的个人专访，不方便回家，市中心的公寓空着也是空着，你去住吧。"

"谢谢霆哥。"顾妄言用手机打出一行地址："周哥，能去一下这个地址吗？我去收拾点儿日用品。"

"可以。"

陆放租的公寓离沈向霆住的地方并不远，车子停在楼下，顾妄言自己上去了。

周泽转过头去，欠欠地问："欸，沈老师，你有个什么跟踪拍摄的个人专访啊？身为你经纪人的我怎么不知道呢？"

"你不知道的事多了。"沈向霆淡淡地接。

"还有什么是我不知道的？"

沈向霆点开邮箱，打开剧本，发送："比如，我要接电视剧了。"

"喀……"周泽被自己的口水呛到，"啥？"

◇ ◆ 041 ◆ ◇

周泽掏了掏自己的耳朵，仿佛不敢相信："不是……你刚才是说，你要接电视剧？"

"耳朵不好记得去看看。"

"你不是不接电视剧吗？"周泽想起什么，"等会儿……你说你要慢下脚步，我以为你是要休息呢，结果接了档综艺，现在又要接电视剧？"

"我是演员，接电视剧很奇怪吗？"

"倒也不是……"周泽觉得怪怪的，"只是你当演员这么久，向来只接有质量的好电影，我以为你是对电视剧不感兴趣呢……"周泽以前也不是没给他挑过电视剧剧本，但他从来都只挑电影剧本。

沈向霆家里是什么背景，他是知道的。他一直觉得，沈向霆出来拍戏只是玩票性质，只是玩着玩着一不小心就玩到巨星的地位罢了。沈向霆挑本子从来不看能不能火、讨不讨好观众、赚不赚得到钱，只看喜不喜欢。别说床戏、吻戏不拍，就连互动过于亲密的也不拍，这要是换个演员，这么多要求，早就被导演拍死了：你这也不拍那也不拍你还来当什么演员呢！但偏偏，即使沈向霆有诸多要求，也还是有数不尽的大导演求着他来自己剧组。

大导演：不就是不拍腻歪感情戏吗！没有腻歪感情戏的电影就不是好电影了？拍！你敢来，我敢拍！

这不，《江山美人》拿下了分量极重的最佳影片奖，虽然剧名叫《江山美人》，但里面男主角和女主角的感情戏都是点到为止，更多的篇幅讲的是权谋。早期的时候，业界听闻有这么号人物出现，导演们嗤之以鼻，他以为自己是谁呢？还挑三拣四的！从来是他们挑演员，哪里有新人演员挑导演的？不像话！

起初周泽也有些担心他这戏路走不下去，但沈向霆是谁？导演不乐意，他不拍就是，人家压根儿就不缺这口饭！他第一部电影就票房和口碑齐爆，甚至开局拿了奖，大家才知道，这位难搞的爷就是有傲的资本。像他这种集各种硬性条件于一身的实力演员一旦火了，就会有数不清的导演、投资方找上门求合作。

自那之后，沈向霆就是有主动权的那个人，只有他挑本子，没有本子挑他的道理。周泽以为沈向霆这辈子都只会是电影咖了，结果现在……

"剧本发你了。"沈向霆自己也大概地扫了两眼，"有好剧本，为什么不拍？我从来没说过我只拍电影。"

"但大众是那么认为的啊，"周泽笑着说，"大银幕作品那不是档次高吗？"

"演员只有两种，演技好和演技不好，"沈向霆却不以为然，"都是演员，分什么高低贵贱？"

他从来不认为自己只拍电影就是档次高。他只挑电影，只是因为那些剧本看着喜欢，电影拍摄周期又短，以及……源于骨子里的一种傲慢和任性吧。他的家庭环境，注定他这辈子都用不着委曲求全。想拍就拍，不想拍了就回家，老沈巴不得他早点儿回去，家里没少催他回家。但前面说了，他任性，给家里留了句话：再任性几年，拍到三十岁，任性够了，就回去。

周泽不再说什么。沈向霆想尝试新路子，他当然支持了。拍戏嘛，拍什么不是拍？沈向霆乐意拍电视剧，粉丝们高兴都来不及呢！大粉们天天催着他，让偶像多拍点儿电影，实在是缺粮！

"咦，这剧本看起来不错啊，女主角还是韩晴曼？"

沈向霆看了个大概之后就关了，韩晴曼推荐的，差不了。

她知道他的要求，不会推些烂剧让他去演。

周泽正看剧本看得津津有味，突然屏幕上方就出现了一个推送，又被自己的口水给咳呛着了——

@沈向霆：@顾妄言 期待合作。

网友：天哪！
粉丝：天哪！
周泽：天哪！
周泽转过去："我说大佬！你就在我后头，跟我提前吱个声不行啊？冷不丁就来个大新闻！吓我一跳！"

沈向霆是什么身份地位，咳个嗽大家都得揣摩半天是不是有深意。他发了这么条微博，不消一会儿就蹿上热搜。沈向霆的微博账号除了配合官方宣传之外，基本不发个人微博，粉丝们一度认为这是个被公司接手管理的号。但今天这微博一发，众人发现，原来这账号后面的人真的是沈向霆！

粉丝们：呜呜呜，是霆花啊！是活的霆花！

就在沈向霆发完微博没多久，又有人发了——

@韩晴曼：这次短暂旅行认识了一个非常可爱的弟弟@顾妄言，明明可以靠脸吃饭，却偏偏靠才华！
@裴子昂：@顾妄言 这位颜值与实力并存的后辈，我这儿有首新歌，你接受吗？
@姜华：@张鹏宇 拍好久了，观众都审美疲劳了，换个小鲜肉吧，我看这位小朋友就不错。@顾妄言
@许家彬：@顾妄言 是我见过的最有思想的小孩了，很聊得来。
@左雅：@顾妄言 姐姐粉前来报到！
@张鹏宇：@顾妄言 提前邀约下一次旅行！晚了火了就邀不上了！

网友们都一脸蒙。
这是什么团宠弟弟！

◇ ◆ 042 ◆ ◇

每个人都或多或少地泄露了顾妄言的一点儿信息，长得好看不用说了，翩翩美少年，像是从动漫里走出来的，颜值与实力并存。这是多有实力，能让裴子昂

都发出合作请求？

晚一些，另一则消息爆了出来。有个"世外"的摄像老师开了一个小号为廖菲菲鸣不平，说沈向霆一个大男人在节目上把廖菲菲骂哭了，拒不道歉。联想起他们二人的绯闻，很难说不是因为那事，两人起了争执。一段用手机拍摄的视频发了出来，观众听不见两人在说什么，就看到沈向霆很严厉地对廖菲菲说着什么，不久后廖菲菲就哭了。廖菲菲这一哭，又哭软了不少人的心，一个二十岁出头的小姑娘，被大咖骂，被节目组排挤，最后还被推下水，真的太可怜了吧！顾妄言的事要说没有实证的话，沈向霆骂人总有证据了吧？！更别提沈向霆在机场当着众媒体的面都敢大爆粗口，难以想象他私底下会对廖菲菲骂出怎样难听的话，居然直接把小姑娘骂哭了！

#沈向霆骂哭廖菲菲

沈向霆"艺人失德"，热度一下子盖过了顾妄言推人事件。

"沈老师，我已经让小章把视频发出去了。不过你这样真的好吗？就不怕对你的声誉造成什么影响？"那头是"世外"导演张鹏宇。

周泽："……"

他的心好累，哭兮兮："沈老师，你现在做什么事都不跟我提前打招呼了，我不再是你最亲的哥哥了？"

沈向霆白了他一眼，周泽没有时间跟沈向霆贫嘴了，公司的夺命连环电话打过来，要他赶紧公关！沈向霆才拿了奖，不能被这样的负面新闻拖累！周泽想：老板，我要是告诉你，这是沈老师自己捅的呢？为了把顾妄言从热搜上顶下来，沈向霆也是拼了。安抚完公司的高层，周泽还得安抚粉丝们，转达沈向霆给粉丝们的话："清者自清，相信他静待即可。"

雷霆们心疼。

"不要紧。"沈向霆回答。

"沈老师，这事到底是怎么安排的？华鼎那边怎么还没来人联系我们？"

张导也觉得有些奇怪，他们都落地这么久了，一般的经纪公司早就迫不及待来联系商量解决办法了，结果他们什么动静都没有。

"不用管华鼎。"

从他们的态度，很明显就看出来了，他们要放弃顾妄言。

沈向霆："不需要做别的，张导，你发条微博预告一下就行了。大众急需真相，会守着节目上线的。"

虽然廖菲菲拿走了储存卡，但幸运的是，当时半空的无人机刚好拍到了那一幕,足以证明顾妄言的清白,只要把这段放进去,一切谣言不攻自破。

张导应下来:"好!"

@张鹏宇:**本周更新,请各位看官静待上线。**

第四篇章

绝命追杀

◇ ◆ 043 ◆ ◇

顾妄言推开公寓大门，就把那副做错事一样的表情收了起来，转而笑了笑。霆哥的情绪什么时候这么外露了？顾妄言在他面前说会去看心理医生，只不过是不想让他担心。实际上顾妄言并不想去看，也不用看，自己的症结在哪儿，自己很清楚。

心病还须心药医，陆放给他的伤，霆哥能帮他治好。

坐电梯直达他们居住的地方，顾妄言站在门口，抬起的手微微颤动着。这里一开始是陆放租的，只是临时居住的地方，但后来顾妄言喜欢上这里，就自己把它买下来了，一直住到了他出事。

他把这里当成了家。日复一日，年复一年，他往这个家里搬来了越来越多的东西。这里每一处都是他精心设计过的，他把自己所有的感情都倾注在这个家里，却没想到，它最后成了他的坟墓，冷冷冰冰。

醒来后，第一次回到这个家里，顾妄言的心脏扑通扑通跳。

做完自己的思想工作，顾妄言沉了一口气，拇指摁上去，指纹解锁，打开了门。里面和他记忆中不一样，刚搬来的时候是原房东的陈设，他们没有做太大的改变。这样一看，没有那种熟悉的感觉，顾妄言心里也舒服了一些。

尽管如此，这个地方他也不想多待。他快速地收拾了一些日用品和衣物，走过客厅的时候，他停下了脚步，望向浴室。他鬼使神差地走进去，故地重游，窒息感涌了上来，当年那种绝望仿佛就在昨日，清晰而疼痛。

"嘀呀呀——"开门声把他惊醒，有这里指纹锁的只有两个人，他和陆放。陆放一打开门，看到灯开着，快步进来："妄言？是你吗？你回来了吗？"

顾妄言从浴室里走出来，收起怪异的表情，微笑："是我。"

"你怎么回事！"陆放转而露出埋怨的表情，"我打你电话打不通！你也不联系我！我后来才辗转知道你去拍节目了，你居然不通知我一声，知不知道我有多担心你！"

顾妄言强忍下回撑的心："我手机被爷爷没收了，他不让我联系你。"

陆放想起顾家那个固执的老头子，觉得八九不离十。那顾老头子对子孙很是严厉。

"那你就不能用别的方式联系我吗？我公司的号码网上不难搜吧？"

"我打了的，前台问我有没有预约，我说没有，她问我是谁，我……不知道怎么回答。"顾妄言的声音轻了下去。

陆放一怔，表情和语气柔和了不少。"对不起，我错怪你了，我还以为你没联系我。我就是不知道你的情况，太担心你了。"说着，陆放忽然看到他手上的行李箱，"你要搬出去？"

顾妄言摇头："这两天公司有活动，这边离得太远了，我去公司的公寓住段日子。"

陆放很警惕，皱着眉头："真的不是你爷爷给你压力，要你离我远点儿？"

顾妄言心笑：你这是担心任务失败了啊。放心，不会让你死得那么痛快的。

"没有。"顾妄言说。

陆放说："妄言，如果你爷爷还是不同意，你勇敢点儿，别怕，有我在，就算你什么都没有了，我也会帮你的！"

顾妄言在心里笑。他怎么可能再愚蠢一次，跟家人决裂？

在梦里，他就是没有了顾家，才会把一切希望都寄托在陆放身上，将陆放当成避风港，最后一败涂地。

顾妄言强忍下内心的恶心感，挤出一抹笑来："再给我点儿时间试试吧，虽然爷爷给我下了军令状，说不跟你断交，他就要跟我断绝关系，但他是我爷爷啊，血脉在这儿呢，难道真的会与我断了关系吗？"

会——爷爷倔起来，跟他半斤八两，他俩一个敢说，一个敢应。他肯定不会让这种事在现实中发生的。

"也好，毕竟是你的家人。"陆放强颜欢笑。难道是他太着急了？他还以为这不谙世事的顾妄言很好骗，没想到遇到了阻碍。

"那我送你下去。"

"不用了，我这几天可能会被记者盯住，你最好别跟我有接触了，免得被人拍到。要是他们编派出些什么，你跟家里也不好交代。"

陆放皱皱眉："你跟廖菲菲的那事，你没推她吧？"

怎么刚巧就出了这事，打乱了他的计划？！

"当然没有。"

"嗯！我信你！需要我帮你吗？"

"不用，"顾妄言温顺地笑着，"我没事的，不用担心我。那我走了，公司的车就在楼下等我呢。"

就是停在公寓门口的那辆保姆车？他说呢，怎么会有辆那样的车停在那里。

"嗯……"陆放满心都是思虑，顾妄言要是被媒体盯上了，他就不好接近了，真是个麻烦！

顾妄言一出家门，笑意瞬间隐去，忍着恶心回到保姆车上，上车前就先问："霆哥，有消毒纸巾吗？"

"怎么了？"沈向霆从车里抽了几张递给他，"家里很脏？"

"嗯，"顾妄言点点头，"碰到了点儿脏东西，有点儿恶心。"

沈向霆没多想："上来吧，我送你回公寓。"

◇ ◆ 044 ◆ ◇

沈向霆住的地方叫"天空之城"，分"天之苑"和"空之苑"两栋建筑，是位于银水市中心的酒店式公寓。这里是城市的正中心，附近什么都有，文娱不缺，非常便利。沈向霆买下了天之苑最贵的顶楼，是因为只有顶楼户主才有去顶层的资格，这省去他很多麻烦。顾妄言站在大门前，抬头凝望着这栋从外面看就显得奢华豪贵的建筑。到夜晚，LED幕墙亮起，一共两栋八面，是粉丝们为偶像做的宣传海报，灯光闪耀了这片区域。

沈向霆看他在盯着看，说了一句："将来你也会有的。"

顾妄言笑笑，没说什么。

他不是在想这个。他只是在想，沈向霆住在顶层，就像站在那金字塔的顶端睥睨天下，而陆放却只会从他身上吸血，像只可笑的井底之蛙——云泥之别。

"霆哥好像从来不在意这些。"

沈向霆作为巨星，粉丝明明遍布全球，类似的宣传却做得极少。沈向霆只是淡淡地道："我不需要。"

他家的宗旨一直都是不让粉丝花不该花的钱，如果非要表达对他的喜欢，多捐点儿钱和物资给贫困地区就好。什么偶像有什么样的粉丝，雷霆们也从不跟其他家攀比这些。当然，这也跟沈向霆如今的地位有关，即使他们什么宣传都不做，"沈向霆"这三个字也已经是家喻户晓的了。

电梯前，沈向霆把一张卡递给他："拿好，别丢了，没有它，你就上不了顶层。"

顾妄言接过，问："消防通道也上不去吗？"

"也要刷卡。"

顾妄言正要拿卡刷，就见沈向霆抬起手，食指直接在顶楼按钮上点了下去，解释道:"也有指纹锁。"

沈向霆当然也可以插入钥匙后录入顾妄言的指纹,让他以后自由出入。但目前以他们两人的关系来说,并没有这个必要。有的时候过于热情,反而会让对方感到不适。

"霆哥,你买顶层,是因为隐私吗?"顾妄言问,"毕竟你这么有名,谁都认识你,会很麻烦吧?"

"嗯,"沈向霆答,"住其他楼层,总会遇见邻居,问东问西,很烦。"

能住在天空之城的人,经济实力都比较强,还有一些人跟他们家里也往来甚密,彼此都认识,遇见了,总要聊上几句,还不如一直不见,清净自在。

"哈哈,"顾妄言笑笑说,"比如'我女儿很喜欢你''我家侄女是你粉丝''能不能给签个名'什么的,太有名的烦恼。"

到达顶层,偌大的空间都是沈向霆一人的,上面还有半层,被他做成了观星台。

"好大……"顾妄言感慨道。

沈向霆道:"顾妄言,夸张了吧?就这种公寓,你又不是没见过。"

顾妄言好看地笑着:"没见过这么豪的,天空之城的顶层,那可太贵了。"

"差不多吧。"

顾妄言想,差不多,是多少?

"这是我的卧室,"沈向霆换鞋进去,介绍了一下空间,"那边是次卧,你睡吧。厨房在那儿,冰箱里吃的喝的也不少,你随意。"

顾妄言像刘姥姥逛大观园,看什么都新鲜。入眼的客厅墙壁上,有一面瀚海宇宙,点点光芒,绚丽多彩,好漂亮:"那上面是什么?"

"观星台。"

"哇,你不会告诉我,那个大家伙是天文望远镜吧!"

沈向霆略感无奈地看他:"你在吃惊什么,顾家饿着你了?"

以他们两家的家世底蕴来说,不至于这点儿东西就让他一惊一乍吧。

顾妄言挠挠头,嘿嘿一笑:"自从我被爷爷停了卡,买泡面都没钱之后,看什么都好贵!"

那不也才几个月,就活成小乞丐了?买泡面都没钱……沈向霆无奈之际,又想起别的,陆放这个浑蛋连泡面都不给他买?!

顾妄言指着那墙:"难道这个星云图……"

"我拍的,M42,猎户座。"

"就是用那个大家伙拍的吗?我能上去看看吗,霆哥?"

"别给我弄坏了,"沈向霆道,"泡面都买不起的你恐怕赔不起。"

顾妄言一边上楼,一边答道:"那我只好把我自己卖了,不知道值不值点儿钱,有人买没有。"

沈向霆抬眸看着上方。

顾妄言打开了他的天文望远镜瞧着，笑嘻嘻地说："实在不行，霆哥，我把自己卖你了，你就在未来几年内把我压榨到极致，每天让我打工赚钱还债吧。"

他眼前的这个大家伙，没有几百万下不来。霆哥买来玩的"玩具"，肯定不便宜。

沈向霆看了一眼上方，眼眸微动。不知道为什么，他总觉得，那小孩的计划里没有陆放，每次提到没钱，故事里都没有陆放的名字。没钱不是找陆放要，也不是问顾家要，而是把自己卖了，卖给他？小孩就是小孩，张口胡说，也不怕别人当真。

顾妄言还真没见过这种顶级望远镜，玩了会儿，不会调，看了个寂寞。

"好像是个技术活儿……"顾妄言憨憨一笑，"我不会调。"

沈向霆抬头看了一眼透明玻璃顶盖："先休息吧，今天乌云盖天也看不到，改天无云的时候我调给你看。"

"真的吗？这个季节能看见猎户座？"

"能，猎户座的最佳观测时间就是十二月上旬至四月上旬。"

"那就这么说定了！"顾妄言两只手搭在二楼玻璃围栏上，身体微微向外倾，往下看，冲沈向霆笑，"那霆哥，这算是我们的约定吗？你不会拿我当个小孩随口骗骗吧。"

沈向霆不咸不淡地应了一句："放心，我不骗你。"

◇ ◆ 045 ◆ ◇

两人都坐了一天飞机，倒时差特别累。沈向霆帮着顾妄言拿行李的时候不小心打翻了他的背包，背包从茶几上倒下去，从里面滑出一张照片来。沈向霆蹲下去捡。

顾妄言本想阻止："霆哥——"

沈向霆伸手从沙发底下拿出来的时候，才看到那是什么——陆放的照片。照片应该是手机拍摄打印下来的，陆放冲着镜头笑着，笑得很灿烂。沈向霆站起来，把照片递还给他。顾妄言抬手捏住照片，抽了一下却没抽回来，抬眼，看到沈向霆的眸色微深："我还能对一张照片做什么？"

"没有，"顾妄言赔笑道，"我只是想说，我自己捡就行了。"

沈向霆松了手，插进裤兜，听不出语气地道："你现在改主意也还来得及，我可以送你回去。"

"霆哥，我特别感谢你能提供这里给我住几天。"

沈向霆留了两个字就转身离去："晚安。"一个字都不愿多说，"砰"的一声，把卧室门甩上了，留顾妄言一个人站在客厅里待了一会儿。顾妄言无奈地笑了，低头看了看陆放的照片，骂了一句："净给我添麻烦！"又看了看眼前那紧闭的门，咂了咂嘴。

拿了东西回房，顾妄言没睡，拿出手机刷起了微博。尽管左雅提醒过他不要看评论，但顾妄言还是看了。评论一开始骂得很凶，多难听的话都有，但有了那么多人为他说话之后，舆论又渐渐好了些。

终于空下来后，顾妄言给尤金回了个电话。

"喂，尤哥。"

"你可算活过来了！"尤金在那边说了一大堆，"虽然有点儿幸灾乐祸的味道，但是真的要谢谢向霆前辈！要不是他的事上热搜，把你的压下去，你恐怕要被骂得更惨！你小子，运气可太好了！"

不是运气，顾妄言看着那个久居不下的热搜，笑了一下。他当然知道，这事是沈向霆自己做的。

"你可要买点儿礼物给沈向霆，好好谢谢他！我估计这次大家都是看他的面子力挺你！你给我抱好这条大腿，别撒手！"

两人又聊了一些工作上的安排后，顾妄言挂掉了电话，屈起腿，陆放那张灿烂阳光的照片被放在膝盖上。陆放看着他笑，就像本人站在他面前似的。顾妄言撩开衣袖，露出了自己伤痕累累的左手腕。他死死地盯着那张照片，噙在眼眶里的泪液也不落下来，干裂的嘴唇微微张动。

陆放，我恨你。

第二天，说自己有专访拍摄的沈向霆果然就不继续住了，他叮嘱顾妄言不要乱动家里的东西后就离开了。当晚，周泽就《绝命追杀令》网剧找他商量具体情况，就见他窝在离天空之城不远的一家酒店里。嗯，好一个专访拍摄！哪个节目组呢？这是要拍你在酒店睡觉？

尤金也有事找顾妄言，顾妄言向沈向霆征得同意后，就让尤金过来了。站在天空之城顶层的尤金傻眼了，手往自己身上搓了搓："这……也太豪了！我都怕我进去会弄脏这里！"

尤金换鞋进去，咽了一口水："可惜了！也不知道这位大明星将来要被哪个小姑娘拐走。"

顾妄言冲他呵呵一笑，沈向霆在他的梦里也太倒霉了吧，都没有谈过恋爱就出事了。

顾妄言想，如果不是因为自己，沈向霆的一生便不会那么悲惨。

沈向霆啊沈向霆，你是不是挖过我家祖坟，才这么惨，认识我？

尤金八卦地问:"陆放知道你住在沈向霆这儿吗?"

"当然不知道。"

"不知道好!我要是陆放,肯定要不高兴!"尤金想了想,跟顾妄言道,"话说回来,沈向霆对你可真是没话说,这朋友值得交。刚从拉斯韦尔回来的'世外'节目组副导演是我远房表哥,昨晚我请他吃饭,他喝醉不小心说漏了嘴,说其实这次他们会请你,完全是因为沈向霆。"

"当然是因为霆哥了,我们不就是抱着这个目的去找的他吗?"

"不是!"尤金说道,"是在你约他吃饭之前,他就已经帮你铺好路了!知道本季'世外'的冠名品牌臻好奶茶吗?"

"知道啊。"

"秦臻集团的!那你知道秦臻集团的母公司吗?"

顾妄言笑了一下:"你都这么说了,百川集团呗。"

尤金像是半途被卡了话,难受得要死。

这臭小子太聪明了,真没意思!

◇ ◆ 046 ◆ ◇

顾妄言说意外也意外,说不意外也不意外。意外的是,原来沈向霆真的在这个时候就把他当朋友了。沈向霆把一个人当作朋友可真够意思,默默地在背后付出和守护。

顾妄言说:"话是这么说,但秦臻冠名跟霆哥没关系,巧合而已。"

沈向霆不想接手家业,他是知道的,就像他也不想接姑姑的班。只是带他上个节目,倒还不至于动用家里的关系。这点儿地位都没有,沈向霆八年演艺圈白混了。

"怎么没关系了?沈向霆可是百川继承人啊!"

顾妄言笑:"那不是他的身份,他的身份是巨星沈向霆。就凭这个,他就足够带我上任何节目了,用得着亮百川继承人的身份吗?"

"哦……那倒是。"尤金挠挠头。确实,远房表哥也没提起这事,是他自己多"脑补"了点儿,还以为发现什么新大陆了。

顾妄言想了一会儿。怪不得,在梦里的这个时候,小圈子里就有沈向霆要转向录制综艺的传闻,但后来不了了之,被认为是谣传。是因为自己无声的拒绝吧?他当时没去参加这期的"世外"拍摄,沈向霆自然也没去。而这一次暗中帮助,他没有接受,让一切成了定局,沈向霆便默默地放下,没再提起。直到八年后……

他不禁想,梦里那个藏在暗处一直看着他的沈向霆,在得知他退出演艺圈后,是怎么嘲笑他,嗤之以鼻的呢?在现实中,顾妄言即便知道不久后自己就会接到

《世外桃源》的邀请，也还是提前去找了沈向霆，求他帮忙，就是为了能跟他有更多的交集。但不承想，原来在梦里得到但没有珍惜的那个机会，本来就是沈向霆为他创造的。是他不知好歹，白白浪费了沈向霆的苦心。

顾妄言想得出神，尤金拿手在他面前挥了挥，把他唤回来："沈向霆这么好，你说你以前为什么对他印象那么差？"

顾妄言笑了一下："怪我年纪轻轻就瞎了，别介意。"

尤金大笑，正聊着，看了下手机说："你跟陆放吵架了？"

"没有啊。"

"那他怎么老往我这儿找你？"

"哦，可能我手机没电了吧。"顾妄言回身把手机充电线拔下来，开了机，不动声色地把陆放从黑名单里放出来，给陆放发了条信息："放哥，爷爷把手机还给我了。你找我有事？"

陆放："莲华酒店690房，等你。"

顾妄言胃里一阵翻涌，起身去浴室吐了。尤金追过去，看到顾妄言那苍白的脸色："咋了你？你脸白得跟鬼一样，病了？"

顾妄言洗了把脸，摇摇头："没事，水土不服，肠胃有点儿不好。"

"吓我一跳。"

顾妄言平复心情后，才回了陆放："好的，放哥，你先去吧，我这儿还要一会儿才结束。"

"尤哥，你之前是不是提过，银水有个很著名的酒吧？"

尤金警惕地退开一步："我警告你啊，不许去那种地方！虽然你现在没什么名气，没人认识你，但一旦以后红了，这都会成为你致命的黑料！"

尤金是为了警告他才特地跟他说了那么个地方，让他注意点儿，这小子该不会……

"你的私生活，我已经睁一只眼闭一只眼了，你要是还在外面乱搞——"

"没有，是我有个朋友想知道。"

"你少在这里给我无中生'友'！你哪里有什么朋友？！"

"好了好了，我不去就是了，我去赴陆放的约总行了吧？"顾妄言把手机翻转过来，给他看了眼信息。尤金轻咳一声："你……注意安全。"虽然尤金没告诉他具体地址，但顾妄言还是在网上搜到了。

"言言，你要那么多钱干什么？要是被你爷爷知道了……"

"姑姑，你最好了，从小就是姑姑最疼我。"顾妄言可怜兮兮地说，"爷爷那么打压，我现在连泡面都吃不起了，这两天还要寄住在霆哥家……好久都没有买新衣服了啊……"

"怎么能吃泡面呢？"顾姑姑心疼得要死，"姑姑马上给你转钱啊，不过你别告诉你爷爷！"

"谢谢姑姑！姑姑最漂亮了！"顾妄言嘴甜了几句，"姑姑，等我赚了钱就还给你。"

"傻孩子，什么还不还的？姑姑差你这点儿啊？好了，给你转过去了。"

顾婉如听了还挺开心，也不知道是不是她的错觉，这孩子好像更亲她些，居然主动问她要钱！她就怕他一个人在外面吃苦，好面子什么都不说。现在她放心了，有困难知道找她，说明他还不傻。

"谢谢姑姑！爱您！"顾妄言刚挂了电话，系统就通知收款到账。顾妄言笑了笑，这可真是亲姑姑。梦里的那个他到底是有多傻，有困难从不找家里人帮忙，自己一个人扛。第二年陆氏集团资金链差点儿断了，他还不是很有名，却把自己赚的片酬、通告费凑一凑全给了陆放，自己偷偷地吃了一个月泡面，有一顿没一顿的，还要骗陆放说过得很好，最后把胃病吃了出来。

姑姑私底下偷偷找过他好几次，有一次撞见他过得不好，又气又急，骂了他，也打了他，想要接济他，他还冲姑姑发脾气，不许她管。姑姑不知道是伤心还是被爷爷发现了，后来就真的没再管过他。

事实上，顾婉如后悔莫及。顾妄言失踪后，她去收拾侄子的东西，接管他的资产后，看见里面几乎被掏空了，才发现侄子这些年表面光鲜靓丽，实际上暗里被陆家那个混账东西压榨得一滴不剩。看到那张重度抑郁诊断书，还有一抽屉的治疗药物和诊疗记录，顾婉如号啕大哭。自己好好的侄子被害成这样，承受了那么多，却一个字都没跟家里讲。是他们做得不够好，让孩子受了委屈也无家可回，就这么一个人在外面面对苦难！如果她能早点儿发现，多给侄子一点儿关怀，他也不至于……

孩子倔强时说的话不能信啊，她为什么就真的不管了呢？如果能重来一次该有多好啊……她一定不会再不管他。

顾婉如很后悔，自那以后就吃斋念佛，做善事，希望侄子能逢凶化吉，好好地过。

◇ ◆ 047 ◆ ◇

顾妄言一出现，就引来了很多人的注意。他的样貌极其出众，在黑暗的环境中都散发着光芒，和这个地方显得格格不入，仿佛不属于这里。他一个人坐了会儿，附近的人都在交头接耳。顾妄言一笑，便勾得他们魂都没了。他从人群中捕捉到目标，问酒保："就是那俩吗？"

"是，"酒保说，"那俩前阵子迷上赌博，欠了不少债。"

"好,"顾妄言冲对方勾了勾手,笑得好看,"这杯请你喝。"

聊了会儿,见时机差不多了,顾妄言才道:"我这儿有个活儿,接吗?"

莲华酒店。

顾妄言上了六楼,在走廊转了一圈,左顾右盼,然后又下去大厅,跟前台说:"不好意思,我没找着690号房。"

"在、在六楼啊。"前台妹妹看呆了,好……好漂亮的少年啊……太好看了吧!

"没有找到。"

"那我让人带你去吧?"

顾妄言有些为难:"不、不用了……那我在那边等等吧,可以吗?我给我朋友发个信息,让他来接我。"

"当然可以。"

几个前台妹妹聚在一起:"长得好好看啊!好像从漫画里走出来的!"

顾妄言坐在大堂沙发上,用微信小号加了一个本区的官方举报账号:"您好,我要举报。"

悠闲地等在大堂里,顾妄言不紧不慢地给陆放发了条信息:"放哥,我到酒店了。"

直到外面警笛响起,一男两女被带下来,大堂的人都好奇地看着,议论纷纷,每个人都是震惊的表情。

"我都说了我不认识她们!"

刑警队队长厉声道:"这不废话!不认识问题才大!"

顾妄言做震惊状,站起来:"放——哥……"他把声音压了回去。陆放惊愕地看着他,本来想说什么,但这里人这么多,两人只能装作不认识。顾妄言一脸震惊地看着陆放被抓走,陆放想解释又不能,着急得要死。等警车开走、消失,顾妄言的表情才变了,嘴角勾起来。

酒店工作人员们议论纷纷。

"我在这儿工作这么久,还是第一次见到三个人一起被扫黄大队抓走的……"

"可不是吗?真是活得久了什么都能见到!"

晚上九点半。

沈向霆看了眼时间,觉得差不多了。那小孩应该没乱跑,乖乖在家等着上课吧?他正准备出门,一条消息发了过来:"陆放在莲华酒店被刑警队的人带走了。"

沈向霆眉头一跳,电话打了回去:"除了他,还有谁?"

"不知道是谁,身份还没查到。要去查查吗?"

"哦,不用了。"

"对了,顾安言也在莲华酒店……"

"什么?!"

"顾安言在酒店大堂,亲眼看见陆放被抓走的。"

沈向霆的内心情绪翻滚,这是什么情况?!

沈向霆:"给我把消息放出去!"

不消一会儿,名流圈子里就流出消息,陆氏集团的继承人在酒店被扫黄大队扫了!

沈向霆开着车在莲华酒店附近转了转,终于看到那抹熟悉的身影。

"嘀嘀——"车子停在了路边,车窗降下。

"霆哥?"顾安言一愣,他怎么在这儿?

"上车!"

顾安言打开车门坐了进去,看得出来,气氛不太妙,霆哥好像生气了。

"顾安言!你出息了啊!"

顾安言一头雾水。

"你是认为我很闲?"

"嗯?"

"我跟你说十点以后没事,你就卡着点,把十点以前的行程安排得满满当当的了?"沈向霆冷笑一声,"你是打算在那边跟人约完再来上我的课?怎么,我还真成了你的私教?你要是无心学习,满脑子只剩下那点儿事,就给我趁早滚!我没时间浪费在你身上!"

顾安言傻愣愣的。

啊这……霆哥是怎么知道的?唉,糟糕了。顾安言不想引起沈向霆的猜疑,便拿出自己的演技,眼眶瞬间一红,低下头认错:"霆哥对不起……我没想到放哥约我是为了这事儿。"

他的人设肯定是没崩,但怎么觉得,霆哥的人设崩了?急急躁躁的,话还这么多,如机关枪扫射一般?他以前怎么不知道霆哥这么能说会道?顾安言表面在"嘤嘤嘤",内心却笑嘻嘻:霆哥骂起人来,可太帅了吧。

沈向霆下一句要骂人的话还没说出口,就见他可怜兮兮地低着脑袋,耷拉着一张脸,一副受尽了委屈的模样,想起手下人报告,他是看着陆放被抓走的。

"呵,"沈向霆虽在冷笑,语气却好了一些,"现在陆放跟两个女人一起被带走的事已经在外面传得沸沸扬扬,你这个朋友弯道超车,比你还出名了!我是不是该庆幸,你没被一起抓走?"

顾安言咬咬唇:"啊,都知道了啊……"

他当然不会被一起带走。

顾安言轻声道:"他说是误会。因为我最近丑闻缠身,他想带我出来放松放松。"

沈向霆才好一些的语气又重了:"顾安言,别让我看不起你!"

顾安言吸吸鼻子,看向窗外。今天出了这事,上课是不可能了。沈向霆把他送回天空之城,锁上门,关在家里。

"霆哥,你这是做什么?"顾安言不解地问。

沈向霆厉声道:"出了这样的事,你还想着去警局保他是吗?顾安言!你给我挺起胸膛来做人!"

顾安言的眼红红的,在沈向霆看来,他是被骂哭的,还委屈巴巴的。但顾安言心里,其实是在苦笑:可是,即便我那么糟蹋我自己……你也没放弃过我这个朋友。

◇ ◆ 048 ◆ ◇

"别哭了!"沈向霆喝道,"男子汉大丈夫,哭哭啼啼,被顾爷爷知道,把你腿都打断!"

顾安言吸了吸鼻子,硬生生把眼泪憋了回去,带着一丝哭腔:"哦……"

看着顾安言魂不守舍地坐在沙发上,沈向霆越看越来气,窝火得很。他也不知道他上辈子造了什么孽,遇上顾安言这个让人操心不已的小崽子。关键是他吃力不讨好,他都不明白自己为什么要管顾安言的这些破事!顾安言和谁交朋友,不顾尊严,不要脸面,又跟他有什么关系?!他有什么好气的!终于认清事实的沈向霆自己回房冷静了会儿再出来,看见顾安言依然坐在沙发上发呆。顾安言抱着自己的双膝,看起来可怜兮兮的。

沈向霆眯了眯眼,一定是上辈子欠了他的!

"顾安言,你给我听着。"沈向霆坐在了他面前的茶几上。

顾安言抬起眉眼:"我听着呢,霆哥。"

"世上大多数人是这样臣服于内心的生物,但你不是,你是顾家人,德行、操守、尊严,必须具备。"他道,"陆放那样的人,无论如何都不配进入你的交友圈。"

顾安言像只小动物,弱小又可怜,下巴抵在自己膝盖上,心里却道:霆哥也太宠小孩了,撞上小孩跟这种事沾上,都只是教育几句。

"霆哥。"顾安言轻轻地喊他。

"做什么?"

"你以后,能多管管我吗?"

"我?"

"嗯!"顾安言点点头,"我觉得你管教我的样子特别好。"

沈向霆冷笑:"你有哥哥,有姑姑,有爷爷,有的是人管教你,轮得到我一个外人来管？"

"他们管不了我，"顾妄言红红的桃花眼微微眯着，笑了笑，"可是霆哥你管我的时候，我就特别想听你的话。"

沈向霆不是那么轻易就上当的人："那就更怪了，你为什么要听我的话？"

顾妄言不答反问："那你愿意管我吗？你管，我就听。"

沈向霆看着眼前的顾妄言。这小孩说得极其诚恳，不像是在撒谎，也不像是有什么别的目的，仿佛……真的只是单纯地希望自己能管教他。沈向霆不知道自己是在试探他，还是只是单纯地想撑一句："我让你不要跟陆放往来了，你也听？"

顾妄言的表情立马变得为难，他咬了咬唇，在思考着什么。沈向霆冷笑一声，他也没指望顾妄言能听话，还说什么他管就听！骗傻瓜呢！

"顾——"

"好，"顾妄言点点头，看着他说，"如果是霆哥说的，那我就不再跟他往来。"

沈向霆一顿——少来！

沈向霆哼了一声："大可不必，你已经成年了，交友对象你自己决定！"

沈向霆其实没把顾妄言的话放在心上。顾爷爷以断绝关系逼顾妄言跟陆放不再往来，顾妄言都不听，那么坚决。他为什么相信顾妄言会因为他的一句话就跟陆放断交？

沈向霆起身准备回房，又听到身后人有些低沉的嗓音："霆哥，你要是不管我，就没人能管我了。以后我误入歧途，跌进深渊怎么办？"

还歧途、深渊？至于这么夸张吗？

"就像你今晚骂我的那样就行，"顾妄言说，"当我糊涂的时候，骂得重一点儿。"

沈向霆想，他怕是有病，但也没说管还是不管，直接回了房。

顾妄言收起自己的招牌可怜术，也回自己的房里躺着，刷了会儿微博。

今天骂他的人没那么多了。

在梦里的时候，更多的是给他发私信骂他的，还有不少猥琐的人发自己的私照恶心他。那么多肮脏的字眼、肮脏的图都看过来了，在现实中再看这些小儿科，他只能说，毫无杀伤力。也可能是自己被困在梦里那么多年的缘故，他什么没看过？这些又算得了什么？

他想活着，努力活着，去弥补那些在梦里来不及弥补的人：家人，以及沈向霆。

陆放的电话打了过来："妄言，你一定要听我解释，我真的不认识她们！房间号被清洁工阿姨挂反了，那两个人也承认是她们走错房间了！"

顾妄言的声音很轻："放哥，我很累了，想休息。"

"知道我在那家酒店的，只有你。"

"放哥这是在怀疑我吗？我为什么要害你？"顾妄言带上了哭腔，似乎不愿意多说，"别说了，我真的很累了，明天再说好吗？"

690 的房间号，反过来就是"069"，顾安言故意上去转了一圈说没找着房间，陆放事后就算去查监控，他也能糊弄过去。

陆放似乎松了口气，语气软下来："那……你别多想，我明天再给你解释好吗？"

顾安言吃了安眠药，睡下了。

第二天一早，顾安言就发现沈向霆在他门上留了张便利贴——

早餐多做了一份，爱吃不吃。我有事先走了。

顾安言把便利贴撕下，放回房间收藏好，然后出去吃早餐。他笑了一下，坐下来悠闲地吃着，等待舆论发酵。终于，关于顾安言的另一条热搜冲了上去。

有个自媒体账号发了一条微博，是顾安言出入莲华酒店的高清照片，一起被发布的还有陆氏集团继承人陆放和两个女人被扫黄大队一起带走的照片。经过网友联想发酵，故事已经成形，少年偶像和知名集团继承人同流合污，所以被业界"团宠"，没想到，两人翻车在扫黄大队手上。

这下破案了！

那厢廖菲菲明嘲暗讽，暗指顾安言背后有人撑腰，这厢就爆出了大热人选，甚至有知情人士称，陆氏高层中有人喜欢顾安言这种容貌姣好的清朗少年。

顾安言看着这些，还用小号点了个赞。不错，他就知道把照片发给廖菲菲是对的。但很快，这事就被公关了。并且，陆氏集团称将在一小时后开新闻发布会。

顾安言吃完之后，换上了件黑衣，戴好棒球帽和口罩，前往发布会地点。他站在人群之中，看着台上的陆放。陆放也看到了混在人群中的顾安言，一时有些紧张，像是怕顾安言待会儿冲上台捣乱，手机一响，是顾安言发来的信息："放哥，澄清谣言的发布会，没有邀请当事人，你是真的在怀疑我吗……"

陆放回了一句："妄言，你先回去。"

为什么顾安言那眼神看得他很慌？

发布会很快就开始了，媒体发问："陆总，请问网上的新闻是真的吗？你跟顾妄言真的在莲华酒店约局了吗？"

陆放微笑着看镜头说："没有，我们并不相熟，在莲华酒店碰上纯属意外。至于那两个女人，警察同志已经证实，对方只是走错房间而已。至于到底走错的是谁的房间，我就不知道了。"

全场哗然，陆放的言下之意，那两个人原本约的是顾安言？

陆放说完，又看到了人群中的顾安言，心里咯噔一下。他看到顾安言并没有冲上来，只是静静地站在那里，湿润的一双眸子看着台上，那眼里写着很多情绪。

良久，顾妄言低下头，帽檐遮住了眼。

不知道为什么，看到顾妄言转身离去的时候，陆放突然心慌。他这是怎么了……

顾妄言回过身，帽檐下的眼微微弯起，嘴角勾了勾，笑了。

◇ ◆ 049 ◆ ◇

忽然，他的视野里出现了一双熟悉的黑色高帮男靴。这不是……霆哥的鞋子吗？是霆哥吗？

那双鞋子的主人往前走两步，一种木质调香味飘了过来，尾调中掺杂着雪松和广藿香的味道，温柔地演绎着儒雅的感觉。这就是霆哥。霆哥今天出门应该是喷了那瓶 FIX 永恒系列的男士香水。

顾妄言的神情秒变。他再抬头时，果真看到站在他前方不远处的人是沈向霆。他看过去的眼神里带着几分错愕，随后又变得暗淡无光，掺着几点无措之感，就像是犯了错的小孩见到大人一般。而沈向霆看着顾妄言，呼吸有点儿厚重急促，像是来得有些急，眉头拧紧，眼神里的关切在对上他的视线后变为责备与不满，还有几分愤怒。

陆放开了新闻发布会。沈向霆一直觉得那只是他的一场无关他人的梦而已，却没想到竟然成了真，陆放竟然真的开了新闻发布会！在梦里，他看见顾妄言也去了新闻发布会现场，然后黯然神伤地离开，样子就像现在撞见的这个失了魂一般的小孩。

他做的两场梦都发生了！

陆放，你怎么敢！

顾妄言眼神微暗，他压了压帽檐，又低下头去，从沈向霆身旁走过，手臂被一股力量抓住。

沈向霆的声音有些沉重："你打算落荒而逃？"

"霆哥，我……"

沈向霆皱着眉头，扣着顾妄言的手将他拉回去，站在一堆媒体后方，死死地盯着台上："顾妄言，抬起头来，你没有错。"

顾妄言错愕地被他抓着抬头，看着前方，心里则说：霆哥，我好不容易找着机会开溜，不用再看见那张恶心的脸……唉！结果你又给我拽回来！

陆放被媒体追问，若有所思地答着，视线一直有意无意地往人群最后方看过去。他怎么又回来了……抓着他的那个人是谁？陆放总觉得那个人自带一身令人心生惧意的气场，盯过来的眼神里带着一股骇人的杀气，让他毛骨悚然。他怎么不知道顾妄言身边还有这号人物！

顾妄言的人际关系，陆放都查过了。他就是个性格孤僻的小孩，没有朋友，和家里关系也不好，没有进过社会，单纯好骗。像他这样的少年，只要给他一点儿温暖，让他放松警惕，不用多久，就能成为他"真正"的朋友。

陆放看不惯顾妄言这样的男人，觉得顾妄言长得比女孩子还漂亮，一点儿也不像个男人，但是因为和温景焰做了约定，只能去接近顾妄言。陆放一边厌恶，一边装作和他交好，每天都在纠结。

一切都进行得很顺利，他相信，不消多久，就能彻底掌控这个天真烂漫又纯情的顾妄言，谁知……到底是谁坏了他的好事！

"小陆总，那两个女人真的只是走错门吗？顾妄言出现在莲华酒店，是巧合吗？"

"警察同志已经证实的消息，你们为什么还要这样抓着不放？至于顾妄言出现在莲华酒店，你们应该去问当事人，我怎么会知道？"陆放说着，视线接触到顾妄言的眼神，闪过一丝心虚，他很快就移开了视线，不敢再看。顾妄言的眼神……为什么这么让人难以心安？

"小陆总，那这位是……"

陆放回过神来，面对镜头道："今天开这场新闻发布会，除了澄清莲华酒店谣言外，还要给大家介绍一个人。这位，就是我的女朋友，夏美亚，我们已经交往两个月了。"

其实这个答案很多人猜到了，不然怎么会好端端的带一个漂亮女孩子过来？

"夏美亚……难道是美亚家居的千金夏美亚吗？"

"正是。"

陆放还拿出自己的手机，给媒体展示了一些订花和其他礼物的消费记录，以此证明他们真的交往了。其中，有份礼物是粉色耳机，一看就是送给女孩子的东西。有了美亚家居千金到场，大家有些信服，美亚的总裁如果没有确认真相，应该不会让女儿出来站队，那岂不是把女儿往火坑里推？

顾妄言看着这一切，要不是媒体和沈向霆在，恐怕要在现场笑出来。陆放晒的一些东西，顾妄言是知道去向的，比如那个粉色耳机其实是陆放送给他的。很多记忆于曾被困在梦里的他而言是八年前的，很遥远，但于回到现实的他来说，就像真的是近期的记忆，清晰而深刻。那日陆放在网上看到那个粉色耳机，说很衬他，觉得他戴着一定很好看，就给他买了，现在却成了陆放澄清绯闻的证明。陆放厌恶他，却要强迫自己对他嘘寒问暖，为了博取顾妄言的信任，真是辛苦了。

真是可笑。

沈向霆担忧地看了顾妄言一眼。不知道是不是他的错觉，总觉得……这小孩刚刚的神情忽然变了。他怎么好像看到了一抹冷笑？因为转瞬即逝，沈向霆以为自己看错了。这个把陆放看得很重要的小孩，这种时候不应该有那种反应。果然，下一秒顾妄言看过来的双眼里噙着泪，有几分哽咽，扯了扯他的衣袖："霆哥，我还不能走吗？"

◇ ◆ 050 ◆ ◇

　　他的样子让人看了，心里只有四个字：可怜死了。但沈向霆避开了他的视线，冷漠地道："你昨晚要我管你，对吧？"
　　"嗯？"
　　"要我管你也可以，你现在给我抬头挺胸，不许逃，面对你该面对的。错的人不是你，逃的人也不该是你！"沈向霆落在腿旁的手握成了拳头，细听的话还能听见关节响动声。他撇开视线，狠下心来："给我看到最后！"
　　残忍是残忍，可如果有效，就必须坚持！他不想看到顾妄言和梦里那个没出息的小孩一样，受了委屈自己吞，最后还要先低头，低声下气地去找陆放求和！顾妄言，你给我把自尊捡起来！
　　如果他的梦是一个预兆，那就不是没来由的。梦里那个小孩要他救自己，或许，就是未来那个小孩在向他求救呢？小孩求了，他就不能不管！

　　发布会快结束的时候，沈向霆拉着顾妄言来到休息室等着。
　　"您怎么有空过来……"酒店经理狗腿般地跟着。
　　"发布会结束后，把陆放带到这儿来。"
　　陆放好死不死地，挑中了沈家产业下的酒店。
　　结束后，陆放和夏美亚一起来到休息室。来之前还有些疑惑，他们和沈家素来没有交集，沈向霆怎么会要见他们？但这是好事！谁不知道沈家？如果他能攀上沈家这条线……还跟温家做什么交易！
　　"妄言？"陆放进来后，就看到了顾妄言和……那个人？他不是那个大明星沈向霆吗？沈……居然是他！他就是沈家的继承人？！
　　夏美亚也震惊了，啊啊啊……沈向霆！天哪！怎么是他！她万万没想到，自己居然能见到活的沈向霆！
　　"沈向霆？"
　　沈向霆解开自己的袖扣，挽上去，朝陆放走近，在他反应过来前，一拳头砸在了他脸上。
　　"啊——"夏美亚尖叫着躲开。
　　陆放被一拳放倒，沈向霆跪压在他身上，又一拳头砸过去："陆放，你要是再带顾妄言去干那些不三不四的龌龊事，有你好看的！"
　　夏美亚看着那个背影，那健硕的手臂肌肉线条，还有那句脏话，被吓到的同时还不忘花痴：好帅啊……
　　"霆哥——"顾妄言叫着沈向霆的名字跑过去，"别打了！"

"啊啊啊——"被拳头打了的陆放连叫都来不及,却被跑过来的顾安言一脚踩到了手而疼得惨叫。顾安言装作不知情地用坑坑洼洼的鞋底踩了无数下,脸上却满是关切和紧张:"霆哥!我错了我错了!我再也不敢了……"

"妄言……妄……"嘴角流血的陆放五官都皱在了一起,痛苦道,"手……我的手……"

"什么头?"顾安言眼里含泪,很心疼他的样子,"放哥,你头疼吗?霆哥,别打了,放哥会死的!"

"手……手!"

"顾安言!"被顾安言抓住要揍人的手的沈向霆,眸里带着一股真切的怒意,"我跟你说的话都忘了?!"

他还在这里担心陆放,他一个偶像,如果在莲华酒店一起被带走,后果是他能承受的吗!

沈向霆甩开他的手站了起来,看着顾安言的表情完全是一副恨铁不成钢的愤怒。呵,根本就没用!这个小孩没有救了!该扔了!沈向霆失望地看了他一眼,转身摔门而去。

夏美亚是被拉来挡枪的,看到这情形,就明白过来那不是传闻。陆放真的在莲华酒店约了不干不净的局!

"那个……你们聊,我先出去了。"夏美亚干笑一声出去,看到还站在门外的沈向霆,愣了一下。咦,大明星没走吗?她还以为他那么生气地摔门而去,是要走了,居然还在这儿,是等……顾安言?夏美亚偷偷地看了几眼,试探性地问:"你……你好……我很喜欢你的电影……你跟顾安言是好朋友吗?你还为他在微博上发声了!"

沈向霆站在那里,跟刚才生气的他不一样,冷得跟电冰箱一样,浑身散发着寒气。夏美亚想,要不是她刚刚才看过发火的沈向霆,就要以为他真的是个高冷的人了。不过,发火的沈向霆也好有魅力啊!

顾安言把陆放扶起来坐下:"没事吧?"

陆放接过纸巾,擦着自己脸上的血,问:"我怎么没听说你跟沈向霆那么要好?"他查到的人际关系里,没说顾安言跟沈向霆关系那么好啊……

"我们两家一直有往来啊。"

"是这样……"

也是,顾、沈两家都是名门,有往来也不奇怪。

"妄言,你别误会,我没有怀疑你的意思,你……不会放在心上的,对吧?"陆放有点儿心虚地看他。

顾安言低下眉眼,眼里含着泪,却道:"嗯。"

陆放一愣，这么好说话吗？顾妄言是顾家人，任性妄为是少不了的，他还以为这种时候顾妄言一定会撒脾气，跟他闹……结果居然忍下了？他已经让顾妄言完全放下戒心了？

陆放这么想的时候，心里忽然有些过意不去了。顾妄言要是闹起来，他肯定会觉得厌烦，甚至能借题发挥，指责顾妄言不懂事。结果顾妄言懂事得让他错愕，这副为他着想隐忍的模样，竟反倒让他有了一丝于心不忍？

陆放有点儿心虚："妄言，我真的没有怀疑你，昨晚是我态度不好。"

"我相信你。"顾妄言红红的眼睛凝望着他，"是我去迟了，才会让你和那两个女人撞上，如果我能早点儿到……"

"我……"陆放一怔。怎么说呢？顾妄言纯得就像一张白纸。这个小傻瓜……竟然到现在还在自责没有帮到他？他避开顾妄言的视线："幸好你迟到了，否则后果不堪设想。"

顾妄言漂亮的桃花眼弯起，红彤彤的眸子里满是信任和期盼，笑得特别好看："嗯，放哥不要生我的气就好。"

陆放心虚地低下了头。

◇ ◆　051　◆ ◇

陆放失神片刻。

很多人对顾妄言这种清傲的少年有种误解，认为他们生来就喜欢和这个世界宣战，和谁都不能成为好朋友。为此，陆放专门找了好几个专业心理医生分析顾妄言的种种行为表现，得出了一个结论——他缺爱。顾妄言儿时失去父亲，母亲又改嫁，原本幸福的家庭一夕之间破碎。家里其他人对他再好，也抚平不了小家变故给他造成的伤害，再加上他的性格本就执拗，长着长着又逢青春叛逆期，就给人一种要与全世界为敌的感觉。

他爷爷和姑姑对他是好的，但并不懂从哪方面入手，认为给他提供不愁吃穿的优越生活就够了。殊不知应该从他心理上去引导，顾妄言缺的从来就不是物质，所以陆放见缝插针，让自己成为顾妄言唯一的知己。

顾妄言这种缺爱的人，开始是难接近了点儿，但一旦打开他的心扉，一切就会变得不一样。瞧，顾妄言真的把他当成了最好的朋友。顾妄言从一开始对他爱搭不理，到现在对他无限信任。只要给他爱，填补他心中的空缺，他什么都可以为陆放做。

"嗞——"手上的疼痛让陆放回过神来，他看了看自己红肿还破了皮流血的手，再看顾妄言，"你刚刚……"

顾妄言真的没听见他的喊声吗？

"嗯？"顾妄言清澈见底的眸子不含一丝杂质，清灵水润地看着他，"放哥，怎么了？"

"算了……没什么。"陆放觉得自己想多了。顾妄言这么单纯，能有什么坏心眼儿？顾妄言怎么可能故意踩他的手？应该是自己刚刚疼过头，发音不标准吧。

顾妄言说："外面都是媒体，被他们拍到就不好了，我先走了。"

"妄言——"陆放抓着他的手臂。

"嗯？"

"对不起，没提前跟你商量新闻发布会的事。我也是为你着想，你是偶像，跟我扯上关系，对你名声不好。"陆放道。

"好。"陆放看他笑着应允的时候，眼里还闪着泪光。他明明很委屈，却一个抱怨的字都没有讲。陆放叹了口气，发现自己竟然有了点儿罪恶感。

这个什么都不知道的小傻瓜……

顾妄言从里面出来时，看到沈向霆还站在门口，愣了一下。

他没走吗？

"霆哥——"顾妄言才发了个声，沈向霆就头也不回，迈步离开。

夏美亚"呵呵"笑了一下，跟顾妄言说："他应该是在等你哦。"

霆哥肯定是生气了。

在梦里，新闻发布会来得没这么快。在现实中，要不是他主动引导，这件事也不会提前被引爆。只是顾妄言没算到沈向霆居然会突然过来，让他看见了这一幕，他一定气坏了。顾妄言从酒店后门追出去，刚好看到沈向霆上了自己的保姆车，见他正要关门，顾妄言想也没想就把手伸了过去。

"啊！"

车里的沈向霆神色一变，拉开车门，皱眉："你干什么？"这个傻瓜！没看见他关门了吗？

顾妄言甩甩自己的左手，皱眉干笑了一声："还挺疼的哦……"

"看见我关门了还把手伸过来，你是傻？"

经纪人周泽转过头来看了一眼，说："行了吧，孩子的手都夹伤了，你还骂他。"

沈向霆看了一眼顾妄言的手，狠心说："我看不是手，他是脑袋被门夹了！"

顾妄言脸上依然笑着，心忖：霆哥这是气坏了，才会撑得毫不留情。

"哟，"周泽悻悻道，"你什么时候变得这么凶了？上来吧，妄言。"

"不了，"顾妄言站在车外笑笑说，"我就是过来跟霆哥说一声别生我的气了。我是蠢笨如猪，没救了，但霆哥别气着自己，对身体不好。"

沈向霆冷笑了一声，倒还知道自己蠢笨如猪！知道为什么不改？

周泽挑了挑眉，看了看他俩，怎么了这是？这么多年他没见沈向霆发过什么大火,最近倒是经常见,而且……都是因为顾安言。

"发生什么事了?"周泽故意道,"我说沈老师,你开会开到一半跑这儿来,我当你是干吗来了,合着你是来干架加吵架的?"周泽看到沈向霆的右手受伤了,而这里唯一刚发生过的事,就是陆氏集团的继承人开了场新闻发布会。沈向霆是为妄言来的,这是无疑的,这拳头……怕是砸到陆放脸上了。

这么说,传闻八九不离十了。

"开会?"顾安言看着里面说,满脸抱歉,"对不起对不起,周哥,你们快回去吧,我自己回家就行了。"

"回哪儿去?上来吧!"周泽道,"我们刚在开《绝命追杀令》的研讨会。你不是也有个角色要试镜?一块儿来吧。"

"你们去吧,我试镜都还没过呢,现在是个外人,一起去不合适。"

像《绝命追杀令》这种网剧,初期投资也就一般,所以只请得起韩晴曼一个女主角。沈向霆这种级别的演员,哪儿还用试镜啊?肯去演,导演都要跪地烧香拜佛了。沈向霆一加入,那完全是另一个等级了,放到电视台播出不在话下。现在还没官宣,等官宣消息放出去,投资商就会如雨后春笋一般冒出来,抢着要投资。而自己现在还只是个默默无闻的十八线小明星,这种研讨会肯定没他的份儿,但……

"怕什么?有你霆哥在,别人还能吃了你?上来吧!你的手都流血了,赶紧包扎一下。"

周泽直接自己做决定了。沈向霆没吱声,那不就是默认嘛。何况他来这里就是为了顾安言,还能把顾安言丢在这儿不成?顾安言还站在那里不动,像个犯错的小孩,在偷瞄沈向霆。沈向霆的余光看到他还傻站着,没好气地沉了沉声:"上来!"

顾安言这才上了车,嘿嘿笑着,像在讨好他一般:"周哥,车上有医药箱吗?霆哥的手这么好看,可不能留疤!"

他手背上的伤,应该是打陆放的时候不小心从陆放的牙齿上划过去了,留下一道不深不浅的血痕。

"有,在后面呢,你找找。"周泽看着后视镜笑了笑。

顾安言把医药箱拿过来,刚打开,沈向霆就从他手上夺了过来。沈向霆迅速消毒,贴上创可贴,冷着一张脸道:"别以为你说几句好话,这事就这么过去了!"

"嗯嗯!"顾安言如小鸡啄米般点了点头,一副非常乖巧的样子。

周泽看笑了,这俩干吗呢?

沈向霆重重地把消毒药水瓶丢回箱子里,"砰"的一声:"是你非求着我管你,我才来的,好一个'你管,我就听',我管了,你听了吗?"

"我听了啊……"顾安言嘟囔着,"你不让我走,逼我站在那里看,我不是没走吗?怎么没听呢……"

周泽在心里忍着笑。他知道，这时候笑出声肯定不合适。

沈向霆沉默三秒，怒："闭嘴！谁跟你说这个！"

◇ ◆ 052 ◆ ◇

顾妄言随即闭嘴，低头乖乖挨骂，一个字都不反驳。

"为什么不说话？哑巴了？"沈向霆教训完了，又没好气地问道，"刚刚给他求情的时候不是很会说？"

周泽说："那个……沈老师，是你让妄言闭嘴的。"

沈向霆冷眼盯过去，周泽立马做了个手势，闭上嘴巴。

顾妄言解释说："我不是给他求情，只是觉得没有必要，打他还脏了霆哥你的手。我蠢，我自己受着，霆哥你别气坏自己，为了我不值当。"

沈向霆忽然觉得车里有些闷热，睨了顾妄言一眼，强忍下马上要软下来的心。不行，不能那么快原谅他！这小孩不治不行。

见沈向霆没说话，顾妄言又说："霆哥，你要是还生气的话，你骂我吧，骂得多难听都没关系，只要你能消气，打我都行。"

沈向霆这才冷笑一声："我可不是陆放！"

周泽一挑眉，这话什么意思？

陆放骂顾妄言了，还是……打他了？

咚——

"顾妄言。"

"嗯！"顾妄言应得又快又响亮，就像在喊"到"。

"我管不了你，"沈向霆往后一靠，也不看他，"反正你也不听，还求我管什么？"

顾妄言顿了一下，藏在腿边的手紧紧地握起来，指甲嵌入手掌。他别开视线，望着窗外的眼眶越发红了，心脏突突地跳着，有些疼。是他错了，所幸现在纠正也还来得及。顾妄言忍回去不适，冲沈向霆笑了一下："我知道了。"

沈向霆，我放过你吧，你做错了什么，得被我连累？我这种人，就应该自己一个人孤独地腐烂，不连累任何人。

"抱歉，之前是我无理取闹，提了些不合理的要求。"顾妄言说完，看了眼前方："周哥，麻烦前面靠边停一下，我就不去参加会议了。"

沈向霆没说话。

周泽看了半天——说话啊？

沈向霆不说，周泽只能干着急，索性把车停在路边。顾妄言打开车门正要下车，一只手抓住了他的衣领，一把将他拽了回来。顾妄言一下子没站稳，坐倒在座位上，一脸狐疑地看着沈向霆："霆哥？"

"刚才还让我骂你,怎么,现在才说两句就要跑了?脾气比我还大,我以后还怎么管你?"

顾安言一怔:"不是不管我了吗……"

"气话,不行?"沈向霆瞥了一眼顾安言的手,说,"还愣着干什么?等着血流干吗?"

车是推拉式的门,再加上他刚刚很生气,门甩得一定极重,顾安言的手指瞬间就出血了。

周泽松了一口气,说:"你给孩子包扎一下呀!他自己怎么弄啊?"

沈向霆闭上眼,眼不见为净。肢体接触障碍,怎么帮他包扎?

顾安言心里乐开了花,又笑了起来:"没事,周哥,我自己弄弄就行了。"说着,他低头一声不吭地处理着自己左手上的伤。

沈向霆睁开眼,看着顾安言弓着腰,默默无言,心里有些烦躁,也说不上是在生谁的气。气陆放,气顾安言,好像也气他自己。刚刚那小孩决然离去的背影仿佛在说,他今天这一走,就再也不会回头了。难受,那一瞬间他的心揪着疼。现在气消了,看小孩一个人安安静静地给自己处理伤口也不吱声,强忍着,看起来可怜得很。他怎么可能不管顾安言,又怎么舍得不管顾安言。

两人来到一家古风酒楼的包间。

说是研讨会,其实就是导演和主演们坐在一起吃吃饭,聊聊剧本,看有没有什么可以加的、改的。像沈向霆和韩晴曼两位主演的意见就非常重要,特别是沈向霆的意见。他有合理要求,导演会尽量满足。

沈向霆和顾安言一同出现的时候,包间里的人都愣了愣。并不是所有人都知道顾安言的事,比如导演就不刷微博。韩晴曼一看他们两人一起过来,就秒懂了。她就知道,那小子匆匆忙忙走了,是去新闻发布会现场了。

韩晴曼:"欸,沈老师,你这是去哪儿了?怎么把言言带过来了?哟,你俩的手……"

沈向霆算是解释道:"这小孩出了点儿状况,我去处理了一下。"

"啊……"导演左文山似懂非懂,"向霆老师中途离席,就是去接了个亲戚家的小孩啊?小朋友这是在学校跟同学打架了?"

"不是亲戚。"

"啊?"导演一愣,随后明白过来。哦,原来是说,那孩子不是亲戚家的小孩。

"左导好,初次见面,我叫顾安言。"顾安言鞠了个躬,礼貌地打招呼。

"顾安言?怎么听着有点儿耳熟……"

"左导,就是我跟你说的,要试许文褚这个角色的小孩。"韩晴曼说道。

"啊,是那个偶像男团的队长吧?那个小朋友!"左导仔细瞧了瞧:"形象倒

115

是很符合，那既然来了，就一起吃饭吧。"

左文山还是很给面子的。韩晴曼推荐的人，又是沈向霆亲自带过来的，这个面子无论如何都要给！许文褚这个角色并不是那么重要，如果演技还过得去，也不用多好，两位大咖要带顾妄言，他差不多就睁一只眼闭一只眼了！

"那向霆老师和晴曼老师要是时间没问题的话，我们就明天试定妆照了？"

"可以。"

"我也没问题。"

"那……"左文山看了眼顾妄言："你也来试试定妆照吧。"

顾妄言做微惊状："导演，我还没试镜呢……"

"不打紧，你就随向霆老师一起过来吧，我先看看感觉。"

顾妄言心笑：导演这是打算给我开后门了？霆哥到底是霆哥，面子真大。

其他主演也都不说话，业内这种事并不稀奇。然而，沈向霆忽然道："左导，先让他试镜吧，演不好不能过。小孩太轻易得到一件东西，容易不珍惜。"

"啊……行，行。"左文山有点儿意外，沈向霆这意思……是要公私分明？

"妄言，以前没演过戏吧？"

顾妄言只是道："对演戏有憧憬，自己在家会跟着念些台词。"

"那行，刚好剧本在这儿，你念两句许文褚的台词听听。"

沈向霆直接打断道："我先带回家教几天吧。"

"没事没事！"左文山笑说，"这不算试镜，就是听听看，不作数的。"

"就是呀，"韩晴曼一只手撑着下巴，笑眯眯地看，"回头真的演戏了，周围全是人呢，现在这里人算少的了！向霆老师，你就别护犊子了，真是太溺爱孩子啦！"

沈向霆："……"

仿佛荒岛上那个溺爱小孩的人不是她似的！

◇ ◆ 053 ◆ ◇

左导也不勉强，就说："那向霆老师要是觉得不合适，就算了。"左导想，毕竟是自己带来的人，沈向霆许是觉得什么准备都没有，这小孩要是台词念得不好，面上也过不去吧？

殊不知，刚还护着顾妄言的沈向霆又道："你想试试吗？"

他问的是顾妄言。原本是打算先让顾妄言当着他的面开始演戏生涯，他给顾妄言把关，但这两天出了不少事，教课的事被延后，一直没来得及开始，今天又阴差阳错地把顾妄言带到这里，让左文山拱了几句。第一步是很重要的，他是怕这小孩万一表现不好，造成什么心理阴影，以后这一步就更难迈出去了。但听了韩晴曼的话后，他认为她说得也不无道理。如果顾妄言连这么几个人在场都能被吓唬住，以后还谈什么演戏？演戏最不能有的就是怯场，必须做到旁若无人，才算是开始。

"我想试试，霆哥，"顾妄言说道，"既然左导都说了不算试镜，我台词念砸了也没关系吧？"

沈向霆的眉眼微低。态度有了，不错。他在荒岛上表现得就很可以，并不怯场，想来今天应该也不会。

"你想试的话，就试吧。"

"可以！当然没关系！"左导还真有些好奇这个小朋友能有什么表现。

"我要是念砸了，左导，希望您能再给我一次机会。我回去向霆哥好好学习后，再去参加试镜。"

"行！没问题，你放心！"

几句话，就让左文山对这个小朋友的初次印象不错。没有仗着自己认识两位大咖就目中无人，谦卑有礼，是个不错的新人。能让沈向霆这位业界优质演员给他做老师，这小子也不知道是哪来的福气！

左导翻开一页："你就念念这段吧。"

沈向霆一直盯着，竟觉得自己的心脏跳得快了些。入行以来从来就不知道紧张是什么的沈向霆，这一刻竟然紧张了！这小孩会有什么样的表现？

韩晴曼更多的是期待。她想，不知道言言的起步是怎样的，就算念得不好也没关系，还有他俩帮他打磨嘛，没有人生来就会演戏。在座的人，包括左文山在内，对一个新人都只是好奇，没有什么期待。很多刚进入表演行业的新生都是这样的，从不会演戏开始慢慢地学，一步一个脚印。演技靠的是日积月累的磨炼，没指望这个小新人能发挥出什么堪比沈向霆的表现来。

每个人各有心思，顾妄言则非常认真地在看那页的台词。《绝命追杀令》他当初也追更过，左导指的这段许文褚的杀青戏，是男主角和许文褚的对手戏。魏宁饰演男主角，演技说不上出神入化，只能说一般吧，不一定能把精髓演出来。如果是霆哥来演……一个好的对手，能更快地把对方带入戏中。

顾妄言消化了自己的那段台词和语境，然后说："霆哥，这段也有你的戏份，可以跟我配合一下吗？"

沈向霆想也没想，答："可以。"

嚯！这下左导开始期待了，来吃个饭，还能看见沈向霆现场演绎片段，赚到了！其他几位本来没什么期待感的主演一听，顿时也来了精神。沈向霆要来一段，这种机会可太难得了！

"那我先开始了。"顾妄言说完，瞬间进入那个角色的状态里，声音沉了下来，"庭哥，你相信这世上有神明吗？"

沈向霆一怔。男主角叫温庭，和他的名字同音。有一瞬间，他以为小孩是在喊他，低头一看，是剧本台词。

众人惊讶。尽管只是在念台词，可顾妄言这一句，让人眼前一亮，他们能很明显地感觉到，这跟刚刚那个小孩不是一个人。

沈向霆演的温庭："我不信。"

许文褚："可是我信。"

"这世上没有神。"

"有的。"许文褚的声音逐渐变得温暖，"庭哥，你来的时候我便想，那就是神，只有神才能把我从黑暗中拉出来，可是后来你又走了。"

温庭看着许文褚，没有说话，心里的台词是：他把我当成了他的神吗？

温庭的眼神原本是憎恨的，可在听到这个小孩的话之后，又有了几分温柔，就像小时候他们相遇那样。那时候他和许文褚还只是两个在孤儿院相依为命的小孩子，后来他被人领养，离开了那座城市。剧本上写着，许文褚站在天台栏杆上，转过身面对着温庭。

"小褚！"温庭急促地喊了一声，"不要做傻事！你犯下的罪，自有法律来判定，跟我回去接受审判。"

许文褚摇摇头："庭哥，我这辈子被人抛弃过两次。一次是我的父母，一次是你。但这一次，是我做出了选择。"

许文褚张开双臂，向后倾倒，落下高楼。

"小褚——"

温庭跑过去，明明抓住了他的手，他却被身体的重量带了下去，温庭什么都没抓住。他抓下许文褚手腕上的贝壳手串，手串应声而断，贝壳有的撒在天台上，有的随着许文褚掉下了高楼。那是温庭儿时送给他的生日礼物，两个孤儿没钱，温庭去沙滩上捡了很多贝壳，穿成手串送给了许文褚。

这一段戏的最后，还有一段旁白。

随着整个案件结束，查明了始作俑者居然是儿时玩伴后，温庭带队在许文褚家中找到了一个日记本。许文褚最后的杀青旁白："庭哥，你总说我傻，这世上哪有神明？可在我眼里，你就是啊。"

再往后就是主角的戏了，许文褚的戏只到这里。顾妄言念完最后一句话，结束了表演。什么是好的演员？好的演员就是一旦入戏，就不是原来的自己，而变成剧里的人物。两人前一秒还是沈向霆和顾妄言，开始之后，他们就是温庭和许文褚本人。这还不是正式演戏，只是在念台词，神态是没有演出来的，只演出了说台词的那种感觉。就这，连左导都有些惊着了。

沈向霆看过剧本，知道整个剧大概在讲什么，也知道温庭和许文褚之间千丝万缕的关系。他是个专业演员，能瞬间把控住温庭的人设，这不足为奇！可顾妄言不是啊！他只看了这一页戏，居然就能把许文褚这个角色演绎得有七八分像！

绝了！这就是许文褚本人啊！

◇◆ 054 ◆◇

左文山让顾妄言念几句台词听听，本没有别的意思，只是听他说自己在家里跟着念台词学习，就想听听他都学到了些什么。本想他如果能演绎出许文褚的一二分，再让沈向霆带回去好好教教，能把这个角色演出来五六分就差不多了。没想到在第一次跟沈向霆搭戏的情况下，他就能演出七八分来！别说新人了，就连很多入行多年的演员遇到沈向霆后都会被压得接不上戏来。这个顾妄言小朋友，居然能接下沈向霆的戏！这也太让人惊喜了吧！

左文山的表情全写在了脸上："这……我觉得你们在跟我开玩笑呢！向霆老师，你该不会是已经教过了才带过来的吧，想给我一个惊喜？"

不知道是不是因为没期待过，所以顾妄言的表现更让人眼前一亮，在场的人都被他的表现惊艳到了。这要真是个纯新人，日后再加以打磨的话，未来可期啊！

沈向霆不会在这种事上撒谎，道："没有，我也是第一次见。"

这小孩……说实在的，表现出乎了他的意料。一个从没接触过演戏的新人，能演成这样？

"真的假的？"左导不敢相信地问。

沈向霆倒也没必要撒谎骗他……这是个新人，今天的表演可圈可点，但还没有好到可以和专业演员相媲美。他们觉得意外，只是拿"新人"当作前提来评判了，还不至于说今天这一演，就觉得没人能替代他成为"许文褚"。

韩晴曼眯眯眼，笑："可以呀言言，你这不就像学校里的那种学霸吗？'哎呀，我这次没考好'，结果成绩一出来，全班第一！深藏不露啊！我还真当你是什么都不会呢！"

其他几位主演也说："是啊，就这表现，我敢说，比我那会儿上学时演得好多了！"

这是实话。他们上电影学院的时候，第一年懂什么啊？除了一些早就已经开始演戏的，刚开始学表演的那些人，第二学年都不一定能演成顾妄言这样。顾妄言这个小孩，你看不到他演技上的青涩，虽然不精湛，演技却让人觉得很成熟，不像是第一次演戏。

"可能是我经常在家自学吧……"顾妄言不好意思地挠挠头。糟糕了，还是演得太好了，不像个新人。他尽力了，只能演到这个地步，要怪就怪霆哥太能带动情绪！一个演技炉火纯青的演员，要演出一种自己演技不好的感觉，这几天他在家里都在琢磨这个状态，既要演得让人眼前一亮，又要把初入演艺圈的感觉演出来。如果今天沈向霆不在,他能把新人状态演得更好,但偏偏是跟沈向霆演对手戏,一下子情绪就被带进去了,差点儿崩盘,想要跟对方痛快淋漓地来一出。好在他及时刹住了车,不然一个不小心把被困在梦里时练就的巅峰演技拿到这里来展现,可得把他们吓坏!凡事都得循序渐进,他得忍,好赖得等跟霆哥学一段时间后再"成长"起来。

"你这个'家'在哪儿?回头我也带我的演员们去你'家'熏陶熏陶!"左导笑道。

沈向霆心里很满意,表面却依然是严父姿态:"左导,夸一句就够了,夸多了我怕他膨胀。小孩不经夸,要是让他误以为自己演技很好,以后就不会进步了。"

"不至于不至于!"左导道,"不是他误以为,作为一个新人来说,他这几段台词说得没有毛病,情绪都有了!我可不是看在向霆老师你的面子上才夸他的啊,是真的不错,是个好苗子!"

"别听你霆哥的!"韩晴曼冲他笑道,"言言,你演得特别好!姐给你打一百分,不怕你骄傲!我们言言,未来可期!"

"没有,"顾妄言笑笑说,"我哪敢在霆哥和晴曼姐两个前辈面前骄傲啊?我这不是关公面前耍大刀,不自量力吗?"他又跟沈向霆说:"霆哥,你放心,我不会骄傲的,我知道自己还差得远,一定会跟你好好学习。"

"向霆老师!"左文山道,"我可就信你了啊,许文褚这个角色,我就给妄言小朋友留下了!"

"左导!"顾妄言做震惊状。

"妄言小朋友,好好跟你霆哥学习!我相信你,也相信向霆老师,就这么说定了!我就等着开拍后,你们给我完美的温庭和许文褚了!"

沈向霆淡然接道:"好。"

大家都觉得顾妄言实至名归。他今天的表现已经让他们觉得他和许文褚有七八分相似,往后再让沈向霆调教一番,一定没有问题!顾妄言手足无措,脸上写满了惊讶、开心和紧张,站起来的时候还被椅子绊了一下。

"小心点儿。"只是一个小配角,就让他高兴成这样,看来是真的喜欢演戏。喜欢演戏,那就好办,他沈向霆即便别的什么都没了,演技还在,只要他肯学,倾囊相授又何妨。

顾妄言颤抖地说:"谢谢左导给我这个机会,也谢谢晴曼姐和霆哥!对不起,我太激动了,没想到有一天我真的能演戏。"

"这傻孩子,"左导看笑了,"谢什么?这都是你自己争取来的。"

"我会努力的!""顾·小新人·妄言"给全桌人鞠了个躬,"一定不会让大家失望的!"

各位老前辈心满意足,这个小新人不错啊,真有礼貌,不愧是韩晴曼推荐、沈向霆亲自带过来的人！这两人在业界的人品，大家有目共睹，都是不食人间烟火型的艺人，实力、颜值与气运并存。

他们介绍的新人，看来可以好好期待一下了！

天空之城。

沈向霆到家就去洗澡，出来后闻到了一阵香味。什么味道？这么香。沈向霆闻着香味朝餐厅走去，餐桌上摆着两碗香喷喷的白米饭，还有四五道色香俱全的小菜。

开放式的厨房里有一抹身影。顾妄言身上套着一件黄色小熊的围裙，两手捧着刚从微波炉里端出来的一道菜，放在桌上后喊着"烫烫烫"，用手指捏了捏自己的耳垂。

这个蠢蛋，不会戴手套吗？

"你这是在做什么？"沈向霆踩了两步阶梯下来，进到餐厅里。

"霆哥！"顾妄言抬头，巧笑着，"你来得正好，可以吃饭啦！我随便做了几个菜，不知道你喜不喜欢。"

◇ ◆　055　◆ ◇

迎着顾妄言那带着几分甜味的笑容，沈向霆却皱了皱眉："我是问你在干什么，顾妄言。"

每次顾妄言认为自己做错了的时候，就会给沈向霆做好吃的。之前他们被困荒岛时他是这样，这次还是这样。在他眼里，沈向霆难道是个吃货，给点儿吃的就不生气了？

顾妄言在这里像个小厨娘似的！

面对沈向霆似乎不太好的神情，顾妄言丝毫不放在心上，还憨憨地笑了一下："我白白地住在霆哥你这里，也没有钱可以付给你，就想着说，能不能干点儿家务活儿抵债。"

还钱是不可能还的，霆哥根本就不缺这点儿钱。霆哥能有什么坏心思呢？只不过总口是心非地想帮他而已，还是那种不让他知道的帮助，任何有可能伤到他自尊的事都不会做。

顾妄言递过去一双筷子，温顺地笑着："吃一口吧霆哥，很好吃的，我手艺特别好。"

沈向霆擦了擦头发，把毛巾丢在一旁的椅背上，走过去一把夺过那双筷子坐下来，冷嘲热讽："你的手是用来做饭的？你还进什么演艺圈？你这么喜欢做饭，就留下来当保姆，我付你工资。"

顾安言在自己那碗饭前坐下，笑盈盈的："好啊，霆哥要是缺个保姆，我可以！"

沈向霆白了他一眼。他听不出来自己是在嘲讽他？还"可以"？

沈向霆吃了一口，睫毛颤了一下。米饭还是那碗米饭，甚至米也是他家的，可吃起来怎么这么香，这么糯，极具口感？

顾安言扒了几口，偷瞄他的反应。

沈向霆又吃了几口菜，眸色都亮了几分，竟然……出乎意料地好吃。

顾安言竟有这样的厨艺。

"还合胃口吗？"顾安言像个等待老师批卷的学生，既期待又紧张地看着，"要是不喜欢……我明天做别的！"

沈向霆心忖：明天还要做？他还真当自己是保姆了不成？

"还可以。"沈向霆难得地回答，"就当是抵了你住这儿的房钱吧。"

"好！"顾安言开心地笑着，"那霆哥，你以后记得准时回来吃饭，有什么不爱吃的，可以提前跟我说。"

"没有，"沈向霆淡淡接道，"我不挑食。"

顾安言的手机响了一下，他低头一看，是陆放发来的。

陆放："你最近这么忙吗？怎么都没给我做好吃的？我想吃了，明天可以吗？"

顾安言回："不行啊，明天我有工作。"

陆放："你最近好像忙起来了？"

顾安言："嗯！多亏了霆哥，他帮了我很多。"

那头，陆放看着这条信息忽然一愣。

他怎么没注意到这件事？沈向霆！无论如何，沈向霆今天的反应都太奇怪了吧？就算他们两家是世交，沈向霆也不至于因为这事动那么大的怒！之前也没听说顾安言和沈向霆关系有那么亲近，从没在顾安言口中听到过那个名字。怎么突然就冒出个沈向霆来了？这个沈向霆……怎么让人这么在意！

陆放眉头一皱，仔细琢磨了几下，才觉得有那么点儿不对味。霆哥……陆放背后托人去查了一番，才知道顾安言在去参加那档综艺前，和沈向霆吃了一顿饭。

他说的就是这个吗？是沈向霆带他去录制综艺的！

陆放："妄言，你之前是不是遇到什么困难了，没跟我说？"

顾安言："啊……是放哥你太忙，我不想麻烦你。"

陆放："你怎么那么傻？有困难怎么找他这个外人也不找我啊？我是你的好朋友，你不找我找别人？以后有什么事直接跟我说，别去麻烦别人了。"

顾安言窝在沙发上，看着这条消息笑出了声。呵！陆放会帮他？陆放并不希望他火。梦里的那个他多"懂事"啊，从不跟陆放抱怨工作上的事，瞒着陆放去报了戏剧表演班，拍了电视剧，意外地火了起来。他到现在还记得，陆放知道这件事的时候愣住了，那时候他以为陆放只是一下子没反应过来，现在想，陆放其实是怕他火了之后有自己的想法，不好掌控。

然而，他一旦对谁付出真心，就是百分之一百的信任，不会怀疑分毫。他的盲目信任，最终成了刺向他自己的利剑。

沈向霆从房里出来，刚好就看到顾安言拿着手机在笑，眉目一深，说出来的话也带了几分阴冷："忙着呢？要不你先忙着？我不急，等你谈完，我们再慢慢上课。"

顾安言有种被教导主任抓包的窘迫感，挠挠脸，放下了手机："不是陆放。"

沈向霆冷笑一声："我说是陆放了吗？"

顾安言眯眼一笑，有几分讨好："霆哥，你总是料事如神！"

这小孩什么毛病？！

"嘀——"陆放拿过手机一看。

顾安言："霆哥不是外人。"

陆放眉头一皱，把手机握了起来，沈向霆……

顾安言现在说三句有两句都提到沈向霆，这可不是什么好征兆！

◇ ◆ 056 ◆ ◇

"庭哥——"

"Cut（停）！"沈向霆坐在高脚椅上，一双大长腿无处安放。这是他家的室内吧台，是用一种名为月长石的玉石制造的，通体乳白色，是极其珍贵的玉石，一般都是用来做首饰的。沈向霆用来做吧台，其造价之贵，寻常人难以想象。他将手中的剧本卷了起来，敲在吧台台面上，皱着眉："感情不到位，再来。"

沈老师坐着，顾学生站着。顾安言清了清嗓，咳了几声："庭哥——"

"不对，再来。"

"庭哥！"

"不对！重来！"

沈向霆坐在那里，听顾安言用各种各样的语气喊，一时竟也不知道他喊的究竟是"庭哥"还是"霆哥"了。听着听着，小酒廊里的暖色灯光打在沈向霆的脸上，照得他的神情柔了一些。

在那场梦里，少年眼含氤氲，喊他："霆哥……救我。"

"霆哥？"

沈向霆骤然回神，看到顾安言一脸茫然纯真地看着他："是不是我太笨，让你生气了？"

"没有，"沈向霆的声音沉了一些，"这是许文褚重遇温庭的第一面，你要把自己想成许文褚，好好想想许文褚的内心世界。你自己好好琢磨琢磨吧。"

此时他看顾妄言有些不自在，就站了起来，要离开一会儿。他刚转身，背后就传来顾妄言的声音："霆哥！"欣喜、期盼、不期而遇的感激……所有的感情都融于这两个字。

"霆哥，"顾妄言把音调降下来一些，"谢谢你又回到我的世界。"

谢谢你愿意站在我身边。

沈向霆眼一动，转过身去："这不是许文褚的台词。"

顾妄言"啊"了一声，挠挠后脑勺："是我自己加的。霆哥，你不是让我把自己想成许文褚吗？我想了想，我觉得如果我是许文褚的话，再见到温庭，我就是这么个想法。"

"但这句话并不适合用在这次重遇。"

"霆哥，你说得对，"顾妄言弯着眉眼笑笑，"我没考虑到这个场景。"

沈向霆盯着他看了几眼，摇头："没有，你刚刚的情绪对了，表现得很好。"

"真的吗！"顾妄言的双眸都亮了，"霆哥，你终于夸我了！"

"表现得好就可以夸，大惊小怪。"

这就高兴成这样了？说得好像沈向霆不会夸他一样！其实这小孩一直表现得不错，沈向霆只是忍着没夸，因为他觉得，顾妄言能表现得更好！顾妄言是天生吃这碗饭的，不用跟他学多少，这么有灵气的小孩，他以后只用在旁边提点一二就行。

"今天就到这里吧。"沈向霆本以为今天陆放的事会让顾妄言状态不佳，没想到他表现得出乎意料地好，不过还是觉得他有些勉强，就到这儿吧。

"还早呢，没关系！我可以继续！"

"我不可以，"沈向霆无情地道，"我还得用上我所有的私人时间去教你？"

顾妄言一顿，不好意思地笑笑："对不起，我只考虑我自己了。谢谢霆哥！教了我这么多！"

"我没教你什么，是你自己悟性好。"

顾妄言又道了谢才回房洗澡去。不久后，沈向霆看到顾妄言穿着睡衣出来拿水喝，喊了他一声："小孩。"

"嗯？"听到声，顾妄言转了一圈，再抬头，看到霆哥站在观星台上，"霆哥，有什么事吗？"

"你今天表现不错，给你个奖励。"沈向霆的指关节敲了敲玻璃围栏的面儿，"上次答应你的，猎户座，上来。"

"真的？"顾妄言一脸开心地跑了上去，坐在凳子上，"已经调好了是吗？我直接看就对了？"

沈向霆转过身，背靠着围栏，看那小孩仿佛中了头奖一般，嘴角弯了弯。

"嗯，直接看就行了，调好了。"

顾安言低着头，用不在沈向霆视角内的左手瞎碰了碰，然后说："没有啊，霆哥，什么都看不到。"

怎么会？他刚调好的。沈向霆过去，让他让开，低下去一看，还真的没有："你毛手毛脚的，是不是被你碰到什么了？"

"啊，我也不知道欸，可能是碰到什么了……对不起啊，霆哥。"

沈向霆只顾着重调，不在意地道："把你动不动就道歉的毛病给我改了。"

"哦！"

"行了，这次别再乱碰了，你再碰掉——"

沈向霆一转头，就看见顾安言看着他，眼里仿佛真的有星星一般，清澈灵动。

◇ ◆ 057 ◆ ◇

"沈老师！你看我给你带——"楼下传来周泽欢快的语气。顾安言从二楼下来，沈向霆紧随其后。见顾安言回房关上门，沈向霆看着周泽："你来干什么？"

"合同搞定了，顺路给你带过来，顺便给你带了点儿夜宵，"周泽把东西都放到茶几上，"就你这忙起来就忘记吃饭的毛病，晚饭一定没吃吧？"

"我吃了。"

"咦？"周泽一顿，"你和顾安言出去吃了？"

"没有。"

"那你下厨了？"周泽震惊。周泽向来觉得沈向霆家的厨房是个摆设，他一直有沈向霆家的电梯卡，也知道他家密码，时不时会过来把沈向霆的冰箱填满。因为沈向霆是个嫌麻烦的人，宁愿不吃也不做饭。所以周泽如果过来了，就会化身"田螺先生"，给他做好一些小菜往冰箱里放着，让他自己热了吃。

"小孩做的。"

"顾安言？"周泽压根儿没往那方面想，像他们那种人，十指不沾阳春水，怎么还会下厨呢！所以他宁可觉得是沈向霆做的饭。

房里。

"叮咚——"

手机响了一下，顾安言拿起手机一看，是系统推送，韩晴曼发了条微博。

@韩晴曼：我是第1位申请创建"心向往之"超话的粉丝，还差……

曼妥思[①]：嗯？

漂亮姐姐，这是个什么超话？

顾妄言愣了一下，晴曼姐真是……

他知道她回去是要建超话的，但万万没想到她居然直接用大号开超话！顾妄言自己都是切了小号点进这条微博，助力开通。粉丝们虽然并不知道这是什么超话，但偶像发出来的，点就完事！

开通后，超话一下子就被曼妥思占领了——

"咦？这是个什么超话呀？"

"我仔细看了好几遍，才发现确实是本尊[笑哭.jpg]我们曼姐这是干吗呢？"

"嗯？你们猜我在粉丝里看到了谁？@裴子昂 @左雅 还在前排！大家都是5G冲浪吗？"

粉丝们猜测，是因为拍了一期《世外桃源》，三观相合的大家关系急速升温（附注：某偶像"公主"除外）。

韩晴曼虽然是大咖，却不是微博的主流大咖，一条微博也就两三千条评论。她靠实力和作品说话，拒绝炒作，不拍戏的时候就是晒晒花、晒晒猫，岁月静好。所以这个超话并没有引起很大关注，只在曼妥思之间传得比较厉害。

肯定还没完，顾妄言想。

果然，不一会儿，韩晴曼把早就编辑好的一段文字发在了超话里——

@韩晴曼："心向往之"超话，心之所向，身之所往。祝"心向往之"友谊天长地久。

顾妄言笑了笑，点了一个赞。

◇ ◆ 058 ◆ ◇

韩晴曼随后又在评论里发了一条——

@韩晴曼：等节目播出后我再编辑微博，补视频，嘻嘻。

[①] 韩晴曼粉丝的专属名称。

顾妄言在自己房里待了会儿,没有睡意就又出去看看,周泽还在,两人在聊工作上的安排。

周泽见他出来,没正形地打了声招呼:"妄言,还没睡啊。"

"嗯,睡不着,你们还在聊工作啊。"

不一会儿,顾妄言端了水果拼盘回来。

"嚯,妄言,你这水果拼盘跟那些餐厅、酒楼里摆的有一拼啊!这么漂亮,学过吗?"

"嗯,"顾妄言点点头,"在网上看过一些视频。"

周泽拉他坐下:"既然你不困,坐下一起吃吧。"

工作聊得差不多了,聊着聊着就变成了闲聊。

"周哥,你跟霆哥的关系真好啊,霆哥一定很信任你,才会把家里的密码告诉你吧。"

周泽把那张和顾妄言一样的迷你电梯卡拿出来晃了晃:"那当然!我跟他都多少年的交情了!他出道就是我带他的!"

"你也有这张电梯卡啊。"顾妄言看着说。

"那可不,不然向霆不在家的时候,我自己怎么上得来?"

顾妄言笑了笑,挠了挠自己的耳朵:"看来霆哥是真的很信任你。"

沈向霆身子靠在沙发上,拿起手机,听到他们的对话,不经意地抬了一下眼皮。这小孩……好像一直在重复着一件事,是他的错觉?顾妄言好像有点儿在意周泽也能在他家进出自由。

消息提示音响起,是韩晴曼给他发来一条新消息。

韩晴曼发的是一条链接。

沈向霆没点开。粉丝们都在盯着他的动向,他做什么都会被知道。他对微博不感兴趣,除非要官宣什么活动,否则不会上线。他拿过茶几上的平板电脑,下载微博,然后申请了一个新的微博账号,昵称……修长的手指在屏幕上敲打着,沉思片刻,"心之所向"。

申请通过后,沈向霆这才搜了"韩晴曼",进到她主页一看,给她的最后一条微博点了个赞。

"叮咚叮咚",韩晴曼又发来几条消息。

韩晴曼这次发的是两个视频。

韩晴曼:"这是我的私人收藏!看在你是我弟弟的分儿上,免费送你啦!不用谢了!"

不用点开就知道,一个是官方摄像机拍到的"凌晨意外",尽管什么都没拍到。第二个就是她所谓的视频了。沈向霆点下了"保存"。

韩晴曼:"不蒸馒头争口气!别把老沈家的面子都丢了啊,这仇必须报!"

沈向霆没回，捏着手机在手里转着。

夜深了，周泽不再打搅，沈向霆送他出去。

"不用送了！"周泽挥挥手，"咱俩什么关系啊，还送什么！"

沈向霆不语，送他出门，走过长而华丽的电梯廊，还给摁了电梯。

周泽有些奇怪："怎么回事？还送我到电梯口！"

电梯门一开，周泽进去："行了行了，就送到这儿吧！我自己认识路！"

说着，他就要按按钮关电梯门，这时，沈向霆的一只手往电梯门上扒住，另一只手伸过去："卡还给我。"

周泽狐疑："什么卡？"

沈向霆的目光落在他手上："电梯卡。"

周泽不解："为什么？没电梯卡我以后怎么上来？"

"不用上来了。"

周泽一脸迷惑。

"家里多了个小孩，你进进出出，不方便。"

"怎么就不方便了？呃……行吧！今天不打招呼就过来，是我有罪！那我下次先通知你，行了吧？保证不再突然打搅你了！"周泽死活护着电梯卡，如一个尽职尽责的老妈子，"再说了，我还要来给你做饭呢！"

"不必了，"沈向霆冷冷地道，"小孩做的比你做的好吃。"

周泽不敢相信自己的耳朵："沈向霆！我为你辛辛苦苦打点了八年啊！卸磨杀驴也不带你这样冷酷无情，不带一点儿不舍的！"

沈向霆伸手一捞，把电梯卡抓了回来，懒得理他："废话真多。"

周泽仿佛一个弃妇，靠在轿厢上哀伤："好啊，往日种种，不过是黄粱一梦。你我今日一别——"

沈向霆冷眼看他："不见就不见吧。"

戏真多！

"嗯？"

电梯门关上的一瞬间，他还听到电梯里的一声咆哮："沈向霆，你也忒无情了啊！"

声音随着电梯下降，越来越轻。

◇◆ 059 ◆◇

在万众期待中，《世外桃源》的最新一期终于要上线了，即将在晚上八点，在银水电视台和银河 TV APP 同步播放。

许多观众好奇地点开了这期，想要看看那个上了几天热搜的 iMAX 队长顾妄言究竟是何许人也，能以一己之力把演艺圈搅得天翻地覆。

"叮——"系统提示，顾妄言上线了，并且转发了《世外桃源》官博发的视频上线提醒微博——

@顾妄言：@沈向霆 心之所向。

"雷霆应召前来保护弟弟！霆花的弟弟就是我们的弟弟！"

沈向霆转发了顾妄言的那条微博——

@沈向霆：@顾妄言 身之所往。

韩晴曼紧跟着转发了沈向霆的微博——

@韩晴曼：心向往之！

观众的震惊，嘉宾的配合，再加上之前万众期待的真相，新一期节目一上线，电视台就传来捷报，这一期的收视率爆了！

银河 TV APP 上，该期的标题分外"标题党"——《荒岛惊魂·上》：暴风雨失眠 or 失联之夜。

观众——

"嚄！这标题！官方带头搞事情？我喜欢！"
"这是真的？我读书少，官方你别骗我！"
"话我搁这儿了！我 VIP 已经充了！没有失联剧情就举报诈骗！"
"好像混入了一个奇怪的东西！张导你老实说你是不是威胁平台负责人给自己加戏了！"

视频一开始，就是无数条弹幕闪过——

"微博观光团打卡。"

开篇就是银水国际机场，穿得花枝招展的廖菲菲和素雅的左雅——

"啊这，廖菲菲到底了解过《世外桃源》是档什么综艺没？导演好心提醒，她居然还没听懂！"

"她旁边的小姐姐好眼熟啊，那位小姐姐才像是去参加野外生存节目的吧，廖菲菲？啥也不是！"

◇ ◆ 060 ◆ ◇

不一会儿，就听到了雷霆们响亮的支持声——

"啊啊啊，是霆花！霆花出来了！霆家人好牛啊，这声音震穿机场，大老远就听见了。哈哈哈……"

紧接着，两抹高挑的身影就出现了——

"啊！我的霆花！"
"旁边那位就是妄言弟弟吧！"

沈向霆年少成名，粉丝涵盖了各个年龄阶段，更多的是理智的纯事业粉！

登机的时候，廖菲菲把顾妄言从沈向霆身边挤出去的画面也被摄像机捕捉到，并且被剪辑了出来。下一秒，沈向霆越过廖菲菲扶住顾妄言，并把他拉到了自己身旁。

"助理，谁家有妄言弟弟这么可爱的助理啊！"
"妄言弟弟喊的是霆哥欸！"
"后期这是有自己人？"
"沈向霆真的太'飒'了吧？[笑哭.jpg]没理廖菲菲，直接把顾妄言拉过来了可还行！"

画面一转，几个小时之后，他们到达了拉斯韦尔机场，和常驻嘉宾们会合。上船时，三位常驻嘉宾开始了观众期待的打赌时刻，这是《世外桃源》的老规矩了。现在的小娃娃们都养得娇贵，来参加野外生存这种残酷真实的节目，如果没点儿心理准备，一定是会被打脸的。他们有的是觉得自己可以，有的是以为节目组有剧本，是作假的，但来过的人，谁不"称赞"一句节目组过于真实呢？

老嘉宾们就会打赌，小娃娃们能撑住多久才会喊出"我要回家"这句话。

"它来了它来了！熟悉的环节来了，还是熟悉的配方！"
"我赌一包辣条，姜华老师赢！[狗头.jpg]。"
"廖菲菲没毛病吧？[笑哭.jpg]姜老师发出你穿裙子的疑问是怕你扛

不住啊!

"这个脸熟的小姐姐才是真的做过功课!"

"向往组也是有备而来呢!只有廖菲菲是来开演唱会的!"

闲聊之下,裴子昂一句"这妄言弟弟是你家的?"观众顿时来了精神。沈向霆会怎么回答?只见屏幕上,沈向霆淡淡地接了一句:"嗯。"

很快顾妄言就解释了是小时候跟沈向霆住隔壁的关系。

"这声'嗯',我反复听!太撩了吧!"

"啊啊啊,你家的!妄言弟弟明明没有打扮,却胜似打扮,太好看了吧,这个小男孩!"

"好家伙,发小?"

"难道只有我一个人发现,妄言弟弟说完之后,沈向霆的脸就黑了?[贼笑.jpg]。"

船靠岸,沈向霆无视廖菲菲,直接走了,顾妄言去扶她却被拒绝,这一段也毫无保留地被放了出来。

裴子昂直接撑廖菲菲的片段也让观众笑疯了,这节目的男嘉宾一个比一个耿直,以后还怎么找女朋友啊!粉丝们称,怪不得沈向霆和裴子昂这两个"男神"单身了这么多年!在廖菲菲以前参加过的综艺中,嘉宾在镜头面前都表现得很好,她自然不会有这种落差感,但到了这儿,根本没人惯着她!她以往的招数不管用了,沈向霆和裴子昂都不吃她这一套。

很快,廖菲菲的"下场"就来了。丛林里蚊虫特别多,她光着手臂和腿,被蚊子包围了,一直喊叫,咋咋呼呼的,什么都不懂,更让看官们觉得烦。她到底是来干吗的啊?人家左雅就没那么多事,就她事儿多!不到一小时,廖菲菲就已经喊着要回家,后期加上花字:"姜华老师又赢了!"然后在旁边配上大头小人,姜华胜利比"V",许家彬和裴子昂在"嘤嘤嘤",后面的小花字写着:"又要夜捕了……"

左雅借了廖菲菲潜水裤,廖菲菲直接拿过,连句"谢谢"都没有说就走了,摄像机还拍到了其他嘉宾们略显尴尬的表情,然后姜华打哈哈把话题带了过去。

不久后,韩晴曼也到了!观众才终于又和谐起来。比起廖菲菲,韩晴曼这种"神仙姐姐"可太美了!韩晴曼一出现,观众就是一溜儿的——

"哇!'神仙姐姐'来了!"

"姐姐冲呀!"

"我曼姐来啦!曼姐强无敌!"

韩晴曼果然不负众望，上来就调侃了新来的妄言弟弟一通，让观众在弹幕上狂笑。左雅和观众一样哈哈笑，笑完了又给沈向霆道歉，让观众又笑了一波——

"笑死！左雅好懂啊哈哈！"
"哈哈哈，左雅仿佛是屏幕前的我！笑疯了！"

韩晴曼一来，就把廖菲菲衬托得更明显了。廖菲菲不怎么搭理左雅，但韩晴曼一来，她就一直凑上去说话。让观众觉得神清气爽的是，韩晴曼也不惯着廖菲菲，回答她的时候显得很敷衍，跟与顾妄言说话时的态度形成了鲜明对比。

"哈哈哈，我宣布，廖菲菲没有造谣！妄言弟弟就是团宠没错！"
"笑死，没想到竟然是真的！"
"大家都好宠弟弟啊！大家都太好了吧！"

节目组为了不影响观众观看感受，已经剪掉了很多廖菲菲的镜头。

顾妄言站在岸边直接捡到被海浪冲上来的鱼，那一个微笑的镜头瞬间俘获了一票粉丝："呜呜，言言宝贝是什么小天使啊！太可爱了吧！"微博上有这么一张动图，并且莫名被转发了起来——

"转发这只'锦鲤言'，你内心所期盼的事都将实现！[弟弟捞鱼.jpg]。"

观众万万没想到，所有人的晚餐，就只有顾妄言捡到的这条鱼。等待烤鱼的时候，廖菲菲和顾妄言被拱上去现场表演。观众来精神了，被那么多嘉宾称赞有才华、不靠脸的顾妄言，究竟有着怎样的实力？廖菲菲一段槽点满满的唱跳，让观众都尴尬得快进了。然后，明显的对比就来了！

有开倍速、快进观看的小伙伴返回来发弹幕——

"我只说一次！前方高能！注意回避！"

◇ ◆ 061 ◆ ◇

就像现场几位嘉宾的反应一样，顾妄言刚开口低声吟唱的时候，观众的眼睛就亮了起来——这就是传说中的天籁之音？

"我的天！这是什么天使之音啊！"

"妄言弟弟唱歌太好听了！"

"嘉宾们诚不欺我，是真的好听！"

"这个弟弟我'粉'了！"

"呜呜，言言小天使啊！我爱你！"

还有一些则是在客厅里跟家长一起看电视的观众，顾妄言的歌声一出来，唱的还是英文歌，家长们大多听不懂，但都不约而同地问道："这个小朋友是谁啊？唱歌怎么这么好听？这嗓音听着可真舒服！"

看，音乐无国界，只要唱得好，就算听不懂也没关系！

荒岛丛林，寂静之夜，听啊，是天使在唱歌！

"就离谱啊！这可是现场清唱！气息稳得很！音准完美！"

"我是音乐学院的学生，就……我想退学了。[微笑.jpg]人与人之间的差距啊……"

这时，官方搞事情："你以为这就是高能了？"

剪辑插入一小段《歌剧2》的开头，配花字："'核能'预警。敬请期待（下）"。

《世外桃源》一期通常要拍好几天，时间不定，所以剪辑起来素材也很多，视频上线的时候会分上、下两集，每集都有约两个小时的时长。上集免费，下集需要充值银河TV的会员卡才能看。

用脚指头想也知道，"高能"一定在《荒岛惊魂·下》里！

"官方'核能'就很秀……"

"这个开头……是《歌剧2》？"

"《歌剧2》？这曲子太有名了，我也知道！好期待！姐妹们下一集见！"

"姐妹们我回来了！不剧透了，但是下集超级精彩！不能快进的那种，所以我回来慢慢看了！"

画面又回到顾妄言的第一场演唱。随着他慢慢地低吟结束，声音融入这夜中，镜头一个个地转向了围坐成一圈的嘉宾身上。这是首抒情歌，丛林的夜很寂静，偶尔会有虫鸣声，像是在给他伴奏。每个人或失神或闭眼，脑袋微点，指尖在膝盖上敲打着，静静地享受着这优美动听的声音。整个画面，看起来岁月静好，特别令人向往。一曲毕，顾妄言说自己唱得不好。

弹幕"唰唰"飞过——

"这还叫不好!太妄自菲薄了,妄言弟弟!"
"这个真的不能谦虚了!太好听了啊!"
"'顾·嚣张·妄言'。"

和廖菲菲结束时捧场般敷衍的鼓掌声不同,顾妄言结束时,现场每个人都在拼命地鼓掌、夸赞。韩晴曼说他像天使一样在发光,后期就特别懂地把顾妄言的特效做成了天使,让他周身发着光,背后还有一对洁白的小翅膀。姜华说自己的心灵被洗涤了,仿佛被圣光包围,后期:安排!于是姜华的周身笼罩着一层圣光。就连导演、摄像老师们的声音都被收音器收了进来,都在夸奖他。

——"顾·老天追着屁股喂饭吃·妄言"。

第二天,顾妄言提到要去附近的岛勘察,韩晴曼一把将沈向霆推了出去,观众直呼推得好!

通过这次综艺,观众发现,沈向霆和韩晴曼私底下的关系其实很好!韩晴曼对他开了很多玩笑,大家都以为他会发怒,他却一次也没有。特别是炒作和新人的兄弟情的活儿,要是把握不住那个度,难免让人觉得不适。不过观众的眼睛是雪亮的,他们算是发现了,韩晴曼当面炒,还开各种玩笑,沈向霆却完全没有反感的样子。

二人上了另一座荒岛,画面一跳转,几个小时后,画面里出现了狂风暴雨。沈向霆、顾妄言被困荒岛?再把节目组紧张担心的画面剪辑进去,渔船也不出海了……摇晃不清的二人紧急寻找避雨地方的画面,再加点儿让人担忧的话语,对讲机发出让人焦虑的声音。"嗞嗞"——

顾妄言(奔跑喘息):"喂?喂?张导?晴曼姐?姜华老师?"

一个一个喊过去。

节目组的人也都在呼叫(混乱嘈杂):"向霆老师?言言?听得见吗?"

对讲机收不到声音了!

顾妄言(焦急):"张导——'嗞嗞'——"

然后是节目组混乱的画面。

张导:"快啊!不能把他们两个丢在岛上!"

工作人员:"(大雨倾盆)张导!渔民说不能出海啊!(风声)太危险了!"

张导:"你们有人联系到他们了吗?"

工作人员:"没有!完全接收不到他们的声音!"

字幕:"一个小时后——"

韩晴曼担心:"导演,还是联系不到他们吗?"

张导:"没有办法!风浪太大了!当地渔民也不愿意出海,我们不熟悉地形,也不能贸然去救。"

姜华走过来："还是没人联系上那两个小家伙吗？"

裴子昂："这太危险了啊！要不要报警，让当地警方帮忙营救？"

张导："现在是连着我们也被困在这岛上了！翻译已经去试着联系了！"

紧接着画面又切到被困荒岛的二人组，顾安言的声音紧张而焦虑："霆哥，我们的运动相机快没电了——"

"哗——"继对讲机收不到声音之后，二人运动相机的画面也瞬间消失了！一片黑屏上，是节目组后期打上的字："沈向霆和顾安言的运动相机没电了"。然后又是一行字幕："节目组和二人组失联十二个小时……"

什么？！沈向霆、顾安言因暴风雨被困荒岛，节目组无法前往营救，还失联了！

下集的预告就到这儿了，短短几分钟剪出了《生死时速》的感觉，紧张、刺激、混乱一片。随着最后两个人的运动相机画面消失，变成黑屏，剩下的只有无尽的黑暗和寂静……

想看向往组二人后续在荒岛如何生存？赶快充值银河TV会员卡，收看《荒岛惊魂·下》：沈向霆、顾安言被困荒岛，与节目组失联……

◇ ◆　062　◆ ◇

观众：哈哈哈！

节目早就拍完了，两个人都好好的呢，没缺胳膊没少腿的，这就说明两人没事！要是中间拍摄出了什么情况，早就已经上微博热搜了。

看到《荒岛惊魂·上》的结尾，观众大多在调侃——

"好吧，我承认我就算知道两人没事还是有些担心！"

"笑坏我了！这是个搞事情的节目组啊！要不是我跳过去看过一点点《荒岛惊魂·下》，差点儿就被你们骗了！"

"这个剪辑……[笑哭.jpg]剪得可真够吓人的，哈哈哈……"

"哈哈哈……兄弟姐妹们快去看《荒岛惊魂·下》，完全不是预告片剪的这个样子，哈哈哈……"

当晚，银河TV的会员卡充值人数达到峰值，打破历年纪录。

《荒岛惊魂·下》开始播放。

首尾呼应，《荒岛惊魂·下》的开始也是由运动相机打开，黑屏上飘过一行字幕："暴风雨来临的四小时前……"

画面上，二人上岸之后在岛上转悠，天还是明亮的，太阳也好得很。要不是看过《荒岛惊魂·上》,这一下子打开,还以为是俩人去观光旅行呢,这么悠闲!

画面上还有一行字幕:"丝毫不知道暴风雨即将来临的荒岛'观光'二人组……"

正坐在客厅里看节目的"顾·预言家·妄言"一边吃水果,一边在心里吐槽:你才不知道呢。

这时,门口传来"嘀呖呖"声响,沈向霆回家了。傍晚沈向霆就说了会带吃的回来,让他不用做晚饭。

门一开,顾妄言就闻到浓郁的香辣小龙虾的味道,眼睛亮了起来:"霆哥!你买了麻辣小龙虾吗?"

"嗯。"

沈向霆换了拖鞋,进到客厅里来,看了一眼电视屏幕,《荒岛惊魂·下》才刚刚开始播放。

时间刚刚好,他赶上了。

顾妄言笑笑:"霆哥,能在客厅边吃边看吗?"

沈向霆把外卖摆在了茶几上:"吃吧。"

"谢谢霆哥!"

顾妄言直接从沙发上爬下去,坐在毛茸茸的白色地毯上。他盘腿坐着,别的先放一边,打开最想吃的小龙虾,戴上手套就要开吃。麻辣小龙虾!他可太久没吃了,太香了,令人流口水!顾妄言舔了舔嘴唇,眼睛都发亮,正要探手去抓,一只大手伸到面前来,挡住了他的动作:"这是我的。"

"啊?"

"这是麻辣小龙虾,很辣,你吃不了,"沈向霆说着,往另一个塑料盒那儿丢了个眼神,"那个蒜泥小龙虾才是你的。"

顾妄言哭兮兮,自己凹的人设,跪着也要维持下去——内心"嘤嘤嘤",表面却还要笑嘻嘻:"哇,霆哥,你也太细心了吧!谢谢霆哥!这么照顾我。"

沈向霆弯腰,将那盒已经打开的麻辣小龙虾重新盖上,一双筷子压在上面推去一边,把不辣的那份拿到他面前:"你先吃吧,不用等我。"

沈向霆回房换衣服去了。

顾妄言看着那份麻辣小龙虾,再看那压在盒子上的筷子,霆哥这是怕他偷吃吗?

不一会儿沈向霆就出来了,也坐在了地上,和顾妄言挨得并不远。麻辣小龙虾的盒子一打开,香味就飘了过来。顾妄言偷瞄几眼,咽了咽口水:"霆哥,麻辣的好吃吗?"

"好吃。"沈向霆看着屏幕,没有看他。

过了一会儿,他转过来看顾妄言:"你想吃?"

"没有没有,"顾妄言笑,"我吃不了,太辣了。"

"哦。"沈向霆继续看节目。

"那你多吃点……"

"嗯,"沈向霆淡淡应声,"你也是。"

顾妄言低头一看,手中的蒜泥小龙虾顿时就不香了。他想起自己发的那条微博,说:"霆哥,我没跟你商量就自己发了微博,你会不会生气啊?"

沈向霆答得平淡:"我也没跟你商量,扯平了。"

顾妄言笑:"那看节目吧,自己看自己的综艺还挺好玩的。"

屏幕里。

两座荒岛形成鲜明对比,那边大本营什么吃的都没找到,这边沈向霆和顾妄言已经抓到了两只肥大的圆轴蟹。搜罗之下,顾妄言从地里挖出几根木薯,掰断了一根。

一行字幕飘过:"不要学,这个不能生吃哦。"

顾妄言看了看,喊前面不远的沈向霆:"霆哥,你看我挖到了什么!是木薯!饿死我了。"

沈向霆听到声,回过头来一看:"别吃——"

"咔嚓"一声,顾妄言一口咬下,咀嚼了会儿吞下去,明亮的眸子望他:"啊?霆哥你说什么?荔枝?这里还有荔枝?"

表情一言难尽的沈向霆:"……"

字幕:"你的小伙伴不但没听见你的劝告,甚至又吃了一口。"

观众——

"我的天呀我笑疯了!哈哈哈!"

"哈哈哈!言言小宝贝你是饿出'空耳'了吗?"

"救命,言崽也太可爱了吧!我的心都要融化了!"

"沈向霆:靓仔无语!"

"笑死了,妄言弟弟,你是饿死鬼投胎吗?哈哈哈……"

乱吃东西的后果立马就来了,顾妄言把手上的木薯一丢,舌头伸出来,口齿不清地道:"霆哥,好麻,好痛啊……"

沈向霆过来,把木薯放入自己的网袋,说:"这种木薯不能生吃的,有毒,让你别吃你还'荔枝'?"

顾妄言悲壮地看着眼前人:"霆哥,我要死了吗?"

那时的沈向霆看着他,真是又好气又好笑,但没有笑,只是一脸无奈地看着顾妄言:"是的,你只有一个小时的生命了,有遗言吗?看在小时候认识的分儿上，我可以带着你的遗体和遗言一起回去。"

顾妄言精湛的演技上来，眼尾微红，微微哽咽："我……真的要死了吗？"

骗鬼呢？顾妄言心说，大无语事件，霆哥在线骗小孩！

◇ ◆ 063 ◆ ◇

沈向霆没想到顾妄言居然信了，欲言又止，不知道该不该继续骗下去。这小孩怎么这么好骗？他说什么就信什么。沈向霆的扑克脸帮了他，一脸冷漠地道："下辈子注意点。"

顾妄言要不是演技好，表情早就崩了，就像失控的观众一样，全员"哈哈哈"地发了满满一屏幕。

谁也没想到，高冷如沈向霆，居然还能说出这样的话来，把雷霆们都笑傻了——

"救命，言言究竟是什么绝世'傻白甜'啊？太好骗啦！"

"快给根棒棒糖，'言小傻'要生气了！"

"对不起，言崽，虽然我很心疼你，但是……实在是太好笑啦！哈哈哈……"

顾妄言吸吸鼻子，一副快要哭出来的样子，让沈向霆下一秒就道："骗你的……"

"啊？"

"不会死，过会儿就好了。"

其实他们已经说了有一会儿，吃得也不多，顾妄言的舌头已经渐渐地恢复了，不麻也不痛。

"真的欸……不痛了！"

木薯事件并没有让顾妄言"长心"，他吃了一只当地辣椒被辣得吐舌头的样子，让观众又给他起了个新名字："顾·不作不会死·我下次还敢·妄言"。

终于，暴风雨如期来临。跟预告时的慌乱不一样，预告片有那种慌张感，完全是因为背景音乐和节目组那边的衬托。正片里，发现暴风雨来了时，二人丝毫不慌张，镇定地找到了一处山洞，观众认为是顾妄言自带的"锦鲤体质"再一次发挥了作用。顾妄言和沈向霆在讨论生火事宜的时候，顾妄言拿出了他伪装成润唇膏的打火棒。

观众："……"

那打火棒被后期加了发光特效，旁边还有后期老师的"漫画头像"出镜。字幕："导演说以后开拍前都要严格搜包……"

观众反应过来后开始爆笑。

"哈哈哈，我的天哪！妄言弟弟是个什么小机灵鬼儿啊！"

"笑死！打火棒伪装成润唇膏？真有你的，顾妄言！"

"顾妄言以一己之力增加了节目组工作人员的工作量。"

"沈向霆都无语啦，哈哈哈！"

没多久，运动相机关机了。

后期字幕："由于运动相机没电，再联系上已经是第二天了……"

"第二天"——

廖菲菲因为懒惰上了热搜。

一般《世外桃源》不会对女嘉宾那么狠，特别是靠颜值吃饭的女偶像，一些对她们不利的画面很少剪进去。这是正经综艺，不靠争议吸引观众。有知情人士透露，廖菲菲这次是做得太过分，节目组将廖菲菲这些画面都放了出来——干活儿偷懒、对顾妄言阴阳怪气、拿人东西不道谢，以及偷懒逃避寻找食物，雷都让她踩完了！

相比之下，左雅默默地干活儿，在廖菲菲不舒服的时候选择外出帮大家寻找食物，两个年纪差不多的女生形成了鲜明对比。有了铺垫之后，廖菲菲那一套"水下公主大片"引来了无数人的反感。

廖菲菲大晚上的被经纪公司的艺人总监叫到了公司。总监张芸是个四十岁的女强人，平日里对艺人就十分严格，直接把廖菲菲骂了个狗血淋头："廖菲菲，你是猪脑袋吗？！你脑子里装的都是水？！我让你去参加综艺，你给我去把节目组的人上上下下都得罪了个遍？！"

◇ ◆ 064 ◆ ◇

张芸气炸了。

廖菲菲一直以来挺争气，在偶像竞演节目中脱颖而出，以娇娇女小公主的形象博得了观众的喜爱。她不是冠军，却也是人气选手，一直以来在综艺里表现得不错，艺人们都会宠着她。她虽然有点儿蠢，偶尔会说些蠢话，但节目组看在他们云庭星河的面子上，一般也不会播出什么对她不利的镜头。

《世外桃源》更是有他们公司的冠名，她原本以为，节目组怎么着都会悠着点儿，应该不会过分到哪里去，结果……

看到成片后，张芸一口气上不来，差点儿厥过去。这个蠢货，到底是得罪了多少人才能让节目组下这样的狠手？！就这，她都怀疑节目组是不是手下留情了，没把廖菲菲的黑点全部放出来！

"你脑子里装的什么东西呢？！没有公主命，一身的公主病！"

张芸气得摔东西:"就你这一通公主病表现,公司得花多少公关费把那些通稿撤下来!"

廖菲菲噘着嘴,还很委屈地说:"芸姐,我什么都没干啊……是他们排挤我!"

"你还狡辩!"

廖菲菲被人捧惯了,也红惯了,觉得自己有实力、有人气,早就不把张芸放在眼里了。

"本来就是!"她反驳道,"他们从一开始就不待见我,眼里只有那个顾妄言!我是去录综艺吸引人气的,又不是真的去体验荒岛生存!我凭什么要干活儿啊?"

"廖菲菲!"张芸站起来,"你现在是在跟我顶嘴?你以为你有点儿人气就不把我这个艺人总监放在眼里了?!"

"芸姐,你天天'公司'前'公司'后,说怎么怎么捧红了我,那我还说我这些年给公司赚了很多钱呢!我们是互利的。"

"你翅膀硬了?"

"我哪儿敢啊?"廖菲菲阴阳怪气道,"但是芸姐你是不是太偏心了?沈向霆不听公司安排,怎么从来不见你骂他,就知道欺负我一个小姑娘?"

"呵!沈向霆!"张芸,"你不提沈向霆还好,一提我还没跟你算那笔账!"

"你看,芸姐,你又说我的不是!他现在还不是跟那个十八线小明星营销?怎么不见你说他一句?"

"呵!"张芸冷笑一声,"你也配拿自己跟沈向霆比?你先有他的能力再来跟我谈公平!廖菲菲,你自己有几斤几两你不知道?离了公司你什么都不是!我能让你红,也能让你跌下来!"

张芸按下内线电话:"通知艺人部,从今天起,除了F.G的团体通告,暂停廖菲菲的一切个人活动!没有我的命令,谁也不许给她接活儿!"

廖菲菲瞪大眼睛:"张芸!你凭什么!"

张芸想雪藏她?!

"就凭我是云庭星河的艺人总监!"

廖菲菲生气地甩门,离开了办公室。

没多久,张芸就接到一通电话,一看来电显示,连忙缓了缓情绪,这才接道:"景总。"

"听说你暂停了廖菲菲的活动。"

张芸微惊,这事传得这么快?景总一般不过问她的安排,怎么这次……

"景总,廖菲菲需要好好反省。"

"嗯,没事,你不用紧张,无限期停止她的活动,如有人质疑,就说是我的意思。"

张芸一愣,咦?景总不是来兴师问罪的?

"好的，景总。"

"嘀——"沈向霆的手机亮了一下，他打开预览了内容。

景恒："妥了。"

"霆哥，这么晚了是还有活动吗？"顾妄言问。

"没有，"沈向霆没有动手机，任它自然灭了屏幕光，"垃圾广告。"

说着，沈向霆抬头看着电视屏。节目中，水下摄像老师一直追随着顾妄言。跟那位做作的"水下公主"不同，顾妄言真的像是生活在海底的生物一样，敏捷灵活地在水中畅游，动作自然，仿佛水里就是他的家。他的动作里没有任何刻意成分，没有故意去找镜头，很多唯美的画面是摄像老师自己捕捉到的。

观众直呼没对比就没有伤害，这才是真正的人鱼王子啊！还有看得快的返回来说："这才哪儿跟哪儿！待会儿就让你们见识一下什么是真正的人鱼王子。[狗头.jpg]。"

"你水性不错。"沈向霆说道。

"小的时候爸爸妈妈没时间陪我，爷爷又很凶，我就喜欢去姥姥家玩。姥姥家在海边，我算半个海娃，每天都在水里泡着，水性自然好。"

沈向霆没有刻意去看他，却能从前方柜门上看到他映出来的脸。他的表情很淡，没有因为提起了逝去和离开的人就黯然神伤。顾妄言的父亲牺牲的时候，沈向霆也去送过。那日在灵堂，瘦小的顾妄言被顾姑姑拥在怀里，他也不哭，就是抱着他父亲的遗照发呆。

那时候沈向霆也不确定，才十岁的顾妄言知不知道什么是生离死别。

◇ ◆ 065 ◆ ◇

沈向霆正准备扯开话题，余光看见了顾妄言放在茶几下的手。他的两只手紧握在一起，一只在死死地抠着自己的手掌心。沈向霆眸色一深，隔着衣袖扣住了他的手臂。顾妄言一惊，有种被抓包的错愕："霆哥——"

沈向霆看到他手掌心的伤痕虽然不算深，但已经破了皮。只是这么一个微小的动作，又勾起了沈向霆模糊的记忆。那个时候，顾妄言好像也是紧握着手。这时候沈向霆才明白，他懂。他不是不难过，只是不像大人一样把悲伤写在脸上。

"什么时候开始的习惯？"沈向霆装着不知情的样子。

"没多久……"顾妄言撒谎道。

"包括厌恶疗法？"沈向霆的另一只手掀开了他的衣袖，顾妄言的手腕上还戴着橡皮筋，腕骨处伤痕累累。从伤痕和他刚才的行为来看，不是一次两次了！

顾妄言眼神躲闪，慌张地把衣袖放下来："别看了霆哥……这玩意儿有什么好看的。"

"你到底怎么回事？"沈向霆皱眉，"肢体接触障碍，厌恶疗法……是儿时的心理阴影？"

他想了很多种可能性，会不会是因为……

顾妄言低着头，没有解释的意思："没怎么回事……霆哥，能别问了吗？"

"行，你不想跟我说，没关系，但是顾妄言——"

"嗯？"

"你说过希望我管你吧？"

"嗯！"他不住地点头。

"之前你还欠我一个条件，记得吗？"

"记得！"顾妄言点头道，"霆哥你说，我都答应你！"

"我的条件就是……"沈向霆看着他道，"去看心理医生。"

顾妄言双手握紧，握得用力，牙也咬着自己的唇，抵得很紧。沈向霆强制性命令道："不许咬，把牙松开。"

顾妄言看着他。

"手也松开。"

顾妄言颤抖着，慢慢松开。从他的反应来看，沈向霆确定如果不是直接的肌肤接触，虽然他还是会感到不舒服，但症状会轻一些。"你必须去看心理医生，这就是我的条件，也是你继续住在这里听我管教的条件，可愿意遵循？"

"愿意……"顾妄言的声音轻轻的，像个被教训的孩子。

看他乖巧应允，沈向霆的神色才好一些。

"霆哥……这事能不告诉爷爷吗？"

"可以。"

沈向霆站起来："我有个朋友是心理医生，我去咨询一下，你坐在这儿，哪儿也别去。"

"可是霆哥——"

"哪、儿、也、别、去！"

"哦……"

可是，我饮料喝多了，想去洗手间啊……顾妄言看着沈向霆去了阳台，乖乖地坐着叹了一口气。行吧，继续看节目。

阳台上，沈向霆给自己那个医生朋友打了电话，对方接得还挺快："巧了，我这会儿正在看你的综艺首秀。那小孩是谁啊？我怎么从来没听你提起过还有这号人物——"

那人没撒谎，他的声音之外，还有《世外桃源》的背景音。

沈向霆打断了他:"有事找你,别废话。"

沈向霆现在没心情跟他胡扯些有的没的。

"什么事?"

"这周想带人去你那儿看看。"

"什么人?"那头很是好奇,"就你这脾气,还能有人乐意跟你往来?不会是那小孩吧?"

"是他。"

"真是他?你这么一说,我还真怀疑过他是不是有什么心理疾病。他是不是不喜欢别人碰他?"

"你看出来了?"

"嗯,这节目里的嘉宾碰到他的时候,他就会有一定的应激反应。一般人看不出来,但这类病人我可没少接触,一眼就能看出来。"他说道,"知道些情况吗?"

"他小时候被人绑架过,算吗?"

"绑架?嗯……也不是没可能,这得聊聊才能知道了。绑架对小朋友的心理阴影可大可小,一直延续到现在也说得通。"

"具体的你有本事问就问出来吧,我不知道。"顾妄言被救回来的时候,顾家并没有对外透露太多。那段时间顾家忙着给顾叔叔办丧事,而那小孩又表现得非常镇定,顾家人不一定顾得上他的心理健康。更何况……

"我只知道一点儿,"沈向霆侧着身,一只手插兜,看着客厅里那抹身影,沉了沉声,"他爸爸就是为了救他才牺牲的。"

那边也沉默了几秒:"周末你带他过来吧。"

顾妄言的父亲为救他而死,顾妄言不哭不闹地回了家。那天出殡,送完顾妄言的父亲最后一程,顾妄言的母亲情绪崩了,抓着顾妄言说他是小怪物,很多人看到了。那天顾妄言的母亲就走了,再也没有回顾家。沈向霆本想上前告诉他,他不是小怪物,但那小孩转了过来,用一双极其冷漠的眼神看着自己。他就像一只刺猬,拒绝任何人靠近。

◇ ◆ 066 ◆ ◇

沈向霆回了厅里,拉上阳台的门。

"约好时间了,周末去,有问题吗?"

霆哥把一切都安排妥当了,他能说有吗?

顾妄言摇摇头:"没有问题。"

"你什么表情?"沈向霆看他一脸隐忍,不悦道,"你这是在不满我干涉你的生活?是你自己——"

"不是，霆哥……"顾妄言尴尬地笑了一下，"刚刚我就很想问你了，我……能去洗手间吗？憋得慌……"

沈向霆站在那里呆了一会儿："我什么时候让你——"

他顿住——"哪、儿、也、别、去！"

"顾妄言，你是傻吗？这个'哪'包括洗手间？"

连洗手间都不让去可还行？

"那我现在能去了吗？"

"还不去，你是打算就地解决？"

"欸，好嘞！"顾妄言站起来，急匆匆地去了洗手间。

沈向霆弯腰，把茶几上的垃圾收拾了，扔进厨房垃圾桶，并清洁了玻璃表面，再打开一扇窗去味，用空气清新剂把客厅里里外外地喷了一遍。他以前，从不在客厅吃饭，更不吃气味这么浓且久不散去的小龙虾。《世外桃源》被当作一个背景音在放着，这会儿正放到韩晴曼撩开顾妄言的鬓发，问他是不是人鱼王子。

王子……

做完一切的沈向霆坐在沙发上，两条长腿优雅地交叠着，嘴角一勾，冷笑了一下——像那单纯的小人鱼就完了，付出代价上岸来，最后变成大海里的泡沫，而王子和公主幸福地生活在了一起。但为什么他会觉得，顾妄言真的会变成泡沫？

"咦，霆哥，你都收拾完了？"顾妄言回来，不好意思地说，"我本来想收拾的，可是你让我哪儿也别去……"

"顺手收拾了。"沈向霆说着，拿来遥控器，将节目往后倒了倒，退到某一节开始放，顾妄言升了三个调的时候，手指点了一下，"这里的气息断了一下，下次唱的时候注意点儿。"

顾妄言乖巧地听着，铭记于心。他只是太久没唱了。

"你没开嗓就唱《歌剧2》，能唱成这样，不错了。你的嗓音条件有多优秀，不用我说了。"

沈向霆把这局变成了教学局。虽然他唱不了这首，但会听。说实在的，顾妄言这种音色的高音，别说没几个男歌手可以做到，甚至大多女歌手都达不到。顾妄言的音域极宽，过了变声期，因着声带并没有变得很厚，依然能唱很高的音。

"你说你唱不了《天空》，但我觉得你可以。"

顾妄言一顿："我可以吗？"

"我听完你的《歌剧2》后是有这种感觉，那不是你的真实水平，你可以唱得更高、更好，挑战极限。"

他们在聊的这个时候，微博上一条热搜已经悄悄地升了上来。

#顾妄言 人鱼王子

　　有关顾妄言唱《歌剧2》的视频在微博热转起来，每个点开视频的人都被他又稳又高的高音给震撼到了——这是个什么宝藏男孩啊！这样优秀的小朋友不火，天理难容！

　　就连微博上很火的乐评人唐洋都转发了那条微博——

　　@唐洋：老实说，调并没有高到非人类的程度，但大家会有那种感觉，很大原因还是顾妄言唱得很真挚、情感充沛，把观众带入了那个场景，引起了观众的共鸣。唱功满分十分我打十分，是个专业歌手，气息拿捏很有技巧，应该是系统学过的。他在这个调上感觉一点儿都不费力，高音部分游刃有余。缺点也是有的，听说是临时被拱上去唱的，也没有开过嗓，如果是真的，能唱成这样，实力非凡。这居然是个偶像？出乎我意料了！这个小朋友可以关注一下，期待他未来站上更正式的舞台。

　　这个乐评人经常点评一些歌手的现场演唱，一般不会评价偶像，因为在他眼里，偶像没有唱功可言，现在的偶像都跟玩儿似的，只能说是唱得好听，但称不上"好"。虽然偶像里也有唱得好的，但并没有那种让他眼前一亮的，他索性后来就不点评了，觉得没意义。所以至今被他点评过唱功极好的偶像只有两个——差点儿以偶像出道的沈向霆和偶像"天花板"裴子昂。他俩参加的那一档偶像竞演节目，被这位乐评人称为偶像竞演节目中的巅峰之作，后来出来的各种衍生的偶像竞演节目都变了味。一开始粉丝疯狂私信他让他去点评这个小偶像，他是不愿意的，但私信越来越多，他出于好奇就听了一下。这一听，就是听觉上的享受，他为自己对偶像有偏见感到惭愧！

　　这条微博下有粉丝问顾妄言是什么水准的时候，唐洋写了条评价极高的回复——

　　@唐洋：大家都知道我只点评过两位偶像，顾妄言的水平比那二位，可以说是有过之而无不及。在我这儿，他不是偶像水平，是专业歌手的水平，我还听出了些许的花腔技巧，他可能对这方面也有钻研。

　　然后就有网友回复了他——

　　"洋哥好耳力！你没听错！这个视频不完整，后面还有嘉宾们的聊天，沈向霆说，顾妄言小时候就唱过花腔女高音歌唱家舒媛媛老师的成名作《天空》！"

评论区又出现一溜儿表达惊讶的评论。

关注唐洋的自然都是另一个圈子的，骨子里都对偶像没有什么好感，这会儿听说这小偶像小时候竟然能唱《天空》，那就很厉害了啊！沈向霆既然能拿到节目上去说，就说明顾妄言肯定是唱得不错才会给他留下那么深刻的印象。

唐洋又回复——

@唐洋：怪不得！那就对了！这个小朋友恐怕小时候专门学过！

这个圈的网友们出于好奇，也纷纷说要去看看这期，看这个小新人究竟有着怎样的魅力。

与此同时，韩晴曼三人在节目中成立了顾妄言啦啦队，不管是开玩笑还是真的，韩晴曼也发表了一条实时微博，转发顾妄言唱《歌剧2》的视频——

@韩晴曼：我摊牌了，我不装了！我就是啦啦队队长，烟丝一号韩晴曼！

◇ ◆ 067 ◆ ◇

@左雅：副队长，烟丝二号左雅！
@裴子昂：副队长，烟丝三号裴子昂！

并没有看节目的网友们满脑子问号。

@姜华：名誉副队长。
@许家彬：名誉副队长。

我的天！十八线偶像？啦啦队"队长"全是大佬！这算是什么十八线偶像？我读书少，你别骗我！那沈向霆呢？难道他也是队长？不，沈向霆只是转发，什么附加说明都没有，但是粉丝们已经从弹幕跑到了他的微博下。

热评最高赞——

"你们这些队长'图样图森破'！我摊牌了，我，沈向霆，也是队长！"

这其实是个伴随沈向霆多年的大粉，私底下见过沈向霆很多面的，沈向霆都叫得出来她名字的那种。被高赞顶上前排之后，姑娘在自己的楼层里又发了条回复——

"我就皮一下,要脸,别赞了!被霆花看到怎么办!我以后还怎么去见霆花!"

大家都在幸灾乐祸——

"赞上去,让她被偶像看到,直接'社死'。[狗头.jpg]。"
"姐妹,最高赞了,要么换个星球,要么换个偶像,下辈子注意点儿。[狗头.jpg]。"

人鱼哏过后,就是万众期待的游戏部分了。
《狼人杀》也是《世外桃源》的经典配置了,这版他们玩过又玩,嘉宾和观众都只当成一个互动游戏罢了。没想到这期,《狼人杀》表示:工具游戏罢了。
节目组开了三个人的视角——沈向霆:狼人;顾安言:预言家;韩晴曼:美神。
特别是韩晴曼的美神牌一开,观众就已经看透了一切——

"好家伙!这局稳了,家人们!"
"我赌上我今年的压岁钱,组队的一定是'向往'!"
"今天我把话放这儿了,美神牵线'向往',狼人不'刀'预言家,预言家不点狼人!"

观众自己找细节,弹幕分外热闹。
当狼人沈向霆毫不犹豫"刀"了廖菲菲时——

"哈哈哈大快人心!'霆神'干得漂亮!"
"廖菲菲:无语,毫无游戏体验。"
"开始即结束,哈哈哈,我爽了,你们跟上!"

绑绳子时——

"啊这,沈向霆这是会变脸?一端绑他的时候:就无语,谁挑的我?算了,游戏而已;另一端绑言言的时候:棒!干得漂亮!"
"曼姐好牛!"

"天哪！好家伙！原来名字是曼姐赐的！"

"笑死我了，这是怕我们看不懂，还加小字注释，'女神姐姐'也太可爱了吧！"

"张导一本正经地宣布组队成功也太搞笑了，哈哈哈！"

最重要的是，两位队员无比配合！小新人为了吸引粉丝配合也就算了，堂堂"霆神"竟也跟着一起胡闹，甚至疑似小新人觉得大家闹得太过想要出声阻止的时候，"霆神"：没关系，游戏而已，大家开心就好。

你仿佛是朵假的"高岭之花"！说！你是不是把真的沈向霆绑起来了，你到底是谁！

看之前：观众以为这只是节目组搞的一个噱头，把人骗进去看的，大家信誓旦旦地说："呸！没少被节目组骗！一定是挂羊头卖狗肉！进去看了又不是那么一回事！"

看完后："节目组诚不欺我！"

《世外桃源》太棒了！怎么会有你们这么诚实的节目组哦！爱了爱了！

这边节目视频在微博上转发量攀升，那边有人剪辑的入海真相都被压了下去。入海的真相？真相就是廖菲菲自己失足落水，顾妄言好心去拉她还被反咬一口，无人机拍得清清楚楚！尽管没有拍到廖菲菲故意落水，但至少证明了顾妄言并没有恶意推她入水！他也不是见死不救，而是一时呆住没有反应过来，距离许家彬发现并跳下去救廖菲菲这个过程最多五秒钟，却被廖菲菲方恶意剪辑放大，延长了时间——真相大白。

真相如此，难怪连节目组都看不下去，想要替顾妄言尽快平反了！这只要是个良心未泯的，都看不下去吧？

天空之城顶楼。

沈向霆收到周泽发来的消息："都办好了。"

他让人把方向往顾妄言只是呆住了没反应过来那边带，大家先入为主，也就不会多想。

"不要再等失去才悔恨，别再因未告别就离开而遗憾，希望不负当下，不负时光不负己。"

沈向霆陷入沉思——一个小孩，为什么会有这么深的思虑？他是在指自己的父母吗？可是，未告别就离开的遗憾又是指什么？

当晚，沈向霆又做了个梦。他梦见他在顾家灵堂，他以为自己只是日有所思夜有所梦，又梦见了很多年前顾叔叔去世时候的事。可是再往前走，看到灵堂上那抹从模糊到清晰的遗像时，他整个人都僵住了——他后退一步，这是梦，不是真的，醒过来！

沈向霆想要离开顾家灵堂，一转身，就看到一抹透明的身影站在灵堂门口。那人看了看自己的遗照，又看向了沈向霆，温暖地笑着。

◇ ◆ 068 ◆ ◇

顾妄言看着沈向霆，眼里尽是温柔的笑意，慢慢往外退去。

不，别走！沈向霆想追出去，但脚像是被上了千斤坠一般，无法动弹。顾妄言！像是鬼压床一般的感觉，让沈向霆透不过气来，很难受，他知道自己在梦里，所以拼命地想要让自己的四肢动起来，哪怕动一下，把自己从梦魇中拉扯出来。终于，身体强行动一下，他猛然睁开眼睛，疑似从梦中挣脱了。他坐起来，然后下床，去找顾妄言，卧室里没有人！他一个一个房间找过去都没有！最终只剩下浴室。

顾妄言！沈向霆没有发现什么不对劲，一心想要找到顾妄言，推开了浴室的门——他光着脚，感觉自己踩进了一摊液体里，很黏稠，并伴随着一股很浓的铁锈味。他伸手打开了灯——不！沈向霆的瞳孔瞬间放大，整个人被钉在了浴室门口，无法挪动寸步。顾妄言整个人浸泡在血水里，血已经流干，一直蔓延到他的脚下……不会的，他一定还在梦里……这不是真的！沈向霆用劲地动了一下手，极其艰难地动用自己浑身的力量翻身，有了一些意识之后，猛然睁开了眼睛。

他终于挣脱了梦魇，整个人有种虚脱的感觉。沈向霆坐起来，才发现自己全身已被冷汗浸湿——梦中梦！

睡眠障碍，一般体质弱、精神压力大的人才会中招，只听人提过，自己这是第一次经历。刚才介于醒与不醒之间，无法说话、无法动弹，十分难受，再加上那两个重叠的梦境……感觉万分不好！他最近精神压力大？怎么会做那样可怕的梦！

梦……他现在是醒的吗？！

顾妄言！

沈向霆匆忙下床，就像在梦里一样，连拖鞋都没穿就出了卧室，直奔那间浴室，手触在门上，却停住了。他不敢打开。是梦，还是现实？他打开这扇门之后是否会看见一样的场景？他现在到底醒了没有？

开——沈向霆屏住呼吸，猛然打开浴室门。首先，没有血腥味。他开了灯，看到空空如也的浴室，地上没有血，浴缸里也没有顾妄言。沈向霆紧绷着的弦终于松了下来，一直僵硬着的肌肉也放松了，身子靠在了一旁的壁上，长舒一口气。太好了，是梦。那两个梦，也太真实了，真实到令人恐惧。他最近怎么总是梦见顾妄言，并且，都不是什么好梦？

"霆哥？"

沈向霆睁开了眼睛。这一声"霆哥"，让他的心彻底地安定了下来。是的，顾妄言真的还活着。

顾妄言开了灯:"霆哥,这么晚了,你在这里做什么?"

他的睡眠一直很浅,即使吃了安眠药,也很容易被惊醒。他听到外面有动静就出来看看,却发现霆哥一个人站在浴室门口,灯也不开,只有微弱的月光照进厅里。

沈向霆转过身,看到那张熟悉的脸、熟悉的人,一切都好好的,心中逐渐平静:"没什么。你怎么出来了?"

"霆哥,你这是流汗了?"顾妄言看到他满额头的汗在往下流,也太奇怪了,又不是炎夏,这么凉的夜晚,流这么多汗?顾妄言朝他走近,他比沈向霆矮了几厘米,可以忽略不计,抬手就用袖口去擦他的额头。沈向霆一把扣住了他的手臂。顾妄言眼神一动,说:"我只是想帮你擦擦……夜晚风大,流这么多汗吹着风会着凉。"说着,微开着一道缝的窗外很给面子地吹进来一阵夜风,吹动两人的发。

沈向霆低下视线看着他,看得很深,眼里复杂的情绪涌动。

顾妄言愣了一下:"霆哥,你怎么了?"

沈向霆静静地看着顾妄言。

他不想再看到那样的悲剧了!他会护顾妄言周全,不会让顾妄言变成梦里的那个样子!

"不要再等失去才悔恨,别再因未告别就离开而遗憾。"

说的不正是他今天做的这两个梦吗?!如果那个梦是真的,他们甚至没来得及告别。

◇ ◆ 069 ◆ ◇

顶楼的夜晚只剩下窗外的风了,安静得一根针掉在地上都听得见。微凉的夜风拂面,像是将沈向霆的理智喊了回来。眼微眯,理智被拉回后,他有些愣住了,停下动作,彻底松开了顾妄言。沈向霆后退一步,道歉:"对不起。"

顾妄言的脸色很难看。他并不是没有反应,而是极力地在忍耐,他不想推开霆哥,所以虽然很难受,也想忍下来。但这一秒,他还是没忍住,转身冲进了浴室,里面传来他呕吐不已的声音。

沈向霆舔唇,皱起了眉头。上次在荒岛,他们只是轻轻地触碰了一下,顾妄言就已经吐成那样了,这次他握得过久……果然,顾妄言吐得比之前还厉害,出来时,脸色已经苍白得跟鬼一样,还扶着墙。沈向霆本想扶他,却又犹豫着收回了手。不能再碰他了。再吐下去他人都要虚脱了。

顾妄言冲他惨笑了一下:"霆哥,希望你别误会我是恶心你才吐的。"

沈向霆失眠了,下半夜再也没睡着。

陆放出差回来,才有空看一眼私人手机。他翻了好几遍信息,有些愣住,没有顾妄言一个电话、一条信息，莫名地感到有些不对。他还以为已经拿捏住顾妄言了，顾妄言应该会忍不住找他才是啊……

难道时机还是不对？陆放一直等啊等，等得心烦意乱，好几次都要忍不住按下那个通话键，又忍住了。不行，作为主导者，他必须等到顾妄言主动联系他才是！

房间里，手机屏幕亮了起来，来电显示是陆放。顾妄言没有接，静音模式，随它响。

陆放，你就这点儿耐心？不就是精神控制吗？我在梦中拿命换来的"知识"，用回你身上，不过分吧？

在梦里的时候，自己做什么都会跟他说，主动跟他分享生活，哪怕他不回，顾妄言也能自己一个人发十几二十条信息，不厌其烦。那时候不明白，可现在懂了，陆放是故意的。一个人如果真的在意你，即便当时错过你的消息，闲下来之后也一定会第一时间找你。而陆放没有。他故意不接，故意不回。反观陆放每一次找顾妄言的时候，顾妄言都是第一时间回复。

顾妄言一开始并没有这样，直到有一次消息回晚了，陆放表现出了不悦，现在他记不清了，但当时竟觉得自己很对不起陆放。多来这么几次，顾妄言后来都下意识地会想到陆放会不开心，便都及时回复。

在现实中，他不可能再围着陆放转，主动联系陆放就更不可能。

电话挂了又打，打了又挂，顾妄言看都没看，吃了安眠药，翻身躺下睡觉。

怎么不接？！陆放不信邪地又打了好多通，还是无人接听，生气地把手机丢在了桌上。

"叮叮——"消息音忽响。陆放眼一亮，笑了，他就说，顾妄言怎么可能不找他！

陆放满心欢喜地拿过手机一看，来信人："夏美亚"。

怎么是她？陆放皱着眉头打开了她的消息，夏美亚给他发了个链接："顾妄言的综艺哦，不用谢我！超好看的！特别是和'霆神'之间的互动很戳人！"

夏美亚："不过你不要不高兴，只是综艺效果而已啦，嘻嘻。"

陆放："'霆神'？"霆……沈向霆？顾妄言上综艺，他为什么要不高兴？抱着这样的疑问，陆放点开了那个链接，还没看多久就通过弹幕了解了情况！

这个沈向霆！

《荒岛惊魂·下》呢——还要会员充值！

"陆总？"小秘书刚好进来送文件，见小陆总一脸的苦大仇深，怎么了这是？

陆放把平板电脑往她面前一丢："给我充值！快！"

小秘书拿来一看，意外不已。这不是《世外桃源》沈向霆录制的那期吗？

小秘书一边操作，一边略激动地说："陆总，您也看《世外桃源》啊？"

"也？"

"大家都在看呢！这期特别火，没人不知道！'霆神'太帅了！"小秘书完全没发现不对劲地说，"下集可太精彩了！"

"砰——"陆放把自己的手机砸了出去："眼瞎了？！"

小秘书一愣："陆……陆总……"

忽然，小秘书后知后觉地想起了什么来——啊等等，对哦，之前不是在传，言言小天使在莲华酒店……

"滚！"

小秘书悻悻地出去了。

◇ ◆ 070 ◆ ◇

翌日一早，顾妄言早早地就起来在厨房忙活了。沈向霆因为没睡着，装着被外面的动静吵醒的样子，打着哈欠就从房里出来："你起这么早？"

顾妄言围着围裙，像个妈妈一般忙碌着，虽然快，却有条不紊，一点儿也不慌乱："霆哥，你怎么也起了？现在还很早啊。"

"哦，我平时起得就早。"沈向霆进到厨房里来，"倒是你，一个小孩起这么早，太不正常了。"

"霆哥，别老是叫我小孩了。"顾妄言一边忙着，一边接身后人的话，"你要是实在不知道叫我什么好，就跟他们一样，叫我言言就行了。"

"你不知道我喜欢特立独行？"

大家都喊的名字，有什么意思。

背对着他的顾妄言勾了下唇：是吗？什么时候的事？

他笑问："那霆哥你想叫我什么啊，我都行——除了小孩，喊多了，我真长不大了。"

沈向霆看着他的背影，似有深意："阿妄。"

顾妄言一顿——嗯？还真是特立独行，估计一圈人找过来，也不会有人跟他喊重了。一般人都是取最后一字，霆哥倒好，取中间的，保证撞不了。

"为什么是阿妄啊？"他问。

"好听。"

"行，"顾妄言莞尔，"我都可以。"

"阿妄，"沈向霆重复喊着，走近他，"你在做什么？"

他的第二声，让顾妄言愣了愣。

"我在准备小菜。"顾妄言说，"昨晚我们吃了太多重口味的东西，今天清清肠，早餐吃白粥，配几个小菜，解解腻，行吗？"

"我能帮什么忙吗?"

顾妄言的下巴一点冰箱:"冰箱里有小菜,是早就做好的,霆哥,你看看喜欢吃什么,自己随便挑。"

沈向霆已经好几天没开过冰箱了,好奇地走过去看看,想说这小孩好大的口气,随便挑的话都放出来了,难道是把他的冰箱——一打开,沈向霆愣住了。比周泽来过还夸张,里面的食物放得满满当当,并且整洁有序,一点儿都不乱,每一样东西都摆得正正好,强迫症的视觉福利,看着真舒服。每个塑料盒外面都贴着名字,是他标记下的,字迹工整。沈向霆粗粗一看——辣白菜、萝卜泡菜、泡椒杏鲍菇……

"你什么时候买的?"

怪不得他敢开那个口,还真是随便挑,酸甜苦辣咸,任君挑选。

"不是买的,我不像霆哥你那么忙,在家没事就自己动手腌制了,有的还不入味,但先吃点儿没关系。"

"你真是……"

沈向霆一时不知道说什么好。顾妄言还真把自己当成小厨娘了吗,直接承包了他的厨房?

沈向霆随便挑了几个拿出来,分别用小碟盛上,摆在桌上看起来五颜六色的,还挺好看。

他往厨房里看了一眼:"小菜够了,你还在忙什么?"

"我再做个酸豆角炒肉末就行了,很快,马上好,霆哥,你在外面等着就好,里面有油烟。"

就一道菜,他进去确实也是人挤人,没必要。沈向霆便应声坐着,看着那抹背影,忽然有种过日子的感觉,温馨而日常。嘴角不自觉地勾了一下,沈向霆从一处反光看到自己的表情,愣了一下,慌忙放下嘴角。这时顾妄言也刚好转了过来,端着炒好的酸豆角出来。

——好险,差点儿被看见。

顾妄言解了围裙,洗了手坐下来,看了眼桌上的小菜,辣一半,不辣一半。"看来霆哥是真的喜欢吃辣,我没做错。"顾妄言说着,筷子往辣白菜那碟伸了过去。

"砰"的一下,沈向霆的筷子敲在了他的筷子之上:"你不能吃辣,别勉强。"

"我就试试,看看我放得够不够辣,不够就下次再加点儿。"

"我试过了,辣度正好。"沈向霆说,"你唱歌的嗓子,不能随便吃辣。你小时候老师没让你忌口?不抽烟,不喝酒,不吃辛辣。"

歌手是要保护嗓子的,特别是他这天赐的嗓子,唱高音的,更要好好爱护。

顾妄言微微一笑,乖乖地夹了点儿酸豆角。其实忌口这事,分人。有的人吃辣坏嗓,但他不会。顾家人会吃辣是遗传,夸张点儿说,他打娘胎里就吃辣。从小他就什么辣的都吃,身体已经习惯了,就不会再有什么坏不坏嗓的说法。许是天生条件优越,别人需要精心护着养着的嗓子,他也不用太费心去保护。两人吃了一会儿早餐,顾妄言放在一旁的手机响了起来。

他看了一眼,是陆放——还坚持呢?以前他是被狩猎的猎物,但现在反过来了,他是猎人。陆放以前怎么对他的,他就怎么还回去,以其人之道还治其人之身。从昨晚陆放坚持不住主动给他打来电话的那一刻起,陆放便已经输了,就像梦里的那个顾妄言一般。

那铃声响了好几下,惹得沈向霆都注意了:"不接?"

"不认识的号码,垃圾电话吧,一大早的。"

过了一会儿,电话又响。

沈向霆:"还是垃圾电话?"

"是啊,"顾妄言眉头一皱,"这些人好闲啊,这么早就上班了吗?"

电话再次挂断,加上昨晚的,屏幕上显示——不可回收垃圾,未接来电35个。

这才哪儿到哪儿,顾妄言瞄一眼就没管了,对沈向霆说:"霆哥,你以后想吃什么就跟我说,一日三餐我都包了。"

"你以前也是这么包了他的三餐?"

沈向霆忽然发现,顾妄言住在他这儿的这段时间里,好像都没有联系过陆放。也不知道是不是过于懂事了,顾妄言竟然一次也没在他面前提起过那个人。他忘了顾妄言只是暂住在他这儿,等风头过去,又会搬走。

"不用了,"沈向霆淡淡地道,"你也不会住很久,谈不到以后。"

顾妄言一怔,眼里是可怜的神色:"霆哥,你要赶我走了吗?是不是我哪里做得不好,又惹你生气了?"

"还用我赶?你不回那公寓了吗?"

"不回了啊,如果霆哥赶我走,我就回顾家去了。是因为住在霆哥这儿,爷爷才同意的,再回那里,爷爷要被我气死啦。"

沈向霆眼神一动——小孩真的长大了?居然懂事了。不管是出于什么原因,他只听到了一句像是保证的话,不回那间公寓了,心情一下子明朗起来。

顾妄言偷瞄了一眼,看来霆哥是听懂了。

"霆哥,你要是哪天觉得我烦了,我就收拾东西回家去。"

"不用,你愿意住就住着吧,反正房间空着也是空着,还有人给我做饭、打扫卫生,挺好。"

"谢谢霆哥!"顾妄言开心地道,"回头我就跟爷爷说一声。"

看着顾妄言收拾碗筷去洗,沈向霆一大早心情还可以。果然人都是"双标"的,一想到他包了陆放的三餐,每天精心照顾陆放的饮食起居,就觉得他受了不少委屈,顾妄言不该给人当免费保姆!可那人一旦变成了自己……真香。

071

但真要说他和陆放的差别,那还是有的。陆放是顾妄言的朋友,顾妄言无义务且不应该那样伺候。而他是"房主",顾妄言干点活儿抵"房租",于情,于理,都说得过去。

予人好处是要有技巧的,太过反而适得其反。

所以他见顾妄言无处可去,不是直接出钱让顾妄言住酒店,而是允许顾妄言住自己的公寓,并且表明自己最近不回去住,让顾妄言住得安心自在,不用顾虑太多。他直接给钱,对方会感到不适,甚至可能想得很多,他是否有什么企图云云。虽然……他确实存了点儿私心。他名下房产很多,不止市中心这套天空之城的苍穹顶楼。什么阶段的关系做什么程度的事,以他们目前的关系而言,就只能做到这儿,不冷不热正正好——所以他给顾妄言电梯卡,却不直接录入顾妄言的指纹;所以顾妄言要干活儿抵"房租",他也由顾妄言心意。只要顾妄言觉得他这么做了之后心里过得去,觉得平了,那就可以。

顾妄言洗碗,沈向霆就这么坐着看。

感觉到身后的人还没走,顾妄言便一边洗碗一边说:"霆哥,我听周哥说,你那个个人专访已经结束了,那你之后就会经常回来睡了吧?"

周哥为了提前结束霆哥的"在外漂泊",可是煞费苦心。

沈向霆僵了片刻——周泽这个多嘴的。

顾妄言又说:"回来就好办了,那我以后就不用天天问你回不回来,要不要做你的饭了。"

"好。"沈向霆故作镇定地答道。其实他不回来,一是怕小孩觉得多个人不自在,二也是……怕昨晚那样的事再发生。

《世外桃源》最新一期的播出反馈有了新的数据统计,电视台的收视率、APP上的会员充值数刷新最高纪录,恐怕短时间内不会再有哪期能有这样的观看率了,除非……用魔法打败魔法。能超越沈向霆和顾妄言的,只能是"沈向霆和顾妄言2.0"。说干就干,张鹏宇联系了周泽,询问沈向霆的档期是否能预约下一次录制。张鹏宇问得很有技巧:"那个,你顺便也问问向霆老师,言言有档期没有。"

张鹏宇意思很明朗了,他请的不是沈向霆,而是"心向往之"。

节目组又不是没有尤金的电话,问顾妄言的档期,问到他们沈老师这儿算是怎么回事呢!

"阿妄。"

"什么事,霆哥?"

"你还想去《世外桃源》吗？"沈向霆收到周泽的消息，问顾安言。

"想去的。"

"好。"

沈向霆回复了意向。

"霆哥，这次的事真的谢谢你了。"

"什么事？"沈向霆低头跟周泽确定日程。

"所有的事。"

"哦，"是事实的事，沈向霆并不否认，随口应道，"不要紧，举手之劳。"

"谢谢你，霆哥，我又欠了你一次人情，越欠越多，真不知道该怎么还了。"

"记账吧，"沈向霆终于放下手机，抬头说，"跑得了和尚跑不了庙，你纵使跑到天边去，顾家总跑不了。慢慢还就是。"

"那霆哥你这利息高吗？"顾安言莞尔。

"不高，全网最低利息。"

霆哥还会说笑了。

因着这一期《世外桃源》的播出，"心向往之"一跃成为热门话题。这可不是什么剧的兄弟情，而是当事人亲自"盖章"过的真人兄弟情，可谓兄弟情界的楷模。并且有不少粉丝点名一些购买了版权的兄弟情剧组："'心向往之'我丢在这儿了，我劝你不要不识好歹！[狗头.jpg]。"

两人一旦一起拍剧就不一样了，但大家也就是皮一下，沈向霆是什么咖位他们能不知道？拍电视剧，那不闹吗？拉低沈向霆的档次了！

沈向霆可不会——欸？什么？沈向霆拍网剧了？！

@绝命追杀令官博：@沈向霆 @韩晴曼，《绝命追杀令》发布会现场直播……

电影大导演们：向霆老师，你这就不厚道了吧？这就是你所说的要慢下脚步？去拍网剧？

他们以为他接档综艺已经够拉低档次了，居然还去拍网剧！

沈向霆拍网剧！炸了炸了！这什么网剧啊！牛啊！居然请得起沈向霆？！

雷霆们尽管也很意外，但还是尊重偶像的决定。一些小粉丝不懂，觉得偶像的档次被拉低了，大粉便出面安抚，予以教育。

@沈向霆全球粉丝团：希望大家不要就此事有过多的解读。霆花是个很好的演员，可能大众以为他只拍电影是为了维护自己的专业档次，但其实不是的，我们只是没有对外宣传过，很多新来的雷霆也不知道，其实霆花以前就回答过我们这些老粉，无论是拍电影，还是拍电视剧，或者网剧，只要是好的剧本，演员用心去演了，没有什么高低贵贱之分。今天的新闻概括起来就是一句话：霆花是个演员，他即将拍一部网剧，就这么简单。

不得不说，粉丝随偶像不是说说而已，雷霆家的大粉素质高，遇事沉稳，简直是人间清醒！全网最理智粉丝，只此一家。不一会儿，人们很快发现了一个小惊喜：顾妄言也在其中饰演一个小配角，热门话题当事人合作搞事业了！

大家清楚地知道，顾妄言还只是个小偶像，距离成为演员还有很长一段路要走。

全网喊话顾妄言：弟弟快点儿成长起来！期待和沈前辈的对手戏！那一天一定会来的！

《绝命追杀令》发布会后台。

顾妄言的手机响个不停，算着时间差不多，才接了起来："喂，放哥？"

"妄言，你怎么才接我电话！你知不知道我给你打了多少个电话！"

知道，五十八个嘛。急什么？

"我还以为你出了什么事，我很担心你！"

嗯，担心到嘴的兔子飞了。

"抱歉抱歉，""顾·小白兔·妄言"上线，"放哥，我太紧张了，调静音了，一直没看手机。"

"你紧张什么？"

"我在《绝命追杀令》的发布会后台，我马上就要上台了，好紧张啊。"

"你上台？"

"嗯！"顾妄言用开心加紧张的口吻说，"有人请我拍电视剧！我要当演员了！"

"你……当演员？妄言，当演员不是开玩笑的，你是个偶像，哪有那个实力去当演员？"

来了，开始打击否定他了。

顾妄言略微失望地问："你觉得我不行吗？"

"我不是那个意思，我是怕你受伤。现在的观众嘴巴都毒得很，你要是演得不好会被骂的，我这不是不忍心你受到伤害吗？"

"言言！该你上场了——"工作人员催促道。

"来了！我不跟你说了，我得上台了。"

"喂……喂？妄言？"可恶！他居然被挂电话了！

陆放直接打开网址搜索关键字，点进了直播现场。顾妄言最近一直在话题中心,一出现,媒体最关心的不是剧,而是有关他的八卦。

"言言,之前有关你跟陆氏集团继承人在莲华酒店的传闻,你有什么想对大家说的吗?"

"啊,"顾妄言挠挠脑袋,憨憨地说,"小陆总不是已经澄清过了吗?我们那天是偶然碰面的,其实并不熟,那两个人也是走错房间的。他有女朋友啦,再这样传绯闻会伤到他的女朋友的。姐姐,你没有看新闻吗?我以为大家都知道了呢。"

"那你的意思是,他是清白的吗?"记者小姐姐问道。

顾妄言看着直播的镜头,像是看着镜头前的陆放一般,微微一笑:"虽然我跟小陆总只是普通朋友,并不清楚他的为人,但我们应该相信警察叔叔。"

◇ ◆ 072 ◆ ◇

办公室里,陆放愣怔了一会儿,又仔细看那画面,越看越觉得,顾妄言就是站在他面前说的那话一般。普通朋友?好一个普通朋友!他怎么听着,这"普通"二字仿佛还加重音,着重强调了?在那期综艺视频里,顾妄言和沈向霆倒是要好得很,叫他"放哥",叫沈向霆是"霆哥"!

现在他知道了!他就说,顾妄言好端端怎么会突然对他冷淡下来,打那么多电话也不接,合着对他的感情淡了,全是因为那沈向霆在旁边挑拨离间!有沈向霆,他都成普通朋友了!好!好得很!

直播现场。

顾妄言答得轻巧而没有疑点,旁人都笑笑,把这事当成一则谣言就过去了。两边都澄清了,一边在"内涵",另一边在帮着说话,高下立见。他们倒觉得,那小陆总长得虽然也好看,但和顾妄言相比,还是差了不少。

"我信!"那记者小姐姐笑盈盈的,带着几分开玩笑的调调说,"言言还小,不和他们老男人一般计较。"

其他几家媒体的记者也都笑了。

"倒是啊,我们言言还不到二十呢。"

弹幕"唰唰"飞过——

"天哪,记者们都是粉丝吗?"

但主持人把话题拉回《绝命追杀令》,拒绝花边新闻喧宾夺主。

主持人问顾妄言:"言言,网上对你的那些质疑你看到了吗?会不会对你造成什么压力?"

顾妄言听到这个问题时,略感不安地看向了沈向霆,这一幕,不瞎的都看见了。沈向霆冲他点了下头,似是予以他肯定。

观众——

"天哪!这是什么'神仙一瞥'!言言下意识地看向了霆哥,呜呜……"
"呜呜,这是小孩在找安全感的感觉啊!霆哥的小孩!"
"霆花看言的眼神也好温柔啊!八年老粉表示没见过霆花对谁这么温柔过!"

顾妄言这个老戏精,握着话筒的手指一直在抖,展示着他内心的不安,在得到沈向霆的肯定后,才稍稍安定,只是言语里还是透着几分紧张:"压力肯定是会有的,这是我第一次出演一个角色,我会努力的!努力不拖大家后腿,交一份及格卷。"

主持人笑问:"才及格?对自己这么没信心吗?"

"我不知道……"顾妄言抿了抿唇,"我会尽一百分的努力,但能拿到多少分,还是大家说了算。"

沈向霆和韩晴曼二人站在一旁,话筒也放低了,两人正在交头接耳着什么,大咖秒变背景板。

韩晴曼:"临时课上得怎么样了?"

"很好,"沈向霆微微低头,说道,"出乎我意料。他是天生吃这碗饭的,每天都在进步。"

韩晴曼笑:"难得啊,居然能从你沈向霆嘴里听到'很好'两个字,那言言这得是有多好啊。"

"很有天赋,一点就通,台词能力及得上你我。"

"嚯,"韩晴曼惊叹,"都及得上你我了?那言言了不得啊!"

他们说的,可不单单指背台词,台词死记硬背肯定不行,演员演员,台词记住了,得准确地把说到每一个字时该表现出来的情感演出来,那才叫真的记住了。

"等着吧,"沈向霆说,"不出一年,他必脱胎换骨。"

"啧啧啧,要不要这么夸啊?"韩晴曼打趣道。

他这才教几天呀,就这么夸?王婆卖瓜都不带这么卖的!

◇ ◆ 073 ◆ ◇

两人交头接耳,观众都看得清清楚楚——

"沈向霆和韩晴曼这是在嘀嘀咕咕什么悄悄话呢？让我们也听听呗？"

"像极了家里小孩登台表演，家长们骄傲满满：看，我家的小孩！哈哈哈……"

"我来给大家翻译一下！韩晴曼：我们家小孩真棒！沈向霆：是我家小孩！"

"前面的，我给你一根辣条，删掉，让我发！"

"我出一包，让我发吧！"

"禁止粉丝'内卷'！"

主持人问顾安言："言言，你第一部戏就是和两位大前辈一起合作，有什么感想吗？"

顾安言笑说："不止两位，剧组里的大部分人都是我的前辈，我感到很荣幸，希望能从前辈们那里学到更多的东西。"

沈向霆满意地看着——这小孩，通透得很，八面玲珑的。他没教过顾安言今天在发布会上该怎么说，但不知道他是有意的还是本身就是这么一个谦逊的人，说的话滴水不漏，恰到好处。

所有人的注意力都被引到他们三人身上，特别是他和韩晴曼，没有人看到剧组里的其他人。

也有观众注意到了这个小细节——

"言言小天使好会说话啊！把剧组里的其他演员前辈都提到了，前辈们听到心里也会舒服的吧！"

"真是个好乖的小孩！这样的小孩前辈们看着都会喜欢吧！"

"言言真是'端水大师'！"

"那关于许文褚这个角色，你已经看过剧本了，有什么理解吗？"

"许文褚是个可怜的人，但这并不能成为他犯罪的理由。我希望每个过去不幸的人，都能在未来遇到一个将他治愈的太阳，从深渊里走出来。外面的世界很美好，你慢慢看，慢慢品，不要被过去捆绑。"

主持人一愣，笑了："言言，你对角色的理解为什么会这么深刻？"

"言言，你是哲学家吗？"台下的记者小姐姐笑着问，看来是《世外桃源》铁杆粉丝了，"你跟许家彬老师说的那些话让人听了也觉得受益匪浅。"

"顾·苏格拉底·安言"笑着看了一眼身后的沈向霆说："我哪儿有那么深的见解啊，是霆哥给我开小灶，帮我补习了。"

被点到的沈向霆被主持人请了过去。刚才那番话，他也仔细地品过了。沈向霆不知道这个小孩身上究竟还有多少不为人知的秘密,能让他有这样的感慨。

"没有,他谦虚了,阿安真的是个很有天赋的小孩,我只点了点,对于角色的理解都是他自己钻研的,就是我也是第一次听他这么解析。"

他说的都是事实,观众却捕捉到了别的信息:阿安!小孩!天哪!这是什么称呼啊!太宠了啊!

记者小姐姐也是一脸疑惑的表情,她什么都没听到,光听见"阿安"了:"'霆神','阿安'是你对言言的专称吗?"

"专称称不上,他的名字谁都可以喊。"

观众——

"'霆神':你可以喊,但你喊试试?"
"阿安!阿安!我偏喊!"
"你们太皮了!小心'霆神'拔刀!"
"这是霆花对言言的专称,别人都不可以喊!"

主持人说:"哇,向霆老师对言言的评价好高啊。"

沈向霆:"你们可以期待一下。"

本来大家对于偶像转演员并没有什么期待值,他一个小朋友能有什么演技可言?但沈向霆这么一说,媒体记者才忽然想起来一件事。当初沈向霆从偶像竞演节目中退出,之后转行做演员,不正和现在的顾安言一样大?他曾经也是个准偶像啊!他当初就可以以出道作"封神",为什么顾安言就不可以呢!不过也有人说媒体记者太看得起顾安言了,整个演艺圈,多少年才出一个沈向霆啊!

顾安言略带忧愁地看着沈向霆说:"霆哥,你这样说我压力也太大了吧,大家以后会失望的。"

"你努力不就行了?"沈向霆直勾勾地盯着他说,"努力别让大家失望。"

顾安言笑了笑:"好,我努力!"

观众将这一刻的顾安言比作:期盼家长夸奖的小孩。

二楼休息室。

顾安言先下台了,后面安排的是两位主演的采访。静音的手机屏幕上又显示陆放的无数个未接电话,还有一条消息:"你下台后给我打个电话。"

顾安言连点都没点开,放进了兜里。又等了会儿,撩开休息室的一角窗帘,顾安言看到马路对面停着一辆车,里面坐着的人俨然陆放。顾安言的嘴角勾了起来——鱼儿咬钩了。

尤金:"言言,发布会是不是快结束了?我现在过去接你?"

顾安言："不用。尤哥，你忙自己的吧，霆哥说顺路载我一程。"

尤金："行！"

尤金想，他怎么觉得他快要下岗了？沈向霆怎么啥事都包啊！好家伙！邻家哥哥还兼职干经纪人助理吗？那他这个经纪人还能干吗！

发布会终于结束，沈向霆和韩晴曼也来到了休息室。

"言言，你今天表现得特别好！你霆哥教你的？"韩晴曼熟络地过来，踮起脚来摸了摸他的脑袋。

顾安言乖巧："嗯呢。"

"我可没教他那些。"沈向霆并不揽功劳，"下午还得拍定妆照，抓紧时间去吃个饭吧——你呢？"

他看向顾安言。

顾安言说："霆哥，我能蹭个顺风车吗？我经纪人有事来不了，我身上也没带钱……"

韩晴曼狡黠道："坐我车吧！姐姐请你吃饭！"

沈向霆走过去，一掌劈开她拉着顾安言的手："你不是还有个合约要谈？不麻烦你了，我顺路，我载他。"

"好好好！"韩晴曼眯眼笑了笑，"你载你载，不跟你抢小孩。我走了啊，言言拜拜。"

"晴曼姐再见。"顾安言说完，不好意思地看沈向霆："不知不觉又给你添麻烦了，霆哥。"

"你这经纪公司和经纪人都不靠谱，早点儿换了吧！"沈向霆说着，迈开步子往外走，"需要的话我给你介绍一个。"

梦里他被网友排斥的时候，这破经纪公司一点儿作为都没有，根本就是完全放弃了他！

◇ ◆ 074 ◆ ◇

"云庭星河如何？"沈向霆停了一下等他，"我和景总还算关系不错，帮你打声招呼？"

"云庭星河！"顾安言的眼里仿佛有星星，亮得很，"霆哥，你太高看我了吧，我哪能签云庭星河啊。"

"不用妄自菲薄，这期节目播出后，有眼睛的公司已经开始筹备挖你了。我敢说，不出这个星期，就会有数家公司私底下向你抛出橄榄枝。"

且不说他最近人气这么高，就冲着他在节目里亮的那天使之嗓，他们也该趁早下手了。这一块璞玉，谁先抢到手谁就赚。

"那华鼎……"

"挖你的公司自然会帮你赔付违约金。是华鼎不讲仁义在先，你没必要再留在那里给他们白白当摇钱树。华鼎资源也不行，换个大的公司，对你的前途也好，"沈向霆冷静地分析个中利弊，忽然神色一转，"还是说，你心甘情愿给陆放当摇钱树？"

顾安言做惊讶状："霆哥，你怎么会知道……"

他也是在梦里的时候，某一天偶然得知，华鼎娱乐背后的老板其实是陆放，陆放才是华鼎娱乐最大的股东。如果没有什么特定的契机，谁闲得没事去查谁是大股东？霆哥怎么会知道？梦里的他正当红，有别家经纪公司来挖他跳槽，他回家跟陆放商量，陆放这才跟他坦白了大股东的事。

他是为了陆放才继续留在那里，最后也用自身的名气成就了华鼎娱乐，把它从一个小公司变成一个在演艺圈中站得住脚的经纪公司，自己还成了他们的活招牌。

在梦里，他没去参加《世外桃源》节目录制，碰不上沈向霆，更碰不上排斥他的廖菲菲，华鼎这边自然不用处理他被排斥的事。他和华鼎没什么矛盾，也就没能提前看透华鼎的本质——有些事，遭遇过才能看通透。在"视频门"事件中，视频为什么会传得沸沸扬扬，非但毫无冷却下来的迹象，反而愈演愈烈？根本就是华鼎娱乐在背后推波助澜，而那双推动的大手，正是陆家，甚至是陆放。他们要置他于死地！

在现实中，陆放还不知道顾安言已经知道他是大股东的事。顾安言出事，华鼎没有任何动静，尤哥以为是因为顾安言被公司放弃了，其实不然，绑着沈向霆这么红的艺人，聪明的公司绝对不会在这个时候放弃顾安言，所以理由就只剩下一个——陆放的意思。

陆放想要彻底掌控他，就不会让他成长起来。

沈向霆冷笑一声："随便一查就能知道的事，有什么好大惊小怪的？"

顾安言一笑："跟钱过不去，天打雷劈！霆哥，我什么都不懂，到时候如果真的有好几家经纪公司抢着要我，你能不能帮我把把关啊？"

沈向霆动作一顿，看着顾安言。所以顾安言的意思是不会留在华鼎？他还以为顾安言为了陆放，连自己的前途都不考虑了，看来也没那么蠢，还是知道为自己考虑的——这还差不多。

沈向霆几步下去，遮掩住了自己的表情："可以。"

顾安言追问下去："霆哥，你说我到时候提个要求，带尤哥一起走，他们会答应吗？"

"你那个经纪人什么用都没有，你还要带着他？"沈向霆对尤金倒没什么恶意，只是觉得他用处也没多大，有什么必须带着他一起跳槽的理由？

"尤哥有用的！尤哥他人很好！"顾妄言屁颠儿屁颠儿地跟着，"他很疼我的，只是今天赶巧了，有事没来而已。"

沈向霆淡淡地看了他一眼："两个多月你就看出来他好了？你这么好骗？被人卖了还傻呵呵给人数钱！小蠢货。"

不是两个月，是八年。有仇的他会记住，有恩的更不会忘。梦里的尤哥对他，可谓掏心掏肺了，他一定不会丢下尤哥一个人在那必倒的华鼎娱乐。

"不会的。"顾妄言甜甜地笑着，"再说了，不是还有霆哥你在吗？我要是被人卖了，霆哥不会见死不救的！"

"你又知道了？"

"我猜的。我欠了霆哥你这么多人情，你要是不救，不就血本无归啦！"

沈向霆冷哼一声，什么也没说。

两人从活动现场出来，一同上了沈向霆的保姆车，离开了。

对面，陆放忽然坐直了身体，他看到了谁？下来接他们的人并不是顾妄言的经纪人尤金，而是沈向霆的经纪人周泽！这辆保姆车……是沈向霆的？！陆放细思恐极。他是认得这辆保姆车的，因为就在不久前还见过！那天顾妄言去公寓收拾东西，停在楼下等候的保姆车不正是这辆？所以那天车里的人是沈向霆，根本就不是什么公司的车？！顾妄言在骗他？！那……

陆放忽然察觉到了不对味，拿出手机给华鼎总裁打了个电话："问你件事，顾妄言最近是住在公司给他们准备的公寓里吗？"

"没有啊，他不是搬出去住了吗？"

果然——什么住在公司的公寓里……他也没回家，沈向霆……他跟沈向霆住在一起？！陆放登时感觉到一股热气冲到了脑袋，他发动了引擎。眼见为实，顾妄言，你可别说是我冤了你！

看着陆放的车就跟在他们车后面不远，顾妄言嘴角一勾。还好，陆放并不蠢，不然梦里的陆放也没那个能力把顾妄言掌控在手里。他故意在陆放面前上霆哥的车，只要陆放还有点儿脑子，以那大男子主义的性格，不可能不猜忌他。这种人有种通病——占有欲很强。他们会斩断在意的人的所有往来好友，平日里但凡有点儿苗头，就会借题发挥，多来几次，另一方最终会妥协。陆放也曾几次"误会"他跟尤哥的关系，导致他后来跟尤哥的联系也少了。但凡还有个说得上话的朋友，他也不至于有苦无人诉，抑郁成疾。

当然，这一切都是他自己作的，他活该。

顾妄言，欢迎来到这人间地狱！

◇ ◆ 075 ◆ ◇

地狱待久了，顾妄言也会怀疑，他是否还有资格重返人间，去贪享那缕阳光。像霆哥这么好的人，这么帮助他，是不是太可惜了。

车里太安静，周泽看他们两个上车后就一直不说话，多看了一眼，就看到顾妄言在发呆，打了个响指说："小顾，你发什么呆呢？被你霆哥责骂了？"

"没有。"顾妄言回神，扬起笑来，"周哥你别乱说，霆哥不是那么严厉的人。"

"那是你没见过他怎么对别人！"周泽笑道，"你是不知道，他对我这个多年在身侧的经纪人都不带友好的！说滚就让我滚。"

"哈哈，那霆哥还是让我滚过的，"顾妄言像说个笑话一样说出来，"不过那是我惹霆哥生气了。我要是乖乖的，没有犯错，霆哥又怎么会无缘无故地骂我？都是我的错，霆哥不会错的！"

沈向霆睨了他一眼。

"啧啧啧！"周泽啧声连天，"小顾，不至于，不至于啊！马屁拍成这样！过于谄媚了啊！"

"才不是马屁呢。"

沈向霆没有忽略他刚才的沉默，问："你又在想些什么？"

"在想我一个朋友。"

"你还有朋友？"沈向霆脱口而出。

"啧！沈老师，你看不起谁呢！顾妄言能没点儿朋友吗？"

沈向霆不说话——小孩独来独往，哪有什么朋友。

"有一个的……"顾妄言自己说得也心虚，"是个认识多年的女孩子。她因为太笨了，被男朋友骗得太惨，失去了太多，想不开。"

沈向霆："有多笨？有你笨吗？"

周泽："……"

多好一沈老师，偏偏长了张嘴！

顾妄言笑笑："嗯，半斤和八两。"

周泽："……"服了你俩！

"死了吗？"

"嗯，死了。我在她的葬礼上见到了一个人，那人双目通红，仿佛失去至宝，我便问他是谁，他说他一直都很喜欢她。"

"有多喜欢？"

顾妄言嘴角微弯："喜欢她到罔顾法纪，开车撞死了'渣男'为她报仇，入狱。"

周泽眼一睁，很是意外，这得有多喜欢啊……

周泽听得津津有味，也插嘴道："他有这么喜欢，那为什么之前没有跟那女孩表白？怎么就错过了呢？"

"可能他以为那女孩不会喜欢他吧。"

"为什么呢？"周泽不解，"为什么连表白都没试过就认定她不会喜欢他？这得有多遗憾啊……"

"不知道呢。"

沈向霆不假思索地道："愚蠢。两个都是。杀了他，她就能活过来了吗？活着的时候不珍惜，现在装什么深情。"

"沈老师！你真煞风景！人家这是真深情！"

"我也觉得。"顾妄言笑，"女孩是蠢到极致了，被骗了八年，到死也没发现'渣男'的真面目，甚至以死成全他和他那完美的未婚妻。深情男也蠢，为了一个蠢到没救的人毁了自己的大好前程，真的是太不值得了……太不值得……真是个傻瓜啊……"

"怎么说呢，"周泽皱着眉说，"我反倒觉得，那女孩到死都不知道有那么一个深爱着她的人，才是最遗憾的。如果那个深情男早早地表了白，或许他们的结局就不一样了。"

沈向霆思虑着什么——串起来了。沈向霆本来是不信顾妄言有什么朋友的，可这件事听起来又是那么真实，如果不是切身感受过，是不会有这样的真情实感的。如果真的曾有那么一个朋友，那他在节目上发出那样的感叹便也不奇怪了。

"不要再等失去才悔恨，别再因未告别就离开而遗憾。"

这句话，说的就是那个女孩和为她报仇的男人了吧。

沈向霆想着，目光下意识地落到顾妄言身上，在心中默默地叹了口气。他又何尝不是呢？他根本就没资格说别人蠢。早知道这小孩这么好骗，一哄就能带走，还有陆放什么事。

顾妄言又说："你们说，如果那女孩能重生，知道了'渣男'的真面目，想重新来过，还有资格去爱别人吗？"

"为什么没有？"周泽不解地问，"又不是她的错，怎么就不能爱人了？错的是那个杀千刀的'渣男'，死一万次都不足惜！"

"可是网上有人说我朋友没资格，说她配不上那个人，还说她哪怕重生了也别再去祸害他，放他自由吧。"

他在网上发了个假设的帖子，讨论的人还挺多。有心疼他的，也有骂他的，说他蠢，骂他活该，哪有那么好的事，上辈子害得人家赔上了命，这辈子还要去招惹人家。

沈向霆忽然笑了一下，是冷笑。

周泽看一眼后视镜："沈老师，你突然笑什么？阴森森的，吓死人。"

沈向霆冷冷地道:"多管闲事。他们两人的事,什么时候轮得到别人说三道四?那人蠢归蠢,可既然能为她付出生命,倘若面前有一个再来一次的机会,他只会比任何人都希望能救她出深渊,弥补他上辈子未能完成的遗憾。怕只怕,这世上没有后悔药。"

所以他不能不管顾妄言。自己近期做的那几个梦,真的让他心有余悸。他怕自己一停下脚步,噩梦成真,日后再后悔就来不及了。陆放如果真的值得深交,他不管又如何?但眼前种种迹象表明,陆放是个人渣!他如果不管那小孩,顾妄言迟早……步那女孩的后尘。他不想到时候后悔自己当初为什么要拿捏着那该死的骄傲,眼睁睁地看着顾妄言踏入地狱而不管。

浴室景象历历在目,真实而可怕。沈向霆想着,睨了顾妄言的方向一眼,看到他手背上有一道反光,那是……水渍?他抬眼再看去——那小孩哭了?

"你哭什么?"

顾妄言连忙擦掉眼泪:"没什么。只是想,如果我是那女孩,能重来一次,一定死乞白赖地贴着他报恩,揭都揭不下来的那种,踢我都不走!"

沈向霆轻笑了一下。这小蠢货!这种事要什么"如果是",压根儿就别经历那次地狱不是更好?

"你别像她那么蠢就好。"沈向霆不动声色地看了他一眼。就算被伤害了,你也别傻傻地去伤害自己。

周泽笑说:"报恩?怎么个报法?"

顾妄言眼里还是湿湿的,却忽然看着前方,那玻璃里映出沈向霆的脸,笑笑说:"做牛做马。"

◇ ◆ 076 ◆ ◇

周泽立马又笑着接说:"所有恩啊?那要这么算,你家霆哥也帮了你不少,算不算有恩?难道也是……"

好好坐着的沈向霆,一抬脚踹了椅背一下:"开你的车!"

周泽"喊"了一声,他这是在帮谁谋福利啊!

"周哥说笑了,霆哥怎么会要我做牛做马?"顾妄言笑笑,"周哥,就停在天空之城吧。"

"不是要去吃饭?"

顾妄言说:"我想回家吃。霆哥,我砂锅里还炖着佛跳墙,再过半个钟头就差不多炖好了,我们现在回去煮个饭的话,刚好可以吃上热乎的!"

"佛跳墙!"周泽口水都流下来了,"妄言,你还会做佛跳墙?"

"我会,各大菜系我都会几道,周哥,你也想吃吗?要不上去一起吃吧?"

"好——"

沈向霆:"你有事。"

"我没事!我哪有什么事啊?!"

"你有,好好想想。"

周泽屈于淫威,心不甘情不愿地嘀咕:"哦,我想起来了,好像是有点儿事,那我就不上去了。呵呵,你们吃,吃得开心点儿啊!吃完了我再来接你们。"

沈向霆下了车,两指间夹着一张卡递给周泽:"自己出去对付一下。"

"知道了!不打搅你们二人!"

周泽说完,看顾妄言傻乎乎地笑着,觉得这两人大抵是没救了。顾妄言被节目里的大家伙儿开惯玩笑,听什么都不放在心上。

顾妄言侧过身,余光瞄见那辆熟悉的车就停在他们不远处,笑了笑。他故意当着沈向霆的面拿出手机,果然,是陆放的电话。他做鬼鬼祟祟状,走到一旁去接电话:"喂?放哥?"

"妄言,我不是让你结束后给我打个电话吗?我看你们发布会也已经结束了,怎么没给我打电话?"

"我紧张过了头,忘了……"

"你现在在哪儿?我去接你。"

"不、不用了放哥!"顾妄言紧张兮兮地道,"我现在要回家吃饭,吃完还要马上去拍定妆照。"

"那正好啊,我开车去接你,我们也好久没有一起吃饭了。"

"不用!"顾妄言"紧张"到音调提高,然后意识到什么似的,又降下来,"放哥,你别多想,我就是觉得你那么忙,不用特地来接我了,有尤哥陪着我,我会好好吃饭的。"

"是吗?"陆放另一只手已经紧紧地握了起来,"你是回公司给你准备的公寓吗?"

"嗯。"

"我刚好在附近,我过去看看你吧,很久没见了。"

"别别!"顾妄言答得着急,"我队友他们都在,放哥,你贸然过来,不妥。"

沈向霆叮嘱完周泽之后,转身就看到顾妄言一脸焦急的样子。

顾妄言在跟谁打电话?

"好,"陆放隐忍下去,"那你慢点儿吃,别着急。"

然后他就看到,说有尤金陪着的顾妄言挂掉电话,走向了沈向霆。从他这个角度,清清楚楚地看到他对沈向霆笑着说着什么,关系亲密。顾妄言现在撒谎是面不改色了?

沈向霆……陆放气恼不已中,还带着万分的担忧。如果是别人还好,但那人偏偏是沈家的……他拿什么去跟沈向霆争?!顾妄言那傻小子,多说几句称心的话，就巴巴地贴着你。沈向霆财力物力俱佳，要是使点儿什么招数去把那顾妄言哄得开开心心的，把顾妄言哄走了，还有他什么事！

两人进了天空之城。陆放也下了车，想进去的时候被保安拦了下来："这位先生看着很面生，您不是我们公寓的住户吧？"

陆放想要混进去失败。这天空之城果然不轻易放人……

"我找朋友！"陆放笑说，"就刚刚进去的那两位，他们是我朋友！"

"那我问问——"保安说着，拿起电话。

"哎——算了算了！我突然有事，不进去了！"

那保安看他走了，进了马路对面的车子里，机灵地抄下了车牌号。这个人鬼鬼祟祟、贼眉鼠眼的……那小顾先生长得这么好看，这人别是什么跟踪狂，打着什么歪主意！以防日后出什么事，他还是先留个线索吧！

足足两个小时，陆放在车里等了两个小时，越等越不能静下心来。两个小时，两个小时可以做很多事了！他们究竟在上面做什么？！

◇ ◆ 077 ◆ ◇

终于，他们两人出来了！

沈向霆看一眼自己身旁的小傻瓜，捧着个保温盒当宝贝似的揣在怀里，语气虽冷，却也带了几分无奈："给人当保姆这么开心？"

"对不起，霆哥，我一时忘形了。"顾妄言说着，收起了笑意。

"我说了，把你随口道歉的习惯改了！"沈向霆瞄他一眼，蹙了蹙眉。

顾妄言讨好地一笑："我记着的，不然霆哥会生气。"

看他乖巧，沈向霆想找碴儿也没理由，暗狠一句："给我记牢了！"

这时，保安忽然小跑过来："沈先生！"

"什么事？"

保安指了指马路对面的一辆车说："那辆车已经停在那里两个小时了，自从你们上去之后就一直在那里，车主还企图溜进去。我有点儿担心他是在跟踪小顾先生，要不要报警啊？"

沈向霆顺着他指的方向看去，眼微微眯起，问："你认识那辆车吗？"

顾妄言也跟着看过去，狐疑地答："不认识啊……会不会是误会啊？"

沈向霆毫不犹豫："报警。"

"好！"保安立马就跑回保安室。

"等一下，霆哥——那人好像是放哥。"

沈向霆再抬头时，陆放已经从车上下来，朝他们这边走过来——果然是他。他跟踪他们?

看到保安的一些小动作，陆放就知道自己暴露了，干脆下车。他是正大光明的，怕什么？！该怕的不是那两个人吗？！虽然嘴角的伤还隐隐作痛，但陆放还是给自己壮了壮胆，今天有理的是他，不怕！更何况看着两人并排走出来，陆放本来就气得怒发冲冠了，自认为气场足得很。

"真的是放哥……"顾妄言惊讶地道，"放哥为什么会在这里？"

"他跟踪你。"

"跟踪我？为什么？"

沈向霆已经猜到一二，陆放站到他们面前。

"放哥！你怎么会来的！"顾妄言好看地笑着，"你来得正好，这个是——"

陆放一把打掉他递过来的保温盒："这就是你说的，在公司公寓？"

保温盒砸在地上，破了，流出不少汤水。顾妄言一愣，眼神有些呆滞。

"你什么时候变得这么会撒谎了？！你最近一直都跟他住在一起，是不是！"陆放愤怒地质问，占据道德高点，"亏我那么相信你，你却骗我！"

"放哥你误会了！霆哥是我认识的邻家哥哥，我们从小就——"

"嚯！邻家哥哥！"陆放冷笑了一声，"我不知道他是你的邻家哥哥吗？"

沈向霆眼微眯，已经在酝酿情绪。

顾妄言眼一睁："放哥，你为什么要这么说？"

"为什么？！你还问我！你在节目上跟他炒作，全网的观众都看见了！"

顾妄言的双眼微红起来："你误会了，那些都是节目效果啊——"

"节目效果！那发布会上的话也是节目效果？！好一个'普通朋友'啊，你有你霆哥之后，我都成普通朋友了？"

沈向霆摆了下脖子，嘎吱作响。

顾妄言慌张且委屈地说："不是放哥你在发布会上说的吗？我只是在顺着你的话澄清谣言啊。"

"顾妄言，闭嘴。"沈向霆是冰冷至极的口吻。

"过来，聊聊。"沈向霆一把揪住陆放的衣领，像是逮狗一般将他拉进公寓内，一直拖到无人的消防通道。消防门一打开，他就抬起脚朝陆放的胸口踹了过去："你嘴巴给我放干净点儿！"

保安紧张地跑过来问："小顾先生，不会出事吧？"

保安一抬头，却见刚刚那掉金豆豆的小顾先生忽然笑了一下："没事，是我同事，我们演戏玩呢。"

"啊？演戏啊？那还报警吗？"

"不用了，我去看看，别假戏真做了。"

顾妄言跟进去，故意走得慢，走近了，隔着门还能听见霆哥的嗓音："你个浑蛋！"

顾妄言换上悲伤的表情，门打开，沈向霆揪着挂彩的陆放出来。陆放看到顾妄言，他双目通红，像是真的受了很大委屈一般，有一瞬间陆放真以为自己错怪他了。

沈向霆点开了电梯，冷冷地对要跟上来的顾妄言喝了一句："你给我站在这里，哪儿也别去！"

嗯哼，他也不想上去。可惜了，好好的家让陆放这只苍蝇进去了，晚上得彻底消消毒才行。

第五篇章

启明星呀

◇ ◆ 078 ◆ ◇

陆放跟着沈向霆上楼,不愿意承认自己误会了,还在强词夺理:"如果心里没鬼,他为什么要撒谎骗我?"

"为什么?"沈向霆冷笑一声,"为什么你自己心里没点儿数?你关心过他的生活吗?你知道他拮据到日常生活都成问题吗?你但凡多关心他一点儿,也不至于让他低声下气地来求我帮忙!他宁可找我这个外人帮忙,也不愿意给你添麻烦,你说为什么?他住在我这儿,就是不想让你知道他过得有多难!他不想让你担心!"

陆放愣住:"不可能……怎么可能!"

"不可能?"沈向霆转过身,从冰箱里拿出几个精心包装的食品盒子,一个一个地往他身上砸过去,"给你养胃的、开胃的、你喜欢吃的、助眠的、清肺润喉的,陆放,你但凡还是个人就不该说那种话!"

陆放呆呆的,他被砸得很痛,想要发火,目光却被那些盒子上贴着的便笺吸引了,一个个地拿起来看——

放哥总是胃痛,希望他吃了会好些。

放哥说失眠了,查了好几天资料,希望能有用!

放哥工作忙,经常熬夜,容易上火,提前做好放着等!

放哥……

"放哥""放哥""放哥"……

一瞬间,他的脑子"嗡"的一声,只剩下顾妄言带着笑容在喊他"放哥",单纯得像个小傻瓜。陆放被这些细心又体贴的便笺弄傻了——陆放,你都对一个单纯的孩子做了些什么啊……

沈向霆一把揪起他:"他为了你不惜跟家里闹翻,还从三楼跳下去,而你呢?畏畏缩缩像个孬种,还在发布会上'内涵'他?就许你澄清,他就说不得?陆放!说你是狗都侮辱了狗!"

"我……"陆放还沉浸在那些便笺带来的震撼里,有些发呆。

"他为你牺牲的还不够多吗?!"沈向霆愤怒的眼神死死地盯着他,"陆放,我警告你,你给我滚远点儿!你不配!"

"叮——"

电梯抵达底层,靠在墙壁上的顾妄言一秒钟进入状态。随着电梯门打开,他转过身去,担忧地看向沈向霆。他还没说话,沈向霆就把陆放推了出去,冷冷地对顾妄言说:"放心,没打死他。"

陆放摔倒在地上,仿佛还没从错愕中走出来。他知道自己在顾妄言身上用了很多心思,却不知道顾妄言对他真心实意到这种地步……

"妄言……"他喊顾妄言。

顾妄言背对着他,沉默不语。

"出息!"沈向霆看顾妄言一眼,低声骂了一句,懒得再看这场景,掸了掸自己身上的灰尘,厌恶地迈开了步子。顾妄言吸了吸鼻子,转过身去,小步子追上:"霆哥,等等我。"

沈向霆背脊一僵——怎么?

"妄言!"见顾妄言从自己身旁走过,陆放一把抓住了他的手腕,难过地看着他,"对不起,都是我误会你了。"

沈向霆停在那儿,在等一个结果。如果那小孩还是要愚蠢地一头扎进去,他就真的不管顾妄言了!对!不管!他才不管顾妄言最后是不是会跟梦里那个顾妄言一样——沈向霆的思绪忽然停住。

顾妄言通红一片的眼睛往下看,倔强地没有让眼泪掉下来。他推开陆放的手,带着一种要哭不哭的腔调,颤着声说:"我们不要再来往了。"

这八个字,有人欢喜有人忧。

陆放难以置信地瞪大眼睛,从地上爬起来:"为什么!妄言,我知道错了!你打我,你打我出出气,好不好?"

陆放想要去抓他的手,被另一只大手挡住,那力量几乎要捏碎他的手腕骨:"听不懂人话?"

"不断交也行。"

顾安言的话，再次让两人的情绪极限蹦迪。顾安言红红的眼睛看着他说："你开发布会向我道歉，上次你为了把自己撇干净，往我身上泼脏水，你三天内开发布会澄清，向我道歉，我就原谅你，从此不提这件事，我们还是好朋友。"

陆放犹豫了，甚至小退半步，都不用沈向霆做什么了。

"妄言，我——"他艰难地看着顾安言。

选择顾安言，他就会失去一切，一无所有！

"我知道答案了，"到这个时候了，顾安言都始终保持着他该有的体面，莞尔笑着，眼中的泪花打转，"我不会再逼你了。再见，放哥，这是我最后一次这么喊你。我只是你生命旅程中途经的一名旅客而已，没有我，你才会过得更幸福吧。"

到最后，他都留给了陆放一个温暖的笑容。

别再笑了顾安言，别再这样对着他笑！顾安言为什么不骂他？从头到尾一个责怪的字眼都没有，就连断交的理由都不是因为生他的气，到最后还在为他着想！那一瞬间，陆放的心好像都揪在了一起，这到底是什么感觉……为什么抓心挠肝的，让人那么抓狂？

而那时，顾安言已经转过身，一步也没有停地往外走去。

陆放愣住——为什么……为什么才半年，他却觉得顾安言好像因为他和世界为敌很久一样？他隐隐有那么一种感觉，这辈子明明还很长，但好像再也不会有比顾安言对他更好的人出现了。

"妄言！"陆放像是魔怔了一般，忽然惊醒，想追上去。

然而，沈向霆将他抓起来往后丢："滚！永远别再出现在他面前！"

◇ ◆ 079 ◆ ◇

顾安言出了公寓大门，还能听到后面的骂声和痛叫声，眼里明明还带着泪花，嘴角却高高扬起。

今儿日头很足，外面太阳正好。

顾安言仰着头，抬起一只手遮着眼，从指缝里瞄着几缕阳光。虽然他还身处深渊，可这太阳，到底是照进来了。有些人就是蠢，失去了才会知道什么是后悔莫及。陆放这个人是很自负的，认为自己的计划万无一失，以为他还是小蠢货，仍然想用过去的法子来对付他，那自然是不可能成功的。

事情脱离了陆放的计划，在这种本不该失误的情况下和他闹掰，陆放便会开始后悔自己所做的一切。从已经得手，到失去，又因和温景焰的协议不得不继续想方设法讨好他，想亲近，却再也不得其法，那种抓心挠肝的感觉，不可谓不煎熬。到最后他是否还能守住本心，我们且看且行！

陆放，这是我为你打开的地狱之门，你既然踏进来了，就别想出去！

保姆车上。

周泽感受着车里奇怪的氛围，不过是个吃中午饭的时间，怎么了这是？

周泽打哈哈："妄言，你是自信过头，回家发现佛跳墙炖爆了，把你霆哥家的厨房炸了吗？"

沈向霆一只手撑着自己的脑袋，闭目养神，不闭上，就会看见他哭哭啼啼的样子，跟孩子似的，那么容易哭。

"沈老师，你也真是的，不就是个厨房，炸便炸了，妄言能有什么坏心思呢？干吗要骂他？"

"不是的，周哥，"顾妄言打了个哭嗝，可怜极了，"跟霆哥没有关系，是我自己⋯⋯"

"你干吗了？"周泽问。

"我跟我好朋友闹掰了。"顾妄言吸了吸鼻子，努力地笑出来。

"啊⋯⋯"周泽这才明白，"那成，你⋯⋯你继续哭着。"

沈向霆像是叹了一口气，从自己身旁的柜子里找出一个纸盒丢过去："别哭了！待会儿要拍定妆照，你顶着这两只兔子眼去拍？他也值得你哭成这样？出息！"

"哎哎！"周泽说道，"小孩子嘛，遇上这种事就是会哭哭啼啼的，你让他哭吧！哭完就没事了！"

沈向霆倏地睁开眼，就看到顾妄言又打了个大哭嗝，扁了扁嘴，想哭却又忍住，把眼泪逼回去。他看起来委屈坏了。

沈向霆下意识地居了点儿功，要不是他时常在一旁骂骂顾妄言，顾妄言说不定还狠不下心去跟陆放断交。

周泽看一眼后视镜，嘁，沈向霆的眼神真可怕，吃人啊这是要！

沈向霆看着窗外："阿妄。"

"嗯？"

"别回头。"沈向霆沉着声道。

"好！"顾妄言像是被打了气一般，擦掉眼泪，振作起来，"我会加油的！"

沈向霆还算满意，拿出早就准备好的一份文件："这里有档新出的偶像竞演节目，我可以做介绍人，推荐你去参加。你敢不敢去？"

顾妄言接过来，打开一看——《百尺星辰》。

咦？顾妄言微愣了一下，这档偶像竞演节目，他怎么没听过？是很不出名的偶像竞演综艺吗？不，他继续看下去。《百尺星辰》是由银河TV出品、百川集团联合打造的偶像竞演真人秀。银河TV＋百川集团，怎么可能不出名？百川集团⋯⋯那不就是霆哥的家族企业，同时也是业界三大经纪公司之一的云庭星河的母公司？夸张一点儿说，这是霆哥专门给他准备的天梯？再通俗点儿讲，就是一款游戏有很多种结局，在梦里，他走了另一条线，于是没有因《世外桃源》而走入大众视线的他，更没有之后的《百尺星辰》。在梦里，他走的是死局，而这一次游戏重置，在同一个分岔路口，他选了另一条活路，《百尺星辰》便也要上线了。

文案里，写着《百尺星辰》招商的概念——

危楼高百尺，手可摘星辰。偶像们就像那高高挂起的星星，粉丝们登高望远，或眺望，或追逐，星星仿佛触手可摘，却又那么遥远。星星就在那里，它明亮璀璨，有陨落之星，便有冉冉升起之星，共同点亮这片星空。或许，你就是那下一颗！

◇ ◆ 080 ◆ ◇

"这个文案……"顾妄言喃喃着。

"怎么了？"沈向霆睨了一眼，问。

"没有，写得很好。"

"谢谢夸奖。"

"啊……啊？"顾妄言一愣。

沈向霆："我写的。"

"啊？"

周泽笑说："不知道了吧，小妄言，你霆哥'音乐王子'白叫的？他可是全能艺人啊，歌唱得好，舞跳得妙，词曲高手，转了演员戏又棒，电影还卖座。可惜了！他转型之后就没展现过其他才能了，现在的小朋友哪里还知道他会唱歌啊！"

顾妄言莞尔："霆哥的台风真的太'燃'了，我好喜欢。"

周泽贼贼地笑了一下。

"你看过？"沈向霆装作不在意地问了一句。

"嗯！每一期都看了！台风真的好稳！"顾妄言不好意思地笑说，"其实……当年我就追过。"

他没撒谎，他确实追过。就像他不知道当年自己在院子里唱《天空》被沈向霆听到一样，沈向霆也不知道顾妄言小时候就关注过他——是作为准偶像的沈向霆，而不是邻家哥哥沈向霆。

顾家后院那一瞥，让沈向霆记住了顾家有个小孩叫顾妄言，唱歌很好听，就像天使一样。他很欣赏这个小孩。不喜欢被长辈叫去串门的沈向霆，后来逢叫必去，他看着顾妄言一点点长高，从小孩变成了大一些的小孩。直到他完成学业回国那天，被拉去顾家做客，再一次见到那个小孩，差点儿认不出来。在那之前，他是真的把顾妄言当成一个小孩，直到这一年，顾妄言长成了青年。顾妄言的身高飞速蹿到一米八五，容貌也有了极大的变化。他从一个稚嫩的小孩蜕变成一个翩翩公子美少年，皎如玉树临风前，只是本该笑得很好看的桃花眼里却只剩下清冷与傲气，遗世而独立，仿佛这世界只剩下了他一人。

初见一眼，沈向霆记住了那少年叫顾妄言；重逢一眼，那少年自此在他心间停驻。

"当年？你不是才十岁？"

不管是不是真的，听了这话，沈向霆心里闪过一丝满足的滋味。

"十岁怎么了？十岁我也爱听歌啊。当年霆哥和子昂前辈的PK，真的让我印象深刻，我在电视机前跟着你们一起唱。"

"哦……那场啊。"八年前的事历历在目，说遥远也不遥远，沈向霆闭眼想了一下，也都能想起来，"那歌对你来说一点儿也不难。"

那年他连《天空》都能拿下。他们那首歌对普通人来说很难，但对阿妄而言，高音部分太轻松了。

"霆哥，你不知道吧？是看了你的舞台表演后，我才想要进入演艺圈的。"

沈向霆眼神微动："为什么？"

"舞台上的霆哥在发光发亮，就像一道光。你那么自信，让我从你身上看到了信念感。那时我就想，如果我也能像霆哥一样站在舞台上该有多好，我会得到很多人的肯定，会有很多人爱着我。我真的不想再一个人了。"

这是个谁也不知道的秘密。困在梦里的那个他，并不想承认自己一直把沈向霆当作追逐的目标。沈向霆去当偶像，当偶像就成了他从小的梦想。沈向霆变成演员，他也转型做演员，一直在追赶沈向霆的步伐。不知道从什么时候开始，那道光变成他的对手，一切都变了味。

他为什么会猜梦里的沈向霆许是觉得他不喜欢才不接近深交的呢？因为他就是站在自己的角度去想的。他曾经忐忑不安，用冷漠伪装自己，害怕受伤害，踌躇不敢向前迈去一步。他躲在黑暗中太久，看见那道光时害怕不已，害怕自己贸然踏出去会被灼伤。那个人那么好，那么优秀，他配不上。

那个人为什么用这样的眼神看着他？沈向霆在看什么？沈向霆是不是发现什么了？沈向霆发现了吧，知道他龌龊的小心思了吧？沈向霆是不是在唾弃他、厌恶他？那个人为什么不主动跟他说话，是嫌他恶心吗？沈向霆果然是讨厌自己的吧……沈向霆果然……厌恶他。他终究不是自己的那道光。如果梦里的那个沈向霆知道这些事，大概会更加后悔自己为什么没有把握那些机会，去救赎顾妄言。那种"原来小孩小时候也关注着我，我为什么没有去争取"的遗憾感，会让他死不瞑目。他并不知道，他也曾是顾妄言的光。也不知道是幸还是不幸，梦里的沈向霆在出事前，并不知道这个遗憾。

沈向霆听完顾妄言的话，忽然觉得心脏处有些疼，一抽一抽的，但还是哼哼着说道："什么一个人不一个人的，顾家人白疼你了？"

"是啊，怎么就养了我这只白眼狼呢？"顾妄言自嘲地一笑。他是任性的、不懂事的，盲目而不知回头地去找寻信念，找寻所谓的光，而忽视了身边的亲人。他曾觉得全世界的人都不懂他，觉得他们以为给足了他爱，却不知道他真正想要的是什么。他从小就病了，病入膏肓，以至于出现一个懂他、包容他，给他一切的"光"一般的人时，他便义无反顾地追了过去。殊不知，那才是真正的人间地狱。

这世上，有多少人不懂得珍惜，又有多少人以珍惜的名义去伤害别人。

沈向霆一顿，冷冷地道："现在迷途知返，尚且不晚。"

"希望来得及。"顾妄言笑说，"既然说到这儿了，拍完定妆照，我回去看看爷爷。"

沈向霆没说话，高冷得很。

顾妄言看完了这个还没有公布出去的综艺概念策划，终于问出了自己的疑问："霆哥，你是打算接手家里的公司了吗？"

"为什么这么问？"

"之前就听说你这两年要慢下来，现在又亲自策划这档偶像竞演节目，难道不是在慢慢地退出演艺圈，接手公司事务吗？"

"退出是假，接手半真半假，只是偶尔去熟悉一下环境，刚好有这个策划案就随手交了上去，不出一天告诉我通过了，"沈向霆答道，"我怀疑是老沈想当甩手掌柜，去跟沈太太周游世界，所以故意让我以为我是商业奇才，想骗我提前去接手。啨，未免也想得太美了点儿。"

"扑哧——"顾妄言笑出声："沈叔叔也太可爱了。"

霆哥也……好可爱。

◇ ◆ 081 ◆ ◇

周泽问："所以呢，妄言，你要去参加吗？"

"我去！"顾妄言点点头，笃定地道，"我会努力从两千人中杀出重围，夺得参赛的资格！"

周泽忽然笑。

"周哥，你笑什么？"

"要什么杀出重围啊？你没听你霆哥说什么吗？他当你的介绍人！你霆哥堂堂《百尺星辰》的策划者，保你一个上线名额的能力还能没有？"

一般偶像竞演节目会有一次海选，从国内外各大经纪公司、一两千人里挑选参赛者。被挑中的人，可能能力出众，可能相貌出众，还可能背景出众。演艺圈是个大染缸不假，不可能做到真真正正百分之百公平，近几年更是频出内定风波，只是苦于没有证据，最终都是不了了之。

舆论是有时限的，这头信誓旦旦地说再也不搞偶像竞演节目了，那头出现一个帅气哥哥/可爱弟弟，便又欢腾地熬夜等更新。

人类的本质逃不出两个字：真香。

《百尺星辰》的策划案，他看过，也有海选挑人，最终选定一百人参赛，决赛前十名必定获得相关经纪公司与主办、冠名等制作方合作提供的影视、综艺、专辑等演艺资源，单人可获得的资源数量将随排名递减。沈向霆连夜赶出这个概念后，第一时间就想到了顾妄言。这不就是为顾妄言量身定做的吗？沈向霆对这些素来不感兴趣，要不是为了顾妄言，恐怕也没那个心思费力搞什么真人秀。所以他猜，这档真人秀只有两个结局：顾妄言不去参加，《百尺星辰》死于摇篮；顾妄言去参加，沈向霆以摘星者身份发起和参与《百尺星辰》，以引领者之姿，掀起演艺圈新一波热潮。沈向霆＋顾妄言，这节目肯定火！

周泽又说："其实意义不大。各大公司都会有一定的入选名额，海选要求也不高，你霆哥只是觉得，以你的实力，不必经受大浪淘沙的考验，浪费时间。对吧，霆哥？"

沈向霆不说话。

周泽还说："摘星者唯一保送进来的人选，一定会备受瞩目。曝光是必然足的，开局一定就是视线焦点。再加上你们有'世外'热度在，到时候沈老师必然会受到假公济私的质疑……沈老师，玩得挺大啊，不怕被骂死？"

沈向霆一只手撑着下巴："他把第一拿回来，就是最好的回应。"

若是实至名归，还有谁会质疑？说到底也不过是个保进参赛的名额而已，算得了什么？

沈向霆说完，淡淡的视线扫了过去："阿妄，敢玩吗？"

"敢！"顾妄言难得不装，在沈向霆面前露出自信的笑容。

"好。"

现代剧的定妆照没那么麻烦，主演们的颜值高到随便化点儿妆拍出来的照片都不用精修。只是，这主演长得好看不说，一个小配角为什么长得也这么抢眼？化妆师给顾妄言做了符合许文褚人设的妆发后，愣住了："言言，你长得可真好看。"

"谢谢老师夸奖。"

"完美！"化妆师翘着兰花指指了一指，眼里仿佛看到了什么至宝，"给你化妆，简直就是享受！"

其实他也没怎么给顾妄言化，这小朋友的底子实在是太好，基本就是做了一下发型而已。

顾妄言出去的时候，主角们已经拍完了。

韩晴曼跑过来，开心地道："言言！你怎么看起来好像没变，又好像变了？"

许文褚这个角色本来就是个小孩,让顾妄言演,太适合了。这妆发一换,让人觉得他跟剧本里的那个许文褚简直就是同一个人。沈向霆站在远处一看,阿妄和许文褚结合在了一起。顾妄言拍了几张单人定妆照后,不知道是谁提议了一句:"剧里温庭和许文褚的戏份很纠葛,你们两人拍一张吧!"

"想什么呢?温庭和高雅雯都没拍合照——"

高雅雯就是韩晴曼在剧里的名字。

"可以。"沈向霆说着,人已经走了过来。

摄影师兴致很足:"你们两个的感觉非常对,我的灵感马上就要来了!稍微等一等!"

"老师,"顾妄言喊他,"我有个想法。"

"哦?你说说看。"

"剧里温庭和许文褚是两个对立面,许文褚身处黑暗,温庭是阳光,不如就这样拍,许文褚在这边,在黑暗中伸出手,温庭在对面,将许文褚拉出来。"

摄影师打了个响指:"是了!是了是了!是这种感觉!"

后期再以他们的手为临界线,设计成黑白两半。摄影师本来还想去指导一下,谁知两人已经找好了位置,连眼神和表情都自己琢磨完了!许文褚坐在地上,朝温庭伸去了手,那期盼救赎的目光……太对了!太对了啊!还有温庭,虽然站着,身体却是不由自主地靠向许文褚,手触及许文褚的指尖,要抓不抓的,眼里有心疼,有不舍,还有几分复杂不明的情绪。这一幕,像是温庭要将许文褚从深渊里拉出来,也像是试过要拉他却没能拉住,让他跌回了深渊。许文褚期盼的目光中带着告别,温庭复杂的情绪中带着悔恨,一切都在眼神戏里。

摄影师如获至宝,这两个是什么神仙?这拍得也太省事了吧!"咔嚓咔嚓",不同角度,拍个不停!

同一时间,韩晴曼也已经拿出了自己的手机"咔咔"一顿乱拍——我的天啊!也太好看啦!

那边还没拍完,韩晴曼这边不用精修的图就直接发到了超话里去。

@韩晴曼:"心向往之"超话新鲜出炉[狗头.jpg]好了,我爱了,你们呢?(九宫格图)

超话粉丝都震惊不已。

"这是我配看的吗?"

"啊啊啊!"

"太好看了!曼姐太棒了!"

◇ ◆ 082 ◆ ◇

有人在评论里称赞韩晴曼用手机都能拍出大片的感觉，问是怎么拍的，韩晴曼回了一句——

@韩晴曼：解锁手机，打开原相机，"咔嚓，咔嚓，咔嚓"。[狗头.jpg]

粉丝：打扰了！

别问，问就是两位模特太上镜，随便拍都是大片！

看过原著的都知道许文褚是始作俑者，在前面的案件中，他是传闻中的X，隐匿于神秘犯罪组织背后，只在最后一个案件里以许文褚的身份出现，结局逃不出一个"死"字。他是自由的鸟，是不可能愿意被抓回去伏法的。他也不是不知道自己罪孽深重，只是这个世界辜负了他，他没有得到救赎，便甘愿带着自己的罪坠入地狱。人物的悲剧性套上顾妄言的脸，就是大型"三观跟着五官走"的野马脱缰现场，粉丝都惊呆了。

定妆照拍摄现场。

韩晴曼拍完顾妄言和沈向霆的照片就心满意足地提前离场了，说了一句"剧组见"。顾妄言和沈向霆也快速结束了合照。小新人顾妄言礼貌地跟工作人员打招呼、道谢，可可爱爱又乖巧的小孩得到了所有人的喜欢，与沈向霆这位高冷老前辈形成了鲜明对比。

沈向霆倚着门等他。

沈向霆这个人从出道开始就不配合经纪公司宣传，走的是高冷路线，戏里戏外性格迥异的反差感经常被媒体记者拿去转发博关注，还被电影学院的老师们拿去当教科书典范。

顾妄言小跑过来："霆哥，你不用等我的，尤哥说他忙完了，可以来接我。"

"不必了，我正好也要去向顾爷爷复命，顺路捎你回去。"

这路顺得！

两人并排往外走。

"我记忆里，你不是这样的。"

顾妄言好奇地问："霆哥记忆里的我，是什么样的？"

沈向霆想了几秒，淡淡地说了两个字："忘了。"

顾妄言心笑：真的?

181

顾家。

听说那两个小子回来了，顾老一早就到客厅等着。

顾婉如忍着笑，这老小孩，明明很担心言言！

外面传来声音，顾姑姑看出去，就见两个小子迎着阳光进来，让她恍惚了一下。这样才对啊，他们两家是世交，他们两个也应该这样要好才是。早先也不知道为什么，两个孩子怎么都看不对头。但说来也奇怪，言言从小就不愿意喊小霆"哥哥"，也从来没见他俩在一起玩耍过，怎么最近突然就变得这么要好了？他俩不是一块儿去录节目，就是住在一起，还一块儿回家来，太难得了！

"小霆、言言，你们回来了呀，拉斯韦尔好玩吗？"

顾老瞄了一眼："回来了！"

"爷爷、姑姑！"顾妄言笑着，脑袋一歪，蹭了蹭姑姑的手臂，"我想你们了。"

顾婉如敲敲侄子的脑门儿："越大越会撒娇了？也不怕小霆笑话！"

真是奇怪，言言以前不这样。他仿佛有自己的一个小世界，和他们没有这样亲密过，好像是在她二哥去世之后没多久就这样了。怎么去一次国外录节目，顾妄言回来就变了个样？难道是出了趟远门，顾妄言终于知道家里人的好，就懂事了？

"顾爷爷、姑姑。"沈向霆也是跟着顾妄言喊的，"顾爷爷，我把妄言好好地带回来了，圆满完成任务。"

顾老："我们家的混世小魔王给你添麻烦了。"

"没有的事，他很乖，没有给我添麻烦。"

顾老拿着拐杖朝顾妄言指了一指："瞧瞧你！就知道胡闹！多大的人了，还玩离家出走！"

"爷爷！"顾妄言做震惊状，"您铁骨铮铮的，怎么能干这种诬蔑孙儿的勾当呢？我明明是给姑姑说过了要在霆哥家住一段时日的，怎么就成离家出走了？"

顾老先是一愣，这一趟回来，这小子好像变了个人似的！是他的错觉吗？好像孙儿变得更加开朗，话也多了？以往他跟他们可没这么多话，也不会像这会儿这样……怎么说呢？以前总觉得和顾妄言少了些亲人间的味道，而现在，才真正有了爷孙俩的感觉。顾老一恍惚，仿佛时光倒流，终于又看到了九年前的小孙儿，调皮捣蛋，一张小嘴伶牙俐齿的。

"勾当？"顾老回过神来，站起，作势要揍他，"没大没小！我看你是皮痒痒了！"

顾妄言登时跑到了沈向霆身后去，顾老一拐杖弯过去，又急忙刹车。

"小霆，你让开，别误伤你！"

沈向霆有一种奇妙的既视感，感觉自己就像护着小鸡崽的老母鸡，顾爷爷就是那老鹰。

"顾爷爷，教训小孩哪用得着您动手？我来。"说着，沈向霆一个侧身，揪着顾妄言的耳朵拉到身前来。顾妄言眼一瞪，属实没想到霆哥这个操作："霆哥！我都多大了，你还揪我耳朵？！"

"你多大？我二十七，你告诉我你多大，我有没有资格揪你耳朵？"

沈向霆气场一放，顾妄言眨巴眨巴眼，只得认栽："有有……我错了，霆哥。"

顾婉如捂着嘴，憋笑。

"不是跟我认错，是跟你爷爷。"

"我错了爷爷！"顾妄言朝沈向霆那边歪着脑袋，愁眉苦脸表现出很痛的样子，"我再也不敢了！"

◇ ◆ 083 ◆ ◇

顾姑姑在一旁瞧着，别提有多开心了。瞧，言言是服小霆管的！不然也不会许他这样。两个小朋友关系好，她自然高兴。她跟月月无数次感慨过，两个孩子不亲真的是一件很遗憾的事，还想着把两家的关系一直延续下去呢。现在看来，她不用担心了！顾老本来就是揍他玩玩，没当真，也知道他俩在闹着玩，没好气地道："行了！你俩在这儿演什么呢，不痛不痒的，就数你叫得欢！"

"爸，"顾婉如忍不住出声说，"您就是刀子嘴豆腐心，嘴上说要打言言，哪次真的动手了？"

顾妄言叛逆期时在学校闯了不少祸，哪次回来不是让他老人家追着打？可哪次也没真的下得去手！言言是个苦命的孩子，一想到他小小年纪就没有了父亲，老爷子的心也不是铁打的，哪里还能忍心打他啊！

"哼。"顾老哼了一声。沈向霆松开手，顾妄言揉了揉自己的耳朵，嘀咕道："还好这里也没外人，不然丢死人了。霆哥，以后在剧组，我要是没演好，你不会也要当着外人的面像这样揪我耳朵吧！"

外人——沈向霆在心中重复着，眼微动。顾妄言的意思是，他不是外人？顾老的重点却在"剧组"二字，那正是顾妄言特地透露出来的。

"剧组？"顾老的神情严厉下来。顾婉如也冲顾妄言挤眉弄眼，刚回来，也不挑个好点儿的时机说！这傻孩子，你悄悄拍不就好了！等你拍完了，爷爷还能拿你怎么办？"小鸡崽言"又躲到了"霆妈妈"身后，露出半个脑袋看爷爷："爷爷，我合同已经签了，不拍要赔钱的。"

"赔！"顾老冲顾婉如道："要多少都赔给他们！你现在翅膀硬了！先斩后奏这招越用越熟练了是吗？！妆化得跟花猫似的，唱唱跳跳还不够，现在还要去演戏！"

"顾爷爷，"沈向霆道，"是我让妄言去拍戏的，您要打就打我吧，是我擅自做主了。"

顾老再怎么把老朋友的孙儿当亲孙子，终究不是他亲孙，对他自然客气很多：

"你让他去的?"

"嗯。"沈向霆点点头,"妄言跟陆放闹掰了,我怕他终日里胡思乱想,就介绍他去我剧组,这叫分散注意力疗法。剧组里每天拍戏都很忙,拍个十天半个月的,也就忘了那人姓甚名谁了。"

顾老双眼一瞪:"掰了?真的掰了?"

沈向霆保证道:"是的,掰了,我当时就在现场。"

顾老的喜悦险些藏不住,轻咳一声:"这什么疗法,真的有用?"顾老还是有些不信。毕竟之前顾妄言为了跟那个姓陆的臭小子交朋友闹得厉害,现在说掰就掰,听起来不太真实。说到这儿,顾妄言双眸就染上了一层水雾:"爷爷,我们真的掰了。我发誓,我再也不会为了他伤爷爷您和姑姑的心了,也绝不会再干之前那种傻事。"

"那就好,那就好!"顾婉如听了也开心,"那就皆大欢喜了!"

沈向霆为了让顾老更放心,又说道:"陆放为了度过公司的公关危机,当众'内涵'言言,我已经教训过他了。"

"哼!"顾老拐杖点地,气得吹胡子瞪眼,"我就知道那姓陆的臭小子不是什么好东西!看面相就是无才之相,没有担当!毫无担当的臭小子!他们家言言为了陆放什么都能放弃,甚至连自己的性命都肯豁出去,陆放倒好,怕公司破产,就甩锅给言言!他当初没松口给陆家资源是正确的!陆放瞎了狗眼,为了这么点儿小事得罪顾妄言,因小失大,就后悔去吧!"

顾老警告顾妄言道:"莲华酒店那事,人家现在是摆明了要你背锅,你要是再没出息地原谅他,就休怪爷爷下手没轻重了!我就是打断你的腿,把你关在家里,也绝不让你去外面丢人!"

"我不会的,爷爷,我已经想通了,他不值得我那样做。况且,我就算不清醒,霆哥也会骂醒我的。您不知道,霆哥骂人可狠了,刀刀刺心脏。"

沈向霆:"……"

你这是在夸我还是损我?

顾婉如笑说:"言言,你是我亲侄子,我都不向着你了。小霆这么温柔的孩子,怎么会骂你?"

"怎么不会!姑姑,您对温柔有什么误解吗?外面的人可都说霆哥高冷,刚刚霆哥哥对我实施家暴了,您别是没看见!"

"什么家暴!"顾婉如敲敲他脑袋,"揪揪耳朵就叫家暴了?再说了,哥哥就是打你,那也是你该打,打你两下能有多疼?不想回家里来让爷爷念叨就忍着!"

"姑姑……"顾妄言哭丧着脸说,"您是我亲姑吗?我以前浑是浑了点儿,可到底是您亲侄子。"

顾婉如当然是知道沈向霆不会真的打言言才这说,还笑着跟沈向霆说:"小霆，言言交给你管教，跟你一块儿住，姑姑跟爷爷都很放心。你就放心教，他要是不乖，你尽管上家法，替姑姑教训他，别惯着他！"

"您可真是我亲姑姑！"顾妄言难以置信地睁圆了眼，一副仿佛"糟糕了"的神情，心里却甘之如饴。霆哥管他，他乐意。他就喜欢被霆哥管着。不是因为他喜欢被骂，而是霆哥的骂不是骂。霆哥骂他的时候，每次都是表面看着像骂，内里却处处透着关切，霆哥骂他一次，就等于关心他一次。他开心。沈向霆一句简单的话就解决了顾家爷孙俩的矛盾，其实是因为知道顾爷爷是刀子嘴豆腐心。顾爷爷嘴上不允许孙儿跟不三不四的人交往，可刚才听到孙儿被欺负时，他看到了老人家眼里的心疼。这种时候，顾妄言想去做点儿自己喜欢的事来走出阴霾，顾爷爷是无论如何也不舍得阻拦的。嘴上不说，顾爷爷其实心疼得很。

他们要走了，顾老将沈向霆拉到一边叮嘱了几句："言言就拜托你多看着点儿了，别让他犯浑，再栽到那些蛀虫身上去！这孩子从小被我们惯坏了，许是会有些脾气，你多担待着点儿，实在不行，该动手动手，好好教他！男孩子家家的没那么金贵，就是稍微收着点儿，别给我打坏了就行！"

小男孩小时候多皮实，顾老的两个儿子小时候就没少被顾老揪着打屁股。到了孙儿辈，老人家年纪上去，心肠软了，就不舍得了。

沈向霆冲老人家莞尔："爷爷，您不用担心，我不会打他的。"

这是亲姑姑和亲爷爷！

顾老笑笑。孩子交给小霆，他就是放心得很！也好，让孩子出去闯闯也不错，省得给养成了温室里的花朵，易折。

从顾家出去，顾妄言好奇地问："霆哥，爷爷拉你说什么悄悄话了？不会也是叮嘱你打我吧！"

"是，让我别手软，该打就打。"

"别吧，霆哥，我也没那么皮，是不是？我很听话的！"

听话？有待观察！

"打你便打你，还要理由？"沈向霆忽然停下步子，逆着光侧过头来坏坏地笑了一下，看他，"哥哥就是打你，那也是你该打。"

顾妄言一怔。啊！霆哥笑了！啊！哥哥！明明是姑姑的原话，可为什么到了霆哥嘴里，这话听着就那么不对劲呢？这是带点儿痞味的限量版霆哥！

◇ ◆ 084 ◆ ◇

顾妄言跟陆放断交的第一天，在忙碌中度过了。沈向霆刻意把事情都安排到这一天，为的就是不给他留空白的时间去胡思乱想。当时在得知顾妄言的消息后，沈向霆曾连轴转一星期，破天荒把自己的行程排得满满当当，一刻也不让自己歇息。只要够累，每天都在疲倦中睡去，便什么也不会想。那段时间，周泽都以为他疯了。

然而，峰回路转！春天来咯！

云庭星河经纪公司。

尤金看着这大公司的门面，感叹不已，不愧是业界三大经纪公司之一的云庭星河啊，太气派了，跟他们这些不入流的小公司就是不一样！

"你就是小尤吧！"前来接尤金的正是周泽，见他是顾妄言的经纪人，初次见面就表现得很友好。

尤金连连鞠躬，伸出手："前辈好，前辈好！久仰大名！"周泽的大名，无人不知，云庭星河的金牌经纪人，手下的一个沈向霆就足以说明一切。而尤金还只是个刚入行不久的小经纪人，被公司分给了iMAX组合，菜鸟对菜鸟。在梦里时，尤金和顾妄言是互相成就，尤金带火了顾妄言，顾妄言也让尤金在经纪人界响彻大名。但此时的尤金，还只能算业界的小新人一枚，见到周泽毕恭毕敬的。

"你是小顾的经纪人，就别见外了，'前辈'听着生疏，叫'哥'就行了！"

"周哥好！"

"走吧，我带你进去。"

尤金就像那刘姥姥逛大观园，看什么都新鲜："周哥，你们公司好大啊，真气派！"

"气派啊？"

尤金如小鸡啄米般点点头："嗯！气派！"

周泽一挑眉："想来不？"

尤金惊愕："这……我恐怕没资格啊。而且——"

"而且什么？"

尤金在顾妄言面前什么话都说得，但到了周泽这位大前辈面前，便变得有些拘谨了，不好意思地挠挠后脑勺才说："周哥，说出来你可别笑话我，我吧，很想把妄言带出来！我觉得他一定能红，我一定要把他带成超级大明星，让全世界都知道'顾妄言'这个名字！"这话他没少在顾妄言面前说，时不时就跟顾妄言保证一定要让顾妄言红起来。所以他每天都在外面跑，想方设法地去探风，和各种各样的人吃饭、喝酒，为的就是能帮顾妄言多接一点儿资源。但这话，他是第一次在其他人面前说出来，所以还挺不好意思。

周泽哈哈一笑："所以我为什么要笑话你？"

"周哥，你不觉得我太不自量力了吗？"

这是多少经纪人的梦想啊，自己亲手带出一个超级大明星来，很多人一辈子都带不出来一个！他才带第一个就做这梦，不是不自量力是什么？

"知道一句话吗？有梦想谁都了不起！小子，你有我当年的风范啊，我当初也是这么跟向霆那小子保证的。你看，我这不是成了吗？"

"可不敢！"尤金摇摇头说，"我哪能跟周哥你比？妄言也不能跟向霆老师比啊，差远了！"

周泽拍了一下他的脑袋说："这话在我面前说说罢了，可不敢在沈老师面前说啊，小心他又跟你生气！敢说他妄言弟弟不好！"

二人说说笑笑一会儿，很快就熟了。

"不过，周哥，我今天来这是干吗来了？妄言怎么会跟着向霆老师来云庭了？"

周泽神秘一笑："跳槽！"

尤金一脸迷惑。

尤金一度以为周泽是在开玩笑，但等看到了云庭星河的总裁景恒时，才确定这一切都是真的！老天爷，跳槽这么大的事，你小子倒是提前跟我通个气啊！一心想要把顾妄言捧红的尤金呆住了。他这经纪人到底干吗来了……沈向霆这不是在抢他的活儿干吗？！下家帮他找好了，网剧签完了，综艺也在谈了，啊这……

尤金跟着周泽进会议室，里面的人他都认识，有总裁景恒、艺人总监张芸，再就是坐在一块儿的沈向霆和他们家妄言。这阵仗……知道的是签个刚入行的小艺人，不知道的，还以为是签从哪里挖回来的国际巨星呢，云庭星河的总裁景恒都亲自出场了！这排场！张芸被叫过来的时候也和尤金一个想法。顾妄言好则好矣，是个可以签的有潜力的新人，但也没好到让他们景总亲自过问吧……一般让她这位艺人总监出马的都算大咖了，出动副总裁级别的都极少，更何况是让景总亲自来，这样的场面，从来没发生过，这顾妄言……好大的面子！

尤金哪里见过这种大场面，一时间站在周泽旁边，动也不敢动。让他们神仙打架吧，他这个小喽啰听着就好！沈向霆是这场"战役"的主导者，完全不像个艺人，指尖在桌面上敲打着，给予对方心理压力："怎么样，想好了没有？"

这沈向霆……张芸不动声色地看着，不知道的还以为这是两家大老板之间的对碰呢。她知道沈向霆谁的面子也不买，所有人都想抱大腿、拍马屁的景总，沈向霆见了也是我行我素，不做溜须拍马之事。张芸并不知道沈向霆是什么来头，只知道他在他们云庭横着走，跟景总关系匪浅，不像艺人跟老板的关系，两人更像是朋友。不过沈向霆业务能力强，也从不闯祸，是个非常让人省心、欢喜的艺人，所以张芸也从来不过问这些。横点儿就横点儿吧，谁让人家有那个横的资本呢？像那个什么也不是的廖菲菲，还敢拿自己跟沈向霆比，也不掂量掂量自己几斤几两，心里没点儿数！

景恒似有犹豫，沈向霆便站了起来："走吧，阿妄，他不要，我们签星芒。"
　　星芒传媒，是另一家大经纪公司，和云庭实力相当。顾妄言就像个小跟班，听霆哥的话，"哎"了一声，乖乖地站起来跟着。景恒推了推自己的金属边镜框，俊秀的眉目一皱："坐下，年轻人怎么这么急躁？"
　　两人又坐下。
　　"你说清楚，我'们'是哪个'们'？"景恒眼一眯，"我今天要是不签小顾，你是打算和小顾一起跳槽了？沈向霆，你在威胁我？"
　　沈向霆："嗯，我在威胁你。"
　　全场唯一不知道沈向霆真实身份的张芸被惊着了。这沈向霆……为了一个小新人做到这份儿上，甚至不惜威胁景恒？可以说，她从来没见过沈向霆干这么离谱的事！顾妄言用自己高超的演技隐藏住自己的面部表情。说好的等其他经纪公司抛橄榄枝再从中挑一个呢？结果转头就带着他直接杀到云庭大本营来，把已经下班的景恒和张芸都喊过来。霆哥办事，可真是来去如风，不带过夜的。然而……霆哥，这就是你所谓的"我和景总还算关系不错"，直接威胁？好一个"关系不错"！
　　"你——"景恒站了起来。
　　张芸屏住了呼吸。景总终于对沈向霆无法忍受了吗？她正想着，耳边又飘来三个字——
　　"成功了。"
　　"景总？"张芸还以为自己听错了。
　　这就妥协了？还没坚持三秒呢？
　　景恒："后续交给你了，合同规格按沈大明星的版本来，只好不差。"
　　"景总？"这一声，是意外。
　　天哪，这小新人的待遇也太好了吧！沈向霆的合同是公司里独一份的，景总的偏爱都给了他一人。不是没人怀疑过，景总和沈向霆之间是不是有什么大家不知道的关系。
　　"照办就是。"景恒不容拒绝地说着，然后看了对面一眼："满意了，沈大明星？"
　　得了便宜还卖乖的沈向霆："还行。"
　　景恒"呵呵"冷笑一声："怎么没把你牛死？"
　　"因为我牛。"
　　其他人："……"
　　景总、沈大明星，请捡捡你们的人设。

便连顾妄言也是一脸疑惑。

霆哥的人设崩得好彻底哦。

他怎么觉得，霆哥在景恒面前，些微地欠？

"霆哥，能不能把 iMAX 一起挖过来？"

沈向霆没有回答顾妄言，而是望向了对面的景恒："听见了？"

张芸："……"

得寸进尺了还？

景恒："可以，沈大明星开心就好。"

当然，他组合里剩下的那两个人的合同，肯定是普通版。

景恒正欲离开，顾妄言看了看尤金："那我尤哥……"

张芸："嗯？"

这位小朋友，你干脆把整个华鼎娱乐搬迁过来当子公司可好？

沈向霆："回答。"

景恒也忍无可忍了："你当我这儿是垃圾场？"

尤金："……"

他好像被"内涵"了。

"尤哥不是垃圾！"顾妄言据理力争。

尤金要哭了：妄言，你不用特地强调出来的。

顾妄言站起来说："景总，尤哥在我眼里，是这世界上最好的经纪人！他现在虽然还是新人，但未来一定会成为像周哥一样好的经纪人！尤哥如果不来，那我便也不来了。"

尤金这下真的要哭了，一阵暖流在心间回荡。这小子……真是……想让他感动死吗？

周泽一听，却笑了。这两个人，还真是出奇地一致啊。没有对方都不肯跳槽，在这浮躁的大染缸里，见多了大难临头各自飞的，这场面实在是难得一见。

张芸则是有些无语，这位小朋友是把自己当成沈向霆了？他现在好像还没有那个资格跟景总叫板吧？

景恒看着眼前的小家伙，微眯着眼："你也威胁我？"

还真是谁家的小东西就像谁，这就学会威胁了！

"奶凶奶凶"的顾妄言被景恒这一看，眼神一躲闪，立马做犹豫状，支支吾吾地道："便……便算是威胁吧。"

沈向霆一看，眸色一沉："景恒，你吓到阿妄了。"

景恒冷哼一声："你家的小家伙在威胁我，你不管管？"

"你一只千年老狐狸，还能被小白兔威胁到？"

景恒也不答了，往门口走，边走边说："下次再把我从家里叫出来干这种无聊的事，我就——"

"你就怎样？"沈向霆十指交叉，大佬之姿，漫不经心地吐出两个字来，"容奂……"

只见景恒眼神微变，咬牙切齿："算你狠！"

"景总，那——"张芸站起来，还不清楚景总的意思。

景恒像是气急了般丢下一句话离去："他要什么都满足他，便是要当这总裁也给他！"

张芸想：这可不是我能给的。

明明两位大佬斗法也只是斗着玩的，尤金作为一位旁观者，却觉得很紧张。等景总走了，他才松了一口气。再看顾妄言，顾妄言拿出了百分之百的演技，一条路演到底，坐下来抚抚心口劫后余生般地说："霆哥，景总看起来真可怕，吓死我了。"

"有什么可怕的，还能吃了你不成？"

"自是不会！"顾妄言冲他笑了一下，"有霆哥在！"

沈向霆想起他刚才那"奶凶"的模样，略有沉思，叮嘱了一句："以后我不在的时候，离景恒远点儿。"

"嗯呢！""顾·小白兔·妄言"眉眼一弯，笑得甜甜的。

对面的张芸愣了一下。这小朋友……他这一笑，笑得也太好看了吧，比他们公司旗下正在推的那些青春正好的美少年各方面条件都要优质上数倍！她一个年过四十的女人，竟也看着心动了，从内到外让人感觉到真实、舒服，瞬间让人爱心泛滥。特别是他看着沈向霆笑的模样，就像个乖巧可爱的小孩在看着他的太阳一样，仿佛什么都能听沈向霆的。

沈向霆站起来，叮嘱了周泽一句："我离开一下，剩下的你帮着盯一眼。"

"霆哥，你去哪里？"顾妄言如跟屁虫一般也站起来。

沈向霆看他一眼，安抚道："放心，周泽在，我很快回来。"

张芸都忍不住笑了："小朋友，我是很可怕吗？"

"没有没有！"顾妄言紧张地搓小手，"芸姐那么漂亮，怎么会可怕？我只是初来云庭，很不自在。"

"年纪小小，嘴巴还挺甜！"张芸对他的第一印象好了几分。

今天他们是来谈意向的，还没正式签合约。张芸和周泽说着什么，也离开了会议室。

"妄言！"尤金松了一口气跑过去，"你小子要跳槽这么大的事居然不提前跟我通气！"

人都走了，顾妄言站起来转了个身，倚着会议桌，忽然笑道："因为我知道尤哥你一定会跟我一起走的。"

"我当然会跟你走！我只是觉得，你提前跟我说一声嘛……"

"这不重要。"顾妄言看向尤金，神秘地笑了一下。

尤金打了个激灵："你小子，打的什么坏主意？"

"坏主意没有，只有一个我们一开始就认定的主意，"顾妄言两只手压在桌沿上，轻描淡写的眼神丢向尤金，"尤哥，陪我去炸场子？"

尤金一愣，这小妄言咋回事？怎么跟刚刚那个"霆神"面前的小白兔不一样了？怪哉，他总觉得这小妄言身上好像多了点儿什么不一样的气场。

"炸什么场子？"

顾妄言眉眼微弯，唇角一勾，莞尔道："让这个世界迎来顾妄言的时代！"

◇ ◆ 086 ◆ ◇

尤金傻在原地，看着眼前的顾妄言，一时有些说不上话来。iMAX 明明是三个人的组合，他为什么最看好顾妄言呢？不仅仅因为顾妄言在三人当中最出色，还因为在最开始的时候，顾妄言就跟他说："尤哥，总有一天，我会变得比那个人更好，我要超越他！"顾妄言的眼中有光。尤金看出了他的野心，也信了他的话。以至于梦里的尤金在知道他要退圈时，愤怒地揪着他的衣领质问："顾妄言！说好的你要超越他呢！你超了吗？"那时的顾妄言眼中再没有了初始的光，垂下眼睑说："对不起，尤哥，下辈子吧。"

梦里的尤金不知道顾妄言究竟是用了多大的决心才放弃自己进演艺圈的初心的，但能感觉到他的痛苦与纠结，终究不忍心再逼他，愤愤离去。可无论是顾妄言还是尤金，都没想到会一语成谶。

而现在，尤金看到他，是意外与惊喜——妄言好像有哪里不一样了，说的语气比几个月前更笃定，仿佛那已经是板上钉钉的事，自信傲然。

这小子……尤金在心里笑了笑，他没有看错人！

顾妄言说完，看着尤金，眼神很复杂："尤哥，这次我一定不会再辜负你的期望了，这条路，我会一直走到底。"

"啊？"尤金歪头，一脸迷茫。顾妄言什么时候辜负过他的期望了？

尤金正奇怪这小子为什么一脸忧伤的时候，会议室的玻璃门被人推开，沈向霆侧身看了眼里面："走了，阿妄。"

顾妄言的神情早在看到沈向霆的身影往这边走来时就已经变了，门一推，便换上一记笑容，朝着沈向霆走去。尤金微愣——变脸术？仿佛刚才那一抹忧伤是他的错觉。

沈向霆虽然在注意着顾妄言的心理状态，却没有关心得太明显。两人的相处自然而舒服，没有任何一人刻意地提起过去，仿佛那些事没发生过一般。拉黑陆放后，顾妄言清净不少，同时陆放也被公寓的安保人员拉进了黑名单，重点防控。

在报过一次警后，陆放怕事情闹大会影响自己的企业形象，终于没有再去天空之城蹲守。

《绝命追杀令》剧组将修好的定妆照第一时间发了出来，先是发布所有主演的单人定妆照，发了九宫格，然后发了第二条微博，还是九宫格，是大家期待已久的温庭和许文褚。从规格来看，这已经不是定妆照了，更像是剧照。粉丝们直呼剧组干得漂亮，"温文尔雅"独占九宫格，太有排场了！九宫格里的照片，每一张都不一样，有的韩晴曼拍到了，有的没有。看得出来摄影师是爱极了这一对，才会"哐哐"这么记录下来。有三张被评为最佳，排不出名次。第一张照片，韩晴曼曝光过未修图版，两人指尖相触，背景半黑半白，温庭站在光中，许文褚坐在黑暗里，他的脸一半有光，一半阴暗，那渴望奔向他的光的一幕，让人看了心疼。

后面两张戳人的照片，韩晴曼没拍到。有一张是温庭站在阳光下，靠在高脚椅上，目视斜前方。而许文褚叉开腿跪在地上，整个人被黑暗笼罩着，你能看到他的颓废、痛苦与绝望。他的一只手伸向温庭，却又不敢触碰到温庭。这张戳人就戳在许文褚祈盼光明与救赎，光却看不见他。温庭的闲情自若与许文褚的痛苦纠结相映衬，添加了那种悲凉感。让人禁不住想，如果温庭能早点儿找到许文褚，他的结局会不会就不一样。

最后一张是两个人在阳光明媚的海边散步，裤腿挽起，光着脚，洁白的衬衣将两个少年衬得干净好看。温庭走在前面一些，一只手插在兜里，像是听见了什么好事一般，笑得能看见他齐整的皓齿，碎发飘扬。许文褚慢他半步，也是笑着的，莞尔轻笑，微微抿唇，斜着视线看着自己身侧的温庭。

沈向霆二十七岁了，可是这样一番青春洋溢的打扮之后，他还是把那种少年感演了出来，让人相信，他和许文褚就是两个避开尘世后无忧无虑的少年。不是孤儿院的相遇，亦不是后来警与匪的重逢，那更像是另一个平行世界的温庭和许文褚，没有分开，从小一起长大，一起上学，一起开心，一起难过，互相融入彼此的生活。谁都知道这张剧照不会成真，更像是给大家描绘的一个不可能实现的幻想。有人猜，这可能会是剧组给的彩蛋，让他们相信，在另一个平行世界的温庭和许文褚很幸福地生活着。

"剧组太狠了！"

"剧未播，我的心先碎了！"

"图9拍得太好了，小文褚啊，你在另一个世界一定要好好的；温庭，求你一定要救他！"

"代入感太强,我已经在哭了!呜呜,为什么会这样?温庭要是能早点儿救赎许文褚就好了!他本是天使啊!没有他的光就坠入了黑暗!"

"不敢看了!"

"别说了,心痛。"

此时,沈向霆和顾妄言正在天空之城的公寓里。沈向霆从别的房间出来,下意识看了眼紧闭着房门的次卧。快到点了,顾妄言在里面干什么?忽然,底下的门缝里,钻出了几缕灰烟,几乎一瞬间,沈向霆的目光变了变。他该不会是在里面……烧炭?!

沈向霆快步跑到门口敲着卧室门:"阿妄!开门!"

对!他这几天太安静了!沈向霆能看出他眼底总是噙着难过,但在自己面前极力地忍着。偶尔到了饭点,他也说没胃口,做好饭就想溜,被沈向霆揪回来,摁在座位上,命令着必须把饭吃完才能离座。

忘记一个人是需要时间的,所以沈向霆从来不催他,也不逼他一天就把自己的感情清理干净。再强大的人,想要走出阴霾,那也不是一瞬间的事。

沈向霆又重重地敲了一下门,大声说:"顾妄言!你给我开门!"

◇ ◆ 087 ◆ ◇

就在沈向霆准备回去找备用钥匙的时候,门开了。

"喀喀……"顾妄言如落汤鸡一般,挥了挥烟雾,狼狈无比,"霆哥……"

"顾妄言!"沈向霆凶狠地喊着他的名字,"你出息了!在里面——"

他看到了顾妄言背后大开的落地窗。开着的窗?那就不是烧炭。顾妄言咳嗽了几声说:"霆哥,我没想到你家还装有烟雾警报器……"

他浑身湿透了,此时的烟雾警报器也正大力地在房间里洒着水。

沈向霆:"……"

他都忘了,他家是有烟雾警报器的。

这时,物业就给他打来了电话,语气紧张不已:"沈先生!我们这边显示烟雾警报器被触发了,请问是——"

沈向霆可是他们VIP中的VIP,不说身份如何,就凭他是大明星,要是在天空之城遭了火灾,势必成为轰动全国的大新闻,到时候房价必定狂跌。所以这边的一举一动,他们都很重视,容不得半点儿马虎。

沈向霆看着眼前的熊孩子,无语片刻,回了那头:"没事,误触了。"

沈向霆挂掉电话,顾妄言不好意思地挠挠头:"对不起,霆哥……"

"你到底在里面干什么?"沈向霆踏了进去,在入口处找到警报器的开关,关闭洒水。屋里已经没有在燃烧的明火了，地上有个火盆。他走过去，就看到火盆里还没有烧完的东西，他曾看到的陆放的照片被烧了一半。

顾妄言跟进去，说："想整理一下过去，不小心把警报器触发了……"

沈向霆也不知道说什么好，但气在看到他的行为之后就消了。看在他这次挺干脆的分儿上，就不骂他了，表现还算可以，没有哭哭啼啼。

"很快，霆哥！我马上收拾一下就出去，不会耽搁时间的。"

沈向霆拉住他手臂："算了，没时间了，我朋友最讨厌别人迟到。"

说完，沈向霆拉着顾妄言来到浴室，抽了一条白色的毛巾盖在他脑袋上。

这两天他跟容涣聊过天。容涣说，顾妄言需要有人悉心照顾，要注意他的情绪变化。

沈向霆目光一沉："我是不是说过，下次再这样做，我会惩罚你？"

他说着，向前迈了一大步，站定在顾妄言面前。

沈向霆轻轻给他擦着头发，顾妄言想要逃，却被沈向霆牢牢地制住。

"霆哥，我——"灯光亮得很，顾妄言满眼震惊，而沈向霆高高在上，仿佛强大的猛兽在看着没有反抗之力的小兽。

"别忍着了，吐吧。弄干净了就出来。"

看着关上的门，顾妄言无奈一笑。

沈向霆在客厅等了十五分钟，眉头微微皱起来，顾妄言这么久没出来，他还是太激进了吗？他单手撑着自己，思绪万千，正要起来去看看，换了一套衣服的顾妄言就出来了，脸色有些苍白："我们走吧，霆哥。"

下去时，沈向霆注意到了一个细节，阿妄总是避开自己的手。出了电梯后，沈向霆一把扣住他的手腕，撩开他的袖子一看："你厌的是什么？恶的是什么？"

顾妄言抽回自己的手，这一次说的是真话："厌的是我自己，恶的也是我自己。"

"顾妄言！你——"

"霆哥，"顾妄言看着他，"我跟你说实话，我有抑郁症，所以用厌恶疗法，勉强撑住。"

沈向霆被镇住了："是因为我——"

"是因为我自己。霆哥，我是个病人，还是个疯子，我不知道你出于什么目的想帮我，但是霆哥，别对我太好……"顾妄言后退一步，"如果知道我曾经是个怎样的人，你会受伤的。我告诉你这些，是想跟你说，走吧，霆哥。"

沈向霆站在那里，目光凝聚，深深地看着他。

小孩眼里有泪，虽然说着让他走，可是他读到了小孩内心深处的呐喊。

他在说：霆哥，救救我。

088

顾妄言说自己是抑郁症患者,沈向霆并没有太意外。他之前就和容涣讨论过这件事,猜测了可能性。这世上有千千万万的抑郁症患者,并不是所有人都真的想去死。他们只是生病了,求死,正是为了能活下去。他们说想死,我们就真的不去救了吗?抑郁症是阶段性的,它会周而复始地发作,没有发病的时候,他们还能像正常人一样生活,一旦发病才会有那些负面想法。当那种情况发生时,身边人要做的,就是尽可能地安慰他们,陪着他们去对抗这些负面情绪。

这个时候,沈向霆想起了温庭和许文褚。温庭和许文褚在少年时期便遇见过对方。许文褚的日记本里,写着这么一小段故事。十三四岁的许文褚遇见了十五六岁的温庭,那时的许文褚堕落随性,是问题少年,而被好人家收养的温庭长成了好好少年。许文褚在和狐朋狗友们干坏事时遇见了温庭,在黑暗中见到了光明。许文褚在日记本里写道:"那时我的脸很烫,很想躲起来,我宁愿没有遇见他。"

温庭不忍他这样变坏,想要拉他出来,可是许文褚拒绝了,他说不需要,他一个人也能过得很好,可他在日记本里却写着:"那时候,我又多希望他能拒绝我的拒绝。庭哥,我需要,我不好,你救救我。"

其实许文褚从小就坏,只有在温庭面前才是乖乖小孩,只有温庭制得住他,所以那些来收养孤儿的家长见到许文褚,大多不喜欢。他们认为他过于阴暗,给人的感觉不好。温庭没有救他,他最后的希望便失去了。这个世上除了温庭,没有人会救他。

沙滩剧照的概念,是沈向霆提出来的。他作为温庭,在看到那个日记本时感触不已。如果时光能倒流,他不会再丢下那个少年不管,一定要把少年拉出来。那么,温庭和许文褚就不会是后来那样的结局。

他不是温庭,阿妄也不会是许文褚。所以阿妄为了活下去而想要推开他,他却不能真的就这么走了。他不能让阿妄成为下一个许文褚。

沈向霆朝那个后退的小孩走去,抚摸着他的后脑勺,温柔至极:"阿妄,你想哭便哭吧。"

顾妄言怔了一下。这句话,像一把钥匙般,打开了顾妄言的泪腺。那一瞬间,顾妄言觉得仿佛一切都不重要了,没有防备,没有顾忌,从小就垒筑起来的城池堡垒也在那一秒轰然倒塌。有时,人的崩溃只在一线间。沈向霆的温柔,便是压垮他心理防线的最后一根稻草。一米八五的顾妄言,像个孩子一般,埋头痛哭。这一场悲恸来得太晚了。早在那场葬礼上,他就该放声大哭,把情绪发泄掉,而不是一直压抑在心里。压久了,就会变成病。哭吧,不管是因为什么,痛痛快快地哭一场。

他知道顾妄言心里压着事,那些事可能远比他知道的还要多,不然顾妄言不会胡言乱语,说那么多伤害自己的话。他不是小怪物,他只是病了。

待哭声小一些,沈向霆才又说:"小孩,别胡思乱想,你只是生病了,所以我才会带你去看病。

"曾经的你是什么样的,我不用知道,你可以不告诉我。别的事你不用多想,你现在要做的,就是痛快地哭,发泄你的负面情绪。

"我做任何事,你都不用有负担,也别往自己身上揽。我是个成年人,我会为我自己做的每一个决定负责,不需要他人为我背负。

"不管发生什么事,我都会自己判断,你什么也不用操心,不用去想我会怎样。没发生的事不要担心,发生过的事也不要耿耿于怀。"

车里安静得连呼吸都听得见,痛哭的时候没有想那么多,待哭完了,空气中弥漫着一股尴尬的气息。

顾妄言的双眼通红,迟来的一个哭嗝,让气氛更尴尬了。

顾妄言打破尴尬,说了一句:"霆哥,你今天好温柔。"

"不然呢?"此时的沈向霆又恢复了往日的高冷,跟刚才在公寓的他完全不一样,"你都哭成那样了,我还继续骂你?"

"真丢人……"顾妄言转头看着窗外,一只手撑着自己的额头,"一个大男人哭成那样……"

沈向霆却嘴角一弯:"大男人?在二十七岁的我面前?"

跟谁装成熟呢?

顾妄言有苦难言。总之,顾妄言是真的想钻地洞。要说他今天怎么了,也不能说完全跟霆哥无关。

很奇怪的是,今天他只是有些不好受,却没有反胃到吐,取而代之的,是喷涌而来的厌世感。他就是忽然间觉得自己低到尘埃,什么都不想做,只想逃避尘世。他有什么用?那么愚蠢地被人耍得团团转。他这么蠢,有什么资格重来一次?霆哥倒了八辈子的霉才会认识他,如果知道他那么蠢,一定会对他嗤之以鼻,肯定会嫌弃他。

他悲观、厌世,不断地贬低自己,心里仅存的一点儿求生意识是知道自己病了的,但还是控制不住地想要自我伤害,想用痛来麻痹自己。他原本以为可以蒙混过关,却被细心的霆哥发现了端倪。

那一刻,他就像少年许文褚遇上了温庭一样,想要推开霆哥,想要逃。霆哥拉了他一把,温暖的阳光照进了他心中的阴霾地,抚平了他心中的阴暗面。那一瞬间,他真的只剩下了想哭,无法抑制。

这一刻,他等太久了。

沈向霆不知道他心里想了那么多，只是说："就算是大男人又如何？谁规定男人不能哭？你……"

他把话吞回去。如果你小时候没有压抑着自己，就做一个会哭闹的小孩，也不会病得那么重。

◇ ◆ 089 ◆ ◇

"我什么？"

"算了，没什么。"

这一路上，沈向霆再没说什么。顾妄言心虚，怕他再问起刚才的事，便也没有主动开口说话。

等到了心理诊疗所，他们已经迟到了。顾妄言跟着下了车，看着这小别墅一般的心理诊疗所，心里意外了一下。不愧是霆哥的朋友，私人诊所都这么高档。

"霆哥，它没有名字吗？"他在外面没有看到任何招牌。

"没有，"沈向霆带上门，答道，"基本上都是靠介绍。"

"靠介绍？"

"嗯，"沈向霆答，"都是朋友介绍来这里。现在这个浮躁的社会，有心理疾病的真不少。"

一开始，是某个人忙前忙后地替他打广告。

两人正说着，他们侧前方的一辆车上下来一个人。

顾妄言看过去。咦，那不是景总？

景恒朝他们走来，抱怨道："你们怎么才来？不知道阿涣最讨厌别人迟到了吗？小心他不让你们进去。"

阿涣？顾妄言注意到这个名字。霆哥对景恒说过一个名字："容涣"。阿涣，景恒，心理诊疗所"偶遇"，没错了，霆哥的朋友，那个心理医生容涣，是一个可以用来威胁景恒的存在。

"都是我不好，耽搁了。"顾妄言连忙道歉。

沈向霆没理景恒，过去按门铃了。不一会儿，一名穿着白大褂的青年从里面走出来，和他们差不多高，长相俊秀，沉着脸来到大门处，隔着铁栅栏看着外面站着的三人，没有开门，而是打量了他们一眼："迟到了。"

景恒连忙道："周末出行的人多，路上塞车——"

容涣冷面一扫："让你说话了？"

景恒立马闭嘴，顾妄言一副"吃瓜"脸，眼不是一般毒。这和他以为的景恒不一样，应该和世人眼里的景恒也不一样，人设果然崩得很彻底。这两人的关系……非比寻常啊。就冲容涣这态度，景总恐怕是先头干了什么蠢事，落了个

"深陷火葬场"的下场。

顾妄言鞠了一躬："容医生好，您别怪霆哥和景总，是我干了点儿蠢事，把时间耽搁了。"

容涣转过来看顾妄言时，却笑了起来："你就是小妄言啊？真人更好看！"

"好看吗？"景恒插了一句嘴，"我还是觉得阿涣最好看。"

沈向霆一记眼刀扫过去："你不该来看心理医生，眼睛这么不好，趁早去看眼科，别瞎了。"

"我家阿涣就是好看，有你什么事？"

"呦呦呦，"容涣没理景恒，并不生气地接了沈向霆的话，"这都护上了？"

和景恒说话时的冷言冷语不一样，容涣看着顾妄言，笑得灿烂："算了，看在今天刚认识一个漂亮小朋友的分儿上，不跟你计较迟到的事了，进来吧。"

门一开，沈向霆就直接进去了。顾妄言和景恒人挤人，没挤过景恒。景恒要进去的时候，被容涣一巴掌拍在胸口，推了出去："闲杂人等止步，只许家属一人陪同。"

"阿涣！我也病了，"景恒锲而不舍地道，"我最近心里总是不舒服，你帮我看看。"

"滚回去预约！"容涣不留情地道，"还有，景总，别叫我阿涣，我们不熟！"

顾妄言也不知道是不是故意的，对景恒颔首："景总，那我先进去了。"

进不去了吧，我可以哦。容医生看着面善，一看就是个好人，能有什么坏心思呢？别问，问就是景恒蠢，要是没干什么对不起容医生的事，容医生是不可能这样对他的。

沈向霆停了下步伐，转身说："他现在是阿妄的准老板，有权知道阿妄的心理状态。"

顾妄言心说：我就一"工具人"呗？

容涣冷哼了一声，没说让进，也没说不让，但大门开着，景恒就不要脸地自己进来了。俗话说得好，人得抛得下脸面才能成大事。

顾妄言跟着容涣进了小房间，沈向霆和景恒在外面客厅里待着。景恒没闲着，到处转悠，看看花，看看草。他好久没来了，这里好像什么都没变。景恒跟沈向霆说："你家的小家伙能别那么快治好吗？俗话说恶鬼怕钟馗，说不定我多来几趟，阿涣就原谅我了。"

沈向霆眼神一冷："你想死那么快，我倒是可以成全你。"

不过肯定没那么快就能治好，心理疾病不比身体疾病，吃点儿药，等伤痊愈了就能好。心理疾病主要还是靠疏导，配以药物作辅助。医生不是万能的，能治人们身上的伤，却无法根治人们心里的伤。这也就是很多人看了很久心理医生，吃了无数的药，到最后依然做了极端选择的原因。沈向霆不求阿妄能马上就好，但求稳稳地来，就算是一次进步一点儿也不要紧，如果走不出来，只要不继续恶化就行。话是这么说没错，但景恒那么说出来，就是单纯缺少"社会毒打"了。

"我就那么一说。"景恒也觉自己太损了，轻咳一声，"你说我装抑郁症，阿涣会看出来吗？"

沈向霆懒得回答他这个无聊的问题，拿下书架上一本有关抑郁症的书籍，好好地看着。哪怕能帮到阿妄一点儿都好，他想了解清楚这个病。

这时外面跑来一只狗，欢腾地跑到景恒脚下，蹭着他的裤腿："嗷呜……"

那是只黑白毛色、蓝眼睛的小狗，学名西伯利亚雪橇犬，也就是蠢萌蠢萌的传说中能通匪的"狗中二货"哈士奇，又称"撒手没"。

"光临！"景恒抱起"二哈"，"还认得爸爸吗？"

"光临"这个名字还是景恒给它起的，景恒当初在路边捡到这只被抛弃的小狗，莫名联想到容涣。某天，景恒就拎着这只小奶狗去了容涣家，并打趣地说是"涣"迎光临，所以它就叫"光临"。光临就这样留在了容涣身边。

"光临！"一声厉喝响起，容涣站在小房间门口，声色俱厉，"回来！"

光临扑腾了一下，从景恒身上跳下去，能感觉到主人生气了，耷拉着耳朵，蹲在主人脚边。

容涣骂它："是人是狗都分不清你就跑过去，就不怕被宰了炖狗汤？！"

沈向霆双腿优雅交叠，眉眼微抬，看戏之姿。站在容涣身侧的顾妄言挠挠鼻尖，错的是人，背锅的是小狗。这场面，像极了家长吵架，孩子遭殃。

景恒看着光临被骂的样子，心有不忍："阿涣，你有气冲我撒就好，光临是无辜的。它毕竟是我捡回来的，我亲自带了它半个月，亲我不奇怪。"

容涣冷眸一扫："哦，既然亲你，那你就带回去吧，这蠢狗我养不了了。"

这时，"救世主"沈向霆站了起来："阿妄怎么样了？"

容涣扫过去，冷漠的神情还没来得及收回去："家属进来。"

顾妄言出去，换沈向霆进去，进行谈话。容涣把顾妄言做的一份很长的心理测试丢到他面前，心情似乎因为景恒还没有调整回来，语气很冷："妄言的情况，比我想象的要更严重。"

沈向霆心一沉："有多严重？"

容涣吐了一口气，皱着眉，问出了心中疑问，亦是回答："他是怎么活到现在的？"

◇ ◆ 090 ◆ ◇

一句话，让沈向霆的心沉到了谷底。在来之前，顾妄言算是跟他交了个底，告诉他有抑郁症，他已经有心理准备。但即使是这样，容涣的这句话还是震到他了。容涣很少用这么严肃的神情跟他说话。他答不出来，容涣继续道："说真的，顾妄言能活到现在，真的是个奇迹。他的心理状态跟你我之前预估的根本不在一个级别，我见过那么多形形色色的病人，通常病到他这个程度的，多半已经……"

死了。

那一瞬间，沈向霆仿佛置身于冰窖之中，发冷。

"奇迹吗……"

"真的，"事态严重到容涣都严肃的程度，他往椅背上一靠，"向霆，我跟你交个底。心理医生不是神，我们可以对病人进行疏导，但自己决心要跟死神走的人，我们是无论如何都拉不回来的。人一旦觉得自己活着再没有任何意义的时候，活着比死了更痛苦，吃再多药都没有效果，这种人，我们称为活死人。作为医生，我都只能说，或许，死真的是最好的解脱。"

"你是医生！你怎么可以——"沈向霆显然有些激动。

"我是医生，可我救不了那样的人，我试过太多回了，曾经有个女孩子到我这儿治疗，我努力地把她救回来，我给她开了很多药，甚至对她进行电抽搐治疗。对重度抑郁症患者都能起短暂效果的电抽搐治疗，对她都无效，"容涣说得认真，"我真的尽力了，我用了很多办法，她最后一次来的时候跟我说，'医生，我们放弃吧。'我不放弃又如何？那是我最后一次见她。我第一次感到无力，有的人生来不属于这个世界。"

沈向霆没有说话。心理学不是他的专业领域，他什么都说不上来，只有容涣说的那种无力感。他想帮阿妄，可是到头来发现自己什么也帮不了。

"就像我们打开一款游戏，有的人兴致勃勃地玩到通关，有的人刚进新手村就觉得乏味无趣，删号卸载。他就属于后者，"容涣说，"顾妄言给我的感觉，就像是一个活死人，他像是活着，又像是已经死了。"

"不会！他明明很正常！"沈向霆有点儿自欺欺人地说道。

"装的，"容涣直击命门，"他的笑，他的开朗活泼，他的青春阳光，都是装的。"

沈向霆捏紧了拳头。他竟完全没有发现。如果不是看见顾妄言今天在他面前绷不住的那种状态，容涣说的这些，他恐怕一个字都不会信。

"但是我不知道为什么……"容涣狐疑着，"我总觉得，他能活着，是因为他要做些什么。你说他想死吧……又不完全正确，我能感觉到他有求生欲望，正是他要做的那些事让他坚持活下去。这就是我说的，像是活着，又像是死了。他其实对活着已经不感兴趣了，是别的事让他继续活着。"

"那怎么办？"沈向霆眉目紧皱，声音也重了几分，"我带他来看病，你别告诉我你治不了！"

"我可以试试，但我觉得我治不了，我不是他的药，或许……"容涣看了看沈向霆，"你可以。"

"我？你都治不了！"

"你没发现小家伙特别信任你吗？"容涣终于笑了出来，"我这儿是没治他的药了，你要是不信我，大可以找别人治他。"

沈向霆沉默不语。

"暂时不用担心，他今天既然能控制住自己，那就说明他要做的那些事很重要。短时间内，他应该不会有事。对于抑郁症患者，培养他们的兴趣很重要，他既然决定参加偶像竞演节目，这不是坏事，不排斥走进社会，就是一个好的现象。说真的，像他这种病人，我第一次见，他身上有太多我解不了的疑惑。我得给他开个档案好好研究一下。"

"你不是说你治不了？"

"那我也得先试试啊！不然你来治？"

沈向霆冷哼一声。

"今天就先这样吧，他刚发作一回，不是很适合打开聊天的口子。下次约个时间，你问问他愿不愿意催眠治疗。我试试走进他的内心世界，了解得更透彻一些。"

沈向霆怀疑的眼神看了过去。

容涣不干了，拍了下桌："沈向霆！你什么意思！不信我，你来看什么医生！"

"给我治坏了，我踏平你这里！"

容涣哼了一声："滚蛋！"

两人走出来，容涣说："知道我的规矩吧？提前一周预约。你们都是大忙人，我就不留你们了。"

说完，容涣又对前面的顾妄言笑了一下："小朋友，下次见。"

"你们聊好了？"景恒站起来，"时间不是还没到吗？既然聊完了，不如匀给我吧。阿涣，我觉得我也得抑郁症了。"

容涣看了沈向霆一眼："沈大明星，谁带来的人，谁负责给我弄走。该给的面子我都给了，别得寸进尺！"

"走吧，景总，"沈向霆走过去，推了他一下，"闹到报警不好看。"

容涣是真的会报警的，毫不留情。景恒皱着眉头，终究是什么也说不得，留了句话："妄言，下次再陪你来看病。"

"工具人"顾妄言笑笑，跟上去："好的，景总。"

目送三人出去，光临跑到容涣脚边，呜咽叫唤着。容涣收回视线，低头看它："叫叫叫，叫啥呢？白养你了？就知道胳膊肘往外拐！这么亲他，你倒是跟他走！看着就烦！"

"呜……"光临耷拉着脑袋，可怜兮兮地叫着。

外面，景恒还是恋恋不舍地回头看了一眼，容涣感受到视线，眉头一拧，"唰"的一下拉上了窗帘，冷漠无情。

沈向霆侧着身，瞄了一眼道："放弃吧，容涣不恼则已，一恼十头牛都拉不回来。让你作死，活该！"

◇ ◆ 091 ◆ ◇

回去的路上，顾妄言没有去问景恒和容涣的事。

事不关己，高高挂起，他并不感兴趣。

"霆哥，容医生都跟你说什么了？我的病能治吗？"

"能。"沈向霆毫不犹豫地道，"他说只要你积极配合他治疗，总有一天可以痊愈。"

"这样呀，那真是太好啦！"顾妄言笑起来。

痊愈？希望吧。在梦里的时候，他不是没看过医生，若能治好，最后也不会惨淡收场。

沈向霆看着他那灿烂的笑容，想起了容涣的话。他是装的。他在沈向霆和大众面前的那个乖巧形象，都是假的。那么，真实的他是什么样？剖开他这个小白兔的外表，里面会是个长满刺的清傲少年吗？

晚上，顾妄言的房间因为遭"大水"，没法睡了，整个偌大的顶楼套房却只有两间卧室。

沈向霆出来，就看到顾妄言窝在沙发上，踢了踢沙发脚："起来，去我房间睡。"

顾妄言睁开眼："没关系的，霆哥，我在这儿对付一晚上就行了。"

沈向霆的话不容拒绝："自己去，还是我扛你去？"

顾妄言这才坐起来："我自己去吧……"

熄灯后，小夜灯还开着，加上半开着的窗帘，房间内还是有亮度的。

顾妄言睡在床上，睁开眼问打地铺的沈向霆："霆哥，你不会感觉到不自在吗？"

"有什么不自在的？"沈向霆侧着身躺着，面朝落地窗，闭着眼睛。

"你对我那么凶，我夜里偷偷打你。"

顾妄言话音一落，就听到沈向霆的一声冷笑："你这身板？"

"我……我有肌肉的！"作为一名偶像，公司对他们的身材管理要求非常严格。不仅为了让粉丝有感官上的享受，还因为唱跳很费体力，如果平时不锻炼，便很难完成一场完美的表演。iMAX 其余两名队员都是在公司训练了数年的艺人，顾妄言作为空降队长，在各方面都不比他们差，都是因为天生的优势。他在进入演艺圈之前，身体素质就好于他人，会的东西也很多，这都要归功于爷爷。爷爷对他太严格了，从小就让他养成良好的生活习惯，早起晨练，晚间负重跑完圈才让睡觉。顾妄言正在心里想着幸亏爷爷以前对他严格，就听见沈向霆忽然说道："是吗？那你试。"

"霆哥，我……"

"你试，成功算我输。"

顾妄言坐起来，踌躇不安地道："那得、得罪了霆哥，如有冒犯，请多担待。"

沈向霆被惹笑了："你在打人之前，还要先道个歉？"

顾妄言做了个深呼吸的动作，然后一拳挥了过去，却被沈向霆抬手格挡，他伸手抓住对方的手臂。沈向霆表现得很淡定，开口亦是："哦，小东西还是有点儿力气的。"

顾妄言眼眸微眨，眼神里透着几分紧张无措，把小白兔的形象演得淋漓尽致："霆、霆哥，你、你不要小看我！"

"就这？"沈向霆眉间一挑，似有几分挑衅意味，"就想让我害怕？"

顾妄言深呼吸，他可以的！但他还是在犹豫，他怕。这一瞬间，顾妄言忘了演戏，真实的表情全表现在脸上——害怕、不安、犹豫不决。他走神的眼眸中，似是挣扎。忽然，形势陡然翻转，被他抓着的沈向霆猛然一使力就挣脱了。紧接着，一股强大的力量将顾妄言反过来压制住，他下意识地挣扎几下，却被沈向霆压得更狠，动弹不得。不像顾妄言那般犹豫，也不似顾妄言想得那么多，沈向霆用自身的气场，用眼神镇压住顾妄言。

"霆哥——"顾妄言脸上开始出现慌乱的神色。沈向霆用力压着他，吐露出来的字眼亦是非常强势："不想受伤就老实点儿！"

安静的房间里，微开的落地窗外吹进一抹晚风。轻啸的风声，飘动的窗帘——那一刻，世界都变得明亮起来。

◇ ◆ 092 ◆ ◇

不一会儿，沈向霆忽然想起了什么，有些狐疑地看着他："你没事？"

"什么？"

沈向霆："不用吐？"

已经有一会儿了，平时这种时候已经有反应了吧，快的话应该已经蹦下床往洗手间跑了。顾妄言自己也愣了一下，想了想，抚着心口："有一点儿……嗯……"忽然，他捂住了自己的嘴巴，糟糕，劲儿上来了。沈向霆眼睁睁看着顾妄言冲了下去，没关门，所以能听到他在洗手间呕吐的声音。

沈向霆歪着头，开始思考。所以是因为被提醒了，他才……沈向霆忽然明白了什么——心理作用！他并不是单纯的身体反应，而是心理因素引起的生理反应，所以一开始没有反应，在被提醒后，联想到了什么事，这才又吐了。

沈向霆去外面倒了杯热水回来，顾妄言已经坐在床上，面如土色。

"喝点儿热水吧。"

"谢谢霆哥。"顾妄言喝了一口，眸色微深，"霆哥，你别误会，我不是因为你。"

顾妄言低着头，懊恼得不行。他的病，什么时候才能治好？他不想每次都这样。他真的想快点儿好，变成正常人。

"我知道，我有基本的分辨能力。"

"不严重，心病只需心药医，"沈向霆说道，"只要解开你的心结，这病自然就会好。"

"可是，怎么解呢……"

沈向霆靠在一旁的桌子上，良久才道："你得这个病，是因为你厌恶世界？你可以选择不回答我。"

顾妄言抬眸，缓缓地点了一下头。

"所以简单的触碰你可以忍，但肢体接触就会让你联想到什么，进而引发神经性呕吐？"

是这样。

"然而在我和你动手的过程中，你并没有发病，你想过为什么吗？"

"因为我没有联想？"

"你刚刚都在想什么？"

面对沈向霆看过来的视线，顾妄言心里一震："我……"他什么都没想，大脑好像变得一片空白，专心应付沈向霆。

"就是有一种活在当下的感觉。"顾妄言迎上他的视线，"我只把它当成一次过招。"

"讨厌吗？"

"什么？"

沈向霆重复道："讨厌我这样的互动吗？"

顾妄言在心中苦笑，摇摇头。

"我再问你，你的病，跟陆放有关吗？"

顾妄言攥紧了自己的衣角："是……"

"我不问别的，只需要知道这个。"沈向霆问，"这个病，我帮你治。"

顾妄言："怎……怎么治？"

沈向霆的双眸直直地盯着他，沉稳有磁性的嗓音如百年大提琴般优雅好听："把你赠予陆放的耐心，都转赠我吧。你把对他做的那些事，都对我再做一遍，我来回应你。"

顾妄言眼一眨，似是没想到沈向霆居然会说出这样的话。这比他预计的确实还是要早了，原以为还得等上一两个月才能把霆哥的嘴巴撬开呢。

在他发愣之时，沈向霆提醒他："阿妄……"

"嗯？"

"可以吗？"

093

顾妄言装着自己很意外的样子,震惊加支吾:"霆……霆哥,你在说什么?"

沈向霆并不急躁,问道:"听不懂中文?哪个字不懂?我给你解释。"

已经说得很明显、很直接了,沈向霆不信他听不懂。沈向霆并不打算吓到他,所以只是找了个借口:"不用有心理负担,我答应顾爷爷要照顾你,说到做到。"

顾妄言在心里无奈地笑了。

顾妄言:"霆哥之前也是这么跟其他人说的?"

"并没有,你是第一个。"

"可是,为什么?"

"帮你治病。"

这无疑是一种鼓励,所以沈向霆才敢那么放肆地说出来,赌顾妄言会答应。

"那样真的可行吗?"顾妄言眼里写满了好奇,"但是这样对霆哥太不公平了。"

"你只需要告诉我,你会因为心软原谅他吗?"

顾妄言坚定地道:"不会!我绝对不会原谅他!"

"那就记住你说的话,顾妄言!你说的,我信了,即便日后你食言,那也是我自己蠢,信错了人。但那是我的事,跟你无关,你只需要做你自己。"

真傻——顾妄言笑了一下:"好,那就请你帮我治病吧。"

"第一个疗程,把手给我。"

顾妄言伸出了自己的手,不知道过去多久,他开始冒冷汗。沈向霆看到他的反应,想停止,听见他说:"霆哥,我还可以坚持。"

他的忍耐力,出乎了沈向霆的意料。参加《世外桃源》录制的时候,他明明很快就坚持不住了。

顾妄言一直在忍,身体都发颤,脸色发白,仍不肯说一个"不"字。沈向霆眸色一深:"可以了!慢慢来,才第一天!"

"我想快点儿治好。"

"这么着急做什么?"

顾妄言惨白的脸上浮现一抹笑意:"想快点儿变成正常人,不辜负你的期待。"

沈向霆的心被触动了一下。

顾妄言去了洗手间,把门关上,背靠着门坐在了地上,屈膝将自己抱起来。

门外,沈向霆犹豫了很久之后才敲门:"对不起,阿妄,是我太急进了,我不会再测试了,你出来吧,我去客厅睡。"

"霆哥。"顾妄言忽然喊,声音听着还有几分哽咽。

沈向霆停住脚步:"我在。"

门被拉开了,双眼通红的顾妄言站定在他面前:"霆哥,我给过你机会逃走的,是你自己不逃。今后如果你知道我是个怎样的人,你再后悔就没用了。"

"我不后悔。"沈向霆隐约感觉到什么。

"你后悔都没用,我这个人很轴,一旦认定一条路就会走到黑,无论这是条死路还是活路。"

他走过一次死路了,这一次,哪怕仍是死路,也认了。

◇ ◆ 094 ◆ ◇

沈向霆怔住,瞳孔微微扩大。

这一刻,他仿佛等了很久。顾妄言的脑海里闪过从前的事。初见,那是个好看极了的大哥哥,那天太阳正好,他却觉得那个哥哥比太阳还亮。

"妈妈,那是谁?"

"言言,那是向霆哥哥,第一次来我们家玩,以后你要跟哥哥好好相处哦。"

"哥哥是不是不喜欢我?为什么不跟我说话?"

"哥哥就是这样的,不太爱说话,言言可以先上去打招呼啊。"

"我不,他不跟我说话,我也不跟他说话!"

花园里,他看见沈向霆站在二楼,期盼着沈向霆能下来帮他赶走陆放,可是沈向霆没有。他给了陆放时间,也给了沈向霆时间,只要沈向霆说离陆放远点儿,他就听沈向霆的。

沈向霆的无动于衷、陆放的嘘寒问暖,以及,顾妄言的放弃。他本来就是身处黑暗泥沼的小怪物,初见的光对他视而不见,另一束光照进他的世界,他便伸手抓住了,他也想看看外面的世界啊。

越期盼,就越害怕失落,越害怕被灼伤。陆放让他知道,原来不必追光,光自会照着你。他享受着那一切虚妄的好,终是为自己挖下了一座坟墓。虽然结局是悲惨的,但陆放确实将他从泥沼中拉出来过,在不知道真相的那些年里,他痛并快乐着。如果他什么都不知道,至死便还是个快乐的小傻瓜。脑中场景一转,顾妄言又看到了那日葬礼上的沈向霆。他们两个都是骄傲的人,谁都不肯或者不敢迈出第一步,越是骄傲的人,就越是怕被折了傲气。

《绝命追杀令》开机了,尽管顾妄言的戏份在最后一个单元,剧组的人却频繁看见他,只因他经常来探班。有礼貌又乖巧的小朋友谁都喜欢,嘴还甜,剧组的工作人员都很欢迎他来。一开始大家还会打趣问是来探谁的班,他都只是笑笑说来看大家,给关系好的晴曼姐和霆哥送剧组餐来了。韩晴曼在现场没少打趣他,总是说大实话,让大家笑得不行,譬如"哎呀,我可真是沾了某人的光啊,还能吃上言言亲手做的剧组餐"。

而那时，高冷的沈向霆从来不否认这种说辞，顾妄言则是一如既往地害羞和不好意思，让韩晴曼不要开玩笑。以至于后来，整个剧组都被带歪了，顾妄言一来，还没说话，碰上他的工作人员便一指某个方向："言言来了啊！向霆老师在那边补妆呢！"

"啊，我不是——"

"懂，我们都懂！你是找晴曼老师和向霆老师'两位'前辈的！喏，晴曼老师也在那边呢！"

◇◆ 095 ◆◇

好些人见了顾妄言都会跟他聊上几句。

"言言，今天又给两位前辈做什么好吃的了？"

"言言，什么时候我们也能有那个口福啊？闻着可香了。"

"言言，你怎么这么可爱，这么乖？我弟弟要是有你十分之一好，我做梦都会笑醒！"

补妆中的沈向霆目光往一侧扫去，就看见顾妄言被一堆人围在了中间，耳边是叽叽喳喳的吵嚷声。这小孩怎么这么惹眼，走哪儿都一堆人围着！他顶着这么一副皮囊，性格又温顺乖巧，简直走哪儿都是香饽饽，谁都想跟他说上几句话。

沈向霆眉头一皱："吵死了！"

剧组正在给沈向霆补妆的化妆师手抖了一下，差点儿把高光粉扫到他眼睛里去——沈向霆发起火来果然很可怕！

现场导演连忙说了一句："都散了散了，别打扰老师们背台词！"

不似沈向霆那么高冷、不近人情，韩晴曼无论是在片场还是其他地方，都是出了名的人间仙女、温柔姐姐。她从不耍大牌，也不会乱发脾气，跟谁都好好相处，完全没有大明星的架子。这种艺人，也是工作人员最喜欢的，镜头前、镜头外都是一张面孔，不会像有的艺人那样两面三刀。

韩晴曼跟化妆师递了个眼神后，脑袋一侧看向顾妄言那边笑说："就是，你们就别缠着小妄言了。向霆老师拍了一天的戏，难得见到弟弟，你们老给人霸占着，当然生气了！"

刚被沈向霆吼愣了的那群人立马明白了，一脸的"哦！原来是这样！"的表情。那是他们不懂事了，还得晴曼老师当翻译机，他们才能懂！现场的人大多是一脸笑容。

顾妄言走过去，从袋子里拿出来两个便当盒，一人一个："晴曼姐、霆哥，你们快趁热吃吧。"

化妆师们瞄了一眼，又是两个一模一样的。

"哇，"韩晴曼打开后，看着花花绿绿的摆盘，心花怒放，"言言，你也太贤惠了吧！以后谁嫁给你，简直赚翻啦！"

沈向霆接过便当盒："今天的台词功课做得怎么样？"

"挺好的，"顾妄言摸摸耳垂，"霆哥，你要检查吗？"

"不用，我回去检查。"

两名化妆师互相看了一眼——他们住在一起吗！

顾妄言正想否认，沈向霆抬眸一扫："我们住在一起。"

顾妄言解释说："是我家住得太远了，交通不便利，我又没钱住酒店，霆哥看我可怜，就收留我了，不过我是干活儿抵房租的！"

◇ ◆ 096 ◆ ◇

沈向霆转过椅子，看着顾妄言问："我们晚上吃什么？"

顾妄言问："涮羊肉火锅好吗？"

"怎么突然想起吃羊肉？"

"最近气温不是又降了吗？霆哥，你拍戏早出晚归，我怕你累着。羊肉是热性食物，可以御寒，又富含蛋白质，非常有营养，能增加自身免疫力！"

"好，那今晚就涮羊肉火锅。"

说到这儿，沈向霆联想到了顾妄言之前给陆放准备的一些食疗食补。在顾妄言和陆放闹掰的第一天，沈向霆就把所有贴着"陆放"标签的食物盒子统统丢进了垃圾桶。从此，顶楼套房里，再没有任何一点儿和陆放有关的东西。顾妄言曾经为陆放做了那么多，而现在，只为他做！这么好的小孩，只有傻瓜才不知珍惜。

"羊肉火锅？"左文山闻着味儿过来，"什么家庭啊？还吃羊肉火锅呢！向霆老师可真有福啊，有人做饭，每天回家就有口热饭吃。"

"谁说不是呢，"韩晴曼帮腔，"可怜我孤寡老人独居，家中无人做饭，也无人给我送饭。要不是言言看在我年纪大的分儿上，我就得跟导演你们一起吃剧组盒饭了。"

顾妄言："那我先去买食材了。"

"等等，"沈向霆喊住他，"我还有一场戏而已，等我拍完，一同回。"

"干活咯，干活咯！"韩晴曼站起来，从左文山旁边蹦蹦跳跳地过去："左导，咱们可快点儿拍吧，别耽搁了人家吃饭。"

左文山笑起来，这韩晴曼可太皮了，再看沈向霆，就……完全没有反驳的意思。顾妄言在一旁等着。

一声"action（开始）"之后，两人就瞬间进入演戏的状态，毫无意外地一条过。导演刚喊完"cut"，沈向霆一秒出戏。下班！今天他穿的就是自己的私服，连衣服都不用换，收了表情就朝顾安言走去。

顾安言一脸崇拜地比了双赞，眼里都是沈向霆："霆哥，你好厉害！又是一条过！我什么时候才能像霆哥一样优秀啊？"

"马屁精。"

"才不是，我只是实话实说！"

沈向霆睨了他一眼，不禁想，容涣只是说他这副乐观向上的模样是装的，却未曾说过，他这无害小白兔的人设是真是假。如果是装的……沈向霆的唇角弯了一下。那他可算是阴沟里翻船了，这么久了，竟一点儿也找不到顾安言在演戏的痕迹。平淡无奇小演员？闹呢！这是老天喂饭吃的小天才！

"霆哥，你笑什么？有什么好笑的事吗？"

"没什么。"

身后，韩晴曼还在挥手喊着："拜拜呀，向霆老师、小言言，涮火锅快乐哦！"

顾安言侧头看了眼沈向霆说："霆哥，晴曼姐总是这么玩，出事怎么办？"

"你怕吗？"

"我不怕，我什么都没有，但如果会连累霆哥你的事业，那我就罪过大了……"

沈向霆风轻云淡地道："大不了，回家接手公司，老沈巴不得我回去，他会感谢你的。"

霆哥，我觉得不会。沈叔叔要是知道顾安言把他唯一的儿子拉下神坛，不打死顾安言算好的了，还感谢顾安言？父母或许最后会妥协，但知道的第一时间，恐怕会恨死了顾安言。

《百尺星辰》悄然上线。除了已经官宣的评委之外，还有一名没有透露的神秘摘星者。节目组上下都签订了保密协议，个个守口如瓶。据节目组透露，摘星者乃《百尺星辰》发起人，是一个大家绝对想不到的重量级人物。虽然外界普遍认为这是节目组宣传的噱头，但实际上并不是。这是沈向霆为顾安言准备的一场干净纯粹的舞台表演。

小孩的初场表演，很重要。

他不想让"沈向霆"这三个字影响了大家的判断，也希望大家抛开沈向霆的滤镜去真正认识小孩。所以顾安言将戴着面具上场，在结束表演之前，沈向霆也不会公开自己的身份。这样，他的表演才不掺杂任何外界因素，人们喜欢他，只是因为他呈现了一场完美的舞台表演。

开场，是一个"V"字形的排位，坐在中间最高处的不用说，就是摘星者了。令人奇怪的是，"V"字形排位一共五个座位，除了摘星者和三位评委之外，还空着一个座位。按照位置排列，依次是：实力男歌手白弘毅，偶像裴子昂和实力女歌手宋颖。

裴子昂拿起了话筒:"大家好,欢迎来到《百尺星辰》第一期的直播现场,我是裴子昂!"

观众——

"啊啊,是我家'K神'!"
"我一直很好奇,连裴子昂都只是评委,那摘星者分量得多重?"

现场的一千名随机挑选进场的普通观众看着几位评委,发出了欢呼声。都是年轻人,有男有女,好多人发状态说自己是走到半路被邀请进来的,差点儿以为是骗子,没想到真的是节目录制现场!不是说这类节目的观众是托儿吗?你们节目组居然真随机挑选,可真敢啊!

宋颖问:"我很好奇,那个空着的位置是?我们还有人没到齐吗?"
"最后一位——"临时兼任主持人的裴子昂自然地宣读流程,看了看台本,照着念,"这位就有点儿特别了,是特聘评委,也是我们节目组的赞助商之一。他,是位霸总!"

灯光全打在了刚出场的那人身上。

"哇!活的霸总欸!"
"说白了,就是这位霸总投钱让自己出镜了?这位霸总很有梦想嘛!说吧你是谁!"
"有一说一,这霸总长得不比艺人差啊,难道霸总不想当了,想出道?[狗头.jpg]。"

"大家好,我是陆放。"
"没错!"裴子昂继续道,"这位,就是陆氏集团的CEO陆放,陆总!也是华鼎娱乐的大股东。后台的个人选手,你们这次可要努力了哦!"

此时,坐在中心位置的沈向霆和在后台准备的顾妄言同时一愣——陆放?他怎么也来了?!

◇ ◆ 097 ◆ ◇

沈向霆和顾妄言并不知道陆放来了这档节目。沈向霆说是发起人,其实不过是提了策划案,节目的准备工作并不参与。关于《百尺星辰》的具体赛规、流程、评委等,他也都是这一刻才知晓的。之前他并不在意这些,也无所谓知道都有哪些公司品牌投了这档节目，却没想到，陆放竟然会要走一个评委席——阴魂不散！

他倒是不把陆放放在眼里，跳梁小丑罢了，只是有些担心陆放会影响阿妄的发挥……

后台，顾妄言听到这个名字后，半脸面具下的嘴轻轻地弯了弯——陆放。为了继续骗他，陆放不惜砸重金来这节目上露脸，甚至直接曝光了自己华鼎娱乐大股东的身份，这是想要暗示他什么？陆放倒也不会拿这个身份来逼迫他，陆放不会那么蠢。陆放不可能不知道，如果那样做了，只会把顾妄言推得越来越远。现在不比之前，他们可是闹掰了，他还是"伤心欲绝"地和陆放断交的，陆放唯一能做的，就是想尽办法讨好他。

"欸，那是谁啊，为什么戴着面具？"

后台等候的选手分好几拨聚在一起，有的是朋友，有的是同公司的，等等。在落单的成员里，顾妄言与众不同，戴着面具，一个人在角落里等候着。

"我听说是摘星者推荐的保送生，估计是内定冠军吧。"

"啧啧，还以为这档节目是一股清流呢，果然还是不该抱希望的咯，我们就是陪天选之子走个过场的吧。"

后台对于顾妄言的议论顿时散开了，一个传一个，登时所有人都知道了这件事，也有持保留意见的。

"现在都还没开始，不好下定论吧，还是看看再说。"

在线观众对于这位保送生也充满了好奇，恶意揣测的也不少。

陆放一个总裁来当评委，也引起了不少人的议论。就在这时，沈向霆忽然看着手机，笑了出来。他的邮箱里，正是一份对陆放的深入调查结果。看着他的"履历"，沈向霆的唇角勾起一抹不屑的笑容——手下败将！

"我听到了一些议论。"

神秘的摘星者说话了。四位评委都现身了，摘星者还隐藏着，甚至连声音都经过了变声处理，让人根本无法通过声音去判断他是谁。摘星者用一种半调侃的口吻道："你们以为陆总就只是陆总而已吗？陆总可是音乐专业出身，比在座的你们都要专业不少！"

这个"你们"，指的是后台的选手，还有一些讨论热烈的现场观众。观众纷纷看向那个方向。天哪，这摘星者到底是谁啊！为什么都变声了，听着也那么有魅力呢？原声该有多好听啊！

陆放也愣了一下：这人是谁？他怎么会知道……

裴子昂："哦？没想到陆总也是玩音乐的！"

摘星者继续说："陆总曾经也和你们一样参加了偶像竞演节目，不过被淘汰了，音乐梦破碎，只好勉为其难地回家继承家业了。"

现场笑声不断，观众亦是——

"天哪！这就是传说中的不好好混演艺圈就要回家继承家产吗？"

"你们都在笑，我怎么觉得摘星者好损啊？哈哈哈……他不提这茬，大家谁知道陆总的过去啊！"

"这么一说，好像是有点儿火药味哦？语气虽然是调侃的，但听起来似乎不太友善！"

"你们仔细看陆总的表情，好像确实有点儿绷不住！"

但大多数人还是笑，包括现场也是。心大的裴子昂因为坐在陆放的后面，没注意到他的反应，接了摘星者的话："真是太'勉强'啦！"

宋颖笑了一下："我看过不少偶像竞演节目呢，陆总是参加过哪一档？"

陆放微笑："都是陈年旧事了，不提也罢。"

观众马上去搜了，奈何"陆放"这个名字太过普通，除了搜出来他在商圈的身份之外，演艺圈仿佛没这个人似的。

"那确实，"摘星者道，"淘汰得太早，说出来是会有些丢人，别问了，给陆总留点儿面子。"

陆放："……"那后面到底是谁？

众人一头雾水。

好家伙！不是你提的那茬吗！你不说，谁知道这事啊！开局就闻到了摘星者和评委之间的火药味，还不像是剧本安排的，毕竟陆总要是为了节目效果自我牺牲，那也是够拼的，所以多半是他们的临场发挥，这节目……有意思了！

观众——

"哈哈哈摘星者好坏啊！可是我喜欢怎么办！"

"摘星者到底是谁啊？哈哈哈……谁家的哥哥嘴那么损！"

"这摘星者真是三斤半的鸭子二斤半的头——就剩嘴了！多损哪！"

后台的选手都不敢太放肆，毕竟摄像老师在拍着。顾妄言听着前边的动静，听得都笑了。

霆哥真是……他以前没发现，霆哥竟然这么损。陆放参加过偶像竞演节目这事，就连他都不知道，陆放并没有跟他提过这件事。他只知道陆放会弹吉他，会唱歌，这是他认为的陆放的人格魅力之一。

沈向霆损完陆放，开始点题："危楼高百尺，手可摘星辰。偶像们就像那高高挂起的星星……接下来的一段时间里，你们将努力、奋斗，争夺第一。知道那最高最亮的位置为什么叫启明星吗？"

所有人的视线都落在选手座位处，中心位就是启明星的座位，设计感跟其他普通座位显然是不一样的，看着就"高大上"。顾妄言也看着它，莞尔。他既然来了，就不是来玩闹的。如果不把那个位置拿下来，岂不是把霆哥的脸放到所有人面前让人打？

◇ ◆ 098 ◆ ◇

大屏幕上，镜头扫过后台选手们的脸，每个人脸上都写着对冠军的憧憬。

梦想还是要有的，万一实现了呢？

摘星者继续道："启明星，是地平线上升起的晨星，也是余晖中明亮的昏星，更是夜空中最亮的星。只要你有足够的实力，不论背景，不论身份，我以我的人格担保，《百尺星辰》绝对公平、公正，任何人都有成为启明星的机会。"

后台选手们的表情各异。大多人心里有数，抱着陪跑的心态来参赛，毕竟这些千篇一律的偶像竞演节目是为那些内定艺人准备的一座桥梁。可是摘星者的话，让他们燃起了希望：真的谁都有机会吗？如果可以，谁不想当第一？

摘星者的声音再次响起："夜空中的星星如恒河沙数，但最亮的有且只有一颗，最后能坐上那个位置的人，只有一个。那么，比赛即将开始，你们是否已经准备好，去争当做夜空中那颗最亮的星？"

摘星者明明是以一种平静的口吻说的，却让人听得莫名地亢奋起来了，最后一句话落下时，所有人都整齐划一地回答了一句："准备好了！"

裴子昂回过头一看，这人到底是谁啊？很能调动现场气氛嘛，连他都有点儿躁动起来了！说实话，近几年演艺圈的水是越来越深了，不像八年前他们参赛的时候，偶像竞演节目还能从素人里面出冠军。他和沈向霆，都是以素人身份参加的比赛，背后没有什么强大的经纪公司，那时候规则透明，不像现在，好几档节目被曝资源位内定，他身为业内人士，也有所耳闻。所以原本对《百尺星辰》也没抱什么希望，他就是来挣钱的，顺便看看现在的新人里有没有什么被遗漏的明珠，捡一颗回去。

裴子昂已经成立自己的个人工作室，虽然规模不大，但至少能给那些失去机会的新人一个还能留在舞台上的机会。现在听了摘星者的话，也有些期待了，他倒要看看，这《百尺星辰》跟其他节目有什么不一样！

"很好，"摘星者说道，"既然都准备好了，能力自评现在开始。'K神'，交给你了。"

被点到的裴子昂默默拿起了台本。

总导演说，摘星者不太爱说话，所以让他来兼任主持人，过一下流程，宣读一下规则什么的，裴子昂当即说："那合着导演你是觉得我话多？"

行吧，他话确实多！他一个三十岁不到的偶像，在《世外桃源》里跟两位老前辈唠嗑都能唠一期，偶像包袱早就没了。只是话说回来，导演，你确定这摘星者是不爱说话，而不是偷懒，不想说话？明明也能说那么多嘛，还说得头头是道的！

裴子昂："好的，那就按抽签的顺序依次出场吧！"

选座位是所有偶像竞演节目的看点之一，首先出场的是一家小经纪公司的五人，他们鞠躬、打招呼："摘星者老师好，四位评委老师好。"

裴子昂做了个手势："请吧，自己挑，别客气。"

有人问："裴老师，哪儿都可以坐吗？"

"可以，"裴子昂笑说，"你想坐启明星的位置都行！"

"真的吗？"五人好像不敢相信，早出场还有这等好事？

"对，自信嘛，最重要！不过……"

一句"不过"，就说明了事情没那么简单。

"不过规则是这样，我们只分两个班——星辰班和非星辰班，你们自行选择。今天只分班，不做评测，星辰班所有的评级要求比非星辰班要严格，如果你选了星辰班，第一次评级复测如果达不到A级，即刻淘汰！"

全场哗然——什么！第一次评级复测就开启淘汰赛制？！那还选什么星辰班啊，去非星辰班啊！

裴子昂念着这台本，也觉得刺激得很——这节目……玩的就是心跳啊！除非已经具备竞选资源位能力的选手，否则谁敢选星辰班这么刺激？上来脸还没露几次就被淘汰了可还行！后台等候的人听到这赛制都炸锅了，太刺激了啊！

"天哪，这还怎么玩啊！你们选什么？"

"当然是非星辰班啊！去什么星辰班找刺激？不要命啦！"

"对啊，班级不就是个噱头吗？最后能不能取得资源位还是看个人能力！当然选非星辰班！"

"云庭星河那种大公司出来的，应该会选星辰班吧？"

"我还是觉得太刺激了……谁知道评委们的评级标准是什么？万一没达到A呢？那不就凉了吗！"

外面，裴子昂继续道："非星辰班那就简单了，评级只要达到B即可进入下一赛段。第一次复测评级，不考虑观星者投票数。"

观星者，即节目观众，也就是说，第一次筛选，由评委们说了算。赛制一出，也就意味着，无论你在来之前有多出名，只要没达到评委的标准，那都有可能被淘汰！这些选手当中，有一些是来自已经出道的男团成员，或者参加过其他节目却没火起来的，这些选手都自带观众基础。对于这部分选手，选非星辰班肯定是侮辱性的，但选星辰班，又有一定的风险。两个班都极端，要么拔尖，要么平庸，就看你怎么选。第一次复测评级，等于一次大筛选，筛掉那部分浑水摸鱼的，不管你的观众基础如何。如果已经出道的那些人选的是非星辰班，连B评级都达不到的话，那也太可笑了，被淘汰了也不冤。听起来是挺公平的，就是不知道会不会只是个噱头，并不会真的淘汰人。

第一队人，毫不犹豫地选择了非星辰班。有一人愣了一下，走向王座，问："裴老师，那如果选的是'启明星'呢？"

"哦——"裴子昂特别友好地笑了一下，"很简单，选了'启明星'的人，立刻、马上下来评级，达到5S即可登上宝座。"

S？不是A，是S？还有S级啊，甚至5S！

弹幕"唰唰"而过——

"还有S？牛哇！"

"5S可还行……摘星者和四位评委老师都给出S评级的意思？那别比了，请原地问鼎冠军[笑哭.jpg]。"

"好一个'很简单'，'K神'我信了你的邪！"

"那对裴子昂来说，5S确实是很简单嘛，没毛病！哈哈哈……"

"如果没有5S呢？"

"没有5S啊……"裴子昂笑里藏刀，"出口在那边，江湖再见。"

哟——所有人倒吸一口气，还真是高处不胜寒！站在"启明星"位置旁边的选手给大家表演了一个马不停蹄的"滚"，摸都没敢摸一下：打扰了，告辞！

他觉得今天全员非星辰班都有可能，还"启明星"？

算了吧！谁有那个实力和胆量啊！

◇ ◆ 099 ◆ ◇

这人溜得快，现场和网络观众都笑得不行。但5S评级的要求确实过分了，下去不丢人！后台还在等候的选手听到这个标准，也纷纷哗然惊叹。

"你刚还说想上去坐坐！还坐不？"

"不坐了不坐了！玩命啊这是！节目组也太狠了！"

虽然设定了"启明星"之座，要求却定得那么严格，这座位，谁敢上去坐啊？不嫌屁股烫？为了那几秒钟的帅气而直接被淘汰出局，实在是不值当！大家的顾虑是正确的，连自己能不能拿到A评级都不确定，给一百个胆子都不敢去挑战"5S"。

眼看选座人数过半，裴子昂叹了口气："唉，怎么没人选'启明星'啊？要不要我告诉你们启明星的待遇啊？"

别说没人去坐"启明星"，就连星辰班那边都是空无一人。

"什么待遇啊？"

"导演组，先给大家看看宿舍吧。"

导演组立马给大家放出来一组图——豪华别墅联排，双人宿舍，依山傍水，绿水青山闻鸟啼，风景美不胜收。

"哇……好漂亮啊……"

这哪是宿舍啊？这是度假村吧！

"漂亮吧？想住吧？"

"想！"

"这就是星辰班的宿舍！"裴子昂笑着，"怎么样，感兴趣不？选了星辰班，别墅住着，好吃供着，米其林大厨都给你们请好了！"

前面已经落座的选手和后面还没选的选手，都呆呆地看着。这也太好了，简直就是享福来了！

裴子昂继续诱惑："想改吗？全员选座结束之前，你们随时可以更改自己的座位。"

大家脸上羡慕，却始终没有人挪动屁股。有人跃跃欲试，但想到万一评级不达标就会被淘汰，住几天豪华别墅又有什么意义！直到九十九人都选择完毕，竟没有一人选择星辰班。

裴子昂大失所望："你们胆子都这么小啊？要我我就选星辰班！"

众人："……"

观众笑——

"过分了'K神'！[笑哭.jpg]，谁能跟你比啊！哈哈哈……"

"笑死！来自'K神'的无情嘲讽！"

"众选手：还能怎么办，那是'K神'啊！完全比不过！只能'躺平认嘲'啊。"

白弘毅也怂恿道："来都来了，有没有人展示一下你的A级实力？我记得，不是有些人都出道了吗？对自己这么没信心？"

那些人都想把自己的脸埋起来。如果只是降级还好，可惩罚是淘汰，这就玩得有点儿大了。他们各自的粉丝也希望他们求稳。

"真的没人选？"裴子昂眯眼："导演，是时候让他们看看对比了，激发一下他们的胜负欲！"

传说中的B宿舍来了，屏幕上的图片一切换，众人瞬间感受到了极端的差别。一个大型场地改造的临时宿舍，四人间，上下铺。说是四人间，其实……实际上所有人都住在同一个空间，只是分成了很多个"房间"，每两个"房间"之间加了一层木头隔板，放个屁，隔壁都能听得一清二楚，火车卧铺既视感。节目组还特地给这组加了特效——秋风萧瑟，落叶飘零，跟隔壁的联排别墅形成了鲜明对比……

观众——

"[笑哭.jpg][笑哭.jpg][笑哭.jpg]。"
"这差别也太大了啊！我赌一包辣条，节目组绝对是故意的！"
"我怎么觉得即便这样也没人敢选星辰班呢？节目组好坏啊，哈哈哈！"

果然，选手们看着这巨大的落差，哀号不已。
"心动吗？心动不如行动！星辰班选起来！"裴子昂坏笑着怂恿。
没人行动。
"最后一次确认了啊。"裴子昂催促道："那行，导演！"
语毕，大屏幕上那些什么联排别墅，什么山啊水啊，什么米其林大厨啊，统统做了个破碎的特效，全没了。也就是说，节目组早就猜到没人敢选星辰班，这一切仿佛只是一场镜花水月，短暂地存在了一下。
裴子昂依旧不肯放弃："导演，下一个。"
接下来放出来的，让什么联排别墅黯然失色。这是一栋豪华独栋别墅，欧美园艺风格的花园，院前自带游泳池，中间还有一座欧洲十七世纪巴洛克风格的少女许愿池，不可谓不豪华！惊叹声连连，这啥家庭啊！
裴子昂让给宋颖介绍。
宋颖用细腻的嗓音说道："想住吗？"
"想！"
"想就对了，这栋别墅是我们摘星者老师友情赞助的。比赛期间，能和摘星者老师一起住在这里的，就只有每一阶段的启明星！摘星者将成为启明星的私人导师！"宋颖看了看台本，愣了一下，这台本写得有点儿皮呀……
她笑说："不仅如此，启明星还将有机会吃到摘星者老师亲手烹饪的餐食，你们还在等什么？鼓起勇气去争夺启明星之位啊！"
众人："……"
这回是连惊呼声都没起来就蔫儿了。
"5S"那是人拿的吗？散了吧，终究只是个美丽的梦罢了。
观众——

"哈哈哈笑死我了！"
"选手们的内心：宋颖老师，您看我们脸上写着'5S'吗？"
"我们缺的是勇气吗？我们缺的是'5S'！"

"多损哪！哈哈哈……争夺启明星之位？试试就逝世！"

陆放对这些都不感兴趣，只想知道，顾妄言到底什么时候出场。选手位长时间沉默，裴子昂换上了严肃脸："很好！那么，从这一刻开始，全员非星辰班！"这是意料之中的，毕竟失败风险太大，但大家还是有些失望。不说启明星了，居然连一个选星辰班的都没有。

"不见得吧，"陆放忽然道，"我们不是还有一位保送生吗？"

观众一愣，对哦，那名保送生呢？不只观众好奇，评委、选手们也很好奇。陆放知道那名保送生就是顾妄言，其他几位评委却不知道。顾妄言戴着半脸面具出场的时候，没有心理准备的观众做出了不同的反应。这怎么还蒙面呢？

"摘星者老师好，四位评委老师好，我叫启明星。"

嚯！这名字有点儿秀！这是上来直接冲"启明星"？现场骚动，每个人都精神了起来。这才好看啊，之前都快看得睡着了！裴子昂一惊，但隐藏住了自己的表情。一起拍了那么多天的节目，听了对方唱的两首歌，他要是再猜不出来那面具下的人是谁，音乐耳朵也别要了！

白弘毅微笑着："如果我没理解错的话，你的意思是说，要挑战启明星之位吗？"

"是的，我喜欢光，"顾妄言点头，看了眼中心位，那是选手席里最亮的位置，耀眼夺目，"即使我会被它灼伤，也想要去触碰，甚至占为己有。"

虽然听着有些奇怪，但也不难理解。啊，把淘汰说得这么文艺吗？

沈向霆却盯着台上的顾妄言，略有所思。他仿佛意有所指。沈向霆问："也就是说，你已经知道你选择启明星意味着什么了？"

"知道，"顾妄言转回来，面对评委席微笑，"要么功成名就，要么身败名裂。"

◇ ◆ 100 ◆ ◇

现场发出了不小的声音，毕竟等了那么久，连个星辰班的成员都没等来，大家都看得有些乏味了，就连后台导演都没想到，这个小孩居然这么勇敢。

难道是沈向霆跟他保证了，一定会给他安排 5S 吗？

观众——

"这位弟弟是谁！我在他眼里看到了'势在必得'！"

"我也是！仿佛那个位置就属于他一样，期待一下！希望别打我脸！"

其他选手也发出了不小的惊叹声。这人疯了吧？他这么确定自己有 5S 的实力吗？敢冲"启明星"！虽说是摘星者推荐的保送生，但这次测评是全网直播的，好不好可不只是评委说了算！哪怕评委们没放水，但凡有观众觉得达不到5S水准，无论是否真的达到，这样的争议和质疑都会在之后的赛程里一直伴随着他。保送生将承担更大的舆论压力！他就算不想跟他们一样选非星辰班，也可以选星辰班嘛……起码还能待几天才会被淘汰。

摘星者询问道："达不到5S就淘汰，这样的规则你可清楚明白？"

沈向霆问得缓慢，以掩饰自己内心的紧张，这比他自己参赛还要紧张！启明星评测，是评委之间不互相讨论而直接打分的，这就有种不确定的未知感了。万一有评委保守给分，打个A……

顾安言："清楚。"

沈向霆："有信心吗？"

顾安言看着什么都看不到的那处，嘴角扬笑："摘星者老师，您可以先想想，晚上给我做什么好吃的。"

霆哥不惜自费包场，他怎么能让霆哥失望呢？看到他自信的笑容，沈向霆紧张的情绪也被安抚下来："好，开始你的表演。"

"等一下，"裴子昂忽然道，"保送生的冲刺规则和普通人不一样。"

沈向霆眉头一皱，节目组要搞什么幺蛾子？

裴子昂继续宣读规则："为了保持公平性，由摘星者推荐的保送生若想冲刺启明星，除了达到5S之外，观星者支持率必须达到百分之五十，二者缺一不可。"

"好。"摘星者平静道："启明星，有任何问题吗？"

"没有。"

"那就开始吧。"

这条规则是为了堵住悠悠之口，在他看来没什么。因为他知道这场评测没有内幕，所以能让他们打出"5S"的，一定是实力不凡的表演，那么，观星者支持率就不可能低于百分之五十。

音乐起。

顾安言端起了身段，开口吟唱："谁的是——"

刚起了个开头，评委均亮了眼睛。选手、观众的第一反应也说明了一切，每个人脸上都写了两个字：吃惊！

观众——

"啊——是戏腔啊！我最爱的戏腔！"

"谁的非——你问问心间——"

这熟悉的美妙声线，莫非——近期让大家感受到这美妙声线的艺人还能有谁？大家第一时间联想到了一个人：顾安言！再看这身高，好像真的是！选手席中也有专业选手，那人抱了抱自己的手臂跟旁人说："我的天呀，我起了一身的鸡皮疙瘩！这小嗓太专业了！"

"专业吗？"其他人只觉得是好听的、舒服的，却似乎不太明白。只是听不明白归听不明白，鸡皮疙瘩该起的还是得起，音乐就是有这样的魅力。这年头，在现代歌曲中加入戏腔的也不少，但大多是吊着嗓子的感觉，学学腔调，音也虚，是假戏腔，骗骗外行还行，专业的一听就不太行，很少有真的唱得好的。

"太专业了！青衣小嗓！这嗓子……清脆悠扬，直击心灵！还有他这身段……说他是个旦角儿出身我都信！"那懂行的就给其他不懂的解释。

前后左右都好奇地转了过去："青衣小嗓是什么？"

"小嗓，青衣、小生演唱时用的嗓音！戏曲行当分生、旦、净、末、丑，知道吧？青衣是为旦行，又称正旦，和花旦同为年轻女子，但青衣扮演的多为京剧中端庄贤淑的千金小姐、侯门公主一类的角色。"

众人还是听得有点儿迷糊。

"这么跟你们说吧，京剧经典曲目《霸王别姬》里的虞姬就是青衣。"

"啊……你这么一说我就明白了！"

也有懂行的观众在弹幕里科普，同样提到了《霸王别姬》——

"天，《霸王别姬》……别说了，我已经在哭了。"

"啊——听不懂，但是好好听！也许这就是戏曲的魅力吧！"

一小唱段完了之后，婉转的音乐一变，时而有一股凌厉的肃杀感，时而凄凉优美；一袭长影独舞，融合了民族舞的风格，方才还端着的身段一转，从舞台一角抽出一把长剑，"唰唰"两下是刺破空气的风声。他手握剑柄，长剑在他手中看似随意地甩动、旋转，却仿佛有生命一般，在空中挥来飞去，看得人紧张不已，好几次都以为那剑要打到他自己，却从他身边擦了过去。如果换上古装，那就是一名翩翩公子，着一身白衣长衫，举剑惊鸿起舞。不用什么表情，你能从他的动作里看出干净利落，剑剑凌厉，没有多余。当音乐奏到高潮时，白衣少年簌簌挥剑向前刺去，目光冷冽坚定，评委席几人竟觉得那剑仿佛是向自己刺来一般，身子条件反射般地后靠。少年踩到舞台线边缘时猛然收剑翻转，凌空侧翻两圈，稳稳落地，下一秒又是两个横向翻转，三百六十度回旋踢。

"嚯——"

"哦！"

全场发出惊叹声，有选手激动得都站了起来。帅呆了！这真的没有吊威亚吗？！这还不算完，落地之后，他以一只脚为定点，另一只脚在地上画了一圈，给他配上鼓风机，那就是武林高手！紧接着，他一只手撑地，用手肘的力量将自己顶了上去，翻转而下做蹲跪之姿。此时他一系列动作做完后，有喘息。到这儿音乐也缓了下来，少年完美契合音乐，微喘着站起来，临近收剑之时，舞姿也变得缓慢、悠然，杀气渐收。他跌了一下，身子跟跟跄跄，大家起初以为是失误了，但很快发现并不是，这只是其中的一个设计。他看着摘星者的方向，把那股留恋、不舍，完美地演绎了出来。把大家的情绪带进去之后，他举起那把剑在自己脖子前决然地一抹，动作和剧情反转到令人诧异，音乐也在这一瞬间戛然而止。

"啊——"众人尖叫着，完全没想到会是这样的结局，叫声里有惊讶，有遗憾，有不甘。少年倒下时，舞姿都还是优美的，犹如一片凋零的枯叶，躺在了地上。他眼微红，呼吸渐匀，看着摘星者的方向，最终带着复杂的思绪闭上了眼。

是被他代入这段故事里了吗？沈向霆抚着自己的心口处，怎的这般疼？

◇ ◆ 101 ◆ ◇

他刚才的这支独舞让沈向霆看到了太多东西，像是压抑许久的情绪一下子喷发，伴随着高潮迭起的音乐，淋漓尽致地表现了出来。最后自刎前的那一段凄美的舞动，让沈向霆看到了他内心的挣扎、渴望与期盼被救赎的情感。不至于——不单单是陆放。只不过几个月的时间，不至于这样痛苦和难以抽离。他隐藏在内心深处的挣扎感，起码是论年来计量的。或许……当年绑架事件给他造成的心理阴影比沈向霆想的还要严重许多，否则真的不至于如此。容涣甚至说，他能活着都是个奇迹。

现场观众的反应将沈向霆的思绪打断。

"哇……"选手席的人站起来了大半，惊叹着，然后热烈地鼓着掌，你看我，我看你，热烈地议论着。

"你们看我这鸡皮疙瘩！真的起来了！"

镜头拉近，给了个近景。

"天哪，太美了吧！美呆了！这个必须5S吧？这个不给5S说不过去了！"

"S！在我心里这就是S级的舞台表演！A不足以表达我的激动！"

"我可算知道为什么别人家的偶像竞演都是A封顶，咱们还来个S了……这节目组是请了个大佬过来啊！"

节目组：我们不是，我们没有，我们也傻了！

"这咋比啊！这不是满级大佬回新手村虐菜鸟吗！"一个带着地方口音的选手当即夸张地道。

镜头瞬间拉到了这位选手，观众前一秒被启明星的舞台表演"炸"傻了，后一秒又被这些选手各种各样的反应笑得四仰八叉的。

"笑死我了,哈哈哈……虽然我也跟他们一样没见识,但我就喜欢看别人没见过世面的样子,哈哈哈!"

"这位叫傅哲的选手,你成功地引起了我的注意力!"

"启明星冲啊!王座非你莫属!"

这些都源自大家的第一反应,看完这场舞台表演,就是美极了!"炸"极了!整段音乐从婉转到肃杀再到凄美,将观众带入他的世界,跟随着他的舞动而变换心情,甚至到最后都有一种揪心的感觉。这是一场完美的舞台表演,挑不出一点儿刺。

随着表演结束,顾安言站了起来。

宋颖捂着嘴,表情都收不住了:"太美了吧……我要哭了……完美到无可挑剔!哦不,要说不完美,不完美在于太短了!没看够!"

观众纷纷跟着道:"对!没看够!"

白弘毅老前辈欣慰得眼睛都眯了起来,强装镇定:"宋老师,淡定。"

陆放的表情很复杂——怎么说呢?惊艳,真的惊艳!这是陆放从来不曾看到的全新的顾安言。他进步得这么快?明明之前看他的舞台表演时,表现力和感染力还没有这么强……才这么短时间没见,他竟然有这么大的进步?!这场表演把陆放震撼到了,特别是结尾的点睛之笔,让不懂音乐和舞蹈的人看了都能瞬间进入那种状态里。之前陆放一直觉得,顾安言作为iMAX的队长,就是在过家家,做着小朋友玩的、都不能称为音乐的东西,甚至觉得顾安言只是玩票性质,只是喜欢被人捧着的感觉才进演艺圈。

可是现在陆放发现自己错了!顾安言仿佛真的是为舞台而生的,他爱音乐,爱这个舞台!他在表演的时候,全身心地投入,整个人都在发着光。这一天,陆放重新认识了顾安言。可是……顾安言为什么一直看着摘星者的方向?顾安言难道没有看到自己吗?不可能啊,刚才裴子昂都特地做介绍了,怎么可能不知道自己在?知道自己在,顾安言却连一眼都不看?顾安言是还在生自己的气,赌气不看自己,所以才看别的地方吗?

裴子昂鼓了鼓掌,比了个赞:"牛!没话说。"

然后他前后左右看了一圈,说:"这个不用打分了吧?还用打分吗?全场的反应足以说明一切了!"

摘星者冷静地道:"走个流程吧,倒数三秒,三、二、一——"

所有人在纸上写了个"S"举了起来,《百尺星辰》舞台上第一个也可能是唯一的5S诞生了——实至名归!

导演组说:"摘星者老师点评一下吧。"

摘星者道:"无可挑剔。天籁之声,惊鸿之舞。有一首诗特别适合他,'北方有佳人,绝世而独立。一顾倾人城,再顾倾人国。宁不知倾城与倾国?佳人难再得'。"

啊!这明明是一首描写美人的诗,摘星者这样念出来,却毫无违和感,"美人"二字安在启明星身上似乎并无不妥。几乎只是露出一张嘴巴的启明星,已经让人觉得那面具下就是一张倾国倾城的脸。再联想到那人如果真的是顾妄言,此间翩翩少年担得起一声"美人"!摘星者给出了如此高的评价,也没有一人有什么反对意见,大家纷纷表示赞同。大家看过刚才那一曲刚柔并济的剑舞之后,再去想这首诗,竟感觉意外贴合。

裴子昂还是问了一句:"服不服?"

选手席:"服!"

裴子昂:"我听着声不够大啊,看来还是有人不服?不服的可以上来比试一下。"

比刚才大了好几倍的声音发出来:"服!"

然后就是各自的笑声。

"不服可还行!裴老师,您别吓我们啊!"

"我不是,我没有,别胡说!服得五体投地!"

"裴老师,我哪能不服啊。"

观星者支持率也出来了,高达百分之九十五,高到让节目组都差点儿以为评分系统出问题了。

"恭喜你!启明星!"裴子昂这时才笑说,"言言,可以把面具摘了。"

众人一脸震惊。

什么!是顾妄言?!面具摘下来的那一瞬间,所有人的想法都近乎相同,既惊喜,又意外,却又觉得理所当然。

弹幕"唰唰"而过——

"呜呜,居然真的是我的言宝!宝贝你好棒啊!"

"天哪!居然是我的宝贝言言!太意外了!宝贝你怎么这么优秀!"

"长得好看,歌唱得好,舞也跳得棒,这是什么宝藏男孩啊!"

"呜呜,言悥,我们爱你!人间天使顾妄言!"

"不!这是我言哥!剑舞能不飒吗!飒到我脸上来了!"

"言宝你说,你喜欢什么颜色的麻袋?七彩的可以吗?你能自己钻进来吗?"

"啊——是言言!我太爱了!组团偷言言!"

102

自从《世外桃源》播出，顾妄言的粉丝日渐增加，粉丝千千万，雷霆占一半。此外，因为这一期呈现给观众的乖巧"奶言"形象，最终他的粉丝是以姐姐粉居多。之前因为廖菲菲事件而关注他的，也对他有了好感。媒体记者则是见风使舵惯了，人人喊打，他们就跟着骂；发现顾妄言非常吃香，他们又跟着夸，夸出花儿来，总之是怎么吸引眼球怎么来。

对于自己几乎一夜暴涨的人气，顾妄言本人却无动于衷。一来是因为自己在梦里也火过，小场面罢了；二来是这个时期吸引过来的粉丝并不牢固，随便有点儿风吹草动就能把他们吓跑，现在加上媒体记者搅局，已经有点儿捧杀那味儿了。这个时候他要是出点儿什么事，他敢打赌，骂得最厉害的，亦是这拨人。顾妄言清醒得很，所以根本就没有去看网上对他的评价。当然，本身也是因为他清楚自身的实力，不需要通过他人评价来肯定他的价值。或者说，他其实是不在意的。哪怕全世界都不认同他的实力和价值，只要霆哥认同便好。

评委席上，宋颖惊讶地问："是那个有着天使之嗓的新人歌手顾妄言吗？"

有人注意到，宋颖称呼顾妄言时用的是"歌手"，这在很多人看来，是承认他实力的表现！

偶像千千万，当中真正称得上歌手的却寥寥无几。

陆放接道："对，就是他。"

白弘毅老前辈消息就比较落后了："啊？你们都认识啊？难道……只有我不认识吗？"

"白前辈，顾妄言这小朋友可厉害了，我的前专辑制作人也跟我提起了他，说是后生可畏啊，"宋颖说道，"你们早就知道是他？"

裴子昂哈哈一笑："没有，我事先不知情，但他一开口我就听出来了！能唱得这么好的，除了言言，我不认识第二个小朋友了！"

陆放也笑说："我们是朋友，当然能认出来。"

惊呆了的观众也在这时串联起了之前的新闻。对哦！好家伙！这不是前段时间传得沸沸扬扬的丑闻？

有观众调侃道——

"不对，小陆总，你们不是朋友，你们是'普通'朋友！[狗头.jpg]。"

"啊！"

"霆花！"

观众：什么？我们听到了什么？

现场观众的尖叫声传到了线上观众的耳朵里，镜头却没带过去，也是随着尖叫声，节目组的镜头才推向了摘星者的方向。在顾妄言露出真面目之后，沈向霆都不等节目组点他，直接一声招呼都不打地推掉屏风，把自己暴露得猝不及防！所有人包括评委，都露出了震惊的表情。天哪，摘星者居然是沈向霆！万万没想到，摘星者居然会是沈向霆！原以为他当一期《世外桃源》的飞行嘉宾就已经很意外了，没想到他居然接下了《百尺星辰》？！在继拍网剧的消息过后，大明星这是彻底放飞自我，打算往综艺咖发展了？粉丝从震惊到狂喜只用了短短几秒钟。太好啦！本来就挺喜欢这个新节目的，再一看居然是自家哥哥，看起来，必须追到底！

白弘毅小声地在宋颖那儿补了课，对顾妄言有了新的了解。

裴子昂转过去打了招呼："向霆老师，我们又见面了啊！"

沈向霆高冷地"嗯"了一声。陆放也看向那个方向，目光不由得一变：所以刚才顾妄言一直在看沈向霆，是知情还是巧合？

宋颖问说："顾妄言，我很想知道，你是学过青衣吗？"

这功力，可不是临时抱佛脚能"抱"上的。戏曲不比流行歌曲，绝非一日之功，靠的是长年累月的积攒。就他刚刚那唱功，没下够苦功夫可唱不出那戏曲独有的韵味儿！

顾妄言说："小时候学过。最近刚捡起来，决定要加这一小节唱段的时候，就找了个老师学习，练了很久。京剧是我们的国粹，我既然决定要唱，就要认真唱，努力把它唱到最好。"

沈向霆是知道的，顾妄言白天准备《百尺星辰》的舞台表演，或去学习，或去练舞，晚上跟他学习表演，时间安排得很紧凑。他也是第一次看顾妄言这场舞台表演，真的很完美，从唱功到舞姿，没有瑕疵，可以媲美一场正式演出了。

选手席有人说："看看，这就叫比你优秀的人甚至比你更努力！太难啦……"

顾妄言今天的表演，只插入了一小段戏曲，后面则是他自己的创作。

宋颖这个新晋姐姐粉双手捧在下巴上，笑盈盈地看着说："我可太喜欢京剧啦！但我只会听不会唱，我能不能以个人名义请你再唱一段？我太喜欢你独特的小嗓了！"

宋颖的喜欢溢于言表，藏都藏不住。

顾妄言道："我学的就是《白蛇传》，就挑那一段唱吧，可以吗？别的我没练，拿不出手。"

宋颖笑："你也太实诚了！你随便唱，我都爱听！"

顾妄言不光是唱，开嗓之时，青衣的身段便端了起来。这回就是清唱了，没有弦索胡琴的伴奏，清亮的小嗓一开，婉转悠扬，在现场延绵不断，清脆悦耳。偌大的录制场地没有人出声，只剩下了咿咿呀呀的唱词，字正腔圆，韵味十足。

其婉转曲折，让人仿佛置身于古时戏院楼台里。听啊，那惊艳四座之曲，哪里是人间能有的，分明是天籁之音！

◇ ◆ 103 ◆ ◇

快乐的时光总是短暂的，听得懂的听词，听不懂的听调，大家还没回过神来，顾妄言就已经唱完了。

"没啦？"

"就没了吗？我刚听上瘾……"

"以前怎么没发现戏曲原来这么好听啊！"

宋颖是这当中最爱听曲儿的，听得意犹未尽，一脸的不舍："没了吗？不能再唱会儿吗？言言，你在哪家戏院挂牌啊？你登台，我就是有通告都推了去追！"

顾妄言笑道："前辈说笑了，我才略懂皮毛而已，根本连京剧的门都还没摸到，是前辈太好了，这么给我面子。"

"什么面子！我宋颖什么时候给过人面子！"

现场笑声不断。的确，宋颖是出了名的心直口快，有什么都不藏着掖着，跟韩晴曼一样是个性格爽朗的姑娘，所以两人关系也很好。

宋颖道："我听过各门各派的，也有很喜欢的，可让我一嗓子就爱上的，就独你顾妄言一家了！"

说实在的，顾妄言也有些意外。其实他并没有痴迷京剧，今天加这么一段纯粹是觉得适合才加进去的，却没想到宋颖那么喜欢，看得出来，她是真的喜欢他，不是节目效果，也不是出于别的什么目的。只是说起宋颖……顾妄言眼眸稍稍有些暗淡。她挺可惜的。

那边，宋颖拿出了自己的手机："加个微信吗？"

顾妄言摸摸脑袋："被导演组没收了……"

宋颖转头直接招呼沈向霆："向霆老师，咱加个微信呗，回头你把小顾老师推给我！"

众人都笑了，看来这宋颖是真的很喜欢顾妄言这小嗓，这才几秒钟工夫，"小顾老师"都喊上了。

观众也笑疯了——

"宋颖老师，你……[笑哭.jpg] 合着以前从来没加过沈向霆的微信，这次加了还是为了加顾妄言，哈哈！"

"沈向霆：嗯？"

"笑死，你想笑死我好继承我的作业吗？"

"这大概就是宋颖单身的原因吧,哈哈哈!"

"我也想加小顾老师,霆花你也加我一下呗,请不要不识抬举[狗头.jpg]。"

沈向霆眉头一皱,竟道:"他不是你的点唱机。"

众人:嗯?

没记错的话,这可是在直播啊,沈大明星你这护犊子护得是不是有点儿过于明显了?

沈向霆又用上他一贯的冷面,拒人于千里之外。谁知宋颖听了也不气,就是笑嘻嘻地说:"我不点歌,追个偶像不行吗?"

观众笑明星真好啊,喜欢谁就可以讨个微信号。更何况是宋颖这种级别的歌手,加顾妄言这种小新人,后者都该偷着乐了!多一个这种朋友,对他的事业都是有帮助的,以宋颖喜欢他的这个程度,给他推些资源啊、制作人什么的,简直就是举手之劳。就算不考虑这些,前辈都开口要加你微信了,这个面子总得给吧?

就在大家笑得不亦乐乎的时候,沈向霆却一脸冷漠地回绝了她:"喜欢他就请远离他的生活。"

宋颖:嗯?

众人:嗯?

"哈哈哈,沈向霆你牛!"

"笑死我了……哈哈哈,沈向霆怎么这么接地气啊,哈哈哈!"

"你们吵到我眼睛了!"

"霆花你老实说,你是不是开小号天天扒拉我们的评论?一套一套的。哈哈哈!"

现场也发出爆笑,选手席——

"向霆老师你好懂啊!"

"不得不说,很贴切,没毛病!"

宋颖:"向霆老师,你好残忍!"

铁面无私的沈向霆:"请勿谈论和本节目无关的事,宋颖老师。"

这事的后续是,后来有了一个热搜——

宋颖加到顾妄言微信了吗

那之后,宋颖还特地截了个图,发微博说——

@宋颖：加到啦！

回到节目本身，大家都要笑吐了。明星们意外地接地气，节目效果更是出奇地好。

节目组都觉得自己捡到了几个宝，他们之间的化学反应真是太妙了，更惊喜的就要数顾妄言了！当初他们听说他是沈向霆推荐的人，还以为是要走他们的后门塞人。是他们错了，以小人之心度君子之腹！沈向霆这是给他们送宝贝来了啊——大公无私！感动！

陆放全程盯着顾妄言看，但后者除了回答问题时会平静地看向他之外，其余时间都目视前方——摘星者的位置！

欲擒故纵？陆放自己玩精神控制很有一手，在讨好朋友这件事上一直觉得自己张弛有度，可以洞悉人心、根据对方心理的变化调整方案，所以对顾妄言的一举一动，一直很注意，也试图去猜测他那样做的用意，得出的结论是——顾妄言是在故意无视自己！顾妄言故意在他面前和沈向霆互动，就是为了引起他的嫉妒心！他怎么可能会嫉妒呢？沈向霆不过陪顾妄言几天，不足为惧！

为了后期制作视频的镜头，节目组让顾妄言去王座上坐着，至此，一百名选手集结完毕！

沈向霆看着选手席道："银河系里的星星如恒河沙数，想让我记住你们，除非成为最亮的那颗星。从这一刻起，我的眼里只有启明星。"

◇ ◆ 104 ◆ ◇

选手席纷纷抬头看向那高座，发出感叹。
"啊，队长好飒！"
"哈哈哈……"
观众：嗯？

他喊的是"队长"？大家一看他贴在身上的名字——068闵晨。哦！这是和顾妄言同一组合的队友闵晨啊！iMAX由三名十九岁的少年组成，分别是队长顾妄言、队友闵晨和司阳。他旁边坐着的就是069司阳。两人来参加的时候还问过队长怎么不来，也是在揭露的时候才知道那居然是自家队长。之前他们磨合得不是很好，组合刚成立的时候，队长就外宿，没和他们住，所以他们一直以为队长很高冷，也不怎么敢跟他说话。但是看了队长的综艺之后，又看了今天的表演，他们对队长有了一个全新的认识——原来他们的队长是个小可爱！原来他们的队长这么厉害！哇！队长好飒啊！队长好帅！队长就是世界的王！

闵晨笑嘻嘻地对旁人说："口误口误。"

顾妄言已经这么可爱了，没想到他的两个队友也这么可爱，看起来关系还很好，这个宝藏团之前为什么没发现啊！

"不对劲，这两个队友不对劲，哈哈哈！"
"哈哈哈笑死了！闵晨：对不起我口误。司阳：我们队长就是王！自信散光芒。"

沈向霆从顾妄言身上收回视线之后，表情就变得冷了不少，带着一股强压道："下面宣布启明星的争夺规则。任何时候、任何地点，有任何人想要挑战启明星之位，当前启明星必须无条件应战。依然是5S＋观星者支持率的方式，挑战者需付出一定代价，挑战成功，原启明星降到非星辰班；挑战失败，挑战者直接淘汰！后续同理。"

众人倒吸一口气，这谁敢挑战啊！其实规则是公平的，因为第一任启明星也是不通过就淘汰，所以后续挑战者挑战失败就淘汰，这没什么好说的。

沈向霆冷酷的眼神一扫而去："那么，现在有人要挑战启明星吗？"

众选手摇头加摆手：不了不了！

之前就没有胆子，现在见识了顾妄言的实力，就更不敢了，没事别找刺激！非星辰班挺好的……

不久后，站在百尺星式大通铺前的众选手们："……"

这真就跟大通铺没什么区别，虽然意思意思隔成"四人间"，但这隔板也太寒酸了！顾妄言也陪同沈向霆来到这里观看了一下。

沈向霆："这样也没有人要挑战吗？"

众选手——

"吃得苦中苦，方为人上人！"
"我觉得挺好的！可以增进我们彼此之间的感情！"
"别不别墅的不重要，重要的是我喜欢大通铺的感觉！"
"好！好极了！要给节目组点个赞的程度！"
"队长，你受苦了！要被摘星者一对一地盯着，都不能偷懒，心疼你！我们在这儿挺好的！"

观众——

"哈哈哈！"
"要不是看到你们眼里含着的泪水，我们差点儿就要信了！"
"选手们：还能怎么办，打又打不过，不想被淘汰，只能将就住了呗！"

评委也笑得不行,只有沈向霆始终保持着冷酷脸:"你们喜欢就好,你们在这儿幸福吧,我就带阿妄去'地狱宿舍'受苦了。"

闵晨拉住顾妄言的手:"队长,我们要是想你了,可以去看看你吗?"

司阳正色道:"队长,别墅那么大,打扫起来一定很辛苦,需要我们帮忙就开口,我们义不容辞。"

沈向霆眉头紧锁,一把拍掉闵晨的手:"068号,区区一颗渺小之星,启明星不是你能碰的。"

明明是很正经的口吻,却让人听了啼笑皆非,众人甚至觉得沈向霆这样一本正经地开玩笑,实在是太有幽默感了!

顾妄言看着自己的两位队友,笑了一下:"不用,摘星者老师说请了钟点工,把差点儿被裁掉的米其林大厨也挪过去了。"

众人:嗯?

他们眼里含着的是羡慕的泪水吗?不,是心疼!心疼启明星每天要在那么大的别墅里走断腿,心疼启明星每天要吃那么多发胖的美食,心疼启明星要被摘星者老师一对一盯着鞭笞着前行!

他们才不羡慕,才不呢。

别拍了,我们没哭!

第六篇章

大魔王呀

◇ ◆ 105 ◆ ◇

为什么我们的眼里常含泪水？因为我们对启明星的遭遇感到心疼！如果这份悲痛能让我们替他分担一点儿，那该有多好！

顾妄言冲他们微笑了一下："那你们要加油哦。要坚强，不要哭。"

"皮皮言"上线。

众人："……"

你再也不是我们认识的那个小可爱了！你好坏！

观众也都笑疯了。这群人怎么这么可爱啊？相处起来真有意思了！

沈向霆对顾妄言道："我们走吧，别打扰他们的幸福了。"

宋颖问道："摘星者老师这是要带着启明星打道回府？你们真要住一起啊？不是说说而已？"

裴子昂道："摘星者老师斥巨资友情赞助了豪华独栋别墅，那肯定是要住的啊！"

陆放："只是拍个素材，不真住吧，两个大男人住一块，多别扭。"

宋颖奇怪地"咦"了一声："好奇怪啊，正因为是两个大男人才方便啊，怎么会别扭呢？"这才是正常人的思维。如果顾妄言是女孩子，那还说有些不方便，既然都是男人，住一屋怎么了？

观众则都在笑。

顾妄言乖巧表示："我都听老师的。"

沈向霆连看都没看某人一眼，直接道："准备了就是用来住的，走了。"

顾妄言跟上去："老师等等我！"

裴子昂对着他俩的背影喊了一声："你们可别光顾着吃大餐不练主题曲啊，四十八小时后要验收的！作为摘星者和启明星的双强组合，你们要是完成不了可就成笑话了！"

顾妄言小跑着，回过头去笑了一下："放心吧，裴老师。"

陆放的视线一直追随着顾妄言。刚刚他们离得那么近，他几次三番想要接近顾妄言，但不知道是不是他的错觉，沈向霆一直有意无意地隔开他们的距离。而顾妄言，依然眼中无他。这怎么可能呢？明明不久前，顾妄言还亲口对陆放说过，陆放就像他的一道光，把他从深渊里拉了出来。陆放也觉得自己就是，所以一直觉得顾妄言很好掌控。顾妄言表面看起来冷冷的，仿佛拒人于千里之外，其实内里是个很干净、很纯净的小朋友，很好骗。一旦得到他的信任，他就会拿出自己的真心去对待。那个眼里只有他的顾妄言，现在却全程看着沈向霆，把原本属于他的那些目光统统移到了另一个人身上！这怎么可能？他觉得不对，人又不是机器，信任不可能抽离得那么快，说没就没了。之前顾妄言对他的那股迷恋和崇拜也不是假的，他不可能感觉错。顾妄言一定是在欲擒故纵！

其实今天陆放一直在寻找机会去接近顾妄言，也想跟顾妄言在私底下说几句话，但一直找不到合适的机会。摄像机跟得太紧，全网都在看直播，他也不能表露得太明显。陆放说白了就是为了顾妄言来的，对教学毫无兴趣。加上他是投资商之一，顾妄言走了，他也就没兴趣了，跟节目组说了一声就走了。

其他三位评委见怪不怪，那人好歹是个公司总裁，哪里会真的留在这里浪费时间，本来就是特聘评委，他们一开始就没把他算进来。

接下来就是为期两天的主题曲《启明星》的训练了，亦是第一次评级测验。两天时间，全员从零开始，学习主题曲的唱跳。两天后测评，评级达不到 B 就淘汰。说难不难，说简单也不简单，所以才没人敢选星辰班，两天时间把一首新歌的唱跳都学会，还要拿下 A 评级，那几乎是不可能的事！在他们这九十九人当中，连精心准备许久的舞台表演能拿到 A 的都不会超过百分之十，更别提这次学主题曲只有短短两天时间。

九十九人才刚刚收拾好床铺，正打算早点儿休息好迎接明天的训练，尖锐的哨声就响了起来。三位评委站在宿舍门口，裴子昂拿着大喇叭"嗞嗞"一下，惊得所有人捂耳朵。

"睡什么睡？起来练习！"

选手们哀声连天。

"你们还好意思睡？两天后的评级不打算过了？你们以为是 B 就很容易过吗？知道 B 是什么标准吗？还睡！被淘汰之后有你们睡的时候！起来起来，都起来！按序号排成三排！"

这样的裴子昂是他们没见过的。

"知道《启明星》这首歌是谁写的吗？"

"谁啊？"

"你们的摘星者老师沈向霆！"

众人一惊："我错频了吗？摘星者老师不是演员吗，还会写歌？"

"一看你们就没看过我参加的偶像竞演节目，还说是我的粉丝，骗鬼呢！"裴子昂道，"沈向霆可是我这么些年的意难平！当年没能在决赛上光明正大地赢他，是我这辈子的遗憾！"

"什么？沈向霆老师也参加过偶像竞演节目？"

"你们是2G冲浪吗，都不知道？当年他们那届偶像竞演节目可火了啊，向霆老师要是不退赛……"宋颖看了裴子昂一眼，"说不定现在就没裴子昂了。"

裴子昂"啧"了一声："宋颖老师，你这就失之偏颇了！就算为了加言言微信，你也不能这样长他人志气，灭自己威风啊，现在我们才是一伙儿的！"

◇ ◆ 106 ◆ ◇

也有选手说："我知道我知道！我真的看过，沈老师还有绝对音感，超厉害的！只是后来他作为演员太火，盖过了他的音乐才华吧，好像现在很多人不知道他的唱跳功力不输裴老师。"

"不输裴老师？这么牛吗？"

"不然你以为节目组为什么会找他当摘星者啊？"另有选手说，"当年他们一个被称为'霆神'，一个被称为'K神'，就是这么来的，真的是'神仙打架'，两人的分数一直咬得很紧！"

"裴老师，那你们这次重逢，会不会有PK的机会啊？我们是不是可以一睹'霆神'的风采了？"

"P什么K！"裴子昂道，"他都转行这么久了，我胜之不武！"

宋颖笑说："不一定，不一定，到时候打脸不好看，话别说得太满了，裴老师。"

白弘毅说："我们还是赶紧分工带带他们吧，这也算你们俩间接的PK了。"

"PK？"裴子昂瞪大眼睛，"白老师，你拿他们这些个歪瓜裂枣跟'小神仙'言言比？饶了我吧！我直接投降还不行吗？"

众选手："……"

"啊，裴老师，你太过分了！"

"歪瓜裂枣过分了啊！"

宋颖说："哎呀，言言怎么说也是已经出道的男团队长嘛。"

"满打满算，iMAX出道都不满一百天！"裴子昂指了指队伍中某几处，"咱们这儿有出道一千天的，比得过吗？"

二位评委笑而不语。

这里面有几个出道的男团，但不温不火好几年了，参加这档偶像竞演节目就是为了提高人气，实力不能说没有，但放在顾妄言面前就有点儿不够看了。

"老师！我们会努力！"被点名的几个团立正高喊，"打败启明星！"

"很好！从今天起，我们跟魔王组势不两立！"

"魔王组？"

"摘星者是大魔王，启明星是小魔王，简称魔王组。"

白弘毅说："那我们开始分工合作吧，这九十九人，起码得留下一半才不算丢我们三位老师的脸吧。"

选手们哗然，评委们的预期只有一半？B评级有那么难吗？

还是白弘毅老师这句话提神，这下大家都惊醒了，严阵以待！

顾家。

顾婉如刚看完今天的直播——她就知道他们家言言最棒了，上了舞台，整个人都在发光。她已经很久没有看到这样的言言了，仿佛又看到他小时候唱歌的样子，只是那支独舞的最后一部分看得她心惊胆战的，就算只是舞蹈的表现形式，也太吓人了！有一瞬间，她差点儿以为侄子真的死了，看得心扑通扑通跳。顾婉如看完后找到直播回放，去找老爷子了。

老爷子别扭得很，说什么也不看直播，但顾婉如心里知道，他们家这个老顽童只是不愿意跟孙子认输而已。

"爸，您睡了吗？"

"什么事？"

"言言的直播回放我已经调好了，给您放门口了啊，孩子今天唱的《白蛇传》哦。"

"咔嗒"一声，门开了："京剧《白蛇传》？"

"可不是嘛，还能是哪个？"

顾老嘀咕着："那小子什么时候会唱京剧了？他不是跟着媛媛唱那个什么花腔吗？"

"一直都会啊，"顾婉如见缝就"安利"，笑说，"我早跟您说了，言言特别棒，什么都会！咏叹调、京剧、流行歌曲，样样不差，会的乐器也很多，他还自己写歌呢，特别有才华！爸，言言真的不比小霆差哪儿，很优秀！"

顾老沉着脸："拿来我听听！他一个小毛孩，能唱得好到哪里去？可别叫他糟蹋了京剧！"

知道老爷子对其他不感兴趣，就是想看看自己孙儿，顾婉如直接调到言言出场，一点"播放"就是他表演的那段。还没唱，顾老看到顾妄言端起身段便说："这身段倒是学得有几分模样——"

话还没说完，顾妄言一开口，把顾老唱得愣住了，刚还吐槽孙儿的顾老看着屏幕一言不发。等京剧唱段过去，融合了顾妄言风格的后半段，顾老就显得没那么喜欢了，吐槽说："他这青衣唱得倒有几分韵味，可后面这又是些什么东西？加进去不伦不类的！"

"爸，这叫创新！新时代得融合新的东西，年轻人才喜欢听。"

"那些有什么好听的！"老顽童不悦道，"京剧是咱们老祖宗传下来的宝贝，是国粹，不能丢！"

"不丢不丢，没说要丢。"顾婉如依着他说，"百花齐放，百家争鸣啊，总得有点儿绿叶，才能衬托那鲜花之美啊。"

"你这话倒也有点儿道理……"顾老想想，觉得好像也对。

"年轻人喜欢新鲜东西，言言把京剧唱段加进自己的创作里，让很多年轻人也喜欢上京剧，这也算是在年轻人当中宣传国粹了啊。"

谈话间，唱的部分完毕了，剩下了舞的部分。顾老又居功起来："你看看！要不是我对他小时候严厉，他现在哪有这身手！"

"是是，还是爸您有远见。"

顾老本来正得意，忽然被吓了一跳："这这……"

顾婉如一拍脑门，聊得忘记提醒了！

"这是在干什么他！"顾老心脏"咯噔"一下，被吓到了。

"是假的，爸，言言现在好好的呢，我忘了提醒你。"

顾老也是一朝被蛇咬，十年怕井绳了，顾妄言前段时间那一次跳楼，差点儿把他吓没了半条命，实在是后怕。

"他这不会是做给我看的吧？"

"哪有的事啊？爸！"顾婉如无奈笑说，"小霆不是说了，他们已经闹掰了？您不信言言，还不信小霆吗？那小霆能撒谎？"

顾老点点头："那倒是，老沈头家的小子根正苗红，一定不会撒谎！"

"瞧您这话说得，咱们言言是哪儿不正，哪儿不红了？也从来没撒过谎哪！"

"行了行了！你该干吗干吗去吧！"

顾老拿着平板电脑就回房去了，关上门。里头，顾老又拉回去听那一小节唱段，就跟平时听曲儿一般，手指跟着打节拍，摇头晃脑的，感受着戏曲的魅力。还真别说，小家伙这青衣唱得韵味十足，够味儿！顾妄言要是改行去唱京剧，他一定一把手支持，至于演艺圈……那可不是个好地方！

听了好几遍，顾老拿出手机给老友们挨个儿打电话：

"老沈头啊，我跟你说，我们家言言啊……"

"老张头，听曲儿吗？我给你推荐……"

"哎老王啊！好好，都好着呢，我告诉你……"

"哟老徐！改明儿上我们家来坐坐，让我孙儿给你唱一段……"

107

在歪瓜裂枣组半夜不睡觉，于各个舞蹈室里奋力练习，都打了鸡血誓要练个通宵的时候，画面一转，传说中的魔王组却是完全不一样的氛围。他们想破脑袋也不可能预料到，魔王组两人……真的在吃大餐。

观众：嗯？

节目组在比对两边的氛围后，记在小本本上，剪辑的时候这里要怎么做对比云云。就连节目组的导演都发出了疑问："大餐不是开玩笑的，真有啊？"

其他人纷纷摇头："不知道啊，导演，这别墅是向霆老师自己准备的……"

更令人无语的是，导演抬头一看，呃……镜头里正在为二人准备夜宵的大厨还真是原本给星辰班配备的米其林大厨，顾妄言的话竟然是真的，沈向霆居然真的把米其林大厨也挪过去了！

导演怀疑人生般地看了看现场："我们是在拍《百尺星辰》吧？没跟隔壁《一日三餐》拍串了吧？"

"三餐"也是银水广播电视台出的综艺节目，是一档美食真人秀。

说好的魔王组呢？这两人"画风"不对啊！

一位女副导演笑说："乍一看还真有点儿像，这收视率要爆呀！"

画面回到大餐本身。顾妄言站在桌子一角，一副手足无措的样子，不知道该坐哪儿好。餐厅里没有过多夸张的装扮，走进来乍一看，却有种奇特的氛围。今天天晴无云，一抬头就能通过玻璃天窗看到漫天的星星。餐厅里装扮着鲜花，桌上点着香熏蜡烛，暖色系光，米其林大厨正在一旁准备着食材。

"霆哥，这……"虽然还没结束，但已经到了私底下，顾妄言还是按习惯喊。摄影师说什么也要让大家看看别墅内部是什么样，结果跟拍到了这一幕，内心也挺慌的。

沈向霆一如既往地冷淡，仿佛看到任何东西都不惊讶，拉开椅子就坐下了："大概是装点人员误解了什么。"

"这样啊……"顾妄言把一瞬间的慌张无措演得特别细致，眼神里都是戏，各种小动作都彰显着他尴尬得想找个地洞钻了的样子，心中却想：我信你个鬼哦！净瞎说！霆哥，你要是没给点儿什么信息，装点人员能误解成这样？这分明就是霆哥假公济私，故意的吧。

最近他们一直在忙各自的事，很久没有正经吃一顿饭了。

"反正已经准备了，别浪费。"沈向霆抬眼一看，见顾妄言还傻站着，忽然站了起来，朝对面走去。观众听说这边有好东西看，谁还去看歪瓜裂枣组练习啊，除了忠实粉丝，剩下的全都跑到启明星这边了。

大半夜的，观看人数呈倍速上涨，吓到了总导演。这两人吃个夜宵，人气咋这么高呢！

沈向霆突然走过来，顾安言还演着吃惊后退了一步的样子，只见沈向霆看他一眼，拉开了椅子说："你不坐，是在等我拉椅子吗？"

"啊……啊？"顾安言立马摇摇头，"没、没有！我可以自己来的，不用麻烦霆哥。"

"拉都拉开了，坐吧。"

顾安言看了眼搁在一旁小座位上的小提琴，问："待会儿不会还有人来给我们现场拉曲子吧？"

"那只是个装饰，"沈向霆瞄了一眼，看他，"你是希望有？"

"啊我没——"

"我来当那个'有人'吧。"

观众：嗯？

沈向霆刚坐下又站起来，拿起小提琴压在左肩上，脑袋转向左侧，下巴贴在腮托上，挺立着身形，站得笔直，右脚微微向后方站立，右手持弓放了琴弦上。他的身子微侧着，目光可及之处的终点便是顾安言的位置，这样他只需抬下眼睑，就能看到顾安言。观众本以为沈向霆是要摆个动作做做样子，但当真的小提琴曲悠扬悦耳地回响在餐厅里时，所有人都愣住了——这居然不是放的背景音乐，沈向霆是真的会拉小提琴！动听的曲子敲响夜的钟声，沈向霆脱谱演奏，时而看着琴弦，时而抬眸看着顾安言。

◇ ◆ 108 ◆ ◇

顾安言走到钢琴前，优美的钢琴声静静流淌，音乐好听到大家连弹幕都舍不得发，就这样静静地看着两人合奏。摄影师都激动坏了，镜头追得很紧，把这场音乐会记录了下来。还好他来了！这么美的画面怎么可以没拍到？太美了！明明是没有经过彩排的一幕，完全随机的合奏竟然可以这么完美，这两个人真的是神仙吧！神仙也不过如此！

大家都看呆了，有两人一起看的，都激动得抱在了一起，捂着嘴，生怕自己一激动就哭出来。幸福是短暂的，但画面是永恒的！刚才这一段，不少人都关闭弹幕录屏，其中就包括韩晴曼。

一曲终了，弹幕才又热闹起来——

"天哪！我真的要哭了啊！太好听了！"

"呜呜！两个人都太棒了吧！明明没有提前商量过，顾安言居然能直接合上！超棒！"

"雷霆们也是第一次知道霆花居然会拉小提琴。[笑哭 .jpg] 霆花你还有多少秘密是我们不知道的！"

"言宝也超级棒！一看那弹起琴来游刃有余的样子就知道是在玩音乐！言宝弹钢琴绝对牛！"

两人结束了第一次合作，沈向霆放下小提琴："挺厉害啊，合得上。"

顾妄言坐在琴凳上转过身，微仰着脸看他："是霆哥小提琴拉得好，突然有感觉了。我还挺怕霆哥怪我破坏了曲子意境的。"

"不会，合得很好。"

这场合作就是今日最佳，食物也很合胃口，顾妄言吃得津津有味，两人边吃边聊，偶尔还有笑声。这和谐浪漫的画面让人将《百尺星辰》忘到了九霄云外。

另一边，教完了主题曲内容的三位评委打算离开。

裴子昂："该教的我们都教了，你们是要继续练习还是睡觉，都随你们。接下来就看你们自己的造化了！"

他们统统回答"练习"。

"你们练吧，我们可就不陪你们了！"

裴子昂歇息了会儿，拿瓶水喝着，顺手打开手机一看，就看到了韩晴曼发的微博，一点开——

他一口水全喷了出来，惹得其他评委和练习中的选手们看过来——怎么了？

"什么鬼！"裴子昂脸上似有一股怒气，"他俩还真的吃大餐去了？！"

他们这边虽然机子还在拍，但是直播早就停止了，魔王组倒好，变吃播了！两位评委有手机，打开看行，但选手们：嗯？裴老师，我们读书少，你别骗我们啊！

个个都好奇死了，却没有手机可以看，抓心挠肝的。

裴子昂顺着链接点进直播，其他人纷纷停下来看过去。教室里很安静，所以直播里的说话声虽然不响，但其他人都能听见。

顾妄言："霆哥，饭也吃了，我们是不是应该活动活动了？"

沈向霆："很晚了，该睡觉了。"

顾妄言："啊？我们不学主题曲了吗？吃了这么多，心里怪有负罪感的，还想着借练舞消耗一下卡路里呢……"

沈向霆："吃饱喝足，困了。"

顾妄言："那……我们睡了？"

沈向霆（起身），言简意赅："睡。"

选手们："……"

他们在这儿辛苦练习，魔王组吃吃喝喝睡大觉。

顾安言走进房间，关门前打了声招呼："摄像老师，很晚了，你也快回去休息吧，明天见。"

门关上的一瞬间，直播也结束了。

裴子昂怒关直播："很好，魔王组堕落了，你们要加紧练习，争取打败他们！"

选手们："是！"

卧室里，顾安言靠在门板上，沈向霆在帮他做脱敏治疗。

晚风吹动窗帘，发出细微的响声。

◇ ◆ 109 ◆ ◇

他们睡前，都会做一次脱敏治疗，有没有效果暂且不知道，但顾安言已经习惯了，虽然难受，也在期待着好起来。这段时间因为沈向霆的盯梢，以及因为要上节目怕暴露伤口而律己，顾安言没有添新伤。

他每次想动手的时候，霆哥就惩罚他。惩罚得狠了，他就吐。吐是很难受的。

沈向霆开口，分散他的注意力："刚才在直播，我没法问你，对于今天的安排会觉得唐突吗？你如果不喜欢这种方式，我下次不会了。"

顾安言的睫毛扇了一下，他看过去："果然是霆哥故意安排的，对吗？我是那么猜的。"

"当然，"沈向霆道，"因为我知道你一定会拿下'启明星'。"

顾安言忽然想知道："那万一呢？万一不是我。"

沈向霆模拟了情景，用一种很冷的口吻道："我不饿，你自己吃吧。"

顾安言一愣，微笑起来。

屋里没开灯，月光照进小屋，将两人的影子拉得很长。

夜风徐徐，地上几乎重叠在一起的黑影，不断地变换着位置。耳边似有幻听，是方才两人在餐厅的一曲合奏，亦如顾安言此刻的心情一般——悱恻，是以悲苦、凄切。

顾安言心里依然充满了悲戚感。即使是在这样美好的氛围里，他也不由得去想，他是否有资格接受这样的美好。现实越是美好，就将他的不堪反衬得越清晰，呈数倍在他的脑海中呈现。顾安言的心就如被抛向大海的船锚，一下子就沉到了海底。耳边依然是那首忧伤的曲子，或许回到现实中，他依然不能够得到一个幸福的结局，就像罗密欧与朱丽叶一样，以悲剧收尾。是啊，这样的他，哪里有获得幸福的资格。

顾安言闭着眼睛，泪水溢出眼角。他不该拖累霆哥。"滴答"——温热的泪液滴落在沈向霆的手背上。

"为什么哭？"沈向霆的声音轻柔，带给人一种安慰治愈的感觉，"难受了？"

"没有，"顾安言的声音轻轻的，却像是费了很大的劲，"还是我自己的问题。"

"你有什么问题，说出来我才能帮你解决。"

顾安言看着地面，犹豫良久，不敢对上他的视线："霆哥，你知道我以前都做过些什么吗？即使是那样的我，你也能接受吗？"

"为什么不能？"微光，他的眼神坚定。

顾安言冷笑一下，脸上充满对自己的嘲讽："不觉得那样很不好吗？你告诉我心里话，有没有那样想过，哪怕是一瞬间的念头，说顾安言这个人——"

沈向霆低眸凝望着他，用平淡而温暖的语气道："我从来没有那样觉得。我只知道，不管你是怎样的你，在我眼里，你永远都是那个最好的小孩。"

◇ ◆ 110 ◆ ◇

顾安言靠在门板上，怔怔的，他阴暗的心里仿佛忽然被一道和煦的阳光照耀着——是吗？梦里的他有上帝视角，看过霆哥为他红过眼的场景，却没办法知道霆哥心里的想法。

精神类病人病发大多会有一个诱因，顾安言或许平时可以好好的，但当一切美好的事物被摊开放到他面前时，就会引发他自怨自艾的心理。越幸福，他就越疼，甚至病得越严重。他从骨子里希望自己能够不幸，以此来惩罚自己曾经的愚蠢行径。这样的状态，被沈向霆几句温暖的话抚平了。

沈向霆轻声说："今天做得很好，有进步，很乖。"

顾安言的睫毛还是湿的，他垂落在腿旁的双手也有些无力，嘴角却轻轻地扬了起来——真好。这种放松身心，什么都不用去想的感觉，真好。若能忘记一切，固然是好，这样他就不再是个病人，也不会再有那种总是濒临死亡的感觉。但如果这种忘却让他有可能重蹈覆辙，那他宁愿一辈子带着这种痛苦活下去。本身罪孽深重的他能有这样一次重来的机会，就已经是老天爷莫大的恩赦了，他不该奢求更多。

"霆哥。"

"我在。"

"如果我的病一辈子都好不了，我会周而复始地陷在自己内心的阴霾之地里，我时不时就会想推开你，想逃离现状，这样你也愿意继续帮我吗？"

"生病了不要紧，我会帮你治；治不好，我也陪着你。这样的承诺，可够？"

顾安言微笑："够了。"

那么，他也会努力。

顾安言："容医生说的催眠治疗，我做。"

沈向霆微怔："你真的决定了？"

容涣给沈向霆打过预防针，说如果阿妄接受催眠治疗……催眠治疗是否有效尚且不清楚，首先，病人会再经历一次那些让他痛苦的事。这个效果因人而异，有的人扛得住，有的人扛不住。就阿妄这种严重的情况，容涣不敢确定治疗完之后是会变好还是更坏。沈向霆无法做出准确的判断，所以告诉了顾妄言，让顾妄言来做这个决定。

"我决定了，我想试试。"光靠脱敏治疗不行，即使到最后他对霆哥免疫了，但他依然是个随时会发病的病人。

"我想试试。霆哥，我想变好。"

若不是昨晚阿妄的话让他印象深刻，第二天起床的沈向霆甚至会怀疑那只是他做的一场梦。镜头架起来的时候，阿妄已经像个没事人一样，任谁都看不出来他是个在生死线上挣扎的抑郁症患者。

镜头前的这个顾妄言，连沈向霆也看不出有任何问题。沈向霆知道这件事尚且被顾妄言骗过去，更何况其他不知道的人？容涣说得没错，顾妄言真的装得太好了，从小到大把自己伪装成一个正常人，就连顾爷爷他们都没有发现哪里不对。他的冷漠、不亲近人，其实是他自身开启的防御机制，怕被人看透内心，怕被人发现他其实不是一个正常人。沈向霆不知道为什么这样的阿妄却对他敞开了心扉，把那个"破败不堪的自己"毫无保留地展现在他面前。在顾妄言心里，他是这样值得信赖的一个人吗？

"霆哥，你起来啦，吃早餐吗？我准备了西式早点。"顾妄言一早就在开放式厨房准备着，摄像老师来得很早，早就架好机子，把顾妄言做早餐的一幕拍了下来。而这时，直播也已经开始了。

大家闻声而来，围观这位启明星。

"啊——言言太贤惠啦！霆花也太有福了！"

"日常想偷言宝！"

"睁开眼我就来看直播了！天哪，太可爱了！"

两人都穿着宽松的家居服，顾妄言在开放式厨房准备早点，沈向霆从二楼慢步走下来。

节目组也都开工了，听说顾妄言在做早餐，总导演也连忙坐了过去，夸赞："顾妄言看着细皮嫩肉的，居然会做这些？真是想不到。"

111

歪瓜裂枣组昨天练到很晚，今天起得也很早。毕竟离正式淘汰没多少时间了，他们现在不努力，还等什么时候？大家吃了早餐就又一头扎进舞房，争取能多练一会儿是一会儿，把歌练好、舞跳好——任务很重！

那九十九人当中，有人甚至是舞蹈零基础，用两天时间把一支舞学会、跳好，简直难于上青天。可即便这样，他们也还是要去试试，因为这是走进晋级赛的入场券。

相较于歪瓜裂枣组的奋力学习，魔王组这边走的依然是完全相反的岁月静好风。

早晨，太阳不错，暖洋洋的，带着点儿晨风。两人穿着长款细绒家居服，悠闲地坐在庭院前的花伞之下，面前是花花草草和游泳池，还有那巴洛克风格喷泉。

微风拂面，两人慢悠悠地吃完早餐。

观众对比两边之后，笑坏了，魔王组到底是来参赛的，还是度假的啊！

"喝咖啡吗，霆哥？"顾妄言问，"我看里面有个酒吧间，有咖啡机！"

"你会？"沈向霆询问中带着疑惑。

"我会！"顾妄言笑着站起来，右手放在心口处做了个礼仪动作，"沈先生请稍等片刻。"

沈向霆的嘴角轻弯了一下——他真的会？怪了，怎么什么都会？

沈向霆不可避免地想到陆放，难道顾妄言又是为陆放学的？不然顾妄言这个年纪，应该也不喝咖啡，怎么会做咖啡？咖啡机是要调试的，一般人要是没学过，肯定不会调，不调好，打出来的咖啡会很难喝。

沈向霆出于好奇就坐着等，想品尝一下，看看"顾妄言牌"咖啡是什么味道。

摄像老师一路跟着顾妄言，问道："言言，你真的会吗？"

"会啊。"顾妄言进到酒吧间里面。咖啡机是他刚才提前打开的，因此水温已经差不多了。这台咖啡机不是简单的家用版，甚至比那些咖啡厅里的咖啡机更高级、专业。以霆哥的品位，一定是买最好的。是的，这栋别墅不是霆哥租的。他看过顶楼套房的设计风格，所以一眼就能认出这里。这里的每一处都被精心设计过，还掺杂着一些霆哥的强迫症，整体的个人风格非常明显，所以猜都不用猜。

当然，霆哥并没有骗人，他从未说过这是他租的。

摄像老师不懂，但看到顾妄言在吧台后面有条不紊地操作着，看着特别专业，感叹道："你真的会啊。"

"当然，"顾妄言冲镜头笑了一下，"我学过的。"

在梦里的时候，顾妄言就很喜欢喝咖啡，因此特地去学习了一节课，然后自己在家里购置了一台咖啡机，想什么时候喝就什么时候喝。而这类咖啡机大同小异，操作起来当然没有难度。柜子里摆着同一品牌的好几包咖啡豆，顾妄言随手拿了一袋打开，瞬间香味四溢，好闻得很。

摄像老师都忍不住惊叹："好香！"

"这是上好的咖啡豆，当然香。"顾妄言说着，将它倒进研磨桶。看得出来，霆哥是个会享受生活的人，他挑的东西只好不差。顾妄言在镜头前说："咖啡粉要随季节气温变化控制粗细，像今天这样的天气，如果按现在这个刻度，打出来的咖啡会是这样的——看，很水，没有 crema（咖啡表层的泡沫），就不好喝。"

摄像老师："那要怎么办？"

"这说明咖啡粉太细了，得调得粗一点儿。"

顾妄言把刻度一调，打粉，压粉，一系列动作快而流畅，十几秒就完成了一杯。

"好了吗？这么快？"

"当然，人为要做的事不多，只要会调试，控制好压粉的力度就行，其余的交给机器来完成。"

给摄像老师看过之后，顾妄言就把那杯倒了。

"怎么倒了？"

"通常第一杯不喝，因为味道不够。"

说着，他很快又打了一杯，放到摄像老师面前："老师你喝，提提神。"

"谢谢！"摄像老师在一旁闻着咖啡香，早就馋死了，把摄像机往旁边吧台上一放，准备喝咖啡。

顾妄言把杯子放在那儿后就没管了，继续去打下一杯，然后余光就瞄到一抹身影闪了过去。

"欸？"摄像老师的声音。

顾妄言没看到，但观众通过那台放置的摄像机清晰地看到，有一只修长的手越过摄像老师，端起了那杯咖啡。

观众——

"本雷霆赌上八年老粉的名誉，这绝对是我们家霆花的手！"

顾妄言："……"

沈向霆长腿一踩，坐在高脚吧台椅上，端着那杯咖啡嗅了一下，也不解释自己的行为："很香。"

摄像老师：谁说不是呢！那咖啡看着就很好喝！

这时顾妄言也已经打好新的一杯了，再次递给摄像老师。

他随后站到沈向霆面前,问:"味道怎么样?"

"香醇浓厚,齿尖留香,手法不错,"沈向霆几秒钟就喝完了,摆在吧台上,"满分,很纯正的espresso(意式浓缩咖啡),学过?"

那边,摄像老师也不断夸赞:"好喝!太香了!这是我喝过的最好喝的意式浓缩!"

"那倒不是我的功劳,"顾妄言并不居功,"是这包咖啡豆烘焙得好,这咖啡机也给力。"

沈向霆道:"不必自谦,这手法不是一天两天能练出来的。压粉的力度有差异,打出来的咖啡味道也会有所不同。"

观众都看馋了——

"别的不说了,言言牌咖啡厅什么时候开张?我一定去捧场!"

打开直播偷看魔王组进度的裴子昂:"……"
他现在投敌还来得及吗?能拥有一杯言言牌espresso吗?

◇ ◆ 112 ◆ ◇

品尝完咖啡,沈向霆终于道:"来练主题曲吧。"

两人在酒吧间的一张桌前坐下,沈向霆拿出了自己的手机和蓝牙耳机,把其中一只耳机递给顾妄言。

观众才刚羡慕完,这会儿又精神亢奋起来。

顾妄言眼微亮:"霆哥,你的声音?"

观众:嗯?

"嗯,"沈向霆答,"我写的歌,自己录了个demo(样带)。"

顾妄言听了,只是笑。他小时候也追过星,当然知道霆哥有多优秀,写歌而已,正常操作。

所有脑袋上顶着个问号的,是看过歪瓜裂枣组练习的观众,惊讶的点在于,隔壁歪瓜裂枣组的demo是别人录的。也就是说,顾妄言耳朵里听到的这首小样,是独享版!啊!为什么!他们也要听!

此时顾妄言并不知道这事,以为大家听到的都是霆哥录的。

"好好听啊。"顾妄言听着,眼角带笑,笑起来很纯粹,干干净净的大男孩感。

观众:孩子也想听。

这时,摄像老师接收到耳机里的信息,问:"总导演问,能不能开公放?"

因为只戴了一只耳机,所以很容易听见其他人说话的声音,顾妄言转头问:

"为什么？"

摄像老师："观众反馈也想听听向霆老师版的 demo。"

"啊？"顾妄言一愣，这才反应过来问，"他们那边放的不是向霆老师的 demo 吗？"

"不是，"摄像老师道，"都说你的是独享版，所以都想听听。"

沈向霆微微拧了拧眉，不仔细看的话不大看出来不乐意，但还没想到要怎么拒绝，顾妄言冲镜头甜甜地笑了一下："啊，那可不行，既然是独享版，那我只好独享了。想听？不给……"

摄像老师："……"

此时在大本营观看的总导演再去看实时弹幕，本来以为顾妄言这样会被骂，谁知道观众全在宠他。

"啊——是娇俏的言宝！可爱。"

"言崽你敢更乐一点儿吗！最后嘴角都快咧到耳后根啦！"

"这个'不给'可太秀了，言宝你收着点儿。"

"事实证明，男孩子撒起娇来就没我们女孩子什么事了 [狗头 .jpg]。"

总导演："……"

啊这……这跟他想的反应不太一样啊？

第一遍，顾妄言是纯欣赏；第二遍，他时不时跟着哼哼；第三遍，把歌词带了进去，跟着 demo 轻声哼唱。他这个进度，惹得对面的沈向霆都抬起了眼。别人或许会有所怀疑，但他是知道的，顾妄言今天是第一次听这首歌。

观众：嗯？

"真的假的？这就会了？"

"不会吧？[笑哭 .jpg] 是不是昨晚霆花偷偷给言言补课了？"

"突然明白隔壁为什么叫歪瓜裂枣组了 [捂脸 .jpg]。"

"隔壁现在除了实力歌手，其他人跟唱都还跑调呢，没对比没伤害啊 [笑哭 .jpg]。"

沈向霆问："你会了？"

"跟着可以唱了，"顾妄言说，"音准还不大行，我再琢磨琢磨细节。"

这一遍，顾妄言是静静地听，听自己哪里不对。摄像老师不敢打搅他，只是问沈向霆："今天真的是第一次练习吗？"

沈向霆冷冷酷酷地回答："我们有必要演这场戏吗？"

如果不是第一次，顾妄言不会在听到 demo 里的声音时表现出这么惊喜的样子来，大部分观众是信的。

"你琢磨完了吗？琢磨完就来一遍弹唱？"

"好啊！"顾妄言一副完全不怕的样子，欣然答应。

两人来到昨天晚上的餐厅，沈向霆在白色钢琴前坐了下去："我弹你唱。"

雷霆："啊！"

老粉们：哭泣！作为八年老粉，我们居然是跟大众同时知道霆花既会拉小提琴又会弹钢琴的！我们也太惨了吧。

沈向霆从没有展示过乐器方面的才能。这八年间，除了兢兢业业地演戏，沈向霆其他什么都没做。

没有经过排练的合作，居然一气呵成，顾妄言没有差错地完成了这次试唱。在观众听来，这已经是一场完美的表演了，太厉害了，最后一个音落下，沈向霆左手还放在钢琴键上，然后流畅地弹出了一小节："这一段，你再唱一遍，跑了半个音。"

观众疯狂——

"啊——'沈·绝对音感·霆'上线！"

"太厉害了吧！这是用左手弹的右手部分啊！"

"本来是来看热闹的，却被沈向霆'圈粉'了！这个男人太优秀了！"

"果然我们这些平凡的人类是配不上'霆神'的！"

◇ ◆ 113 ◆ ◇

跟随着沈向霆的伴奏，顾妄言又唱了一遍那一段。沈向霆的表情说明了一切，他很满意。虽然他也没带过别的学生，但毫无疑问，顾妄言是他见过的最省心的学生。这种天赋型学生，哪个老师不喜欢？教一遍就会，在同一个问题上不会犯第二次错误。

外行人看热闹，内行人看门道。观众从一开始就觉得顾妄言唱得没毛病，但力求完美的沈向霆还是点出了一些细节问题。两人最后又合作一遍弹唱，顾妄言就学会了这首歌，快到让人怀疑用了加速键。歌搞定了，就剩下舞蹈了。

沈向霆把摄像机推开说："别拍了，到时候没惊喜感了。"

委屈的摄像老师："……"

摄像老师心说：我怀疑你是不想让观众看见你跳舞！

毕竟沈向霆转型做演员之后，再也没有表演过此类才能。

观众更委屈，虽然这话没毛病，但孩子还是想看啊！

机器没关，能听见说话声，镜头全程是对着透明玻璃窗外的小花园的。观众睁大自己的眼睛，努力地盯着那两抹倒映在玻璃窗上的身影，争取能看出点儿什么来，也是很拼了。虽然观众看不到，摄像老师却能现场围观。他走开一点儿，跟耳机里总导演说着现场的情况。

"导演！这向霆老师真不愧是八年前的热门冠军人物，宝刀未老啊！他这舞跳得也太好了！质感十足！"

这摄像师是从别的偶像竞演节目跳槽过来的，拍了很多偶像竞演节目。要拍好镜头，首先需要对这行有一定的认识，他看过形形色色的舞台表演，知道哪些人跳得好，哪些人跳得不好。沈向霆"霆神"的名号，果然名副其实！他越发怀疑沈向霆不让拍就是不想暴露自己，这是怕自己人气太高，盖过了顾妄言……呃。

好的，他错了，打脸"啪啪"响。他看到了什么？沈向霆一口气跳了四个八拍的动作，然后让顾妄言试跳，顾妄言竟然一个动作没错地完美复制了下来！

"导演！这两人是什么怪物啊！"

"咋了？"

"太厉害了我觉得！照他们这个进度，不用一个小时，这主题曲的舞都扒完了！"

总导演沉默几秒："你不能偷偷地去拍？"

他也好奇死了，说得这么神奇，谁不想看看？

"我怕向霆老师打我……导演，你不知道向霆老师有多可怕。我都怀疑，要不是言言在，压着他些，他的气场能冻死我！"

总导演心说：我怎么不知道？我比你还早接触过沈向霆！那位大明星是个什么性格的人，接触过的人都知道！他也就是有实力，业务能力超强，所以虽然不爱与人打交道，大家也都惯着他。

而且总导演还听说，沈向霆是不怕得罪人的。据说曾经有位业界大佬因为想追星，托人介绍认识了沈向霆，但热脸贴了冷屁股，沈向霆没有给他们面子，拍拍屁股就走了，到现在依然混得风生水起。当然，这些都是他道听途说的，未经证实，不知真假，但业界对沈向霆多少有些忌讳。他不知道沈向霆是什么来头，但听业内一些前辈说过，没事最好别去招惹沈向霆。

那边，顾妄言学东西的速度也惊到了沈向霆。沈向霆看过他的舞台表演，知道他舞跳得很好，但没想到学得也那么快，动作都是极其标准的。沈向霆不禁发出了一个疑问："你的舞龄？"

"八年？"

他从十一岁那年追沈向霆这颗星时，就开始追逐对方的步伐了。唱歌，是他与生俱来的天赋；跳舞，是他日积月累的财富。从此，打开了新世界，他爱上了所有跟音乐有关的东西。

"为什么是疑问语气？连自己的舞龄都记不得了？"

"因为是断断续续学的,我小时候要做的事太多了,"顾妄言随便找了个理由说,"爷爷对我们的要求可严格了,我得学好多东西。"

实际上这只是一点,另一点,是因为他实际上的舞龄并不止八年。出道后他还当了一段时间的偶像呢,再加上在梦里的记忆,其实他隐隐有种感觉,即便出道后的舞龄不算,也应该是八年加八年。这么说吧,实际上他二十七岁,为陆放跟家里闹掰,已经是八年前某一天的事,一些细节早就忘了。但从梦里醒来后,闹掰的事对现在的他来说,就是前一天才刚刚发生的事,他记忆犹新,连他那天早上吃了什么馅儿的水饺都记得一清二楚。他更像是重新过了一遍这些年的生活,只不过像是走马灯一般,倍速、快进的。所以记忆模块重置,他既有十九岁时该有的清晰的记忆,也有二十七岁该有的未来的记忆,他现在过的,可以算是两段叠加在一起的人生。这就是他已经好些年没唱过歌、跳过舞,嗓子坏了,肢体僵硬,再捡起来时依然很顺利的原因。

不远处的摄像老师听着,却听出了一丝丝"凡尔赛"的感觉——你"断断续续"学了八年,却能跳出这种专业水平?

"有什么问题吗,霆哥?"顾妄言问。

"问题是有,但不是坏问题。"沈向霆靠坐在一旁的桌子上,"你舞蹈的质感、律动、音乐感等,跟几个月前的你相比,完全不是一个层次。如果说是进步,那你进步得也太快了。"

沈向霆拧眉,总觉得这里有一道奇怪的分界线——分界线那头,他跳得好是好;但分界线的这头,明显比"好"更好,他的各种舞蹈表现都成熟了不止一点点,进步快得让人咋舌,仿佛直接跨越一大步,中间省了很多步骤。这是让他觉得最奇怪的地方,有种断层的错觉。

顾妄言咽了一口水。糟糕,霆哥看出来什么了吗?刚才唱歌的时候,他已经故意唱错不少地方,但委实没控制住跳舞这部分,想要故意在跳得好中掺杂点儿瑕疵,那也太难了!肌肉记忆可怕就可怕在,有些动作是不经过大脑的,等他大脑反应过来不应该那样做时,身体早就已经做完那个动作了。

◇ ◆ 114 ◆ ◇

顾妄言装着不知所措的样子,问出了一句略显"凡尔赛"的问题:"啊……那可怎么办?那……我是要跳得差一点儿?"

摄像老师:可恶,又被你装到了!

观众:嗯?

大家听得见声音,看不见画面,就更好奇了——顾妄言跳得得有多好,才能让霆花发出这样的疑问来?

"大可不必，"沈向霆睨了他一眼，"戏过了，差不多得了。"

"嘻嘻，"顾妄言摸摸脑袋说，"被霆哥夸了，开心。"

沈向霆也只是疑惑一下就没继续想了，跳得好是好事，哪有故意跳差的道理？看到顾妄言，他有种"后生可畏"的感觉。他没看错，小孩的星途果然是无可限量的。

见沈向霆已经接受了他的舞蹈能力，顾妄言也就不在这点上装什么了，快速地完善细节，满打满算，跟摄像老师预估的差不多，没超过一小时。

两人累了，并排坐在一旁的长椅上。

沈向霆休息了一会儿，目光扫过去时，看到顾妄言的手腕处有些红肿，眉头一拧："你的手怎么了？"

"啊，刚撑地的时候不小心扭了一下。"

撑地的时候？那就是半个小时前，他做了个地板动作的时候，扭着了？原版是没有地板动作的，一百个选手里，有几个做得出来？考虑到大家的平均水平，沈向霆在编舞的时候是趋于简单的。但看到顾妄言的水平后，他不甘让顾妄言跳简单版，想要看到顾妄言更精彩的表演，所以现场改编，加进去了几个地板动作。既然歪瓜裂枣组给他们起了个"魔王组"的名字，还要PK，那就没有不应战的道理！

"你刚怎么不说？"

"没什么，跳舞的有几个身上没点儿伤？小事情，我待会儿冰敷一下就好了。"

沈向霆又想到了以前的事。他母亲因为和顾家交好，经常会去做客，和顾姑姑、顾阿姨关系都不错。她回来时就会跟他提一嘴小孩，说言言又被顾老逼着干吗干吗了，小家伙蹭破了点儿皮就鬼哭狼嚎、满屋子跑的，别提有多可爱了。直到后来顾家出事，他母亲就几乎不去了，说是她跟顾阿姨年纪相仿，去了难免让言言想起母亲来，实在是不忍心。他曾经是那么怕疼的一个娇娇小孩。

沈向霆回来时，手上拿着一瓶跌打药膏，坐在顾妄言旁边，拉过他那只手抹了上去："小事情，是吗？"

"哒——啊——"顾妄言冷不丁地叫喊出声，"霆哥，疼……"

"疼了？"沈向霆冷笑一声，手上的动作却没轻下去，揉压按捏齐上。

"啊——"顾妄言一边叫一边想要缩回手，"疼，疼，霆哥！求求，慢一点点！轻一点点！"

沈向霆手上动作没停，可劲儿揉："我看你挺能忍的，憋着。"

让他别把自己弄伤了，他当耳边风？他当沈向霆不知道，所以故意忍着不提？

当着摄像老师的面，沈向霆当然不能对他施以什么惩罚，小惩大诫，他要疼就疼死他算了！

直到顾妄言疼得双眼含泪，可怜兮兮地呜咽着看他，沈向霆的手才算是收了力。

"下次还敢？"

"不敢了……我一定第一时间告诉霆哥。"顾妄言说着，吸吸鼻子。

沈向霆起身去拿冰块，顾妄言看了看自己散发着药味的手腕，却是仰着脑袋看天花板，嘴角咧开，悄悄地笑了一下：我错了，我下次还敢！

沈向霆打开冷藏层，拿出了冰块模具，打开倒在袋子里。回去时，顾妄言还是乖乖地坐在那里等他回来，脸色没什么异样。这么看来，脱敏治疗还是有点儿效果的，或者说，是疼痛让顾妄言忘记了接触障碍的事？

沈向霆也不提，怕一提醒，他那恶心的劲儿又上来，把冰块袋往桌上一丢："自己敷敷吧，air flare（空中大回环）就别做了。"

"我可以的！"顾妄言抬头，"明天晚上肯定消肿了。"

"你不可以，"沈向霆是不容拒绝的口吻，"还是说，要我把它变得更肿，你才肯乖乖听话？"

"从心言"："我乖。"

顾妄言心里也不想老气着霆哥，先乖一天再说吧。

"乖就对了，老老实实练简单版。下次再做地板动作的时候，记得先热身，别再扭着了，"沈向霆看了眼时间，"我差不多该走了。"

"知道了，霆哥，我会小心点儿的！我自己练就行了，你快去吧，别耽搁了。"

沈向霆走了两步，眉头拧紧。把他放在这里，真的太不放心了。没人看着他，他还不知道要做什么，到时候被责问，他大可以说是又不小心碰到了哪里，沈向霆也没证据。

顾妄言正在冰敷，忽然看到一道黑影罩下来："你还是跟我去片场吧，你一个人还不知道要怎么偷懒！"

顾妄言："……"

◇ ◆ 115 ◆ ◇

片场。

韩晴曼坐在她的专属椅子上，两个妆发师围着她，小助理给她捧着咖啡。就这场景，要是被人拍到，准有人说她耍大牌。但实际上，韩晴曼只是因为两只手捧着手机看直播，时不时还要发点儿弹幕，实在是腾不出手来。趁着拍戏补妆的空隙看眼直播容易吗她？

妆发师和小助理也都时不时瞄一眼屏幕。

"晴曼老师，可以过来试对下戏吗？"

"来啦——"

韩晴曼应了一声。

韩晴曼拍了几场戏，沈向霆和顾妄言也到了现场。因为是在剧组拍戏现场，为避免剧透，节目组应要求关掉了直播才被允许进去。

沈向霆直接去换衣服做妆发了，顾妄言就在一旁看着。

"Cut！"韩晴曼的戏份拍完了，导演一喊停，她的状态就出来了，转头对顾妄言说："言言！你来啦！"

"晴曼姐好。"顾妄言随后又看了导演那边："左导好。"

"言言怎么也过来了？"左导道，"你不是在参加一个什么偶像竞演节目吗，怎么还有空过来？"

"霆哥怕我偷懒，非把我带过来盯着。"

"他那哪是怕你偷懒啊！"韩晴曼笑嘻嘻地走过去。

顾妄言也跟着笑笑。反正现场的人也都习惯晴曼姐开玩笑了，他就不多解释什么了，说："我就再看一场戏，看完我就去空地练习了。"

"是想看你霆哥吧？"韩晴曼撞了撞顾妄言的肩膀。

顾妄言大方承认，温和地笑着："是啊，每次都能从霆哥身上学到新的东西。"

"对了，"左文山忽然道，"你来得正好，言言，你今天要不要来试演一下？"

"啊？"

"编剧看了你们那天的海报，觉得你们的概念特别对，就加了一集番外，等剧播完之后当个彩蛋放出来，我们昨天讨论了一下觉得可行，你可以吗？"

顾妄言笑着："我可以，导演，经过霆哥这段时间的调教，我已经不是从前那个我了！"

"哈哈哈，"左文山听笑了，"可以可以，年轻人就应该有自信！那等拍完向霆老师的戏，就拍你俩的！"

左文山心想，小朋友是真的自信啊，果然是初生牛犊不怕虎！那天在饭局上，左文山看他的演技还很青涩，一副对自己也没什么信心的样子，这才过去多久，就破茧成蝶了？

导演拿来新加的彩蛋剧本递给顾妄言："言言，你先看看剧本台词，找找感觉，有不懂的可以问问晴曼老师，我看你们关系不错。"

"霆哥今天有几场戏？"

"向霆老师拍得很快。"导演以为顾妄言是在问进度好算自己看剧本的时间，就说，"没事，你先试试。本来你们这戏也不是今天拍，是我心血来潮给你提前了。你要是觉得不行，我们就不拍，不打紧的，你别紧张！"

"片场老油条"顾妄言笑了笑："没问题的，导演，我能行！"

紧张？怎么可能！他在梦里的时候，拍处女作都不曾紧张过，更何况现在。梦里的他十九岁出道，当偶像被爷爷打压，半年后开始接触演戏。他跟沈向霆不一样，他拍了很多戏，类型不限，高产到有一年每一季都有新戏上线。年底一到，iMAX 团解散，队友单飞，没起什么水花，痛定思痛，都回家了。而他，演到二十五岁退圈，二十七岁出事。他退圈的时候身在高处，公告一发布，所有人都感到费解，不明白他为什么会突然隐退。顾妄言没有给出任何解释，只是慢慢地淡出了大众的视野。江山代有人才出，演艺圈最不缺的就是冉冉升起的新星，走了一个顾妄言，还会有千千万万的顾妄言迈进这个圈子。时间是会让人淡忘一切的。两年后人们偶尔还会提起顾妄言这个曾经的全能偶像，却已经习惯了他的不在。他再次出现在公众视野里时，就已经是"视频门"事件了，那也是他的最后一次曝光。

导演奇怪他突然的自信是哪儿来的，难道跟沈大明星待久了之后，连气质都会变？他刚刚怎么觉得，这小朋友突然变得很成熟？忽然，导演看到顾妄言转过去，脸上瞬间挂上个清甜的笑容，开心地朝沈向霆走过去，像是在跟沈向霆分享要拍摄彩蛋的事。对嘛，这才是他第一次见的那个小朋友，刚才应该是看错了！

◇ ◆ 116 ◆ ◇

"你真的要拍？"沈向霆问。

"我觉得观众会喜欢的，而且……"顾妄言抱着剧本笑着说，"我私心也希望许文褚能在另一个世界好好地成长，这跟霆哥你想的那个概念是一样的。霆哥也是那么希望的，不是吗？"

"我知道。"他说，"我是说，你确定要今天拍？不练主题曲吗？"

"我看过剧本了，场景不多，霆哥肯定没问题，只要我少出点儿错，很快就能拍完的，不耽误练主题曲。"

沈向霆点点头："但番外跟正片要呈现的东西不一样，你最近一直在琢磨的是那个身处黑暗的许文褚，番外你转得过来？"

"我可以试试。导演说了，如果不行，可以下次再拍。"

"那你先看看剧本，让晴曼姐给你盯盯戏也行。"

"好！"

不管是导演还是沈向霆，考虑的都是顾妄言能不能投入新的状态，因为沈向霆自己完全不需要操心这事。他想转什么状态就转什么状态，不存在入不了戏的情况。顾妄言当然也知道这点，就像他也从来不担心自己进不去状态。两个世界的许文褚，他可以秒切换。

沈向霆去拍自己正片的戏份了，这一场要拍的是破了案去抓嫌犯，追逐的戏码，里面还有打戏。沈向霆拍戏从来不用替身，各种技巧性动作和危险动作也都是自己上，除了因为敬业，还因为他本身就有那个能力，可以呈现很好的拍摄效果。打戏不比现实，是要排练的，总不能真的打"嫌犯"。

顾妄言低头又过了一遍剧本，假装找韩晴曼研究一下就当是请教过了。彩蛋篇不能说有多难，只能说是毫无难度，简直是小菜一碟。不就是演个假装阳光开朗的许文褚吗？就像他在演自己一样，他都能二十四小时不 NG（重新拍），演个许文褚算什么？是的，即便是另一个世界，许文褚也并没有变好，这才是符合原著设定的。许文褚从来就没有变好过，只是在温庭面前隐藏起了那个不好的自己。所以即使是另一条世界线，许文褚的阳光开朗也是装出来的，内心依然阴暗沉寂。但只要温庭在他身边，他就不会变坏，他可以一辈子假装是个乖乖小孩。他们这部网剧就是原著作者亲自担任编剧的，所以编剧最后能这么写出来，就说明在她心里，温庭和许文褚之间确实有条暗线，只是原著里很隐晦，并没有写明这条线，防止喧宾夺主。

那边，排练好了打戏的沈向霆开始了正式拍摄，顾妄言放下手中的剧本，站起来看。这是一场一镜到底的追捕，多个机位拍摄捕捉，所以每位演员的走位都要提前安排好，一旦有个人 NG 了就得重来，因此排练了很久。

"Ready？ Action！"

这条一镜到底拍了好几次，比预想中要更难一些，总有人出点儿错。沈向霆没有 NG 过，都是其他演员 NG，不是记错了走位，就是提前出镜。

"Cut！"左文山看着显示器道，"可以了，辛苦了，向霆老师。"

这场拍了十次，本来就是耗费体力的打戏，沈向霆来来回回跑了不知道多少次，拍到最后，都有些体力透支了，在初春的寒天都满头是汗。

沈向霆今天是直接过来的，没带助理，现场的工作人员赶忙上去递水，被顾妄言接过："姐姐，我来吧！"

沈向霆喘着气过来导演这边，顾妄言递水过去。

沈向霆看了他一眼："你怎么在这儿？不应该抓紧练习？"

顾妄言挠挠脸："霆哥拍戏太有魅力了，一不小心就看入迷了，忘了时间……"

沈向霆一口喝了半瓶的水，盖上瓶盖后随手敲在了他脑袋上："有这拍马屁的工夫，多看眼剧本都好。"

顾妄言笑笑，拿出纸巾："霆哥，我帮你擦擦汗吧。"

一般都是女工作人员干这些活儿，有时候照顾到她们的身高，沈向霆会自行低下去一些。顾妄言就不必了，两人差不多高。沈向霆也没放在心上，应了一声就站在那里看刚才自己拍的那条。

两人丝毫不知韩晴曼站在不远处，全程跟记者似的"咔嚓咔嚓"一顿狂拍。有韩晴曼在的地方，就有绝美"返图"！

沈向霆眉微拧："左导，这条过不了吧。"

左导哪能不知道他说的是什么，笑笑说："没事！把这人切出去就行了。"

"再拍一次吧。"

"后期做一下就行了，你都拍那么多次了。"

沈向霆是精益求精、自我要求极高的人，要呈现给观众的戏一定、肯定以及必须是完美的，不可以有任何瑕疵。

"已经拍了那么多次，就不在乎多拍一次了。"沈向霆看向其他演员："你们这次能拍好吗？"

不是很严厉的询问，但大家都有些不好意思："能的！"

"抱歉啊，向霆老师，我不会再错了。"

"没事，"沈向霆淡淡地接道，"争取这次一次过了，辛苦大家了。"

沈向霆的视线被顾妄言的手遮挡住了，抓着他的手腕推开一些。找存在感的顾妄言假装道："霆哥，我妨碍你工作了吗？"

沈向霆还抓着那只手腕，闻言看了过去，那小孩像是有些无措。但他觉得，阿妄的眼神特别像是在说：好啊，你嫌我烦了，你一定是嫌我烦了。

沈向霆也不知道自己怎么就突然"脑补"了这么出戏，想到自己刚才那一推似乎有些强硬，轻咳一声，低眸一看："没有，我是想看看你的手怎么样了。"

顾妄言憋住笑意，逗霆哥可太有意思了。

"冰敷过后好很多了，不碍事的。"

"嗯，"沈向霆松开，"再敷敷吧，晚上再消不了肿就去医院看看。"

经过那么多次的脱敏治疗，顾妄言对沈向霆的短时间接触已经免疫了，甚至都忘记了自己有肢体接触障碍。

沈向霆拍完这场戏后，坐下来还没休息，就接过剧本，像是家长检查作业一般，对站在他跟前的顾妄言道："台词背得怎么样了？背来我听听。"

"啊？我……我还没背……"顾妄言支支吾吾。

韩晴曼走过来，用手中的剧本敲了沈向霆后脑勺一下："吓唬言言，你能耐啊？"

◇ ◆ 117 ◆ ◇

顾妄言是眼睁睁看着韩晴曼一榔锤——哦不，一剧本砸在霆哥脑袋上的，隐隐听见了"咚"的一声，还蛮响亮。旁人也都看见了，均惊了一下。韩晴曼这一下，委实不轻啊！虽然现在大家都知道他俩关系还不错，但还是下意识地走远了一些，生怕沈大明星不给面子发飙，殃及他们这些小池鱼。

沈向霆的脑袋被敲得矮了一下，眉头皱起来，听这声音，不用回头就知道是谁了。顾妄言在脑海里预演着，万一霆哥发飙，他该用什么办法来阻止。霆哥的脑袋，那是谁都能敲的吗？即便是晴曼姐……欸？好像还真能敲！霆哥被敲完之后，晴曼姐走到他跟前，他也只是有点儿怨地看了她一眼，似是警告她没有下次，却一句话也没讲，默默地挨了。别说剧组的其他人觉得惊奇，就连顾妄言都有些意外，看来晴曼姐跟霆哥的关系比他想的还不一般哪！他想了一下，没能想起沈家有这么一位大姐姐。向来都是霆哥来他们家，他是耍性子也好，清高也罢，反正没去过沈家。小时候觉得，他不用去，想见他的人自然是会来的，不想见的他去也见不着。顾妄言骨子里就是有种傲气——我是不会主动迈过去的，想得到我，你就必须先臣服，做我的不贰之臣。

当然，这会儿他还不是拉下脸来求霆哥了！

韩晴曼教训完沈向霆，一脸正色地再加以家长式教育："小朋友是用来疼的，不是用来吓的！我们言言这么胆小，给你吓跑了怎么办！"

旁人都哈哈笑起来，活跃气氛还该是韩老师来！大家都工作了半天，听到这话，心情都放松了不少。这个剧组的氛围显然很好！两位最该耍大牌的大咖一个接地气，有亲和力；一个虽然没有亲和力但从来不给任何人添麻烦，兢兢业业，一就是一，二就是二。

这么好的片场氛围，他们还能待上八百年！

这时，沈向霆学着韩晴曼的口吻，抬眼看顾妄言："那言言吓到了？"

顾妄言微微一笑："言言不是，言言没有！"

虽然是在模仿晴曼姐，但这好像是霆哥第一次喊他"言言"。这名字在顾家，一般都是长辈用来喊他的，明月阿姨来做客的时候也是这么喊。记忆里，霆哥从来没有喊过。好吧，他俩连话都没说过几句。其实在梦里时，圈子里的人也不是这么喊他的，但现在他以纯良的形象在《世外桃源》里刷脸，被几位老前辈揪着叫"言言"后，恐怕全世界从此以后都这么喊他。但全世界都喊，也架不住霆哥这一声"言言"。

别人喊的，他觉得没什么；可这名字从霆哥嘴里喊出来，却觉得好听得很。他也不知道为什么，但就是霆哥一喊，他就起鸡皮疙瘩。霆哥喊他全名，多半是严肃或者生气；霆哥喊他小孩，他觉得温暖；霆哥喊他阿妄，他认为好听、温柔……

"言言，"韩晴曼的惊呼声把他从神游中拉出来，"怎么这么可爱？"

韩晴曼把他当弟弟看待，怎么看怎么觉得可爱。

顾妄言："突然想上厕所，我去下洗手间。"

沈向霆打开瓶盖把剩下的半瓶水喝完，投进不远处的垃圾桶里，然后站了起来："我也去下洗手间。"

哼，韩晴曼叉了叉腰，气呼呼，不告诉我？小气鬼！

洗手间里，顾妄言并没有真的上厕所，他洗了把脸，让自己清醒一点儿，出去时，就看到沈向霆抱着双臂靠在外面的门框上，一副在等人的样子。

"霆哥？你也要上厕所吗？怎么没进去？"

"我不上厕所。"

"那走吧。"顾妄言也不问他是来干吗的，总有点儿心虚。顾妄言正要出去，只见沈向霆忽然右腿一抬,他无处安放的大长腿弯曲着踩着门框另一头,挡住了顾妄言的去路。

顾妄言:"……"

◇ ◆ 118 ◆ ◇

顾妄言表面紧张了一下:"霆哥?"
沈向霆用眼神往里一扫。
"哦,"顾妄言乖巧地往里面退了一步,"这样?"
沈向霆看着他,像是在观察什么,然后嘴角噙着一抹不明显的笑意:"真的吓到了?"
"没、没有。""顾小白兔"支吾着说。
"你的意思是,我们都看错了?"沈向霆不信。
顾妄言一副做错事的样子缩在墙边:"我错了,霆哥,你别生气,不要讨厌我。"
"你以为,我真的这么闲?我讨厌你,还会管着你?"
"是我想太多,霆哥消消气。"
沈向霆道:"你非要我把话说那么明白?"
顾妄言心里笑了一下:是啊,你得告诉我。我那么笨,你不告诉我,梦里的那个我到死都以为你讨厌我。
顾妄言问:"那你会一直管我吗?"
"我一辈子管着你。"

◇ ◆ 119 ◆ ◇

"我一辈子管着你。"顾妄言听着这句话,心里乐开了花。他等这句话很久了。他曾有的顾虑,霆哥也有,霆哥不敢轻易走向他,他理解。所以这路就由他来走,哪怕他是踩着刀尖走过去的,他也甘之如饴。霆哥只要在他走完这九十九步之后,往前再走一步就行。而今,这一步,他踏过来了。

"顾小白兔"惊慌失措,眼睛眨得又快又慌:"我不是在做梦吧?"
"你以为,我想帮你治病是为什么?"
顾妄言眨了眨眼,故作不知:"是为什么?"
"希望你活得久一点儿,我能管得久一点儿,管到长命百岁最好。"

"晴曼老师!你在这儿做什么?"
"打电话,打电话呢。"

顾妄言做惊愕状："有人来了。"

两人一前一后地出去，与进来的那人撞个正着，那人连忙打了声招呼："向霆老师，小顾老师。"

沈向霆和韩晴曼这样的身份地位和实力，被人喊一声"老师"倒也没什么，更何况此"老师"非彼"老师"，就算一个尊称，没有具体意义。但喊顾妄言的这一声显然就只是因为一时不知道该怎么称呼，就随便喊了一声算打过招呼。

两人再往外走，韩晴曼站在离洗手间不远的地方，手里拿着个手机，假装是在打电话，仔细看的话就会发现她手机都拿反了。

"我可没偷听啊！"韩晴曼直接道，"我就是帮你们把把风。"

她还不至于这么没品，去偷听墙脚！

顾妄言笑："谢谢晴曼姐！霆哥，晴曼姐，我先去背台词了！"

中午饭是三个人一起吃的，向、妄两人坐南北向，韩晴曼坐在西位，她举着手机在玩，看吃得差不多了拾掇起两人来："哎，你俩营个业呗，粉丝们都翘首以盼呢。"

"怎么营业啊？"顾妄言问。

"还能怎么营业？发条微博呗。"韩晴曼的口吻里带着浓浓的可惜感，"我去买饮料，你们要喝什么？"

顾妄言："我想喝百香果双响炮，谢谢晴曼姐。"

沈向霆："柠——"

"你不重要！"韩晴曼直接打断他，听都没听就走了。

沈向霆："……"

顾妄言笑了一下："盲盒也不错的，有惊喜感。"

韩晴曼只买了两杯回来，自己一杯，言言一杯。

像是在要糖吃的"沈小朋友"："我的呢？"

"什么你的？"韩晴曼已经在召唤相机了，"咚咚"两声，"你没有。"

沈向霆低过头去，咬住了吸管。

顾妄言："……"

"很好很好！"为了让镜头更好看，韩晴曼不要形象地蹲下去找角度，然后修图发微博。

@韩晴曼：我今天公开审美取向了，公开的什么向？是你的心之所向；宝，我今天去撒网了，撒的什么网？是你的身之所往。

◇ ◆ 120 ◆ ◇

　　下午就是彩蛋的拍摄，取景地是真实的海滩。

　　沈向霆在看过剧本之后就跟导演说钢琴不用租，有现成的。度假别墅里的那架白色钢琴被搬了过来。

　　保姆车开到，二人从车上下来。众人看过去，真的是梦想照进了现实，那两人，分明就是从剧本里走出来的干净少年啊！怎么都还没有开始演就让人觉得，那就是温庭和许文褚呢？

　　言言的第一次拍摄，作为粉丝的韩晴曼不可能不来，她早早地就在片场等候，抓紧拍照片，一天不知道要在超话发多少条微博。

　　　@韩晴曼：前方记者为您报道，可以期待一下哦。

　　评论——

　　　"啊——白衬衫！少年'温文'？这套莫非是？不会是我想的那样吧！这是要拍番外？！"
　　　"天哪！真的要拍隐藏结局吗？！期待！"

　　《绝命追杀令》要加拍彩蛋结局的消息传开，看不得"虐心剧"的粉丝们：我又可以了！

　　这部网剧是边拍边播模式，现在已经播到第三个单元，距离许文褚上线已经不远了。剧自上线以来热度就很高，有沈向霆领头，就有了口碑的保证。再加上沈向霆和启明星的热度，原本对刑侦剧不感兴趣的粉丝群体也纷纷开好了会员等最后一单元上线。这部剧好就好在男主角和女主角都是事业线发展模式，没有多余的强行煽情的台词，情节引人入胜，悬念从第一集开始一直吊到结尾，等待最后高潮的爆发。

　　"紧张？"沈向霆看着顾妄言道，"紧张就把他们都想成听你唱歌的观众就行了。"

　　"不紧张！"顾妄言笑说，"有霆哥在，我不怕。"

　　沈向霆总有种"家有小子初长成"的感觉，自己拍戏都没紧张过，却有些担心这小孩待会儿紧张到忘词。

　　后面周泽和尤金也跟着下来，跟着两人朝片场走过去。

　　尤金一个趔趄，被周泽扶了一下，后者说："你咋了？怎么在发抖？"

　　"紧张！"尤金握了握手。

"顾妄言拍戏,你紧张什么?"

"周哥,不是我不信妄言,可你说他一个偶像出道的人去演戏……第一次演戏就是跟沈前辈对戏!太可怕了吧!"

周泽抽搐了一下:"向霆老师还能把顾妄言吃了不成?"

"这倒不是!我是怕他演不好被人骂!"尤金摸着胸口说,"成也粉丝,败也粉丝。现在喜欢妄言的人是很多,但大多喜欢的是他们幻想出来的人,并不是真的喜欢妄言这个人。妄言今天要是没演好,现在的观众捧得有多厉害,之后播出的时候骂得就会有多厉害!他哪里承受得住啊?心态不得崩了?"

"瞎操心!"周泽叼着根烟,非常老成地安抚了他一句,"当年沈向霆还不是偶像转演员,出道时人气就很高?妄言既然是他看上的人,不会差的,你应该相信妄言。"

"喀喀……"尤金被烟味呛到,"周哥,抽烟对肺不好。"

周泽看他一眼,"啧"了一声,丢掉烟踩灭:"你们这群小屁孩,男人不抽烟那还叫男人吗?走,看看妄言去。"

两人来到韩晴曼身旁,打声招呼就乖乖站着看戏了。

沈向霆和顾妄言两人站在中间,按照设定,两人平时穿的是学生制服——白衬衫、米色毛衣、黑色纯色裤子、黑棕色制服鞋。但许文褚平时就喜欢自己搭配,什么样式的裤子都有,领带也千奇百怪,衬衫最上面几个扣子总是不扣,松垮着,让人一眼看过去就像个问题少年。然而也就是在穿着上特立独行了,在他庭哥面前乖得跟小白兔似的。

海风有点儿大,沈向霆安抚道:"好好演,我在旁边看着,就像在家里那么演就行了。"

"嗯!"

韩晴曼离着大老远做了个打气的动作,就算是加油了,不打扰他进入状态。

左导也很疼这个小孩,包容心很强:"言言,你要是觉得好了,我们就开始。"

"可以了,导演。"

左导这会儿还是有点儿担心,接下来拍的这场戏,顾妄言要是以现在这个乖乖小孩的状态去拍可不太行啊。

"Ready? Action!"

导演一喊完,刚才还是乖乖小孩的顾妄言,一抬头,就变成桀骜邪性的许文褚,嘴角那一抹勾上去的轻笑刚刚好。一头出挑的金发和左耳上戴着的那枚黑色耳钉在阳光下闪耀,米色的毛衣丢在沙滩上,酒红色的领带上还有一些花纹,也没整齐地系起来,松垮地吊着,白色衬衫的下摆挂在裤子外面,一只手插在蓝色格纹裤的裤兜里,小白鞋踩着地上的沙滩球。

他做了个动作,把球钩上来用手接住,一只眼微闭,用手比了个距离和方向,朝被几人架住的一名演员笑了一下："别动哦。"

所有人微怔，都看着这名犹如从漫画中走出来的少年。这一刻，他不是刚才那个乖巧小孩顾妄言，他是黑暗堕落的黑天使许文褚。

左文山眼睛一亮，这秒切换进入戏中人的能力，和那灵气逼人的演戏状态……他仿佛看到了又一个沈向霆！

◇ ◆ 121 ◆ ◇

韩晴曼忽然坐直了身体。她也是第一次看顾妄言演戏，在他切换到许文褚的时候，眼里就放着光彩了。这……居然是言言第一次演戏？这真的是第一次吗？虽然她不止一次听小霆毫不吝啬地夸奖过他，但她也仅仅是以为这小妄言是个演技不错的小朋友罢了。第一次接触演戏的人，能演得好到哪里去呢？天赋型的演员，她也就见过小霆一个而已，没承想，在这么短的时间里，她又看见了第二个！

她在顾妄言身上，看不到一点儿青涩！尤金哪里懂演戏，但知道看戏啊，他也觉得妄言演得好！他仿佛看到了另一个人。这小子……深藏不露啊！沈大明星这段时间的补课效果这么明显？

周泽撞了撞尤金，轻声说："可以啊，顾妄言。"

别说他们是第一次见到顾妄言的演技，就是沈向霆这个天天抽查功课的老师，都被意外到了。顾妄言在现场的状态，要比在家里跟他对戏时的状态好多了，是让人觉得惊艳的程度！因为只是试拍，导演想看看他能呈现出怎样的表演效果，所以没有给他讲戏。也就是说，这一段表演，是他自己琢磨出来的！他能通过那几段简短的描写，把整个画面演绎出来。一个鲜活的角色，从剧本里走了出来。

那道具球砸在了那名演员身上。

许文褚跟玩儿似的，不停地用球砸着他，唇角勾着的笑意越来越明显。那名路人甲满口鲜血，被许文褚捏住下巴，轻慢地往下扫："你这牙齿太丑了，我给你拔了吧？"

"嗯嗯……"那人惊恐地看着他，就像在看一个怪物。

"这长了张嘴，就是不会说人话。"

那人恐惧地挣脱，跪在地上，抱住他的脚："褚哥，褚哥我错了，我再也不敢胡说八道了！我不知道那姓温的是您罩着的啊……"

许文褚低下头，看着自己沾上了血迹的小白鞋，眉头紧皱，一脚踹倒他，一脚一脚地踩："谁让你用脏手碰我的鞋了？"

许文褚这段戏，把旁人都吓着了。许文褚此时这个状态就是老演员都不一定能演出来那种感觉！原以为那个乖乖小白兔形象的顾妄言能把许文褚的三分狠演出来就已经很惊喜了，毕竟这只是许文褚的一小面，不占篇幅。但万万没想到，他把一个完整的许文褚呈现在了他们面前！少年这股要把人踩进泥里的灭世感和狠劲，还有那发着狠的笑，让人看了觉得毛骨悚然！他不是冷笑，是笑得如阳光之下的好好少年一般，狠劲全在眼神戏里。沈向霆没有看得入迷到忘了自己的戏份，进入温庭的状态后走进了镜头里。也就是这一秒，许文褚忽然停了下来，眼神瞬间变了，对旁边几人说道："打我。"

"褚哥？"

"快点儿，打狠点儿。"

前一秒还发狠狂揍人的小霸王，下一秒却在看见温庭跑过来后秒变被揍的小哭包。

"小褚！"温庭急急忙忙跑过来，一向温润沉稳的他却暴躁地喊："你们在干什么！"

他把他们推开，将许文褚从地上扶起来："小褚！"

许文褚双眼红红的。

温庭恼了，怒看他们几个："你们哪个学校的！"

而这时，许文褚看着温庭的侧脸，微笑了一下。

"Cut！"左导满意喊停，笑意满满，"一条过！"

现场发出了不小的惊叹声，这位小新人演员了不得啊！第一次拍戏居然就一条过，这演技真的吊打有些光有颜值没有演技的偶像！

随着导演的一声令下，顾妄言立马恢复成自己的样子，起来去扶那名被他"揍"的演员："对不起对不起，我刚刚好像有一下不小心真的砸到你了！"

"没事没事！道具球，不疼！你真的是第一次演戏吗？演得也太好了吧，我刚真以为自己要被你打死了！差点儿没接上戏！"

"有吗？"顾妄言憨笑一下，"我都不知道有没有演对感觉。"

那人惊愕道："谦虚了！"

出戏后他就不是许文褚了，而是顾妄言，这种界限感十分明显。让人无论如何也不敢相信，刚刚那个忧郁少年居然就是眼前这个乖巧弟弟。

左文山其实早已习惯了沈向霆和韩晴曼的出戏入戏速度，但这事放在一个新人身上，就完全是另一回事了！这也太可怕了！

"言言！你也太棒了！"韩晴曼跑过去，踮起脚来拍了拍他的脑袋，"我还以为你霆哥逗我玩儿呢，原来我们言言真的超级棒！"

沈向霆从后面走上来，也已经没有了温庭独有的那种温润气质："演得还不错。"

韩晴曼吐槽他："你干吗老这么小气？夸一句'太棒了'会死吗？'还不错'……"

沈向霆："还有进步的空间。你可以有自信，但不要自满自傲。"

这么多人夸顾妄言，已经予以了肯定，就不需要他太夸张地去夸奖顾妄言些什么了，他得压一压才行。

韩晴曼："你真扫兴！"

"没有！"顾妄言笑说，"我觉得霆哥说得对，我还要好好学习！"

"谦虚了，言言！"左文山也道，"你仿佛就是为这一行而生的！第一场就能演成这样，太让我惊喜了！"

"真的吗？谢谢导演夸奖！"顾妄言笑着道，"还是霆哥教得好，以及晴曼姐给我讲了戏。"

毕竟是第一场，他还是收敛了些，没拿出他的演技。但时隔两年在片场演戏，他爽到了，还是比预计的放开了一些。

韩晴曼连忙否认："晴曼不是，晴曼没有！可不敢居功！我那能叫讲戏吗？你演的这些可没一个是我教的！"

左文山问："最后镜头那个笑加得好啊！"

"真的吗？我还有点儿担心自己乱加会不会太乱来了……"

"没有没有！加得好！"

顾妄言憨笑："我就是觉得，如果一个人对自己来说很重要的话，无论什么时候看到他，都藏不住心中的欢喜。"

◇ ◆ 122 ◆ ◇

说完，顾妄言又自我否认了一下："啊，许文褚对温庭是不想失去的重要性吗？我会不会理解错了……"

左文山很大方地道："我们对外宣传肯定不能那么宣传，但拍的时候就得照着这种感觉来拍，你没理解错！这就是编剧想要表达的，你把那种隐晦的朦胧的感觉演出来了！"

"那就好。"

左文山看着沈向霆说："向霆老师眼光好毒辣！带出来的唯一关门徒弟，将来必有大成！"

怪不得沈向霆会破例带新人，他到底是怎么看出来顾妄言这颗隐藏的璞玉的？就这眼光，比他们这些导演看人的功力还要好啊，居然能挖掘出这么好的一棵苗子！

"他不是我徒弟，我也没教他什么，都是他自己领悟的，他有这个天赋。"

左导："那就更厉害了！"

顾妄言看着沈向霆说："霆哥，你放心，我不会骄傲自满！霆哥在这儿——"顾妄言抬起自己的手尽可能地举高画了条线。

"而我在这儿，"他的手直接垂下去，"想要追上霆哥还远着呢！"

"好小子，向霆老师是你的目标？"左导道，"上来就要追向霆老师，有魄力啊！"

沈向霆的高度，那自是不用说了。但左导觉得，顾妄言小朋友和沈向霆差得也没那么多！这小朋友天富有灵气，演技自然，能将观众的情绪带进去，把演戏融入自身，让人看不出来是在演戏。有这种功力，已经是其他实力演员都达不到的境界了！这哪是什么小新人啊，要不是真的全网都没有顾妄言演过戏的资料，他都要怀疑是哪位大明星在装小朋友了！就小朋友今天这第一场的表现，他敢断言，拿到奖项只不过是时间问题！

韩晴曼拎着他的衣袖，把他的手带了上去："哪儿有差那么多？你在这儿！不用一年你就可以追上你霆哥了！"她说完，看了沈向霆一眼说："小子，你再不加加油，就要被言言拍死在沙滩上了，他这成长速度，追上你只不过是时间问题！你最佳男主角的位置要不保咯！"

韩晴曼对顾妄言演戏的印象，就是在上一次饭局上，这才过去多久，顾妄言竟然就有这么大的进步，恐怖如斯！

沈向霆笑起来的幅度不大，但也算是笑了："好啊，反正我也坐腻了。"

"可不敢！"尤金犹如大忌一般帮自家艺人推了，"沈老师的地位，哪里是我们家妄言说触就能触到的！大前辈永远是大前辈，该有的敬畏心还是得有的！"

顾妄言道："我只想追逐霆哥的步伐，并不想夺走什么。"

其他人一听，好家伙，他说的是"并不想"。也就是说，他要是想，还是能夺走的。沈向霆也闻着点儿味道，掸了掸他衬衫上的沙子："不想？"

"言言！过来化妆了！"

"欸！来了。"

路边、外景、黄昏（夏）。

小混混退散，脸上挂彩的许文褚坐在路边，温庭骑着自行车快速回来，一个急刹车停下，拿了药袋子跑过去。

温庭帮他擦药，用棉球压着他的伤口。

许文褚仰着头（笑）："庭哥，我没事，你不用这么紧张。"

温庭（严肃）："你不知道你有凝血功能障碍吗？为什么要打架？"

许文褚笑："因为他们乱说庭哥的坏话。"

温庭（怔住）："说就说，我又不会少一块肉，下次别打架了。"

许文褚："我知道了。"

许文褚低头看自己的鞋子："就是可惜了庭哥送我的生日礼物，都弄脏了。"

温庭蹲下去，帮他脱掉鞋："没事，我去帮你洗洗，你在这儿等我。"

海边、外景、黄昏（夏）。

温庭蹲着，用海水冲刷着鞋面上的血渍，许文褚光着脚过来，泼水嬉戏，温庭没法，放下鞋子和他一同玩耍。

许文褚拉了拉他的领带："庭哥，你干吗老是这么一本正经地穿着？这里又没有风纪委员扣你分。"

温庭："你还说，我都毕业好几年了，你还让我穿这个出门，路上好多人看我。"

许文褚笑："我就是想和你穿一样的衣服。"

温庭："为什么？"

许文褚："好朋友都是这么穿的。你看，他们也穿一样的。"

温庭看过去，海边一对情侣牵着手走着。

"那是情侣，人家在谈恋爱。"

许文褚清透的眼神看着他："不谈恋爱，就不能穿一样的吗？"

温庭看了看他，笑着点点头："可以，所以我这不是穿了吗？"

许文褚去抽他的领带："庭哥，你不热吗？"

温庭后退，许文褚跑了几步追过去，两人嬉笑打闹，就像小时候那样。

跑累了，两人一前一后在海边赤脚散步，听着海浪拍打的声音，海鸥叫着飞翔，黄昏日落，美不胜收。

温庭走在前头，问："小褚，你将来想做什么？想去哪里？"

许文褚停了几秒，接说："庭哥，你呢？"

"我想当医生。"

"为什么是医生？"

温庭转回来："我去读博，出国深造，回来把你的病治好。"

许文褚扯他的衣角，笑："那我也出国，我去打工赚钱，我供你读书！"

温庭笑着，往他脑袋上揉了揉："你是我弟弟，当然是我供你，你好好念书。"

插入许文褚内心戏：我不想当你弟弟。

许文褚别过头："我念不好，我不是读书的料。"

温庭戳他："念不好就慢慢念，怎么还生气了？"

前方人群聚集，很热闹的样子，许文褚扯开话题："庭哥你看那边在做什么，我们去看看！"

"Cut——"左文山喊停，"又是一条过！太完美了！"

两人的对手戏都是一条过，整场表演如行云流水，浑然天成，看不出一丝演戏的痕迹。演对手戏的可是沈大明星，开拍之前，左文山还很担心顾妄言这个小新人会被压戏，以至于演不下去。事实是他多虑了！两个人哪里像是第一次合作啊？分明就是默契十足，一切尽在不言中。那种少年之间朦胧青葱的感觉被演了出来，特别是顾妄言！沈向霆演得好，那是理所当然的，他真的要好好夸夸顾妄言！那种暗地里重视却又不能表达出来的隐忍的情感，顾妄言很好地演绎了出来！

一停下来，两人就出了戏，沈向霆恢复成那个高冷巨星，快走几步："演得很好。"

顾妄言笑笑："霆哥也演得很好！"

沈向霆低头一瞄："我还用你夸？"

许文褚式疑问："不可以夸吗？"

温庭式沉默："可以。"

随后，两人相视一笑。

◇ ◆ 123 ◆ ◇

韩晴曼看完第一场戏后就走了，她还想留着点儿惊喜回头跟大家一起看彩蛋呢。

周、尤两位经纪人也是看了会儿就放心地走了，无论怎么看，这二位也不像是需要人操心的样子，他们没有留下来的必要。

还剩下最后一场戏，有人在海边开派对，有人弹琴，有人起舞，有人围坐成一圈，欣赏风景、聊天。温庭和许文褚意外撞进派对，加入他们。十九岁的温庭、十六岁的许文褚，融进氛围里，随着一曲探戈起舞。日落黄昏，欢声笑语，直至夜幕降临，尽兴而归。

二人坐在一块补妆。

其实两人这底子也不用怎么化妆，演的又是学生时代的戏，近乎素颜。顾妄言现在的状态，用粉丝们的话来称赞就是牛奶光泽，白白净净的。他正处在最好的少年时代，不需要过多的修饰。本是少年，又何须演少年。彩蛋的戏对沈向霆来说才是难的，需要更多的表现力，把久违的少年感演出来需要很强的功力，他做到了。如果换了平时，大家的注意力都会在他身上，导演也是过一会儿才想起来，他们的注意力被顾妄言分散了！大家都在看着这位小新人，惊叹他的表演，因而忽视了更优秀的沈向霆。相比较而言，沈向霆稳定发挥，实力是优于顾妄言的，但因为后者是新人，表现出乎大家意料，所以都在关注他。也是吧！沈向霆好歹是年少成名的大明星啊，实力那是开玩笑的吗？要是上来就被顾妄言这个小新人比下去了，那也太夸张了！

好在他俩关系好，左导想。看得出来，顾妄言演得好，沈向霆也很满意，看着大家都在夸赞他，沈前辈没有吃味。这要是换了别的情况，他们只关注新人而忽视了另一位实力前辈，还不知道那位大佬要怎么生气呢！

"左导，我有个想法。"

"你说。"

沈向霆："最后一场戏，分成两个部分拍吧，一个是温、文沉浸共舞，另一个是由我们两个来演奏，后期镜头交叉剪辑，用我们演奏的音乐来配我们的舞。"

左文山当下捶了下手："这个想法好！画面感有了！就是有一点儿麻烦，老师们都是女生，现在给你们找手替恐怕没那么快到，向霆老师，你的时间……"

这场戏，他们请了一个女子演奏团队。顾妄言小朋友现在还没有完全长开，手指较为纤细，让女孩子替了倒也可以，但没人能替沈向霆的手。沈向霆这双手骨节分明，瘦而修长，手背会有微微凸起的青筋血管。那是一双看着就强而有劲的男人的手，又不失美感。

左导为难着："向霆老师，就你这双手，我想找个相似的还不一定能找到。"

他们等倒是无所谓，让沈向霆这种大咖在这儿干等着，不合适吧！

顾妄言看过去，唇边带笑："霆哥的手好好看。"

旁人看了，连连点头，谁说不是呢。

沈向霆闻言，抬起了自己的右手，在半空中转了转，伸到顾妄言的眼前："好看？"

顾妄言如小鸡啄米般点点头："好看！"

左导说："那我——"

"左导，不用请手替，我们自己来就行了。"

"啊？"左导一愣，"你们自己来的意思是……你们会？"

沈向霆看向了顾妄言："*Por Una Cabeza*（西班牙语探戈歌曲《一步之遥》），会吧？"

顾妄言点点头："嗯！"

Por Una Cabeza，左导微惊，这首著名的探戈歌曲，跟他想的不谋而合。这首也在他的考虑范围中，太适合这场戏了。

这时，左文山被副导叫走，让他看一个视频，那视频正是向、妄昨晚的直播合奏。他当即充满了期待。他们这哪里是会？是太会了！他有预感，这最后一场戏，一定会是个名场面！

◇ ◆ 124 ◆ ◇

从黄昏拍到夜幕降临，彩蛋的戏终于拍完了。导演喊完最后一声"cut"，结束了今天的拍摄进程。

"辛苦了辛苦了！向霆老师辛苦了，言言也辛苦了。"左导道："言言，你今天的表现真的太棒了！"

顾妄言鞠了一躬："导演辛苦了，各位老师也辛苦了。"

沈向霆也说了一声："各位辛苦。"

左导拍了拍顾妄言的肩膀说："期待你更精彩的表现，比赛加油啊！你现在代表的可是我们'绝命'剧组！"

"谢谢导演，我会努力的！"

"加油！我们整个剧组的人都是你坚强的后盾！"

听说启明星跟着摘星者吃香喝辣，还有戏拍，四仰八叉地躺在舞蹈室地上的歪瓜裂枣组发出了哀号声——同样是参赛选手，这待遇差得也太大了吧！

有人坐起来问："裴老师，我们不能也玩会儿吗？"

"玩。"裴子昂道，"你们尽管玩，明天第一场淘汰赛被淘汰了，以后有的是时间让你们玩！你们以为我们在跟你们开玩笑？明天考核不达标的，不管你有什么背景、什么实力，统统淘汰！"

众人沉默。

"还玩不玩了？"

"不玩了……"

裴子昂看了看自己手上的名单和到场的人，问："清扬少年团的几人去哪儿了？"

"不知道，老师。"

裴子昂皱了皱眉。

"裴老师，他们应该不需要担心吧。清扬少年团的舞台很'炸'，很有实力。"

"你们继续练吧，就你们现在这水平，我连C都不想给你们！"

裴子昂丢下一句话就走掉了。

一群人还坐在地上休息，唠嗑。

"我们有那么差吗？C都拿不到？"

"夸张说法吧……"

"清扬少年团拿A都没问题吧，我关注他们很久了，微博粉丝有一百万呢！"

"真羡慕，我才个位数，我什么时候才能有一百万粉丝啊？"

"顾安言也才五十万粉丝。"

当中，029不屑地道："他啊，有一大半还是沈向霆的粉丝吧？水得很！"

有些事自己心里知道就好了，说出来，大家都有些尴尬。

028是他的队友，也跟了一句说："可真羡慕他啊，什么作品都没有，拉着沈向霆上上热搜就平白得了五十万的粉丝。"

030："你们别这样说，顾安言还是有实力的。"

029："有什么实力啊！他不就是靠着跟摘星者的关系才保送进来的吗？买通评委了吧？5S？S是'水'吧，'5水'哈哈！"

077声音弱弱的："没有吧……一开始摘星者和启明星都是隐藏的啊，就算评委被买通了，观星者支持率呢？"

045："你傻啊？现在有什么是不能后台操控的？不就是一串数字吗？我看他

能力也就那样嘛，哪有那么好！"

029 笑了起来："哎，你们帮顾妄言说话能有什么好处啊？他能让你们通过明天的淘汰赛？"

053 突然站了起来，把水瓶子往地上一摔："够了吧！撒泡尿照照自己，你们这些歪瓜裂枣！恶心的是你们，背地里说人坏话！"

053 一走，带走了一拨人，有中立的，有不想和028这群人一起背地里说人坏话的，舞蹈室里安静了几秒钟，随即又有人骂骂咧咧的。

"莫名其妙！顾妄言是他爹啊！这么帮他说话！"

053 他们去了另一个舞蹈室，没想到清扬少年团几人在这里。他们看起来一点儿都不累，显然没在练习。有人问了一句，清扬少年团的队长072站起来拍拍屁股说："你们要练啊？场地让给你们吧，我们去别处。"

"你们不练了吗？"

"有什么好练的，不就是B吗？随随便便就能拿到了啊，你们加油！"

其他人感慨："真不愧是已经出道的团啊，说话底气就是足。"

073 跟着队长走，忽然看到人群中的077："小杰，你在那儿干吗？"

077："队长，你们真的不练吗？裴老师说了审核很严格的，B也不容易拿。"

075 笑着说："吓唬你们的呗！走不走？吃饭去。"

077 低着头："我……我还是练练吧……"

刚刚跟他一起的人这才看出来，077居然也是清扬少年团里的一员，也太不起眼了吧，混在他们当中还以为是哪个小菜鸟。

五人走后，有人调侃077："看不出来啊，你居然是清扬少年团的，你怎么不跟他们一起走？"

"我就是凑数的……"077声音轻轻，"我天赋不高，什么都比不过他们，只能靠后天努力了……"

这两天，有人练习，有人玩乐，有人看不起别人肆意谈论。

他们只知道顾妄言在"玩"，却不知道他彻夜琢磨细节，一遍遍地唱，一遍遍地跳。有的人比你优秀，且比你更努力。

四十八小时过去了，选手第一次评级考核淘汰赛，正式开始！

◇ ◆ 125 ◆ ◇

摘星者和四位评委皆已就位，所有人的座位都跟上一次一样。顾妄言高高坐在"启明星"之座上。沈向霆光明正大地看着顾妄言的方向，毫不避讳。

有人提了出来——

"小陆总是不是也在盯着言言的方向？"

"别问，问就是普通朋友！"

"普通朋友"的哏已经被玩坏了，时常被网友拿出来调侃陆放。

两天没见顾妄言，陆放心里一直很不舒坦，晚上做梦甚至还梦见了顾妄言。也是见鬼了，以前他哪里会这样！他是魔怔了，因为太想搞定顾妄言，所以才会日有所思，夜有所梦吗？早上去公司，他还看见助理们在看直播，看了一眼，差点儿一口气上不来。中饭是顾妄言做的，好几道菜他都很熟悉，他甚至都还能想起顾妄言第一次给他做饭时的场景。顾妄言一开始没什么经验，今天把手烫伤了，明天又把手指切了。

"嗞——"

"怎么了？"

"没事，我不小心把手切了。"

"你小心点儿！"

"洗洗就好了，不流血了，"顾妄言笑了一下说，"这是我第一次下厨，没想到还挺难的。"

第二天，他又把手切到了。

"还挺疼。"

陆放皱皱眉："你这样以后就不要做饭了，我会心疼的，我们还是叫外卖吧，脏点儿就脏点儿，总比你总是受伤好。"

真矫情！顾妄言没吃过苦，一丁点儿小伤就叫唤个不停，在饭桌上一遍遍地跟他讲，像个小孩子一样，一直在那儿引起他的注意力！一个大男人，受点儿伤算什么？这么娇弱！不就是破了点儿皮，至于一直在他面前说吗？好像给他做饭是受了什么天大的委屈一般，前前后后地邀功。

陆放收回思绪。他中午是在公司食堂吃的，一边吃着食堂里索然无味的饭菜，一边看着直播里那两人温馨地用餐。沈向霆嘴里吃着的，有他都没吃过的新菜！那些本该是他的！怎么会变成这样呢？现在顾妄言眼里全然没有自己，还给别人做饭？

他不信！全网都能看见他们的动态，顾妄言这是故意做给他看的吧？

裴子昂依然担任主持人的工作："两天的时间过得很快，这两天你们过得怎么样？"

选手们叫苦连天。

裴子昂看向了顾妄言："言言过得好像很滋润啊。言言，你是不是胖了？"

"啊，"顾妄言慌张一秒，摸摸自己的脸，"真的吗？都怪伙食太好了，不小心吃了好几碗，糟糕了……真的很胖吗？公司要骂我了。"

其他人："……"

我们怀疑你在炫耀，并且有证据！

他们在这儿一顿三餐凑合着吃杯面，他倒好，住在度假屋里吃吃美食、赏赏月，好不快活！

"没有，他骗你的，"沈向霆一只手撑着下巴，嘴角似是带着一抹笑意，"我们言言瘦得很。"

顾妄言："……"

霆哥这是干吗呢？故意的吧？分明在笑话他！

宋颖笑得好看，也学着说："那'我们言言'今天会带给我们什么惊喜表演呢？"

白弘毅老师也跟着学："听说'我们言言'这两天都在吃喝玩乐，可小心了啊，今天拿不到5S的舞台表演，照样会降到非星辰班的。"

陆放温柔地笑了一下："白老师多虑了，言言的实力我是知道的，他不会让大家失望的。"

观众都笑坏了！

弹幕——

"评委们都好宠言宝啊！"

只有沈向霆眉头一皱，神色不是那么好。不难听出来，陆放这句话，会让大家觉得他跟顾妄言真的是关系很好的朋友。"他不会让大家失望的"，仿佛是熟知他的家人才会说的话。

沈向霆眉头拧紧，有些不悦。

座位上的顾妄言温和地笑了一下说："陆放老师可别这么说。希望大家别误会，我跟陆放老师真的只是普通朋友，我的实力他并不知道。"

顾妄言当场表演了一个"我不是，我没有，你别胡说"，跟陆放划清界限。

弹幕——

"嗯？怎么还闻到了点儿拆台的味道？"

"哈哈哈，笑死我了！陆放：我们很熟的。言宝：不，我们不熟，你谁啊？"

"哈哈哈，言宝是什么绝世小可爱！"

"感觉到言崽的求生欲了，言崽：陆放！快闭嘴！"

"言崽：你们听我解释！我跟陆放真的不熟！"

126

陆放愣住了，顾妄言这是在拒绝他的帮忙，还在生他的气吗！顾妄言气性竟然那么大。他都那样低声下气地跟顾妄言道歉了，甚至到节目上来，还不够有诚意？陆放忍了下去，他的目的是安抚顾妄言，不是闹真感情，跟顾妄言怄气！他只是在完成任务而已，不必跟一个小孩子计较这些！等他收服了顾妄言，还怕没有讨回来的机会吗？

陆放温和地笑着："是吗？那我就更期待我们言言的精彩表现了。"

顾妄言只是一笑，没说什么。那是陆放的标志性笑容。他特别喜欢用这种假装温暖的笑容，顾妄言现在看，觉得恶心至极。

"开始吧。"沈向霆蹙眉道。

裴子昂看了看表格说："除第一组为九人之外，其余每十人一组进行考核。本次淘汰赛的赛制有且只有一条：摘星者和四位评委均给到 B 以上的评级即可进入下一阶段，反之淘汰，听明白了吗？"

有人问："老师，为什么第一组只有九人啊？"

裴子昂用眼神指了一下启明星之位。

众人回头，看到顾妄言腰上贴着的姓名表：001 顾妄言。

"启明星单独一组吗？"

"那对他会不会不公平啊？"

单人一组，所有人就都只看着他，优、缺点被放大无数倍；他或许会是视线的焦点，或许会一败涂地。

坐在评委席中心位的沈向霆十指交叉，扫向选手席道："你们好像误会了什么，启明星跟你们一组，才是对你们的不公平。"

选手席叽叽喳喳。

弹幕——

"让言言跟你们一组，那不是'降维打击'吗？"
"'霆神'：我们是在保护你们，懂？"

裴子昂："在开始之前，照例问一句，今天有人要挑战启明星的位子吗？"

也就是 5S 舞台——鸦雀无声。

"很好，"裴子昂并不意外，"那么启明星，你从坐上那个位子开始，每次评级都必须是 5S 舞台，否则降级，这个赛制你也是清楚的吗？"

"清楚。"

"好，那么，考核正式开始！"

接下来的表演中，有抢拍的，有没跟上拍子的，有走调的，有忘词的，有摔倒的，有跳错的，那画面叫一个惨不忍睹。五位评委的眉头都紧紧地皱了起来，仿佛在拒绝这些表演——这都什么玩意儿？两天时间就学了这个？别说有音乐素养的评委们了，就是身为音乐"小白"的观众，听着这些现场演唱，都像戴着痛苦面具。平时看的偶像竞演节目后期都是调音的，勉勉强强能听，《百尺星辰》却是直播，全程无修音，唱跳时每个人的呼吸气声都听得一清二楚。

就这？他们的表演让观众产生了一种错觉：我上我也行！原来所谓偶像就是这么一群中看不中用的啊？

实际上，每档偶像竞演节目都差不多，一百人当中真正优秀的也就那么十几个人，其他的都是陪跑的，大多平庸，要么才能平庸，要么长相平庸。换了别的节目，还能再熬上几期，但在"百星"就不行了，上来就是淘汰制，浑水摸鱼的、凑数的，一下子就被刷下去了。前两组，一共19人，淘汰13人，两组跳完，6人全B，未出现一个A！实打实的现场淘汰，观众惊呆了，节目组居然没开玩笑，是真的淘汰。照这样的淘汰率，最后还剩几个人啊？将近百分之七十的淘汰率，吓到了其余选手。

"真的淘汰啊？没在吓唬我们？"

"有几个跳得还可以啊，居然也被淘汰了，好严格……"

"我们可得打起精神来了！"

白弘毅老师无奈地笑了一下："你们可得加油了啊，99个人留不下一半，我们可就输了！"

第三组跳完，那十人站在那里，气喘吁吁，因为跳得用力，体力有些跟不上。

沈向霆如个冷面判官一般，毫无感情地念着结果："……028，淘汰；029，B；030，B。以上。"

这个结果一出来，028、029两人瞪大了眼睛。028不敢相信自己的耳朵，他……他竟然被淘汰了？

此时，选手席有人笑了一下："如他所愿了，这下可真的离他远远的了。"

"本来也没离得多近啊，他在那儿——他，在那儿。"

那天在舞蹈室的人都能听懂这些话的意思，有些不在的就不懂了，看他们都笑得意味深长的，觉得莫名其妙——这个"他"和"他"，都指的是谁啊？

有人好心地给解释了一下："第一个'他'，028；第二个'他'，001；第三个'他'，001；第四个'他'，028；第一个'那儿'，是天上的云；第二个'那儿'，是地上的泥。懂了吗？"

"好像懂了，又没完全懂！"

解释的人笑了一下："云泥之别。"

沈向霆催了一下："下一组。"

但第三组的人迟迟没有动。

其他人是看028两人还站着,他们就也跟着留着。

沈向霆一抬眸,拧眉："没听懂我的话?"

028咬牙切齿:"我不服!"

宣布结果是沈向霆的事,评委席四人本在各自聊着天,听到这话,纷纷抬起了头,这是第一个不服结果的。

沈向霆："你不服?"

029拉了拉他。

"对!"028甩开队友的手,"我凭什么被淘汰?我觉得我表现得没毛病,凭什么林淼都过了我没过?你们的评级方式有问题!"

030就是林淼。

林淼尴尬地笑了一下:"曹江,我就一咸鱼,躺着也能中枪啊?"

观众已经在说028曹江情商低了,就算真的留下来了,人品都败坏了吧,谁还会支持他!林淼那半开玩笑的说法,倒是给自己拉了点儿观众好感。林淼心里清楚,他们三个当初去面试DK娱乐,曹江和高朗选上了,自己被刷下去,所以在曹江他们心里,自己一直比不上他们,觉得他是他们的手下败将。现在林淼留下了,曹江被淘汰了,曹江就不服气了。

"我们的评级方式有问题?"沈向霆冷冷地重复这一句话,嘴角噙着一抹冷笑,"自己几斤几两,心里没数?"

◇ ◆ 127 ◆ ◇

大家都是一愣,谁也没想到,沈向霆居然这么直接地撑过去!这可是在直播啊。四位评委都有些意外。

节目组的人实时关注网上舆论,一开始也有些担心,但随后便发现,大部分观众是挺沈向霆的,说他撑得好,撑得妙,撑得他们神清气爽。因此总导演什么都没说,随便他们发挥,反正他们节目的人气反而越来越高了!

白弘毅老师帮着圆了一下:"曹江小朋友,你这场表现确实不行,我们的评级是没有任何问题的。"

裴子昂也说道:"我们五人既然是节目组邀请的评委,就有权决定你们的去留,这样闹着不好看,下去吧。"

事情已经闹成这样,曹江也就没有什么可怕的,破罐子破摔说:"别以为我不知道是节目组暗箱操作!既然有内幕,为什么还要搞什么偶像竞演节目?!"

这下后台的总导演那火气也"噌"的一下就上来了。

"这 028 到底哪家的！这么不知天高地厚！"

"导演，是 DK 娱乐的。"

"DK 娱乐的这么厉害？"总导演怒道，"前面被刷下去的还有云庭星河的呢！"

大公司的被刷下去都没说什么，一个 DK 娱乐的旗下艺人，后面是有什么大人物吗？这么牛，闹事闹到他严亮头上来？

真有内幕就算了，可严亮知道，他们这节目是清得不能再清了！上头三令五申把这节目做好，百川集团那边也是白纸黑字签了合约的，不许有任何不公平内幕发生。天地良心，他亲自盯的，他们节目要是还有内幕，就没有节目是干净的了！

总导演正想开麦说话的时候，沈向霆先他一步开了口："你知道现在在直播吗？你所说的话都是可采集的证据，你已经涉嫌对《百尺星辰》造谣诽谤，如果你再胡言乱语，节目组是可以告你的。"

后台总导演拍了下手："说得好！就该这么治他！"

总导演对沈向霆又敬佩了几分，刚才还觉得沈向霆那么撑曹江太过了，现在只想给他多点几个赞，早就在业界听说过他的事了，不愧是沈向霆！听说他连投资方都敢得罪，更何况一个区区 DK 娱乐的艺人？

029 心里一慌，拉他："曹江，算了。"

他们都是普通人，怎么跟对方斗啊？要是被告了，他们更完了！这沈向霆天生就带着一种气场，让人看了就心慌。

但曹江不管："那我也可以说你是在恐吓我！"

"恐吓？"沈向霆忽然笑了一下，"这叫忠告，文盲。"

那抹笑里，带着满满的不屑。

观众——

"啊——霆花好帅！"

"天哪！沈向霆一如既往地帅！"

沈向霆："再不闭嘴就封杀你。这叫恐吓。"

曹江愣了一下。别慌！沈向霆再厉害也不过是个艺人，有什么权力封杀他？观众都看热闹不嫌事儿大，纷纷求对曹江封杀，不是求沈向霆，而是求业内联手封杀这个满口胡言的。评委席几位看了，沉默不语，就算这个曹江不被封杀，在演艺圈的路也走到头了。就他这没实力还敢叫嚣的样子，哪家公司会要他？导演组打开手机，一看网上的评论，已经有人把矛头指向曹江的经纪公司 DK 娱乐了。

曹江慌了一秒就又道："是事实，为什么是诽谤？摘星者老师保送启明星进来，难道不是内幕吗？他凭什么得 5S 舞台，不是你们评委内部商议的结果吗！"

评委均瞪大眼睛，天地良心，他们连启明星是谁都不知道！

"还有什么观星者支持率，后台操控一下就行了，说得那么冠冕堂皇！"

这都是他们昨天在那儿议论过的事，没想到今天闹开之后，都被他拿出来说了，现场的人反正只有一个想法：曹江完了。顾安言的实力有目共睹，5S 舞台名副其实，他都不算好的话，曹江是个什么东西？

选手席也议论纷纷。

045 不知道是尴尬还是赶紧撇清关系："我就那么一说……他还当真了吗？"

有没有脑子啊？没证据的事也能在这种场合随便乱说吗？他们私底下议论一下就算了，哪有公开撑节目组的？

"这曹江脑子没问题吧……顾安言的实力还用质疑啊？"

"那舞台 5S 不过分吧，曹江是被人下了降头吗？"

"人没实力不可怕，可怕的是没实力还以为自己很牛，可怜啊。"

沈向霆又笑了，是笑曹江愚蠢："后台操控？费那劲？我如果要保阿妄，开局就会亮我们的身份，你是看不起我，还是看不起我的粉丝？"

众人一愣，原来如此？！不说不知道，沈向霆这么一提醒，大家才明白过来为什么一开始摘星者和启明星都要装神秘！

顾安言在《世外桃源》大火，和沈向霆一起上节目后热度居高不下。要是一开始就知道摘星者、启明星是沈向霆、顾安言，那观星者支持率还能有悬念吗？

众人：不敢不敢，既不敢看不起您，也不敢看不起您的粉丝！

场外观众更是笑疯了——

"本雷霆来了！霆花花牛！[破音 .jpg]。"

◇ ◆ 128 ◆ ◇

完全没想到沈向霆会这么撑回来的曹江愣住了，开始慌不择言："我不信！我要看每位评委给我打的评级！"说完，他就后悔了，他也是被撑傻了。他看那个做什么？裴子昂笑了一下，没拒绝他的要求，直接将打分表转了过去，镜头推近——028 曹江：D；宋颖：C；白弘毅：C；陆放：D。

虽说是口误，但没想到会是这样一个结果，他以为顶多有一个人没给他打 B，却没想到，不是 C 就是 D，这简直就是侮辱！曹江的脸火辣辣地疼，仿佛被人扇了好几个耳光似的，热热的。

有人开始说——

"为什么非要给自己找难堪呢？"

"我从来没见过这么清新脱俗的要求啊！哈哈哈，自己打脸可还行！"

"白老师和宋老师好仁慈啊,居然还给了个C!"

这个结果,很合大家的意,曹江今天的表现,也就值个D而已了!这事还不算完,沈向霆把打分表一翻——028 曹江:F。

全场哗然。

之前被淘汰的人里肯定有F,但是这样当着全网的面直接掀开的F,曹江是独一个。

曹江自视甚高,连自己没拿到B都觉得被羞辱了,更何况F?林淼都能拿B,自己怎么可能才值一个F?!他当下羞愤难当:"你针对我!"

观众席议论纷纷,还有人喝倒彩。

"不是吧,恼羞成怒啊这是?"

"赶紧下去吧!你就值一个F!"

"丢死人了,还不下去!别耽误后面选手考核好吗?"

"够了吧,烦死人了,自己就那点儿实力,给你D都是给面子了!"

沈向霆忽然勾了一下嘴角,翻过另一张打分表——030 林淼:A。

A!曹江的脸色瞬间变得红一阵白一阵的,这怎么可能?他是F,林淼是A?!林淼看到这个结果也很意外,摘星者老师居然给他打了A!他忽然有种自己的努力被人看见的欣喜感,开心极了。裴子昂一见,也翻了过去。四位评委给了一样的结果——030 林淼:B。如果说一位评委给的分失之偏颇,那么平均分还不足够说明一切吗?好就是好,不好就是不好。

陆放笑了一下说道:"曹江同学,我是一个公司总裁,平时不太关注演艺圈,你们当中我只认识顾妄言,其余九十九人在我眼里就是一串数字,我跟你又没仇,为什么要故意给你打D,给林淼打B?你今天的舞台表演确实差了点儿啊,跑调、忘词,动作也没跳对几个。如果说你拿自己跟林淼比还算对自己有点儿认知的话,你把顾妄言拉出来开枪,那就是不自量力了,你们根本就不在一个水平线上。"

说着,陆放还看了"启明星"座上的顾妄言一眼,嘴角微微翘起。是的,陆放是个圈外人,如果说沈向霆针对曹江还有迹可循的话,陆放为什么针对他?这根本没道理可言。而这当中,有一部分观众不干了——陆放是个什么玩意儿?他先在发布会上当众"内涵"言言,现在示什么好?!他们发现了,这个小陆总上节目之后,总是有意无意地跟言言攀关系——不要再扒拉我们言言了好吗!

沈向霆往椅背上一靠,蔑视着台上的人:"还有问题就一并说出来,免得你出去后又说我们不公平。"

这时,顾妄言从座位上站了起来:"各位老师,如果曹江同学对我的实力有所怀疑,我愿意和他PK。"

"哗——"

曹江一怔。

029一看情况越发不可收拾，提醒他说："我们赶紧道歉走吧，没法收场了！"

"PK就PK！"曹江明明害怕，却甩开了队友的手，"我不怕！"

这就是死鸭子嘴硬了，非要输个彻底不可。本来这场是没有PK制度的，节目组正在商讨计策，那边沈向霆却看向了顾安言："既然他要输个明白，你送他上路。"

众人："……"

这形容……绝了！这能播吗？

总导演在耳机里问沈向霆："向霆老师，真的要PK吗？会不会出事啊？"

沈向霆压低声音："不会，我心里有数。"

沈向霆总是能给人一种心安的感觉，这句话让导演放宽了心。

沈向霆说道："既然你说我们评委和观星者支持率都可能作假，这次PK我们就不参与了。今天这事是你挑起来的，我们总来不及跟选手们串通，你们两人的PK，就由九十八位选手来现场投票。"

临时出的事故，临时决定的投票机制，甚至顾安言都没有跟他们住在一起，更不可能会产生什么友谊，这下总公平了吧？

弹幕——

"笑死了家人们！恭喜曹江成为2021求锤得锤第一人（注释：此'锤'为动词）。[狗头.jpg]！"

"从未见过如此清新脱俗的要求，言意，搞他！"

◇ ◆ 129 ◆ ◇

那时候，曹江其实是希望有人能出来阻止的。他人已经站在那里，说出去的话就是泼出去的水，那种情况下，再后退，面子、里子全没了。"死鸭子嘴硬"说的就是他。他也没想到沈向霆和顾安言居然火上浇油，节目组居然也不叫停这种荒唐的PK。而现在，他已然是箭在弦上，不得不发了。曹江咬咬牙，没什么好怕的！顾安言实力也就那样，临时准备的舞台能好到哪里去？他还不一定会输！再说了，九十八人里，讨厌顾安言的大有人在，要是把票投给他，把顾安言淘汰，于任何人都有益，聪明的都不会投票给顾安言吧？希望他们长点儿脑子！

曹江看了029一眼：好好帮我拉票！

029也不知道看懂了还是没看懂，跟其他人一起下了台，淘汰的去后台，留下的回自己座位。

不知道是谁问了一句："摘星者老师，可是九十八人投票的话，平局怎么办？"

沈向霆断言："不会有平局。"

大家仔细一想这话，这意思是，他觉得顾妄言一定会赢？这是对顾妄言有多大的信心啊！其实大部分人觉得顾妄言会赢，比较两个人的实力的话，有眼睛的都知道实力差太多了。但凡事有个万一，万一曹江爆炸发挥，顾妄言发挥失常呢？人都有紧张的时候，比入行年龄，顾妄言是刚来的小新人，舞台经验就比他们少了太多，这种强压之下，或许会担心给摘星者老师丢脸，导致发挥不好；而曹江也有可能越压越勇，超常发挥——都是有可能的！

不等其他人再问，沈向霆又道："平局算顾妄言输。"

啊！摘星者老师对启明星还真是要求严格啊！

沈向霆睨了顾妄言一眼，冷冷地道："你要是输给了他，就趁早退圈。"

众人：至于吗？退赛都够严重的了，还退圈？沈向霆可太可怕了吧！还好他们不在他手下！

后台总导演都惊了一下。

他还指望启明星继续给他们节目惊喜呢，退圈就过分了啊！不过顿了一下又想，沈向霆这是觉得顾妄言必赢吧？

四位评委也觉得诧异。裴子昂自认为跟沈向霆关系不错，忙回头说了一句："不至于不至于，向霆老师，退圈过分了。人有失手，马有失蹄，言言即便输了也不至于退圈啊！你对孩子也太严格了吧，担心吓着孩子！"

倒不是不信，但万一呢？不至于下这样的军令状！本来言言能表现得好好的，被沈向霆这么一吓，过于紧张担心，发挥失常了，岂不是得不偿失！

"叮——"的一声，沈向霆的手机响了一下，是韩晴曼发来的两条微信消息。

不用打开就能看到预览——

韩晴曼："沈向霆，你想死是不是！把小朋友作跑你就开心了？"

韩晴曼："把话给我收回去！"

沈向霆瞄了一眼就没管。所有人都对顾妄言抱着一种难以言喻的同情心：启明星真惨，被摘星者老师这般折磨！当着摄像机的面都这样了，摄像机关了启明星还不知道受着怎样的虐待呢！摘星者老师打不打人啊？启明星会不会唱不好、跳不好就挨鞭子、挨戒尺啊！太可怕了吧！

曹江听到这话觉得稳了，顾妄言这个小屁孩哪里承受得住这样的压力，他赢定了！

"如果说——"就在大家沉浸在自己的"脑补"中时，一道清灵悦耳的声音在各自的耳边响起，整个现场都好像亮了起来。没有心理准备，没有音乐，顾妄言拿起手麦离开座位，清唱着几句歌词，从阶梯式座位上缓缓走下来："你是海上的烟花，我是浪花的泡沫。某一刻你的光照亮了我……"那声音就在自己身边散开，朝远处飞去。

《追光者》明明是一首耳熟能详的歌，众人却觉得，顾安言这几句清唱，唱得他们头皮发麻，鸡皮疙瘩四起，好像没什么不一样，又好像很不一样。清唱是最容易听出问题的，但他的气息很稳，下楼梯也没有哪怕一小丝的颤抖，仿佛大佬走钢丝，如履平地。

"……总在孤单时候眺望夜空……"低低的尾音轻下去，所有人的心也跟着沉了下去。明明该眺望夜空的时候，顾安言却低下了头，闭着眼眸不知道在想什么。

众人的心"扑通扑通"地等着，要来了。音乐老师像是默契地理解到了顾安言的点，在顾安言骤然抬起头来唱出"我可以"三字时，和下一个"跟"字完美卡点合上了音乐："跟在你身后，像影子追着光梦游……"

顾安言下到最低阶，经过舞台，经过发愣的曹江。人们在沉醉于听歌之时，也没有忘记去用眼睛看。顾安言在抬头后的那一瞬间，他的目光就追随着评委席的一处。陆放很想那道视线是对着自己的，可是他错了。顾安言的眼里没有他。

"你看我，多么渺小一个我，因为你有梦可做，也许你不会为我停留，那就让我站在你的背后……"

顾安言踩上一个阶梯，没有给陆放任何眼神。陆放一怔，他自己都没有想到，他的目光一直落在顾安言身上。顾安言从他身旁走过去时，他下意识地伸出手去，却抓了个空。顾安言从他的世界路过了。陆放抬起头，看着他的背影，突然"怦"的一下，心脏猛然剧烈地跳了一下。怎么回事……怎么会这么闷？有好多话要说，他却不知道说什么，一切都压在心里，快要挤爆了。他好像失去了什么一般，"滴答"——手背有点儿温热。陆放一下子回过神来，不知道什么时候，他竟然哭了？！他从来不知道，顾安言的歌声这么有感染力，让人听了会有这么深的心痛感。

顾安言一步步走上阶梯式座位，沈向霆就坐在最高处，"V"字形的尖端位置。所有人目送着他上去，或陶醉，或悲伤，或沉浸，或……激动兴奋，难以抑制。

"……每当我为你抬起头，连眼泪都觉得自由。有的爱像阳光倾落，边拥有边失去着……有的爱像大雨滂沱，却依然——"音乐戛然而止，顾安言站定在沈向霆面前——

音乐复起，顾安言的嘴角也弯了起来，唱完最后一句："相信彩虹。"

◇ ◆ 130 ◆ ◇

音乐和歌声在同一时间停止，现场沉寂几秒钟后，观众发出各种各样的惊叹声，每个人的感叹都有着不一样的感受。

"天哪，我要听哭了啊……"

"顾安言唱歌也太有感染力了吧……怎么让人听了那么难受呢？"

"好好听啊……"

这首歌,没有什么高超的技巧,炫不了技,可就是这么一首简简单单的歌,顾妄言用充沛的情感唱了出来,征服了在座的大多数人。不用过多说出花儿来的称赞,"好听"二字足矣。唱歌就是唱给别人听的,听众听了觉得好听,有共鸣,能带动他们的情绪,这就是成功。毫无疑问,顾妄言的两场表演都做到了这一点,唱功、情感、观众反馈,都达到了。听哭的人不在少数,顾妄言的歌声让人听了就很动容,仿佛他这个人身上还有好多不为人知的故事,令人想要去探究。

沈向霆拿起话筒,看着顾妄言笑了一下:"小孩,你这是在向我宣战,想换个PK对象?"

现场发出爆笑,别说,还真有那么点儿像!

唱完歌的顾妄言退去深情,有的只是少年的清澈烂漫,憨憨一笑:"那不能够,让向霆老师应我的战,我还不够格。"

沈向霆拿起麦,看了眼台下,并不确定他在问谁,眼角、唇边皆带着笑意:"你们说,言言够格吗?"

台下完全没有经过彩排,却整齐划一地尖叫呐喊:"够!"

沈向霆收回视线,又看顾妄言:"听见了吗?"

"叮——"

韩晴曼的信息又发了过来:"这还差不多!"

韩晴曼:"以后给我注意点儿!我的四十米大刀差点儿收不回来!"

沈向霆看了眼预览,笑了。

宋颖捧着自己的脸,笑得像朵花儿:"我们言言唱得可真好听!"

裴子昂往自己右边一看:"咦,陆放老师,你怎么还听哭了啊?"

陆放是五人当中唯一听哭了的,眼眶红红的,藏不过去,只好说:"言言唱得太好了,让人听了觉得很心痛。"对,一定是顾妄言唱得太让人共情了,他被带进了顾妄言的情绪才会这样的!

"我是一个人吗?"陆放看了看评委席,"可能是我太感性了吧。"

"没有没有,"裴子昂指了指选手席和观众席说,"他们中也有不少哭的。"

宋颖心说:我光顾着看了,没顾上哭。

白弘毅老师问:"言言,你才十九岁,怎么有能力把这种歌演绎得那么生动?少年郎不是应该唱些快乐的歌吗?"

宋颖说:"言言,你的歌声让我觉得,你曾困于迷茫,但所幸,又找到了可以指引你的光。"

顾妄言看了一眼远处,只是笑笑。

顾妄言非常客气地朝评委席鞠了一躬:"谢谢老师们。我平时经常听各位老师们的歌,学习怎样去唱好一首歌。白弘毅老师和宋颖老师都唱过不少情歌,特别是宋颖老师,很会处理一些细节表现,是很细腻的情感,给过我启发。"

裴子昂:"言言小朋友,特地把我择出去,你礼貌吗?"

顾妄言笑:"那裴子昂老师您没唱过情歌嘛。"

"这次我的新歌就是那种风格的!我邀你,你都不回应我。"

"啊,"顾妄言笑笑,"我以为您在开玩笑呢。"

"那我再正式邀请你一次?你接受吗?"

嚯,当众邀请可还行,裴子昂,你也太不厚道了吧!

"那是我的荣幸。"

沈向霆敲敲桌面:"裴子昂老师,请不要讨论与节目无关的事情。"

裴子昂:"只许你州官放火,不许我百姓点灯?过分了啊,沈向霆老师!"

沈向霆冷酷:"028号,开始你的表演。"

028号完美演示了一遍什么叫作"不自量力"。他曾以为自己实力非凡,幻想着来参加这个节目能收获无数的粉丝、一炮而红,就算拿不到第一,进前十总是没问题的。他那么自信地跟顾妄言叫板,以为顾妄言会发挥失常,可是,刚才那首歌,竟然也唱到了他心里去……顾妄言真的那么好吗?唱得真的这么完美无瑕吗?那一曲给人的感觉,就像是录音棚里的版本一样,顾妄言犹如行走的CD点唱机。想着想着,曹江的大脑一片空白,脑子里除了一首《追光者》,竟再也想不起来第二首歌。他该唱什么?他还有什么歌可以唱?所有人在等待,他犹如一根串串被放在烧烤架上熏烤着,越来越热。他都不知道自己唱了什么,一张嘴,竟也是《追光者》,大家的表情却是那么难看,看起来都很痛苦。他听不到那些声音了,也不知道自己唱成了什么样,脑海里仍然是空白的,大脑"嗡嗡"地响。他的脸、他的身体,越来越热。他把自己唱哭了,边哭边唱,是痛苦地唱,也不知道停下来。

"天哪……这是唱歌?"

"他这是重新编曲了吧,没有一个音跟原版对上,也是挺神奇的。"

"好尴尬……我要是曹江,我可能这辈子都不会再踏入演艺圈了……"

如果说顾妄言唱的《追光者》给人一种白月光的美感,开口就让人动容;那么曹江唱的《追光者》就是撒旦降临人世,开口便要人命。有的人唱歌要钱,有的人唱歌要命。

曹江最后是怎么下台的,他自己也不知道,他崩溃地跑进了后台。谁都知道,曹江是崩了，心态彻彻底底地崩了。被顾安言打击在前，他连唱歌是什么都想不起来了，整个人的状态都不对。后台被淘汰的选手看到曹江冲进来后躲在角落里崩溃大哭，这个时候也只剩下同情了。曹江的艺人生涯不会就这么完了吧……想想如果自己是曹江，怕是会得"顾安言 PTSD"，或者"唱歌 PTSD"，这辈子都不想再见到顾安言，这辈子都不会再唱歌了。这打击，不是一般的大！

顾安言可没想过在这种事情上打击曹江，曹江这反应着实出乎了他的意料。他脑袋稍稍一歪，似是不太能理解自己的威慑力什么时候这么大了，能直接把一个人逼得崩溃。他可连自己实力的十分之一都没拿出来。唱得好，他认了，但不至于好到把人吓得不会唱歌了吧？曹江就这心态，还敢跟他 PK，也是勇气可嘉。

"铁面判官"沈向霆敲定最终结果："结果不用我说了吧，还有人有异议吗？"

现场鸦雀无声。谁敢有异议？谁都不想成为下一个曹江！这场 PK 已经不需要投票了，只要没聋的，都会投顾安言。像是什么都没发生一般，沈向霆道："继续考核。"

有了曹江的前车之鉴，后面再有被淘汰的，就算心里有疑问、不服，也都不敢叫嚣了。其中，036 拿到了首 A，现场稍稍沸腾了一下，接着，045，以及顾安言的两个队友闵晨和司阳也拿到了 A。045 回到座位还炫耀了一下："嘻，原来 A 这么好拿啊，早知道前两天我就该选星辰班的啊！联排大别墅啊……"

虽然没人接他的话，但都在心里想：就是再让你选一遍，你也不敢选！

053 就显得谦虚多了，跟后面还没考核的人说："只要这两天努力了，好好表现就是了，别紧张。"

闵晨和司阳两人像没头脑和不高兴，拿了 A 也没感觉，回座位啥反应也没有。

"恭喜你们啊。"顾安言对他们道。

"队长加油！"闵晨说，"5S，'炸'了这场子！"

司阳说："队长加油！我们会努力跟上你的脚步，不被淘汰的。"

"嗯，加油！"顾安言想：毕竟你俩要是被淘汰，就得回去了。为了不让你们"凄凄惨惨戚戚"地回家去按部就班地过日子，我这个做队长的，这次一定给你们搭条路。毕竟在梦里的时候，他们这个团没火，不到一年就解散了，都是因为爷爷的打压，两个少年的偶像梦破碎，无奈回家。令他没想到的是，几年后的一天，他走上穷途末路的时候，向曾经的队友开口，二人毫不犹豫地帮助了他，让他和陆放暂时渡过了难关。不过，这些行径到最后只是成了体现他愚蠢的一方面。他偷偷跟了陆放几天，发现陆放一日三餐很正常，班照上，会照开，一觉睡到天亮，生活没有任何改变——哦不，或许更轻松了，因为终于可以摆脱顾安言。

在梦里，陆放所遭遇的困难全是假的，只不过是为了榨干他的个人资产，继而从方方面面控制他。他红了那么多年，在失踪之前，账户里已经不剩几个钱。

他一离去，陆放就将所有关于他的东西都丢掉了，仿佛这样就可以抹掉曾经跟在顾妄言身后做牛做马的日子。

◇ ◆ 132 ◆ ◇

071—080号上场，终于到了最受关注的清扬少年团上场，大家翘首以盼。这一组稳过吧？他们的舞台已经挺成熟了，肯定全员拿A！然而……选手中也有感到疑惑的，那人心想：是因为对他们抱了太大的期望，所以会有点儿失望吗？怎么感觉……跟其他人也没什么不一样，好像也没唱得多好啊？一样跑调、舞蹈不齐，总有人跳错和跟不上。整场表演下来，平淡无奇。不过，人家有粉丝，这个组合还是有看点的，节目组应该不会把他们淘汰吧？就算没有A，给个B也是没问题的。

结果出来了，令大家惊愕不已，沈向霆："071，B；072、073、074、075、076，淘汰——"

现场哗然，清扬少年团六人听到这话也瞪大了眼睛。他们……被淘汰了？惊讶不止于此，接下来："077，A。"现场的声音更乱了。那个团的其他五人都看向077，077自己也是一副完全不敢相信的样子，指着自己："我……A？"

一向被称为"吊车尾"的077，竟然在队友全被淘汰的情况下，一人拿到了A！

077不敢相信："会……会不会弄错了？我是A？怎么会？队长他们怎么会被淘汰掉……"

现场议论纷纷，谁也没想到，这个团居然被淘汰了！真的被淘汰了？！淘汰到这里，大家才明白过来，原来节目组是来真的！只要你不达标，就会被淘汰，而认真练习的人，努力是会被看见的！

宋颖笑着说："没有弄错，至少我给你打的就是A哦。"

077傻眼了，天哪……他的最终判定是A，也就是说，五位评委至少有三人是给他打了A的！

他居然有A！

"我打的也是A。"裴子昂说。

077一下子说不出话来，不敢相信，一瞬间眼眶都红了，眼泪盈满了眼眶。他太开心了！为了能拿到B，留在这个舞台，他这两天加起来才睡了不到五个小时。他天赋没别人高，起步也晚，别人学两三遍会的东西，他得学几十遍。他的长相也没有很突出，资质又平庸，谁都不看好他，公司也不觉得他会火。六人的排位，他永远在末尾，永远被他人的光遮挡。这是他第一次，在六人里成为最出彩的那个人。

裴子昂笑说："纪修杰，我跟你说过，努力不一定会成功，但你不努力，一定不会成功！这个结果，对得起你这两天的努力！"

"谢谢裴老师！真的谢谢您！"纪修杰又开心又感动。

因为担心自己被淘汰，第一天的时候他就有点儿崩溃了，学什么都记不住，躲在洗手间哭的时候被裴子昂撞见，裴子昂跟他说了那句话，鼓励了他。

其他五人愣了愣之后，还是恭喜他。

"恭喜啊，小杰。"

"唉，结果你成了我们团唯一能留下来的，加油吧！"

"不错嘛，小杰，进步这么快，争取为我们团争光吧！"

"别哭了，让人看笑话，这都是你努力的结果！"

队长走到他旁边，拍了拍他的肩膀说："我一直觉得你会成功的，以后继续努力吧。"

"谢……谢谢你们……"

那五人不像曹江，知道自己被淘汰后，只是意外一下就没有再追问了，平静地接受了这个结果。

裴子昂道："有异议吗？"

以072为首的五人摇了摇头："没有。"

裴子昂："今天这个舞台表演呈现成什么样，看来你们自己心里还是有点儿数的。现在还认为，B很好拿吗？"

没人接话。

"你们自傲，不把这场舞台表演当回事，如果有顾安言那样的实力，我不说你们什么，但今天这场舞台表演，我只能说，太烂了！除了纪修杰，你们这场表演有任何可看性吗？"裴子昂一改在《世外桃源》里的形象，变成了毒舌严师。

还是没人说话。

"希望你们能记住今天这个教训，不要以为你们的实力已经顶尖到可以不把任何人放在眼里了，我们这里的每一个人都是你们的前辈！"

072："知道了，裴老师，以后我们会谨记的。"

072对纪修杰说了一句："小杰，我们走了，你加油。"

他们为自己的骄傲自满付出了代价。他们这个团，实力是有的，不需要多认真，但如果练了，就不会是现在这个结果。明明有实力却不知道去珍惜，这是让裴子昂觉得很生气的地方。相比之下，纪修杰的表现，让他很满意。清扬少年团的几乎全员淘汰，让众人清醒了一点，接下来的人都全力以赴，不敢有任何怠慢。九十九人，最终只留下了四十七人，连全部选手的一半都没有，拿到A的寥寥无几，歪瓜裂枣组名副其实。最后，就是启明星的舞台了。顾安言解开了自己手腕上缠绕的绷带，乍一看有点儿像解除了什么封印似的，放在了自己的座位上。

闵晨："队长好飒！队长最棒！"

司阳："叫早了，队长还没开始表演啊。"

顾妄言换好衣服来到舞台上，灯光一下子暗了下来。他叉开两条腿跪在舞台中央，低着头，四肢像是失去了力气一般，整个人无力地垂着。一秒后，一束光打在了他身上。这一次，他穿了一身黑衣，光这酷帅的装扮就让人眼前一亮，从来没见过这样的顾妄言！机械的音效响起，"咔——""咔——""咔咔——"顾妄言双手抬起，前臂下摆，双腿用力，将自己身体往上撑，一点儿一点儿地从地上起来，就像一个折叠的机器人正在慢慢舒展开身体，只是一个开场，就瞬间抓住了全场的视线。

Popping（震感舞）！裴子昂一脸震惊。

论跳舞，他是专业的，就这一眼，他就被惊艳到了，高强度的震动，顾妄言每一个动作都卡在了点上！这功力可不浅！

"砰——"顾妄言的右手贴合心脏，一下敲击，背景音便是一声巨大的心脏跳动声；"砰砰——"二连敲击；"砰砰砰——"三连敲击。"咔——""咔——""咔咔——"。

舞台灯光瞬间全部打开，顾妄言呈现了一场 Popping 盛宴，身体的每一处都能震动，连接着四肢百骸，就像一个没有生命的机械被装上心脏后重新启动。随着音乐"咔咔咔""砰砰砰"，每一下都踩在点上，四肢带动身体无限震动。就在音乐被推向高潮的时候，他踩着高帮靴卡着点往前快速走了两步，然后一个前空翻，落地的瞬间，舞台四周喷射出了金色冷焰火，"唰"——舞台效果直接拉满！

◇ ◆ 133 ◆ ◇

音效和动作都在一瞬间停下来，顾妄言的这一场表演，特别是最后那一个帅气的前空翻，让现场发出各种各样的尖叫声。台下有观众在喊："啊——言崽好帅！"

从顾妄言跳机械舞开始，选手席就已经讨论开了。他们当中也有不少舞蹈担当，有的舞龄很长了，外行看热闹，内行看门道。顾妄言这 Popping 跳得怎么样，内行的一眼就看出来了！

036 认真地点评道："质感十足，动作干脆利落，懂音乐，是个卡点狂魔，每一拍都卡上了，非常爽。这舞龄没个七八年不可能。"

有人问："娄进，跟你比怎么样？"

比起顾妄言，选手们对娄进更加了解。Popping 就是 036 最擅长的舞种。036 皱皱眉，说："他很厉害，是专业舞者的水平，我比不过。"在他看来，顾妄言是另一个领域的，跟他们这些只是跳 Popping 来让自己的舞台变得更有质感的准偶像不同。以他这个水准，去参加街舞比赛，跟其他专业选手比都不成问题。

听了 036 的话，众人惊呼，娄进是他们这群人当中跳 Popping 最厉害的人了，娄进都比不过顾妄言！在他们这些不懂的人看来，只看得出来顾妄言跳得挺好，但要问他们顾妄言和其他人跳得有哪里不一样、谁更好，他们是说不出个所以然来的。他们不懂，只会喊"好厉害"。

顾妄言前空翻结束后，045说了一句："有吗？他这些我也会，动作不难吧。"

036瞥了他一眼，动作当然不难，但舞龄和天赋决定了每一位舞者对该舞的完成度。同样的动作，不同的人跳出来的感觉和质感都是不一样的。

045说："Breaking（霹雳舞）跳出来才'炸'呢，改天我给你们展示一下。"

053接了一句："Breaking本身就'炸'，舞种都不一样，有什么好比的！"

087说："可是他这样不算犯规吗？这不是改编了主题曲吗？也没说可以自己加啊。"

闵晨一摊手，说："让我加，我都加不了哦，这两天光原版都学吐了。"

司阳："短时间内不愿再听主题曲。"

不知道是谁笑了笑："我们拿B的一群人，就不要在这里操心改编的事了吧。"

魔王组对主题曲《启明星》的改编，只是在原有的基础上提升了好几个等级，他们在第一级的话，魔王组的改编起码是第五级了。他们连学第一级都学到叫苦连天，只能拿到B，不自量力地去学第五级那不是自讨苦吃？还是必然学不会的那种。光顾妄言这个Popping开场，每一帧都是台下十年功的展现，不是谁随随便便就能复刻的。就如036所说，编舞虽然有所改变，但很多动作都是一样的，顾妄言跳出来，就是另一种感觉。今天歪瓜裂枣组有些选手跳出来的，不知道的还以为是在跳广场舞。而顾妄言跳出来的，那就是一场视觉盛宴，融合了他独有的气质，让整个编舞看起来"高大上"，质感便提上去了。大概这就是会跳舞和不会跳舞之间的差别了吧。

087大概也知道自己跳不了，干笑："我就随口那么一说。"

开场过后，音乐变慢——"……黑夜里那颗最亮的星，是你，我望着你前行，你是否能够知道，我这颗怦然跳动的心……"

在跳完那么强节奏的Popping之后，顾妄言依然能平稳地进入唱的阶段，气息稳如泰山，就让人很惊艳。

选手席的惊愕——

"他这体力也太惊人了吧……"

"能听到轻微的呼吸声，不是假唱……"

"音好稳好准！咝……这个音！牛！他的音好高啊！"

"这才哪儿到哪儿？你没听过他唱《歌剧2》吧？升了三个调还游刃有余，他的最高音肯定不止这个。"

"能唱舒媛媛老师的《天空》的人，肯定不止！"

"那不是小时候唱的吗？现在不能唱了吧？"

紧接着歌曲就进入高潮部分，跟原版比，直接被拉高一个八度。

"……这条路泥泞坎坷，我陪你披荆斩棘，我们并肩前行，永不……放弃——"随着顾妄言的高音，现场的人均坐直了身体，有的抓住了自己的裤子。评委席四位评委个个被震撼到了，在场九十九位男选手当中，能唱高音的就没多少，最高音域都只到 A4，个别实力歌手比如 036 唱跳俱佳，他的高音就能达到 A4。其余的"歪瓜裂枣"，A3 混假都唱不上去的比比皆是，原版"弃"字是 E4，就刚才十组的表演，用假声唱上去的也没几个，大多都表现得气若游丝，拉个两秒就没声了。相比之下，顾妄言这一嗓子……着实惊艳！非要做个比较就是，歪瓜裂枣组是普通男生高音区，小魔王是"大神"男生高音区。小魔王不愧是小魔王，名副其实！

选手席直接惊呼——

"这得是什么音了！让我当尖叫鸡我都喊不上去啊！"

"啊——啊啊……"有人试着跟着喊了一嗓子，快哭了，"打扰了，告辞！"

"不……唱上去了不可怕，可怕的是……你们难道没发现他是用真声唱的？不是假声，也不是混声。"

"好像是！声音好实！"

091 一如既往地夸张，吱哇乱叫："啊啊啊！头皮都被震麻了！"

"牛了啊，真声唱到这个调，那他最高音能唱到哪儿？"

"有人能听出来这是到几了吗？"

这个问题，观众在顾妄言唱完之后的评委点评上得到了答案。评委席传来抑制不住的鼓掌声。陆放再一次被顾妄言的实力惊到。他竟不知道，顾妄言的实力比他想的还要高上不少。

"这是真声 E5？"他不太敢相信地道，"据我所知，女歌手中能用真声区唱 E5 的也不多吧，还拖长六七秒。"

陆放开口总算也带着点儿专业味道，没丢他音乐学院毕业的脸。他被震撼到了！裴子昂扭头和宋颖聊着。

裴子昂说："闭口音都能拖长六七秒，质量上乘，实打实的音，这个太牛了！"

宋颖尴尬而不失礼貌地微笑："本女歌手被'内涵'到了，我 Eb5 能拖个六七秒吧。"

"哈哈，"裴子昂笑着自黑，"我能 A4 高质量拖长吧！平淡无奇普通唱将水平，还是混声。"

◇ ◆ 134 ◆ ◇

实际上，裴子昂或许比不上那些唱将老前辈，但作为一个偶像，能有这样的唱功，已经是非常高的水平了。通常，男声能够 A4 高质量拖长，女声能 G5 高质量拖长，就已经可以算是唱将水平。沈向霆是早就知道顾妄言的实力的，所以他一直在认真观察，此时给大家做了一个总结："E5拖长，7.3秒，很好，进步了。"

有7.3秒吗？众人惊叹，牛！刚才光听着，他们都觉得自己会窒息了！放眼业界，顾妄言这个E5真声闭口音，拖长7.3秒，就没几个能做到，恐怕……这时候也只有搬出国家队的选手，才能找到能与之匹敌的了。

裴子昂转头问："平时练习多少？"

"才六秒。"沈向霆说。

裴子昂："……"

"才"，这个"才"字就用得非常巧妙，恐怕其他选手听了要哭。

宋颖作为一个实力女歌手，才能做到Eb5拖长六七秒的程度，这一回，她对这个小朋友佩服得五体投地。宋颖感叹："言言，你这身体里是隐藏着一个巨肺吗？你的声音怎么会有这样的穿透力，清亮，却又不乏厚实度？"

裴子昂笑道："我到今天才知道向霆老师的话没说错，你那天在拉斯韦尔确实是没发挥好！"

看过那期节目的大抵是能感受出差别的，他们以为那天的《歌剧2》已经是顾妄言的"高光时刻"了，殊不知那天顾妄言没有"凡尔赛"，沈向霆也不是打击小孩才"胡说八道"，确实发挥得"一般"……这场最高音没有《歌剧2》高，但就是会有那么一种感觉，今天他的表现让人觉得更加震撼！这是一场完美的表演，找不到一丝瑕疵！

"我这次回去要补补节目了。"宋颖说。

"我也得去看看了，"白弘毅说，"后生可畏啊。"

顾妄言一副被漫天的夸奖给砸晕了的样子，笑笑："是向霆老师这两天给我恶补，让我成为一个更好的我。"

沈向霆说："我一个混声最高音只到C5的人，拿头给你恶补？"

现场和网上都一片"哈哈哈"，"霆神"你变了！什么时候说话这么幽默了？

然而大家笑完了之后才发现，等会儿，只到C5？逗呢！沈向霆，你"凡尔赛"！

A4的裴子昂表示：嗯？

人们只是负责笑，但大部分人觉得沈向霆只是随口说说，毕竟八年前的事太遥远了，很少还有人记得沈向霆曾经的舞台，也不知道他能歌善舞。到了打分环节，观众和选手席都有不少人在喊着"5S"。这样"炸裂"的舞台效果和水平，五位评委毫无意外地给出了5S的评价。

沈向霆："恭喜你，守住了启明星的位置。"

第一场淘汰赛正式结束，话多的部分就交给了裴子昂，由他来总结。

"相信今天大家都学到了很多，那么……后台的人都回来吧。"

众人：嗯？

评委席的人这才笑开:"骗你们的,怎么可能第一场就开启淘汰赛?我们是为了看到你们一点一滴的成长!今天只是给那些不认真对待比赛的人一个小小的惩罚,知道自己被淘汰了,懊悔吧?苦恼吧?悔不当初吧?带着这样的心,回来吧!继续你们的赛程!"

"啊……"选手们发出或开心或崩溃的叫喊声。

"老师,你们太会玩了吧!"

"呜呜,我还以为我真的结束了!我都打算卷铺盖回家了!"

"谢谢老师们!我以后会更加努力的!"

他们当中,有的是因为没当一回事不好好练,而有的只是单纯的基础不好,知道自己被淘汰的这段时间里,在后台一直都很丧,对未来充满了迷茫。当偶像是很多人的梦想,梦想还没开始就已经破灭了,怎么办?现在机会失而复得,都感动得哭了,他们还有站起来的机会!清扬少年团的五人也相视一笑,意外,但比他人更加镇定。

077纪修杰从座位上跑了下去,去到自己的队友身边:"太好了,队长!你们没有被淘汰!我们可以继续一起走下去了!"

072队长点点头:"是啊,接下来我们一起努力。"

075抬手揉揉纪修杰的脑袋,笑说:"小杰,你怎么回事?我们淘汰你哭,我们复活你又哭,到底想我们淘汰还是复活啊?"

"当然是复活了!"纪修杰吸吸鼻子,"我只是太开心了!"

076说:"你可得小心了,接下来我们会很认真,你要是不努力追上来,淘汰的那个人就是你了。"

"嗯!"纪修杰点点头,"我会报以一百倍的努力,不给你们拖后腿!"

复活的选手们心情激动得不行,而已经通过考核的那些选手,心情就不是那么好了。他们当中有的原本以为竞争对手少了一半,还没来得及开心,结果现在他们又回来了!节目组这不是开玩笑吗?

评委席的人看了看台上,裴子昂问:"曹江呢?"

022:"老师,曹江已经走了。"

曹江被顾妄言打击成那样,哭完就走了,都没等到考核结束。裴子昂正打算让节目组去联系,029说:"不用了,裴老师,曹江不比了,他退赛了。"

曹江退赛,仿佛是意料之中的事。他闹了这么一场,要是还能留下来继续比赛,那心理素质该有多好啊。

裴子昂又说道:"已经留下来的那些人,你们也别觉得失望,表现好,是有表现好的奖励的。今天,我代表《世外桃源》总导演,向拿到了A评级的所有选手发出正式邀请!你们将作为特邀嘉宾参加《世外桃源》特别篇之《星辰篇》!"

现场哗然,全员震惊。天哪!还有这个隐藏的福利?!

震惊过后，忽然有人问："裴老师，你确定是奖励吗？《世外桃源》不是去什么都没有的无人岛吗？别欺负我没看过啊！"把这当个笑话，大家笑笑就完了，难不成还真有人觉得这不是奖励？《世外桃源》那种大热的综艺节目，上去露个脸就是多个曝光机会，别人想上都上不了！

噢！顾妄言挑挑眉眼——这么说，他又可以和霆哥一起去旅游了？

◇ ◆ 135 ◆ ◇

裴子昂宣布："所以，加上启明星，一共有七人可以参加下一期的《世外桃源》录制！"

其他拿到了 B 及以下的人纷纷露出了羡慕的神情。这简直是太好了啊，只是拿了 A 就有这么好的资源，就算最后没拿到前十也值了啊，这一趟不白来！获胜者获得的资源说是随排名递减，但这些资源和他们本身得到的名气，以及随之而来的其他资源相比，不值得一提。有时候并不是排名越靠前，名气就越高，季军比冠军还混得好的例子也不是没有。

即便没有进前十，要是有个好的经纪公司，资源多，在有粉丝基础的前提下再那么一推，也不是不能火。《世外桃源》就是一次机会，那些不看偶像竞演节目的观众就是潜在的粉丝群体。这次去，如果表现得好，即使最后没进前十也赚到了！运气好的，说不定还能一炮而红！演艺圈这样的例子比比皆是，万一下一个就是自己呢？

裴子昂开始控场："好了，奖励宣布了。接下来我要宣布的是，下一次公演舞台的时间！第一次公演，你们有一个月的准备时间！这一个月里，你们必须快速成长，因为这一次，是真正的一百进五十的淘汰赛！"

一个月的舞台准备时间，可以说给得很充足，也很公平，给了那些零基础的选手一个成长的机会。

宋颖说道："在这一个月里，我们几位评委会帮助你成长，我们将分为声乐组和舞蹈组进行培训。我和白弘毅老师负责声乐组，裴子昂老师负责舞蹈组，陆放老师比较忙，有空的话也会来支援。"

有人问："那摘星者老师呢？"

宋颖开始开玩笑，左眼一眨，说："摘星者老师啊……摘星者老师比较特别，只负责启明星的培训吧。一对一特训，启明星的特别奖励！"

选手席发出各种各样的声音。

别说是开玩笑了，就算是真的一对一特训，比起其他四位评委来说，沈向霆看起来最严格，先前对顾妄言有那么严格的要求，让大家也有些害怕。再者，他们是来参加偶像选拔的，又不是去当演员，沈向霆转型这么久了，专业知识都忘得差不多了吧？那个总裁好歹是音乐学院毕业的，说不定还更靠谱。谁知沈向霆紧接着说道："我负责你们的演技特训。"

众人："……"

他们还真的要学表演啊？

"哇，"宋颖特别捧场地说，"大明星给你们做演技特训啊！你们赚到了啊！"

裴子昂笑说："你们别觉得突兀，歌手想要演绎好一首歌，需要的不仅仅是唱歌的技巧，情感也非常重要。观众不知道你要唱什么歌，所以你要把那种感觉演绎出来，让观众感受到。"

"如果你们只是把技巧表现出来，很生硬，那么观众听了也会有违和感。"宋颖说。

白弘毅也道："一首歌能不能打动人心，情感是非常重要的一点。就像今天顾妄言的两场表现，都是5S级的表演，他对每一首歌都赋予了自己独特的情感。如果不是他天赋异禀，那就得归功于沈向霆老师的两天特训了！"

沈向霆平铺直叙地道："要是两天时间就能把他训成这样，也可以算是他天赋异禀。"

白弘毅一愣，笑："倒也是。"

什么人哪！可以两天就学会了！"学会了"跟"会了"，还是有差异的。老师教了你，你脑子会了，身体力行地去做时，却不一定能在短短时间内就融会贯通，还是需要时间去累积经验的。

接下来就是第一次公演的抽签分组，按序号上台抽签，抽到相同字母的即为一组。顾妄言没有任何可犹豫的，直接抽了出来——A。

接下来的选手，有想要跟他一组的，也有不想的。跟顾妄言一组，优点是，以他的曝光率，可以蹭很多镜头，他的实力摆在那里，舞台效果一定很好看；缺点是，就怕对比太强烈了！跟他一组，到时候公演舞台一出来，他表现得太好，直接把队友全比下去，那不就完了？

闵晨和司阳的号比较靠后，紧张不已。

闵晨："啊，想抽到Ａ！不知道能不能跟队长一组！"

司阳："队长保佑！"

终于到闵晨和司阳，两人接连上台抽签。

闵晨一边抽一边叨叨着："队长队长！"

一打开——A。

"啊——"闵晨直接跑到顾妄言面前一把抱住了他："队长，我抽到Ａ了！"

顾妄言僵了一下，没想到闵晨那么热情。大概是这次参赛，让他们有了归属感。很多人是之前就认识的，或同公司或同组合，自然而然大家都有了这种概念。他们三人都是同公司的组合，在这样的大环境下，顾妄言又那么耀眼夺目，闵晨和司阳就有种莫名的骄傲感，总是跟别人说："你看！那是我们的队长！"特别是知道他们队长其实并不高冷，而是个温温柔柔的小可爱之后，两人对自家队长就更亲近了一些。

沈向霆眉头一皱："068号，站好。"

顾妄言有些不适了，却并没有推开他的队友。

裴子昂说："别搞得这么严肃嘛，现在只是在分组，又不是在军训，何况他们还是队友。"

弹幕也都在调侃——

"068号，撒手听见没有！言言也是你能抱的？"

"'霆神'：我看068号你需要接受社会的毒打才能学乖！"

◇ ◆ 136 ◆ ◇

在现场的闵晨感受到了一股杀气，匆忙撒开了手，跟顾妄言轻声说："队长，摘星者老师一直这么凶的啊？你真的受了很多委屈吧！"

顾妄言干笑一声："没有啊，向霆老师人很好的。"

"超凶！"闵晨连往那边看都不敢，"比华鼎的总监还凶。你平时练错了，他会打你吗？"

顾妄言还没答，司阳也抽到了A，运气爆棚。iMAX全员到齐！要不是直播抽签，大家都盯着，就该怀疑是暗箱操作了。

司阳拿着小球过来："队长，我也抽到A了！"

司阳刚好听见闵晨的话，接着说："你是不是傻，他们胡说八道的你也信？"

顾妄言问："他们说什么了？"

司阳说："他们说摘星者老师那么凶，对队长你那么严格，私底下是不是有惩戒，唱错了、跳错了就动手的那种。"

顾妄言笑出来："怎么可能？"

沈向霆是这世上最温柔的人，包容着他所有的错误与不堪。

即便他做了那么多荒唐的错事，沈向霆到最后也没有放弃他。

"啊……是吗？"闵晨呆呆地点了点头，"我还以为是真的呢。"

顾妄言沉默两秒："我怎么看你还挺失望的？"

闵晨"嘿嘿"笑开："没有！我怎么会盼着队长你被打呢！"

分组结束，今天的录制也就结束了。

沈向霆站起来，目光落在顾妄言身上，他正想下去。

"大家辛苦了！向霆老师，你能过来一下吗？"总导演说。

沈向霆看了看正在跟队友说话的顾妄言，朝后台走去。

录制结束，选手们各自找着自己的新队友。

顾妄言不想跟人过多接触，录制结束后就去楼梯间等着，给沈向霆发了条信息，让沈向霆结束后找他。刚放下手机，楼梯间的门就被打开。顾妄言一愣，这么快吗？

门一打开——陆放？

"妄言！"陆放进来之前，还四下看了看，确认没人才进去。

顾妄言已经开始感到不适，从前怎么都想不到，自己有一天会看见陆放就有心理性厌恶。

他躲了这么久，还是遇上了。

"陆总，"顾妄言平静地喊道，"这里不太安全，随时都可能有人路过，我劝你不要说别的事。"

"我看过了，没人！"陆放放心地走过去，"你现在这样喊我怪别扭的。"

顾妄言在心里作呕。从梦里醒来后，他为了演戏喊过陆放几次，每喊一声都是对自己的凌迟，这个称呼代表着他太多的耻辱。

"陆总跟霆哥不一样。"

"怎么不一样了？"

顾妄言淡淡的眼神看过去："霆哥不会特地开发布会，当着全网的面'内涵'我约局，在我被误会时，他一直站在我这边。"

陆放一顿："妄言，你不懂。他当然可以这样！他是明星，有话题才有热度。再说，是你误会了，我那天是随口一说，只是澄清。我要是不好好澄清，我们公司的股价都会下跌！妄言，你为什么总是这样耍性子，不站在我的立场上考虑？"

顾妄言笑了一下，笑容里带着几分苦涩。他太"懂"了，被困在梦里时，就是因为太"懂"，才酿成了那样的悲剧。

"他本可以不这样。"顾妄言说，"事实上，他有一大批粉丝已经在表达抗议了，因为不满他在真相未明的情况下站在我这边。他的形象也因为我而遭受了损害，一些品牌商家跟他解了约。无论因为我而被损害了多少，他都不曾在我面前提出来，也没有因为为我做了多少事而天天挂在嘴上邀功。陆总，你为我受了那么多委屈，真是很抱歉，所以，我是为你好才跟你保持距离。陆氏集团不会有任何危机，不会再因为我而破产，虽然我自问没有那个影响力。"

顾妄言说到最后，还是笑。

"邀功？"陆放愣了一下，"你觉得我是在向你邀功？妄言！你怎么会这样想？我只是想让你知道我的意思，让你知道我对你好而已，这是朋友间该有的坦诚——"

他一下子抓住顾妄言的胳膊，却被顾妄言甩开。陆放看着这一幕，有些呆住了。他明明已经把顾妄言拿捏住了，之前几个月的努力都付诸东流，就因为横空杀出来的沈向霆？

陆放还没想明白，顾妄言便眉头一皱："陆总，我不喜欢陌生人碰我，你不知道吗？"

陆放一怔，这让他想起了几个月前的顾妄言就是这般清冷高傲，谁都不放在眼里。

◇ ◆ 137 ◆ ◇

但，这只是他的假象！起初他也以为顾妄言很难接近，但打破了顾妄言的心防之后才发现，顾妄言只不过是用一身坚韧的盔甲将自己保护了起来。顾妄言只是一个急需被拯救的小孩。他在正确的时间里，以正确的方式成为顾妄言的救星，让顾妄言对自己崇拜、顺从。像顾妄言这样的人，是最好掌控的，他只要套路到位，顾妄言还不是任他拿捏？事实上一切都进行得很顺利，在沈向霆出现之前！他承认，因为沈向霆搅局，他失误了，做了不该做的一些事，导致顾妄言跟他开始保持距离。他们这种脆弱的小孩身边一旦多了个冷静沉稳、能替他拿主意的人，再想控制就难了！沈向霆是个睿智的人，或许已经洞察了他的心思，要是趁机给顾妄言说些什么……

陆放："妄言，是不是沈向霆他跟你说什么了？你千万不要相信他的话！他动机不纯！"

"哦，霆哥他怎么动机不纯了？"顾妄言淡淡地问。

陆放动作顿了一下，顾妄言竟然真的变回了以前那个顾妄言吗？他不信！他已经打开了顾妄言的心扉，哪儿那么容易变回去？现在可能只是害怕受伤，暂时躲回自己的城堡里而已。陆放并不气馁，之前他就是靠坚持不懈才成功接近顾妄言的。顾妄言起初或许只是想试试，但小白兔踩中了陷阱，他又怎么会轻易放小白兔出去？大不了，这陷阱他再设一次。

"你有没有想过，沈向霆以前为什么没有找过你，突然就出现了？"陆放问。

因为我也没找他啊。顾妄言心说，我不知道我自己什么德行？

"你就没想过，他会不会是你爷爷派来离间我们的？"陆放说，"你想想，在他出现之前，我们俩一直好好的，是不是他出现后我们才生了嫌隙？"

"那又怎样？"顾妄言反问。

"那又……怎样？"陆放愣了一下，"就是，我们是因为他才闹掰的，你不要上了他的当！"

"我们是因为霆哥闹掰的吗？"顾妄言冷静地问。

"不是……吗？"陆放微怔。难道不是因为他误会了顾妄言跟沈向霆之间的关系，闹到顾妄言发脾气，赌气跟他保持距离的吗?

"我以为那天我已经说得够清楚明白了，"顾妄言道，"陆总，我们不适合做朋友。"

陆放心里了然，顾妄言就是在跟他闹别扭而已。

"你怎么会这样想？妄言，你别胡思乱想！"陆放着急地解释，"那天的发布会，我那样说真的只是权宜之计，等我稳定下来会弥补你，顾家在打压你，我不会，我可以给你资源，我可以捧红你。"

顾妄言心中冷笑。

"稳定下来是多久？"

"什么？"陆放一呆。

"多久？"顾妄言直直地问，"你稳定的期限是多久？一年？五年？十年？你要我等多久，我多久之后才能得到你承诺的这些？"

"我……"陆放没想到顾妄言会问得这么清楚明白，愣住了。在他的预想中，他只要给顾妄言一些甜头吃吃，顾妄言就会甘之如饴地接受这一切。之前不就是这样的吗？他说什么，顾妄言都乖乖地应承，他的难处，顾妄言不是一直都说可以理解吗？为什么现在却理解不了了？这背后没人给顾妄言支招儿，他是不信的，一定是沈向霆对顾妄言说了什么，否则顾妄言怎么可能保持清醒？

顾妄言步步紧逼："陆总为什么会觉得我稀罕你区区陆家给的那点儿资源？"

陆放怔了一下。

陆放道："妄言，你再给我一点儿时间好不好？给我时间证明我自己！"

"是吗？那我上次提出的要求，你做得到吗？"顾妄言的嘴角扬起一抹冰冷的笑，"还是三天，三天以内，做得到吗？"

"咣当"一声响，从二楼传过来，不等顾妄言做出什么举动，陆放直接放开他，冲二楼楼梯间看过去："谁在那里！"楼上响起有人仓皇逃跑时撞到东西的声音，陆放连忙跑上去追人。

顾妄言对偷听的人一点儿都不关心，甚至无所谓那人会不会把他的事爆出去，他一脸冷漠地脱下了被陆放碰过的外套，打算出去丢掉。

门一开，他和门外的人撞了个正着。

那一秒，顾妄言慌了。

◇ ◆ 138 ◆ ◇

顾妄言也没想到，沈向霆居然会在消防门的另一边，看他的表情……不怕他全听到，就怕他听一句漏一句。这门一开，两个人对视着，空气中都弥漫着一股诡异的静谧之感。顾妄言的眼神原本是有些冰冷与不屑的，整个人身上透着一股清冷的气质，撞见沈向霆的那一秒，他的气势立马就弱下来，眼神一晃，"唰"的一下就变了。

"顾·我错了·小白兔·妄言"慌张地看着沈向霆："霆哥，你怎么这么快就来了？"

沈向霆的样子看不出情绪，他周身冒着一股寒气，嘴角噙着的那抹小弧度的笑意也显得有些冷："嫌我来得太快，打搅你了？"

"不是的！"顾妄言忙不迭地解释道，"是陆放拦着我！"

沈向霆的视线忽然抬了抬，看向消防门，那边传来有人下楼的声音。他一把揪住顾妄言的衣角，像是拎小孩一样，气势满满地把他带进了洗手间。

"妄言？"陆放找到洗手间，看见这关着的门，正想上前问问是不是他在里面。

沈向霆语气带着警告味道："滚。"

陆放顿了顿："抱歉。"

原来不是顾妄言，陆放不想惹事，转身就走出去了。

顾妄言怔怔的。

霆哥是用粗犷的声线低吼的，就像暴躁老哥在警告人：老子心情很不爽，你最好赶紧给老子滚！倒不是惊讶他的声线多变，只是这种声线加上这句脏话，再配上他霆哥这张"高岭之花"的脸，可以说是极具违和感。霆哥的人设崩得碎了一地，拼都拼不起来。

外人走了，沈向霆便又瞟了顾妄言一眼："看什么看？"

看你咋的？要不是时机不对，顾妄言很想这么回怼上一句。霆哥心情不好，他被陆放搅和了的心情也没好到哪里去，处于无处发泄的状态。

"没有，"顾妄言洗了洗手，"霆哥，你都听到了吗？全部？"

"不知道，听了点儿。"沈向霆答。

"有没有误会什么？需要我解释的？"

沈向霆侧过身，看他："我就问你一句话，仅此一次，之后不会再问。"

"什么话？"

"我和陆放，"沈向霆悠然地盯着他，"同时掉到水里，你救谁？"

顾妄言听到这话，差点儿当场吐血了，这是什么幼稚的选择题？那么严肃的开场！

顾妄言沉默了三秒："这么说吧，霆哥，我手里要是有块砖头，我都砸他脑袋上去，他想爬上来我都会再补一脚给他干下去的那种。"

沈向霆"哦"了一声，嘴角掠过一抹笑意："回家吧。"

这小孩，都黑透了。

切开一看，黑芝麻馅儿的。

番外一篇

醉饮幻境：重逢

◇ ◆ 01 ◆ ◇

"容先生，你今天这么早出门？"

"早，陶老板。"

"早，要不要先吃个早饭？刚好粥是热的。"

说话的人，是这家民宿的老板。这家民宿地理位置优越，是这座小镇最有名的网红民宿。环湖，包早餐，老板时不时还会在民宿内举办一些活动。这里不乏一些形单影只来旅游的人，也常有一些人在这些活动中认识了新的朋友，结伴去往下一个目的地。

陶老板对容涣的印象特别深刻——他的一头长发很难让人不注意，一般都是随意地扎一下挂在身后；是个"衣架子"，高高的，精瘦，衣品非常好，一看就是个生活精致的男人；重要的是他这张脸，他来办入住的第一天，老板刚好在前台坐着聊天，一抬头就被惊艳到了。那天他穿着一件米色风衣，一头长发扎了一圈皮筋撂在右边，戴着眼镜，开口便是温柔的语调："您好，我姓容，房间预订过了，我来办入住。"

老板接过他的身份证一看——容涣。容涣人好看，名字好听，老板一下子就记住了他。和他一起来办理入住的人神神秘秘的，总是戴着口罩，老板看过那人的身份证，外形并不差。他经营这家民宿有七八年了，来来往往的旅客见过不少，俊男靓女数不胜数，他敢说，这两个人的颜值，在众多游客中是非常出挑的。

"不了，我不饿。"

一旁的一位打扮时尚的青年人见容涣一身运动装，问："容先生这是要晨跑去？"

"对。"

"那今天也还是不需要我帮你制订游玩计划吗？"

像这样的青年人，民宿里还有不少，他们被称为"管家"。这家民宿太火，所以也催生了这样一个职业，这也是他们民宿的一个特色。来游玩的旅客可以挑选一位管家，负责自己住宿期间的一应事务，包括接送机场、制订一些游玩计划，或者推荐一些本镇的美食等。

容涣："是的，不需要。"

这位管家笑笑："老板，你也给我点儿活儿干干啊。"

接机也不需要，他们是自己打车来的。来这里三天了，跟他同行的那位出现得比较少，两人偶尔同出，但每当管家问及要不要攻略时，他们都拒绝了。

有三两管家坐在茶座那里边喝茶边聊天，另一人笑道："又是阿一被拒绝的一天。"

"容先生，我们在打赌，赌你哪天会答应阿一的邀请，我可赌了你走了都不会理他，事成我俩二八分怎么样？"

"比起这个，容先生，我觉得阿一会比较想问——你单身吗？"

"去去去！"阿一推了他一下："他们开玩笑的，你别当真啊。"

"哦。"容涣点点头，表情很温和，所以虽然答得很简短，却也不会让人觉得他很冷淡。

他作势要走了。

"哎等等——小哥哥！"一个女孩子从早餐桌那里站起来，朝这边跑了过来，小姑娘很可爱，笑盈盈地看着他，"能不能加个微信啊？"

容涣很温柔地拒绝了："不好意思，我不太喜欢加陌生人。"

女孩子一愣，做可怜状："就加一下嘛，我们可以当朋友啊。"

"不好意思。"容涣还是微笑着拒绝了。

他抱歉地笑了一下，转身走出了民宿。

女孩脸一垮，觉得有些可惜："哎呀！居然被拒绝了！"

"美女，加我们的微信啊，我们带你去玩。"管家说道。

"别沮丧了，小姐姐，这两天要加他的女孩子可多了，不是你的问题，他哪个都没加，我们这儿啊，只有阿一有他微信。"

阿一倒坐着，两只手肘压在桌沿上，笑说："我还是因为是他随机分配到的管家才加的，原想给他一个十全十美的服务，嘻，哪承想闲得很。"

那女孩好奇，便问："你们加他也不同意？老板也被拒绝啦？"

老板坐在秋千椅上，正玩着手机，抬头说："老板被拒绝了有什么奇怪的？他有什么必须加我这个老板的理由吗？"

陶老板想起那天看呆了，顺口就说能不能加个微信，最近民宿刚好要办活动，到时候可以喊他一起，结果自己也跟这姑娘一样，被非常温和地拒绝了加微信的要求。

陶老板看着门口说："看着很温柔的一个人，但是好像不大好相处，不太想跟我们交朋友。"

你说他有社交恐惧吧，好像也不是，可能有的人就是不太喜欢与陌生人走得太近。世人千千万，他不是老板见过的最奇怪的客人，所以老板也就没放在心上。比如几个月前，老板就见过一个更奇怪的。

◇ ◆ 02 ◆ ◇

"说起来，老板，最近咱们民宿是不是老来一些看着像网红的人？"

那女孩说："会来也不奇怪吧，我看好多网红都来你们这儿打卡呢。"

"不一样，"陶老板摇摇头，"这几个人肯定不是网红，网红脸和气质很容易辨认，但这几位给我的感觉，不像是那个圈的，特别是之前那个人，气质就很不一般。"

"噢！老板你说的是不是几个月前的那个奇怪男人？"

正在一旁吃早餐的住客们纷纷被吊足了胃口，简单抓了扒粥便坐过来。

"什么奇怪男人？有故事？"

"有多奇怪？说来听听。"

陶老板说："那人刚来的时候脸色苍白，那天还是半夜，把我吓得够呛。那人带着一只小哈士奇，刚一撒手狗就满屋子跑，跟大熊、二熊撒了欢地玩，还打碎了我一个万把块钱的花瓶。"

女孩："听着都心塞……他不是没赔钱跑了吧？"

"没有，当下那个男人吧……怎么说呢？表情一下子变得很微妙。他看起来明明挺贵气的，穿着啊，气质啊，等等，我看过形形色色的人，对看人还是有些研究的，可是一听那花瓶要万把块钱，他当下就沉默了，问我'老板，狗肉火锅能抵吗？'"

"哈哈哈……"

突然，大厅里就发出了大家的爆笑声。

"对不起……虽然明明挺惨的，但是我不知道为什么不自觉地就笑了。哈哈。"

"笑死，他是来搞笑的吗？听老板前面铺垫了那么多，我还以为有多奇怪啊！"

"不是，老板，你这铺垫让我以为是什么电影的开头，一个奇怪男人深夜住宿，然后发现是个连环杀人案的嫌犯什么的……结果，就这？退票！"

"哈哈。"陶老板也被他们说笑了。

"然后呢？"

"这当然是开玩笑的，那小狗他宝贝着呢，能怎么办呀？自家小崽闯的祸，他得收拾啊。现在一般人都用线上支付了吧？哪还有什么人带现金哪！万把块钱，也不是几百，他又是个年轻人，结果他从行李箱里拿出一沓现金来！你们别说，我还真的怀疑他是犯了事儿来躲躲的，揣那么多现金。赔钱的时候，我看他是一脸心痛，抓着那只小哈士奇就一顿揍。"

"虽然揣现金是有一些奇怪，但也不至于那么奇怪吧？可能有些人不喜欢用线上支付呢？"

"对啊，所以是奇怪在哪里？"

"怎么说呢？他几乎不与人交谈，交了一周的房钱，特地叮嘱我们不用让阿姨进去打扫，也不跟我们一起吃饭，每天除了带那只小狗出去溜达之外，也基本不出门。没事他就坐在那儿，一脸忧郁地坐一天，大概是一周后，他终于主动来找了我，问我去青山的路线，结果带着狗一夜未归。我们大家都观察他好久了，怀疑他是受了情伤，现在还问了去山上的路，挺担心他是不是想不开，就报了警。"

听故事的几人从刚才的笑变为了揪心，老板讲故事的能力不错，把他们的胃口都吊了起来。

"然后呢？不会真找到尸体了吧？"

"没有，警方说会不会人其实回来了，但是我们没注意，所以我们先用备用钥匙开了他房间的门，一开还真吓了一跳，垃圾桶里都是换下来的带血的纱布，还有一些外伤药、退烧药、消炎药一类的。"

"哇，'画风'逐渐走偏，他不会真是个通缉犯吧？"

陶老板笑着没答，继续说："我们还没出去呢，他就回来了，然后警方一顿盘问，才知道昨晚下雨路滑，他不小心滚下山坡，天黑不好走路，就找到一处亭子将就了一晚上，等天亮了才回来。"

这时阿一插嘴说："我们几个当时就在这儿看到他一身脏兮兮还带点儿血地回来，可被吓了一大跳。"

"对对，"另一个管家接着说，"结果一查，他用的还是假身份证，出于人道主义，警方先送他去医院处理了一下伤口，然后再带回去盘问了。"

陶老板接着道："那人吧，就是一问三不知，被关了一晚上也没交代什么，他的说辞就是自己失忆了，也不知道自己是谁，就买了个假的身份证用来办入住。"

"失忆？这合理吗？失忆的人有那么多现金？还带着行李，带着狗？"

"可不是嘛，警方也不信啊，但是查了一天也没查到什么，DNA 罪犯数据库里也匹配不到信息。能查到的行迹就只有不停地换城市、换民宿，就像是在旅游一样，然后也没有什么违法记录，所以最后就是罚钱。"

"就只有这样吗？"

陶老板说："他回来第二天就退房走了，当天晚上警方来回访，我就多问了几句。他们也说没办法，人没犯罪，警方总不能因为这点儿小事就给他丢牢里去吧？而且他们还说，那人也说了，如果他有罪，他认栽，然后还问了他们牢里管不管饭，看他那心态，也不像是个十恶不赦的人。"

"那确实也是没办法……那人要是坚持称自己失忆，不知道自己是谁，谁也没办法啊。"

"所以只能放他走了,现在局里留下了他的照片信息,如果他真是失忆回不了家,说不定什么时候就能等到他家人来找人呢。"

陶老板说着,忽而又道:"不过,依我看,倒不像是失忆的人,应该是受了什么伤,自主离家的。因为我当时跟他提议过,说咱们这儿好歹也是家网红民宿,要不要用微博帮他找找家人,他拒绝了我。"

"后来就没他消息了吗?"

"没有了,他走了之后就没回来了,许是又换了一座城市吧,其实我挺好奇他的故事的。"

陶老板是个健谈的人,住他们家民宿的游客里不乏有故事的。

他喜欢跟不同的人聊天,听故事,然后讲故事给后面的旅客听。

你有故事,我有酒。

◇ ◆ 03 ◆ ◇

一群人正聊着,有人穿堂而过,停顿了一下,像是在找着什么。陶老板一眼就认出这个人了,热心地问:"你是不是在找容先生啊?"

柯宇大概没想到老板这都记得他们,愣了一下,然后点点头说:"是啊,他不在这儿吗?"

阿一答:"容先生刚刚出门了,晨跑呢。"

"哦,谢谢。"

陶老板问:"要不要吃早餐?还热的。"

"不用了,谢谢,我先回房了。"

陶老板一点儿都不意外,他俩就没跟他们一起吃过饭。这是客人的自由,不是所有客人都会跟他们打成一片,没什么奇怪的。他回去后,两个昨天才住进来的女孩子忍不住好奇地问道:"哎老板,他是不是就是跟刚才那个小哥哥住一块儿的同伴啊?"

"是啊。"

"他为什么到大厅里来还戴着口罩,不会是什么明星吧?"

陶老板看过他的身份证,知道他的名字,但是不会跟其他客人透露,因此只是说:"不知道啊,应该不是吧,反正我不认识。"

"长得好看吗?"一个女孩子欢喜地问。

陶老板笑说:"比阿一他们好看多了。"

"老板!我们不是靠颜值的好吧?我们是靠才华!"

"他们俩是住一间房吗?"

"是的。"

女孩子们聚拢聊了起来。

"我觉得那个长发小哥哥太温柔啦！"

"我喜欢这款！"

"他真的好美啊！长发美人我真的爱！"

　　长发男人、长相出众——容涣，在这小镇晨跑了几天，小镇沿路的商户就已经眼熟他了。他一般是沿着小镇跑一圈半作算，这样刚好停在那家符合他口味的早餐铺。听老板介绍，他们家是三十年的老铺子了，这里有最地道的云镇米粉，容涣也是慕名而来的，吃了一次就喜欢上了，所以天天跑完步就过来吃一碗米粉。

　　"小哥，你又来了啊，"老板娘是个四十来岁的阿姨，非常友好地笑着，"这么喜欢吃我们家的米粉？"

　　那碗热腾腾的米粉已经放在了他面前，他拿起勺子先喝了口汤，一脸满足。

　　"嗯，特别好吃，"容涣说着，笑道，"多吃几碗，以后回去就吃不着了。"

　　"喜欢我们云镇吗？"店员在忙，老板娘就没着急走，站着聊了两句。

　　"挺喜欢的，"容涣看了看四周，"还没被开发过，一切都古色古香，在这儿过日子很舒服，很安逸。"

　　其实更出名的，是离云镇不远的另一处市级旅游区，相比之下，云镇也有很多商铺，但还没被过度开发，所以看起来没那么多商业化的味道。这里就是个安逸舒适的小镇，住着不少当地的居民，偶尔下点儿小雨时再出门，就会有种身处江南水乡的感觉。远离都市，节奏很慢，没有那么多纷纷扰扰。如果攒够点儿小钱，在这儿开家小店，就这么每天慢悠悠地度过，也是一个不错的选择。老板娘跟他聊天，说近些年也有不少年轻人逃离城市，来这里开开小店，然后就喜欢上了这里。

　　"以后再考虑吧，现在还不行。"

　　如果自己孤身一人，他或许会毫不犹豫地逃离那座城市，就这么在这里度过下半生也不错。但现在他身上的担子还很重，所以柯宇向他提出这个邀请后，他思考几天答应了下来。哪怕只是短暂的，他也想好好喘口气。母亲和妹妹在，他什么情绪都要藏在心里，总是一副若无其事的样子，实际上早就有些透不过气了。

　　吃过早餐，他就慢慢走回去。

　　"汪汪汪——"

　　"哎——哎，你这傻狗慢点儿！你要是跑丢了，荣哥非杀了我不可！"

　　光临长大了，力气大得很，趁遛它的人不注意，竟就如脱缰野马一般狂奔了起来。身后传来狗狗"哼哧哼哧"奔跑的声音，容涣下意识地停下了脚步——狗。他有一段时间一听到狗叫声就以为是光临。那只蠢狗，也不知道怎么样了，那人养得好不好。

◇ ◆ 04 ◆ ◇

  容涣转过身想看看是谁家的傻狗乱跑，才一转过去，就见一只大狗朝他扑了过来。
  "傻狗！"遛狗那人吓了一跳。光临傻是傻了点儿，但平时是不会这样乱扑路人的，只亲近荣景。他们有时候逗逗它都会被咬，虽然是咬着玩，但那满脸的嫌弃不是开玩笑的。它又怎么会去主动扑人呢？今天它这一扑，把他吓了一跳，这要是把路人咬了，被讹上，荣景可要大出血……欸？那人发现，光临竟然只是围着那人转圈圈，蹦蹦跶跶的，一边"嗷呜嗷呜"叫，一边尾巴摇得飞起——这是……喜欢的表现啊！见光临没伤人，他也松了口气。
  容涣见这狗对他没敌意，便蹲了下去，一只手抓着狗绳以防它又乱跑，另一只手摸了摸它的脑袋："你好呀。"
  "嗷呜……"光临仰着脑袋，长啸一声。哈士奇长得就很喜庆，再这么一嚎，那模样看起来就逗得不行。它嚎完了往容涣的怀里钻，一个劲地蹭啊蹭，扑得太猛，容涣都险些被它扑倒，手撑了一下地才稳住。
  容涣笑起来："怎么了呀小家伙？"是他的错觉吗？好像委屈得很。
  "嗷呜呜……"光临呜咽着。
  "奇怪了……"遛狗人过来接过狗绳，疑惑着说，"这傻狗平时不会这么亲人的，它好像很喜欢你啊。"
  容涣摸摸它的头，抬头冲它主人笑说："可能是因为我以前也养过一只哈士奇吧，跟它长得挺像的，不过没那么大……"
  容涣愣了一下，轻笑着："不过，过去这么久了，也长大了。"
  狗长得快，七八个月大的光临，应该就像这个小家伙一般大了吧。
  那人拉拉狗绳："好了，你这傻狗，赶紧的，回家了！遛完你我还得回去搬砖呢！抱歉啊先生，没伤着你吧？"
  "没有，"容涣最后一次摸了摸它，站起来，"快回去吧。"
  "嗷呜——"光临一口咬住了他的裤脚不撒嘴，使劲地往回拉。
  那人拍拍它的头："你快松口！给人衣服咬破了，荣哥得把你卖了赔钱了！"
  那人一看容涣斯斯文文的，看着很贵气，这种体面人身上穿的衣服肯定不便宜，吓得够呛。这蠢狗才给荣哥的手机砸了，再把人家的名牌衣服咬坏了，接下来几个月都得啃窝窝头了！
  "这不是你的狗啊？"
  "不是，是我们工头的！我们打赌输了，帮他遛遛。"
  "那怪不得，"容涣看他完全驯服不了这只狗的样子，笑了："好了，不许闹了，你主人还在家里等着你呢。"

光临撒嘴，坐在那里，尾巴动来动去，抬着头看他。

"再见，小家伙。"

容涣一走，光临又起身想追，被那人一把抱住。哈士奇展现了它的捣乱本性，在那人怀里一通乱扭，又凄惨地"嗷呜"乱叫，杀猪般的惨叫声在小镇街道上响起，路过的人都忍不住笑了，不愧是狗中"二货"，要不是知道这狗是那人带来的，还以为那人是狗贩子呢。

容涣回过头看了一眼，也笑了笑。

没办法，有主人的狗，他总不能直接把它带回家吧。

"小赵怎么是把光临扛回来的？"

闻言，正跟工友们坐在一起吃早餐的荣景抬头看了一眼，笑："看来遛得不轻松。"

小赵快走到他们跟前的时候把光临往地上一放，自己一屁股坐在地上叹气："荣哥，你饶了我吧，我再也不遛这傻狗了！差点儿闯个大祸！"

光临一落地就朝主人跑过去，有点儿蔫蔫儿地蹭了蹭荣景的腿。

荣景把碗一放，摸了摸它的头："咋了狗儿子？谁欺负你了？你赵叔啊？"

"得了吧荣哥！我哪敢欺负它！我不怕它报复我咬我啊！"小赵抹了自己一脸的汗，"我不是带它瞎溜达嘛，溜着溜着就到了云镇。好家伙！它见着一个人就扑上去，还咬着人裤脚死活不撒口，我差点儿以为荣哥你要大出血了！"

荣景一听，抓着它的脸怒斥："谁让你瞎咬别人了？衣服咬破了拿你赔？！蠢狗！老子迟早有一天让你败得倾家荡产！"呵斥完又拍了拍它的头以示惩戒。

"下次还咬不咬了？"

"嗷呜……"光临耷拉着脑袋，看起来情绪很低落。

荣景轻咳一声："干吗干吗？搁这儿给我装可怜呢？你以为你装可怜我就不骂你了？"

"行了行了荣哥，你跟一只狗撒什么气啊？它听得懂似的！不过说起来，光临平时也不扑人啊。"

"谁知道它！"荣景瞪了瞪光临，声音轻了些，有些嘀咕地指着它："小叛徒，除了前爸爸，不许扑别人，听到没有？"

荣景想着，叹了口气："也不知道你这辈子还有没有机会见到前爸爸啊。"

其他人一听，都意外和好奇起来。

"荣哥，光临还有前主人呢？从来没听你提起过啊。"

"长什么样啊？"

荣景一想，露出了他们从来没见过的笑容："长发，偶尔戴着一副眼镜，笑起来很好看，身材高挑，腿很长。"

"这么美吗？"

"嗞……荣哥，你这笑得……"

"嗯……很美，"荣景笑笑，"长发美人。"

其他人都羡慕得很，只有小赵坐在地上狐疑着——咦，长发……眼镜？光临扑的那个小哥不就是留长发又戴眼镜？这不巧了嘛，除了性别不对。

◇ ◆ 05 ◆ ◇

其他人又问："荣哥，那荣嫂呢？怎么你来这么久了，也不见我嫂子来瞧瞧你啊！"

"嘁，还瞧呢，你看荣哥平时连个邀请语音通话的人都没有，八成是分了吧？"

"那倒是，热恋期哪是这样的？肯定大晚上的煲电话啊。"

"荣哥，咱就是说，嫂子不会是因为你来搬砖了，就跟你分手了吧？要真是那种势利的女人，咱就不想着她了！"

小赵起身，拍拍屁股说："也不能那么说，姑娘跟咱们图啥啊，又不能给人优越的生活，想嫁更好的也无可厚非。"

别的问题荣景都没回答，就是听到这话时，笑了笑，接话道："是啊，我就是一搬砖的，跟我图什么啊？我连这只蠢狗都养不活了，拿什么养人家？"

他说着，摸了摸光临的脑袋，一直逗着它。光临还是蔫蔫儿的，不禁让他思索起来刚才是不是骂狠了，怎么还蔫蔫着呢？

小赵坐过去："荣哥，那你也别这么说，我看你就像干大事的，来工地干活儿也只是一时的嘛，你肯定能找到更好的工作。"

"那是，我们荣哥哪是在这种地方屈就的人啊？就这管理能力，不得是在办公室坐着的精英吗？"

"对啊荣景，从来没听你提起过以前的事，到底是受了什么刺激来跟我们一起干体力活儿？"

有的人，天生就有那种气质。荣景刚来工地的时候，工友们还以为是哪个甲方巡查来了，结果竟是来当工人的。

一个年纪比较大的工友老张笑说："小荣是跟家里闹矛盾，离家出走了吧？"

"没有，"荣景笑着否认，"你们想太多了，我就是一普通家庭出来的穷苦孩子，没有学历，当不了精英，实在是没处去，才辗转流浪到了这座城市。那天路过这边附近发现工地在招工人就来试试，我也就空有一张脸，能干吗啊？哈哈。"

"当明星啊！"小赵说，"现在的明星多好当啊，就荣哥这张脸，随便去找家经纪公司不就能出道了吗？"

"别闹，现在经纪公司要的都是十七八岁的少年，正当青春。我一三十岁的老男人，谁签我啊！不怕赔本？"

其他人都笑笑。

"哎，你们还真别说，"老张神神秘秘地说，"我刚才路过办公室，听见项目经理就好像在跟什么人商议，好像是什么明星要来咱们这儿拍电视剧还是啥的呢！说不定啊这大导演一看小荣这长相，就给他捞走捧成大明星了呢！"

"老张，你是不是听错了？这什么电视剧还来咱们这工地拍啊？全是灰，还不安全！"

"没有，我就听着是什么明星呢，不过我也不认识。"

"哎，荣哥，"小赵用手肘顶了顶他手臂，"到时候你就把你来时那天的那套衣服换上，导演一定一眼就相中你了！到时候火了、发达了，别忘了我们这群工友啊！"

荣景是他们这个工地最拿得出手的活招牌，一些工友的女性亲属来探望，见了他都发呆。所以他们也时常提议，大家一起做个短视频号什么的，拍拍工地日常，就拿荣景当主角，一定能火！但是荣景拒绝了，说自己不爱上镜。

荣景笑笑："拉倒吧，到时候把光临扮打扮，他们要是需要狗出镜，就让我这狗儿子去吧。"说着，他拍拍光临的脑袋："崽啊，你已经是只成熟的哈士奇了，要学会赚钱养爸爸啊！"

至于是什么剧组要来这里拍电视剧，他并不关心。来工地取景的，多半是些乡村爱情一类的吧。

事不关己，高高挂起。

没过两天，他们就听到了风声，说是他们这个小地方还真的来了几个大明星，就住在离这儿不远的云镇，遛光临回来的工友小高拽着狗绳有些兴奋地跑到他们的工人宿舍："来了来了！真来了！阵仗不小呢！"

光临撒完欢跑回爸爸的床上蹭了蹭，见爸爸不理它，就在被褥上跳了跳。

"嗷……"荣景的腹部被光临一蹬，弹了一下，抓过狗的头一顿摸，"造反弑父呢你？！我死了谁赚钱给你买狗粮！"

看了看时间，差不多了，荣景撑着身子坐了起来。

光临坐在被褥上，尾巴弹来弹去，吐着舌头。

荣景打了个哈欠，抓了抓自己睡乱了的头发，问道："什么阵仗不小？"

"就是来拍电影的那几个大明星啊！我遛着光临顺道过去看看，好家伙，全是工作人员，乌泱泱的，就是没看见明星。"

"那你咋咋呼呼的？"荣景又打了个哈欠，不为所动，"明星有什么好看的？不跟我们一样两只眼睛一张嘴……"

荣景一摸自己的白色背心，都是汗，皱起了眉头："九月都快到了，怎么还是这么热啊？"

其实他们这个工地宿舍条件算不错的，虽然是集装箱房，但好歹上下床四人一间，挤是挤了点儿，却还是配备了空调、冰箱的——就是不巧，最热的八月，空调竟然坏了！维修师傅叫了大半个月也没空来修，夜里太热只能开着天窗，凉快是凉快些，就是便宜了蚊子，点了蚊香都没用，野外的蚊子毒得很。

"再熬熬吧，九月中旬这边就没那么热了。"小高把顺手带回来的早餐给放桌上，"嘿，荣哥，今天我生日，请你吃碗面！"

荣景下床，也没有洗澡的念头，走进厕所快速地刷牙洗脸，出来在他们的小餐桌前坐下，在这儿被磨了几个月，每天吃了睡，睡醒起来干活儿，有时候太累直接倒头就睡了，多睡一个小时都是福利。在工地干活儿，谁还过得那么精致啊，就是洗了，出去一干活儿不就又脏了吗？白洗。他早就不在意这些了。脏就脏呗，这日子也就这样了。

"嗯，这面好香，"荣景吃了几口，喝了口汤，"小高，你今天生日？要不晚上叫上小赵他们去吃个串？哥请客！"

◇ ◆ 06 ◆ ◇

小高憨厚地一笑："那多不好意思啊。"

"那就这么定了，晚上叫上兄弟们，我们去云镇撮顿大的！"

听说云镇有家街边的烧烤摊味道很不错，他来这边这么久了，还没去吃过，就趁这次机会去试试，算起来……也很久很久没去吃过烤串了。那种感觉……还真是怀念啊。上学时候，他们三个就经常去小街道上吃烤串，后来分道扬镳，他出了国，交的都是些"高贵"的朋友，不说国外没有那种摊子，就算有，他们也不会去那些大排档吃东西，用餐都是去西餐厅，味道不怎么样，价钱贵就是硬道理。在那样攀比吹嘘的环境下，他就越来越怀念从前和三两好友一起吃大排档的日子，一边是压抑的氛围，一边是舒坦轻松的回忆，或许他不是不喜欢吃那些西餐，而是一起吃的人不对。

后来回了国……也没有了那样的机会。

柯宇不方便出门，他到底算个明星，万一被粉丝认出来，也是有些麻烦的，所以如果需要买些什么东西，一般都是容涣出去。但这两天民宿里的人说小镇来了几个明星，热闹得不行，一些住在附近的听到风声都跑来追星。为避免麻烦，容涣也不怎么出去了。晚上安静了些，那群明星大概是出外景去了，容涣才从房里出来。

陶老板叫住了他："容先生，这两天都没见你出来啊，是有什么事吗？"

"没事，"容涣轻声答道，"没什么事就不出来了。"

陶老板其实也有些好奇。他们两个看起来像是换了个城市睡觉似的，哪有来了这里也不出去逛逛的？他们这儿的房费可算不得便宜啊。

陶老板拿出一壶陈酿摆在桌上："自家酿的，要不要尝尝？请你喝。"

"可以吗？"

"当然可以，相逢即是缘嘛，坐吧坐吧。"

容涣本意也是要出门，找个小酒馆喝点儿酒解解闷，在房里待了几天，觉得有些闷。既然老板请喝酒，他闻着这酒香确实有些上头，便在老板对面坐了下来。老板是有一套自己的酒具的，青花瓷的酒杯，可谓氛围感拉满。老板给自己和他都倒了一杯，说："容先生是不喜欢热闹吗？"

"还行。"

"大家都跑出来看明星，就你跟柯先生在屋里头没出来，"老板笑说，"柯先生今天也是不出门啊？"

容涣随便找了说辞："他确实不太喜欢热闹。"

大概是真的都跑去看明星了，平日里还算热闹的民宿，今晚安静得不行，大厅里只有老板和容涣。

"陶老板不喜欢看明星吗？"

陶老板通透地笑说："明星有什么好看的？我更喜欢在寂静的夜里听客人们的故事。容先生有故事吗？"

容涣笑了笑。看得出来，这老板是个会过生活的人。他开这家民宿，或许不仅仅是为了赚钱，因为热爱，所以把民宿做火了，但依然没有丢弃自己的本心。

容涣想了想，点点头，微笑："算是有吧。陶老板想听吗？"

老板又把酒给他满上："我有一整夜的时间。"意为：你随便讲。

可能是觉得，这里离银水市很远，坐飞机都要四五个小时，再辗转坐车，总共得花上大半天的时间，所以容涣对这里没有什么戒心。他的故事算不上有多精彩，可跨越了他的青春。或许，他就算不能在这里久居，也可以在这里留下他的故事，后来的人听一听，就当是一乐了。

"我的故事很无趣吧，"容涣笑，"没有什么轰轰烈烈。"

"怎么会？哪怕是平凡，那也是独属于你们两人的故事啊，更何况，很精彩，"陶老板长舒一口气，"兜兜转转十余年，你坚持不下去也是必然。"

他就知道这个人身上是有故事的。容涣讲得也特别好，故事脉络都很清晰，中间应该是模糊了一些信息的，但并不妨碍他听懂这个故事。

"那我就懂一些了，你是来云镇散心的吧？"

"算是吧，喘口气。"

"听你的意思，很快就要回去了吧？"

"生活总要继续的，逃避只是一时的办法，我肯定要继续前行，"容涣抿一小口酒说，"我已经耽搁了这么些年华，也该往前走了。"

"然而对方也离开了啊，"陶老板唏嘘道，"如果你们两个身上都没了担子，就不需要去考虑这么多了。"

陶老板笑笑，忽然想起什么："几个月前，我们这里还来了一个自称失忆的男人，他的状态跟你相似，但可能更糟糕，带着一只狗，我还差点儿以为他要寻死，报了警。"

男人，带着狗。容涣顿了一下，自嘲般笑着。他已经敏感到听到这两个关键词就联想到那个人了吗？放下，前进……如果他一直这样沉醉于过去，又怎么能前进？他忧烦的，是那个人好像根深蒂固般地存在于他的脑海里，赶都赶不走。

"所以是没死吗？"容涣问着，并想着可能以后来这里的旅客也会这样听着他的故事。

"没有，活着离开了。"老板笑说，"他看起来对生活好像不抱什么希望，但又似乎……对这个世界还有所依恋。以我的直觉，我总觉得，他只是放弃了他自己。"

容涣有些怔，苦笑："陶老板的直觉，准吗？"

"还行。"

这时，店里的两只黑白阿拉斯加犬跑过来蹭蹭容涣，容涣伸手跟它们玩了玩。陶老板一看，笑说："对了，他带着的那只哈士奇还在我们店里闯了祸，打碎我一个万把块钱的花瓶，赔钱的时候，我看到了他脸上生无可恋的表情，算是意外的发现。"

因为老板觉得这表情很生动，后来再也没见过他类似的表情。

哈士奇……容涣的脉搏突突地跳，他忽然抬头问："他叫什么名字？"

"你要是问别人，我肯定不记得了，"老板说，"他，我记得太清楚了，因为他用了假身份证，还被带到局子里去了，真名他没说，假名叫'荣景'。"

"咣当——"手里的酒杯落在了桌案上，好在手摆得低，只是洒了些酒。荣景……容？景？是他吗？

◇ ◆ 07 ◆ ◇

容涣反应很快，把杯子拿起来好好看了看。

"手滑了，还好没给您的杯子砸坏了，不然……听着别人赔钱的故事，我自己也要赔钱，那可真是好笑了。"

"哈哈哈。"陶老板也笑起来，没发现什么不对。

"他用了假身份？"容涣看起来什么异常都没有，不动声色地就接着问陶老板，陶老板看不出来他跟这个人有任何关系。假身份……容涣几乎确认了那个人就是景恒。这么巧，陶老板说的每一点都能套在他身上？阿言他们说过，景恒必然用了假的身份，才能逃过他们的搜寻。不然以他们三家的实力，想要找到"景恒"这个身份在哪里出没过，还不是轻而易举的事？这样说来，他还活着。几个月前都能挨过去，过了那个坎，就不会再想着寻死了，所以他一定是在这个世界的某个角落里生活着。容涣并不希望他死，这是肯定的。他们就算做不成朋友，他也不会希望景恒因为他而出事。

"对，看起来年纪也不小，身份证应该办得蛮早的，应该是没录入指纹，就不了了之了。"

"您后来再也没见过他了吗？"

"没有。来我这儿的客人，虽然有的还会再回来，但他这才离开没几个月呢，按道理不会这么快又回来的。"

"他离开的时候，状态还好吗？"

陶老板想了想："你指哪种状态？精神还是身体？"

"身体是说？"

陶老板跟容涣说了说他房里带血的纱布。

"来的时候就有伤，后来上山不知道做什么，摔下去大概又磕着碰着哪儿，或者是老伤口撕裂了吧，走的时候我看他神色不太好，脸上毫无血色，想必是不太好的。"

容涣的眉头皱了起来，这个傻瓜……怎么会这么不小心？这也能摔下去！旧伤一定是指他自己划的那一刀，他走之前就是不听医嘱强行出院的，伤都还没好全，就又自己一个人辗转走了，身上没带够那么多钱，还带着光临，平日里一定是紧巴巴地过日子。到处躲，到处走，不说有没有钱住院，他带着想惩罚自己去惩罚景母的心，可能故意放任伤口发炎，那伤能好才怪。何必呢？你这个傻瓜……你这样做又能改变什么？

陶老板见容涣在思索着什么，便笑问："容先生怎么对这个假荣景这么感兴趣？你也好奇他的故事吗？"

容涣笑了笑："听故事，不就是会思考吗？我只是想，可怜了那只哈士奇，跟着他受苦。"

当初他把光临留在那里，也是因为算到景恒不可能对光临不管不顾。景恒一定会把光临带回家。他不想把光临留在身边，是因为不想通过任何事和物再去怀念景恒，却没有想过，景恒会不会因为光临而一直忘不掉他。

陶老板不知道他心里想那么多，只思考他提出来的问题，笑笑说："那倒不会，我看那狗啊，应该是跟他思念的人有关，宝贝着呢，自己饿着都不会饿着它。"

容涣也微笑了一下，没有再说什么。他陪陶老板又坐了会儿，喝了点儿小酒，夜就有些深了。微醺，看厅里昏黄的暖色调灯光，人也有些许的醉意。

"不喝了，"容涣放下酒杯，"再喝就要醉了。谢谢陶老板，您的酒很香，很好喝。"

"你的故事亦是，"陶老板说，"希望你下一次来的时候，我能听到你故事的结局，到时候，依然有好酒喝。"

容涣想了想，摇头："这就是结局了。"

老天爷选择在几个月后让他碰巧住进这间民宿里，就是为了告诉他，他们有缘无分。现在让他知道，景恒应该还活着，就算是给他们的恩赐了。

"这么晚了，你还要出去吗？"

"出去走走，吹点儿风醒醒酒。"容涣对陶老板微笑了一下，迈步走出了民宿。

夜里，云镇的街道都静了下来，从住处往外走的这条街，静谧无比。一些商铺已经关门了，再往外走，快走出云镇才会有几家相邻的酒吧和小酒馆，那里是整夜亮着灯光的，里面会有些人喝通宵。

容涣本来要到这些地方小酌几杯，奈何被陶老板绊住了脚，家酿的酒度数却不低，喝着聊着不自觉地多喝了些，弄得他得出来散散步醒酒。

深夜风蛮大，容涣拉起拉链，怕喝了酒出汗，一下子吹风会着凉，就捂着些。

酒吧街附近则还有个烧烤摊子，他一走近，孜然香就飘了过来。

他往那边看了一眼，坐了好几桌的人，没有单独的桌子了，不想跟人拼桌，便思考着要不要买点儿带回去。柯宇要是还没睡，能在阳台上再喝点儿啤的。这里比刚才热闹多了，又离酒吧近，门口和门外时不时有三两人聚在一起。忽地，有三两个混混模样的男人从酒吧里走出来，面上是醉酒的红，有一人走出来还踩空了一个阶梯，看起来醉得不轻。他一跌就跌到了容涣的面前，一抬头顿时怔住，醉醺醺地就笑起来："哎呀，天上掉下个大美人儿来啊，妹子，要不要进去陪哥喝两杯？"

◇ ◆ 08 ◆ ◇

那人喝醉了，一看容涣一头长头发，便以为是个姑娘，没一会儿，大概是醉了都觉得奇怪："咦……大妹子你好高啊！北边儿来的？"

这醉鬼自己身高大概一米七多，发现自己居然还得仰着头看"美人儿"。

身后两人醉得不那么厉害，往这边一走，仔细一看。

"是个男的！"

"醉傻了吧你，这是个男人！什么大妹子，眼神这么不好！"

"男人？"那醉鬼擦擦眼睛，还是不相信，甩开同伴的手，"你别骗我！这明明是个大美人！高是高了点儿，怎么就男人了！这不美着呢吗？你看，长头发！"

容涣眉头一皱，在自己头发上一扫，扫落那人的手，不悦地道："先生，你认错了,我是男人。"

"嘿——"那人眼一眯,"男人?真是男人?男人养什么长头发啊!"

容涣眉头微蹙,不想惹事,便也没搭理他们,买烤串的心思也挥去了,打算离开这是非之地,谁知那人也不依不饶地追上去,拽着他:"没事,男人更合适啊,哥请你喝酒!"

"不用了先生,"容涣清冷地回道,"我不喝酒。"

"嘿!"那人忽然大喝一声,"别给你脸不要脸啊!知道老子是谁吗!这条街还有不给老子面子的?!让你喝是给你面子!"

这人大喝一声,附近好多人都看了过去。天天有人喝醉,今天也不例外。但这醉得开始当街乱拉姑娘——欸?那好像不是个姑娘?

"那边吵什么呢?"小高探头看了几眼。

烧烤摊老板刚好送完烤串往回走,接了一句:"几个酒鬼,醉得分不清男女了,非拉着一大男人要他陪酒去。"

说着,觉得很好笑,他又笑着说:"好像是长得很好看,欸,这年头,连男人出门都不安全了。"

大家一听,都没怎么在意。男人嘛,还能怎么被欺负?别多管闲事了!估计那几个酒鬼也就是闹着玩,发现是男人之后,调侃几句就不会再闹了。

"男人?"小赵咬了一口串说,"这得是多好看,还能给认成女人了!"

"估计是太久没碰女人了,眼花了呗!"

荣景听着这些话,也抬头看过去。但那边是没光线的,乌漆墨黑的,也看不清什么,就好像是三四个人,你拉我扯的,听他们的意思,是三对一。他眉头皱了皱。

小赵一下子看穿了他的心思,劝说:"荣哥,咱别管这闲事了,都喝醉了,他们脑子都不清醒,容易闹出事来!这要是个女孩子,管管也就管管吧,可这不是男人嘛!"

"是啊,没多大事吧,闹会儿就没事了。"

小高也说:"就是啊荣哥,多一事不如少一事,上回你就多管闲事还被对方倒打一耙,赔了钱不说,差点儿蹲进去,这回咱可不兴再管了啊!"

"你们怎么话这么多?"

荣景皱皱眉,一边吃,一边盯着那边。说他多管闲事也罢,既然碰见了,就没有当没看见的理。他一直盯着,要是那边真动起手来,他肯定是不会坐视不理的。

这时,一个看热闹的人回来了,在邻座坐下,跟同桌的人解释说:"没什么事,真的是个男人,因为有一头长头发,被他们给认成女人了,别管了。"

"长得好看吗?这么不依不饶的,不会是饥不择食了吧。"

那桌的人都笑起来。

"应该好看！光线不好，我随便看了两眼，好像还不错。"

"咚"——荣景手里的串都掉了。长发？！他活了那么多年，就没再见过除了阿涣以外的男人养过长头发，或许这世上还有不少男人也养长发，可是……他的手都有些颤抖起来。阿涣？是阿涣吗？阿涣在云镇？他正发愣，那边像是动起了手，景恒一下子从座位上站了起来，未经思考便飞奔过去。

"哎，荣哥——"同桌的人全都一愣，一时没反应过来。

"跟上啊！"

刚才虽说都不管，但兄弟间讲的就是一个义气。荣景真冲上去了，那他们这边这么多人也不能光坐着等啊！起码他们过去了，人一多，从数量上压制，那边兴许就不敢乱来了。

说不过，躲不掉，容涣眉头紧锁，实在忍无可忍，拧着那只对自己动手动脚的手向反方向折去。

"啊啊啊……"那人被疼得往后退，脑子一热，大骂，"老子让你知道点儿厉害！"

容涣抬脚就往他腹部一踹，叫嚣着冲上来的那人瞬间被踹出去两米远，在地上滚了一滚，两个同伙愣在两旁。飞奔而来的景恒眼一瞪，一看一个什么玩意儿滚过来，一个飞跳跃了过去，脱口而出："差点儿被暗算！"

景恒侧身落地，啐了那人一口。而前方的容涣一怔，听到熟悉的声音，抬头望去。他站在暗处，但景恒走来的方向是有光的。他看见了一张熟悉的脸。容涣怔了怔，觉得这一切都那么不真实。他大概是真的醉了吧，在这样的夜晚，竟然出现了幻觉，看见了本不该遇见的人。

景恒，你怎么出现在我的梦里了啊？

◇ ◆ 09 ◆ ◇

容涣觉得自己醉得不轻，陶老板这酿的酒后劲挺足啊，都开始出现幻影了。他抬手用指腹按了按睛明穴，还没睁眼，就听见一道夹杂着复杂情绪的声音："阿涣？"

真的是他……景恒回过头，就看见那道被黑暗吞噬了的身影。

他原以为……这辈子都不会再见到阿涣了。

景恒站在那里，明明两个人之间的距离也就几米远，他的脚却像是被钉在了地上似的，迈不开一步。

咫尺之距，天涯之隔。

他看向容涣的双眼里染上一层水雾，望眼欲穿。容涣一顿，这熟悉而真实的感觉……他抬眼看到那个人，心下了然。原来不是梦吗？不过，留给他们感慨和重逢的时间不多，倒在地上的那个人又爬了起来，"咿咿呀呀"地叫喊着冲上去，景恒放弃隐忍，手臂抬起来就往后一肘子捅过去——烦死了！

一旁的人全都目瞪口呆，那酒鬼喷了一鼻子的血，然后直直地倒了下去，呈"大"字形，失去了意识，赶到的工友们急刹车停住，散开了些。可不能冲上去，不然就要被碰瓷了！

五分钟后，两辆警车抵达，几个小片警下车来，看着这一圈聚拢的人，头疼了一秒。

"大晚上的不睡觉，都在这里闹什么？"

"不相干的人都散了！"

警察把围观群众轰走后，再看看留在现场的一群人，眉头一皱："我们接到群众报警，说你们聚众斗殴，是不是你们几个？"

小赵弱弱地举手说："我们没有……就是有点儿小摩擦。"

醉鬼三人组，一个躺在地上，两个蹲在他旁边，哭诉说："是我们单方面挨打！看看我兄弟，都被他们打晕过去了！"

小高说："他们分明是故意装晕！刚还醒了呢！你们一来才倒地上的，想讹我们！"

那三人组才不管，仿佛跟班主任告状一般，指着容涣和景恒说："警察叔叔！就是他们两个你一拳我一拳地把我兄弟打成这样！我好好的一兄弟可别出事了啊——"

高点儿的片警走近一些，掩鼻皱眉："行了行了，别号了！叫救护车了没？"

有鼻子的都能闻到，这三人都一身酒味，满脸痞相，反观辩驳的那一群人，看穿着应该是附近工地的工人，面相都挺老实的，而被他们指着的那两人——一个高高瘦瘦、斯文儒雅，还有一个……嗯，总之看起来倒不像是那种会主动惹事的人。

"没、没……"三人组其中一个答道。

高片警说了一句："叫救护车吧！你们没参与就先散了，你们四个，跟我们回去！"

"可是——"

景恒跟他们点点头："没事，你们先回去吧，有事我再联系你们。"

小赵他们嘀咕起来："我就说别管这事吧，荣哥又惹一身臊！"

容涣说道："这事跟他们没关系，是我跟他们的矛盾，我去就行了。"

那几人当然不同意："别听他胡说！他们俩分明认识！"

小高一听就不乐意了："你别胡说八道啊！问烧烤店老板都知道，我们分明是来吃烤串的，我荣哥是见义勇为，在今天之前都没见过他好吧！"

倒是小赵摇了摇头，这会儿才仔细看容涣，一下子想起了什么来："啊啊你……你不是那天……"

那天被光临扒拉着不撒口的人吗？小高撞了他一下——你什么你啊，说了我们不认识啊！

片警看他们奇奇怪怪的，遂道："行了，还是你们四个跟我们回去！上车！"

等救护车一到，一个片警跟着一起上去，其余的都上了警车。两辆车，打人的坐一车，被打的坐一车。这就导致了容涣和景恒这辆车里，气氛异常尴尬。副驾驶座上的片警瞄一眼后视镜，心里疑惑，这两人到底认不认识啊？还是为了装作不认识，故意不说话？氛围怎么怪怪的？离得还挺远！这两人都坐在靠门的位置，中间空出了一个人的座位，仿佛互不相识一般。你要说他们不认识吧……好歹这个工地小子算是救了这个斯文人，现在连累别人进警局，是不是该说声"谢谢"？"谢谢"也不说，仿佛有仇一般，看都不看一眼。那个工地小子，倒是时不时像是偷瞄那斯文人一眼，跟做贼似的，然后又怕被发现似的，很快收回眼神。这会儿工地小子又瞄了一眼，正好这片警转过去瞧他们，逮个正着。

景恒轻咳一声，默默收回来，对着片警干笑一声。

片警拉下脸："笑什么笑，严肃点儿！"

◇ ◆ 10 ◆ ◇

被呵斥了一声，景恒收了表情，看向了窗外。车窗上映出了他的脸，脸上带着一缕无奈的神情。他怎么也想不到，他能在这座远离银水的城市再遇见阿涣，更想不到，自己会在这样狼狈的情况下与阿涣重逢。阿涣自打刚才看见他就没正眼看过他，现在上了车更是连头都没回过。阿涣现在应该很瞧不起他吧……

景恒低下头去，看见自己这一身糟糕的穿着——虽然不是在工地里干活儿时穿的那样脏兮兮的，但他们一群大老爷们儿大晚上出去吃烤串，也不可能穿得多正式，衣服没有脏到全是泥灰，但着实和"干净"两个字不搭边。这样的自己……简直糟糕透顶！这绝对是他三十年以来，最自卑的一天。自卑到等他跳脱出重遇阿涣的惊喜之后，恨不得挖个洞把自己给埋了，不想见他……景恒长吁一口气，懊悔得要命。如果他知道自己会在这天遇见阿涣，他一定把自己收拾得干干净净的，起码让他们的重逢不会那么糟糕。

在景恒胡思乱想的时候，容涣从反光的车窗上看到一点儿景恒的样子。在刚才等待片警来的几分钟时间里，容涣听到了他那群朋友的聊天，大概了解了他们的身份。他现在……是在工地里干活儿？

容涣脸上的笑容有些苦。他想起阿言他们曾经的猜测，说景恒没有身份，能干的一定只有体力活儿，没想到竟是真的。阿言总是调侃景恒去搬砖了，却没想到，还真是搬砖。曾经的云庭星河总裁，光鲜靓丽，风光无限，虽放荡不羁，却也是个翩翩公子，他那双弹钢琴、签合约的手……却用来搬砖了。这一瞬间，容涣的心里很是难受，好像被什么揪着一样，有些透不过气来。

"我能开窗吗？有点儿闷。"

"不能！"那片警厉声喝道，"乖乖坐着，别闹事！"

"哦。"

容涣点点头，依然对着窗外。

他没有主动跟景恒说话。

可能两个人都没想过会再遇，谁也不知道第一句话该怎么说。

如鲠在喉。

四个人全被关在了一间拘留室里，里面已经有了几个犯事儿被抓进来的，一直打量着他们。那俩酒鬼对他们的武力值心有余悸，所以离得远远的。先进去的几人看见容涣，都是惊讶的表情，然后都笑起来。

"警察叔叔！是不是关错地儿啦？这不是个女人吗？"

"就是啊，怎么跟我们一群老爷们儿关一起呢？"

景恒直接冲他们吼了过去："都找打吗？"

能进去的，脾气能好到哪里去，一听这话全站了起来："说什么你！"

"哎哎！"片警拍了拍铁栏，"说你呢！闹什么事！"

景恒也不怕，说："没听见是谁先闹事吗？有这么不尊重人的吗？人不犯我我不犯人！"

"犯你了吗！我就问犯你了吗？你不是不认识人家，他都不着急你着什么急？！"

"我——"景恒不收敛，"我就着急！我这人就看不惯别人说脏话！我就爱多管闲事怎么了？我不爱多管闲事我能在这儿？"

"嘿，你还跟我戗上了是吧？怎的？横得很呢？这片儿是你管呢？要不你出来管？！"

就在他俩争执的时候，先头那几人都坐了下去，蔫儿了——见过横的，没见过这横的，都进来了，还敢这么横？算了算了，看着不像是能惹的，大概是个疯子吧！

那俩酒鬼也面面相觑，挨得更近了些，心说糟了，这是踢到铁板了。

"你再横一个我看看！"

"我就——"

"行了！"容涣忽然喝道，"你能不能安静待着？"

两人正对峙着，容涣突然一声喝，把两人都喝得顿了一下。

仔细一听，发现容涣话里那个"你"，指的是景恒。

刚还跟片警争执不休的景恒，愣了一下后点头，声音都轻了几分："我……我待着……我就待着呗……"

众人：嗯？你刚才那横得上天的样子呢？你搁这儿给我演川剧变脸呢？

话虽如此，景恒还是往里看了一眼，像是在警告："反正我话搁这儿了，人不犯我我不犯人！"

那片警也懒得跟他一般见识，走的时候又猛敲了一下铁栏，警告了一句："都乖乖待着，不许在里面闹事！"

景恒站得离容涣有一段距离，他冷静下来后一想，忽然有些开心。

阿涣跟他说话了？

阿涣没有把他当透明人，跟他说话了！

◇ ◆ 11 ◆ ◇

阿涣凶是凶了点儿，可这熟悉、久违的感觉，让他有一种满满的感动。他愿意天天被阿涣凶。

容涣转身看了一眼，挑了个没人的地方。

就在这时，景恒脱下了自己身上那件略脏的外套，将较为干净的内衬翻出来，摊在容涣的身后说："总比地上干净，要不你垫着坐吧。"

景恒这句话一落下，留置室内其他人员都朝他们那边看了过去。

这两人明明是认识的！

"咦……好臭啊……"刚才跟景恒起争执的那人掩了掩鼻，"到底是谁这么臭？警官——我们能不能换一间房啊？"

外面传来不耐烦的声音："换什么换！你当你是来住酒店的吗！好好给我待着！"

不像刚才替容涣出气时那样横，这一句话落下来，景恒不用伸手摸都能感觉到自己的脸似乎在一瞬间烧得滚烫。他知道自己不干净，睡了一身汗起床，也没洗澡，又干了一天活儿，随便套了件外套就出去了，现在一脱，就算并没有臭得那么离谱，被他们这样大声地指出来……连他自己都有些不确定，他身上是不是真的很臭，还是在阿涣面前。景恒下意识地撇过头去，鼻子轻轻地嗅了一下，眉头紧皱起来。他里面穿着一件更脏的背心，但这一刻，景恒忽然觉得，他更像是没穿衣服，臊得慌。他身形微动，想要低下去把外套再捡起来穿上。唉，算了吧，说不定还真不如地上干净呢。

景恒低着头，嘴角轻抽，笑得很勉强，只是他还未完全低下去的时候，容涣忽然有了动作。

"刺啦——"

容涣脱下了自己身上的防风外套，里面是一件单衣，递到景恒面前。景恒看着自己跟前的衣服，愣了愣，心脏狂跳，却强迫自己冷静下来摇摇头："不……不用了，这里面挺阴冷的，你穿着吧。"

容涣没什么表情："热。"

几乎是不等景恒拒绝，容涣就抓起他一只手翻过来，把衣服放在了他手上，然后什么都没说，坐在了景恒让他垫着的外套上，像是丝毫不在意什么似的。

容涣的衣服盖住了景恒的右手，景恒现在都觉得自己脏得很，浑身都是丢人的污垢。景恒转过身去，他也没有穿上容涣的衣服，就是蹲坐在角落里，脸朝着墙，谁也不看。对于景恒来说，穿不穿这衣服已经不重要了，他穿上也不会改变任何事，重要的是……容涣递过来的衣服。

没有人看见，景恒的眼眶红了。

◇ ◆ 12 ◆ ◇

景恒想哭。如果不是这留置室里还有那么多包括阿涣在内的人在，他特别想放声大哭一场。复杂的情绪压着他，无比紧绷。许是觉得自己在阿涣面前把这辈子的脸都丢尽了，许是因为他们这无法言说的重逢让他觉得非常懊恼和委屈。

景恒很矛盾。

他奢侈地幻想着他们后来每一次重逢的场景，在脑海里模拟了无数次或平凡或浪漫的邂逅——不该是这样的……景恒搭在容涣衣服上的左手背被自己掉下来的几滴泪珠子沾湿了，一双手紧紧地握起来，不想被人发现，特别是容涣，所以景恒屈膝抱住，侧脸枕了下去。他闭上眼，很矛盾地希望小憩片刻后醒来发现这一切只是一个梦。

对面墙上的时钟一分一秒地走着，后面偶尔会传来一些细碎的聊天声，景恒和容涣却再也没有说过什么话。

景恒一直枕着没动，容涣也坐着。容涣经常转过去看他，看得大胆，反正那傻瓜在睡觉，也不知道他在看。或许连容涣自己都没发现，他故作冷漠的眼神慢慢地有些柔和了。容涣是个聪明人，也是个心细如发的人——景恒在他面前伤自尊了。

"砰砰砰——"刚才凶了他们的片警走过来把大家敲醒，然后开锁："打群架的你们四个，出来做笔录！"

景恒迷迷糊糊的，半睡半醒。按理说和阿涣不期而遇，他是肯定睡不着的，可又因为内心的躲避抗拒，逼迫自己与这个世界脱离而强行入睡了。所以自相矛盾，导致他半睡不醒，这会儿被敲醒，抬起了头，转头看见起了身的容涣，一下子怔住。原来不是梦，他真的在这种最糟糕的情况下遇见了阿涣……景恒蔫蔫儿地跟在后面出去，完全没了刚才那个跟人争执的气势。但是做笔录的时候，景恒被对方气得又精神了,直接跟对方吵起来。

景恒一下子站起,椅子跟地面发出摩擦声,嘴里也骂骂咧咧:"你们三个醉鬼以多欺少还当街耍流氓,没王法了?!"

一人也站起来对峙:"什么耍流氓!他不是个男人吗!我们对着一个大老爷们儿耍什么流氓?!"

"男人怎么了!阿涣长得这么好看,你们怎么就不想耍流氓了?合着动手动脚的人不是你们吗?!"

"你再说一遍!"

"我再说一百遍都行!"景恒呵斥完对方,对录口供的警官说:"他们就是对容涣耍流氓了,我亲眼所见,我就是证人!抓他们就对了,猥亵罪起步,容涣是正当防卫!"

警官一拍桌案:"坐下!"

旁边的师兄眉头一皱:"怪事年年有,今年特别多。"

"男人怎么——"景恒的话忽然停住,乖乖坐了下去,没再说什么。容涣的说辞没景恒那么夸张,就是实话实说,对方三人对他出言不逊,言辞挑衅,并且确实动手动脚,最后还恼羞成怒,他只是自卫。随后,小片警拿来了酒吧门口的监控录像,经核实,容涣说的是实话。没想到全被监控录了下来,对方顿时蔫儿了。

"其实是老马喝多了……容先生又是长头发,就把他误认成了女人。警官,是误会、误会……"

"误会?刚问你们怎么不说是误会!"

在警官的调解下,双方同意了和解。容涣毕竟没有什么损失,他虽是自卫,却也有些自卫过当,把对方打进了医院——尽管那人也没什么大碍,但多一事不如少一事,他来云镇游玩,也不想惹一身麻烦回去。

"签字吧,然后各自叫个担保人过来交保释金。"

容涣在云镇只认识柯宇一个人,好在柯宇还没睡,电话打过去就接了,说很快就过来。景恒一下顿住——阿涣不是一个人来的?和谁……

"咚咚咚——"警官用指关节敲了敲桌案:"叫人!"

景恒回神:"我手机——"

"你做什么梦呢?你来的时候就没交手机!"

糟了,手机好像落在烧烤摊了。

那警官看了看容涣说:"你俩不是认识?让他给你叫个共同朋友吧。"

景恒答得快:"我们不认识的!"

容涣没说什么。

"我自己担保我自己不可以吗?"景恒干笑一声,"或者……要不我再回留置室?你们关我一晚上算了,唉……"

他不知道容涣给谁打电话，但是他清晰地听见，电话那头是个男人。他们认识了十几年，从来没听说过阿涣还有一个他们之外的男性朋友，那人和阿涣甚至关系好到一起来云镇旅游，所以……应该是阿涣刚认识不久的朋友吧，都亲密到一起出来旅游了。

——阿涣有了除他以外的朋友。

景恒两只手插在裤兜里，好像一副无所谓的样子，脸上的笑却比哭还难看。

◇ ◆ 13 ◆ ◇

忽然，另一个小片警匆匆过来："师兄！你看这个人，是前几个月那个想不开的？"

"谁？"他们谈话的时候，视线分明是落在景恒身上的。

"就是那个用假身份证，还自己一个人跑到山上去寻死的！"

容涣眼一抬。

景恒连忙道："你不要胡说啊！我什么时候去寻死了？我……我只是看山上风景不错，我……我是去看星星！是不小心跌下去的。"

"哦……是吗？"那小片警也狐疑着，"那可能是我记岔了，但你肯定是用假身份证的那个！你还在云镇附近呢？"

那俩酒鬼一听，再一联想这个人的各种举动，眼睛都瞪得大大的——那么暴力，还用假身份……他该不会是什么在逃通缉犯吧！

"哦……荣景……是你，是你没错！你还没恢复记忆？"

大家对这个人印象还蛮深刻的。毕竟寻常多少年不会遇见一个说自己失忆了的人，这种只在电视剧里出现的情节，想转头就忘掉也难。根据调查回来的资料，这个失忆的男人从那次走了之后，就辗转在小镇外的工地上谋生，其间还算遵纪守——哦，不对——"你在隔壁镇也闯过祸？"

景恒干笑一声，刚好对上容涣看过来的视线，更尴尬了。阿涣会不会以为他堕落了之后就整天没干正事，到处惹祸？

警察仔细一看，这人竟也不是第一次"见义勇为"了，上一回就是路过，见路边俩小情侣吵架，男的动了手，他就上去把人揍了一顿，算是个好心没好报的下场，女方后来反而怪他打伤她男朋友，最后赔点儿医药费私了了。

"你手机放哪儿了？"

"落烧烤摊了……不知道还在不在。"

这年头没手机寸步难行，总不能一直让他待在这儿，警官就派了个人去烧烤摊，看看还能不能找回来。

柯宇接到容涣的电话后就换了一身衣服，全副武装地下楼，只是刚一下去，就听到外面有不小的动静，便躲在了角落里，怕遇上什么人。这家民宿不大，能住下的人不多，再加上房费也不便宜，所以节目组应该只是给明星订了几个房间，剩下的工作人员则是住在这附近的其他地方。有两个人轻声说着什么走过来，柯宇听着对方的口音，觉得好像有点儿熟悉，便偷偷看了一眼。

"顾安言？"

"嗯？"

顾安言听见有人喊他，转头一看，角落里有个挺高的人，戴着帽子、口罩，遮得还挺严实，一时也不知道这人是谁，正疑惑着，柯宇把帽子和口罩一摘："是我。"

"噢！"顾安言眼前一亮，"柯先生？"

"柯宇？"顾安言身旁站着的，不是沈向霆是谁？扫过去一眼，沈向霆没什么表情。他们不熟，但沈向霆还是知道他的。柯宇一看是他们两个，就放松了警惕："原来来这里拍节目的人是你们啊，我还以为是谁呢。"说着，后面又传来了一些说话声，是节目里的其他几位嘉宾过来了。前方不远就是向往二人组的房间，顾安言看柯宇像是不想让人发现，就让他进去再说。忽地，顾安言记起了什么。他的第一直觉告诉他，难道说……

"柯先生怎么会在这里？"

"我跟阿涣来云镇散散心。"柯宇没有隐瞒。

顾安言想，果然如此。

原来上回柯宇就是问容涣这件事，出去散心啊……

"哦？怪不得听他妹妹说他的诊所要关一段时间，"沈向霆说，"原来是散心来了。你俩挺熟？"

这事连沈向霆他们都不知道，就连容瑶也只知道容涣要出一趟远门，去哪里、跟谁去，他们都不清楚。

"应该算蛮熟吧？"柯宇说，"看来他没跟你们说过我，我是他学长，我们上的同一所医学院。"

"啊……原来是学长，"顾安言恍然大悟，"那容医生还真没跟我们说起过。"

"确实。"

沈向霆也点头，那八九年，是他们联系最少的时候，大家出于各种原因天各一方，再没有像之前一样跟彼此分享自己的生活。容涣和景恒时常会在新闻上看到沈向霆的动态，但只要他们两人不说，沈向霆就无从得知他们的情况。容涣没跟他们提起过医学院的任何事，他们自然也就不知道他还有个关系比较好的学长。

柯宇笑笑说："想来是不重要。"

这话是柯宇自己说的，但他们是不能附和的。

顾安言问："那容医生呢？怎么只有你一个人出来？"

"要说的就是这件事!"柯宇拉回正题,"我知道你们是朋友,所以才要跟你们讲的,阿涣他出事了!"

◇ ◆ 14 ◆ ◇

一群人大眼瞪小眼。

"你们不是……"几个片警看着三位来访者。柯宇的名气没那么高,有些人不认识,顾妄言今年刚火,不关注演艺圈的,也可能不晓得。但沈向霆红了那么多年了,拍的又都是优质电影,很少有人会不认识他。再加上有明星来云镇拍节目已经不是什么秘密了,不难猜出其他两人也是明星。

这是什么日子?

柯宇过去帮容涣交保释金了。

景恒直接背过身去,低着头——这简直就是屋漏偏逢连夜雨,遇见阿涣也就算了,竟然连沈向霆和顾妄言都在!因为着急避开,他连跟他们同来的那个人长什么样都来不及去看。能不能给他一点儿悲伤的时间?没看见他正难过吗?阿涣有了新朋友,他已经难过得想哭了,他俩来捣什么乱?

另一边,容涣也有些惊讶,没想到,跟他们同住一家民宿好几天的人,竟然是阿言他们。

出去找手机的小片警这时回来了,冲着景恒这边喊:"那个荣景——你手机找到了!"

景恒使劲低着头,冲身后摆摆手——别喊我!

"手机!手机还要不要了!"

沈向霆从片警手中接过手机,说:"我是他朋友,我来保他。"

那人一愣,啊?手机刚拿到啊,他朋友从哪儿收到的风声过来的?

景恒感觉到有人拿手机敲他肩膀,也没回头,抬手抓住了手机,低声说道:"谢谢啊。"

然而,他扯了一下,没从对方手里扯出手机,使劲又扯了几下,还是没成功,于是偏了个头说:"给我就行——"

沈向霆这才松手,站在他身侧:"景恒,闹够了没?"

那俩酒鬼被朋友保了正打算离开这里,路过的时候听到了这么句话,面面相觑。什么玩意儿?就他?

景恒侧身看了看沈向霆,说:"你认错人了,我叫荣景。"

沈向霆笑出声:"躲,你能躲哪儿去?不说我一进来就看见你了,你跟阿涣都见过面了,就算在这儿让你躲过去,阿涣就不跟我们说了?你能连夜逃离云镇怎么的?"

荣景……还真如他们猜的那样，弄了个假名。

真有你的，景恒！

◇ ◆ 15 ◆ ◇

景恒还是否认，遮着自己的脸："你真的认错人了……"

那俩酒鬼好像还要再听听八卦，被片警赶了出去："闲杂人等赶紧走，留在这里干什么！"

那几人被轰了出去，又有小片警过来问："你们真认识？要是认识可就太好了！他失忆了，在我们云镇附近待了有好几个月了！怎么这么巧，你们是朋友？"

"朋友？真是朋友？"其他人一听也纷纷看过来，"啊，所以你们是看了我们公众号发的消息才赶到云镇来的吗？"

奇怪的是，他们的号就是一个小公众号，几个月前把景恒的大概信息发了出去，也没抱什么希望，没想过真的会有人看见，并且找过来。

那小片警还替景恒开心："荣先生，这可太好了，你朋友来领你了，你终于可以回家了！"

"我不认识他们！"躲无可躲的景恒站起来，有些烦躁地说，"他们认错人了！"

片警笑说："你都失忆了，你当然不认识他们了。"

"我……"

沈向霆对他们抱歉地道："不好意思，我朋友给各位添麻烦了，我们这就领他走。"

"虽然我想不到你们有什么理由撒谎，但是按照规矩，我们还是得先核实一下才能让你们把人带走，不然……他又失忆了，这事不好交代。"

以防万一嘛，还是得先核实一下。结果这不核实不知道，根据沈向霆提供的身份信息，一核实，好家伙，那人确实是银水市一高门大户家出走的继承人！景家不间断地发布过很多寻人启事，系统已经把他列为了失踪人口，照片、信息等，全都对上了。还"荣景"？他不是景恒是谁！查询的师兄看看屏幕上显现出来的照片，再看看眼前自称"荣景"的男人——除了黑了点儿，皮肤差了点儿，看起来沧桑了点儿……五官是一模一样。

"你是怎么……"

从照片上这个翩翩公子，混到了今天这个样子的？

警察话到嘴边又都吞了回去，觉得可能会有些打击他，还是算了。不过想想觉得也是，他是失忆辗转流落到了云镇，又在工地里干了几个月的活儿，浑浑噩噩地过了这么些日子，变成这样也不奇怪——沦落到这个地步，也蛮可怜的。

"还好你的朋友们来接你了，恭喜你，景先生，结束了流浪的生活。需要帮你联系你的家人吗？"

景恒还没回答，沈向霆便说："不用了，人找到了就行，我们会负责联系他的家人的。"

"也行，那来这边签个字，人你们就可以领走了。"

"知道了。"

事实摆在眼前，景恒根本没办法否认自己的身份。他沉默了。他不能不听话。一旦把事闹开了，沈向霆兴许就直接联系景家了。他现在最重要的是从这里出去而不惊动景家。

沈向霆想来也是这么个意思，才会阻止他们给景家打电话。

容涣等三人早就已经出去了，沈向霆这边办好景恒的手续也跟着出去，看那三人站在马路边的路灯下，不知道在聊些什么。

沈向霆不管景恒是不是否认了，站在他身边说："有没有觉得这场景很熟悉？"

是有些熟悉，景恒想。上一次他们四人一起从警局出来，还是容涣在飞机上打了人，他和沈向霆收到消息，马不停蹄地赶了过去，生怕好友受了什么委屈。但这次，他是被捞的那个人。

沈向霆微微一侧身，看了看景恒，"啧"了一声："你怎么把自己搞成这样了？"

景恒微低着头，没有看沈向霆。他穿上了自己脏兮兮的外套，而容涣的外套挂在他的手臂上。他把阿涣的衣服弄得脏成这样，肯定是不能就这么还回去的。

景恒忽然站到离沈向霆几步远，干笑一声说："沈大明星还真是平易近人，也不怕挨着我把自己弄脏了。"

沈向霆睨了他一眼，没说话。

"托了你朋友的福，被捞出来了，不管怎样，今天谢谢你啊，你们是大明星，赚钱多，这点儿钱我就不还给你了，你就当是做了个慈善吧！"

沈向霆看着他走到容涣面前。景恒藏在衣服下的手紧握着，指甲紧紧地抠着自己的手掌。他一过去，那三人就都看着他。景恒的视线在柯宇身上停留了一秒。景恒不认识柯宇，但此时此刻，他觉得自己和他们四个，完全是两个世界的人。柯宇挨着容涣，那个站位刺得他眼睛生疼。

他吸吸鼻子，打了个哆嗦说："没想到小镇夜里还挺凉，鼻涕都冻出来了。容先生，把你的衣服弄脏了，我带回去洗洗再还你啊。你们住哪儿啊？"

容涣还没说话，顾妄言便说："云水楼。"

景恒又一笑："真不愧是大明星，住那么贵一晚上的酒店，抵我好几天的搬砖钱呢。那行，我洗干净了给你送过去啊。"

景恒又吸吸鼻子："很晚了，我得赶紧回去睡觉了，明儿一早还得起来搬砖。那……拜拜。"

那三人都没怎么说话，就听着景恒自说自话。说完，景恒也不等人回应，转身就走了。凌晨的街道很安静，景恒走的方向只有他一个人，昏暗的路灯衬得他孤独的背影更显萧条。顾妄言一想景恒离开前从容涣和柯宇身上扫过去的眼神，无奈一笑——怎一个可怜了得。

番外二篇

温情蔓延：遇你

◇ ◆ 01 ◆ ◇

熊熊烈火像是连接了天与地，仿佛要冲上天际，坍塌的小木屋里，到处都是噼里啪啦的火声。

"小哑巴！"

一个脸上被浓烟熏得脏兮兮的短发小孩跪在坍塌的房屋地上，身下是横竖交叉的木板，木板中间露出一个小洞。在那之下，一个看起来更小的小男孩躺在废墟之上，咳嗽着。短发小孩捡了块木板往下面的男孩身上丢："小哑巴，你别睡着！把手给我！"

小男孩被砸醒，摇摇晃晃地爬起来，踩着杂物堆把手伸了上去。勉强抓住后，短发小孩使劲把他拉了上来，一瞬间，周围塌陷得更厉害了，刚才小男孩待着的地方已经什么都看不见。小男孩并不是真的小哑巴，坐在地上说："别跑了，我们要死了。"

"我可不想死！快起来啦，喀喀……那边，我抱着你，你往外顶。"

短发小孩比小男孩高出不少，蹲下去，吃力地抱起他的腿："你……你快点儿……喀喀……我没力气了……"小男孩用手里的木棍用力往上捅了捅，终于破开一个口子，外面的天已经黑了。"有希望了！喀……你快出去，小哑巴！"小男孩丢了木棍，两只手横开撑住，迎面一股火热的风浪袭来，往后倒了一些。

"抓紧一点儿！"底下的短发小孩五官紧皱，用尽了力气让小哑巴踩在自己的肩上，奋力地喊了一声，死命地站起来把他顶上去。

小男孩终于爬出了废墟，回头伸出手。而短发小孩因为用光了力气，连站都站不住，浑身软绵绵地坐在了地上："喀喀……你拉不动我，去叫人！"

小男孩摇摇头，趴在外面："手给我！"

"你别管我，喀喀喀……"浓烟呛得短发小孩连说话都困难，"小哑巴，如果我出不去……就把我葬在我爸爸妈妈旁边——"

话没说完，本就不坚固的小木屋不断地塌陷，小男孩也从顶上被震了下去，滚到了外面的杂物堆里，后脑勺往一块木板上一撞，顿时头昏眼花。巨大的火焰将小木屋吞噬，他看着那堆废墟一般的地方，渐渐闭上眼睛："Annika（安妮卡）……"

"嗯……"

"曼姐？"小助理推了推韩晴曼，"醒醒……做噩梦了？"

韩晴曼晕乎乎地醒来，接过白笑递过来的纸巾，擦了擦额头上的虚汗，问："我睡了多久？"

"半个小时。"

"哦……那还行，能再睡会儿，"说着，韩晴曼又躺回了休息椅上，"还有半个小时才开场呢。"

白笑哭笑不得："姐，化妆还要时间呢，别睡了，咱该起来化妆了，妆发老师就在门外等着呢。"

"啊……不能不化吗？"韩晴曼躺在那里，眼睛往上一瞄，"我不能做第一个素颜出镜的女明星吗？"

白笑拉着她的手拽她："不可以不可以，回头我要挨杰森哥的骂了，女明星姐姐，你行行好，救我一命吧。"

"哎，"韩晴曼被她拉起来，一把抱过小助理说，"和漂亮妹妹贴贴，女明星需要起床的动力。"

对于自家姐姐爱开玩笑这件事，白笑早就习惯了。他们家这位姐姐啊，最喜欢香软的妹妹了，所以女孩子们也都喜欢跟她玩。据不靠谱的一个统计，女工作人员最喜欢跟韩晴曼合作，又香又美的大姐姐天天跟你要抱抱，这谁能拒绝啊？而且跟韩晴曼合作过的人都知道，她最看不惯有人欺负女孩子，在这个圈子里工作的，不少都要受气，韩晴曼曾因为帮一位工作人员小姐姐出头，被一个品牌方封杀了。不过韩晴曼并不在意这些："封就封嘛，有什么大不了的？"

当时白笑都要哭了："姐姐，这可是我们好不容易才抢下来的资源！现在丢了，你好歹表现得难过一点儿吧！"

"不行！"韩姐姐正色道，"我'佛系艺人'的人设不能崩。"

白笑："……"

白笑开了门，让妆发团队进来。

大家都是老熟人了，韩晴曼熟络地跟他们聊了几句。

"怎么回事啊曼曼，这脸这么烫？"

白笑说："我姐刚做噩梦了，睡得满头大汗。"

化妆师笑说："曼曼还有怕的？什么噩梦啊，居然能吓到我们天不怕地不怕的曼曼？"

韩晴曼往上一看，笑说："没什么，就是有点儿鬼压床，一下子起不来。"

白笑在一旁玩手机，抬眼看了看说："姐，要不要给你约个医生啊？你最近老是睡眠障碍，是不是压力太大了？"

"我能有什么压力啊？瞎担心。"

化妆师笑："我知道为什么。"

韩晴曼："为什么？"

化妆师小姐姐因为跟韩晴曼很熟，直接往她心口戳了戳说："我们曼曼这么'凶'，我是鬼我也喜欢压你呀，哈哈，多软呀。"

"多讨厌啊，"韩晴曼哈哈一笑，护着自己说，"小流氓！"

"好了，看看，喜欢不？"

"喜欢。"韩晴曼瞄了一眼就笑盈盈地搂着小姐姐的腰，"我美妮的手化出来的妆，那还用质疑？"

"哎呀……这演艺圈的明星要都跟你一样好伺候，我至于天天被气吐血吗？"

"谁又欺负你了？姐姐给你做主！"

"没什么，"小姐姐笑了笑，"没什么大事。"

都是些鸡毛蒜皮的争执，韩晴曼人好，她也不能真的拿韩晴曼当"工具人"使啊。有些气受过了就过了，没必要追究到底。

白笑拿来了赞助商的首饰："来，姐，快戴上。"

韩晴曼有点儿嫌弃："好丑啊，谁挑的？"

"不会不会，我姐这么漂亮，多丑的都能驾驭！"

韩晴曼一边任她摆布，一边没什么力度地威胁说："笑笑，你下次再给我戴这种丑东西，小心我把你开了！"

"是是是，"白笑给她扣上，笑说，"可是姐姐，把我开了，你上哪儿找一个又听话又可爱的小助理呀，还天天给抱的那种？"

"哎呀，大意了！"韩晴曼一听就笑了，伸手就抱住，"说得也是，笑笑最可爱了，又白又软。"

旁人瞪大眼睛：这位女明星，请你注意影响！

"想什么呢你们？"韩晴曼戳了戳白笑的脸蛋儿说，"我是说我们家笑妞儿的小脸蛋，龌龊！"

◇ ◆ 02 ◆ ◇

这是一个品牌方准备的商业活动，韩晴曼受邀参加。据说主办方是沈向霆和顾妄言的粉丝，做的本季主打也是蹭的一些周边型产品，但那二位自打拿了奖之后，身价水涨船高，已经不是他们这种小品牌方请得起的了，主办方便请了韩晴曼。韩晴曼虽然知名度高，出场费却没那么高，很大程度上也跟她比较"佛系"、不太爱做宣传有关系，并且她出演的作品都不是什么迎合观众的主流类型，属于有口碑，人气却并不相符的情况。今年她在网络上特别火爆，再加上《绝命追杀令》的爆火，让她的人气也大涨了一波。

女明星的三十岁，已经不是女艺人中的黄金年龄，演艺圈最不缺的，就是青春靓丽的美少女。在这个制造身材焦虑和年龄焦虑的年代，好的剧本稀缺，很少有那种专注事业的女主型剧本。所以同为三十岁，女艺人能拿到的资源远远少于男艺人，这是市场所决定的。

"女、三十岁"，在投资方眼里，就已经属于第一批被划掉的人选。

主持人刚好问到这个问题："曼曼现在是'三'字头了，对于未来的路会有一些什么特别的规划吗？"

活动现场有粉丝纠正："还没'三'呢！"

现场的粉丝算是克制的，但正在看直播的却并不这样，纷纷指责主持人这个问题不礼貌，好端端的问什么年龄？三十怎么了？三十吃你家饭了？管那么多！

韩晴曼对着粉丝那边笑了一下："快了快了，过完年我就三十了。"

看着自家漂亮姐姐毫不避讳年龄的事，粉丝们笑了起来："还没呢！"

韩晴曼回答了主持人："规划啊……没什么规划啊。"

"据我所知，这个年纪的女艺人会比较尴尬，很难接到一些好剧本。"

"不会啊，"韩晴曼笑说，"我接的剧本都很好啊，而且我多显年轻啊，有人说我看起来最多才二十四呢，那再化个妆，靠我精湛的演技，演个十八岁也是绰绰有余的啦。"

"哈哈哈，"主持人被逗笑，"其实三十也很年轻，我只是就演艺圈的现状而言。曼曼要是演十八岁，我一定追着看！各大投资方多看看我们曼曼！"

韩晴曼笑着摇摇头："没有啦，我开玩笑的，我哪会去演十八岁装嫩啊？但规划确实是没有的，太'卷'啦，我'卷'不动了，要是没戏拍，那我刚好可以闲一闲，环游世界什么的。"

"啊啊……不要啊……"

粉丝们纷纷痛哭，也不能"佛系"到这个地步啦！

"曼曼不愧为'佛系'艺人。"

"那当然，"韩晴曼眨眨眼，"人设不能倒。"

工作结束后，韩晴曼回到了保姆车内，脱下高跟鞋，拿了个抱枕垫在身后，侧身躺靠着。白笑一上车就看到她这个姿势，赶紧把车门关上了，免得被围在外面的粉丝瞧见。

"姐……你注意点儿形象，咱还在外面呢！要是被曼妥思们看见，'滤镜'

要碎一地啦！"

韩晴曼拿了一支棒棒糖叼在嘴里，打开手机刷消息，用无所谓的语气说："那你刚当我助理的时候碎没碎啊？"

白笑想了一想，笑起来："好像没有欸……"甚至更喜欢了，她就像邻家大姐姐一样，完全没有明星的架子，很有亲和力。

"那不就得了，"韩晴曼笑笑说，"既然你不会，他们也不会，就算会……碎就碎嘛，还有人不知道我不红吗？"

"哎呀姐姐，你可别在外面瞎说啊，你可不会不红，小心被人说显摆，招人嫉妒。"

他们家曼姐，就算没有火到天边去，也不至于不红呀。

"哎呀呀，"韩晴曼叹了口气说，"我干吗要为别人活啊？黑就黑吧，又不是第一天被黑了，少点儿通告，我也轻松嘛。"

白笑无奈地摇摇头："我说姐姐，你到底来演艺圈干吗来了？简直就是一条咸鱼嘛，别人家的女明星那多努力宣传啊，哪像你似的，对手都打到家门口了，眼都不抬一下。"

"哎哟……多累啊，演艺圈都这么'卷'了，咱们自己人就不要打架了，打工人何必为难打工人，"韩晴曼说，"我啊，嗯……那我上的是电影学院，毕业了不进演艺圈进哪儿？"

"话是这么说没错……那你干吗进电影学院？"

"我想做的事，家里的情况不允许……"韩晴曼抬了抬眼，"我对别的又没兴趣，就抓阄选了一个。"

白笑当了她助理那么多年，还是第一次听说这事："真的假的？抓阄？"

这听起来怎么这么不靠谱啊！对其他专业不感兴趣，所以抓阄上了个电影学院，平平无奇毕业进演艺圈，再"佛系"拿了个奖？

"真的啊。"韩晴曼眯眼笑了笑。

父亲是独生子，她也是独生女，他们韩家现在只剩她一人。打消了杂念，她决定做一个普普通通的女孩子，活在沈家为她撑开的保护伞下。可这样的日子，终究不是她心里最想要的。

◇ ◆ 03 ◆ ◇

白笑没有再多问什么了。

韩晴曼身边的团队对她的了解并不比普通大众多。他们只知道韩晴曼跟沈家走得很近，至于具体和沈家什么关系，谁也不清楚。白笑只跟着去过韩晴曼的公寓，自然就以为她是自己一个人在外面住。一般没什么事的时候韩晴曼也不会喊他们,喜欢亲力亲为,有时候连去片场都不带她。要说别的女明星去哪儿都是大助理小助理身边人带得满满当当的,但他们曼姐不一样,一个人单枪匹马,愣是把自己活成了十八线小明星。

"叮咚叮咚——"韩晴曼收到了老同学的几条消息。

"曼,我刚还看你直播呢。"

"你这心态也太稳了,羡慕不来啊,我就不行,我家里没矿啊。"

相处多了的老同学就会知道,韩晴曼是真的"佛系",不在意什么星途不星途的。

韩晴曼回:"钱多有多的活法,少有少的活法,看开点儿啦。"

宁娜:"那你是家里有矿啊!"

韩晴曼:"我没有啊。"

宁娜:"胡说!老同学们都知道,你家里一定有钱极了,我们都猜你家里有矿!"

韩晴曼:"哈哈,真没有呀。"

沈家确实属于"家里有矿"的情况,可他们再怎么对她亲切,把她当家里人,韩晴曼自己却并不能真的完全把自己当作沈家人。她做不到心安理得地去花沈家的钱。沈家把她养大,供她生活、念书,这些恩情已经很难还了。她赚钱之后,就很少再去花他们的钱。她始终不姓沈。没有血缘就是没有血缘,这种界限感会一直存在。沈家都是大好人,可他们越是这样,她就越是受之有愧,他们并不欠韩家的。现在她说不上有多富,但养活自己、让自己舒舒服服地过日子还是没问题的。她"佛系"是她性格使然,跟沈家有没有钱无关。但显然,她这种生活态度,给别人的感觉就像是家里不差钱的千金大小姐,再加上韩晴曼的涵养和气质,以及温明月总是给她买很多名贵的衣服首饰,周围人免不了要那么认为。

韩晴曼:"你最近怎么样啊?忙吗?"

宁娜:"唉,忙什么啊?我不像你,有实力派演员光环,我们这种年纪大又没名气的,试戏就跟菜市场买菜一样,让人挑挑拣拣。三十岁是个坎啊……导演一听就不要了。"

宁娜:"其实也不怪导演,投资方就是那么要求的,女一、女二的年龄就卡死在那里,要二十岁左右的。"

宁娜:"我已经放弃了,前两天去试了一个女一的阿姨角色,还不知道能不能过呢。"

韩晴曼:"太夸张了吧,你才三十啊,怎么就女一的阿姨了?"

宁娜:"哈哈,校园剧,女一就是一孩子,剧里年龄是十五岁,请个二十来岁的小朋友来演,我可不就只剩阿姨的戏了?"

不火是原罪,宁娜既不是不漂亮,也不是没演技,但就是演到现在也没火过,像她这样的,演艺圈一抓一大把。本身在演艺圈混,就是天时地利人和缺一不可。

韩晴曼也说不了别的，安慰了宁娜几句，这种事，她也没什么办法，都是命。说到最后，宁娜又感慨了几句："早知道……也不坚持那么多原则了，像闵秋多好啊，青春靓丽的时候抓住机会，一路顺风顺水，各类奖项拿了个遍……"

韩晴曼顿了一下，说："没证据的事还是不要乱说了，免得让人抓到把柄。"

韩晴曼："别胡思乱想了，都坚持到现在了，何必再后悔？有所得必有所失，我们并不知道别人得到那些风光的时候都付出了什么。"

韩晴曼："人生路还很长，我们又不是只活三十岁。"

宁娜过了会儿才回："抱歉啊，跟你唠叨了些负能量，最近心情不好，总多想，也想过自己的坚持是不是错的，但听了你的话之后豁然开朗！"

韩晴曼："没事，改天约饭啊。"

宁娜："可以啊，我听他们说要开同学会，到时候赏个脸呗，好久没见你啦。"

宁娜："不过闵秋好像也会来，你俩不是不对头吗？你要是硌硬就找个借口别来了。"

韩晴曼："我倒是无所谓啦。"

宁娜又说了些别的。

韩晴曼问："你们为什么都说闵秋是我死对头啊？我也没跟她闹过啊。"

"好家伙！"一说到这，白笑就来气，"他们家每次宣传都得提你一句，好像没了我们就不会独立行走一般，热搜必带你，这还不算死对头？"

"这算什么死对头？我都没有要跟她对立啊，我们可是老同学。"

白笑翻了个白眼："那大众能不知道你们是老同学吗？就因为你们是老同学，媒体记者才老拉你们两个一起遛。"

韩晴曼和闵秋作为他们那一级名气最大的两位女明星，在各种场合都会被拉出来作比较，从长相到身材再到演技和拿过的奖项，什么都要比一比。一开始两人的步伐差不多，但这几年闵秋的名气大涨，出场费、片酬更是一直往上翻，如今甚至比韩晴曼高出了几倍，媒体记者没少拿这个嘲讽韩晴曼，因此才会有"过气女星"的说法。结果呢？这"对家"都踩到头上来了，他们曼姐每次还都是不争不抢的态度：她踩任她踩，理她算我输。

"姐，咱们真的不能再忍气吞声了！再不想想办法，她能爬到我们头上了！"

"呸呸呸，女孩子家家，说话怎么这么粗——"

"吱——"

一个急刹车，韩晴曼的身体跟着惯性晃动，在摔下去之前，她一只脚蹬住了椅背。

"会不会开车啊！我是绿灯啊！"白笑解了安全带，风风火火地下去要找人算账。

"哎，笑笑——"韩晴曼来不及阻拦，白笑已经跳下了车。

韩晴曼坐起来一些,从挡风玻璃处往外看,就见一个戴墨镜的西装男人把白笑逼得一步步往后退。

◇ ◆ 04 ◆ ◇

她们这辆车正要右转进小巷,对方那辆车从左方直行而来,显然是想逼停她们。要不是白笑反应快打了个方向,两辆车可能会撞上。白笑看起来是个可爱的"软妹子",实际上性格却不软糯,见自己占理就要下去讨说法。韩晴曼往外一看,就发觉这气氛不太对,下了车。

"姐!你别下来啊!"白笑回头跟她说了一声,又对着那个西装男说:"闯红灯你还有理了是吗?你给我过来,不说清楚不能走!"

西装男看起来也不是想惹事的样子,拿出一纸一笔,写了一串数字丢过去:"联系我,给你打精神损失费。"

那纸掉在白笑的脚下,把白笑给看愣了。这啥态度?拿她们当乞丐打发?!韩晴曼走到白笑身旁,蹲下去捡起了那张纸。

"曼姐——"

韩晴曼抓着西装男领带靠过去一些,笑说:"我许你动我家妹妹了?"

白笑正想说什么,忽然看到那西装男的右手伸向自己的身后。

"曼姐!"白笑冲上去,把韩晴曼往回拉,"算了姐,我们不跟没素质的人吵,我们走吧。"

韩晴曼一双明亮的眼睛眨巴眨巴。

"我才有点儿兴致——"

白笑眉目紧皱,不住地摇着头,还用口型说了个字。

韩晴曼开启了猜字模式:"强?不强啊,看着像个菜鸟。"

白笑惊恐,脑袋摇得更厉害了。她之前听人说连城不安宁,还以为是夸大了,今天一见,简直震惊。

两姑娘还没成功地对上暗号,韩晴曼就忽然抱住白笑,将她摁到怀里,另一只手抓住那西装男的衣服一拽,左脚往他侧腰处一踢,西装男跟跄一下,险些摔倒。

西装男瞪大眼睛:"你松开我!"

韩晴曼努了努嘴:"这么凶啊。"

西装男后退一步:"你知不知道你现在是站在谁的地盘上?"

韩晴曼一笑:"那你又不知道,你们焰总还得叫我一声姐姐?"

白笑:"……"

姐,这"姐"咱可不兴当的!韩晴曼却也没继续要动手的意思:"小焰焰不出来见见姐姐?"

车外的西装男脸上露出震惊的神色。他们看不见里面，但里面的人一定能看见外面的情况。韩晴曼笃定，温景焰一直在看着外面——从她下车开始。在连城，没有人不知道温氏的商业帝国。

在白笑和保镖都目瞪口呆的时候，那车窗终于慢慢地降了下去，温景焰微微侧脸，面无表情地看着外面："废物。"

白笑身体一震。

她都没回头，就感觉身后好像忽然有一股巨大的凉意爬上她的背，麻得她直颤。怎么会有人随便开口说两个字就让人产生一种恐惧感？白笑再抬头看他们家曼姐，气定神闲……她有点儿呆住，不愧是他们曼姐，泰山崩于前而色不变，牛啊。

那保镖跟白笑差不多，似是知道自己会有什么惩罚，身体已经开始颤抖："对不起焰总……"

白笑内心慌得一颤，焰总！传说中的温景焰？！刚才韩晴曼喊"小焰焰"时，白笑还没反应过来那是谁，现在一听他手下喊了一声"焰总"，顿时慌了。完了完了，她们摊上事儿了！身后传来开车门的声音，白笑被韩晴曼一拍肩膀："别怕，你先回车上。"

接着，韩晴曼就抓着她的双肩将她向后推去。白笑如梦初醒，猛地停步，回头说："我……我不怕！"她怎么能把曼姐一个人丢在这里面对可怕的人啊？韩晴曼被她逞能的样子逗笑。小丫头片子也就是假凶，她这性子还是在演艺圈里养成的，有时候不凶一些就镇不住场子。让她对付普通人或许还行，可今天这场面，她是没见过的，不怕才怪。

"行，那你乖乖站我身后，别乱跑。"

韩晴曼倒是不怕的，多大点儿事，就算这里是比较偏的巷子，没什么路人经过，但也不至于有生命危险。白笑咽了一下口水，她说是不怕，可看着那车上下来的男人，就已经想抓着她曼姐"嘤嘤嘤"了。这个男人好可怕啊，一身正装，看起来道貌岸然，再怎么看都不像是什么好人。男人一下车，只是睨了那保镖一眼，那保镖吓得赶紧求饶："焰……焰总，不会有下次了！"

"道歉。"

保镖抬头，一脸茫然：什么？

温景焰往韩晴曼那边看了一眼说："韩小姐可是正义使者，你动了人家的人不道歉，小心她割了你的舌。"

要不是他看起来太可怕，白笑真的想撑两句：你这个人，胡说八道些什么哦！我们曼姐这么温柔可人、善解人意的美女姐姐，怎么会做这种可怕残忍的事！

韩晴曼却嘴角勾了一下——哦，这弟弟果然不乖啊。然而她也没生气，反而笑盈盈地接说："是的哦，我杀人不眨眼，吃人不放盐。"

白笑瞬间点点头：对，我们超凶！

◇ ◆ 05 ◆ ◇

保镖从来没遇到过这种情况，所以他有点儿蒙了。听焰总的意思，这显然不是真心话，那他到底是道歉还是不道歉？

温景焰："还不向韩小姐和韩小姐的朋友道歉？废物，连车都不会开。"

那保镖也不知道怎么办了，连滚带爬地来到韩晴曼跟前："对不起韩小姐——对不起！"

韩晴曼明知道温景焰是在讽刺上次她在她朋友店里逼他给小店员道歉的事，却还是不阻止他们。

白笑挥挥手："算了算了……我们回去吧，曼姐。"

白笑是想，天都已经黑了，这个地方这么危险，还是赶紧回酒店吧，不然这里深街小巷的，都没什么人路过，真把这位焰总给惹恼了就糟糕了。然而就在这时，从四面八方驶来了浩浩荡荡的车队，将他们这两辆车围在了中间。白笑惊得抓住了韩晴曼的衣服，紧张地前后看了看："曼姐……"什么情况？

"怎么办啊曼姐？"

韩晴曼拍拍她的手，低声说："没事。"

温景焰的身后下来一人，那人绕过来恭敬地打招呼："焰总，发生什么事了？"

"没事。"

那人又回去禀报了，不一会儿，车上又下来一人，西装笔挺，手握一根金色圆头的英伦风绅士手杖，一步一步地朝他们这边走过来，每一步，都带有一种压迫感。那中年男人背着路灯的光渐渐从黑暗中走出来，韩晴曼的眼神落在他身上，那笑意一点点地被淹没。温景焰看过去时，韩晴曼的视线正从他身上移走。尽管转瞬即逝，但他还是看到了她脸上那一瞬间的奇怪神情。

韩晴曼站在光下，温之明自然也看到了，他走到温景焰身旁时，还是先跟她说了话："可是吓到韩小姐？"

"有点儿，"韩晴曼笑起来，"温先生，您的气场太强了，孩子害怕。"

温景焰一记冷笑，根本就不信——她会怕？

温之明反而笑起来："哦？韩小姐认识温某？"

韩晴曼笑说："您这气场和排场，连城还能找出第二个吗？"

温景焰问："父亲，您怎么过来了？"

温之明轻笑道："路过，看你的车停这儿还以为是怎么了，原来是被漂亮小姑娘绊住了脚。"

"温先生过奖啦，绊住焰焰的可不是我这张脸，他可讨厌我了。"

温之明右手握住手杖顶上的金色圆头，笑了起来："那焰儿也太不懂事了，韩小姐这样的可人儿,他也不知道珍惜,回头失去了才知道后悔。"

"父亲。"温景焰微微皱眉,似是不满意这种玩笑话。

温之明不在意地笑了笑,跟韩晴曼说:"焰儿他母亲可喜欢你了,我常听她唠叨你,今天一见,果然是个胆大玲珑的可人儿。"

温之明见过形形色色的人,一眼就看出韩晴曼绝非池中物。一般人,比如她身后那个小姑娘的反应,才是正常人见了他时该有的反应。而韩晴曼,除了一开始见到他好像有点儿诧异之外,怎么看都不像是被他们镇住的样子。敌众我寡这样的情形之下,她依然毫不惧怕,能够做到对答如流、有来有回,勇气可嘉。

"温先生真是太高看我啦。"

"没有没有,韩小姐值得这样的夸赞,"温之明道,"也难怪焰儿对你独特。"

"父亲……您怎么也跟着母亲胡说?我跟她没什么。"

"真的没什么?"温之明挑挑眉,"我从来没见过你对哪家的姑娘有这么大的耐心。我可听你母亲说,你都败在这位韩小姐手上了,被她制得死死的,若不是你愿意,小姑娘能制了你?我怎么不信呢。"

他们周围的温家手下听得心里惊叹,但表面上都忍着,没表现出来。焰总败在这位女明星的手上?怎么可能!

温景焰蹙眉:"那天我受伤了。"

温之明仿佛被逗笑:"你什么时候受个伤就能被小姑娘家制服了?"

"是您小看她了,"温景焰道,"她不弱。"

"行吧,那就当是你败了吧,"温之明笑道,"那家里那发簪——"

温景焰眉目紧锁。

"好好,不说不说。"

"呀,"韩晴曼笑盈盈地看过去,"是不是我的簪子啊?焰总不是说丢了吗?"

"我可不知道什么簪子啊,"温之明道,"我什么都没说。"

温之明看了看现场的情况,一下子就明了了:"我家的人对你们不礼貌了?"

刚才那保镖兼司机吓得腿发抖:"对不起温先生!是我没注意……"

"没事温先生,小事一桩,就别责怪他了。"

温之明喊了一个人,让他把保姆车开走。

"我们正要回家去,不知道韩小姐肯不肯赏脸来我们家吃顿便饭?"温之明问道,"焰儿他母亲那么喜欢你,我肯定也不能怠慢了你。"

白笑在后面直惊恐地摇头。

"不方便,"温景焰说,"韩小姐是大明星,要是出入我们家被媒体拍到,说不清楚。"

白笑点头:对对对!我们不方便!

谁知韩晴曼却一笑,说:"我很方便啊!"

温之明大笑:"方便就好!那韩小姐就坐焰儿的车吧,我们家里见。"

◇ ◆ 06 ◆ ◇

这像是温之明跟韩晴曼决定好的事,温景焰怎么想不重要,白笑怎么想也不重要。温之明这么一锤定音之后,又冲白笑招了招手:"小姑娘,你就过来跟我坐吧。"

白笑:"……"为什么!她为什么要跟大魔王坐一起!她不!她想跟曼姐挨一块儿!不对,她们为什么要去温家吃饭啊?温家父子俩看起来都很可怕,她想不通。

"温先生,要不你们派个人帮我送笑笑回酒店吧,我一个人去就好了。"

"当然不行!姐,我陪——"

"不用你陪,"韩晴曼说,"你回酒店好好休息吧,有温先生在,我不会有危险的,这可是温家的地盘。"

白笑心想,他们才是危险的源头吧!她姐为什么要跟这群人扯上关系?明明可以顺着刚才这位焰总的话说不去的啊。

温之明点点头:"也可以,那就送这位——"

"白笑。"韩晴曼说。

韩晴曼也是怕白笑吓坏了,这样的场合实在不适合她这种小姑娘。

"小黑,你负责安全护送这位白小姐回酒店休息,她要是少一根头发,你就别回来了。"刚才还跟韩晴曼"和蔼可亲"地说着话的温先生这会儿却沉着一种可怕的语调。

"是,温先生。"

白笑就眼看着那个叫小黑的男人从温先生身旁走到了她面前,对她指着一辆车说:"请上车吧,白小姐。"

白笑看了看眼前的高大男人,咽了一口唾沫,其实想说,要不算了吧,她还不如自己打车回去,感觉更安全……

"请,白小姐。"小黑又"请"了一次。

白笑弱小无助又可怜地看了看韩晴曼:姐,我觉得我被威胁了。

韩晴曼笑了一下:"去吧笑笑,他们不会伤害你的。"

温之明厉声道:"小黑,别吓着白小姐。"

小黑一顿,强扯了一下嘴角,笑说:"白小姐,请上车。"

白笑一溜烟钻了进去。算了,更可怕了!

温之明又说了一遍:"家里见,韩小姐。"

温景焰早就上车了,韩晴曼弯腰坐进去,见他挨着左车门坐着,也不管他,保镖从外面关上门。韩晴曼看了看车内部,有种低调奢华的感觉,就像温景焰这个人，内敛沉稳，轻易看不透。

"有没有可能，我们待会儿开着开着，就有仇家追上来？"韩晴曼突发奇想。

开车的司机沉默着，他知道自己不能插嘴。温景焰看都没看她，默不作声。

见他不理自己，韩晴曼就敲敲前面的座椅："平时有过吗？你们家焰总仇家应该挺多的吧？他这人脾气不好，肯定得罪了不少人。"

那人一脸无语。

当着焰总的面，你觉得我敢说一个字吗？

"你想多了。"温景焰终于接了她一句。

"呀，终于跟我说话了？我当你看不见我。"

温景焰又不接话了，韩晴曼叹了一口气，两腿交叠，往后靠着。

"吱——"车子先是一个打滑，司机猛地打正了方向盘。猝不及防，车里的人随着惯性全往右倒了一下，还没反应过来，又猛地向左扑去。韩晴曼身体第一下稳住了，第二下却因为高跟鞋一崴，朝温景焰摔了过去。而温景焰手臂往车门顶了一下，眼看一团人影撞过来，顺手接住。

司机看一眼后面，整个人都傻了："对、对不起焰总！"

他是被韩晴曼吓到了！

温景焰声调隐忍："找死？"

司机感觉自己命不久矣，韩大明星简直是他的克星。韩晴曼一只手撑在座位上，一只手揉了揉自己的脑门，抬眼时他的手已经缩了回去。现在他们的姿势是温景焰坐着，韩晴曼一只手和一只脚压在座位上，整个人是背朝上横在他面前的。

"小哥哥，你会不会开车？"韩晴曼怨道，"要不是你家焰总反应快，我脑门要撞出瘀青了。"

不然她撞的就不是他的手掌心，而是玻璃窗了。

"对……对不起韩小姐！"

韩晴曼脸往左侧一转，这样一来与温景焰的距离就近得不行，后者顺势往后一靠，离她远了点儿。她笑了一下："我是会吃人吗？你躲那么快干什么？"

温景焰的右手也默默地从她腰上收了回来，冷冷道："滚下去。"

韩晴曼低头一看，她那只手按在他两腿之间的空隙处，撑了一下起身，左脚弯曲着侧身坐下，是非常不淑女的一个姿势。她面朝温景焰，左手肘往椅背上一放，撑着太阳穴看他的侧脸，笑说："刚才那个姿势，让我想起一件有趣的事来。"

因为韩晴曼的提示，温景焰也想起了什么似的，脸一瞬间黑了下来。

"要不要叙个旧啊？"

温景焰不理她。

"唉，"韩晴曼叹了口气，"我本来觉得，跟我们焰焰在这种情况下重逢，还挺开心的。想说你能护着我不想我受伤的样子挺可爱的嘛，可你现在不理我，又不可爱了。焰焰为什么这么别扭？你看起来就像明明想对我好，但又极力忍着的样子。"

司机：嗯？

首先，他是没想到，"可爱"两个字有一天还能用到他们焰总身上。其次，他怎么没有看出来，焰总想对她好？她哪只眼睛看见的？简直胡说八道！除了夫人，他们就没见焰总对谁"好"过。

温景焰闭了闭眼睛，像是有点儿难以忍耐的样子。

韩晴曼继续闹腾说："怎么啦弟弟？你在忍什——唔！"

温景焰忽然侧过身，扣着她的左手腕就将她压在了椅背上，左脚踩着地毯，右腿膝盖跪在座位上，将韩晴曼圈住。看着那张忽然朝自己逼近的脸，韩晴曼的一双眼睛睁得圆溜溜的，眸里还泛着光芒。她的眼睛明亮又漂亮，像是含着水光，温景焰顿了一下，忽而又贴近了一分，吻了上去。

司机整个人震了一下。他要不是时刻牢记着自己今天已经没有命再犯错了，这会儿车可能已经开歪到附近的居民楼里去了。比起接吻，两人更像是在较劲，大眼瞪小眼，你看我我看你，谁都不闭眼。最后温景焰像是发狠一般，朝她的下唇咬了下去。以这个动作作为结束，他松开她的手，坐了回去。韩晴曼放松地靠着，舔了舔自己唇瓣上冒出的血珠，微笑着："焰焰恼羞成怒了可还行。"

是的，任谁都能看出来，他恼羞成怒了。

◇ ◆ 07 ◆ ◇

司机吓坏了。他是一个字——不，连气都不敢喘太大，生怕自己一个微表情就被焰总认为是在嘲笑，导致小命不保。焰总竟然先败下阵来……司机恨不得闭上眼睛装瞎，他会不会被灭口啊……

韩晴曼脑袋一歪，依然是看着他的方向，笑得不行："怎么回事啊焰焰？怎么这么可爱啊？你怎么会认为，强吻我就能让我害怕甚至闭嘴？嗯……强吻……应该不算？"所以等他发现他这样做并没有让她退缩的时候，他就放开了她。

"嗯，我以为，经过上一次之后，你应该知晓我不是什么纯情小姑娘才是……"韩晴曼眯了眯眼，"还是说，我们焰总只是单纯地想吻我？那你说嘛，做出一副'奶凶奶凶'的样子做什么？吓唬谁呀？"

车里，响起了关节的嘎嘣声，司机泪流满面，小心翼翼地看了一眼后视镜，那哀求的眼神仿佛在说：求求你别再说了！这女人为什么这么想不开，偏要去招惹焰总！能把喜怒不形于色的焰总都气到外放的人，她韩晴曼是独一个。

司机想，或许是因为，如果换了是别人，可能已经没有开口的机会了。听刚才温先生的意思，这个女人是夫人开口说喜欢的人，所以焰总才顾忌着、隐忍着。这就叫被偏爱的有恃无恐。一个，因为恼怒无处发泄，只能握响手关节来压抑恼气；另一个，毫无惧怕之心，笑得要多没良心就有多没良心，一脸惬意轻松。两人的情绪形成了鲜明的对比。

温景焰冷着脸："你再多说一个字，我就把你丢下车去。"

韩晴曼怕再这样下去会把臭弟弟气吐血，叹了一口气，做了个闭嘴的动作，转回身去，捡起掉在地上的手机。

白笑给她发了好多消息。

笑笑："啊，姐，我好担心你，不会出事吧，他们父子俩看起来好可怕！"

笑笑："等等，姐！我忽然想起一件事来！他是不是顾妄言的哥哥？！"

笑笑："是他对不对！原来他就是我们的绯闻姐夫？！"

《镜》点映的时候，白笑就没跟过去，所以并没有见过温景焰。刚才也是被他们的气场镇住了，一时没想起来"温景焰"这个名字来，等白笑到了酒店，放松下来后，才猛然想起一件事。点映那天，那位神秘的"温哥"并没有留下什么影像和资料，但却有几个信息点，据现场的曼妥思回忆说，他姓温，是顾妄言同母异父的哥哥，而他们曼姐又喊他"焰焰"……再看今天曼姐调戏温先生那样子，他可不就是他们曼姐的绯闻对象吗？！

韩晴曼回："是呀。"

笑笑："姐！你老实说，你是不是见色起意了？我承认绯闻姐夫长得很帅！"

笑笑："所以你才要去他们家！"

韩晴曼："哎呀，别拆穿我嘛。"

白笑稍微放心一些了，如果他是顾妄言的哥哥，那好像就没那么危险了？曼姐跟妄言弟弟那么要好，他哥看在弟弟的分儿上应该也不会伤害他们曼姐的。

温家在郊区，占地面积几千平方米，里里外外都有人把守。韩晴曼跟在温景焰的身后："焰焰，你等等姐姐啊，他们好凶，姐姐害怕。"

温景焰的步伐更快了。温家的手下个个你看我，我看你的，把震惊都写在脸上：焰总居然带女人回来了！

◇ ◆ 08 ◆ ◇

夫人知道自己将不久于人世后，就想帮焰总把婚事给定下来。出于孝顺，焰总倒是去见过几个相亲对象，也约过会，吃过饭，但从来没有带回来，想来应该是焰总没看上，黄了吧。

入口处，韩晴曼被拦了下来："韩小姐，我们帮您保管手机。"

"为什么？你们既然认识我，肯定知道我是谁吧，我是女明星欸，我的手机怎么能交给你们？万一有什么私密照让你们看见了……"

保镖们：嗯？什么？你手机里有什么？

"不交可不可以？"韩晴曼眨了眨眼。

保镖们强装镇定："抱歉韩小姐，这是我们的规矩，来访者必须把手机上交——"

"焰焰——"韩晴曼对着前方温景焰的背影喊，"我能不能不交手机啊？我有好多见不得人的东西哩，这里有——"

温景焰停住脚，保镖们也停止了动作，察言观色。

下一秒，温景焰往回走，抓住韩晴曼的左手直接拉着她往里走。

韩晴曼人都进去了，还回过头，做了个鬼脸：嘿嘿，我不交也进来了。

保镖们：行吧，焰总亲自带你进去的，我们能说什么呢？

等他们俩走远了，守门的人才窃窃私语——

"莫非要变天了？我们要多个总裁夫人？"

"嘘，温家的事别胡说了，小心挨罚！"

韩晴曼走在后面，低眸看着自己被抓住的手笑了笑。

走到花园，温景焰停了下来，转身，视线落下："手机。"

"什么手机？"韩晴曼缩回了手，护在身前，"都说了有私密照，弟弟，你不对劲，你居然想看我……"

温景焰眉目微蹙："删掉。你知道我说的是什么。"

韩晴曼微笑："什么呀？我不知道。"

"我不想上手抢，数三下，你要是——"

"温先生！"韩晴曼往他身后瞧了一眼，绕过他身旁溜了过去。

温景焰还以为她在胡闹，一转身，父亲果真站在花园外。

"怎么了韩小姐？焰儿欺负你了？"温之明友好地问道。

"嗯！"韩晴曼咬着唇点了点头，"非要我交手机，女孩子家手机多重要啊，不交就不让我留下来吃饭，那如果非要交……我想我还是走好了。"

肉眼可见的做作，温之明却笑道："用不着用不着，这个规矩淑女不用遵守。"

"啊，可我不是淑女。"

"问题不大。"温之明看了看她身后："焰儿，怎么对女孩子这么粗鲁？你妈妈知道了，你就等着被训吧。"

"是吧！"韩晴曼拿起手机在黑黑的屏幕上佯装戳了几下，"我要告小状，跟媛姐说你欺负我。"

温景焰睨了她一眼，说："爸，妈好骗，您也好骗吗？"

"怎么说话的你这孩子！"

温之明刚要开口，发现自己的台词被抢了。

韩晴曼继续说："怎么能这么跟爸爸说话呢？没大没小！又欠管教了吧。"

说着，韩晴曼回头说："叔叔，上次就是我帮阿姨管教焰焰的，阿姨说我管得特别好，您要是有需要，我愿意代劳。"

温之明一愣，哈哈笑起来："行，听妈妈的话准没错。"

温景焰："我妈没说。"

"韩小姐的性格真不错，"温之明点点头，"以前都是在电视上看到你，今天一见，一点儿明星的架子都没有，还跟焰儿这么要好。"

温景焰："并不。"

"叔叔，您也看过我的电视剧啊？"

"看过啊，现在家里都是焰儿管，我没事做，就是看看电视，你最近演的那个权谋剧《大江山》，我就特别爱看！大结局一定是你'夫君'称霸了吧？"

"哎呀，叔叔，您这一问不就剧透了吗？"

"不要紧，我看的不是剧情，是权谋，多方势力相互制衡，阴谋阳谋算计不停，这剧有点儿意思。"

两人说着，已经往里走，好像没有人在意温景焰的话。于是吃过饭，几人就坐在客厅里一起看电视，每晚九点，每天两集。温景焰坐在单人沙发上，偶尔看一眼已经迅速跟父亲找到了共同话题的韩晴曼。韩晴曼这个女人，不容小觑。她能快速地摸清楚一个人的脾性，顺着对方的话往下说，总是能恰到好处地接上话题。她笑起来很明媚，笑眼弯弯，还有一对浅浅的酒窝，巧妙的迎合让她能轻易地收拢人心。韩晴曼瞥过去，将他逮个正着，手托着下巴笑："焰焰怎么又乱散发魅力了？想看我就光明正大地看嘛，还玩偷看，你这样可爱，教我怪心动的。"

◇ ◆ 09 ◆ ◇

温景焰即便被看见了也没有慌张，默不作声地转走了视线，也不接她的话。

温之明和韩晴曼坐在一张沙发上，听了这话笑道："韩小姐大概是除了焰儿母亲之外第一个夸他可爱的人。"

韩晴曼做惊讶状，一双眼睛睁得圆圆的："真的假的？这么可爱的弟弟怎么会没人说他可爱！"

"在母亲眼里，孩子永远是可爱的。"温之明说，"我倒是有些好奇，韩小姐又是站在什么角度上看的，能看出可爱来？"

他带大的孩子，他会不了解？"可爱"这个词，从来就跟焰儿没关系。

韩晴曼的左手托住了自己的脸颊，看着右侧的人笑说："那可能也是母爱吧！谁让焰焰和言言是兄弟俩呢，我是言言的姐姐粉，自然也能是焰焰的姐姐粉。"

"我是老了，跟你们年轻人有代沟，"温之明有些听不明白，"姐姐粉是什么？

第一次听说。"

温景焰移过去视线:"多半不是好词。"他即便不知道"姐姐粉"是什么意思,但"母爱"是听得清清楚楚的。占他便宜,她很积极。

"怎么就不是好词了?"韩晴曼解释说,"姐姐粉,就是像爱弟弟一样爱着偶像的粉丝啊。"

"那确实不合适。"温之明听了之后说。

"没有没有,"韩晴曼连忙道,"是开玩笑的意思,不是真的当姐姐。"

"我是不懂了。"温之明站了起来,"既然说到这儿,韩小姐这么喜欢焰儿,想不想看看焰儿小时候的照片?"

"爸!"

"可以吗?"韩晴曼盘腿坐着,举手,"想看想看!曼曼想看!"

"是你妈想看,"温之明说,"她刚才还跟我聊起你小时候。大概是治疗太痛苦了,听她声音很疲惫,也不怎么开心,要是让她看看你以前的照片,说不定心情也能好些。"

温景焰没再说什么,算是默认了。

"你先陪陪韩小姐,我去拿照片。"

韩晴曼换了个姿势。她怀抱一个抱枕,手里端着一小盘切好的火龙果,以一个很放松的姿势斜靠着,悠闲地一边看自己的电视剧,一边又一小块火龙果送入嘴里。她那样子,不知道的还以为她是在自己家里,一点儿都不客气。

电视上正放到她饰演的将军夫人曲莺在府中跳舞。这剧是群像戏,没有缠缠绵绵到天涯的爱情戏,也没什么偶像,演员都是老戏骨,属于权谋正剧,复杂又难懂,年纪小、阅历少的小年轻们就不是很爱看。

"这剧是我前两年拍的,一直被压着,"韩晴曼边吃边说,"云江卫视买了《大江山》的独播版权,高层有人想对我潜规则,被我揍进了医院,从此结下梁子,说是我一天不道歉,我的剧就一天上不了。"

温景焰沉默,他又没问。

"啧,你看,他也硬气不了多久,我也没道歉,这不就播了吗?"韩晴曼笑着,"就这点儿能耐呢。"

韩晴曼当然可以求助沈家,有沈家出面,云江卫视肯定不敢压她的剧,但她不想。事实上,这也是韩晴曼和沈向霆自己提的要求,不许沈家插手他们的事业。韩晴曼为了避嫌,甚至没签云庭星河。

"你是不是很好奇我为什么不找沈家帮忙?"

他不是。

"我不想……"韩晴曼兀自说,顿了顿,忽然笑了起来,"我可是'佛系'艺人欸,压我一部剧算什么?就是封杀我也不怕的。"

"哦。"好半晌，温景焰终于回应了一个字。

　　大电视屏上，院中央有一个直径两米的大鼓，曲莺着一身光滑亮丽的红绸衣裳，赤脚立于鼓上，随着音律"嗒嗒嗒"几下，裸足有节奏有力度地踩响鼓面，曼妙身姿轻盈地旋转，披帛被当水袖一般舞着，灵活地抛出又收回。随着曲莺的舞动，脚腕上戴着的铃铛跟着"丁零"作响，音乐骤停时便能听得很清楚。最重要的是，曲莺穿着的服饰有点儿像波斯风，比抹胸多一点儿，往下坠着一些珠饰，露着肚脐，是不符合剧中历史朝代的穿着。

　　看到这儿，温景焰总算是先说了话："露成这样也叫正剧？"

◇ ◆ 10 ◆ ◇

　　韩晴曼抿了抿唇笑道："焰焰，莺儿在成为将军夫人之前，是歌伎。"
　　"哦。"
　　韩晴曼坐姿悠闲，继续说："莺儿卖艺不卖身，原是喜爱自由的鸟儿，嫁入将军府之后被婆婆教育要三从四德，大门不能迈，二门不能出，成了一只笼中鸟。歌舞是她唯一的爱好，婆婆也就保留了这一身衣裳，许她在自己院中消遣。"
　　曲莺的思想比较前卫，但这种思想在那个古老年代肯定是行不通的，所以她的舞热烈而压抑。
　　韩晴曼这边解说完，将军回来了。曲莺余光瞄见夫君的身影，脚下故意踩空，英姿飒爽的将军凌空飞来，抱着她旋转下降。
　　韩晴曼："这里是艺术加工，古装剧嘛，曲莺的相公武艺超群，轻功了得，转个圈什么的不在话下。"
　　温景焰没接话。
　　电视剧的拍摄手法都差不多，逢英雄救美的戏码必转圈。
　　两人落地，将军搂着她的细腰："夫人小心些。"
　　曲莺的双眸比刚才更有神采，看见他时脸上便有少女怀春般的笑意，娇柔地道："不怕，夫君定会护莺儿周全。"
　　若不是深爱这个男人，曲莺也不会舍弃自己向往的自由。饰演将军的男演员英俊不凡，有着武夫的健硕肌肉，亦有可比潘安的容貌，就着这个横抱着曲莺的姿势，转身进入厢房。曲莺被放上软榻，轻轻撩开衣物，露出白嫩的肩颈。韩晴曼身材极好，锁骨分明，瓷白柔滑的长腿钩上男演员的身，两手钩住他的脖颈，吻上去，幔帐缓缓落下，只留下两道纠缠的剪影。
　　春宵一笔带过，画面一转，便是其他角色的戏份了。
　　客厅里还站着一些温家的手下，男男女女都有，大家伙儿一起看这么个片段，尴尬是有点儿尴尬，但香也是真的香。以前只在屏幕里见过的女明星，如今就鲜活地在他们面前，还跟他们一起看这么露骨的戏，谁的脑子里都不免有些不干净的画面。温景焰眸色微深，眼底像是有什么压抑不住的情绪在冒上来。他的眼神只是往那些人的方向一扫，所有人就都如梦初醒般直接闭上了眼睛。糟了，他们刚才看见了什么？！很有可能是床戏，他们也敢看？！

"哎呀，这段拍出来这么'欲'的吗？拍的时候没感觉啊。"韩晴曼说，"自己看自己的床戏，怪不好意思的。"

韩晴曼很敬业，只要导演认为有必要，她从来都是自己上，不用替身。

"这段其实还好啦。"她眼眸一弯，笑说，"我还拍过一部半裸的民国剧，剧情需要，露了大半个背，可好看了，我就因为那部戏，网上只要有人讨论美背我都排在第一。"

温景焰转过去看她一眼，看得很深："你很骄傲？"

"不骄傲吗？我多敬业啊，为艺术牺牲。"韩晴曼放下手中的吃的，倾身看过去，"你想看吗？我找给你——"

"不想。"

"你看过我的戏吗？"韩晴曼脑袋往后一靠，世界倒转，看着站在她身后的一名保镖。

保镖猛地点头："我都看过！我……我……我是曼妥思！"

韩晴曼一下子起来，转过身去，伸出手："真的？没想到这里也有曼妥思啊，有笔吗？我给你签个名？"

保镖点头如小鸡啄米："我……我喜欢你十……十二年了！"

"哇！那你是从我出道起就喜欢我了啊！我入行才十二年呢！"韩晴曼回头看见温景焰脸上有一瞬间的不解，给他解释说："'曼妥思'是我的粉丝名，你家这位保镖是我的影迷！我太火了吧，你家里都有我的粉丝。"

温景焰的视线扫过去，那位保镖颤抖着手在身上翻找纸笔，没注意，还回答说："嗯！我中……中学的时候看到你的广告……'女神'！"

"哇，被人这样喜欢好幸福，"韩晴曼一边等一边说，"那你一定看过我那部戏吧，告诉你们焰总，我撑不撑得起'第一美背'的称号？"

"看过……"那保镖话还没说完，小腿肚被人踢了一下。

他瞬间求生欲上线，猛摇头："没、没看过！没有！"

◇ ◆ 11 ◆ ◇

"你刚才还说喜欢我十二年了，我接的本子都是好戏，忠实粉丝没道理不看。"韩晴曼眼一眯，朝一旁看过去，"哦，怕你们焰总吃味？你们是不是误会了什么啊？你们焰总并不喜欢我，他不会的。"

那保镖瑟瑟发抖，也不找纸笔了，低着头，不说话。

"看把孩子吓得，"韩晴曼看了温景焰一眼说，"自己不喜欢我，还不许你手下喜欢我。"

温景焰也换了个姿势，两腿交叠，右手托着脸颊随意地扫了扫客厅里："哦，我不许你们喜欢了？"

偌大一个客厅里，哪有人敢接这句话。

"说话，"温景焰满脸阴鸷，"我是拦着谁了？"

"怎么了这是？"温之明从楼上下来，"吵架了？"

"没有。"韩晴曼回过身去笑了笑，"焰焰吃醋呢，我刚才在戏里跟我'相公'有床戏，他生气又不好给我脸色，就拿其他人撒气。"

温之明笑笑："戏都是假的，焰儿这都吃味，证明他是真的很喜欢你啊。"

有过几次不被搭理的经验之后，温景焰已经不再否认这类说辞了。

"谁说不是呢？"韩晴曼娇笑着，然后冲那位曼妥思招了招手："笔给我。"

他没动，韩晴曼换作了跪姿，扑过去想拉他的手，把笔抽出来，却见他的手背才被她的指尖触碰到，他就弹跳着后退："不……不敢，韩小姐！我不要签名了……"签名哪有工作重要！

"签，"温景焰不咸不淡地道，"你那么喜欢签，你就全签上，我这儿有的是纸笔。"

"好啊，"韩晴曼说，"那我干脆在温家办个签名会好了。"

"可以啊，"温之明看了看他们说，"没想到我家里喜欢韩小姐的人还不少。我看，韩小姐要是不介意，今晚就在寒舍住下，吃好睡好，养足精神，明天都给他们签上。"

"可以吗？"韩晴曼问，"我确实有些累了，就是不知道会不会很打扰你们。"

"哪儿的话。韩小姐尽管住下就是。"温之明说，"韩小姐准备在连城待多久？"

"还没决定。我第一次来连城，想着反正接下来也没什么通告安排，打算玩两天再回去。"

"韩小姐既然打算在连城玩几天，不如就在这儿住着，也好让我们好好尽尽地主之谊。"

"叔叔，您也太好了吧，我还怕太叨扰你们了，我这人聒噪，怕你们嫌我吵，"韩晴曼说着，看了温景焰一眼说，"比如焰焰弟弟就快看我不耐烦了。"

"他就这样，"温之明笑起来，"焰儿对谁都一个样，不单单是对你一人，别多想，习惯就好。他妈妈知道你来了之后，千叮咛万嘱咐，让我千万要招待好你，我哪能不记在心上？"

"那我就恭敬不如从命啦。"

"好，"温之明点头说，"我一老大叔，就不陪你玩了，刚好焰儿这两天也在家，空闲着,你想去哪儿的话,就让他带你去逛逛,玩个尽兴。"

温景焰已经熟知套路,并不着急拒绝,而是道:"妈的意思?"

温之明把相册放在一旁,捣鼓着大屏幕说:"你信不信待会儿接通视频,你妈准说这句话?"

是的——所以温景焰干脆放弃了挣扎,因为母亲一定会让他带韩晴曼在连城好好地转两圈。

"叔叔,我不客气了啊,自己看了。"

"看吧看吧,"温之明笑笑,"反正看的又不是我。"

温景焰冷笑。

韩晴曼莞尔,拿过那本厚重的相册,顿了顿,慢慢地翻开。相册里的照片是按照年龄放的,从温景焰在褪褓里开始。温之明年轻时候的样子要凶狠许多,不像现在,把一切都隐藏在笑容背后。那时的照片把他的凶相都拍了出来,可就是这样一个人,记录下了帮温景焰换尿不湿的场景,极具违和感,看起来应该是从录像里洗出来的一组照片。

温之明一边捣鼓着视频连线,一边笑说:"那是我第一次给焰儿换尿不湿,他不高兴,还踹我,是不是很有劲?从小就展露出非凡的气质,不愧是我儿子。"

"看出来了,"韩晴曼一只手握起,撑着左脸颊,看看相册又抬头看看温景焰,"我们焰总真是从小就霸气。"

温景焰又是一声冷笑。

"呀,真可爱。"

"哈哈,"温之明听得大笑,"韩小姐真是个可人儿,怪不得我夫人那么喜欢你。"

"叔叔,您习惯就好了,我人缘可好了,人见人爱,就是……"韩晴曼笑说,"就是焰焰例外,他特别不喜欢我,对我可粗鲁了。"

反正阻止不了她看相册,温景焰干脆两耳不闻,权当听不见。这边说着,那边视频连上了,大屏幕上出现了舒媛媛的脸。她的身上连了好多管子,脸色看起来也不好。

温景焰一见,眉头就皱起来:"妈,很辛苦吗?"

"真是曼曼啊?"舒媛媛笑颜绽开,"我还以为你们父子俩合起伙来骗我,想哄我开心呢,曼曼竟真的来了。"

"媛姐,是我啊,怎么一段时间不见,您又变漂亮了?"

舒媛媛笑出声:"你就知道哄人开心,都丑成什么样了,还漂亮呢。"

温之明和温景焰异口同声:"很漂亮!"

温之明:"你永远都漂亮。我一个人能骗你,还能串通焰儿和韩小姐一起骗你吗?"

"那谁知道你们三个是不是说好了,怕我心态不好。"

"哪有啊媛姐?"韩晴曼直喊冤枉,"我就是今天来连城参加品牌商的活动的,路上巧遇了焰焰才过来的,刚才才知道要跟您视频呢。再说了,我跟焰焰弟弟都不对付,他才不会跟我合演。"

"行了行了,"舒媛媛温柔地笑着,"那就当是我错怪了你们。"

"你不是想看焰儿小时候的照片?我给你找来了。"

温之明翻动着相册,舒媛媛一页页地看着,还跟韩晴曼说:"焰焰小时候是不是很可爱?跟他现在不一样吧?"

"他现在也一样很可爱啊,就是一个别扭弟弟而已。"

视频连上之后,舒媛媛就一直跟韩晴曼聊着,把温之明和温景焰都晾在了一边,他们也插不上话。等他们再想聊几句的时候,那边却已经在催了。

"我不能跟你们说太久了,得休息了。"

尽管有万般不舍,他们还是顾念她的身体,就也没说什么。

"焰焰,"舒媛媛挂断前叮嘱了一句,"曼曼好不容易来一趟连城,我听你爸说你这几天都挺空闲的,你就帮妈多照顾照顾曼曼,带她出去玩玩。"

温之明笑:"你看我说什么来着。"

"知道了,妈,你休息吧,我会的。"

"嗯,"舒媛媛心满意足地点点头,"不许凶曼曼啊,女孩子是用来疼的,你要是欺负她,我可就马上回去揍你。"

温景焰:"我也得欺负得了呀。"

舒媛媛偷着笑,跟他们打了招呼,挂断了视频。视频一断,韩晴曼的笑容也收了起来,舒阿姨看起来真的好辛苦。这种治疗方式,看起来比化疗还要痛苦,舒阿姨肉眼可见地苍老了,整个人的神态都跟上一次见面相差甚远。

"上一阶段治疗结束,不是情况有所变好吗?怎么我看阿姨这次……状态好像差了?"

温之明叹了一口气。

"我也以为胜利就在眼前了,"温景焰的口吻也很沉重,"可就在上一次复查,癌细胞扩散转移了。"

韩晴曼蹙眉:"怎么会这样?不是说墨家的药成功了,一切都控制得很好吗?"

温景焰摇摇头:"墨九爷一直强调他们的药和治疗方式尚在临床试验阶段,不同的人有不同的结果。成功率百分之五十不低,却也不高。可我们没有别的选择,只能孤注一掷。"

在这点上,他和顾妄言的选择是一样的。在治疗之前,医生给出的答案就是晚期,治不了,化疗或许能延长半年的生命,但整个过程都很痛苦,也很遭罪;而保守治疗,则还能延缓一两个月的时间。不治疗,他们的母亲是百分百会死;而治疗,尚且有一线生机。治好了,墨九爷给他们的承诺是,只要不复发,能活到老。

"言言是不是还不知道这件事？"

这件事，言言肯定还不知道……否则她也会辗转知道。

"对，"温景焰苦笑，"他甚至不知道她有多痛苦。我妈从来不跟他视频通话。"

◇ ◆ 12 ◆ ◇

弟弟患了重度抑郁，尽管经过一系列的治疗干预，情况已经好了许多，但还是不宜接受太多负面情绪，所以母亲要瞒着他，不让他知道自己有多痛苦，也不让他看到自己脆弱的样子。在去银水市见弟弟之前，母亲在家已经不做任何掩饰了——素颜、戴帽子，因为很累，所以她基本上都是躺在床上休息。她能走，但他还是会让母亲尽量少走动，想去哪儿就让他推着去。那时候，母亲觉得自己时日无多，一直心心念念地想再见弟弟最后一面，于是他联系了节目组。母亲梳妆打扮，化好妆，戴上假发，提前一周在家里练习那首《天空》，等着和弟弟合唱。母亲唱歌很好听，可他只在电视上听过。他第一次见母亲的时候，她就已经是植物人，等了好多好多年她才醒过来。那时候他还在远方，听到母亲醒了就日夜兼程，赶回连城。她刚醒来时连话都说不了，四肢肌肉萎缩，无法动弹，康复训练做了很久，这些都由他和父亲交替着来做。在她不能说话的那些时日里，他们用眼神交流。母亲第一次看见他的时候，眼眶是湿润的，证明她心里有他。他不怪她。后来她见了他，就总是亲切地笑着，再后来她可以开口说话了，喊了他的名字，再到后来她能坐起来，她抱着他说了爱他。母亲是爱他的，她抛弃他有她不得已的苦衷。

但是母亲好了之后，就再也没唱过歌，因为伴随着康复，又查出了脑癌，母亲平静地接受了自己要死亡的消息。因为弟弟，他才第一次听见母亲的现场演唱。母亲说，那是根据弟弟小时候哼唱过的一段旋律改写而成的曲子，是属于他们的共同回忆。如果能和弟弟合唱这首歌，她这辈子就再也没有任何遗憾了。母亲虽然在温家待了九年，可真正陪伴他的日子并没有那么多，更多时候，都是他站在床边，看着昏迷不醒很多年的母亲。医生说她毫无求生欲，在把她接回来的第一年就劝他们放弃。可父亲不肯，只要能留住母亲一日，他们什么代价都愿意付，这样的坚持，终于换来了她的苏醒。

老天从来就不懂公平，有人坏事做尽，却能活得好好的，拥有那么多财富与权力，可母亲那么好、那么温柔的一个人，却要经历那么多痛苦。

温景焰放置在腿上的手握得很紧。

韩晴曼的声音将他的思绪拉了回来："你还是错了。"

温景焰收回思绪，看了过去，一时没有反应过来她在说什么。

韩晴曼："你总是认为言言是个天真烂漫的小孩，其实不是的。他很聪明，也很懂事。舒阿姨想瞒着他，你以为他不清楚吗？他只是想顺着舒阿姨，她不想让他知道，他就装作自己不知道——如果这能让舒阿姨心里觉得舒服一些的话。"

温景焰听了，也没有多惊讶，他连顾妄言说做预知梦的话都能很平静地接受。"哦，无所谓。他怎么想，我不感兴趣。"

温之明让手下把韩晴曼领去客房，她绕到那位保镖身旁，抽过笔扒开他的西装外套，签在了他的白衬衫上——接近心口的位置，签完还拍了两下，把笔塞回他兜里，笑起来："好啦，这样我就在你心上了——作为你成为曼妥思第十二年的答谢。"

保镖瞬间腿软，又感动，又害怕。就算他下一秒要被焰总暗杀，起码，那一刻他也是幸福地死去的！

"站住。"温景焰在后面喊。

韩晴曼回身："干吗？"

"不属于你的东西，还回来。"

"什么东西？"

温景焰大步上前，扣住她的手腕，从衣兜里抽出一张照片来："你偷我照片干什么？"

虽然她动作很迅速，但他还是看见了，这手法，一看就是老手，抢的是一张他五六岁时的照片。

韩晴曼一下抓住一角不松手，嘀咕："怎么能算偷呢？我就是借来瞧一瞧，我又不占为己有。"

温景焰亦不松手，居高临下地睨了她一眼："不问自取视为偷。"

"那我问就是了，"韩晴曼说，"焰焰，你小时候的照片太可爱了，借我观摩一下好吗？我刚才没瞧仔细。"

"我几时说你问就借？不、借。"

"焰焰小气鬼！"

温景焰往下看着，冷笑一声。

韩晴曼一愣："刚才那声冷笑好帅！"

温景焰的笑意更冷了，周围顿时像是吹来一股西伯利亚冷空气一般。一旁的手下们想，拍马屁对焰总是没用的！拍马屁要是有用，他们还用得着每天这么战战兢兢吗？

"焰焰。"韩晴曼忽然变了声调，九曲十八弯的调调，麻得人直哆嗦。

温景焰手上的力气一泄，韩晴曼用力一扯，照片就被夺了回来，她立马放开退了几步，扬起胜利的笑容，右眼一眨："我就不信治不了你，嘿嘿。"

◇ ◆ 13 ◆ ◇

韩晴曼是半途来到温家的，什么东西都没带。她让温景焰派个人去酒店把她的行李箱带过来，却没想到他直接命人去买了新的，尽管她只待几天。对护肤品不了解，温景焰就照葫芦画瓢，把母亲梳妆室的贵妇品牌护肤品陈列好，拍张照，给韩晴曼买了另一套年轻系列的。

按她待一星期的时间来算，选七套搭配的衣服，怎么选？温景焰坐在沙发上，打开平板电脑，在搜索引擎上输入"韩晴曼"，才刚打完字，后面就跟着一个联想词："第一美背"。

他想起刚才韩晴曼说起这事时那骄傲的表情，注意力很快往下放，联想词的第五位："韩晴曼绯闻男友"。

他按下回车键，网页链接是微博，一位观众讲述了点映会那天的概况，说发现了韩晴曼与"温哥"关系不浅，疑似是情侣。无聊的捕风捉影，温景焰心想。他随便看了看，没在意，退出了。他看了十几张韩晴曼的私服照，大概了解了她的穿衣风格后，从店长发来的一系列新品里，从头到脚挑选，搭配了七套。

衣服还没到，韩晴曼没法洗澡，就躺靠在房间里的懒人沙发上，膝盖上是那张抢夺到手的温景焰五六岁时的照片。是他吗？二十年了，茫茫大千世界，怎么会那么巧，失联的那个人就在她身边？因为时间太久远，脑海里小哑巴的样子已经越来越模糊。那天在台上，她忽然就是有那么一种感觉——温景焰好像她的故人，所以她愣住了。她也不知道为什么，会在二十七岁的温景焰身上，看到六岁的小哑巴的身影。五官在慢慢重叠，她总觉得自己想多了。

因为不相信能在世界的另一端遇到二十几年前的小伙伴，所以韩晴曼认为是自己出现了幻觉。现在看着手里这张小温景焰的照片，她有些恍惚。是像的，仿佛跟记忆里的那张冷酷小脸对上了，但再仔细一看，又好像不像，照片上的这个小孩看起来更加阴沉，而她记忆里的小哑巴虽然也很爱装冷酷，但眼神并不会这样没有温度。她想，是不是因为最近总是梦见以前的事，想起小哑巴来，再加上主观想象，所以越看温景焰越觉得像？然而，一个人像，或许是她记错了，两个人呢？她在看到温之明的一瞬间，那种强烈的熟悉感便涌了上来。他验证了她之前的想法，如果他真是小哑巴……他还记得她吗？

"咚咚咚——"三下敲门声后，响起说话声："温景焰。"

"来啦。"

韩晴曼打开房门，把照片递还给他："喏，看完了，还给你吧。"

温景焰接过："看出什么特别的了？"

"嗯哪。"

一看温景焰那等着答案的样子，韩晴曼想，等他问肯定是不可能了，就自己接了哏说："看出你……特别可爱！"

对于这个毫不意外的哏，温景焰的反应是面无波澜。

韩晴曼目光落在他身后，各种大袋小袋摆满了走廊，略惊讶："不是让人去给我拿行李箱了吗？这些是……"

"新的，"温景焰道，"让你无状可告。"

韩晴曼一下子笑出来："焰焰，我也没真的告过你的状吧，逗你的呀，我又不是小学生——括号，没有说小学生不好的意思，反括号。"

她又瞧了瞧那些袋子上的品牌名，大致猜到都是些什么东西，更惊讶了："你给我买全了啊？真的就让我无状可告？"

她侧开身，让保姆把东西都一一送进去。

"进来啊，你自己家，别客气。"

温景焰跟在她身后进去。韩晴曼随手挑了一个小的袋子打开，看到里面的东西后，看过去的眼神多少带了点儿审视："弟弟，咱就是说，我的三围你是怎么知道的？查的还是……"

"查的。"

"哦，是吗？"韩晴曼抿唇笑着，"我怎么不记得我对外公布过我的三围？"

"东西已经送到了，你自便。"

"说不过就走？"韩晴曼坐在床尾，瞧着那仿佛要逃走的温景焰，"焰焰，你是不是暗恋我却不敢承认啊？之前拿走我的发簪不还，今天在车上借机亲我，现在又是给我买东西又是知道我三围的。"

温景焰停步，回过身，看着她的眼神深邃阴冷。保姆们察觉到氛围不对，匆忙离去，还顺带着把门给带上了。见状，韩晴曼两只手压在床上，玩味般笑了起来："把大家都吓走，是想跟我玩什么二人游戏吗？小焰焰动机不纯啊。"

温景焰朝她走去。他边走边单手松开风纪扣透了透气，立在她身前看了她几秒。韩晴曼没有动，微仰着脸看他，莞尔。直到这一刻，她都没有要退缩投降的意思。于是温景焰弯下腰，一只手抓着她的膝盖向左侧掰开，带茧的指腹轻轻地摩挲着她的肌肤，看过去的眼神里充满了危险："韩晴曼，你一晚上都在挑衅我。"

那故意压低的声线和伴随而来的可怕气场，换了一般的姑娘，恐怕不是被他帅得找不着北，就是被吓得直哆嗦了。可韩晴曼不躲不闪，两只手撑在床垫上，身体微微后靠，脑袋歪着，笑看向自己压过来的温景焰："我哪有？"

"要不是我母亲保你，就凭你的所作所为，早在几个月之前我就会亲手捏碎你。"

"是吗？"韩晴曼反而迎上去一些，与他离得更近，笑，"那辛苦你隐忍了几个月，很难受吧？"

她不退，温景焰就更不可能退。

"我看在我母亲的面子上才一直不动你，可你好像并不知道自己该保持分寸，一而再，再而三地挑衅我，"温景焰另一只手抓起她的下巴抬起，"你不是什么蠢笨之人，为什么要招惹我？"

韩晴曼由着他抓着，笑眼一弯："因为我喜欢你呀。"

温景焰冷笑道："你以为我会信？"

"嗯……那你不信，我没法让你相信我啊，难道要把心剖出来给你看？"韩晴曼的手从他锁骨处往下滑，然后抓住他的衣襟，将他拉向自己，"我喜欢你，就像你喜欢我一样。"

跟韩晴曼和温家其他人说的话不一样，她总调侃温景焰不喜欢她、不待见她，可她心里清楚得很——温景焰喜欢她，不一定是男女之情，而是单纯的，对一样物品的喜欢。她能看懂温景焰每一次看见她时眼底涌动的那种渴望，但他一直在压抑着自己的情感。所以那天他抽走了她的发簪，用伤害自己的方式，借疼痛感来压制他的欲望。温景焰喜欢她是真的，想撕碎她的心也是真的。这世上有些人的喜欢和大多数人不一样，他们的喜欢，是毁灭。像是被撕开了最后的面具，温景焰压制了许久的情感抑制不住地喷涌上来，那双眸子逐渐变得疯狂。他的真面目，在面具被韩晴曼完全撕裂开后，毫无保留地展现了出来。

他抚摸着她的脸，凑近她的唇角，嘴角慢慢地勾了起来，发出如鬼魅一般阴冷的声调："你猜对了，我很喜欢你，韩晴曼。"

◇ ◆ 14 ◆ ◇

一个对她来说毫不意外的回答，她当然知道。

温景焰一直在抑制他最真实的想法。他维持的那点儿虚假的距离感，只不过是在"保护"他的猎物。因为他清楚地知道，他一旦打破桎梏，就像没有了锁链的猛兽，无法控制。温景焰的唇从她的脸颊上滑过，轻嗅，他的手抚摸着她下颌处的线条。

"对，我特别喜欢你。"

韩晴曼向后倒去，长发贴在身后，温景焰欺身而上，左手从她的膝盖往上。他的目光回转时，看到韩晴曼眼中毫无惧怕。她果然跟别的女人不一样。

"我很想看看，你是不是真的无所畏惧，"温景焰凑近她的唇边，"以及……害怕求饶的样子。"

韩晴曼"扑哧"一声笑了出来："害怕？焰焰，你有没有想过，我为什么明明知道你是什么人，还不停地招惹你？"

温景焰只停顿了一秒便继续，不管她的问题，不停亲她。韩晴曼的脸微微侧过去，两只手都被他控制住，视线看着天花板，嘴角一弯："因为我也一样。"

两个相似的灵魂碰撞，同样的疯狂，同样的病态，所以初见就互相吸引。

温景焰发狠的声音，落在她耳旁："韩晴曼，我们一起下地狱吧。"

深渊有你，不孤单。

番外三篇

平行世界：梦客

◇ ◆ 01 ◆ ◇

醒来发现自己不在天空之城的顶楼公寓而是在自己家时，沈向霆是有一些疑惑的，昨天也没喝酒，怎么可能会记错自己是在哪儿睡下的？带着这样的疑问，沈向霆睡衣都没换，起身下床，推开了自己房间的门。现在还挺早的，对面主卧室的门也刚好打开，父亲从里面走了出来，并轻轻地带上了房门。

沈百川转过身，也看到了儿子。沈家有一个"回"字形的走廊，主卧和沈向霆的卧室刚好是面对面的。

"老沈？"沈向霆更疑惑了，"你不是去K国出差一个月？你怎么还在这儿？"

怕吵到房里的人，沈百川压低了声说："你在胡说八道什么呢？起这么早，是要去顾家？"

"没……"沈向霆有点儿奇怪。

"你要是没什么事，吃了中饭就陪你妈去顾家走走吧。"

"为什么？"沈向霆不理解。

他不是昨天才去顾家吃过饭？

"什么为什么！"沈百川声音一提，又马上低下来，"你顾叔叔家发生这样的事，你舒阿姨又整天魂不守舍，你妈她就差住在顾家了，你那比赛不是早完了吗？你也说等顾家的事完了再回去上课，既然待在家里没事就陪你妈去走走！"

沈向霆瞪大眼睛——比赛？上课？顾家？舒阿姨？

沈向霆开门回屋，直接走进了浴室，看到镜子里那张脸，愣了愣。

是了，这张脸……不是二十七岁的他？九年前？沈向霆回去把手机拿起来一看，确认了一下日期，就是九年前没错——顾叔叔去世之后。

他在做梦，梦到了九年前吗？

"我说你小子干吗呢？"沈百川从对面绕过来，推门进来，"让你陪陪你妈，你跑那么快？"

"陪……"沈向霆点点头，"一定陪。"

沈百川本来是打算过来教训一下这个不听话的儿子，结果他转头就答应了，反倒把自己弄糊涂了。这孩子怎么这么怪呢？

沈向霆试着拧了一下，他可能真的是做梦了。大概是昨天沈、顾两家约饭，席间聊起了一些以前的事，他回去后又跟顾妄言聊了聊，导致他日有所思夜有所梦？

沈向霆不着急把自己叫醒，既然来了，即便是梦，有些事，他也一定要去做。所以他按捺住心情，等母亲起床，一起吃过了中饭，才一起去顾家。

路上，母亲一直在哀叹："真是世事难料啊……谁能想到，顾家竟会有这样的变故。媛媛她该怎么办啊……"

沈向霆没说话，他有些紧张和激动，因为他很快就会见到十岁的小妄言。沈向霆的手被母亲抓住："儿子，你待会儿去了顾家，可别再板着这张脸了，小言言没了爸爸，一定难过极了，你作为哥哥，一定要好好安慰安慰他，好吗？"

"嗯，我会的。"

温明月稍稍愣了一下，儿子今天怎么这么乖巧？以前拜托他多带弟弟玩玩，他总是一副不太搭理的样子，今天倒是殷勤。

很快到了顾家，沈向霆先跟着母亲来到了舒媛媛的房间。舒媛媛坐在窗边，面色苍白，看见他们来了，淡淡地笑了一下。温明月走过去，抱了抱她："媛媛，节哀，明耀他也不希望看到你这个样子。你还有言言呢，为了言言，你也要振作起来啊。"

舒媛媛靠在温明月的肩膀上，眼泪无声地掉下来。沈向霆在门口看着，猜测舒阿姨此时心里在想着什么——大概是那些没能跟顾家以外的人说的真相吧，比如，她的孩子亲手割断了她丈夫的救命绳索这件事。失去了挚爱的舒阿姨几近崩溃，又要面对这件对她来说非常痛苦的事，几乎每天都处在矛盾与煎熬里。

"妈、舒阿姨，你们聊，我去看看言言。"

沈向霆从王妈那里得知顾妄言在自己房里，就直接过去了，敲了敲门。

"谁呀？"

"是我，沈向霆。"

里面安静了好一会儿，半分钟后才有人过来开了门。小家伙矮矮的，仰着头看了沈向霆好久，似是不太明白他为什么会来，满脸写着疑惑。沈向霆失笑。是啊，在这之前，他们都没怎么说过话，突然来找他，小家伙自然觉得奇怪。

"哥哥来找你玩，不欢迎吗？"

顾妄言呆呆的脸上多了点儿惊讶。

"哥哥？"

沈向霆伸出手在他脑袋上揉了揉："你是不是在想，我为什么会来找你玩？"

小家伙瞪圆了眼睛，仿佛被读到了心里话。

"嗯……"沈向霆做思考状，"听王妈说你这几天很乖，都有好好地吃药，我特地来送你一个小礼物。"

顾妄言有点儿小心虚。沈向霆暗笑，小时候还不怎么会演戏吗？心虚全写脸上了。他当然知道，那些医生开的药，顾妄言一粒都没有吃。

"什……什么小礼物？"

"能不能让我先进去？"

小家伙好像还是有点儿不敢相信，像只小呆鹅，点点头让他进来了。

沈向霆看到他书桌上摊着一张纸，上面画了一些线条，便问："言言在画什么？"

"家人，"顾妄言说，"想画……"爸爸和妈妈。顾妄言过去，用书本遮住纸，不让沈向霆看。

"你画得很好啊，为什么不让看？"

"就是不让看……"小家伙冷冷地说，用不太友好的眼神看过去，"我们不熟，你为什么送我礼物？"

"多聊聊不就熟了。"沈向霆笑着，伸手摸了摸他的脑袋。唉，这小家伙，小时候怎么就这么别扭呢？多揉两下，小屁孩，小小年纪脸就这么臭。自己以前也是怪好笑的，竟会被这种小孩子的冷漠眼神逼退了。实际上，这个时候的他特别需要家人的关心，需要多抱抱他，多开导开导他。

顾妄言眉一皱往后退："你别摸我……我们不熟。"

刚才是没反应过来，现在反应过来了！

"好好，不摸。"沈向霆就像个宠溺弟弟的温柔大哥哥，把手收了回去，"那你还要不要礼物？"

顾妄言怔了怔，才问："什么？"

沈向霆微笑："给你唱首歌。"

小家伙一愣，嘀咕起来："这算什么礼物……"

沈向霆忍着笑意说："我可都听王妈说了，你偷偷在自己房间里看我的比赛，承不承认你是我的粉丝？"

顾妄言瞪大眼睛，阿姨怎么这样……他否认："才不是……我……就是随手打开看了一下，觉得你唱得还不错——不对，一般，我妈妈唱得比你好多了！"

沈向霆笑起来："舒阿姨可是专业歌手，你也太欺负人了吧。"

顾妄言没说话，但脸上的骄傲尽显：那是，那可是我妈妈！

"唉……"沈向霆叹了一口气，仿佛很无奈一般，"既然如此，那就请顾小老师帮我听听，哪里还需要改进吧，行吗？"

顾妄言坐在了椅子上，点头："行吧，我帮你听听吧。"

沈向霆清唱，他把原本准备在总决赛上唱的曲目唱给顾妄言一个人听，顾妄言听得怔怔的。沈向霆的每一场比赛他都看了，他知道沈向霆总决赛要唱这首，可是听说沈向霆没有去参加总决赛。为什么呢？跟嘴上的倔强不同，顾妄言听着听着就听痴迷了，内心想法全写在了脸上：好好听啊。

沈向霆唱完，打了个响指把他唤回神："听出来哪里有问题了吗？"

顾妄言下意识摇摇头，然后又点点头，硬是找出一个错处："情感不饱满！"

沈向霆笑了："知道了，我下次情感饱满一点儿。"

半晌，小家伙才问出了心中的疑问："你为什么没有去参加总决赛？"

"因为有个小朋友出事了啊。"

顾妄言的眼睛眨了眨，小朋友……那天出事的小朋友……是他吗？仿佛忘记了他说的"别摸"，沈向霆伸手揉了揉他的脑袋："你没想错，就是那个姓顾叫妄言的小朋友。"

这是沈向霆想了无数次的情形。如果他能回到过去，一定要把曾经没告诉顾妄言的那些事，通通告诉顾妄言。所以哪怕这只是一个梦，他也想试着去温暖小孩的童年。他本想说"那个姓顾的小朋友"，但想了想，还是把名字说全了。小孩这么笨，不说清楚，还是误会怎么办？

小家伙从沈向霆出现就开始持续性地发蒙，他不能理解沈向霆为什么会突然来找自己玩，所以在听到这句话之后就更蒙了。

沈向霆因为他被绑架而放弃了总决赛？为什么啊？

"嗯……"沈向霆看穿了他的心思，说，"因为想跟你做朋友啊。我都为了你放弃总决赛了，你是不是应该答应跟我做朋友了？"

顾妄言想了想，缓慢地点了点头。

"那好，以后我们就是朋友了，"沈向霆擅自抓起他的手握了一握，"我比你大，你就叫我'小霆哥哥'吧。"

顾妄言没有喊哥哥："你才不是我哥哥，我就不叫！"

◇ ◆ 02 ◆ ◇

在顾妄言的期待下，沈向霆连着好几天都来了。以至于每次他还没来的时候，小家伙就已经蹲在自己房门口，偷听着楼下的动静。王妈总觉得顾妄言好像变了，自从前段时间经历了绑架事件后，顾妄言就不爱和人说话，除了跟二夫人待在一块儿之外，其余时间就爱躲在房里。可自从沈向霆来了，顾妄言终于又有了活力，那眼里的光彩，是她好些日子都没看见的。

"言言，又在这儿等向霆来呢？"

"才没有。"顾妄言否认，跑回了房。

今天沈向霆没走寻常路，是从后院爬过来的，徒手爬上了顾妄言房间的阳台，而那时，顾妄言正打算放飞吱吱——他救下来的一只受伤的金丝雀。

小顾妄言吓得倒退一步："你吓死我了，沈向霆！你怎么从下面爬上来的！"

怎么跟天纵哥哥一样，喜欢爬上爬下走窗户？

沈向霆一手撑着栏杆翻了进来，摁了一下他的脑袋："不乖，又不叫哥哥。"

顾妄言嘴微努。

"吱吱？你要放它走吗？"沈向霆看到了他手上的鸟笼。沈向霆记得言言说过，那个时候他放吱吱走，其实就是喻示着要放妈妈走。在他心里，妈妈和吱吱一样，都受了伤，只有离开顾家，才能过得更好。

"你怎么知道？"

"我还知道很多，比如……我会读心术。我知道你在想什么。"

"不可能！"小孩不信，"我又不是三岁小孩，你别想骗我。"

"不骗你，我都听到了，其实你想放走的不是吱吱，是妈妈吧？"

小孩一脸难以置信。这个秘密他谁都没有告诉，沈向霆是怎么看出来的？沈向霆真的会读心术吗？沈向霆蹲了下去，拉着他的手腕说："你想自己一个人留在深渊里，对吗？不管你是怎样喜欢妈妈、思念妈妈，你都想让妈妈离开这里，过更好的生活，忘了你，忘了爸爸。"

小顾妄言的双眼红红的，被戳中了心思后，心里乱乱的，看着自己眼前那笃定的眼神，他没有再隐瞒，带着哭腔说："妈妈继续留在顾家会死的，我不想妈妈死……如果她离开这里，就能活下来……"

"你相信我吗？我不但会读心术，我还有预知未来的能力。"

小顾妄言呆呆的，不知道自己该不该相信，可是想到他能看穿自己的心思，于是点了点头："我可以相信你吗？"

"嗯，"沈向霆点点头，"交给我，我来办。妈妈不会死，妈妈也不会离开。"

"真的吗？"

"真的。"沈向霆把小朋友抱进了怀里，安慰般拍拍他的背，"还有，深渊太黑太冷清了，你一个人去多孤独啊，你下次想去，喊我一起，小霆哥哥陪你。"肩头上那颗小脑袋埋着，呜咽直哭。

那天，顾妄言还是放飞了那只金丝雀，看着它扑腾着翅膀飞向蓝天，他哼着和妈妈共同创作的《天空》，眼角弯了起来。

那是他出事之后第一次笑。

"吱吱，你快点儿飞回家找妈妈吧，以后不用你陪着我了，我有妈妈陪了，还有……小霆哥哥。"

◇ ◆ 03 ◆ ◇

　　和现实一样，顾安言的父亲出殡的那天下雨了，知晓一切的沈向霆，很早就做好了准备。在那之前，沈向霆每天带顾安言去看医生，亲眼看着他把药吃下去，并告诉他："只有你好了，才能照顾好妈妈。"沈向霆陪着他画画，陪着他练歌，并瞒着他偷偷去看绝望的舒阿姨。一个人心里有事，除非24小时都监视着，否则真的防不胜防。顾家纵使已经很小心，还是防不住舒阿姨。

　　出殡那天，一切都和现实里一样，除了顾安言。他没有靠在姑姑怀里，而是站在沈向霆的旁边。

　　墓园里，舒阿姨和姑姑抱在一起痛哭，现场的氛围很低迷。

　　沈向霆弯腰看着平静地站在那里的顾安言，说："言言，你难过就哭出来吧。"

　　顾安言说："我不哭，我——"

　　"我知道，你答应了你爸爸。"

　　顾安言双眼微微睁大，看着他。再怎么说他有超能力，顾安言也还是抱有怀疑，可是他为什么真的知道……心里仿佛被什么震了一下："你……"

　　沈向霆莞尔："我说过，我有超能力，我知道关于你的一切。言言，你爸爸是在鼓励你，希望你不要害怕，坚强地活着走下那艘船。那时候你是一个人，但现在不是了，你妈妈、爷爷、姑姑……所有人，包括我，我们都在你身边，害怕、难过，都没关系，你想哭就哭，你爸爸不会怪你的。"

　　"爸爸……"

　　顾安言的心脏猛地跳动了一下，像是有什么东西重重地击打在他心口，闷闷的，痛痛的。

　　想起爸爸，顾安言的眼眶里凝满了泪水。沈向霆那番柔软温暖的话，轻易地敲碎了他的心防，像是被打开一个缺口，情绪便控制不住地宣泄出来。

　　沈向霆蹲下，抱住了他的小朋友，轻轻地抚摸着他的后脑勺："乖，哭吧，你好好的，那才是你爸爸最想要看到的。"

　　墓园里，大人、小孩都哭成了一团。

　　舒媛媛听到儿子崩溃的哭声，看过去，像是被惊醒了一般，颤颤巍巍地跑了过去，一把抱住他："对不起宝贝……对不起……"

　　所有人都以为顾安言年纪小，不懂生离死别，可直到这一刻才发现，原来他一直忍着。他和他们所有人一样，悲伤难以自抑。

　　儿子崩溃的哭声让清醒过来的舒媛媛心绞着痛，意识到这些时日里她一直沉浸在自己的悲恸中，没能及时去关心和爱护他们的孩子。舒媛媛哭得更崩溃了，各种情绪交杂在一起。

"妈妈……我想爸爸了……"舒媛媛紧紧地抱着他。

"妈妈……你不要离开我好不好?我已经没有爸爸了,不能再没有妈妈了,呜……"

舒媛媛一僵,意识到儿子可能已经发现了她的事,悔恨至极:"对不起……对不起宝贝……妈妈对不起你……"

舒媛媛捧着儿子的脸,看一眼就崩溃地哭。她到底在干什么?她要留下他们唯一的孩子……难道这是明耀想要看见的吗?是啊,他们的言言已经没有了爸爸,言言那么需要她,她怎么能抛下他独自离开?

沈向霆怔怔地站在那里,还以为这一次他做得很好了,原来……小孩还是知道了舒阿姨的事。他果然从小就敏感,这些事是瞒不住他的。

◇ ◆ 04 ◆ ◇

梦里的舒媛媛平静了下来。顾安言的脆弱,让她知道孩子非常需要她,哪怕是为了孩子,她也应该活下去。所以她开始积极配合治疗,吃药,做心理辅导,放松的时候和孩子待在一起,教孩子画画,教孩子唱歌。

到了毕业季,沈向霆选择了留在国内念书,然后时不时地去顾家找小家伙,带他出去玩。沈向霆的好朋友景恒和容涣都知道沈向霆身后多了一根小尾巴,于是也会带他一起。小家伙人虽小却很聪明,难倒了景恒的数学题,他能解出来,时常把景恒惊得掉下巴,惊叹小东西智慧过人。

顾安言逐渐开朗,景恒也很喜欢这个小弟弟,一个真小孩、一个大小孩经常斗嘴,两人时常闹翻天。譬如某天,顾安言拿着高智商俱乐部的身份牌去景恒面前炫耀,把景恒打击得一个人蹲在角落里养蘑菇。

容涣坐在一旁看书,抬头看一眼,笑:"小阿言,你就别欺负你景恒哥了,他那个脑子值一个亿呢,我们得保护着。"

"啧,没意思,"顾安言跑回来坐着,"容涣,我们来比做题。"

容涣手里的笔往他脑袋上敲了一敲:"又不叫哥哥。"

顾安言把笔弹开:"再过几年我就长大了。"

"你长大我不会长大啊?"容涣笑起来,"再过多少年我们都是你哥!不跟你比,找你的小霆哥哥去。"

顾安言扁了扁嘴。沈向霆看着这一幕,嘴角弯弯。他在这个梦境里待了很久,久到时常忘记他在做梦。他把顾安言从悬崖边拉了回来,也让景恒和容涣免于错开十一年,他们三个都留在了银水市,他去了综合性大学,景恒和容涣去了医学院,看着顾小朋友一天天越长越高。

"沈向霆!"顾安言把一块橡皮擦丢在了他身上,"你在发什么呆?过来比一比!"

才一米六几的顾安言被沈向霆轻易地从上至下勒住了脖子:"沈向霆?没大

没小！"

"喀……喀喀……沈向霆，你给我等着，我会长大的！"暂时打不过的顾妄言只得暂且退让，"喀，我错了我错了……"

"谁错了？"

"顾妄言错了！"

"然后呢？"

顾妄言脸一侧过去，看着上方的沈向霆说："顾妄言错了，哥哥原谅我！"

"这还差不多。"

沈向霆放开他，笑得很好看。没有人知道，他是在开心一切都在往好的方向走。那个把自己关起来的小孩，终于走出来了。

顾妄言的病不治而愈。

后来，沈向霆终于可以放心地出国拍戏，再回来时，那小孩已经长到了一米八的模样，成人礼也已经办过，是个大人了。和现实不同的是，他没有再留一头"妈见打"的狗啃奶奶灰发型，衣服也穿得整整齐齐的。相同的是，沈向霆去顾家找他，还是撞见了从后院翻进来的顾妄言。

两个人对视着。

"长高了啊，小孩。"

"喀……"顾妄言愣了愣之后，说，"你回来了。那个……不许打小报告。"

沈向霆笑："行吧，你不干点儿什么，就不叫顾妄言了。"

"再见！"

沈向霆一把拉住了想从他旁边溜过去的顾妄言的背包，将顾妄言拉扯了过来，一招锁喉："跟谁再见？这么久不见，还是这么没礼貌？"

"喀喀……沈向霆，我告诉你，老子现在变强大了，不怕你了！"

"是吗？来打一架？"

"不跟你打！"

"不打也行，"沈向霆把他拉过来一些，嘴角一弯，"叫哥哥。"

顾妄言脸一红："不叫。"

"叫嘛，"沈向霆带着他往里走，"你什么时候叫哥哥，我什么时候撒开你。"

"沈向霆，有本事你永远别撒手！"

"好啊，永远不撒手。"

图书在版编目（CIP）数据

逐荒 / 百里茶茶著 . — 广州：广东旅游出版社 , 2023.4（2023.6 重印）
ISBN 978-7-5570-2950-0

Ⅰ . ①逐… Ⅱ . ①百… Ⅲ . ①长篇小说－中国－当代 Ⅳ . ① I247.5

中国国家版本馆 CIP 数据核字 (2023) 第 027958 号

逐荒
ZHU HUANG

出 版 人：刘志松
责任编辑：陈　吉
责任技编：冼志良
责任校对：李瑞苑

广东旅游出版社出版发行
地址：广州市荔湾区沙面北街 71 号首、二层
邮编：510130
电话：020-87347732（总编室） 020-87348887（销售热线）
投稿邮箱：2026542779@qq.com
印刷：北京世纪恒宇印刷有限公司
（地址：北京市大兴区亦庄镇亦庄东工业区经海三路 15 号）
开本：700 毫米 ×980 毫米　1/16
字数：456 千
印张：23.25
版次：2023 年 4 月第 1 版
印次：2023 年 6 月第 2 次印刷
定价：52.80 元

【版权所有 侵权必究】

如发现图书质量问题，可联系调换。质量投诉电话：010-82069336